W0070329

Reader's Digest
Auswahlbücher

Reader's Digest Auswahlbücher

Verlag DAS BESTE
Stuttgart · Zürich · Wien

Die Kurzfassungen in diesem Buch erscheinen
mit Genehmigung der Autoren und Verleger
© 1980 by Verlag DAS BESTE GmbH, Stuttgart
Alle Rechte, insbesondere das der Übersetzung,
Verfilmung und Funkbearbeitung, im In- und
Ausland vorbehalten
180
PRINTED IN GERMANY
ISBN 3 87070 146 3

Inhalt

DIE NADEL

EINE KURZFASSUNG DES BUCHES VON

Ken Follett

INS DEUTSCHE ÜBERTRAGEN VON DIETLIND VETTER

ILLUSTRATIONEN VON HORST MAURMANN

Canaris steht vor einem Rätsel: alle Agenten, die der deutsche Geheimdienst seit Kriegsbeginn nach England eingeschleust hat, werden bald nach ihrer Ankunft gefaßt und unschädlich gemacht. Doch einem gelingt es, sich über Jahre hinweg geschickt zu tarnen: der Nadel. *Der britische Geheimdienst kennt ihn nur unter diesem Decknamen. Sonst weiß er nichts über den Meisterspion.*

So ist er 1944 der einzige, der eines der größten Täuschungsmanöver des Zweiten Weltkrieges aufdecken kann. Er muß mit diesem Geheimnis schnellstens nach Deutschland, um Hitler und seinen Generalstab davon zu überzeugen, daß sie auf einen Köder des britischen Geheimdienstes anzubeißen drohen. Die fieberhafte Suche nach der Nadel *hat sich inzwischen auf ganz England ausgedehnt. Das Netz zieht sich immer enger um ihn zusammen. Ein Entkommen scheint nahezu unmöglich.*

ERSTER TEIL

I.

ES WAR der kälteste Winter seit fünfundvierzig Jahren. Die Dörfer lagen eingeschneit, und die Themse war zugefroren. Danach kam ein herrlicher Frühling. Die Sperrballons trieben majestätisch am blauen Himmel dahin, und durch die Straßen von London schlenderten Soldaten auf Urlaub mit Mädchen in ärmellosen Kleidern.

In jenem Frühling des Jahres 1940 sah London gar nicht so aus wie die Hauptstadt einer Nation im Krieg. Trotzdem gab es Anzeichen dafür, und Henry Faber, der mit dem Rad von Waterloo Station nach Highgate fuhr, entgingen sie nicht. Er beobachtete seine Umgebung genauer, als man es von einem einfachen Bahnbeamten eigentlich erwartet hätte. Als er Scharen von Kindern in den Parks sah, dachte er sich, daß die Evakuierung wohl nicht allzu erfolgreich verlaufen sein mußte. Auch wußte er, was es zu bedeuten hatte, daß Arbeiter zur Nachtschicht in Fabriken strömten, die noch vor ein paar Monaten nicht einmal genug Arbeit für die Tagschicht hatten. Aber vor allem fielen ihm bei der Eisenbahn die umfangreichen Truppenbewegungen auf. Heute hatte er Formulare abgestempelt, die ihm einen klaren Hinweis darauf lieferten, daß ein neues Expeditionskorps zusammengestellt worden war. Es mußten an die hunderttausend Mann sein, und ganz sicher sollten sie nach Finnland abkommandiert werden.

Faber beugte sich auf dem Fahrrad weit vor, als er den Hügel nach Highgate hinauffuhr. Für seine neununddreißig Jahre war er noch außergewöhnlich gut in Form; aus Sicherheitsgründen verschwieg er sein wahres Alter, wie auch viele andere Dinge.

Er wohnte in einem Haus in der am höchsten gelegenen Gegend Londons. Es war ein schmales, viktorianisches Backsteinhaus am Ende einer Reihe von sechs stufenförmig angelegten Häusern, und

die Besitzerin, Mrs. Harold Garden, war verwitwet und mußte wohl
oder übel Mieter aufnehmen. Faber wohnte im obersten Stock, montags bis freitags, und er hatte Mrs. Garden erzählt, an den Wochenen-
den besuche er seine Mutter in Erith. Tatsächlich aber hatte er in
Blackheath noch eine Vermieterin, für die er Mr. Baker war und die
glaubte, er sei Vertreter und wochentags unterwegs.

Faber betrat das Haus, wusch sich die Hände und ging zum Tee ins
Eßzimmer. Drei Mieter waren schon da und aßen: ein pickliger Junge
aus Yorkshire, der unbedingt zur Armee wollte, ein Süßwarenvertre-
ter mit schütterem, rötlichblondem Haar und ein pensionierter Marineoffizier. Faber nickte den dreien zu und setzte sich. Er strich sich die
Margarine dünn aufs Brot, verspürte für einen Augenblick Appetit auf
fette Wurst und beeilte sich, mit der Mahlzeit fertig zu werden. Die
anderen diskutierten darüber, ob es nicht besser sei, Chamberlain zu
stürzen und durch Churchill zu ersetzen. Mrs. Garden hielt mit ihren
Ansichten nicht hinter dem Berg und suchte in Fabers Gesicht nach einer Reaktion. Sie war eine Frau in den besten Jahren, nicht viel älter als
Faber, und wollte sich wohl einen neuen Mann angeln. Faber entschuldigte sich und ging in sein Zimmer hinauf.

DER Marineoffizier und der Vertreter waren zusammen ins nächste
Pub gegangen und der Junge aus Yorkshire in die Kirche. Mrs. Garden
saß allein im Wohnzimmer, mit einem kleinen Glas Gin vor sich,
schaute auf die Verdunkelungsvorhänge und dachte an Mr. Faber.

Er war so ruhig – hier lag das Problem. Offenbar hatte er überhaupt
keine Laster. Er rauchte nicht und hatte noch nie nach Alkohol gerochen. Und er verbrachte Abend für Abend in seinem Zimmer und
hörte Musik. Sie hielt ihn für klug, obwohl er eine so niedrige Stellung
hatte, und sie war überzeugt davon, daß er sich leicht verbessern könnte, wenn er es nur versuchte.

Sein Aussehen konnte man auch nicht so leicht einordnen. Er hatte
eine gute Figur, war groß, hatte breite Schultern und einen kräftigen
Nacken, aber kein bißchen Fett am Körper. Sein Gesicht war ein-
drucksvoll: hohe Stirn, dunkles Haar, hellblaue Augen – ein Gesicht,
das einer Frau gefiel. Nur der Mund – schmal und dünn – wirkte ziemlich brutal. Er hatte immer einen schäbigen Regenmantel an und eine

Schirmmütze auf – als wolle er nicht auffallen. Kein Zweifel, er brauchte eine Frau, die etwas aus ihm machte. Und sie brauchte einen Mann, der bei ihr war und der sie – na ja –, der sie liebte. Langsam trank sie ihren Gin und dachte darüber nach, ob es an ihr war, den ersten Schritt zu tun. Offensichtlich war Mr. Faber schüchtern. Vielleicht konnte sie seine Schüchternheit durchbrechen, wenn sie den Anfang machte. Was hatte sie schon zu verlieren? Aber gesetzt den Fall, er wies sie ab. Wie peinlich. Ein Gedanke, der ihr alles verleidete. Nachdenklich stand sie auf. Draufgängerisch bin ich wahrhaftig nicht. Sie nahm die Flasche mit ins Schlafzimmer einen Stock höher. Sie schlief genau unter Mr. Faber, und aus seinem Radio hörte sie Geigenmusik. In ihrem neuen Nachthemd – rosa mit besticktem Ausschnitt – ging sie zu Bett. Und keiner da, der sie darin sah! Sie holte sich das Glas ans Bett und griff nach ihrem Buch, aber ihr war nicht nach Liebesgeschichten aus zweiter Hand. Wenn Mr. Faber nur das Radio ausschalten wollte!

Natürlich brauchte sie ihn nur zu bitten, das Radio auszumachen. Sie mußte lediglich die Treppe hinaufsteigen – und an seine Tür klopfen. Er würde öffnen – und dann –, ja, dann würde er sie ansehen. Dumme Gans, sagte sie zu sich, du suchst ja nur nach Ausreden, damit du zu ihm hinaufgehen kannst.

Plötzlich fragte sie sich, warum sie überhaupt Ausreden brauchte. Schließlich war sie erwachsen, das Haus gehörte ihr, und seit zehn Jahren hatte sie keinen Mann kennengelernt, der ihr gefiel. Sie stand auf, zog ihren Morgenrock über, der zum Nachthemd paßte, frisierte sich flüchtig und griff nach dem Schlüsselbund, für den Fall, daß er sich eingeschlossen hatte und bei der Radiomusik ihr Klopfen nicht hörte.

Niemand war auf der Treppe. Auf der einen Stufe, die immer knarrte, hatte sie eigentlich den Schritt verhalten wollen, aber sie stolperte und trat kräftig darauf. Oben klopfte sie erst, dann rüttelte sie sacht an der Klinke. Die Tür war verschlossen. Das Radio wurde leiser, und Mr. Faber rief: „Ja?" Seine Stimme klang sehr angenehm – weder hörte man einen Dialekt noch einen ausländischen Akzent heraus.

„Ich möchte gern mit Ihnen reden", rief sie.

Pause. Dann antwortete er: „Ich bin schon ausgezogen."

„Ich auch", kicherte sie und schloß die Tür auf.

Er stand vor dem Radio und hatte etwas in der Hand, das wie ein Schraubenzieher aussah. Er schien zu Tode erschrocken. Sie schloß die Tür hinter sich und wußte nicht, was sie jetzt sagen sollte. Dann fiel ihr eine Dialogzeile aus einem amerikanischen Film ein, und sie sagte: „Spendierst du 'ner einsamen Frau was zu trinken?" Es kam ihr selbst blöd vor, aber es klang so verwegen.

Es hatte auch den erwünschten Effekt. Er sagte nichts, kam aber langsam auf sie zu. Schweigend. Sie trat zu ihm hin, und er legte die Arme um sie. Sie schloß die Augen. Er küßte sie, sie bewegte sich in seinen Armen, und dann spürte sie den schrecklichen, unerträglichen Schmerz im Rücken und riß den Mund auf, um zu schreien.

ER HATTE sie auf der Treppe gehört. Hätte sie nur einen Augenblick gewartet, dann hätte er das Funkgerät im Kasten verstaut gehabt, und sie hätte nicht sterben müssen. Aber noch ehe er das Beweismaterial hatte verschwinden lassen können, hatte sie den Schlüssel umgedreht, und als sie die Tür aufschloß, war das Stilett schon in seiner Hand.

Da sie sich in seinen Armen bewegte, verfehlte Faber ihr Herz beim ersten Stich. Da wußte er, daß er diesmal nicht sauber arbeiten konnte – das war immer so gewesen, wenn der erste Stich danebengegangen war. Er schob ihr den Daumen in den Rachen, damit sie aufhörte zu schreien, und verwünschte sich, weil er das Radio leiser gestellt hatte.

Er zögerte, bevor er sie tötete. Es wäre viel besser, wenn sie auf seinem Bett stürbe – besser im Sinn der falschen Fährte, auf die er die Polizei führen wollte –, aber ob sie auch stillblieb, bis er sie dorthin gebracht hatte? Darum holte er in einem weiten Bogen aus und fuhr mit dem Stilett tief in ihren Hals. Rasch sprang er zurück, damit er den ersten Blutschwall nicht abbekam, dann packte er sie, ehe sie zu Boden stürzte, und trug sie zum Bett hinüber.

Er ging zum Waschbecken und wartete auf die Reaktion – die kannte er schon. Im kleinen Rasierspiegel sah er sein Gesicht und dachte: Mörder. Dann übergab er sich. Hinterher war ihm wohler. Er wusch sich Gesicht und Hände, und dann setzte er sich ans Funkgerät und gab den Code durch. Es war ein langer Bericht über die Anmusterung von Truppen für Finnland. Zum Schluß folgten die Worte „Gruß an Willi".

Faber packte das Funkgerät in den Koffer, dann sah er sich die Leiche an. Jetzt konnte er sie ganz kühl betrachten: Es war Krieg, sie waren Feinde. Hätte er sie nicht zum Schweigen gebracht, wäre er ihretwegen gestorben. Sie hätte sein Zimmer nicht verlassen, ohne das Funkgerät zu sehen. Die britische Propaganda hatte die Bevölkerung vor Spionen gewarnt – und sie reagierte völlig hysterisch.

Aber dennoch verabscheute er, was er noch zu tun hatte. Er riß ihren Morgenrock auf und versuchte sich vorzustellen, er sei ein Sexualverbrecher. Was würde ich tun, wenn ich wahnsinnig wäre vor Verlangen nach einer Frau wie Una Garden? Natürlich. Er zog das Nachthemd bis zur Taille hoch. Die arme Frau – sie hatte ihn nur verführen wollen.

Wieder wusch er sich die Hände; dann dachte er darüber nach, was er falsch gemacht hatte. Aber der Hauptfehler lag darin, daß er zu attraktiv war, um als Junggeselle nicht aufzufallen. Er dachte es ohne Selbstgefälligkeit; in erster Linie ärgerte es ihn. Für niemanden konnte es verständlich sein, daß er alleinstehend war. Er zerbrach sich den Kopf über eine plausible Geschichte. Gab es denn keine Begründung in seinem Charakter? Warum lebte er allein? Die Antwort war einfach: seines Berufes wegen. Wenn es dafür tiefere Gründe gab, wollte er jedenfalls nichts davon wissen.

Heute nacht mußte er im Freien schlafen. Dann würde er überwechseln in seine zweite Identität. Er hatte wenig Angst vor der Polizei. Der Handlungsreisende, der mit Geld um sich schmiß und sich vulgär benahm, hatte nicht die mindeste Ähnlichkeit mit dem Bahnbeamten, der seine Vermieterin umgebracht hatte. Aber er brauchte eine neue Identität. Zwei Existenzen mußte er immer haben. Also brauchte er eine neue Stelle, neue Papiere, einen Paß, eine Lebensmittelkarte. Verflucht riskant. Zur Hölle mit Mrs. Garden.

Faber sah sich noch einmal um. Ob er Spuren hinterließ kümmerte ihn nicht: Wer der Mörder war, das war ohnehin klar. Und hier auszuziehen machte ihm auch nichts aus. Bis jetzt war er nirgends zu Hause gewesen. An dies Haus hier würde er sich immer erinnern als an den Ort, wo er gelernt hatte, die Tür nicht nur abzuschließen, sondern auch zu verriegeln.

HENRY II. war ein bemerkenswerter König gewesen. 1173, als es noch keine Düsenflugzeuge gab, überwand er den Ärmelkanal mit einer solchen Geschwindigkeit, daß ihm magische Kräfte zugeschrieben wurden. Verständlicherweise unternahm er nichts, dieses Gerücht zu widerlegen. Damals bedrohten seine Söhne sein Königreich – im Norden stand ein Heer an der schottischen Grenze und ein anderes in Südfrankreich. Was hatte er damals vor? Wen suchte er auf? An diesen Problemen arbeitete Professor Percival Godliman, Experte für mittelalterliche Geschichte, im Sommer 1940, als Hitlers Armeen Frankreich überschwemmt hatten und die Briten in heilloser Unordnung aus Dünkirchen zurückkamen.

Um halb zwölf Uhr mittags trat an einem strahlenden Junitag in London eine Sekretärin ins Zimmer des Professors, der über einen Leuchttisch gebeugt ein mittellateinisches Manuskript entzifferte. Sie räusperte sich und wartete. Er war ein gedrungener Mann über fünfzig, hatte runde Schultern, war kurzsichtig und trug einen Tweedanzug. Als er zu ihr hochsah, lächelte er sie an.

„Ich soll Sie daran erinnern, daß Sie heute mit Oberst Terry im ,Savoy Grill' zu Mittag essen. Ihre Gasmaske habe ich mitgebracht."

„Oh, ja", antwortete er. „Herzlichen Dank."

OBERST ANDREW TERRY war Schotte, rotgesichtig und durch lebenslanges Rauchen geradezu erbärmlich mager, das dünne, aschblonde Haar war mit reichlichen Mengen Brillantine glattgekämmt. Er trug Zivil und wartete an einem Ecktisch auf Godliman. Als sein Gast kam, stand er auf. „Tag, Onkel Andrew", sagte Godliman, als sie sich die Hand gaben. Terry war der jüngste Bruder seiner Mutter.

„Wie geht's dir denn, Percy? Ich bin ganz überrascht, daß du noch in London bist."

„Ich schreibe ein Buch über die Plantagenets." Godliman setzte sich.

„Sind deine Manuskripte denn noch in London? Man müßte sie aufs Land schaffen – das wäre nur vernünftig. Wegen der Bomben. Und du, Percy, verschwindest besser auch. Ich meine das ernst."

Godliman grinste. „Schon gut – das gilt für Kinder und nationale

Einrichtungen wie Bertrand Russell. Aber für mich? Sieht ja aus, als liefe man weg und ließe andere für sich kämpfen."

Terry lächelte. Als sie bestellt hatten, sagte er: „Was hältst du denn von unserem neuen Premier?"

„Der spinnt. Aber Hitler spinnt auch, und schau mal, wie weit er's gebracht hat. Und du?"

„Wir können mit Winston leben. Wenigstens versteht er was von militärischen Dingen."

Godliman hob die Brauen. „Was heißt denn ,wir'? Machst du wieder mit?"

„Ich war nie ganz draußen, das weißt du doch."

„Ach, verflixt. Eine lange Zeit!"

Der erste Gang kam. Godliman aß Büchsenlachs. Nachdenklich starrte er vor sich hin.

„Denkst du ans letzte Mal?" fragte Terry.

Godliman nickte. „Schrecklich."

„Das ist ein ganz anderer Krieg. Meine Leute gehen nicht mehr hinter die feindlichen Linien wie du damals. Heutzutage hören wir nur noch den Funkern zu."

„Die haben doch Codes?"

Terry zuckte die Achseln. „Codes kann man entschlüsseln. Wir kriegen fast alles raus, was wir wissen müssen. Ich habe die Aufgabe, zu verhindern, daß die anderen Informationen über uns bekommen."

Godliman sah sich um, aber niemand konnte sie hören.

Terry sprach weiter. „Canaris ist ein merkwürdiger Mann. Admiral Canaris, du weißt schon, der Chef der Abwehr. Er ist nicht allzu begeistert von Hitler – das meine jedenfalls ich. Wir wissen, daß er den Befehl erhielt, eine große Geheimdienstoperation gegen uns zu planen, als Vorbereitung für die Invasion. Aber er tut so gut wie nichts. Seine Spione sind nicht viel wert. Alte Jungfern in kleinen Pensionen."

„Hör mal, alter Junge", sagte Godliman. „Das ist doch alles geheim! Ich will nichts davon wissen."

Terry ließ sich nicht beeindrucken. „Was möchtest du noch? Ich nehme Schokoladeneis."

Godliman stand auf. „Ich nicht. Wenn's dir nichts ausmacht, möchte ich gern weiterarbeiten."

Terry sah mit kaltem Blick zu ihm auf. „Das Buch kann warten. Wir haben Krieg. Ich möchte, daß du für mich arbeitest."
Godliman starrte ihn an. „Was, um Himmels willen?"
Terry grinste satanisch. „Du sollst Spione fangen."
Deprimiert kehrte Godliman zur Bibliothek zurück. Selbstverständlich würde er tun, was Oberst Terry ihm angeboten hatte. Sein Land war im Krieg, und noch war er so jung, daß er helfen konnte. Aber dennoch war die Vorstellung, seine Arbeit aufzugeben, ihm fremd. Seine Liebe galt der Geschichte. Vor zehn Jahren war seine Frau gestorben, und seither hatte ihn die mittelalterliche Geschichte Englands in Beschlag genommen. Es machte ihm Freude, ungelöste Rätsel aufzudecken, schwachen Spuren nachzugehen, Lügen zu widerlegen.

Fliegeralarm unterbrach seine Überlegungen. Schnell schloß er sich den Passanten an, die in Massen in die nächste U-Bahnstation strömten. An einer Wand blieb er stehen und dachte: Es geht ja nicht nur um das, was ich liegenlasse . . .

Ihn deprimierte auch, wieder ins Spiel zurückkehren zu müssen. Einiges gefiel ihm zwar dabei: daß Kleinigkeiten so wichtig waren und man schlicht und einfach clever sein mußte. Aber er verabscheute Erpressung, Täuschungsmanöver und daß man den Feind immer von hinten angreifen mußte.

Immer mehr Leute drängten auf den Bahnsteig. Godliman setzte sich – noch gab es Platz. Er versuchte abzuschalten und dachte an einen Apriltag, an dem er sich nach England gesehnt hatte. Damals hatte er hoch in einer Platane gehockt und durch den kalten Nebel über ein französisches Tal hinweg nach den deutschen Linien gespäht. Er konnte nichts erkennen und wollte schon herunterklettern, als aus dem Nichts drei deutsche Soldaten auftauchten. Sie setzten sich unter den Baum, rauchten und spielten Karten. Dem jungen Percival Godliman ging auf, daß sie sich von der Truppe entfernt hatten und hier den ganzen Tag verbringen wollten. Er blieb auf dem Baum und rührte sich nicht, bis seine Muskeln steif und verkrampft waren und ihm die Blase schier platzte. Dann zog er den Revolver und erschoß sie, einen nach dem anderen, schoß durch das dichte Haar in die Köpfe. Drei Menschen, die gelacht und fröhlich gespielt hatten, gab es nicht mehr.

Godliman verdrängte die Erinnerung. Ein Busfahrer bot ihm eine

Zigarette an, und jemand fing an zu singen. Das Lied pflanzte sich fort, und alle stimmten ein, auch Godliman. Er wußte: Dies war ein Volk, das im Begriff war, den Krieg zu verlieren, das sang, um die Angst zu ersticken. Aber obwohl er das wußte, machte es ihm nichts aus, denn nach langen Jahren spürte er zum erstenmal wieder das Gefühl kameradschaftlicher Verbundenheit. Es ging ihm durch Mark und Bein, und es tat ihm wohl.

Als die Entwarnung kam, ging Godliman zur nächsten Telefonzelle und rief Oberst Terry an. Er fragte ihn, wann er anfangen könne.

FABER ... Godliman ... zwei Seiten des Dreiecks, das eines Tages durch David und Lucy vollendet werden sollte. Im Augenblick waren die beiden die Hauptpersonen bei einer Feier, die in einer Dorfkirche abgehalten wurde. Es war eine schöne Hochzeit. Lucy trug natürlich Weiß, und ihre fünf Schwestern waren die Brautjungfern und hatten aprikosenfarbene Kleider an. Es war im August 1940. David trug die Ausgehuniform eines Offiziers der Royal Air Force. Er hatte sie zum erstenmal an.

Lucys Vater machte ein stolzes Gesicht, wie ein Mann eben aussieht, wenn seine älteste, schönste Tochter einen prächtigen Jungen in Uniform heiratet. Lucys Vater war Landwirt, freilich eher ein Gentleman als ein Bauer. Den fruchtbaren Boden hatte er verpachtet, und auf dem übrigen Land züchtete er Rennpferde. Seiner Haut sah man an, daß er viel an der frischen Luft war, und er hatte einen breiten Brustkorb. Auch die Brautjungfern waren kräftige Bauernmädel. Aber die Braut war ganz die Mutter. Ihr langes Haar war kupferrot, glänzend und wunderschön. Die bernsteinfarbenen Augen standen weit auseinander, ihr Gesicht war oval, und als sie dem Pfarrer mit ihrem klaren, direkten Blick in die Augen sah und „Ja" sagte, dachte der Pfarrer: Bei Gott, sie meint es wirklich ernst!

Die Familienähnlichkeit auf der anderen Seite des Kirchenschiffs war ebenfalls unverkennbar: dunkles, fast schwarzes Haar, braune Gesichter, lange, schmale Glieder. David war der größte. Letztes Jahr hatte er in Cambridge den Hochsprungrekord gebrochen. Er sah eine Spur zu gut aus, ohne den starken Bartwuchs wäre sein Gesicht feminin gewesen. Man sah ihm an, daß er intelligent und sensibel war.

Was für eine Idylle: zwei glückliche, schöne Menschen aus gutem Haus, aus durch und durch englischen Familien, hielten Hochzeit. Als sie zu Mann und Frau erklärt wurden, weinten beide Väter.

Was war doch der Brautkuß für eine barbarische Sitte, dachte Lucy. Bis jetzt hatte sie neunmal gehört: „Viel Glück und wenig Sorgen", und ihr Vater hatte eine Rede gehalten und tatsächlich gesagt, er habe nicht etwa eine Tochter verloren, sondern einen Sohn gewonnen. Hoffnungslos verstaubt, das Ganze, aber sie machte es ihren Eltern zuliebe mit. Eben jetzt wankte ein Onkel heran, mit dem sie nur weitläufig verwandt war.

„Das ist Onkel Norman, David", sagte sie.

Onkel Norman quetschte Davids knochige Hand. „Na, mein Junge, wann geht der Dienst los?"

„Morgen, Sir."

„Aber du bist doch erst mit der Ausbildung fertig geworden."

„Ja, aber fliegen konnte ich vorher schon. Ich habe es in Cambridge gelernt. Morgen bin ich wahrscheinlich schon in der Luft."

„Was für eine Maschine wirst du denn fliegen?" fragte Onkel Norman mit dem Enthusiasmus eines kleinen Jungen.

„Eine Spitfire. Hab sie gestern gesehen. Tolle Kiste." David sprach schon im Jargon der Royal Air Force.

„Die deutsche Luftwaffe hat an euch ganz schön was zu knabbern."

„Gestern haben wir sechzig runtergeholt – und nur elf von unseren verloren", sagte David. „Vorgestern, als sie über Yorkshire waren, haben wir's ihnen gezeigt: Sie sind mit eingekniffenem Schwanz nach Norwegen zurückgekehrt!"

„Wir müssen uns jetzt umziehen, David", sagte Lucy.

Zu Hause half die Mutter Lucy aus dem Brautkleid. „Liebes, ich weiß ja nicht, was du von heute nacht erwartest, aber ich sollte dir vielleicht sagen –"

„O Mutter, wir leben im Jahr 1940!"

Ihre Mutter wurde rot. „Schon gut, mein Liebes", sagte sie gütig. „Aber wenn du später über irgend etwas reden möchtest..."

Lucy fiel ein, wie schwer es ihrer Mutter fallen mußte, die Sprache auf diese Dinge zu bringen, und es tat ihr leid, daß sie so heftig darauf reagiert hatte. „Ja, danke", sagte sie. Als die Mutter gegangen war, setzte sich Lucy hin und bürstete ihr Haar. Sie wußte genau, was sie heute nacht erwartete, und beim Gedanken daran überlief sie ein wohliger Schauer.

Es war im Juni gewesen, ein Jahr nachdem sie sich kennengelernt hatten. Lucy war über das Wochenende zu Davids Eltern gefahren. David und sie hatten auf der Terrasse gesessen und Bier getrunken. An jenem sonnigen Nachmittag hatte David ihr erzählt, daß ihn die Royal Air Force zur Offiziersausbildung angenommen hatte. Er wollte Jagdflieger werden. „Sie sagen, der Krieg wird in der Luft entschieden, weißt du", sagte er.

„Aber hast du denn keine Angst?" fragte sie ruhig.

„Nicht die Spur." Dann sah er sie an und sagte: „Doch."

Wie tapfer er doch war, dachte Lucy. Sie nahm seine Hand.

Später zogen sie Badezeug an und gingen hinunter zum See. „Kannst du gut schwimmen?" fragte er sie.

„Besser als du!"

„Na gut. Schwimmen wir um die Wette zur Insel."

Die Insel war ein Fleckchen Land mit ein paar Bäumen, ungefähr dreihundert Meter weit weg. Lucy kraulte los und holte weit aus.

David mit seinen langen Armen und Beinen gewann natürlich. Auf den letzten fünfzig Metern mußte Lucy sich auf den Rücken drehen und treiben lassen. David, der schon am Ufer saß, glitt ins Wasser zurück und kam ihr entgegen. Er packte sie unter den Armen, korrekt wie im Rettungsschwimmkurs, und zog sie langsam ans Ufer.

„Das macht mir Spaß", sagte er, und sie kicherte.

Gleich danach sagte er: „Jetzt kann ich's dir eigentlich beichten. Der See ist höchstens anderthalb Meter tief."

„Was!" Sie machte sich aus seinen Armen frei, lachend und planschend, und stellte sich hin. Er nahm sie bei der Hand, half ihr aus dem Wasser und führte sie zu einer Lichtung, die von dichten Büschen umstanden war. Er setzte sich neben sie, küßte sie und stieß sie dann sacht zurück, bis sie ausgestreckt dalag. Er streichelte ihre Hüften und küßte sie auf den Hals. Sie zog sein Gesicht zu sich heran und küßte ihn. Seine Hände glitten herunter zu den Trägern ihres Badeanzugs.

„Nein", sagte sie.

Er begrub das Gesicht an ihrer Schulter. „Bitte, Lucy. Für mich kann es das letztemal sein."

Sie rollte sich weg von ihm und stand auf. Dann, weil Krieg war, weil er sie so flehentlich ansah und weil sie die Glut in sich selbst spürte, zog sie mit einer schnellen Bewegung den Badeanzug aus.

Lucy stand jetzt in Reisekleidern da. Das Schuldgefühl machte die Erinnerung noch angenehmer. Selbst wenn es eine sorgfältig geplante Verführung gewesen wäre, war sie ein bereitwilliges Opfer gewesen.

Seitdem hatten sie sich nur noch einmal geliebt, genau eine Woche vor der Hochzeit, und sie hatten sich dabei zum erstenmal gestritten. Diesmal waren sie bei Lucy zu Hause. Morgens, als alle weg waren, kam David im Bademantel in ihr Zimmer und kroch zu ihr ins Bett. Danach stand er sofort auf.

„Geh noch nicht", sagte sie. „Komm wieder ins Bett." Ihr war warm, sie fühlte sich schläfrig und behaglich und wollte gern, daß er neben ihr lag.

„Irgend jemand könnte wieder zurückkommen. Das macht mich nervös."

„Vor fünf Minuten warst du noch gar nicht nervös." Sie streckte die Hand nach ihm aus.

Ihre Direktheit machte ihn verlegen. Er wandte sich ab.

Sie sprang aus dem Bett. „Ich komme mir jetzt richtig billig vor!" Sie saß auf dem Bettrand und brach in Tränen aus.

David nahm sie in die Arme und sagte: „Es tut mir leid, so leid – es tut mir so leid. Du bist meine erste Frau, und ich bin so durcheinander... Niemand sagt einem was darüber, oder?" Sie schniefte und schüttelte in einer Geste des Einverständnisses den Kopf. Eigentlich ist er nur so verwirrt, dachte sie, weil er schon in einer Woche in einem wackligen Flugzeug sitzt und um sein Leben kämpfen muß, über den Wolken. Sie verzieh ihm alles.

David wartete in der Halle auf sie. Sie wollten die Nacht in London verbringen, im Claridge-Hotel. Als sie aufbrachen, war es schon dämmrig. Über den Scheinwerfern von Davids MG-Kabrio waren Verdunkelungsblenden angebracht, aber er fuhr trotzdem sehr schnell. „Im Handschuhfach liegt 'ne Flasche Prickelwasser", sagte er. Lucy machte das Handschuhfach auf und entdeckte eine Flasche Champagner und zwei Gläser, sorgfältig in Seidenpapier verpackt. Laut knallend schoß der Korken heraus und verschwand in der Nacht. David zündete sich eine Zigarette an, während Lucy einschenkte und ihm das Glas reichte. Sie war im Grunde zu müde zum Trinken. Das Auto fuhr so entsetzlich schnell. David trank fast die ganze Flasche Champagner allein.

Durch das verdunkelte England zu fahren war ein schlimmes Erlebnis. Man vermißte das Licht in den Bauernhäusern und den Schein einer in der Ferne auftauchenden Stadt. Wegweiser gab es nicht – sie waren entfernt worden, um die deutschen Fallschirmspringer, mit denen jeden Tag gerechnet wurde, irrezuführen.

Sie fuhren einen Berg hinauf. Durch halbgeschlossene Lider registrierte Lucy die tiefe Finsternis ringsum. Die Abfahrt war steil und kurvenreich. Von ferne hörte sie einen Lastwagen, der näher kam. Die Reifen des MG quietschten, während David durch die Kurven fegte. „Du fährst zu schnell", sagte sie ohne Vorwurf.

In einer Linkskurve rutschte der Wagen weg. David schaltete herunter, hatte Angst zu bremsen, weil der Wagen dann erst recht ins Schleudern geraten wäre. Sie gingen in eine scharfe Rechtskurve, und David verlor die Kontrolle über den Wagen. Die Kurve schien kein Ende zu nehmen. Das kleine Auto rutschte zur Seite, drehte sich um hundertachtzig Grad, so daß es in entgegengesetzter Richtung fuhr, dann drehte es sich weiter.

„David!" schrie Lucy.

Plötzlich kam der Mond heraus, und sie sahen den Lastwagen. Er mühte sich langsam, im Schneckentempo, den Berg hinauf. Lucy sah das Gesicht des Fahrers, sah, wie er den Mund aufriß, während er auf die Bremse trat.

Das Auto fuhr jetzt wieder vorwärts. Wenn David den Wagen unter Kontrolle bekam, war gerade noch Platz, an dem Lastwagen vorbeizukommen. Er zerrte am Lenkrad und berührte das Gaspedal. Das war verhängnisvoll.

Das Auto und der Lastwagen stießen frontal zusammen.

AUSLÄNDISCHE Mächte schicken ihre Spione, und England setzt gegen sie den *Military Intelligence* ein, die Abwehrabteilung des Kriegsministeriums – abgekürzt MI. 1940 breitete sich der MI aus wie eine Schlingpflanze. Die einzelnen Abteilungen bekamen Nummern: MI 9 überwachte die Fluchtwege aus den Kriegsgefangenenlagern ins neutrale Ausland; MI 8 hörte den feindlichen Funkverkehr ab und war wichtiger als sechs Regimenter; MI 6 schickte Agenten nach Frankreich.

An einem kalten Septembermorgen 1940 fing Percival Godliman mit der Arbeit für MI 5 an. Punkt zehn Uhr wurde er in Oberst Terrys Büro in Whitehall geführt. Terry schaute auf die Uhr und sagte: „Ich werde dich ganz kurz ins Bild setzen – und in dem Vortrag fortfahren, mit dem ich neulich beim Essen angefangen habe."

Godliman lächelte. „Heute werde ich mal vom hohen Roß heruntersteigen."

Terry fuhr fort, als ob sie ihre Unterredung nur fünf Minuten und nicht drei Monate unterbrochen hätten. Canaris' Spione überfluteten seit einiger Zeit wieder Großbritannien. Sie hatten den Auftrag, die Invasion vorzubereiten. Offensichtlich waren sie hastig rekrutiert und unzureichend ausgebildet worden. In den letzten Wochen waren elf Agenten gefaßt worden, die meisten, als sie sich erst ein paar Stunden auf britischem Boden befanden. Auf fast alle wartete der Galgen.

„Fast alle?" fragte Godliman.

„Ja", sagte Terry. „Ein paar sind unserer Abteilung überstellt worden. Darauf komme ich gleich noch."

„Wenn es nun so leicht ist, diese Stümper einzusammeln", fuhr er fort, „warum brauchen wir dann einen Kopf wie deinen, damit wir die Burschen kriegen? Aus zwei Gründen. Erstens haben wir keine Ahnung, wie viele wir noch nicht aufgelesen haben. Zweitens kommt alles darauf an, was wir mit denen anfangen können, die wir nicht hängen. Aber um das zu erklären, muß ich weiter ausholen – bis 1936.

Alfred George Owens war ein Ingenieur, der in den dreißiger Jahren häufig nach Deutschland reiste und der Admiralität freiwillig Informationen zur Verfügung stellte, die er dort sammelte. Schließlich gab ihn die Marineabwehr an MI 6 weiter. Unseliger weise hatte er sich etwa zu derselben Zeit von der deutschen Abwehr anwerben lassen –

das fand MI 6 heraus, als sie einen Brief abfingen, den er an eine ent-
tarnte Deckadresse in Deutschland gerichtet hatte. Owens war nicht
Spion aus Loyalität – er hatte nur Spaß am Spionieren. Wir nannten ihn
‚Snow‘, bei den Deutschen hieß er ‚Johnny‘.

Im Januar 1939 bekam Snow einen Brief mit Instruktionen für die
Benutzung eines Funkgeräts und einen Gepäckaufbewahrungsschein,
der an der Victoria Station ausgestellt war. Am Tag nachdem der
Krieg ausgebrochen war, wurde er verhaftet und wanderte samt
Funkgerät (das er in einem Koffer bei der Gepäckausgabe abgeholt
hatte) nach Wandsworth ins Gefängnis. Er hielt weiterhin Verbindung
mit Hamburg, aber jetzt stammten alle Nachrichten von MI 5. Die
deutsche Abwehr stellte Kontakt zwischen ihm und zwei anderen
deutschen Agenten in England her, die wir uns sofort schnappten –
aber erst, als sie Snow einen äußerst wichtigen Code geliefert hatten.
Schließlich hatte Snow eine kleine Armee von Spionen hinter sich, die
alle Kontakt mit Canaris und sein Vertrauen hatten und die alle von der
britischen Gegenspionage überwacht wurden.

Bei diesem Stand der Dinge tauchte für MI 5 eine großartige Möglichkeit auf: Mit ein bißchen Glück konnte sie das ganze deutsche
Spionagenetz in Großbritannien manipulieren und kontrollieren.

Aus Agenten Doppelagenten zu machen, statt sie zu hängen, hat
zwei Vorteile“, erklärte Terry. „Solange der Feind glaubt, seine Agenten seien noch für ihn tätig, braucht er sie nicht zu ersetzen. Und da *wir*
die Informationen liefern, können wir die Gegenseite täuschen.“

„Ganz so leicht ist das sicher nicht“, sagte Godliman.

„Gewiß nicht. Solange es hier noch eine ausreichende Anzahl von
echten Agenten gibt, werden deren Informationen denen der Doppelagenten widersprechen, und die Abwehr wird Lunte riechen.“ Er
schaute auf die Uhr. „Jetzt wirst du einen intelligenten Jungen aus
meinem Stab kennenlernen. Er heißt Frederick Bloggs, und wir haben
ihn uns von Scotland Yard geholt.“

Sie gingen aus dem Zimmer, ein paar Treppen hinauf und betraten
ein kleines Büro. An einer Wand hing das Foto eines hübschen Mädchens. „Frederick Bloggs, Percival Godliman“, sagte Terry. „Ich lasse
euch jetzt allein.“

Der Mann hinter dem Schreibtisch war blond und untersetzt. Er hatte ein nettes, offenes Gesicht und einen festen Händedruck. „Wissen Sie was, Percy?" sagte er. „Ich wollte gerade zum Essen nach Hause gehen. Kommen Sie doch mit. Meine Frau hat köstliche Würstchen mit Pommes frites gemacht."

Würstchen mit Pommes frites waren nicht gerade Godlimans Leibgericht, aber er ging mit. Bloggs wohnte in einem Reihenhaus mit vier Zimmern, in einer Straße, wo die Häuser sich glichen wie ein Ei dem anderen. Die Vorgärten waren winzig, und in allen wurde Gemüse angepflanzt. Mrs. Bloggs war das hübsche Mädchen von dem Foto an der Bürowand. Sie sah müde aus. „Sie fährt einen Sanitätswagen, wenn Luftangriffe sind. Nicht wahr, mein Herz?" Er war stolz auf sie. Sie hieß Christine.

„Jeden Morgen, wenn ich heimkomme, frage ich mich, ob unser Haus noch da ist", sagte sie.

„Haben Sie bemerkt, daß sie sich um das Haus Sorgen macht und nicht etwa um mich!" sagte Bloggs.

Godliman nahm einen Orden im Kästchen vom Kaminsims. „Wofür haben Sie den gekriegt?"

„Er hat einen Gangster entwaffnet, der die Post überfallen hat", antwortete Christine.

„Sie passen nicht schlecht zusammen", sagte Godliman.

„Sind Sie verheiratet, Percy?" fragte Bloggs.

„Ich bin Witwer."

„Oh, das tut mir aber leid."

„Meine Frau ist 1930 gestorben. Wir hatten keine Kinder."

„Wir haben noch keine", sagte Bloggs. „Und wir wollen auch keine haben, solange die Welt in diesem Zustand ist."

„Aber Fred!" sagte Christine. „Das interessiert ihn nun wirklich nicht."

Sie setzten sich an den quadratischen Eßtisch. Die beiden rührten Godliman, und er mußte an Eleanor denken. Das war ungewöhnlich – seit etlichen Jahren war er immun gegen Gefühle. Vielleicht erwachten jetzt endlich seine Nerven wieder zum Leben. Der Krieg bewirkte seltsame Dinge. Christines Kocherei war einfach abscheulich. Bloggs ertränkte seine Portion in Tomatenketchup, und Godliman folgte lachend seinem Beispiel.

Als sie wieder in Whitehall waren, zeigte ihm Bloggs die Akte über nicht identifizierte Agenten des Feindes, die vermutlich noch in Großbritannien operierten. Es gab drei Informationsquellen über derartige Leute. Erstens die Akten der Einwanderungsbehörde. Die Paßkontrolle führte seit dem letzten Krieg Buch über Ausländer, die ins Land gekommen und seitdem weder gestorben waren noch die Staatsbürgerschaft beantragt hatten. Die Annahme, daß etliche darunter Spione waren, war wohlbegründet.

Die zweite Quelle war der Funkverkehr. MI8 hörte Nacht für Nacht die Ätherwellen ab, nahm alles auf Band, was nicht in seinen eigenen Bereich gehörte, und gab es weiter an die Dechiffrierabteilung. Die Leute dort waren Schachspieler, Musiker und Mathematiker – Leute, die alle glaubten, daß der Mensch, wenn er schon einen Code erfinden konnte, auch imstande war, ihn zu knacken. Alle Nachrichten, die nicht für einen der britischen Geheimdienste bestimmt waren, galten als Mitteilungen von Spionen. Bloggs hatte die dechiffrierten Botschaften in seiner Akte gesammelt.

Drittens gab es noch die Doppelagenten. Aber man hoffte eher auf ihre Erfolge, als daß welche vorlagen. Nachrichten der Abwehr an die Doppelagenten hatten vor etlichen Agenten gewarnt, die ins Land kommen sollten. Aber die Doppelagenten hatten es nicht geschafft, Identität oder Aufenthaltsort der stillen, tüchtigen, professionellen Agenten herauszubekommen, die jedem Geheimdienst die wertvollsten sind. Aber immerhin gab es Verdachtsmomente – zum Beispiel hatte jemand das Funkgerät für Snow an der Victoria Station aufgegeben –, und Bloggs hatte alle Hinweise aktenkundig gemacht. „Manchmal ist es zum Auswachsen", sagte er zu Godliman. „Schauen Sie sich nur das hier an."

Er nahm einen langen Funkbericht über die britischen Pläne für eine militärische Aktion in Finnland aus dem Ordner. „Das haben wir im Frühjahr abgehört. Die Informationen sind lupenrein. Sie haben versucht, ihn zu lokalisieren, als er mittendrin abbrach – wahrscheinlich ist er gestört worden. Nach ein paar Minuten sendete er weiter – aber ehe unsere Leute ihn hatten, war er fertig."

„Was hat denn ‚Gruß an Willi' zu bedeuten?" fragte Godliman.

„Das ist ungeheuer wichtig." Bloggs ereiferte sich. „Hier ist noch eine Nachricht. Sehen Sie – ‚Gruß an Willi'. Diesmal haben wir die Antwort abgefangen. Er wird ‚Die Nadel' genannt."

„Die Nadel."

„Ein hundertprozentiger Profi. Lesen Sie seine Nachrichten: kurz und bündig, aber voller Details und unzweideutig."

„Was wissen wir sonst noch über die Nadel?"

Bloggs' Eifer verflog. „Es tut mir leid – das ist alles."

„Wie groß ist unsere Chance, ihn bei dem, was wir von ihm wissen, zu stellen?"

Bloggs zuckte die Achseln. „Noch haben wir überhaupt keine Chance."

II.

FÜR Orte wie diesen ist das Wort „öde" erfunden worden.

Die Insel ist ein Felsenrücken in der Form eines J, der mürrisch aus der Nordsee auftaucht. Auf der Karte sieht die Insel aus wie die obere Hälfte einer abgebrochenen Krücke, deren gebogener Griff in Richtung Aberdeen und deren Stumpf nach Dänemark hinzeigt. Sie ist fünfzehn Kilometer lang. Ihre Strände sind fast alle felsig, steigen steil aus dem kalten Meer, kein lieblicher Sandstrand mildert das schroffe Bild. Aber in der Krümmung des J haben die Gezeiten Sand, Seetang und Muscheln aufgehäuft, so daß es nun unterhalb der Klippen in der halbmondförmigen Bucht so etwas wie einen Strand gibt.

Auf dem Land über der Steilküste besteht die Vegetation aus hartem Gras und Heidekraut. Allenfalls ein paar knochige Schafe können davon leben. Alle paar Jahre steckt der Mann, der hier lebt – und es gibt einen Mann, der hier lebt –, das Heidekraut in Brand, damit später das Gras wieder wächst und die Schafe es fressen können. Bis das Heidekraut wieder sprießt und der Mann es wieder abbrennen muß.

Ständiger Gast auf der Insel ist der Wind. Meistens kommt er aus Nordosten, wo es wirklich kalt ist, von den Fjorden und Eisbergen her. Der Wind bläst unermüdlich, und alles auf der Insel hat sich auf ihn eingestellt. Die Pflanzen schlagen tiefe Wurzeln, die Bäume stehen gebeugt, damit der Wind über sie hinwegfegen kann, und das Haus des

Mannes liegt geduckt am Boden, ist von einer in windigen Gegenden erprobten Bauweise.

Das Haus ist aus grauem Stein und Schiefer, von der Farbe des Meeres. Es steht am östlichen Ende der Insel ganz für sich auf einer Hügelkuppe und trotzt dem Wind und dem Regen. Der Mann wollte nicht seine Tollkühnheit beweisen, sondern hat den Platz gewählt, um die Schafe sehen zu können.

Es gibt noch ein Haus, ein ganz ähnliches, fünfzehn Kilometer weit weg am entgegengesetzten Ende der Insel, aber dort wohnt niemand. Einst hatte ein anderer Mann gemeint, er könne dort Hafer und Kartoffeln anbauen und ein paar Kühe halten. Drei Jahre lang kämpfte er gegen den Wind, gegen die Kälte und gegen den kargen Boden an – dann gab er auf. Als er ging, wollte niemand sein Haus haben.

Die Insel ist unwirtlich. Nur das Starke hat dort Bestand: der Fels, das harte Gras, zähe Schafe, geduckte Häuser und starke Menschen.

„Sie wird Sturminsel genannt", sagte Alfred Rose, Davids Vater. „Ich glaube, euch wird es dort gefallen. Das ist der rechte Ort, um sich zu erholen."

Das war an einem schönen, klaren und kalten Tag im November. David und Lucy saßen im Heck eines Fischerbootes und schauten auf das bewegte Meer. Lucy dachte, daß die Herzlichkeit von Papa Rose sehr verdächtig war, aber sie mußte auch zugeben, daß ihre Abreise ein vernünftiger Schritt war. Sie brauchten einen neuen Anfang für ihre Ehe – und es ging ihnen beiden nicht gerade gut. Als Davids Vater ihnen erzählte, daß ihm eine kleine Insel an der schottischen Küste gehörte, klang es zu schön, um wahr zu sein.

„Die Schafe gehören mir auch", sagte Papa Rose. „Die Wolle bringt gerade soviel ein, wie ich Tom McAvity bezahle. Das ist der Schäfer."

Das Boot bog in die Bucht ein, und Lucy erkannte zwei Gestalten auf der Mole: einen Mann und einen Hund. Sie wandte sich an den Bootsbesitzer. „Wie oft kommen Sie hierher?"

„Jeden zweiten Montag, Madam. Ich kaufe für Tom ein. Geben Sie mir doch einfach auch Ihre Einkaufsliste, und ich besorge Ihnen alles, was sich in Aberdeen auftreiben läßt." Er stellte den Motor ab und warf Tom ein Tau zu. Lucy kletterte übers Dollbord auf die Mole.

Tom schüttelte ihr die Hand. Er hatte eine ledrige Gesichtshaut, und im Mund steckte eine Deckelpfeife. Ihr schien es absurd, wie gesund er aussah. Er hatte ein so weiches, wolliges Tweedjackett an, wie sie es zuvor noch nie gesehen hatte. „Sehr erfreut", sagte er höflich, als sei sie heute schon der neunte Besucher.

David saß noch im Boot. Hinter ihm stand der Bootsbesitzer und fragte: „Können wir?" Tom und Papa Rose hoben den Rollstuhl mit David auf die Mole.

„Wenn ich jetzt nicht fahre, muß ich vierzehn Tage lang auf den Omnibus warten", sagte Papa Rose und lächelte. „Das Haus ist nett eingerichtet worden – das werdet ihr ja gleich sehen. Eure Sachen sind schon dort." Er gab Lucy einen Kuß und klopfte David auf die Schulter. „Gönnt euch ein paar Monate Ruhe, zu zweit. Dann kommt zurück. Der Krieg hält noch wichtige Aufgaben für euch bereit."

Sie würden nicht zurückkommen, nicht solange Krieg war. Lucy wußte das, hatte aber noch mit niemandem darüber gesprochen.

Papa stieg ins Boot, und es legte ab. Tom schob den Rollstuhl, deshalb trug Lucy die Lebensmittel, die er bestellt hatte.

Zwischen der Mole und den Klippen stieg wie eine Brücke eine steile Holzrampe auf. Lucy hätte Mühe gehabt, den Rollstuhl da hinauf zu bekommen, aber Tom schaffte es ohne große Anstrengung.

Das Landhaus war ideal. Vor der Tür wuchs ein wilder Rosenbusch. Rauchwolken stiegen aus dem Schornstein, und durch die winzigen Fenster konnte man die Bucht sehen. Drinnen war saubergemacht, gelüftet und frisch gestrichen worden, und auf den Steinfußböden lagen dicke Teppiche. Es gab vier Räume: unten eine moderne Küche und ein Wohnzimmer mit Kamin, oben zwei Schlafzimmer. Eine Seite des Hauses war umgebaut und neue Installationen waren gelegt worden, nun gab es oben ein Bad und in der Küche warmes Wasser.

Tom sagte: „In der Scheune steht etwas für Sie. Ich möchte es Ihnen zeigen." Es war ein Schuppen, keine Scheune. Dort stand ein nagelneuer Jeep. „Spezialanfertigung für Mr. Rose junior", sagte Tom. „Automatische Schaltung, Gas und Bremse mit Handbedienung."

„Wohin soll ich damit denn fahren?" erkundigte sich David.

„Ich werde mich immer über Ihren Besuch freuen", sagte Tom.

„Vielen Dank", sagte Lucy.

„Das hier ist das Stromaggregat", sagte Tom und zeigte darauf.
„Hier kommt der Brennstoff rein. Liefert Wechselstrom."
„Kleine Aggregate erzeugen normalerweise Gleichstrom", sagte
David.
„Schon. Aber ich hab gehört, daß es so sicherer sein soll."
„Stimmt. Gleichstrom kann einen Menschen töten."
„Ich verabschiede mich jetzt", sagte Tom. „Ach! Ich muß Ihnen
noch sagen, daß ich im Notfall zum Festland um Hilfe funken kann."
„Sie haben ein Funkgerät?" fragte David überrascht.
„Hab ich", sagte Tom voller Stolz. „Ich gehöre zur Freiwilligenor-
ganisation für den Luftangriffswarndienst."
„Haben Sie schon mal ein Flugzeug entdeckt?" fragte David.
In Lucys Augen blitzte Mißfallen über den Sarkasmus in Davids
Stimme auf, aber Tom schien ihn nicht bemerkt zu haben.
„Bis jetzt noch nicht", antwortete Tom.
Als er weg war, sagte Lucy zu David: „Er möchte halt auch sein
Scherflein beitragen."
„Leute, die das möchten", sagte David, „gibt es haufenweise."

NACH dem Unfall hatte der Krankenhauspsychologe Lucy um ein
Gespräch gebeten. „Daß er beide Beine verloren hat, bedeutet ein
schweres Trauma für David", hatte er zu ihr gesagt. „Er wird Ihre Unterstützung nötig haben und all den Trost, den Sie ihm geben können.
Und viel Geduld. Wir können es nicht verhindern, daß er jetzt ziemlich lange sehr reizbar sein wird. Er braucht Liebe und viel Ruhe."
In den ersten Wochen auf der Insel schien er jedoch weder das eine
noch das andere zu brauchen. Er schlief nicht mit ihr, vielleicht, weil er
warten wollte, bis seine Wunden verheilt waren. Aber ans Ausruhen
dachte er erst recht nicht. Er stürzte sich in die Schafzucht, raste mit
dem Jeep auf der Insel herum, den Rollstuhl auf dem Rücksitz. Er
baute Zäune und brannte das Heidekraut ab. Und eines Tages fällte er
eine riesige, uralte Kiefer. Er konnte sich bald im Rollstuhl selbst fest
anschnallen, damit er Halt hatte, wenn er mit der Axt hantierte. Er
schnitzte sich zwei Schwingkeulen und trainierte stundenlang damit.
Seine Rücken- und Armmuskeln nahmen groteske Formen an wie bei
Männern in einem Bodybuilding-Wettbewerb.

Lucy war darüber nicht unglücklich. Sie hatte befürchtet, er werde den ganzen Tag am Kamin sitzen und grübeln. Zu Weihnachten sagte sie ihm, daß sie ein Kind bekommen werde.

Sie hatten Tom zum Essen eingeladen, und es gab Wildgans. Nach dem Tee brachte David Tom nach Hause, und als er zurückkam, sagte Lucy: „Ich habe ein Geschenk für dich, aber du darfst es erst im Mai sehen."

Er lachte. „Himmel, worüber redest du denn?"

„Ich bekomme ein Kind."

Er starrte sie an. Sein Lachen erstarb. „Großer Gott – das hat uns gerade noch gefehlt, verdammt noch mal!"

„David!"

„Wann ist das passiert?"

„Es ist nicht so furchtbar schwer, das auszurechnen, oder? Eine Woche vor der Hochzeit – und es ist ein Wunder, daß das Kind den Unfall überlebt hat."

„Warst du beim Arzt? Woher willst du das überhaupt wissen?"

„Ach, David, wenn du mich nur irgendwann angesehen hättest, dann wüßtest du's auch! Was ist denn mit dir? Du solltest vor Glück ganz außer dir sein!"

„Aber ja doch. Vielleicht wird es ein Junge – und ich gehe spazieren mit ihm und Fußball spielen. Und wenn er erwachsen wird, wünscht er sich, so wie sein Vater zu werden – ein Kriegsheld, ein Zwerg ohne Beine!"

„Oh, David", flüsterte sie. Sie kniete vor dem Rollstuhl nieder. „So was darfst du nicht denken. Er wird Respekt vor dir haben. Er wird zu dir aufschauen, weil du trotz allem mit deinem Leben zurechtgekommen bist, weil du vom Rollstuhl aus die Arbeit für zwei machst und weil –"

„Hör auf, so verflucht überheblich zu reden", fuhr er sie an.

Lucy entgegnete nichts. Sie fragte sich nur, was sie auf der öden Insel hier tat, warum sie mit einem Mann zusammen lebte, der sie offenbar nicht liebte, und ein Kind von ihm bekam, das er nicht haben wollte.

„Ich gehe jetzt schlafen", sagte David. Er fuhr zur Treppe, zog sich selbst aus dem Stuhl und schleppte sich nach oben.

Trotzdem überkam Lucy hinterher ein tiefer Frieden, als wäre alles

Bedrohliche beiseite geschoben worden, solange das Baby noch nicht zur Welt gekommen war. Sie strickte viel und bestellte Windeln per Post. Drei Wochen bevor das Baby geboren werden sollte, fuhr sie mit dem Boot nach Aberdeen. Von der Mole aus winkten David und Tom ihr nach. Vier Wochen später brachte sie das Baby nach Hause. David wollte nichts davon wissen. Sie hatte den Eindruck, daß er dachte, Frauen würden so komplikationslos entbinden wie Mutterschafe. Er hatte gesehen, daß sie hochschwanger weggefahren war und mit einem schönen, rosigen, gesunden Jungen im Arm wiederkam und sagte: „Er soll Jonathan heißen." Sie sagten aber Jo zu ihm, weil er für Jonathan noch zu klein war. David lernte, ihm die Flasche zu geben, und manchmal lag das Baby in seinem Schoß, aber sein Interesse an dem Kind blieb flüchtig und oberflächlich. Tom stand dem Baby näher als David. Der alte Mann verbrachte Stunden damit, Jo etwas vorzusummen oder Lucy beim Baden des Kindes zu helfen.

David und Lucy schliefen noch immer nicht miteinander. Erst hatte es an seinen Verletzungen gelegen, dann an ihrer Schwangerschaft, aber jetzt sprach nichts mehr dagegen.

Einmal, mitten in der Nacht, sagte sie zu ihm: „Mein Zyklus ist jetzt wieder normal."

„Wie meinst du das? Ach so – das ist ja prima."

Danach richtete sie es so ein, daß sie immer gleichzeitig mit ihm zu Bett ging, aber er drehte ihr immer nur den Rücken zu.

In einer jener Nächte, als sie neben ihm lag und hellwach war und Jos leise Geräusche aus dem Nebenzimmer hörte, kam es zum Streit. Lucy hatte den Eindruck, als wolle David das Thema von sich aus nicht anschneiden, als müsse sie die Initiative ergreifen. Dann tat sie es am besten gleich. Sie berührte ihn sacht mit der Hand – eine wie zufällige, aber unmißverständliche Aufforderung. Keine Reaktion.

„David –"

„Ach, um Himmels willen!" sagte er und stieß ihre Hand weg.

Aber diesmal war sie nicht bereit, die Zurückweisung stillschweigend hinzunehmen. „Warum denn nicht, David?"

Er warf die Bettdecke zurück, ließ sich auf den Boden gleiten und schleppte sich zur Tür.

„Warum denn nicht?" schrie Lucy. Jo fing zu weinen an.

David zog die leeren Hosenbeine seines Schlafanzuges hoch und zeigte auf die Stümpfe. „Deshalb! Deshalb nicht!"

Er ließ sich die Treppe hinunter und legte sich aufs Wohnzimmersofa. Lucy ging ins Nebenzimmer, um Jo zu trösten. Sie drückte ihn an sich und wiegte ihn in den Armen, und als er *sie* beruhigt hatte, schlief er ein. Sie legte ihn in die Wiege zurück. Sinnlos, wieder ins Bett zu gehen. Im Wohnzimmer hörte sie David schnarchen – er nahm starke Mittel ein, weil er sonst vor Schmerzen nicht schlafen konnte. Lucy mußte ein paar Stunden allein sein. Sie zog sich an, schlich die Treppe hinunter und trat leise aus dem Haus.

Draußen war es neblig, feucht und sehr kalt. Sie klappte den Mantelkragen hoch und patschte mit den Stiefeln über den schlammigen Weg. Der frostige Nebel schnürte ihr schier die Kehle zu, aber das war ihr nur recht. Sie kam zur Spitze der Klippen und stieg behutsam die steile, schmale Rampe hinunter. Sie paßte auf, daß sie auf den schlüpfrigen Planken nicht ausrutschte. Unten sprang sie auf den harten Sand. Sie ging den Strand entlang, bis zum Ende, dann kehrte sie um. Die ganze Nacht lief sie am Ufer auf und ab. Als der Morgen dämmerte, kam ihr ganz unerwartet ein Gedanke: Das ist seine Art, stark zu sein.

Der Gedanke war keine große Hilfe für sie, aber ein klein wenig klüger war sie nun doch. Vielleicht gehörten Davids Kälte und seine Kraftakte mit den Keulen und das Bäumefällen zusammen. Er mußte etwas beweisen, etwas, das er als Jagdflieger hätte beweisen können, aber jetzt hatte er nichts als einen Rollstuhl. Man gab ihm keine Chance, die Bewährungsprobe zu bestehen, und jetzt wollte er zeigen: „Ich hätte sie natürlich bestanden. Schaut nur her, wie ich leiden kann!"

Ja, es war seine Art, stark zu sein. Und vielleicht konnte sie ebenfalls stark sein. David war früher gütig und liebevoll gewesen. Jetzt mochte es an ihr sein, geduldig abzuwarten, bis er seinen Kampf ausgefochten hatte und wieder ganz der Mann wurde, der er gewesen war. Andere Frauen vor ihr waren fertiggeworden mit einem unwiederbringlichen Verlust, mit ausgebombten Häusern und mit der Tatsache, daß ihre Männer in Kriegsgefangenschaft waren.

Sie nahm einen Kiesel auf, holte weit aus und warf ihn mit aller Kraft aufs Meer hinaus. „Ich kann auch stark sein!" rief sie.

DAS große Haus in Hamburgs grüner Vorstadt Wohldorf wirkte von außen wie eine herrschaftliche Villa. Tatsächlich gehörte es der Abwehr und war nur oberhalb der Erde eine Villa wie viele andere. Darunter befanden sich zwei riesige Betonbunker und Funkeinrichtungen im Wert von ein paar Millionen Reichsmark. In jedem Bunker waren zwanzig schalldichte Abhörkabinen, in denen Funker saßen, die einen Agenten allein schon daran, wie er eine Nachricht morste, so sicher erkannten wie ihre Mutter an der Handschrift.

In jener Nacht war es ruhig im Äther, deshalb wußten alle gleich Bescheid, als sich die Nadel meldete. Einer der älteren Kollegen nahm die Nachricht auf. Er entschlüsselte sie und las sie über einen Direktanschluß dem Hamburger Hauptquartier der Abwehr vor. Dann kam er zu seiner Kabine zurück und rauchte eine Zigarette.

Der junge Mann in der Kabine daneben fragte: „Gibt's was Neues?" Der Ältere zuckte die Achseln. „Nicht viel. Die Luftwaffe hat St. Paul's Cathedral schon wieder verfehlt."

„Antworten Sie nicht?"

„Wir glauben nicht, daß er auf Antworten wartet. Er arbeitet verdammt selbständig. Ich habe ihn ausgebildet, müssen Sie wissen."

„Sie kennen die Nadel? Was ist das denn für einer?"

„Kalt wie ein Fisch. Gleichzeitig unser bester Agent. Ein echter Profi. Der Führer weiß das."

„Hitler kennt ihn?"

Der Ältere nickte. „Früher wurden ihm alle Nachrichten der Nadel vorgelegt. Ich weiß nicht, wie das jetzt ist. Der Nadel ist das ohnehin gleichgültig. Er blickt jeden auf dieselbe Weise an – als ob er sich überlegt, wie er einen umbringen kann, wenn man eine falsche Bewegung macht." Er trat die Zigarette auf dem Boden aus. „Er benutzt seinen Decknamen nie", erzählte er weiter. „Von Gutow hat ihm den verpaßt, und er hat ihn nie leiden können."

„Warum kann er denn seinen Decknamen nicht leiden?"

„Er sagt, er hat eine Bedeutung, und ein Deckname mit einer Bedeutung kann einen ans Messer liefern."

„Wieso? Die Nadel? Was bedeutet das denn?"

Aber in jenem Augenblick zirpte das Funkgerät des Älteren, und er ging schnell an seinen Platz.

ZWEITER TEIL

I.

FABER ärgerte sich über die Nachricht. Die Hamburger hatten sich vergewissert, daß sie ihn auch erreichte: Er hatte seinen Code durchgegeben, und anstatt wie üblich zu antworten: „Verstanden – bitte senden", hatten sie zurückgefunkt: „Zum Rendezvous eins gehen." Er fragte sich, ob er gehorchen sollte.

Es gab zwei Gründe für den Ungehorsam: einen beruflichen und einen privaten. Der private Grund für den Ungehorsam: Faber war überzeugt, daß die Seite, für die er kämpfte, den Krieg verlieren würde. Afrika war verloren, Italien war zusammengebrochen, und noch in diesem Jahr, 1944, würden die Alliierten in Frankreich landen. Faber hatte nicht vor, sein Leben für nichts aufs Spiel zu setzen. Der berufliche bestand darin, daß „Rendezvous eins" ein alter Code war, den Canaris 1937 eingeführt hatte. Er bedeutete, daß Faber zu einer bestimmten Ladentür zwischen Leicester Square und Piccadilly Circus gehen mußte, um dort einen anderen Agenten zu treffen. Beide trugen eine Bibel unter dem Arm. Dann folgte ein vorgeschriebener Dialog.

„Welches Kapitel ist heute denn dran?"

„Erstes Buch der Könige, dreizehn."

Waren beide sicher, daß ihnen niemand gefolgt war, kamen sie überein, daß es sich um ein „außerordentlich anregendes" Kapitel handelte. Wenn nicht, mußte die Antwort lauten: „Ich habe es leider noch nicht gelesen."

Vielleicht gab es die Ladentür gar nicht mehr, aber deswegen beunruhigte sich Faber nicht. Er dachte daran, daß Canaris diesen Code wahrscheinlich auch den dämlichen Amateuren anvertraut hatte, die 1940 über den Kanal gekommen und unverzüglich in den Armen von MI5 gelandet waren. Wenn also die Engländer die Nachricht an ihn abgefangen hatten, würde es vor jener Ladentür von jungen Briten wimmeln, die eine Bibel unter dem Arm trugen und sich darin übten, „außerordentlich anregend" mit deutschem Akzent zu sagen.

Damals, als die Invasion unmittelbar bevorzustehen schien, hatte sich die Abwehr daran berauscht und auf Professionalität gepfiffen. Seitdem vertraute Faber der Abwehr nicht mehr. Dann wurde ihm plötzlich klar, daß er, aller Logik zum Trotz, zum Rendezvous gehen würde. Es bedeutete ein törichtes Wagnis, aber der Grund dafür war einfach: Er langweilte sich unaussprechlich. Seit vier Jahren hatte er im Grunde nichts Richtiges zu tun gehabt. Ja, er würde zum Rendezvous gehen – aber nicht so, wie sie es von ihm erwarteten.

FABER kaufte sich am Piccadilly Circus eine Bibel und stopfte sie in die Manteltasche. Es war ein naßkalter Tag, und Faber hatte einen Regenschirm dabei. Das Rendezvous war auf neun bis zehn Uhr morgens und fünf bis sechs am Nachmittag festgelegt. Es war ausgemacht, daß jeder täglich hingehen mußte – bis der andere auftauchte. Wenn an fünf Tagen hintereinander keine Verbindung aufgenommen werden konnte, mußte man zwei Wochen lang jeden zweiten Tag hingehen. Danach gab man auf.

Faber war zehn nach neun am Leicester Square. Der Kontaktmann stand in der Ladentür, eine schwarz eingebundene Bibel unter dem Arm. Faber ging schnell vorbei, den Kopf gesenkt. Der Mann war noch jung, hatte einen blonden Schnurrbart und Kaugummi im Mund. Als Faber zum zweiten Mal an ihm vorbeikam, diesmal auf der anderen Straßenseite, sah er den Beschatter. Hinter der Glastür zu einem Bürohaus, der verabredeten Stelle genau gegenüber, stand ein untersetzter Mann.

Es gab zwei Möglichkeiten. Wenn der Agent nicht wußte, daß er verfolgt wurde, brauchte Faber ihn nur vom Treffpunkt wegzulotsen und den Bewacher abzuschütteln. Wenn freilich der Agent gefaßt und der Mann in der Ladentür ein Ersatzmann war, durften weder er noch der Beschatter Fabers Gesicht sehen.

Faber rechnete mit dem Schlimmsten und überlegte, wie er damit fertigwerden konnte. Er ging in die nächste Telefonzelle und merkte sich die Nummer. Schnell schlug er Erstes Buch der Könige, dreizehn, auf, riß die Seite heraus und schrieb an den Rand: ,,Gehen Sie in die Telefonzelle an der Kreuzung.'' Dann lief er die Parallelstraße entlang, bis er einen kleinen Jungen entdeckte, der auf einer Türschwelle saß.

,,Kennst du den Tabakladen am Leicester Square?'' fragte Faber.

„Klar."

„Magst du gern Kaugummi?"

„Klar."

Faber gab ihm die herausgerissene Seite. „In der Tür steht ein Mann. Wenn du ihm das hier gibst, kriegst du Kaugummi von ihm."

Der Junge stand auf. „Ist der Kerl dort ein Yankee?"

„Klar", sagte Faber.

Der Junge lief weg. Faber folgte ihm. Als der Junge auf den Agenten zuging, huschte Faber in den Eingang des Bürohauses gegenüber. Der Beschatter stand noch da und spähte durch die Glastür. Faber stand direkt vor der Tür, versperrte dem Bewacher die Sicht und tat, als kämpfe er mit seinem Regenschirm. Der Agent drückte dem Jungen etwas in die Hand und entfernte sich. Faber machte Schluß mit der Regenschirmpantomime und ging in die entgegengesetzte Richtung. Er sah sich nach dem Beschatter um. Der lief auf die Straße und hielt Ausschau nach dem verschwundenen Agenten.

Faber ging zum nächsten Telefon und wählte die Nummer der Zelle an der Kreuzung. Eine dunkle Stimme sagte: „Hallo?"

„Welches Kapitel ist heute denn dran?" fragte Faber.

„Erstes Buch der Könige, dreizehn."

„Außerordentlich anregend."

„Ja, nicht wahr?"

Der Trottel hat nicht die leiseste Ahnung, daß er in der Patsche sitzt, dachte Faber.

„Ich muß Sie sehen", sagte die Stimme.

„Das geht nicht."

„Ich habe eine Nachricht von ganz oben – verstehen Sie?"

Faber tat, als sei er unschlüssig. „Na, gut. Ich warte in einer Woche unter der Bahnbrücke an der Euston Station auf Sie. Um neun Uhr morgens."

„Geht es denn nicht früher?"

Faber hängte ein und ging. Schnell sauste er um zwei Ecken und kam zu der Telefonzelle an der Kreuzung. Der Agent ging in Richtung Piccadilly Circus. Von dem Beschatter war nichts zu sehen. Faber folgte dem Agenten. Der ging in die U-Bahnstation Piccadilly Circus und kaufte eine Fahrkarte nach Stockwell. Dorthin konnte Faber schneller kommen. Er ging zum Leicester Square und nahm einen Zug der Northern Line. Der Agent mußte in Waterloo umsteigen, während Fabers Zug direkt hinfuhr. In Stockwell mußte Faber fünfundzwanzig Minuten warten, bis der Agent auftauchte.

Faber verfolgte ihn durch ein Netz von Straßen mit Wohnhäusern. Der Agent sah sich nicht um, und Faber dachte: noch ein Amateur. Schließlich betrat er ein ärmliches Mietshaus, das unverdächtig aussah. Es hatte ein Dachbodenfenster; dort war sicher das Zimmer des Agenten, möglichst weit oben für den besseren Empfang der Funksprüche.

Faber ging am Haus vorbei und beobachtete aus den Augenwinkeln die gegenüberliegende Straßenseite. Richtig – dort: eine schnelle Bewegung, ein wachsames Gesicht, das verschwand – die Gegenseite war auch da. Der Agent mußte schon gestern zum Treffpunkt gekommen sein und nicht gemerkt haben, daß ihm MI5 auf dem Heimweg gefolgt war – wenn er nicht selbst zu MI5 gehörte.

Faber ging um die Straßenecke herum und die Parallelstraße entlang. Er zählte die Häuser. Fast genau hinter dem Haus, in dem der Agent verschwunden war, lag ein ausgebombtes Ruinengrundstück. Gut. Fabers Herz schlug schneller. Das Spiel fing an.

AN JENEM Abend zog er schwarze Sachen an – einen Filzhut, eine kurze Fliegerjacke aus Leder, Schuhe mit Gummisohlen – alles schwarz. Er würde so gut wie unsichtbar sein, denn London war verdunkelt. Kurz nach Mitternacht fuhr er auf dem Rad durch die stillen Straßen. Vierhundert Meter vor seinem Ziel stellte er das Fahrrad ab.

Er ging nicht zu dem Haus, in dem der Agent wohnte, sondern zu dem Ruinengrundstück in der Parallelstraße. Er trat durch das gähnende Türloch ein und stieg über die Trümmer des Hauses in den dahinter liegenden Garten. Es war sehr finster. Faber mußte langsam gehen. Er sprang über den Gartenzaun. Ein Hund bellte.

Er fand das Küchenfenster im Erdgeschoß des Mietshauses und nahm ein spatelförmiges Werkzeug aus der Tasche. Der Kitt war brüchig. Nachdem er zwanzig Minuten lang lautlos gearbeitet hatte, holte er eine Scheibe aus dem Rahmen und legte sie behutsam ins Gras. Er hielt eine Bleistiftleuchte in die Öffnung, machte den Riegel auf, öffnete das Fenster und stieg ein.

Im Haus roch es nach Desinfektionsmitteln. Faber schloß die Hintertür auf – eine Vorsichtsmaßnahme, falls er schnell verschwinden mußte –, ehe er in die Diele trat. Rasch ließ er die Leuchte aufblitzen, nur einmal und ganz kurz. Dabei sah er einen Tisch, an dem er vorbei mußte, etliche Mäntel an den Garderobenhaken und eine Treppe, auf den Stufen ein Läufer. Lautlos stieg er hinauf. Er war halb oben, als er Licht unter einer Tür sah. Einen Sekundenbruchteil später hörte er asthmatisches Husten und das Rauschen der Wasserspülung. Faber drückte sich regungslos an die Wand.

Das Licht fiel auf den Treppenabsatz, als die Tür aufging. Faber ließ sein Stilett aus dem Ärmel gleiten. Ein alter Mann kam aus der Toilette heraus und ging über den Treppenabsatz. Er ließ das Licht an. Vor der Tür zu seinem Zimmer räusperte er sich, drehte sich um und kam zurück. Er muß mich sehen, dachte Faber, aber die halboffenen Augen des alten Mannes waren auf den Fußboden gerichtet. Er schaute nur auf, als er an der Lichtschnur zog. Es wurde dunkel, und der alte Mann trottete ins Bett zurück.

Oben im zweiten Stockwerk gab es nur eine Tür. Faber versuchte vorsichtig, sie zu öffnen. Sie war abgeschlossen.

Er holte ein anderes Werkzeug aus der Tasche und öffnete das Schloß. Er ging ins Zimmer.

Von der entgegengesetzten Seite des Zimmers her hörte er tiefe, regelmäßige Atemzüge. Sehr langsam ging er durch den stockdunklen Raum und trat ans Bett. Er machte die Taschenlampe an und fuhr dem Schlafenden mit einem Würgegriff an die Kehle.

Der Agent riß die Augen auf, aber er brachte keinen Laut heraus. Faber setzte sich rittlings auf ihn. Dann flüsterte er: „Erstes Buch der Könige, dreizehn" und lockerte den Griff. Mit der rechten Hand zog er das Stilett heraus.

Der Agent starrte ins Licht der Taschenlampe und versuchte, Fabers Gesicht zu sehen. „Wollen Sie mich nicht aufstehen lassen?"

„Mir ist es lieber, Sie bleiben im Bett – da können Sie wenigstens keinen Schaden anrichten. Sie sind am Leicester Square beobachtet worden. Sie haben nicht gemerkt, daß ich Ihnen hierher gefolgt bin – und das Haus hier wird überwacht... Warum sind Sie hier?"

„Ich... Ich muß mich erst vergewissern, daß Sie es wirklich sind."

„Wodurch können Sie sich Gewißheit verschaffen?"
„Ich muß Ihr Gesicht sehen."
Faber zögerte, dann leuchtete er sich kurz ins Gesicht.
„Die Nadel", sagte der Agent.
„Und wer sind Sie?"
„Major Friedrich Kaldor. Darf ich aufstehen?"
„Nein. Wenn nun Major Kaldor in Wandsworth einsitzt und Sie ein
Ersatzmann sind und nur darauf warten, Ihren Freunden im Haus ge-
genüber ein Zeichen zu geben?... Raus damit, was für eine Nachricht
haben Sie für mich?"
„Ja, sehen Sie, wir glauben, daß es dieses Jahr zur Invasion in Frank-
reich kommen wird. General Patton konzentriert die Erste Armee der
Vereinigten Staaten in einem Landstrich Englands, der als Ostanglien
bekannt ist. Daraus folgt, daß sie bei Calais angreifen wollen."
„Aber ich habe noch nichts von Pattons Armee gesehen."
„In Berlin ist man sich selbst in höchsten Kreisen nicht sicher. Der
Führer hat von seinem Astrologen den Rat bekommen, die Norman-
die zu verteidigen."
„Was? Er hat einen Astrologen? Sieht es dort jetzt so schlimm aus?"
„Ich glaube, er benützt den Astrologen als Ausrede, wenn er glaubt,
seine Generäle hätten unrecht, und er sie nicht widerlegen kann."
Vor derartigen Nachrichten hatte Faber sich gefürchtet. „Weiter."
„Sie haben den Auftrag, die Stärke der Ersten US-Heeresgruppe
herauszubekommen. Und ich bin instruiert worden, Sie von der un-
geheuren Wichtigkeit Ihrer Mission zu überzeugen. Sie bekommen
für die Dauer des Auftrags einen sicheren Schlupfwinkel."
„Die glauben ja nur, daß es ungeheuer wichtig ist", sagte Faber.
„Sie werden Kontakt mit einem U-Boot aufnehmen, das fünfzehn
Kilometer südlich von Aberdeen in der Nordsee wartet. Sie müssen
bloß auf Ihrer normalen Funkfrequenz Nachricht geben, dann taucht
das U-Boot auf. Sobald Sie oder ich Hamburg davon unterrichten,
daß ich Ihnen alle Anweisungen gegeben habe, ist Ihr Fluchtweg vor-
bereitet. Das U-Boot wird jeden Freitag und jeden Montag von sechs
Uhr morgens bis sechs Uhr abends auf Sie warten."
„Aberdeen ist eine große Stadt. Können Sie mir die Längen- und
Breitengrade exakt angeben?"

„Ja." Der Agent nannte ihm die Zahlen, und Faber merkte sie sich.

„Was haben Sie mit den Herren von MI5 im Haus gegenüber vor?" erkundigte sich Faber.

Der Agent zuckte die Achseln. „Ich muß einfach abhauen."

Das wird nie und nimmer klappen, dachte Faber. „Was haben Sie für Befehle, nachdem Sie mich gesehen haben? Haben Sie einen Unterschlupf?"

„Nein. Ich soll mir in Weymouth ein Boot stehlen und nach Frankreich zurückschippern."

Das war schlechter als überhaupt kein Plan. Canaris wußte also, dachte Faber, was hier los war. Sehr schön.

„Und was passiert, wenn die Briten Sie schnappen und foltern?" fragte er.

„Ich habe ein Mittel zum Selbstmord dabei."

„Und das werden Sie auch nehmen?"

„Selbstverständlich."

Faber sah ihn an. „Ich traue Ihnen zu, daß Sie das tun", sagte er. Er legte die linke Hand auf die Brust des Agenten und stieß mit der rechten das Stilett durch die Rippen ins Herz. Der Körper des Agenten bäumte sich auf, dann fiel er zurück.

„Du hast mein Gesicht gesehen", sagte Faber.

„Ich glaube, die Sache ist verpatzt", sagte Percival Godliman. „Auf dem Leicester Square muß was vorgefallen sein – in den paar Sekunden, in denen Sie Blondie aus den Augen verloren haben." Frederick Bloggs nickte zustimmend.

Er sieht mitgenommen aus, dachte Godliman. Seit fast einem Jahr war er nun in dieser Verfassung – damals hatten sie seine Frau oder vielmehr das, was von ihr übrig war, unter den Trümmern eines zerbombten Hauses in Hoxton hervorgezogen.

„In dem Haus ist immer noch nichts Auffälliges vorgefallen?"

„Seit achtundvierzig Stunden überhaupt nichts", sagte Bloggs. „Es ist meine Schuld."

„Nein. Ich habe entschieden, daß wir ihn laufenlassen, damit er uns auf die Spur eines anderen führt. Lassen Sie ihm noch mal vierundzwanzig Stunden Zeit."

„So was aber auch", sagte der Wachtmeister eifrig. „Der Mann ist offensichtlich tot." Er stand neben dem Vermieter und einem ältlichen Hausbewohner an der Schlafzimmertür. Es gab keine Anzeichen für einen Kampf. „Haben Sie irgendwas angefaßt, Paddy?" „Nein." Der Vermieter war ein irischer Republikaner mittleren Alters, der aus Clare stammte. „Übrigens heiße ich Mr. Riley."

Der Polizist überhörte die Bemerkung und ging hinüber zum Bett. Der blonde junge Mann sah friedlich aus, die Hände über der Brust gekreuzt. „Wenn er nicht noch so jung gewesen wäre, würde ich auf Herzschlag schließen." Er nahm eine Brieftasche vom Schreibtisch auf. „Die Papiere sind in Ordnung – und ausgeraubt worden ist er auch nicht."

„Er hat hier erst seit einer Woche gewohnt", sagte der Vermieter. „Er kam nach London, um in einer Fabrik zu arbeiten."

„Ja nun", stellte der Wachtmeister fest, „wenn er so gesund war, wie er aussieht, dann hätte er sich zur Armee gemeldet." Er machte den Koffer auf, der auf dem Tisch stand. „Nanu, was ist das denn?"

Der Vermieter kam heran. „Das ist ein Funkgerät."

Der ältliche Hausbewohner sagte: „Er blutet. Der ist erstochen worden."

„Fassen Sie die Leiche nicht an!" Der Wachtmeister nahm sacht eine Hand von der Brust des Toten. Eine schmale Blutspur zeigte sich.

„Er *hat* geblutet", sagte er. „Wo ist das nächste Telefon?"

BLOGGS kam zur selben Zeit an wie Kriminalkommissar Harris, den er aus seiner Dienstzeit bei Scotland Yard kannte. Der Wachtmeister führte sie zur Leiche. „Wer ist das?" fragte Harris.

„Sein Deckname ist Blondie", erklärte Bloggs. „Wir nehmen an, daß er vor ein paar Wochen mit dem Fallschirm abgesprungen ist. Wir haben gehofft, daß er uns zu dem Agenten führt, den die hier sitzen haben."

Harris besah sich die Wunde in der Brust des Agenten. „Ein Stilett?"

„So was Ähnliches", sagte der Wachtmeister. „Saubere Arbeit. Wollen Sie sehen, wie der Mörder ins Haus gekommen ist?"

Er führte sie zur Küche im Erdgeschoß. Sie schauten sich den Fensterrahmen und die unbeschädigte Scheibe im Gras an. Bloggs sagte:

„Das ist passiert, nachdem ich ihn auf dem Leicester Square aus den Augen verloren habe."

„Seien Sie nicht so selbstkritisch", gab Harris zur Antwort.

„Gesetzt den Fall, er hat mit dem hiesigen Agenten Kontakt aufgenommen, nachdem ich ihn aus den Augen verloren hatte, und hat den Mann dann hierherbestellt. Der hat eine Falle gewittert – deshalb ist er durch das Fenster gekommen."

„Ein ganz schön mißtrauischer Schweinehund", stellte Harris fest.

„Wie auch immer, er kommt in Blondies Zimmer und weckt ihn. Dann muß er doch merken, daß es keine Falle ist, oder?"

„Sicher."

„Warum bringt er aber Blondie um?"

Harris runzelte die Stirn. „Vielleicht hat er gemerkt, daß Blondie überwacht wurde – und hat Angst davor gehabt, daß wir uns den Jungen schnappen und ihn dazu bringen, gründlich auszupacken."

Bloggs sagte: „Dann ist er ein Ungeheuer, das vor nichts zurückschreckt."

„Vielleicht haben wir ihn deshalb noch nicht erwischt."

„Kommen Sie rein, und nehmen Sie bitte Platz", sagte Godliman. „Gerade hat mich MI6 angerufen. Canaris ist rausgeflogen."

Bloggs kam ins Büro, setzte sich und fragte: „Ist das gut oder schlecht für uns?"

„Ausgesprochen schlecht. Obendrein im ungünstigsten Augenblick."

„Darf ich wissen, warum?"

Godliman sah ihn aufmerksam an, dann sagte er: „Ich glaube, ich sollte Sie einweihen. Zur Zeit haben wir vierzig Doppelagenten, die falsche Informationen über die Invasionspläne nach Hamburg durchgeben. Canaris war uns aufgesessen, das wissen wir. Aber ein neuer Besen könnte unsere Doppelagenten verdächtigen. Wenn auch nur ein anständiger Agent der Abwehr unser Täuschungsmanöver entdeckt, können wir ohne weiteres den Krieg verlieren. Jetzt wissen wir, daß es mindestens einen gibt. Wir müssen ihn finden."

„Ich weiß nicht", sagte Bloggs düster. „Wir haben nicht den kleinsten Anhaltspunkt, wie er aussieht. Er versteht sein Handwerk so gut, daß wir ihn nicht ausfindig machen können, während er sendet. Wir kennen noch nicht einmal seinen Codenamen. Wo sollen wir anfangen?"

„Bei den unaufgeklärten Verbrechen", sagte Godliman. „Sehen Sie – ein Spion muß irgendwann mit dem Gesetz in Konflikt kommen. Er fälscht seine Papiere, er fährt in Sperrgebiete – und wenn ihn jemand ertappt, dann muß er töten. Wenn wir die Akten der unaufgeklärten Verbrechen während des Krieges durchgehen, dann müssen wir Hinweise finden."

„Wissen Sie denn nicht, daß die meisten Verbrechen nicht aufgeklärt werden?"

Godliman zuckte die Achseln. „Wir beschränken die Ermittlungen auf London – und wir fangen an mit den Morden."

Schon am ersten Tag ihrer Suche entdeckten sie etwas. Es war die Akte über den Mord an einer Mrs. Una Garden, begangen in Highgate im Jahr 1940. Sie war im Schlafzimmer eines Mieters mit durchschnittener Kehle aufgefunden worden. Alles paßte zusammen: Sie hatte sich mit dem Mieter gestritten, mit dem sie eine Affäre gehabt hatte, und dann hatte er sie umgebracht. Die Polizei hatte den Mann niemals gefunden.

Godliman war schon dabeigewesen, die Akte aus der Hand zu legen. Spione hatten mit Sexualverbrechen nichts zu tun. Aber er war von Natur aus gründlich, deshalb las er Wort für Wort und entdeckte schließlich, daß Mrs. Garden an Brustverletzungen von einem Stilett verschieden war. Auch die Halswunde wies auf ein Stilett hin. Er schob Bloggs die Akte über den Schreibtisch zu.

Der überflog sie und sagte: „Das Stilett."

Als sie mit der Akte in Godlimans Büro zurückkehrten, lag ein dechiffriertes Funksignal auf dem Schreibtisch.

Godliman las es, dann trommelte er voller Begeisterung auf den Tisch. „Das ist er!"

Bloggs las: „Befehle erhalten. Gruß an Willi."

„Wissen Sie noch?" fragte Godliman. „Die Nadel?"

„Ja – die Nadel", sagte Bloggs zögernd.

„Denken Sie nach: Ein Stilett ist einer Nadel sehr ähnlich. Es kann sich nur um ein und denselben Mann handeln: der Mord an Mrs. Garden, all die Funksprüche im Jahr 1940, deren Herkunft wir nicht lokalisieren konnten – und dann das Treffen mit Blondie."

„Das kann schon sein." Bloggs sah nachdenklich aus.

„Erinnern Sie sich noch an den Bericht über Finnland, den Sie mir am ersten Tag hier gezeigt haben? An den einen, der unterbrochen worden war? Wenn mich mein Gedächtnis nicht im Stich läßt, dann ist der Tag, an dem der Funkspruch gesendet wurde, auch der Tag, an dem der Mord passierte..., und ich könnte wetten, daß der Zeitpunkt der Unterbrechung des Funkspruchs auch übereinstimmt mit der mutmaßlichen Uhrzeit des Mordes."

Bloggs sah in der Akte nach. „Stimmt, die gleiche Zeit. Also arbeitet er seit mindestens fünf Jahren in London."

Godlimans Gesicht bekam plötzlich einen Ausdruck der Entschlossenheit. „Er mag klug sein, aber so klug wie ich ist er nicht. Ich werde ihn festnageln."

Bloggs mußte laut lachen. „Sie haben sich sehr verändert, Herr Professor."

Godliman sagte: „Und Sie habe ich seit einem Jahr nicht mehr so lachen hören."

BEI strahlendblauem Himmel fuhr das Boot mit den Lebensmitteln zur Sturminsel. Zwei Frauen saßen darin: die eine war die Frau des Bootsbesitzers, der einberufen worden war und dessen Arbeit sie nun übernommen hatte – die andere war Lucys Mutter. Lucy umarmte sie. „Mutter, was für eine Überraschung!"

Jo, der nun fast drei Jahre alt war, verbarg sich hinter Lucys Rock. Er war dunkelhaarig, hübsch und groß für sein Alter. Sie nahmen die Lebensmittel aus dem Boot und gingen die Rampe hinauf. Als sie zum Haus kamen, sagte Lucys Mutter: „Das ist ja einfach himmlisch!"

Lucy führte ihre Mutter in die Küche und kochte Tee. „Tom holt nachher deinen Koffer herauf. Er wird bald zum Mittagessen hier sein. Du hast mir noch gar nicht erzählt, warum du gekommen bist."

„Liebes, es wird wirklich Zeit, daß ich nach dir sehe. Wir sollen zwar keine unnötigen Reisen machen, aber einmal in vier Jahren – das ist nicht gerade extravagant."

Sie hörten den Jeep vorfahren, und kurz darauf kam David im Rollstuhl herein. Er gab seiner Schwiegermutter einen Kuß und machte sie mit Tom bekannt.

„Du widmest dich also tatsächlich ernsthaft der Schafzucht?" fragte sie.

„Die Herde hat sich in den letzten drei Jahren verdoppelt", sagte David.

Vorsichtig sagte sie: „Ich nehme an, daß Tom die schwere Arbeit macht."

David lachte. „Wir sind gleichwertige Partner, Mutter."

Nach dem Essen zündete sich David eine Zigarette an, und Tom stopfte seine Pfeife. Lucys Mutter sagte fröhlich: „Ich möchte wirklich gern wissen, wann wir die nächsten Enkel bekommen." Langes Schweigen.

„Also ich finde es wunderbar, wie David das alles schafft", versuchte Lucys Mutter, das Gespräch wieder in Gang zu bringen.

„Ja", antwortete Lucy.

Als Lucys Mutter den dritten Tag bei ihnen war, gingen die beiden Frauen mit Jo eine kleine Anhöhe hinauf, um David, Tom und dem Hund beim Schafehüten zuzusehen. Lucy sah ihrer Mutter an, daß sie innerlich zerrissen war zwischen Sorge und Zurückhaltung. Sie entschloß sich, ihrer Mutter die peinliche Frage zu ersparen.

„Er liebt mich nicht", sagte sie. „Seit unserer Hochzeit sind wir noch nie richtig Mann und Frau gewesen."

„Aber –?" Lucys Mutter deutete mit einer Kopfbewegung auf Jo.

„Das war eine Woche vor der Hochzeit."

„Oh! Ach, mein Liebes... Liegt es an dem Unfall?"

„Nicht so, wie du meinst. Es ist nichts Physisches. Er... will einfach nicht." Lucy weinte leise.

Nach einer Weile gingen sie weiter durch das Heidekraut. Lucys Mutter sagte: „Einmal wollte ich deinen Vater verlassen."

Jetzt war es an Lucy, schockiert zu sein. „Wann?"

„Kurz nachdem Jane geboren wurde. Ich hatte herausbekommen, daß er sich mit einer Jugendliebe traf."

Lucy erinnerte sich nur bruchstückhaft an jene Zeit: Lachen und Sonne. Die Ehe ihrer Eltern war ihr als das Beispiel eines glücklichen Zusammenlebens erschienen. Sie fragte: „Warum hast du es nicht getan? Ich meine, ihn verlassen?"

„Damals tat man so etwas einfach nicht."

„Und du bist froh darüber, daß du geblieben bist." Das war keine Frage.

„Mein ganzes Leben bestand daraus, die Dinge zu nehmen, wie sie sind, und das gilt für die meisten Frauen, die ich kenne. Beständigkeit sieht immer nach Aufopferung aus, ist es aber nur selten. Wie auch immer – einen Rat werde ich dir nicht geben. Wenn du ihn annähmst, würdest du mich später vermutlich für deine Probleme verantwortlich machen."

„Oh, Mutter!" Lucy lächelte.

„Sollen wir umkehren? Ich glaube, für heute sind wir weit genug gegangen."

EINES Abends sagte Lucy in der Küche zu David: „Ich hätte gern, daß Mutter noch vierzehn Tage hierbleibt, wenn sie möchte." Lucys Mutter war oben und brachte Jo ins Bett.

„Habt ihr mich in den letzten vierzehn Tagen denn noch nicht gründlich genug analysiert?"

„Red keinen Unsinn, David."

Er kam mit dem Rollstuhl näher zu ihr heran. „Willst du mir etwa erzählen, daß ihr nicht über mich redet? Was sagst du ihr?"

„Warum, beunruhigt dich das?" fragte Lucy, eine Spur gehässig.

„Verflucht noch mal, niemand will, daß sein Privatleben breitge- tratscht wird –"

„Wir tratschen nicht über dich."

„Was sagst du ihr? Gib Antwort!"

„Ich sage, daß ich dich verlassen will, und sie versucht, es mir auszu- reden."

Er wendete den Rollstuhl und fuhr weg von ihr. „Sag ihr, sie soll das bleibenlassen."

„Meinst du das ernst?" rief sie.

Er hielt den Rollstuhl an. „Ich brauche niemanden, kapiert?"

„Und was ist mit mir? Vielleicht brauche ich ja jemanden."

„Wozu?"

„Jemanden, der mich liebt."

David zuckte die Achseln. „Das ist dein Problem."

GODLIMAN und Bloggs gingen nebeneinander eine Straße in London entlang. Godliman sagte: „Ich glaube, die Nadel hat gute Beziehungen. Das ist die einzige Erklärung dafür, daß er straffrei ausgegangen ist. ‚Gruß an Willi‘ muß sich auf Canaris beziehen.“

„Sie glauben, daß er mit Canaris befreundet ist?“

„Vielleicht mit einem, der noch mächtiger ist. Leute mit guten Beziehungen erwerben sich ihre Kontakte im allgemeinen schon in der Schule – oder auf der Universität.“

„Und wenn die Nadel nun mit einem einflußreichen Mann der Wehrmacht zur Schule gegangen ist?“

„In der Schule werden immer Fotos gemacht. In Kensington, wo MI 6 vor dem Krieg stationiert war, liegen im Keller Tausende von Fotos deutscher Offiziere.“

„Wenn die Nadel also auf eine deutsche Eliteschule gegangen ist“, sagte Bloggs, „haben wir wahrscheinlich ein Foto von ihm. Aber wie sollen wir ihn erkennen? Keiner hat ihn je gesehen.“

„O doch, er ist gesehen worden. In Mrs. Gardens Pension in Highgate.“

DAS viktorianische Haus stand auf einem Hügel, von dem aus man ganz London überblicken konnte. Ein idealer Ort zum Funken. Bloggs fragte sich, welche Geheimnisse die Nadel hier in den dunklen Tagen von 1940 durchgegeben haben mochte: Genaue Angaben über die Lage von Flugzeugfabriken, Details über die Verteidigungsanlagen an der Küste, politischen Klatsch, Berichte über Bombenschäden. „Gut gemacht, Jungs, endlich habt ihr Christine Bloggs erwischt –“ Schluß damit.

Eine junge Frau machte die Tür auf.

„Guten Morgen. Ich bin Kommissar Bloggs von Scotland Yard. Es geht um einen Mord, der hier vor vier Jahren geschehen ist.“

Die Frau riß kurz die Augen auf, aber sie sagte: „Kommen Sie doch bitte herein.“ Sie führte Bloggs in die Diele und setzte sich auf einen Lehnstuhl mit geblümtem Polster. „Ich habe natürlich von dem Mord gehört. Die damalige Inhaberin wurde von einem Mieter umgebracht. Mein Mann hat das Haus von ihrem Nachlaßverwalter gekauft."

„Wir haben neues Beweismaterial entdeckt. Ich möchte die Mieter finden, die damals hier gewohnt haben."

„Ja." Das intelligente Gesicht der Frau zeigte, daß sie angestrengt nachdachte. „Als wir einzogen, waren noch drei hier, die schon vor dem Mord im Haus gewohnt hatten: ein pensionierter Marineoffizier, ein Vertreter und ein Junge aus Yorkshire. Der Junge hat sich freiwillig zur Armee gemeldet. Der Vertreter wurde eingezogen und fiel auf See. Und der Fregattenkapitän wohnt noch bei uns."

„Tatsächlich!" Das war ein Glücksfall. „Ich möchte ihn gern sprechen."

„Selbstverständlich. Ich bringe Sie hinauf zu ihm. Und während Sie mit ihm reden, suche ich den letzten Brief dieses Jungen heraus." Sie führte ihn die Treppe hinauf und klopfte. „Die Tür ist offen", rief eine Stimme.

Der Fregattenkapitän saß am Fenster, eine Decke über den Knien. Sein Haar war schütter, seine Haut schlaff und runzlig. „Schauen Sie sich das an!" sagte er, ohne den Blick vom Fenster zu wenden. „Können Sie mir sagen, warum der Bursche nicht bei der Marine ist?"

Bloggs trat ans Fenster. Der Lieferwagen einer Bäckerei, den Pferde zogen, wartete am Bordstein, während die Brote ausgetragen wurden. Der „Bursche" war eine Frau in Hosen. Sie hatte kurzgeschnittenes blondes Haar und einen eindrucksvollen Busen. Bloggs lachte. „Das ist eine Frau", sagte er.

„Das darf doch nicht wahr sein!" Der Fregattenkapitän drehte sich um.

Bloggs stellte sich vor. „Ich glaube, Sie haben schon 1940 hier gewohnt, zur gleichen Zeit wie Henry Faber. Erinnern Sie sich an ihn?"

„Sehr gut. Groß, dunkles Haar. Gepflegte Sprache. Ruhig. Ungefähr in Ihrem Alter: Anfang Vierzig."

Bloggs unterdrückte ein Lächeln – er war daran gewöhnt, daß er meistens für älter gehalten wurde, nur weil er Kriminalbeamter war.

Der Fregattenkapitän fügte hinzu: „Ich bin sicher, daß er es nicht gewesen ist. Wenn das ein Sexualmörder war, bin ich Hermann Göring."

Bloggs brachte die blonde Frau in Hosen plötzlich in Verbindung mit dem Irrtum über sein Alter. Die Schlußfolgerung deprimierte ihn. Er sagte: „Sie sollten einen Polizisten immer bitten, Ihnen seinen Dienstausweis zu zeigen."

Der Fregattenkapitän war entgeistert. „Na gut, zeigen Sie ihn mir."

Bloggs klappte die Brieftasche auf und zeigte ihm ein Foto von Christine. Der alte Mann musterte es gründlich, dann sagte er: „Sie sind sehr gut getroffen."

Bloggs seufzte. Der alte Mann war so gut wie blind.

„Das ist vorerst alles", sagte er und stand auf. „Danke."

Als er nach unten kam, wartete die Frau in der Diele auf ihn. Sie gab Bloggs einen Brief. „Sie können den Jungen über ein Armeepostfach erreichen", sagte sie. „Er heißt Billy Parkin. Sie finden bestimmt heraus, wo er stationiert ist."

„Sie haben gewußt, daß mir der Fregattenkapitän nicht weiterhelfen kann", sagte Bloggs.

„Ja, schon. Aber wenn er Besuch bekommt, freut er sich den ganzen Tag."

WER Billy Parkin einen Jungen nannte, konnte ihn nur gekannt haben, bevor er ein falsches Alter angegeben und sich zur Armee gemeldet hatte. Im Krieg werden aus Kindern schnell Männer, und es gab keinen Zweifel daran, daß Feldwebel Billy Parkin jetzt ein Mann war. Sein Schritt war fest und würdevoll, sein Blick energisch, und in Gegenwart von hohen Offizieren benahm er sich respektvoll, aber unbefangen.

Es hatte ihn amüsiert, als hohe Tiere in London ihn aus Italien zurückbeorderten und ihm erklärten, er solle sich ein paar Bilder anschauen. Jetzt, als er schon den dritten Tag mit Bloggs in dem staubigen Kellergewölbe in Kensington verbrachte, langweilte er sich.

Einmal sagte er: „Sie haben mich doch nicht von der Front zurückgeholt, nur weil ich bei der Aufklärung eines Mordes helfen soll, der schon vier Jahre her ist. So etwas hat doch Zeit bis nach dem Krieg. Außerdem sind das hier doch fast nur Fotos von deutschen Offizieren. Wenn an der Sache etwas ist, worüber ich besser den Mund halten sollte, dann müssen Sie es mir sagen."

„Es ist etwas, worüber Sie besser den Mund halten sollten", sagte Bloggs.

Parkin vertiefte sich wieder in die Fotos. Am gleichen Nachmittag entdeckte er nicht nur ein Bild von Faber, sondern drei. Eins davon war nur elf Jahre alt. Und MI6 hatte das Negativ.

HEINRICH RUDOLF HANS VON MÜLLER-GÜDER (auch Faber genannt) war am 26. Mai 1900 in einem Dorf namens Oln in Westpreußen geboren. Die Familie seines Vaters besaß seit Generationen große Ländereien in der Gegend. Sein Vater war der zweite Sohn, genau wie Heinrich. Alle zweiten Söhne wurden Offiziere.

Mit dreizehn Jahren wurde Heinrich auf die Kadettenanstalt nach Karlsruhe geschickt; zwei Jahre später wechselte er über auf die noch angesehenere Hauptkadettenanstalt in Groß-Lichterfelde bei Berlin. In beiden Schulen war die Disziplin streng – kalte Bäder und Stockschläge galten als Mittel zur Läuterung der Gemüter. Trotzdem lernte Heinrich Englisch und Französisch, und er bekam Geschichtsunterricht. Er bestand die Abschlußprüfungen mit den besten Noten seit der Jahrhundertwende. Schon mit zweiundzwanzig Jahren war er Leutnant.

Während der nächsten Jahre zeichnete er sich als Sportler aus, besonders im Langstreckenlauf. Er schloß weder enge Freundschaften, noch heiratete er, und er trat nicht in die NSDAP ein. Seine Angewohnheit, mit ranghöheren Offizieren umzugehen, als sei er ihnen gleichgestellt, wurde mit der Zeit als verzeihlich hingenommen: Schließlich war er ein junger Offizier auf dem Weg nach oben und ein preußischer Adliger.

Ende 1920 freundete sich Admiral Wilhelm Canaris mit Heinrichs Onkel Otto an und verbrachte seine Ferien oft auf dem Familiensitz in Oln. 1931 war Adolf Hitler dort zu Gast. 1933 wurde Heinrich zum Hauptmann befördert und zu nicht näher bezeichneten Sonderaufgaben nach Berlin abkommandiert. Damals war das letzte Foto entstanden. Von ungefähr diesem Zeitpunkt an hatte er aufgehört zu existieren – jedenfalls für die Öffentlichkeit.

„Das übrige können wir uns zusammenreimen", sagte Percival Godliman. „Die Abwehr bildet ihn aus – im Funken, Chiffrieren, in

Kartographie, in Sabotage und im lautlosen Töten. 1937 kommt er nach London, und ihm bleibt noch eine Menge Zeit, sich eine sichere Tarnung zuzulegen. Sobald der Krieg ausbricht, hält er es für sein Recht, zu töten." Er betrachtete das Foto auf seinem Schreibtisch. „Er sieht sehr gut aus."

Es war eine Aufnahme der Laufstaffel vom Zehnten Jägerbataillon in Hannover. Faber stand in der Mitte und hielt einen Pokal hoch. Godliman reichte das Bild Billy Parkin. „Hat er sich sehr verändert?" Parkin sah sich das Bild genau an. „Er hatte längeres Haar und keinen Schnurrbart. Aber er ist es, da gibt es keinen Zweifel."

Bloggs schüttelte den Kopf. „Wie geht es nun weiter?"

Godliman überlegte. „Feldwebel Parkin wird zu uns versetzt. Er ist der einzige, der die Nadel gesehen hat. Außerdem brauchen wir einen erstklassigen, retuschierten Abzug von dem Foto hier, mit längerem Haar und ohne Schnurrbart. Davon geben wir Kopien weiter – vorläufig nur an die Polizei."

Parkin räusperte sich. „Sir, ich möchte lieber zu meiner Einheit zurück. Für Verwaltungsarbeiten bin ich völlig unbegabt."

„Sie haben keine Wahl, Feldwebel. Zum jetzigen Zeitpunkt kommt es auf ein italienisches Dorf mehr oder weniger nicht an. Aber wegen Faber könnten wir den Krieg verlieren. Glauben Sie mir das."

Faber war zum Fischen gefahren. Er hatte sich an Deck eines neun Meter langen Bootes ausgestreckt und glitt mit ungefähr drei Knoten auf dem Kanal dahin. In der einen Hand hielt er träge die Ruderpinne, die andere lag auf der Angelrute, deren Schnur durchs Wasser hinterherschwamm. Er hatte den ganzen Tag noch nichts gefangen. Aber er fischte nicht nur, sondern er beobachtete auch die Vögel – beides war unverdächtig und eine gute Erklärung dafür, daß er ein Fernglas bei sich trug. Heute hatte er einen Eisvogel gesehen.

Die Leute im Bootshafen von Norwich hatten ihm das Boot mit Vergnügen für vierzehn Tage vermietet. So weit, so gut.

Der schwierige Teil stand ihm noch bevor. Denn es *war* schwierig, die Stärke einer Armee zu schätzen. Man mußte sie erst einmal finden. Am einfachsten war es, sich ein Auto zu besorgen und dem ersten Militärfahrzeug, das auftauchte, hinterherzufahren. Freilich war es sehr wahrscheinlich, daß ein Zivilist, der mitten auf dem Land einem Militärfahrzeug hinterherfuhr, auf der Stelle verhaftet wurde. Deshalb das Boot.

Vor Jahren, als es noch nicht verboten war, Landkarten zu verkaufen, hatte Faber herausgefunden, daß es in Großbritannien ein Tausende von Kilometern umfassendes Netz von Wasserwegen gab. In Norfolk, Ostanglien, gab es fast so viele Wasserwege wie Straßen. Ein Boot hatte viele Vorteile. Auf der Straße hatte man ein Ziel, auf einem Fluß fuhr man spazieren. Es war äußerst verdächtig, in einem geparkten Auto zu schlafen, aber selbstverständlich, auf einem vertäuten Boot zu übernachten. Und wer hatte jemals etwas von Kanalsperren gehört?

Nachteile gab es auch. Auf dem Wasserweg kam man nicht an die Flugplätze heran. Faber mußte nachts das vertäute Boot unbeaufsichtigt liegen lassen und das Land auskundschaften – auf anstrengenden, bis zu vierzig Kilometer langen Märschen. Dabei konnte er leicht übersehen, wonach er Ausschau hielt. An den Schleusen und in den Uferkneipen unterhielt er sich mit den Leuten. Er hoffte, daß er irgendwann einen Hinweis auf die Anwesenheit des Militärs in der Gegend erhielt. Bis jetzt vergeblich.

Vor ihm tauchte eine Schleuse auf. Faber legte die Hände als Trichter an den Mund und rief. Eine Frau kam an die Tür des Hauses am Ufer und winkte. Faber winkte zurück, vertäute das Boot und ging ins Haus. Es war Zeit für den Nachmittagstee, und der Schleusenwärter saß am Küchentisch.

„Sie haben es doch nicht etwa eilig?" fragte er.

Faber lächelte. „Überhaupt nicht."

„Mavis, schenk ihm eine Tasse Tee ein."

„Danke." Sie reichte ihm den Tee in einer hübschen Porzellantasse.

„Sie sind wohl zum Fischen unterwegs?" fragte der Schleusenwärter.

„Ja. Und ich beobachte die Vögel."

„Dann halten Sie sich besser dicht am gegenüberliegenden Ufer. Hier ist Sperrgebiet."

„Wirklich? Ich hab gar nicht gewußt, daß es hier in der Gegend Armeegebiet gibt."

„Doch. Höchstens achthundert Meter von hier. Trinken Sie aus,
dann lotse ich Sie durch die Schleuse."

Nach sechs Kilometern hielt Faber an und vertäute das Boot an einem Baum. Während er auf den Einbruch der Dunkelheit wartete, aß
er Würstchen und Zwieback zu Abend. Er zog seine schwarzen Sachen
an, packte das Fernglas, die Kamera und das Buch *Seltene Vögel in
Ostanglien* in eine Umhängetasche und steckte die Taschenlampe ein.
Er konnte aufbrechen.

Er ging ungefähr achthundert Meter weit, dann kam er zum Zaun.
Der war zwei Meter hoch und aus Maschendraht, oben mit Stachel-
draht umwickelt. Faber zog sich in ein Wäldchen zurück und kletterte
auf einen hohen Baum. Hinter dem Zaun war unbebautes Land, das
sacht anstieg. Er hatte Armeegebiete schon oft ausgekundschaftet,
überall im Süden Englands. Sie alle hatten zwei Sicherheitsstufen:
einmal die Wachen, die um das Gelände patrouillierten, dann fest sta-
tionierte Wächter im Inneren, die auf die Anlagen aufpaßten.

Faber kletterte vom Baum herab und versteckte sich hinter einem
Busch. Er mußte wissen, wann die Patrouille hier vorbeikam. Wenn
sie bis zum Morgengrauen nicht auftauchte, mußte er am nächsten
Abend wiederkommen. Wenn er Glück hatte, kam sie jetzt bald. Aus
der Größe des überwachten Geländes schloß er, daß die Patrouille nur
einmal pro Nacht um den Zaun herummarschierte.

Er hatte Glück. Bald hörte er Getrappel. Drei Männer marschierten
vorbei. Fünf Minuten später war Faber über den Zaun geklettert.

Er ging Richtung Süden. Der Boden unter seinen Füßen war vollge-
sogen mit Feuchtigkeit, als sei die Gegend sumpfig. Er blieb nah an
den Hecken und vermied die Bodenwellen, wo man seine Silhouette
im Mondlicht hätte erkennen können. Um halb zwölf erblickte er,
noch undeutlich, die Umrisse militärischer Anlagen – und die waren
äußerst sonderbar.

Vierhundert Meter vor ihm stand eine Reihe einstöckiger Häuser, so
symmetrisch angelegt, daß sie unschwer als Kasernen zu identifizieren
waren. Er ließ sich sofort auf den Boden fallen, aber noch im selben
Augenblick zweifelte er an der Realität dessen, was er da vor sich sah.
Kein Licht, kein Laut. Zehn Minuten blieb er regungslos liegen, aber
außer einem Dachs, der herantrottete, ihn sah und sich davonmachte,

zeigte sich nichts. Faber robbte weiter, und als er näher herankam, sah er, daß die Baracken noch im Bau waren. Fast alle bestanden nur aus einem Dach und vier Eckpfeilern. Einige hatten auch Wände. Das Ganze sah wie eine Filmkulisse aus. Auf dem Vorplatz standen verrostete Fahrzeuge herum.

Ein plötzliches Geräusch ließ Faber erstarren: Ein Mann lachte. Ein Streichholz flammte auf und verlöschte, dann sah Faber zwei rote glühende Punkte in einer der halbfertigen Baracken. Wachtposten. Faber kroch fort.

Die Baracken hatten weder Fußböden noch ein Fundament. Weder Schaufeln noch Schubkarren waren zu sehen. Das Ganze wirkte so, als hätte irgend jemand plötzlich beschlossen, zehntausend Mann hier einzuquartieren, und sich anders entschieden, kurz nachdem mit den Bauten begonnen worden war. Trotzdem paßte irgend etwas nicht zu dieser These.

Faber sagte sich, er kenne genug von dieser Anlage. Er kroch hinter eine Hecke, eine kleine Erhebung hinauf. Dann schaute er zurück. Von hier aus sah das alles schon wieder aus, als handle es sich wirklich um Kasernen.

Nach acht Kilometern hatte er den Flugplatz vor sich. Dort standen mehr Flugzeuge herum, als seiner Ansicht nach die gesamte Royal Air Force besaß: vom Typ Pathfinder, Lancaster, Hurricane und Spitfire und amerikanische B 17. Das reichte für eine Invasion. Überraschenderweise hatten sich die Fahrgestelle in den weichen Boden gegraben, und alle Flugzeuge steckten bis zum Bauch im Schlamm.

Faber ging wieder genauso vor – er kroch auf die Flugzeuge zu, bis er die Wachen ausmachte. In der Mitte des Flugplatzes stand ein kleines Zelt. Durch die Leinwand leuchtete der schwache Schein einer Lampe. Zwei Männer, allenfalls drei. Dann kam er an ein Flugzeug heran und berührte es. Er war erstaunt. Es war aus Sperrholz, hatte den Umriß einer Spitfire und war am Boden vertäut. Auch alle anderen Flugzeuge waren von derselben Art. Es waren über tausend. Faber behielt das Zelt im Auge und ging um den ganzen Scheinflugplatz herum. Seine Gedanken überschlugen sich, als er sich die Auswirkungen dessen klarmachte, was er entdeckt hatte. Es war ein ungeheuerlicher, sorgfältig geplanter, teurer, gemeiner Trick.

Natürlich konnte man damit niemanden täuschen, der das Ganze vom Boden aus sah. Aber das war auch nicht die Absicht: Die Anlagen sollten nur aus der Luft betrachtet werden. Selbst ein Aufklärer, der sehr niedrig flog, käme mit Fotos zurück, die eine riesige Konzentration von Truppen und Maschinen zeigten. Kein Wunder, daß der Generalstab die Invasion östlich der Seine erwartete.

Die Briten hatten vier Jahre lang Zeit gehabt, sich für die Invasion zu rüsten. Fast die ganze deutsche Wehrmacht kämpfte an der Ostfront. Wenn die Alliierten erst einmal in Frankreich Fuß gefaßt hatten, konnte sie nichts mehr aufhalten. Die einzige Chance der Deutschen bestand darin, sie an den Küsten abzufangen und zu vernichten, während sie aus den Landungsbooten kamen. Wenn sie am falschen Ort auf die Alliierten warteten, war diese Chance vertan. Die ganze Strategie war klar – und von verheerender Wirkung.

Faber mußte Hamburg unterrichten. Er fragte sich, ob sie ihm glauben würden. Strategien wurden selten geändert, nur weil ein einziger etwas dagegen sagte. Und da war ein zweites Problem: Diese Nachricht wollte er nicht über Funk durchgeben. Seit Wochen hatte er das Gefühl, daß auf den Code kein Verlaß mehr war.

Er konnte nur eines tun: sich Beweise verschaffen und sie selbst nach Berlin bringen. Er würde dieses gigantische, vorgetäuschte Heerlager fotografieren. Dann würde er sich nach Schottland durchschlagen, aufs U-Boot warten und die Bilder dem Führer persönlich übergeben. Mehr konnte er nicht tun. Weniger auch nicht.

Zum Fotografieren brauchte er Licht. Auf seinem Weg hierher war er an einer verfallenen Scheune vorbeigekommen – dort konnte er bis zum Morgengrauen bleiben. Er brauchte eine Stunde, bis er dort ankam und sich auf ein paar Bretter legte. Aber er konnte nicht schlafen. Nicht mit der Gewißheit, daß er, er allein, nun imstande war, den Verlauf des Krieges zu ändern.

ZWANZIG nach vier verließ Faber die Scheune. Das war genau die richtige Zeit. Der Himmel wurde heller, als der „Flugplatz" in Sicht kam. Die Wachen waren noch im Zelt. Wenn sie Glück hatten, dann würden sie weiterschlafen, aber wenn sie herauskämen, müßte er sie töten.

Er spannte einen hochempfindlichen 36er Film in die Leica, und als die Sonne über dem Horizont erschien, nahm er das Gelände aus den unterschiedlichsten Blickwinkeln und Entfernungen auf. Er wollte zeigen, was Schein und was Wirklichkeit war. Während er gerade das letzte Bild schoß, registrierte er aus den Augenwinkeln eine Bewegung. Ein Soldat trat aus dem Zelt, streckte sich und ging wieder hinein. Faber stand auf und rannte weg.

Um halb sechs kam er zu den Häuserattrappen. Jetzt war es schon taghell, und er konnte nicht sehr nahe heran. Er legte sich auf den Boden und machte die Aufnahmen aus dieser Entfernung. Auf normalen Abzügen würde eine Kaserne zu sehen sein, aber starke Vergrößerungen würden das Täuschungsmanöver entlarven.

Er hatte dreißig Aufnahmen gemacht, als er zum Boot zurücklief. Er mußte sich beeilen, denn jetzt war er eine äußerst verdächtige Erscheinung: ein schwarzgekleideter Mann, der eine Segeltuchtasche mit Ausrüstungsgegenständen bei sich trug und querfeldein durch ein Sperrgebiet rannte.

Als er eine Stunde später über den Zaun kletterte, ließ seine Anspannung gewaltig nach. Die riskanteste Phase war vorbei. Aber er würde noch etliche Meilen auf dem Fluß fahren, überlegte er, ehe er wieder vor Anker ging und ein paar Stunden schlief.

Er kam zum Kanal. Das Boot sah hübsch aus in der Morgensonne. Und dann – ein Mann trat aus der Kabine und sagte: ,,Na, so was. Wen haben wir denn da?"

Faber blieb ruhig stehen, und schnell ließ er seinen Instinkt spielen. Der Fremde trug die Uniform eines Hauptmanns der Bürgerwehr. Er hatte eine Pistole umgehängt, in einer Halfter mit zugeknöpfter Klappe. Er war groß und schlank, sah aber aus, als sei er schon Ende Fünfzig. Er machte keinerlei Anstalten, die Pistole zu ziehen. Faber registrierte alles. Er sagte: ,,Sie befinden sich auf meinem Boot. Deshalb ist es wohl an mir zu fragen, wen ich vor mir habe."

,,Hauptmann Stephen Langham von der Bürgerwehr."

,,James Baker." Faber blieb am Ufer stehen. Ein Hauptmann ging nicht allein auf Patrouille.

,,Und was machen Sie hier?"

,,Ich beobachte die Vögel."

„Schon vor dem Morgengrauen? Haben Sie ein Auge auf ihn, Watson."

Ein sehr junger Mann tauchte links neben Faber auf. Er trug eine Flinte. Faber schaute sich um. Rechts von ihm stand ein weiterer Mann.

„Unteroffizier", rief der Hauptmann, „aus welcher Richtung ist er gekommen?"

Die Antwort kam aus dem Wipfel einer Eiche. „Aus dem Sperrgebiet, Sir."

Faber schätzte das Risiko ab. Drei gegen einen – bis der Unteroffizier von der Eiche herunter war. Sie hatten nur zwei Schußwaffen – die Flinte und die Pistole des Hauptmanns. Und im Grunde waren sie Amateure.

„Sperrgebiet?" sagte Faber. „Ich habe nur ein Stück Zaun gesehen."

„Niemand beobachtet bei Nacht Vögel", sagte der Hauptmann.

„Wenn Sie sich nachts ein Versteck suchen, können Sie morgens die Vögel unbemerkt betrachten. Das ist eine bewährte Methode. Hören Sie, es ist ja gut, daß die Bürgerwehr so patriotisch ist, aber man kann's auch übertreiben. Reicht es denn nicht, wenn Sie meine Papiere überprüfen?"

Der Hauptmann sah aus, als kämen ihm Zweifel. „Was haben Sie in der Tasche?"

„Ein Fernglas, einen Fotoapparat und ein Fachbuch."

„Watson", sagte der Hauptmann, „schauen Sie hinein."

Watson sagte: „Hände hoch." Faber hob die Hände über den Kopf, die rechte Hand dicht am linken Ärmel. Er spielte in Gedanken die nächsten Sekunden durch – es durfte keine Schießerei geben.

Watson, links von Faber, kam näher, richtete die Flinte auf ihn und machte die Segeltuchtasche auf. Faber holte das Stilett aus dem Ärmel und stieß zu. Mit der anderen Hand drehte Faber dem jungen Mann die Flinte aus der Hand. Der Soldat am Ufer kam auf Faber zu, und der Unteroffizier machte sich eilig daran, von der Eiche herunterzuklettern.

Watson brach zusammen. Der Hauptmann fingerte an der Klappe der Halfter herum. Faber sprang auf die Plicht des Bootes. Es schaukelte wild, und der Hauptmann stolperte. Faber stieß mit dem Stilett nach ihm, aber der Hauptmann war zu weit von ihm weg, als daß Faber ihn hätte richtig treffen können. Statt dessen blieb die Messerspitze am Jackenaufschlag hängen, dann fuhr sie hoch und verletzte ihn am Kinn. Er hob die Hand von der Halfter und preßte sie auf die Wunde.

Faber schnellte herum und schaute zum Ufer. Der Soldat sprang aufs Boot. Faber preschte vor und streckte den rechten Arm aus. Der Rückstoß riß Faber um, und die Waffe fiel ihm aus der Hand. Keine Zeit, das Stilett wieder an sich zu nehmen, denn der Hauptmann machte die Halfter auf. Faber stürzte hin und warf ihn mit einem Stoß in den Kanal.

Der Unteroffizier nahm die letzten zwei Meter von der Eiche herunter im Sprung. Faber holte sich das Stilett wieder und sprang ans Ufer. Faber und der Unteroffizier standen sich gegenüber.

Der Unteroffizier hatte ein Gewehr. Und er hatte Angst – verständlicherweise. Innerhalb der wenigen Sekunden, die er dazu gebraucht hatte, von der Eiche herunterzuklettern, hatte der Mann hier zwei seiner Kameraden umgebracht und den dritten in den Kanal geworfen. Faber sah auf das Gewehr. Es war alt. Hätte der Unteroffizier dieser Waffe getraut, dann hätte er schon längst damit geschossen.

Der Unteroffizier kam einen Schritt näher, und Faber bemerkte, daß er sein rechtes Bein schonte – wahrscheinlich hatte er sich verletzt, als er vom Baum herunterkletterte. Faber wich aus und zwang so den Unteroffizier, das Gewicht auf das angeschlagene Bein zu verlagern, während er das Gewehr dem Ziel zuwandte. Der Unteroffizier drückte ab. Nichts geschah. Das alte Gewehr hatte Ladehemmung. Faber tötete ihn mit einem Stoß in den Hals.

Nur der Hauptmann war noch übrig. Faber hielt Ausschau nach ihm. Am anderen Ufer kletterte er gerade aus dem Wasser. Faber rannte zum Kanal, sprang ins Wasser, schwamm ein paar Züge und tauchte drüben wieder auf. Der Hauptmann hatte einen Vorsprung von achtzig Metern, und er rannte, aber er war alt. Faber holte ständig auf, bis er den keuchenden Atem des anderen hören konnte. Der Hauptmann wurde langsamer und fiel dann vornüber in einen Busch. Faber lief zu ihm hin und drehte ihn auf den Rücken.

Der Hauptmann sagte: „Sie... Teufel."

„Sie haben mein Gesicht gesehen", sagte Faber und brachte ihn um.

Die Ju 52 hätte zu Bruch gehen können. Die Landebahn von Rastenburg in Ostpreußen war naß. Ein kleiner Mann mit großer Nase stieg aus und ging rasch über das Rollfeld zu dem wartenden Mercedes. Nach einer Fahrt von fünfzehn Kilometern kam der Wagen vor der Wolfsschanze an. Sie war inzwischen das Hauptquartier Hitlers und der Generäle in seiner Umgebung geworden.

Feldmarschall Erwin Rommel setzte die Mütze auf und stieg aus dem Wagen. Brigadeführer Rattenhuber, der Chef der SS-Wachmannschaft, hielt wortlos die Hand hin, um Rommels Pistole in Empfang zu nehmen.

Die Konferenz sollte in dem unterirdischen Bunker stattfinden, in einem kalten, feuchten, ausbetonierten Raum. Die meisten waren schon da: Himmler, Göring, Ribbentrop, Keitel. Alle standen auf, als Hitler eintrat. Er trug eine graue Jacke und schwarze Hosen. Rommel fiel auf, daß er noch gebeugter als früher ging. Er stellte sich sofort vor eine Karte Nordwesteuropas und fing ohne Einleitung an. „Die Alliierten planen eine Invasion auf dem europäischen Festland. Noch in diesem Jahr wird sie von England aus erfolgen, mit britischen und amerikanischen Truppen. Sie werden in Frankreich landen. Wir werden sie an den Flutmarken vernichten. Darüber gibt es keine Diskussion. Die Frage ist nur – wo werden sie landen? Von Rönne – berichten Sie."

Oberst Alexis von Rönne, der Canaris abgelöst hatte und ausgesprochen tüchtig war, stand auf. Als der Krieg ausbrach, war er noch Hauptmann gewesen. Dann war er zum Chef der militärischen Abwehr aufgestiegen, und als Canaris gestürzt wurde, hatte sein Büro die Abwehr geschluckt.

Von Rönne sagte: „Unsere Informationen sind umfangreich, aber mitnichten vollständig. Folgende Truppenkonzentrationen in Großbritannien sind uns bekannt." Er griff nach einem Zeigestock und ging zur Karte. „Erstens entlang der Südküste. Zweitens hier in Ostanglien. Drittens in Schottland. In Ostanglien werden die *bei weitem* stärksten Truppen konzentriert. Wir schließen daraus, daß die Invasion in drei Etappen erfolgen wird. Erstens ein Ablenkungsmanöver in der Normandie. Zweitens der Hauptangriff an der Küste von Calais. Drittens als flankierende Maßnahme eine Invasion in Norwegen von Schottland her. Alle geheimdienstlichen Quellen stützen diese Prognose." Er setzte sich.

„Was für geheimdienstliche Quellen?" fragte Göring.

Von Rönne stand wieder auf. „Wir haben drei. Luftaufklärung, feindlichen Funkverkehr und Agentenberichte."

Hitler legte die Hände über den Leib, ein Zeichen dafür, daß er nervös war und etwas sagen wollte. „Jetzt werde ich Ihnen sagen", begann er, „was ich denken würde, wenn ich Winston Churchill wäre. Ich habe zwei Möglichkeiten zur Auswahl: östlich der Seine oder westlich. *Beide* Möglichkeiten liegen im Operationsbereich der Jagdbomber. Die Entfernung spielt also keine Rolle. Aber im Westen gibt es einen großen Hafen – Cherbourg –, im Osten keinen. Außerdem, und das ist am wichtigsten: Der Osten kann leichter befestigt werden als der Westen.

Ich würde mich also für den Westen entscheiden. Dann würde ich die Deutschen glauben machen, ich hätte das Gegenteil vor! Ich würde nach Calais doppelt soviel Bomber schicken wie in die Normandie. Ich würde irreführende Funksignale durchgeben lassen und die Geheimdienstnachrichten fälschen. Ich würde Trottel wie Rommel und von Rönne an der Nase herumführen. Ich würde hoffen, daß ich sogar den Führer täuschen kann!"

Nach langem Schweigen ergriff als erster Göring das Wort. „Mein Führer, ich glaube, daß Sie Churchill schmeicheln, wenn Sie ihm soviel Erfindungsgabe wie sich selbst zuschreiben." Spürbar löste sich die Spannung. Göring hatte seine abweichende Meinung so artikuliert, daß es wie ein Kompliment klang. Die anderen stimmten ihm zu und äußerten sich zu dem Fall immer offener. Es sei unwahrscheinlich, sagten sie, daß alle geheimdienstlichen Informationen nicht stimmten.

Hitler hörte eine halbe Stunde lang zu, dann hob er die Hände, und alle waren still. Er sagte: „1941 habe ich vorausgesagt, daß die Alliierten an den herausragenden Punkten der Normandie oder Bretagne landen würden, wo es geeignete Häfen gibt. Das hat mir meine Intuition damals eingegeben, und das tut sie heute noch!"

Von Rönne ergriff das Wort. „Mein Führer, unsere Ermittlungen gehen weiter. Sie sollten wissen, daß ich einen meiner Leute nach England geschickt habe, damit er mit der Nadel Kontakt aufnimmt."

Hitler strahlte. „Oh! Ich kenne den Mann. Weiter."

„Die Nadel hat den Befehl, die Stärke der Ersten US-Armee in Ostanglien zu schätzen. Wenn er herausfindet, daß die Darstellungen übertrieben waren, müssen wir unsere Prognose überdenken. Sollte er jedoch berichten, daß die Armee tatsächlich so stark ist, wie wir derzeit annehmen, dann gibt es kaum mehr einen Zweifel daran, daß Calais das Ziel sein wird."

Göring sah von Rönne an. „Die Nadel – wer ist das?"

Hitler antwortete. „Der einzige anständige Agent, den Canaris je rekrutiert hat – und das auch nur, weil ich es ihm befohlen habe. Ich kenne die Familie. Er ist ein erstklassiger Mann. Erstklassig!"

„Dann werden Sie also seinem Bericht Glauben schenken?" fragte von Rönne.

Hitler nickte. „Die Nadel wird die Wahrheit herausfinden."

DRITTER TEIL

I.

FABER lehnte zitternd an einem Baum und übergab sich. Dann überlegte er, ob er die vier Toten begraben sollte. Er würde dreißig bis sechzig Minuten dazu brauchen, schätzte er, und es war möglich, daß er innerhalb dieser Zeit gefaßt wurde.

Er mußte dieses Risiko gegen die kostbaren Stunden abwägen, die er gewann, wenn die Leichen erst später gefunden wurden. Man würde die vier Männer bald vermissen. Als erstes würde der Suchtrupp einen Meldegänger auf die Route der Patrouille schicken. Wenn er die Leichen hier liegen ließ, würde der Melder sie finden und sofort Alarm schlagen. Im anderen Fall brauchten sie möglicherweise den ganzen Tag, bis sie die Toten entdeckten. Und bis dahin konnte Faber schon in London sein. Er entschied sich dafür, die Stunden in Kauf zu nehmen.

Mit dem Hauptmann über der Schulter schwamm er über den Kanal zurück. Hinter einem Busch warf er den Toten ab. Dann entdeckte er ein paar Meter weiter im Wäldchen eine Stelle mit lockerer Erde. Es war eine Kuhle im Waldboden, sehr günstig für ihn. Er holte einen großen Topf aus der Bootskombüse und fing mit dem Graben an. Fast einen Meter tief lag da nur verwelktes Laub. Dann stieß er auf Lehm, und das Graben wurde äußerst schwierig. Nach einer halben Stunde war das Loch nur fünfzig Zentimeter tiefer geworden. Das mußte reichen.

Nacheinander schleppte er die Leichen zum Loch und warf sie hinein. Dann zog er seine blutigen Sachen aus und legte sie obenauf. Er deckte das Grab mit loser Erde und einer Laubschicht zu. Beim ersten, oberflächlichen Kontrollgang dürfte es eigentlich nicht auffallen. Er zog einen doppelreihigen Blazer und dicke Flanellhosen an. Dann legte er ab.

Er mußte so schnell wie möglich weg vom Wasser und sich ein schnelleres Verkehrsmittel suchen. Er überlegte, was ratsamer war – mit dem Zug zu fahren oder ein Auto zu stehlen. Ein Auto war schneller, aber man würde auch bald danach suchen. Bis er eine Bahnstation fand, konnte viel Zeit vergehen; trotzdem war es sicherer. Was sollte er mit dem Boot machen? Die ideale Lösung wäre gewesen, es zu versenken, aber dabei könnte er gesehen werden. Außerdem wußte er nicht genau, wo er war. Auf seiner Karte der Wasserwege waren alle Brücken, Häfen und Schleusen eingezeichnet, doch die Bahnlinien fehlten. Beide Probleme erledigten sich gleichzeitig von selbst: Er kam an eine Eisenbahnbrücke.

Er machte an einem Baum fest, nahm den Kompaß, den Film, die Brieftasche und das Stilett an sich. Alles andere sollte mit dem Boot untergehen. Er montierte den Mast ab und legte ihn auf das Deck. Er zog den Zapfen aus dem Spundloch am Kiel, sprang ans Ufer und machte das Tau los. Das Boot trieb unter die Brücke und füllte sich allmählich mit Wasser. Faber zog am Tau, damit das Boot genau unter dem Brückenbogen sank. Einige Blasen tauchten auf, dann war die Wasseroberfläche wieder ruhig. Der Brückenschatten verbarg den Umriß des Bootes, jedenfalls, wenn man nicht genauer hinsah.

Die Bahnlinie verlief vom Nordosten nach Südwesten. Faber kletterte das Ufer hinauf und ging nach Südwesten, Richtung London. Die Strecke war zweigleisig, vermutlich eine Nebenstrecke. Als er ungefähr fünfzehn Kilometer gegangen war, sah er vor sich einen verschlafenen kleinen Bahnhof, der friedlich in der Frühlingssonne lag. Der Name des Ortes war nirgends angegeben. Faber ging in das Bahnhofsgebäude. Am Anschlagbrett klebte ein Fahrplan. Vom Fahrkartenschalter her sagte eine Stimme: „Das können Sie vergessen. Es ist der größte Roman seit der *Forsyte Saga*.“

Faber mußte wissen, ob die Züge nach London fuhren. Er fragte: „Haben Sie eine Ahnung, wann der nächste Zug Richtung Liverpool Street geht?“

Der Bahnbeamte lachte. „Irgendwann im Laufe des Tages – wenn Sie Glück haben.“

„Geben Sie mir trotzdem eine Fahrkarte. Einfach, bitte.“

Er hatte Glück. Zwanzig Minuten später kam der Zug. Er war überfüllt mit Bauern, Familien, Geschäftsleuten und Soldaten. Faber fand auf dem Gang einen freien Fleck und setzte sich auf den Boden. Er las eine liegengelassene Zeitung auf, lieh sich einen Bleistift und nahm sich das Kreuzworträtsel vor. Er war stolz darauf, wie gut er englische Kreuzworträtsel lösen konnte. Bald schläferte ihn die Zugbewegung ein, und er träumte.

Es war ein vertrauter Traum, der Traum von seiner Ankunft in London. Er war von Frankreich aus über den Kanal gekommen und hatte einen belgischen Paß, der ihn als Jan van Gelder auswies, Vertreter für Philips, was sein Kofferradio erklärte, falls der Zoll seinen Koffer aufmachte. Er war mit dem Zug nach London gefahren. Damals gab es noch Speisewagen, und Faber hatte zum Abendessen Roastbeef bestellt. Der Traum entsprach der Realität – bis zur Ankunft in Waterloo. Dann verwandelte er sich in einen Alptraum.

Bei der Fahrkartenkontrolle am Bahnsteig fing der Ärger an. Nicht etwa sein gefälschter Paß wurde beanstandet, sondern seine völlig legal erworbene Fahrkarte. Der Kontrolleur sagte: „Diese Fahrkarte stammt von der Abwehr."

„Nein, tut sie nicht", sagte Faber mit unüberhörbarem deutschem Akzent. Was war nur mit seinen sonst so einwandfreien englischen Konsonanten passiert? „Ich habe sie in Dover *gekauft*" – das letzte Wort rutschte ihm auf deutsch heraus. Jetzt war es um ihn geschehen.

Aber der Kontrolleur, der inzwischen ein Bobby geworden war, ignorierte den Lapsus. Er lächelte höflich und sagte: „Dann sehen wir uns doch mal Ihre *Klamotten* an."

Faber ließ den Koffer fallen und floh. Er drängte sich durch die Menge. Plötzlich merkte er, daß er seine Hosen im Zug liegengelassen hatte und daß auf seinen Socken Hakenkreuze eingestickt waren. Er mußte im nächsten Laden Hosen kaufen, ehe die Leute aufmerksam wurden auf den Mann ohne Hosen und mit den Nazistrümpfen. Dann sagte jemand: „Ich habe Ihr Gesicht schon mal gesehen" und gab ihm einen Stoß. Faber fiel unsanft auf den Boden des Eisenbahnwagens, in dem er eingeschlafen war...

Er blinzelte, gähnte und schaute sich um. Neben ihm saß ein Mann im Overall und sagte zu ihm: „Sie haben gut geschlafen."

Faber sah ihn forschend an. Er hatte immer Angst davor, daß er im Schlaf sprach und sich verriet. „Ich habe schlecht geträumt", sagte er. Der Mann erwiderte nichts darauf.

Es wurde dunkel. Er hatte lange geschlafen. Faber lächelte und dachte an den Traum. Tatsächlich war er ohne Zwischenfälle in London angekommen. Innerhalb einer Woche hatte er mehrere Friedhöfe auf dem Land besucht, sich die Namen von Männern in seinem Alter von den Grabsteinen notiert und drei Geburtsurkunden beantragt. Er hatte sich in verschiedenen Wohnungen eingemietet und Arbeit gefunden. Als die Lebensmittel rationiert wurden und die Marken von den Vermietern jedem zugeteilt wurden, der in einer bestimmten Nacht unter ihrem Dach geschlafen hatte, gelang es Faber, die fragliche Nacht zwischen den drei Häusern, in denen er wohnte, aufzuteilen. So bekam er Papiere für jede seiner drei Rollen.

Der Zug hielt; sie waren in London. Als Faber ausstieg, merkte er, daß er Hunger hatte. Er ging in ein Pub und trank zwei Glas Bier, dann kaufte er sich an einem Imbißstand eine Portion Pommes frites und aß sie aus dem Zeitungspapier, in das sie eingewickelt waren.

Er mußte in ein Fotogeschäft einbrechen, um den Film zu entwickeln. Wenn die Bilder nichts geworden waren, mußte er noch einmal hinfahren und neue Aufnahmen machen. Ein unerträglicher Gedanke.

Er entschloß sich, es in Bloomsbury zu versuchen. Am Nordende der Southampton Row fand er einen Laden, der noch geöffnet hatte. Faber ging hinein.

Ein gebeugter, nervöser Mann mit schütterem Haar stand hinter dem Ladentisch. Er sagte: „Um diese Zeit nehmen wir keine Aufträge mehr an."

„Schon gut. Ich will ja nur wissen, ob Sie Fotos im Haus entwickeln. Ich brauche die Abzüge dringend, verstehen Sie."

„Ja, das machen wir. Kommen Sie morgen früh wieder."

„Mach ich, danke." Beim Hinausgehen sah er, daß der Laden in zehn Minuten zumachte.

Er überquerte die Straße und stand wartend im Dunkeln. Punkt neun kam der Drogist heraus, schloß ab und ging die Straße hinunter. Faber schlug die entgegengesetzte Richtung ein, bog dann um zwei Ecken und schließlich in die Parallelstraße ein. Er hielt Ausschau danach, wie er von der Rückseite her in den Laden gelangen konnte.

Schließlich kam er an einem großen, alten Haus vorbei. Ein Schild wies es aus als Wohnheim, das zu einem nahe gelegenen College gehörte. Die Eingangstür war nicht abgeschlossen.

Faber trat ein und durchquerte rasch die Gemeinschaftsküche. Am Tisch saß ein Mädchen und trank Kaffee. Faber murmelte: „Muß Verdunkelungsmaßnahmen überprüfen." Das Mädchen nickte, und Faber ging zur Hintertür hinaus. In ein paar Sekunden hatte er die Rückseite des Fotogeschäftes erreicht. Er warf sich mit der Schulter gegen die Tür. Das morsche Holz gab sofort nach. Faber war im Haus. Er fand die Dunkelkammer und schloß sich dort ein. Er arbeitete schnell, aber sorgfältig. Die Negative waren makellos. Er ließ sie trocknen, dann spannte er sie in den Vergrößerungsapparat ein und zog sie alle im Format 13 x 18 ab. Als die Motive erkennbar wurden, hob sich seine Stimmung. Er hatte gute Arbeit geleistet.

Jetzt war es an der Zeit, eine wichtige Entscheidung zu treffen – das Problem hatte ihn den ganzen Tag über beschäftigt. Was war, wenn er nicht nach Hause durchkam? Die Reise, die er vor sich hatte, war riskant – um es milde auszudrücken. Er traute sich zu, daß er es bis zum U-Boot schaffte trotz der Küstenwache – aber er konnte nicht dafür garantieren, daß das U-Boot tatsächlich dort war, daß es überhaupt durch die Nordsee kam. Er brauchte einen Plan für den Notfall – einen zweiten Weg, um sicherzustellen, daß das Beweismaterial über das Täuschungsmanöver der Alliierten die Abwehr erreichte.

Natürlich gab es zwischen Großbritannien und Deutschland keinen direkten Postverkehr. Alles mußte auf dem Umweg über ein neutrales Land verschickt werden, und alles wurde zensiert. Er konnte chiffriert schreiben, aber das hatte keinen Sinn: Er mußte ja die Fotos mitschicken – sie waren das Beweismaterial, auf das es ankam.

Aber es gab doch einen Ausweg. Ein Diplomat bei der portugiesischen Botschaft in London sympathisierte mit den Deutschen – teils aus politischen Gründen, teils wegen der Bestechungsgelder. Mit der Botschaftspost gab er Nachrichten weiter ins neutrale Lissabon. Von dort aus war es ungefährlich. Faber hatte von dieser Möglichkeit schon einmal Gebrauch gemacht, als Canaris darum gebeten hatte, sie auszuprobieren. Das konnte gutgehen. Das mußte gutgehen.

FREDERICK BLOGGS hatte einen unerfreulichen Nachmittag auf dem Land hinter sich. Als vier besorgte Ehefrauen der örtlichen Polizeiwache mitteilten, daß ihre Männer nicht nach Hause gekommen waren, hatte der zuständige Wachtmeister daraus geschlossen, daß eine vollständige Patrouille der Bürgerwehr abgängig war. Sie konnten nicht gerade die Fähigsten sein – sonst wären sie bei der Armee gewesen. Trotzdem verständigte er die Bezirksdirektion. Der Hauptwachtmeister, der seine Nachricht entgegennahm, begriff sofort, daß die vermißten Männer in einem besonders heiklen Gebiet Dienst getan hatten. Er verständigte den Kommissar, der wiederum Scotland Yard informierte. Die beorderten einen Mann aus der Sonderabteilung in die Gegend und verständigten MI5. Die schickten Bloggs hin. Der Mann von der Sonderabteilung war Harris, der damals, als der deutsche Agent Blondie ermordet worden war, an den Tatort gerufen wurde.

Als Bloggs und Harris aus dem Zug stiegen, liehen sie sich Fahrräder und fuhren den Treidelpfad am Kanal entlang. Für Harris, der zehn Jahre älter war als Bloggs, war das sehr anstrengend.

Unter einer Eisenbahnbrücke stießen sie auf einen Teil des Suchtrupps. Harris war glücklich über eine Gelegenheit, vom Fahrrad steigen zu können. „Was haben Sie gefunden?" fragte er. „Leichen?"

„Nein, ein Boot", sagte einer der Polizisten. „Wer sind Sie?"

Sie stellten sich vor. Ein Wachtmeister hatte sich bis auf die Unterhose ausgezogen und tauchte nach dem Boot. Er hielt einen Spund in der Hand, als er wieder an die Oberfläche kam.

Bloggs sah Harris an. „Absichtlich versenkt?"

„Sieht so aus", sagte Harris.

Sie stiegen auf die Räder und fuhren weiter. Als sie den Hauptteil des Suchtrupps erreichten, waren die Leichen schon gefunden worden.

„Ermordet, alle vier", sagte der zuständige Kommissar. „Sind alle mit einer Art Messer erstochen worden. Wir haben sie zusammen gefunden, in einem flachen Grab. Gräßlicher Mord." Er war erschüttert.

Harris sah sich die vier Leichen, die nebeneinanderlagen, genau an. „Die Verletzungen kommen mir bekannt vor, Fred."

Auch Bloggs sah genau hin. „Das Stilett."

Der Kommissar sagte überrascht: „Wissen Sie, wer das getan hat?"

„Wir können es uns denken", sagte Harris. „Haben Sie sonstwas gefunden?"

„Im Grab lagen ein paar Kleidungsstücke." Er zeigte darauf.

Bloggs griff vorsichtig nach ihnen. Schwarze Hosen, ein schwarzer

Pullover und eine kurze, schwarze Lederjacke, wie sie Piloten der Royal Air Force trugen.

„Ein Anzug für Nachtarbeiter", sagte Harris.

Bloggs runzelte die Stirn. „Wo ist die nächste Schleuse?"

„Sechs Kilometer stromaufwärts."

„Wenn unser Mann per Boot gekommen ist, muß der Schleusenwärter ihn gesehen haben. Wir sollten mit ihm sprechen."

Bloggs ging zu seinem Fahrrad zurück.

„Mein Gott, noch mal sechs Kilometer", jammerte Harris.

Der Schleusenwärter saß vor dem Haus und rauchte Pfeife. „Wir sind Polizeibeamte", sagte Bloggs. Er nahm das Foto der Nadel aus der Brieftasche und reichte es dem Mann. „Haben Sie den schon mal gesehen?"

Der Schleusenwärter sah sich das Foto an, dann gab er es Bloggs zurück. „Ja doch", sagte er. „Gestern, etwa um diese Zeit. Netter Kerl. Was hat er denn angestellt – hat er das Licht während der Verdunklung brennen lassen?"

Bloggs ließ sich schwerfällig auf einen Stuhl fallen. „Jetzt wissen wir's genau", sagte er.

Harris dachte laut. „Er verankert das Boot ein Stück weiter unten und schleicht sich im Dunkeln ins Sperrgebiet. Als er zurückkommt, hat die Bürgerwehr sein Boot entdeckt. Er macht sie fertig, versenkt das Boot und... nimmt den nächsten Zug?"

„Wohin", fragte Bloggs den Schleusenwärter, „führt die Eisenbahnlinie, die ein paar Kilometer weiter unten den Kanal überquert?"

„Nach London."

UM MITTERNACHT kam Bloggs nach Whitehall ins Büro zurück. Godliman und Feldwebel Billy Parkin warteten auf ihn. „Er war es tatsächlich", sagte Bloggs und erzählte ihnen die Geschichte. Parkin war aufgeregt, Godliman sah aus, als dächte er angestrengt nach.

Als Bloggs fertig war, sagte Godliman: „Jetzt ist er also wieder in London – und wir müssen, im wahrsten Sinne des Wortes, die Nadel im Heuhaufen suchen. Wissen Sie, jedesmal, wenn ich mir das Foto anschaue, habe ich das Gefühl, daß ich ihm schon mal begegnet bin."

„Denken Sie nach", sagte Bloggs. „Wo?"

Godliman schüttelte frustriert den Kopf. „Ein Gesicht, das ich in einer Vorlesung gesehen haben könnte – oder bei einer Cocktailparty. Eine flüchtige Begegnung. Wenn es mir einfällt, nützt es uns wahrscheinlich überhaupt nichts."

Parkin fragte: „Was ist denn in dem Sperrgebiet?"

„Ich weiß es nicht", sagte Godliman. „Es muß also etwas sehr Wichtiges sein."

Sie schwiegen.

Parkin zündete sich eine Zigarette an.

Bloggs sah auf. „Wir könnten von dem Foto hier eine Million Abzüge machen lassen und sie überall anschlagen, wir könnten es in den Zeitungen veröffentlichen..."

Godliman schüttelte den Kopf. „Zu riskant. Wenn er nun schon mit Hamburg über das gesprochen hat, was er entdeckt hat? Wenn wir einen Wirbel in der Öffentlichkeit machen, wissen sie, daß seine Nachrichten stimmen."

„Aber wir müssen etwas unternehmen."

„Wir haben sein Foto schon an die Polizeistationen weitergegeben. Wir geben jetzt die Personenbeschreibung an die Presse weiter und suchen ihn als gewöhnlichen Mörder. Über die Morde in Highgate und Stockwell können wir detaillierte Angaben machen, ohne einzugestehen, daß die nationale Sicherheit in Gefahr ist."

Godliman sah auf die Uhr. „Heute nacht können wir zwar nicht mehr viel tun, aber ich habe keine Lust, nach Hause zu gehen. Schlafen kann ich sowieso nicht."

Parkin stand auf. „Dann treibe ich irgendwo einen Topf auf und koche uns Tee."

Als er draußen war, lehnte Godliman sich zurück und zündete seine Pfeife an. „Haben Sie eigentlich eine Freundin, Fred?" fragte er beiläufig.

„Nein."

Godliman zog an der Pfeife. „Man muß über den Verlust hinwegkommen. Ich weiß, wie Ihnen zumute ist – ich habe das auch durchgemacht."

„Aber Sie haben nicht wieder geheiratet", sagte Bloggs, ohne Godliman anzusehen.

„Nein. Deshalb möchte ich nicht, daß Sie denselben Fehler machen. Wenn Sie in die mittleren Jahre kommen, kann das Alleinleben sehr deprimierend werden."

„Habe ich Ihnen erzählt, daß man sie die ,furchtlose Bloggs' genannt hat? Wo in aller Welt finde ich je wieder eine solche Frau?"

„Muß es denn eine Heldin sein?"

„Nach Christine..."

„England ist voller Heldinnen..."

In diesem Augenblick kam Oberst Terry herein. „Bleiben Sie bitte sitzen", sagte er. „Es ist etwas Wichtiges – hören Sie genau zu. Wer auch immer die vier Bürgerwehrmänner umgebracht hat – er hat ein lebenswichtiges Geheimnis entdeckt. Wir stehen kurz vor der Invasion. Das wissen Sie. Wann oder wo, das wissen Sie nicht. Wir planen, daß die Deutschen genauso unwissend bleiben. Wir haben gewaltige Anstrengungen unternommen, um sie irrezuführen. Nun scheint festzustehen, daß ihr Agent unser Täuschungsmanöver entdeckt hat. Wenn wir ihn nicht daran hindern, daß er die Nachricht weitergibt, steht die Invasion – ja, eigentlich der ganze Krieg – auf dem Spiel."

„Woher wissen Sie so genau, daß der Agent dahintergekommen ist?" fragte Bloggs.

Terry ging zur Tür. „Kommen Sie herein, Rodriguez."

Ein großer, gutaussehender Mann mit glänzendschwarzem Haar trat ein. „Senhor Rodriguez ist unser Mann in der portugiesischen Botschaft. Erzählen Sie den Herren, was geschehen ist, Rodriguez."

Rodriguez nickte höflich und sagte: „Seit einiger Zeit beobachten wir Senhor Francisco, der zum Botschaftspersonal gehört. Heute hat er sich in einem Taxi mit einem Mann getroffen, der ihm einen Umschlag übergeben hat. Wir haben ihm gleich, nachdem das Taxi weg war, den Umschlag abgenommen. Wir konnten die Zulassungsnummer des Taxis notieren."

„Der Taxifahrer wird von uns gesucht", sagte Terry. „Gut, Rodriguez. Sie gehen besser wieder in die Botschaft. Und vielen Dank."

Sobald der Portugiese das Büro verlassen hatte, reichte Terry einen großen, gelben Umschlag zu Godliman hinüber. Godliman machte ihn auf. Er enthielt mehrere beschriebene Briefbogen und einen Stapel Fotos im Format 13 x 18 – an die dreißig Stück.

Godliman sah sich ein Foto nach dem anderen an. Dann gab er Bloggs die Bilder. „Das ist eine Katastrophe", sagte er. „Und das ist nur seine Sicherheitsmaßnahme für den Notfall. Die Negative hat er noch – und er ist mit ihnen unterwegs."

Die drei Männer saßen regungslos in dem kleinen Büro – wie auf einem Gemälde.

Terry sagte: „Ich muß Churchill unterrichten."

Das Telefon klingelte. Der Oberst nahm ab. „Ja. Gut. Wo hat er ihn abgesetzt? Was? Ja, danke." Er legte auf. „Das Taxi hat unseren Mann am University College Hospital abgesetzt."

„Fünf Minuten zu Fuß bis zur Euston Station", sagte Godliman. „Von Euston aus fahren Züge nach Holyhead, Liverpool, Glasgow... lauter Städte, die Fährverbindungen nach Irland haben."

„Von Liverpool nach Belfast", sagte Bloggs. „Dann mit dem Auto durch Nordirland bis zur irischen Grenze, und weiter bis zur Südküste, von dort per U-Boot zur Atlantikküste rüber. Von Liverpool aus bis nach Glasgow zu fahren wäre sinnlos."

„Fred", sagte Godliman, „es ist das beste, wenn Sie jetzt gleich zum Bahnhof fahren und Fabers Foto herumzeigen. Vielleicht hat ihn jemand beim Einsteigen gesehen. Ich rufe dort an und sage denen Bescheid, und außerdem lasse ich mir sagen, welche Züge seit zehn abgefahren sind."

Bloggs griff nach Hut und Mantel. „Ich bin schon unterwegs."

Er zeigte das Foto drei Bahnpolizisten: nichts. Er versuchte es bei zehn weiblichen Gepäckträgern: nichts. Er ging an alle Bahnsteigsperren. Schließlich ging er in die Schalterhalle und zeigte das Foto jedem Beamten.

Ein dicker, glatzköpfiger Beamter erkannte das Gesicht. „Ich hab da ein Spiel", erzählte er Bloggs. „Ich versuche den Fahrgästen anzusehen, warum sie verreisen. Wenn jemand zum Beispiel eine schwarze Krawatte um hat, fährt er zu einer Beerdigung. Oder wenn eine Frau eine weiße Stelle hat, wo sonst der Ehering sitzt... Verstehen Sie?"

„Was ist Ihnen an dem Mann hier aufgefallen?" fragte Bloggs.

„Überhaupt nichts. Das war's ja gerade – ich konnte ihn nicht einordnen. Als wenn er versucht hätte, ganz unverdächtig zu wirken. Verstehen Sie?"

Bloggs sagte nach einer Pause: „Können Sie sich daran erinnern, wohin er wollte?"

„Ja", sagte der dicke Beamte. „Nach Inverness."

BLOGGS war wieder in Whitehall. Eben hatte er berichtet, daß Faber eine Fahrkarte nach Inverness gekauft hatte.

„Das heißt nicht unbedingt, daß er tatsächlich dorthin fährt", sagte Godliman. „Ich nehme an, er kauft aus Prinzip Fahrkarten für eine andere Richtung, um uns irrezuführen." Er sah auf die Uhr, dann schaute er Bloggs und Billy Parkin an. „Er ist wahrscheinlich elf Uhr fünfundvierzig gefahren. Ich habe mit der Bahndirektion gesprochen. Sie halten den Zug vor Crewe an. Ich habe ein Flugzeug bereitstellen lassen, das Sie beide nach Stoke-on-Trent bringt.

Sie, Parkin, steigen in den Zug, sobald er vor Crewe hält. Sie tragen eine Schaffneruniform und kontrollieren alle Fahrkarten – und alle Gesichter – im Zug. Wenn Sie Faber erkennen, bleiben Sie in seiner Nähe.

Sie, Bloggs, warten an der Bahnsteigsperre in Crewe, für den Fall, daß Faber sich entschließt, dort auszusteigen – was ich bezweifle. Dann steigen Sie in den Zug und sind in Liverpool als erster draußen. Dort warten Sie wieder an der Bahnsteigsperre, bis Parkin und Faber kommen. Die halbe Polizei von Liverpool wird dasein, um Sie zu unterstützen."

„Das ist alles schön und gut, wenn er mich nicht erkennt", sagte Parkin. „Was mache ich, wenn er sich an mein Gesicht erinnert?"

Godliman zog eine Schreibtischschublade auf und nahm eine Pistole heraus. Er gab sie Parkin. „Wenn er Sie erkennt, erschießen Sie ihn."

IM WAGGON war es stockdunkel. Faber dachte an die üblichen Witze: „Nehmen Sie die Hand von meinem Knie. Nein, nicht Sie, sondern Sie." Die Engländer machten Witze über alles. Es hatte Fliegeralarm gegeben, und der Zug fuhr nur noch knapp fünfzig Stundenkilometer. Jemand im Abteil machte den Koffer auf und reichte Brote mit Trokkenei herum. Gegen vier Uhr morgens hielt der Zug auf freier Strecke. „Wir müssen kurz vor Crewe sein", sagte eine Stimme. Der Zug ruckte, fuhr weiter, und alle jubelten. Wo war der kühl-reservierte Engländer, der immer wieder karikiert wurde?

Ein paar Minuten später sagte eine Stimme auf dem Gang: „Die Fahrkarten, bitte." Faber fiel der Yorkshire-Akzent auf; sie waren jetzt im Norden. Er saß auf dem Sitz neben der Abteiltür und konnte so auf den Gang sehen. Der Schaffner prüfte die Fahrkarten mit der Taschenlampe. Faber lehnte sich zurück. Er dachte an seinen Alptraum: „Die Fahrkarte hier stammt von der Abwehr." Er lächelte in die Dunkelheit.

Dann zog er die Brauen zusammen. Das Gesicht des Schaffners kam ihm bekannt vor. Vielleicht hatte das nichts zu bedeuten, aber Faber hatte bisher überlebt, weil er auf Dinge achtete, die *vielleicht* nichts zu bedeuten hatten. Er sah das Gesicht des Schaffners noch einmal an, und plötzlich fiel es ihm ein. Die Pension in Highgate! Der Junge aus Yorkshire, der sich freiwillig melden wollte! Faber beobachtete, daß er die Taschenlampe über alle Gesichter im Abteil wandern ließ. Er kontrollierte nicht nur die Fahrkarten.

Nein, sagte Faber sich, nur keine voreiligen Schlußfolgerungen. Sie konnten unmöglich herausgefunden haben, in welchem Zug er saß, und einen der wenigen Menschen auf der Welt aufgetrieben haben, der wußte, wie er aussah – und diesen Mann in so kurzer Zeit hierhergebracht haben. Oder doch? Parkin, so hieß er, Billy Parkin. Er ging in das nächste Abteil. Jetzt war keine Zeit zu verlieren. Faber rechnete mit dem Schlimmsten.

An der Stelle, wo die Wagen aneinandergekuppelt waren, gab es einen engen Raum in dem blasebalgartigen Verbindungsstück, den auf beiden Seiten Türen abschlossen.

Faber kämpfte sich bis zum Ende des Wagens durch und trat in den Zwischenraum. Er rollte sich auf dem Boden zusammen und stellte sich schlafend.

Die Tür ging auf. „Die Fahrkarte, bitte."

Faber überhörte das. Die Tür schlug zu.

„Wachen Sie auf, Dornröschen." Die Stimme war unverkennbar.

Faber tat, als wache er auf, dann erhob er sich, mit dem Rücken zu Parkin. Als er sich umdrehte, hatte er das Stilett in der Hand. Er stieß Parkin gegen die Tür, setzte ihm die Klinge an die Kehle und sagte: „Ganz ruhig – oder ich steche zu." Mit der linken Hand nahm er Parkins Taschenlampe und leuchtete dem jungen Mann ins Gesicht.

Parkin sah nicht so verängstigt aus, wie er es eigentlich hätte sein müssen.

„Na, so was", sagte Faber. „Billy Parkin."

Parkin sagte: „Sie."

„Sie wissen verflucht genau, daß ich es bin, kleiner Billy Parkin. Sie haben mich gesucht. Warum?" Es sollte so bösartig wie möglich klingen.

„Welchen Grund hätte ich, nach Ihnen zu suchen? Ich bin kein Polizist. Ehrlich, Mr. Faber. Lassen Sie mich los."

Parkin verlagerte das Gewicht und bewegte den rechten Arm. Faber packte ihn mit stahlhartem Griff am Handgelenk. Parkin wehrte sich einen Augenblick lang, aber Faber ritzte mit der nadeldünnen Spitze des Stiletts die Haut an Parkins Hals ein, und Parkin hielt still. Faber langte in die Tasche, nach der Parkin gegriffen hatte, und holte eine Pistole heraus.

„Zugschaffner sind nicht bewaffnet", sagte er.

„Wir tragen jetzt alle Waffen bei uns – es gibt so viele Verbrechen in den Zügen."

Parkin log mutig und erfinderisch. Drohungen allein konnten ihm nicht die Zunge lösen, dachte Faber. Die Klinge des Stiletts hüpfte plötzlich in seiner Faust. Die Spitze drang wenige Millimeter tief in Parkins Hals. Fabers Hand lag auf Parkins Mund. Der erstickte Schmerzensschrei ging im Lärm des Zuges unter.

„Für wen arbeiten Sie?"

„Für den militärischen Geheimdienst. O Gott. Bitte, tun Sie das nicht noch einmal."

„Für wen dort? Menzies? Masterman?"

„O Gott. Godliman. Godliman."

„Godliman!" Faber kannte den Namen, aber jetzt war nicht der rechte Augenblick, in seinem Gedächtnis nach Details zu suchen. „Was haben die rausgekriegt?"

„Ein Bild im Archiv – ich habe Sie identifiziert –"

„Ein Bild? Was für ein Bild?"

„Eine Laufstaffel... mit einem Pokal... Wehrmacht..."

Faber erinnerte sich. Wo hatten sie das her? *Sie hatten ein Foto.* Die Leute würden ihn erkennen. „Woher wußten Sie, wo ich bin?"

„Die Botschaft... Ihr Brief... das Taxi... Euston. Bitte..." Er zitterte am ganzen Leib.

Francisco, der Idiot. „Wie sieht der Plan aus? Wo ist die Falle?"

„In Glasgow. Dort warten sie auf Sie."

Faber stieß zu.

Parkin starrte ihn voller Entsetzen an. Dann wurde sein Körper schlaff. Faber stützte ihn einen Augenblick lang an der Wand und dachte nach. Bevor der Mann starb, war etwas aufgeblitzt – ein Funke Mut, der Hauch eines Lächelns. Das hatte etwas zu bedeuten. Solche Reaktionen hatten immer etwas zu bedeuten.

Er ließ den Leichnam fallen und legte ihn so hin, daß es aussah, als schlafe er. Die Verletzungen waren nicht zu sehen. Dann ging er zurück ins Abteil. Er setzte sich und dachte über Godliman nach. Er kannte den Namen – er konnte sogar ein Gesicht damit verbinden, undeutlich – das Gesicht eines Mannes in den mittleren Jahren, mit Brille. Eine Pfeife, ein geistesabwesender Gelehrtentyp... ja, das war es. Er war ein Professor.

Alles war wieder da. Während seiner ersten Jahre in London hatte Faber nicht viel zu tun gehabt. Zum Zeitvertreib und zum weiteren Ausbau seiner Tarnung besichtigte er Englands Sehenswürdigkeiten. Er stand im Südgang des Chors in der Kathedrale von Canterbury. Ihm wurde bewußt, daß neben ihm ein Mann stand, älter als er, der genauso vertieft in die Raumwirkung war wie er. „Faszinierend, nicht wahr?" sagte der Mann, und Faber fragte, was er damit meinte.

„Den einen Spitzbogen unter all den runden. Es gibt keinen Grund dafür – irgend jemand hat den einen einfach anders gemacht. Ich frage mich, warum."

Faber sah, was er meinte. Der Chor war romanisch, aber ein einziger Bogen war gotisch. „Vielleicht", sagte er, „wollten die Mönche wissen, wie ein Spitzbogen hier aussieht, und der Architekt hat einen ausgeführt, um es ihnen zu zeigen."

Der ältere Mann starrte ihn an. „Ausgezeichnet! Natürlich, das ist der Grund. Sind Sie Historiker?"

Faber lachte. „Nein, Bahnbeamter. Sind Sie denn Historiker?"

„Ja, ich bekenne mich schuldig." Er hielt Faber die Hand hin. „Percy Godliman."

Faber hatte ihn danach noch einmal gesehen, als er aus Neugier zu einem Vortrag über Henry II. ging, den Professor Godliman hielt. Godliman hatte eine ziemlich komische Figur abgegeben, wie er da hinter dem Pult auf und ab stolzierte, aber Faber war auch klargeworden, daß sein Verstand messerscharf war.

Das war also der Mann, der herausbekommen hatte, wie die Nadel aussah. Ein Amateur. Folglich machte er auch die Fehler eines Amateurs. Einer davon war gewesen, daß er Billy Parkin geschickt hatte: Parkin hatte überhaupt keine Chance gehabt.

Ruckend kam der Zug zum Stehen. „Liverpool", verkündete draußen eine gedämpfte Stimme. Sie warteten in Glasgow auf ihn, hatte Parkin gesagt, bevor er starb. Das hieß, daß Faber hier aussteigen mußte. Er machte die Tür auf, sprang auf den Bahnsteig und ging zur Sperre.

Ihm fiel etwas ein. Was war da in Billy Parkins Auge aufgeblitzt, bevor er starb? Weder Angst noch Schmerz – obwohl er beides hatte. Aber da war noch eine Art... Triumph gewesen? Faber schaute über den Fahrkartenkontrolleur hinweg und wußte Bescheid. Auf der anderen Seite der Sperre wartete der blonde junge Mann, der Schatten vom Leicester Square. Parkin hatte, während er unter Schmerzen starb, Faber doch noch getäuscht. Die Falle war hier.

Faber eilte zurück in den Zug. Als er im Abteil war, zog er das Rouleau hoch und sah hinaus. Der Beschatter musterte die Gesichter in der Menge. Er hatte den Mann, der wieder in den Zug gestiegen war, nicht bemerkt.

Faber schaute aus dem Fenster, bis der Bahnsteig leer war. Der blonde Mann redete dringlich auf den Kontrolleur ein. Der schüttelte den Kopf. Einen Augenblick später winkte der Blonde jemandem zu, den Faber nicht sehen konnte. Ein Polizist tauchte aus der Dunkelheit auf und sprach mit dem Kontrolleur.

Der Lokomotivführer und der Heizer stiegen aus und gingen zur Sperre. Wieder Kopfschütteln. Schließlich zuckten die Eisenbahner die Achseln: Offensichtlich fügten sie sich. Der Blonde winkte weitere Polizisten herbei und kam mit ihnen auf den Bahnsteig. Sie hatten vor, den Zug zu durchsuchen.

Die Eisenbahner verschwanden, zweifellos, um Tee und Sandwichs aufzutreiben, während diese Wahnsinnigen hier einen zum Bersten vollen Zug durchsuchen wollten. Das brachte Faber auf einen Gedanken. Er sprang auf der falschen Seite aus dem Zug. Hinter den Wagen verborgen, lief er über die Schienen zur Lokomotive.

NATÜRLICH stand es schlecht. Als Frederick Bloggs begriff, daß Billy Parkin nicht ausgestiegen war, wußte er sofort, daß ihnen die Nadel wieder entkommen war. Während die Polizisten jeden Wagen absuchten, ging Bloggs mit hochgeklapptem Mantelkragen den zugigen Bahnsteig auf und ab. Ihm lag ungeheuer viel daran, die Nadel zu fassen. Nicht nur wegen der Invasion. Ihm ging es auch um Percy Godliman, um die vier Bürgerwehrmänner, um Christine und um sich selbst.

„Sir!" Ein Polizist beugte sich aus einer Wagentür und winkte ihm zu.

Bloggs ging zu ihm hin. „Was gibt es denn?"

„Das könnte Ihr Parkin sein. Kommen Sie doch mal."

Der Polizist machte die Tür zwischen den Wagen auf und beleuchtete den Zwischenraum mit der Taschenlampe. Es war Parkin – das wußte Bloggs schon, als er die Schaffneruniform sah. Er kniete sich nieder und drehte ihn um. Er sah ihn an und schaute schnell weg.

„Das ist also Parkin?" fragte der Polizist.

Bloggs nickte. Er stand sehr langsam auf und ging auf den Bahnsteig zurück. Das Suchkommando war fertig.

Der Kriminaldirektor, der Anthony hieß, sagte: „Ihr Mann muß abgehauen sein."

„So gut wie sicher. Haben Sie auf allen Toiletten nachgesehen?"

„Ja, und auf dem Zugdach und unter dem Zug auch."

Ein Fahrgast kam auf Bloggs und den Kriminaldirektor zu. „Entschuldigen Sie bitte", sagte er. „Suchen Sie nach jemandem?"

„Warum fragen Sie?" erkundigte sich der Kriminalrat.

„Suchen Sie vielleicht einen großen Kerl?"

„Warum fragen Sie?"

Bloggs unterbrach ungeduldig. „Ja, er ist groß. Raus mit der Sprache."

„Na ja, der Zug war gerade ein paar Minuten hier, da ist so ein großer Kerl auf der falschen Seite ausgestiegen. Er ist auf die Schienen gesprungen."

„Er muß die Falle gerochen haben", sagte Bloggs zu Anthony. „Aber wie? Er kennt mich nicht, und Ihre Leute waren nicht zu sehen."

„Irgendwas hat ihn mißtrauisch gemacht."

„Deshalb ist er zum nächsten Bahnsteig hinübergegangen und von dort aus weggelaufen. Hatten Sie an den anderen Sperren keine Leute postiert?"

„Daran habe ich leider nicht gedacht... Nun, wir können die Bahnhofsgegend durchsuchen, und natürlich beobachten wir die Fähre –"

„Ja, bitte tun Sie das", sagte Bloggs. Aber er ahnte, daß sie Faber nicht finden würden.

FABER hatte Staub in der Nase. Er hörte, daß der Lokomotivführer und der Heizer ins Führerhaus zurückkletterten.

Es prasselte, als der Heizer Kohle nachschaufelte. Die Kolben knackten, und der Zug setzte sich ruckend in Bewegung. Erleichtert nieste Faber den Ruß aus der Nase.

Er war hinten auf dem Tender, tief in die Kohlen eingegraben. Wie er gehofft hatte, war die Durchsuchung des Kohlenwagens mit einem prüfenden Blick erledigt gewesen.

Ob er es jetzt riskieren konnte, sich frei zu schaufeln? Es mußte bald hell werden. Doch, er wollte es wagen. Vorsichtig grub er sich aus dem Kohlenbett. Er sah an sich hinunter. Von Kopf bis Fuß war er bedeckt mit schwarzem Staub, wie ein Bergarbeiter, der aus der Grube kommt. Er mußte sich waschen und sich andere Kleider beschaffen.

Er schaute über den Wagenrand. Der Zug fuhr noch durch die Vororte, vorbei an verrußten, winzigen Reihenhäusern. Bald mußte er abspringen und ein anderes Transportmittel finden. Am günstigsten wäre eine freie Strecke außerhalb eines Dorfes. Und es müßte möglichst bergaufwärts sein, damit der Zug so langsam fuhr, daß Faber springen konnte. Er legte sich auf die Kohlen und wartete.

Der Zug fuhr schneller, und Fabers Unbehagen wuchs, als es zu regnen anfing, ein stetiges Nieseln, das sich auf seiner Haut in Eis zu verwandeln schien. Nach einer halben Stunde wurde der Zug plötzlich langsamer. Faber sah sich um. Sie kamen an eine Weiche, und das Signal stand auf Halt. Solange der Zug stand, blieb Faber noch oben. Als das Signal die Fahrt freigab, kletterte er auf den Wagenrand und sprang dann ab.

Er landete auf dem Bahndamm und blieb mit dem Gesicht nach unten im hohen Unkraut liegen. Sobald vom Zug nichts mehr zu hören war, rappelte er sich hoch. Das einzige Anzeichen von Zivilisation weit und breit war das Stellwärterhäuschen, ein zweistöckiger Holzbau. Oben war der Dienstraum und unten eine Tür.

Faber machte einen großen Bogen, damit er von hinten, wo es keine Fenster gab, an das Häuschen herankam. Er ging hinein und fand, was er erwartet hatte: eine Toilette, ein Waschbecken und, als Zugabe, einen Mantel, der am Haken hing. Er zog die nassen Sachen aus, wusch sich Gesicht und Hände und rieb sich mit dem schmuddligen Handtuch kräftig den ganzen Körper ab. Die kleine, runde Kapsel mit den Negativen war fest auf seine Brust geklebt. Er zog sich wieder an, vertauschte aber seinen nassen Blazer mit dem Mantel des Stellwärters.

Draußen stand das Rad des Stellwärters, mit einem Vorhängeschloß gesichert. Er ließ das kleine Schloß mit dem Stilett aufschnappen, stieg auf und radelte davon.

II.

PERCIVAL GODLIMAN hatte sich von zu Hause ein Feldbett mit ins Büro gebracht. Darauf lag er nun, noch in Hose und Hemd, und versuchte vergeblich, einzuschlafen. Das Telefon klingelte. Es war Bloggs, der aus Liverpool anrief und meldete, daß die Nadel durchs Netz geschlüpft und Parkin umgebracht worden war.

Godliman schloß die Augen. „Ich hätte Sie in den Zug schicken sollen."

„Danke!" sagte Bloggs.

„Nur weil er Sie nicht kennt."

„Ich glaube, er kennt mich doch", sagte Bloggs. „Wir vermuten, daß er die Falle bemerkt hat – und außer mir konnte er vom Zug aus keinen Polizisten sehen."

„Aber wo könnte er Sie gesehen haben? Oh, Leicester Square."
„Ich wüßte nicht, wie – aber... Ich glaube, wir unterschätzen ihn."
„Geben Sie mir den Kriminaldirektor."

Eine kurze Pause, dann sagte eine andere Stimme: „Anthony am Apparat."

Godliman sagte: „Es sieht so aus, als ob unser Mann irgendwo in Ihrer Gegend aus dem Zug gestiegen ist. Jetzt braucht er als erstes ein Mittel zur Fortbewegung. Ich will von Ihnen detaillierte Angaben über jedes Verkehrsmittel haben, das in den nächsten vierundzwanzig Stunden in einem Umkreis von hundertfünfzig Kilometern gestohlen wird. Und behalten Sie alle anderen Verbrechen im Auge, die einer auf der Flucht möglicherweise begehen könnte – Diebstahl von Nahrungsmitteln und Kleidung, ungeklärte Einbrüche, fragwürdige Papiere – und so weiter."

„Ja, Sir."

„Ist Ihnen klar, Mr. Anthony, daß es hier um mehr geht als einen gewöhnlichen Mord?"

„Ja... Äh. Ich nehme das an, Sir, weil Sie sich eingeschaltet haben."

Bloggs kam wieder an den Apparat. „Ist Ihnen eingefallen, woher Sie ihn kennen? Sie haben gesagt, Sie hätten ihn irgendwo gesehen –"

„O ja. Aber es hilft uns nicht weiter, wie ich ja gleich sagte. Ich habe ihn zufällig in der Kathedrale von Canterbury kennengelernt. Wir haben uns über die Architektur unterhalten. Soweit ich mich erinnere, hat er ein paar sehr gescheite Bemerkungen gemacht."

„Daß er klug ist, wissen wir ja."

KRIMINALDIREKTOR ANTHONY wußte nicht recht, ob er sich darüber ärgern sollte, wie autoritär MI5 mit ihm umsprang, oder ob er sich dafür begeistern sollte, daß er in seinem eigenen Gebiet Gelegenheit bekam, England zu retten. Bloggs durchschaute den Konflikt, der Anthony plagte – er hatte so etwas schon öfter erlebt –, und er wußte, was er in seinem Interesse in die Waagschale werfen konnte. „Ich bin so dankbar für Ihre Hilfsbereitschaft, Kriminaldirektor", sagte er. „Übrigens wird so etwas in Whitehall durchaus bemerkt."

„Wir tun nur unsere Pflicht." Anthony war nicht sicher, ob Bloggs die Anrede „Sir" zustand. „Wahrscheinlich dauert es ein paar Stunden, bis wir ihm wieder auf der Spur sind. Möchten Sie nicht ein Nickerchen machen?"

„Ja", sagte Bloggs dankbar. Er setzte sich in einen bequemen Sessel, lehnte sich zurück und schloß die Augen. Sofort sah er Godlimans Gesicht vor sich und hörte ihn sagen: „Man muß über den Verlust hinwegkommen." Wenn Christine vor dem Krieg gestorben wäre, hätte er sicher eine andere Meinung über eine Wiederverheiratung gehabt. Er hatte sie immer gern gehabt, aber als sie sich zum Sanitätsdienst meldete, verwandelte sich seine Zuneigung zu ihr in schier ehrfürchtige Bewunderung und Liebe. Jetzt, über ein Jahr nach ihrem Tod, wäre es ihm leichtgefallen, wieder eine Frau zu finden, für die er Zuneigung empfände, aber er wußte, daß ihm so etwas nie wieder genügen konnte. Eine Durchschnittsehe, eine Durchschnittsfrau müßte ihn immer wieder daran erinnern, daß er, ein recht durchschnittlicher Mann, einst mit einer Frau gelebt hatte, die alles andere als durchschnittlich gewesen war.

Jemand schüttelte ihn. Er machte die Augen auf und sah Kriminaldirektor Anthony vor sich. Bloggs setzte sich auf. „Haben Sie was?" erkundigte er sich.

„Eine ganze Menge." Anthony gab ihm einen Stapel Papiere.

In drei Häuser war eingebrochen worden. In zwei Fällen waren Wertgegenstände gestohlen worden – Juwelen und Pelze. „Es ist möglich, daß er die Wertgegenstände gestohlen hat, um uns auf eine falsche Spur zu locken", sagte Bloggs. „Markieren Sie die beiden Häuser auf der Karte – vielleicht ergibt sich ein Muster." Der dritte Einbruch war gerade erst gemeldet worden – Details waren noch nicht bekannt. Kurz vor Preston war ein Fahrrad gestohlen worden, und aus Birkenhead wurde eine Vergewaltigung gemeldet. „Daß er sich mit Vergewaltigungen abgibt, bezweifle ich", sagte Bloggs zu Anthony. „Aber markieren wir die Stelle trotzdem."

Der Fahrraddiebstahl und der dritte Einbruch waren nah beieinander. Bloggs fragte: „Das Stellwärterhäuschen, wo das Rad gestohlen worden ist – liegt das an der Hauptstrecke?"

„Ich glaube, ja", antwortete Anthony.

„Angenommen, Faber hat sich im Zug versteckt, und sie haben ihn übersehen. Ist das Stellwerk der erste Halt hinter Liverpool?"

„Das könnte sein."

Bloggs sah auf die Anzeige. „Ein Mantel ist gestohlen und mit einem nassen Blazer vertauscht worden."

Anthony zuckte die Achseln. „Das kann sonstwas bedeuten, aber wir gehen der Sache vorsichtshalber nach."

„Gut. Inzwischen überprüfen Sie bitte die Einbrüche noch einmal darauf, ob Lebensmittel oder Kleidungsstücke fehlen – das ist den Bestohlenen vielleicht noch gar nicht aufgefallen. Können Sie mich nach Preston bringen lassen?"

„Ich stelle Ihnen einen Wagen zur Verfügung", sagte Anthony.

„Wie lange werden Sie brauchen, bis Sie die Einzelheiten über den dritten Einbruch haben?"

„Bis Sie draußen am Stellwerk sind, habe ich den vollständigen Bericht."

„ANTHONY? Hier ist Bloggs. Ich bin im Stellwärterhäuschen."

„Dort vergeuden Sie nur Ihre Zeit. Den dritten Einbruch hat Ihr Mann gemacht."

„Wo?"

„Bei zwei alten Damen, die allein in einem Landhaus wohnen."

„Sind sie tot?"

„Noch nicht – wenn sie nicht vor Aufregung sterben."

„Wie bitte?"

„Fahren Sie hin. Dann verstehen Sie, was ich meine."

„Ich fahre gleich los."

Es WAR genau die Art von Landhaus, in der immer zwei ältere, alleinstehende Damen wohnen. Klein, quadratischer Grundriß und alt. Vor der Tür wuchs ein wilder Rosenbusch, tausendfach gedüngt mit ausgelaugten Teeblättern. Auf Bloggs' Klopfen antwortete eine Achtzigjährige mit einer Flinte.

„Guten Morgen", sagte er. „Ich bin von der Polizei."

„Nein, sind Sie nicht", antwortete sie. „Die Polizei war schon hier. Und jetzt gehen Sie, sonst puste ich Ihnen den Kopf ab."

Bloggs sah sie an. Sie war nicht einmal anderthalb Meter groß und hatte das dichte weiße Haar im Nacken zum Knoten gebunden. Ihre

Finger waren streichholzdünn, aber sie hatte die Flinte fest im Griff. Ihre Schürzentasche war prall gefüllt mit Wäscheklammern.

„Das heute morgen war die Ortspolizei", sagte Bloggs. „Ich bin von Scotland Yard."

„Das kann jeder sagen."

Bloggs rief nach seinem Fahrer. Der Wachtmeister stieg aus. „Überzeugt Sie seine Uniform?"

„Na, gut", sagte sie und ließ ihn eintreten. Er kam in einen niedrigen Raum mit gekacheltem Fußboden.

Die zweite alte Dame erhob sich aus einem Lehnsessel. Sie sah der ersten ähnlich, war aber doppelt so breit. Als sie aufstand, sprangen zwei Katzen von ihrem Schoß. „Tag", sagte sie. „Ich bin Emma Parton. Meine Schwester heißt Jessie. Beachten Sie die Flinte nicht – sie ist nicht geladen. Bitte, setzen Sie sich doch. Für einen Polizisten sind Sie sehr jung. Es überrascht mich, daß sich Scotland Yard für unseren kleinen Einbruch interessiert."

Bloggs setzte sich. „Wenn es sich bei dem Einbrecher tatsächlich um den Mann handelt, den wir verdächtigen, dann ist er auf der Flucht vor der Polizei."

„Ich hab's dir ja gesagt!" rief Jessie. „Wir hätten fast dran glauben müssen!"

„Erzählen Sie mir, was geschehen ist", sagte Bloggs.

„Also", fing Emma an, „ich war draußen im Hühnerstall, um Eier einzusammeln. Jessie war in der Küche –"

„Er hat mich überrascht", unterbrach Jessie. „Ich hatte keine Zeit, meine Flinte zu holen."

„Du siehst zu viele Wildwestfilme", tadelte Emma.

Bloggs holte das Foto von Faber heraus. „Ist er das?"

Jessie musterte es gründlich. „Das ist er."

„Was hat er getan?" fragte Bloggs.

Jessie sagte: „Er hat mir ein Messer an die Kehle gehalten und gesagt: ‚Eine falsche Bewegung – und ich schlitze Ihnen den Bauch auf.'"

„Oh, Jessie! Mir hast du erzählt, daß er gesagt hat: ‚Ich tue Ihnen nichts, wenn Sie machen, was ich Ihnen sage.'"

„Was wollte er?" fragte Bloggs.

„Etwas zu essen, ein Bad nehmen und saubere Kleider. Wir kochten ihm die Eier. Wir fanden ein paar Sachen von Norman, Jessies verstorbenem Mann –"

„Beschreiben Sie bitte die Sachen."

„Ein blaues Jackett, ein Overall, ein kariertes Hemd. Und er hat das Auto mitgenommen. Das hat dem armen Norman gehört. Ich weiß nicht, wie wir jetzt ins Kino kommen sollen."

„Was für ein Auto?"

„Ein Morris. Norman hat ihn 1924 gekauft."

„Aber das Bad hat er nicht bekommen!" sagte Jessie.

„Nein", sagte Emma. „Ich war gezwungen, ihm zu erklären, daß zwei alleinstehende Damen einem Mann unmöglich gestatten können, in ihrer Küche zu baden."

„Was hat er dazu gesagt?" fragte Bloggs.

„Er hat gelacht", sagte Emma.

Bloggs konnte ein Lächeln nicht unterdrücken. „Sie sind sehr tapfer", sagte er. „Er ist also in einem Morris, Baujahr 1924, weggefahren und trägt einen Overall und ein blaues Jackett. Wann ist er abgefahren?"

„Ungefähr um neun."

„War viel Benzin im Tank?"

„Höchstens zehn Liter. Aber er hat unsere Benzinmarken mitgenommen."

„Wie schnell fährt das Auto?"

„Wir fahren nie schneller als fünfzig", sagte Emma.

Bloggs sah auf die Uhr. „Selbst bei dieser Geschwindigkeit kann er jetzt schon hundertfünfundzwanzig Kilometer weit weg sein." Er stand auf. „Haben Sie Telefon?"

„Nein."

„Was für ein Typ ist der Morris?"

„Ein grauer Cowley. Norman hat immer gesagt, er habe eine Schnauze wie eine Bulldogge."

„Zulassungsnummer?"

„MLN 29", sagte Emma. „Glauben Sie, daß wir ihn zurückbekommen?"

„Sehr wahrscheinlich – aber vermutlich in einem ziemlich schlechten Zustand. Leute, die Autos stehlen, gehen nicht sorgsam damit um."

Jessie brachte ihn hinaus. An der Tür zupfte sie Bloggs am Ärmel und sagte leise: „Sagen Sie mir – ist er ein Mörder? Oder ein Sexualverbrecher?"

„Sagen Sie es keiner Menschenseele", flüsterte Bloggs. „Er ist ein deutscher Spion."

Jessie kicherte vor Vergnügen. Offensichtlich, dachte sie, sieht er dieselben Filme wie ich.

GEGEN Mittag fuhr Faber über die Sark-Brücke und war damit in Schottland. In Carlisle hatte er zum Tanken gehalten. Der Tankwart, eine Frau mittleren Alters in einer ölbefleckten Schürze, hatte keine unangenehmen Fragen gestellt. Faber war sehr zufrieden mit dem kleinen Zweisitzer – er machte noch immer achtzig Stundenkilometer, trotz seines Alters. Der vierzylindrige Motor schnurrte gleichmäßig, während Faber durch das schottische Hügelland fuhr. Er drückte auf den Gummiball und hupte ein streunendes Schaf an.

Er hatte sich dafür entschieden, nicht die direkte Route nach Aberdeen über die Küstenstraße zu nehmen. Fast die ganze schottische Ostküste war Sperrgebiet. Irgendwann mußte er freilich dorthin, und Faber zerbrach sich den Kopf wegen einer plausiblen Geschichte, falls er ausgefragt werden sollte. Autotouren spaßeshalber gab es seit der Benzinrationierung nicht mehr. Es gab fast nur noch Militärverkehr, aber er hatte keine Papiere. Wer reiste noch, heutzutage? Matrosen auf Urlaub, hohe Staatsbeamte, tüchtige Handwerker. Das war die Idee. Er würde sich als Ingenieur ausgeben, als Spezialist für ein so entlegenes Fachgebiet wie hocherhitzbares Getriebeöl, der in einer Fabrik in Inverness eine Panne beheben sollte. Wenn er gefragt wurde, um welche Fabrik es sich handelte, konnte er sagen, das sei streng geheim.

Nachdem er sich diese Geschichte zurechtgelegt hatte, fühlte er sich sicher vor einer überraschenden Kontrolle. Aber die Gefahr, daß ihn jemand anhielt, der gezielt nach Henry Faber, Spion auf der Flucht, fahndete, war damit nicht aus der Welt. Sie hatten das Foto – *sie kannten sein Gesicht. Sein Gesicht!* –, und es würde nicht lange dauern, bis sie auch die Beschreibung des Autos hatten.

Als er oben auf dem dreihundert Meter hohen Beattock Summit ankam, wurde das Gelände bergiger, und der Motor fing leicht zu stot-

tern an. Kein Wunder: Das zwanzig Jahre alte Auto wurde hart herge-
nommen. Faber fuhr durch Crawford, durch Abington und durch
Lesmahagow, das am Rand einer Moorheide lag. Eine halbe Stunde
später kam er in die Außenbezirke von Glasgow. Er verließ die Hauptstraße und fuhr nach Norden, auf lauter Nebenstraßen, bis er zur
Cumbernauld Road kam. Dort fuhr er wieder ostwärts. Er beeilte
sich, aus der Stadt herauszukommen. Das Ganze war schneller gegangen, als er erwartet hatte.

Aber zwischen Cumbernauld und Stirling verließ ihn das Glück.
Auf einer geraden Strecke, die leicht abschüssig war, beschleunigte
er. Als der Tachometer siebzig Stundenkilometer anzeigte, kam plötz-
lich ein lautes Geräusch aus dem Motor. Es klang, als würde eine lange
Kette über ein Zahnrad gezogen. Er ging herunter auf fünfzig, aber das
Geräusch wurde nicht leiser. Ihm war klar, daß ein wichtiger Teil der
Maschine versagte – aber wenigstens fuhr das Auto noch.

Fünf Kilometer weiter stiegen Dampfwolken aus der Motorhaube.
Faber begriff, daß es der Morris nicht mehr lange machte. Er suchte
nach einer günstigen Stelle, wo er ihn stehenlassen konnte, und entdeckte einen schlammigen Feldweg, der hundert Meter von der Straße
entfernt um einen Brombeerbusch bog. Er hielt dicht an dem Brombeerbusch und schaltete den Motor aus mit einem etwas schlechten
Gewissen gegenüber Emma und Jessie, für die es schwierig werden
würde, das Auto reparieren zu lassen, solange noch Krieg war.

Von der Hauptstraße aus war das Auto nicht zu sehen; es konnte ein,
zwei Tage dauern, bis es jemand entdeckte und Verdacht schöpfte.
Dann, dachte Faber, kann ich schon in Berlin sein. Er machte sich auf
den Weg. Bis jetzt war alles gutgegangen: Es war noch nicht einmal
vierundzwanzig Stunden her, seit er London verlassen hatte, und bis
das U-Boot am Freitag um sechs Uhr abends zum Treffpunkt kam,
hatte er noch einen Tag lang Zeit.

Die Sonne war untergegangen, und jetzt wurde es schnell dunkel.
Faber konnte fast nichts sehen, aber in der Stille der Nacht würde er jedes Auto, das herankam, lange vorher hören. Nur ein einziges Auto
überholte ihn. Schon von weitem hörte er den Motor, und er ging ein
paar Meter weit weg von der Straße und legte sich auf die Erde, bis das
Auto verschwunden war. Es war ein großer Wagen, wahrscheinlich

ein Vauxhall. Faber lief weiter. Zwanzig Minuten später sah er den Wagen. Er parkte am Straßenrand – die Scheinwerfer waren ausgeschaltet, und der Motor war abgestellt. Faber wäre im Dunkeln beinah dagegen gestoßen. Bevor er sich noch überlegen konnte, was zu tun war, tauchte eine Taschenlampe unter der Motorhaube auf. Eine Stimme fragte: „Ist da jemand?"

Das Licht war auf den Kühler gerichtet. Beim Näherkommen sah Faber einen Mann in den mittleren Jahren, schnurrbärtig, der einen zweireihigen Mantel trug und, ziemlich ungeschickt, mit einem Schraubenschlüssel hantierte. Faber warf einen prüfenden Blick auf den Motor. „Haben Sie eine Panne?"

„Kein Saft mehr", sagte der Mann. „Gerade lief er noch wie geschmiert, dann hat er plötzlich gestottert. Ich bin leider kein allzu guter Mechaniker." Er richtete die Lampe auf Faber. „Kennen Sie sich mit Motoren aus?"

„Nein", sagte Faber, „aber wenn eine Benzinleitung unterbrochen ist, erkenne ich es." Er griff nach der Taschenlampe, langte in den Kühler und machte die lose Leitung fest. „Versuchen Sie's jetzt mal."

Der Mann stieg ein und ließ den Motor an. „Prima!" rief er über den Lärm hinweg. „Sie sind ein Genie! Steigen Sie ein." Faber ging durch den Kopf, daß dies eine besonders raffinierte Falle des MI5 sein könne, aber er verwarf den Gedanken als zu weit hergeholt. Er stieg ein, und sie fuhren los.

„Ich heiße Richard Porter", sagte der Mann.

Faber dachte an seinen Ausweis. „James Baker."

„Sehr erfreut. Ich muß an Ihnen vorbeigefahren sein – hab Sie gar nicht gesehen." Faber begriff: Er wollte sich dafür entschuldigen, daß er ihn nicht mitgenommen hatte. Seit der Benzinrationierung nahm jeder die Anhalter mit.

„Kommen Sie von weit her?" fragte Porter und bot Faber eine Zigarre an.

„Nett von Ihnen, aber ich rauche nicht", sagte Faber. „Ja, ich komme aus London. In Edinburgh ist mein Auto kaputtgegangen. Ich mußte es in der Werkstatt stehenlassen."

„Pech. Ich fahre nach Aberdeen – kann Sie unterwegs jederzeit absetzen."

Das war ein Glücksfall. Faber schloß die Augen und stellte sich die Landkarte von Schottland vor. „Ich muß nach Banff", sagte er, „mir würde es also viel nützen, wenn Sie mich bis Aberdeen mitnehmen könnten. Aber ich wollte eigentlich über die Hauptstraße fahren... hab nicht an einen Passierschein gedacht. Gehört Aberdeen zum Sperrgebiet?"

„Nur teilweise", sagte Porter. „Aber solange Sie in meinem Auto sitzen, brauchen Sie sich über so was keine Gedanken zu machen. Ich bin Friedensrichter und Mitglied des städtischen Ordnungsdienstes." Faber lächelte in die Dunkelheit. „Danke."

„Warum wollen Sie nach Banff?"

„Ich bin Ingenieur. Die haben da in einer Fabrik ein Problem – übrigens streng geheim."

Porter wehrte mit der Hand ab. „Bitte, kein Wort mehr darüber."

Sie schwiegen. Faber unterdrückte ein Gähnen. „Machen Sie ruhig ein Nickerchen", sagte Porter.

„Danke", sagte Faber. Er schloß die Augen.

Die Bewegung des fahrenden Autos wiegte ihn ein wie der Zug, und Faber hatte wieder den Alptraum von der Ankunft in London, aber diesmal etwas verändert. Als der Zug in Waterloo Station ankam, hatten alle – einschließlich der Fahrgäste – ein Foto von Faber bei sich. An der Sperre sagte der Kontrolleur: „Sie sind der Mann auf dem Foto, nicht wahr?" Faber brachte kein Wort heraus. Vielleicht mußte er jetzt sterben... Der Kontrolleur sagte: „Wachen Sie auf! Wachen Sie auf!", und plötzlich saß Faber wieder in Porters Vauxhall, und es war Porter, der ihn weckte.

Fabers rechte Hand schnellte zum linken Ärmel, wo das Stilett steckte. Aber dann fiel ihm ein, daß Porter ihn ja für James Baker, einen harmlosen Anhalter, hielt.

„Sie sind aufgewacht wie ein Soldat", sagte Porter. „Wir sind in Aberdeen."

Faber dachte daran, daß Porter Friedensrichter war. Er schaute ihn an. Im dämmrigen Morgenlicht sah sein kamelhaarfarbener Mantel teuer aus. Er ist reich und hat Einfluß, dachte Faber. Wenn er verschwände, würde er sofort vermißt. Faber entschied sich dafür, ihn am Leben zu lassen.

„Wollen Sie sich rasieren und frühstücken, ehe Sie weiterfahren? Sie sind bei mir zu Hause willkommen."

„Das ist sehr nett von Ihnen, aber ich muß weiter."

Porter bestand nicht darauf, und Faber hatte das Gefühl, daß er erleichtert war. „Dann setze ich Sie am besten in der George Street ab – dort fängt die A 96 an, und die führt direkt nach Banff."

Er hielt an einer Kreuzung. Faber stieg aus, der Wagen fuhr weg. Von Porter hatte er nichts zu befürchten, dachte Faber. Der kehrte jetzt nach Hause zurück und schlief sich den Tag über aus. Bis er mitbekam, daß er einem Mann auf der Flucht geholfen hatte, war es schon zu spät.

Faber wartete, bis der Vauxhall außer Sichtweite war, dann ging er über die Straße und kam bald zu den Docks. An einem Imbißstand kaufte er starken, heißen Tee und ein großes Brötchen mit einem Scheibchen weißem Käse. Er setzte sich auf ein Faß und aß und trank.

Der rechte Augenblick, ein Boot zu stehlen, war erst heute nacht. Ihm blieben also zwölf Stunden. So lange mußte er sich verstecken, und er war jetzt zu nahe am Ziel, als daß er noch ein Risiko eingehen wollte. Am besten versteckte er sich am Strand. Er würde den Tag in einem Liegestuhl verbringen. Wenn ein Polizist kam, sah er ihn bestimmt, bevor der ihn erreichte.

Er kaufte sich eine Zeitung und lieh sich einen Liegestuhl. Er las die Zeitung. Die Alliierten griffen in Italien wieder an, hieß es in einer der Schlagzeilen. Faber war skeptisch. Die Polizei suchte einen gewissen Henry Faber, der in London zwei Menschen mit dem Stilett umgebracht hatte.

Eine Frau im Badeanzug ging vorbei und sah Faber aufmerksam an. Sein Herz setzte einen Schlag lang aus, dann begriff er, daß sie mit ihm anbändeln wollte. Einen Augenblick lang war er versucht, sie anzusprechen. Er gab sich einen Ruck. Nur Geduld. Morgen war er zu Hause.

Es WAR ein kleines, breites Fischerboot, fünfzehn, höchstens zwanzig Meter lang, mit Einbaumotor. Die Antenne verhieß ein gutes Funkgerät. Zwei andere Boote im Hafen hätte er genausogut benutzen können, aber während Faber am Kai stand, war die Mannschaft aus dem hier ausgestiegen, hatte Treibstoff nachgefüllt und war dann nach

Hause gegangen. Er wartete ein paar Minuten, bis die Männer weg waren, dann ging er am Rand des Hafenbeckens entlang und sprang auf das Boot. Es hieß *Marie II*.

Das Ruder war angekettet und abgeschlossen. Er setzte sich auf den Boden der kleinen Kabine, wo ihn niemand sehen konnte, und verbrachte zehn Minuten damit, das Schloß aufzubrechen. Als das Ruder frei war, ließ er den Motor an. Die Maschine erwachte dröhnend zum Leben. Faber legte ab und steuerte auf die Hafenausfahrt zu.

Als er den Hafen verließ, spürte er eine steife Brise. Die See war überraschend unruhig, und das stämmige kleine Boot mußte über hohe Wellen klettern.

Faber fand ein paar Karten an Bord, überprüfte die Angaben, die er in Stockwell erhalten hatte, nahm Kurs auf den angegebenen Punkt und stellte das Ruder fest. Er schaltete das Funkgerät ein. Nur ein Brummen war zu hören. Er ließ den Frequenzwähler hin und her wandern und nahm ein paar verstümmelte Botschaften auf. Glücklicherweise arbeitete das Gerät ausgezeichnet. Er stellte es auf die Frequenz des U-Bootes ein und drehte dann aus: Es war noch zu früh.

Je weiter Faber aufs offene Meer hinauskam, desto höher wurden die Wellen. Das Boot bäumte sich jetzt bei jeder Welle auf wie ein steigendes Pferd und sackte dann tief hinunter. Er spürte, daß er seekrank wurde. Jedes Mal redete er sich ein, daß die Wellen unmöglich höher werden konnten, und jedes Mal kam ein neues, größeres Ungeheuer heran und warf das Boot dem Himmel entgegen. In einer besonders tiefen Furche wurde das kleine Boot plötzlich taghell erleuchtet: ein Blitz. Ein graugrüner Wasserberg schob sich über das Heck und überspülte das Deck und die Kabine, in der Faber stand. Er wußte nicht, ob das schreckliche Krachen ein paar Sekunden später ein Donnern war oder ob es bedeutete, daß das Boot zu Bruch ging. In panischer Angst suchte er nach einer Schwimmweste. Es war keine da.

Unablässig blitzte es jetzt. Faber packte das Ruder und preßte seinen Rücken gegen die Kabinenwand, damit er stehen blieb. Er sagte sich wieder und wieder, das Boot sei so konstruiert, daß es plötzlichen Stürmen standhielt, aber es gelang ihm nicht, sich das einzureden. Erfahrene Fischer hätten einen solchen Sturm wahrscheinlich vorausgesehen und wären im Hafen geblieben. Er hatte keine Ahnung, wo er war. Er setzte sich auf den Kabinenboden und schaltete das Funkgerät an, aber er bekam nichts mit. Wahrscheinlich war die Antenne abgebrochen.

Er stellte den Motor ab, um Benzin zu sparen. Zu seinem Entsetzen rutschte das Boot im nächsten Wellental seitlich weg, und Faber begriff, daß er die Kraft der Maschine brauchte, damit das Boot gegen die Wellen mit dem Bug voraus angehen konnte. Er zog den Anlasserknopf. Nichts geschah. Er versuchte es ein paarmal, dann gab er auf und verfluchte sich selbst, weil er den Motor abgestellt hatte. Das Boot hatte jetzt so viel Schlagseite, daß Faber hinfiel und mit dem Kopf gegen das Steuer krachte. Er lag benommen auf dem Boden und erwartete jeden Augenblick, daß das Boot kenterte. Eine neue Welle stürzte auf die Kabine herab. Und plötzlich war er unter Wasser. Er war sicher, daß das Boot jetzt sank. Er kam mühsam auf die Füße und kämpfte sich an die Oberfläche hoch. Alle Fenster waren zerbrochen, aber das Boot trieb noch auf dem Wasser. Er klammerte sich ans Steuer, damit er nicht weggespült wurde.

Es war unglaublich, aber der Sturm nahm an Stärke noch zu. Faber verlor das Gefühl dafür, wo oben und unten war. Er schnappte nach Luft, wenn sein Kopf aus dem Wasser auftauchte, sonst hielt er den Atem an. Er konnte nicht mehr klar denken. Seine Gedanken entglitten ihm, das Meer und das Boot verschwanden. In einem seiner letzten klaren Augenblicke fiel ihm auf, daß die Wellen in eine bestimmte Richtung rollten, in die sie das Boot mit sich rissen. Er sah eine riesige, dunkle Masse, eine unglaublich hohe Welle – nein, es war keine Welle, sondern eine Klippe. Eine neue Welle hob das Boot hoch und ließ es wieder fallen wie ein Spielzeug. Faber sah einen Felsen, der aus dem Wellental aufragte. Daran mußte das Boot zerschmettern – aber nur der Rumpf kratzte am Felsen entlang. Dann wurde das Boot weitergetrieben. Die nächste Welle war zu heftig für die Planken. Das Boot fuhr krachend ins Wellental, und es klang in Fabers Ohren wie eine Explosion, als der Rumpf zersplitterte. Das Boot war hinüber...

Das Wasser ging zurück, und Faber begriff, daß der Rumpf gesplittert war, weil er Land berührt hatte. In dumpfem Staunen starrte er hin, als ein neuer Blitz das Ufer erhellte. Es war schmal, aber es hatte eine Mole, von der aus eine Art Brücke die Klippen hinaufführte. Wenn er jetzt aus dem Boot ans Ufer kletterte, würde ihn die nächste Welle an den Felsen werfen und ihm den Kopf einschlagen, als wäre er ein Ei. Aber wenn er zwischen zwei Wellen die Mole erreichte und die Rampe weit genug hinaufkletterte, konnte er es schaffen.

Die nächste Welle riß das Deck auf. Das Boot brach unter Faber auseinander, und die zurückflutende Brandung erfaßte ihn. Er kämpfte sich hoch, spürte, daß seine Beine butterweich waren, und rannte. Das flache Wasser platschte, als er auf die Mole zulief. Die paar Meter dorthin waren die äußerste physische Anstrengung, die er je durchgemacht hatte. Als er die Mole erreichte, packte er die Planken und zog die Beine hoch.

Die Welle kam, als er sich gerade hinknien wollte. Sie trug ihn ein paar Meter weit, dann warf sie ihn gegen die hölzerne Rampe. Er schluckte Wasser und sah Sterne. Als der Druck auf seinem Rücken nachließ, nahm er all seine Willenskraft zusammen und wollte sich wieder bewegen. Sie ließ ihn im Stich. Unwiderruflich wurde er zurückgeworfen. Ein wilder Zorn stieg in ihm auf. Das duldete er nicht – nicht jetzt. Er schrie gegen den Sturm an, verfluchte das Meer, die Briten und Percival Godliman. Plötzlich war er auf den Beinen und rannte die Rampe hinauf, rannte mit geschlossenen Augen und offenem Mund, ein Wahnsinniger, der es riskierte, daß seine Lungen barsten.

Die Rampe war lang und steil. Einen Meter vor ihrem Ende spürte er einen stechenden Schmerz, wie bei einem leichten Herzinfarkt. Gerade als er oben ankam, verlor er das Bewußtsein.

Als er die Augen aufmachte, raste der Sturm noch immer, aber der Tag war angebrochen, und ein paar Meter weiter weg sah er ein Landhaus. Er kam auf die Knie und kroch auf die Vordertür zu.

U 505 ZOG weiterhin Kreise am vereinbarten Treffpunkt. Korvettenkapitän Werner Heer, der Kommandant, trank Ersatzkaffee und verbot sich weitere Zigaretten. Er mochte diesen Auftrag nicht. Er kämpfte lieber, und hier gab es zum Kämpfen keine Gelegenheit. Außerdem war ihm der Abwehroffizier zutiefst zuwider, den er an Bord dulden mußte: ein ruhiger, blonder Mann mit blauen Augen wie in einem Roman.

Der Mann vom Geheimdienst, ein gewisser Major Wohl, saß dem

Kapitän gegenüber. Nie sah er müde aus, verdammt noch mal. Die blauen Augen sahen sich um, registrierten alles, aber ihr Ausdruck wechselte nie. Pünktlich alle zwanzig Minuten zündete er sich eine Zigarette an und rauchte sie auf eine millimeterkurze Kippe herunter. Heer hatte die Leute vom Geheimdienst noch nie leiden können. Er hatte immer das Gefühl, sie sammelten Informationen über ihn. Nervös rutschte er hin und her, und schließlich sagte er: „Bei diesem Wetter kommt Ihr Mann sowieso nicht."

Wohl sah auf die Uhr. „Wir warten bis sechs."

Das war kein Befehl – Wohl hatte Heer überhaupt nichts zu befehlen –, aber die sachliche Feststellung war einem höhergestellten Offizier gegenüber eine Beleidigung. Heer sprach das auch aus.

„Wir haben beide unsere Befehle", sagte Wohl. „Wie Sie wissen, kommen sie von höchster Stelle."

Heer nahm sich zusammen. Der junge Mann hatte natürlich recht. Heer würde den Befehlen Folge leisten, aber wenn sie in den Heimathafen zurückkamen, würde er Wohl wegen Insubordination anzeigen. Freilich, das würde nicht viel nützen – fünfzehn Jahre bei der Marine hatten Heer gelehrt, daß die Leute vom Stab ihren eigenen Gesetzen folgten... „Selbst wenn Ihr Mann so blöd ist, daß er sich heute nacht draußen herumtreibt, hat er viel zuwenig Erfahrung auf See, als daß er überleben könnte."

„Sie kennen ihn nicht", sagte Wohl, und diesmal schwang in seiner Stimme tatsächlich eine Spur Gefühl mit.

Ein Matrose schaute herein. „Möchten Sie Kaffee, Käpt'n?"

Heer schüttelte den Kopf.

„Aber ich", sagte Wohl. Er nahm eine Zigarette aus dem Päckchen. Daraufhin sah Heer auf die Uhr. Es war zehn nach sechs. Major Wohl hatte seine um sechs fällige Zigarette aufgeschoben, damit das U-Boot noch ein paar Minuten länger wartete. Heer sagte: „Kurs Richtung Heimat."

„Einen Augenblick", sagte Wohl. „Wir sollten auftauchen und uns oben umsehen, bevor wir zurückfahren."

„Haben Sie eine Ahnung, was für ein Sturm da tobt?" fragte Heer. „Wir könnten nicht mal die Luke aufmachen, und mit dem Periskop sähen wir höchstens ein paar Meter weit."

„Dann funken Sie wenigstens zur Basis durch, daß unser Mann sich nicht gemeldet hat. Vielleicht bekommen wir Befehl hierzubleiben."

„Wir bekommen keinen Funkkontakt aus dieser Tiefe, jedenfalls nicht mit der Basis."

Wohl verlor die Beherrschung. „Kapitän, ich empfehle Ihnen dringend, daß Sie nach Hause funken, bevor Sie den Treffpunkt verlassen. Der Mann, den wir mitnehmen sollen, hat lebenswichtige Informationen bei sich. Der Führer wartet darauf."

Heer sah ihn an. „Vielen Dank für Ihre Ansicht, Major", sagte er und wandte sich ab. „Beide Maschinen, volle Kraft voraus", befahl er.

VIERTER TEIL

I.

ALS Lucy um sechs Uhr aufwachte, tobte der Sturm, der am Abend losgebrochen war, noch immer. Sie schlüpfte aus dem Bett, vorsichtig, damit sie David nicht störte. Noch immer heulte der Wind, und es war sehr kalt. Sie zog das Flanellnachthemd über den Kopf und fuhr rasch in Hosen und Pullover. Sie sah nach Jo, ging dann leise hinunter und wunderte sich darüber, daß sie so früh aufgewacht war. Vielleicht hatte sich Jo gerührt. Sie kniete sich vor den Kamin und machte Feuer. Bald würde das kleine Haus warm sein, aber inzwischen täte ihr eine Tasse Tee gut. Sie kochte Tee, stellte zwei Tassen auf das Tablett und trug es durch die Diele zur Treppe.

Sie stand schon mit einem Fuß auf der untersten Stufe, als sie das Klopfen hörte. Sie hielt inne und zog die Brauen zusammen. Es klang, als klopfe jemand an der Vordertür. Natürlich war das absurd. Es gab niemanden hier, der hätte klopfen können – außer Tom, aber der klopfte nie an.

Es klopfte wieder. Sie balancierte das Tablett auf einer Hand und machte mit der anderen die Tür auf. Vor Schreck ließ sie das Tablett fallen. Der Mann stürzte vornüber in die Diele.

Lucy schrie auf, und David kam die Treppe heruntergerutscht. „Was ist denn los?"

„Da", sagte Lucy und zeigte auf den Fremden. Er lag mit dem Gesicht nach unten auf dem Dielenboden. Seine Hände waren schneeweiß vor Kälte.

David hievte sich in den Rollstuhl. „Das ist doch kein Grund, so zu schreien", sagte er. Er fuhr mit dem Rollstuhl näher zu dem Mann hin und schaute ihn an.

„Tut mir leid. Er hat mich erschreckt." Sie packte den bewußtlosen Mann unter den Armen und zerrte ihn ins Wohnzimmer, vor den Kamin.

David starrte ihn immer noch an. „Wo zum Teufel kommt der her?"

„Ein Schiffbrüchiger – kein Wunder bei dem Sturm."

Aber die Kleider, die er trug, waren die eines Arbeiters, nicht eines Seemannes. Das fiel Lucy auf. Er war sehr groß und ragte über den einen Meter achtzig langen Läufer hinaus. Er bewegte sich und machte die Augen auf. Zuerst sah er verängstigt aus, aber er entspannte sich schnell und schaute sich forschend um.

„Wir müssen ihm die nassen Sachen ausziehen", sagte Lucy. „Hol einen Schlafanzug und einen Bademantel, David."

David fuhr im Rollstuhl hinaus, und Lucy kniete neben dem Fremden nieder. Sie zog ihm die Stiefel und die Socken aus. Es kam ihr vor, als amüsiere ihn das. Aber als sie nach seiner Jacke griff, kreuzte er abwehrend die Arme über der Brust.

„Sie werden an Lungenentzündung sterben, wenn Sie diese Sachen anbehalten", sagte Lucy. „Her damit."

„Ich glaube nicht, daß wir uns schon so gut kennen", sagte der Mann. „Wir sind uns noch nicht einmal vorgestellt worden."

Das war das erste, was er sagte. Seine Stimme klang so selbstsicher, und er sprach so förmlich, daß Lucy über den Gegensatz zu seinem fürchterlichen Aussehen laut lachen mußte. „Sind Sie schüchtern?" fragte sie.

„Ich meine nur, ein Mann sollte sich eine geheimnisvolle Note bewahren." Er grinste, aber das Lächeln war schnell wieder weg. Er schloß die Augen vor Schmerzen.

David kam zurück, saubere Sachen über dem Arm. „Ihr versteht euch ja außerordentlich gut", sagte er.

„Ich glaube, du mußt ihn ausziehen, David", sagte Lucy. „Mich läßt er nicht."

Davids Blick war nicht zu enträtseln.

Der Fremde sagte: „Danke, das kann ich allein."

„Wie Sie wollen." David warf die Sachen über einen Stuhl und fuhr hinaus.

„Ich koche noch mal Tee", sagte Lucy, während sie ihm nachging. Schnell fegte sie das zerbrochene Porzellan in der Diele zusammen. Als sie ins Wohnzimmer zurückkam, knöpfte sich der Fremde gerade die Schlafanzugjacke zu. Sie stellte das Tablett ab und goß Tee ein.

„Sie sind sehr freundlich", sagte er. Sein Blick war direkt. Schüchtern wirkte er ganz und gar nicht, dachte Lucy.

David kam herein und bot ihm eine Zigarette an. Der Fremde lehnte ab.

„Wo bin ich?" fragte er.

„Das hier heißt Sturminsel", sagte David.

Über das Gesicht des Mannes huschte ein Anflug der Erleichterung. „Ich dachte schon, ich sei zum Festland zurückgetrieben worden."

Jo kam herein. Er schleppte einen einarmigen Pandabären hinter sich her, der genauso groß war wie er. Als er den Fremden sah, lief er zu Lucy und versteckte sein Gesicht.

„Tut mir leid, daß ich Ihre kleine Tochter erschreckt habe." Der Mann lächelte.

„Das ist ein Junge. Ich muß ihm die Haare schneiden."

„Entschuldigung." Der Fremde schloß die Augen.

Lucy stand auf. „Wir müssen den Armen zu Bett bringen, David."

„Moment mal", sagte David. Er fuhr auf den Mann zu. „Gibt es noch andere Überlebende?" fragte er.

„Ich war allein", murmelte der Fremde. Er war vollkommen erschöpft.

„Haben Sie die Küstenwache von Ihrem Kurs verständigt?"

„David – was spielt das denn für eine Rolle?" fragte Lucy.

„Wenn er denen Bescheid gesagt hat, sind jetzt Männer da draußen, die ihr Leben für ihn aufs Spiel setzen. Wir könnten ihnen sagen, daß er in Sicherheit ist."

Der Mann sagte langsam: „Ich... habe nicht..."

„Das reicht", sagte Lucy zu David. Sie kniete sich vor den Fremden. „Schaffen Sie es die Treppe hinauf?" Er nickte und kam langsam auf die Füße. Lucy legte seinen Arm über ihre Schulter und führte ihn. „Ich bringe ihn in Jos Bett", sagte sie. Sie führte ihn in das kleine Schlafzimmer, packte ihn ins Bett und schloß leise die Tür.

Als sie draußen war, überkam Faber die Erleichterung wie eine Sturzflut. Während der letzten Minuten hatte er sich in geradezu übermenschlicher Weise zusammennehmen müssen. Er war erledigt, schwach und krank. Der gefährlichste Augenblick war gewesen, als die schöne junge Frau damit angefangen hatte, ihn auszuziehen. Da war ihm die auf seine Brust geklebte Filmkapsel eingefallen. Mit dieser Situation fertigzuwerden hatte ihn für kurze Zeit aufgemuntert. Wenigstens war er nicht auf dem Festland – dort wäre es unmöglich gewesen, die Meldung über den Schiffbruch hinauszuzögern. Er drehte sich im Bett um und besah sich das Zimmer. Die Wände waren rosa gestrichen, und auf dem Fußboden lagen Bilderbücher.

Ein sicherer, heimeliger Ort. Er war der Wolf in der Schafherde. Ein lahmer Wolf.

Erst nach einer Weile schlief er ein.

Lucy schmeckte das Porridge ab und salzte nach. Es schmeckte ihnen jetzt so, wie Tom es aß – auf schottische Art, ohne Zucker. Sie teilte aus, und die Familie setzte sich an den Tisch, um zu frühstücken.

„Heute wirst du nicht viel tun können", sagte Lucy zu David. „Der Sturm scheint nicht abzuflauen."

„Na und? Für die Schafe muß ich trotzdem sorgen."

„Wo willst du hin?"

„Zu Tom rüber. Ich nehme den Jeep."

„Darf ich mit?" fragte Jo.

„Heute nicht", sagte Lucy. „Es ist zu naß und zu kalt."

„Aber ich mag den Mann nicht. Wer ist das?"

Lucy lächelte. „Wir wissen nicht, wie er heißt. Er ist ein Schiffbrüchiger, und wir müssen uns um ihn kümmern. Er tut uns nichts."

David aß auf und zog den Regenmantel an. Er gab Jo einen Kuß, verabschiedete sich von Lucy und fuhr im Regen davon.

Während Lucy den Tisch abräumte, dachte sie über den Fremden oben nach. Sie brannte vor Neugier. Wer war das? Woher kam er? Was hatte er in dem Sturm vorgehabt? Sehr aufregend. Ihr kam der Gedanke, daß sie sein plötzliches Auftauchen nicht so einfach hingenommen hätte, wenn es anderswo passiert wäre. Er konnte ein Deserteur, ein Verbrecher, vielleicht sogar ein entlaufener Kriegsgefangener sein. Aber hier auf der Insel vergaß man, daß andere Menschen bedrohlich sein konnten – es war so schön, mal ein anderes Gesicht zu sehen. Und vielleicht war sie eher als andere Frauen bereit, einen attraktiven Mann willkommen zu heißen.

Den letzten Gedanken jagte sie sich aus dem Kopf. Wie töricht. Wer hätte ihn denn nicht aufgenommen, durchnäßt und bewußtlos? Wenn es ihm besserging, konnte sie ihn ausfragen, und wenn seine Geschichte nicht überzeugend klang, konnten sie von Toms Haus aus zum Festland funken.

Als sie mit dem Geschirrspülen fertig war, schlich sie die Treppe hinauf, um nach ihm zu sehen. Er schlief mit dem Gesicht zur Tür, und als sie hineinschaute, machte er sofort die Augen auf. Wieder blitzte sekundenlang Angst in seinen Augen auf.

„Ich wollte nur sehen, ob es Ihnen gutgeht", flüsterte Lucy.

Er schloß schweigend die Augen.

Sie stieg hinunter. Sie zog sich und Jo Ölzeug und Gummistiefel an und verließ das Haus. Es goß noch immer in Strömen, und der Wind war schrecklich. Sie hielt Jo fest an der Hand – er hätte leicht weggeblasen werden können – und ging auf die Klippen zu. Sie wollte hinunter zum Strand.

Als sie jedoch zur Rampe kamen, wurde ihr klar, daß das unmöglich war. Der schmale Holzsteg war glitschig, und bei diesem Wind konnte sie leicht das Gleichgewicht verlieren und zweihundert Meter tief auf den Strand hinunterfallen. Sie konnte nur hier oben stehen und hinunterschauen.

Es war ein gewaltiger Anblick. Ungeheure, haushohe Wellen rollten heran. Jo kreischte vor Vergnügen über die Gischtvorhänge, die über die Klippen aufstoben. Es war fürchterlich aufregend, den tobenden Elementen zuzusehen, eine Spur zu nah am Rand der Steilküste, gleichermaßen sicher und bedroht.

Es war aufregend – und es gab viel zuwenig aufregende Dinge in ihrem Leben.

Sie wollte schon umkehren, Jos wegen, als sie das Boot sah. Es war kein Boot mehr – das war das Schockierende daran. Übrig waren nur die Deckplanken und der Kiel, an den Felsen zerschmettert wie eine Handvoll Streichhölzer.

Wie, um Himmels willen, hatte es der Fremde geschafft, lebend da herauszukommen?

Schnell wandte sie sich vom Meer ab und ging eilig über den schlammigen Weg zum Haus zurück. Auf einmal war das Leben wieder interessant geworden. In einer Nacht waren der Sturm, der Schiffbruch und der geheimnisvolle Mann gekommen. Sie hoffte, daß er bald aufwachte, damit sie ihn ausfragen konnte.

PERCIVAL GODLIMAN hatte jetzt alle Fäden gezogen. Jeder Polizist im Vereinigten Königreich hatte einen Abzug von Fabers Foto, und jeder zweite war während der ganzen Dienstzeit an der Suche nach ihm beteiligt. Sie überprüften Hotels und Pensionen, Bahnhöfe und Bushaltestellen, leerstehende Landhäuser und zerfallene Burgen. Sie zeigten das Foto Fahrkartenverkäufern, Tankwarten, Fährleuten und Straßenzolleinnehmern. Alle Häfen und Flugplätze wurden überwacht, und das Foto klebte an jeder Paßkontrollstelle.

Die Polizisten glaubten, daß sie nach einem gewöhnlichen Mörder suchten. Nur die Kommissare und ein paar Leute bei Scotland Yard wußten, daß die Morde etwas mit der nationalen Sicherheit zu tun hatten.

Insgesamt wurden hundertfünfundsiebzig Männer für Faber gehalten und verhaftet. Alle bis auf neunundzwanzig konnten beweisen, daß sie die Morde nicht begangen haben konnten. Von den übrigen riefen siebenundzwanzig ihre Verwandten und Freunde in den Zeugenstand und ließen sich bestätigen, daß sie in Großbritannien geboren waren und dort in den zwanziger Jahren, während Faber noch in Deutschland war, gelebt hatten.

Die letzten beiden wurden nach London gebracht und von Godliman verhört. Beide waren Junggesellen, lebten allein und hatten keinen festen Wohnsitz. Godliman setzte ihnen auseinander, daß er – im

Gegensatz zur Polizei – das Recht hatte, jedermann im Gefängnis festzuhalten, bis der Krieg vorüber war, ohne daß er sich vor Gericht dafür
verantworten mußte. Außerdem erklärte er, er sei nicht an Bagatell-
verstößen gegen das Gesetz interessiert, und jede Auskunft, die er er-
halte, werde vertraulich behandelt und nicht an die Polizei weitergegeben.

Der erste Häftling gestand daraufhin unverzüglich, daß er ein Hei-
ratsschwindler war. Er gab die Adressen von neunzehn ältlichen Damen an, die er innerhalb der letzten drei Wochen um ihren Schmuck
erleichtert hatte.

Godliman übergab ihn der Polizei. Er fühlte sich nicht verpflichtet,
einem berufsmäßigen Lügner gegenüber Wort zu halten.

Auch der letzte Verdächtige packte aus. Sein Geheimnis bestand
darin, daß er keineswegs Junggeselle war. Er hatte eine Frau in Brigh-
ton. Und in Birmingham, Colchester, Newbury und Exeter. Alle fünf
legten noch am selben Tag die Heiratsurkunden vor. Der Bigamist
wanderte ins Gefängnis. Godliman schlief im Büro, während die Jagd
weiterging.

Smethwicks Autowerkstatt in Carlisle: ,,Morgen, Missus. Könnten Sie sich das hier bitte mal ansehen...''

,,Augenblick, Herr Wachtmeister. Ich muß den Herrn hier erst noch
bedienen... Zwölf Shilling Sixpence, bitte, der Herr. Danke.''

,,Können wir einen Augenblick ins Büro gehen?''

,,Ja, kommen Sie... hier herein.''

,,Schauen Sie sich dieses Foto an, und sagen Sie mir, ob der Mann
kürzlich bei Ihnen getankt hat.''

,,Na, das sollte nicht allzu schwierig sein. Wir haben nicht gerade
Horden von Kunden... ooh! Wissen Sie, ich glaube, der hat bei mir
getankt!''

,,Wann?''

,,Vorgestern morgen. Er war älter als auf dem Bild, aber ich bin
ziemlich sicher.''

,,Womit war er unterwegs?''

,,Mit einem grauen Auto. Ich kann mir die Marken so schlecht merken. Ein Zweisitzer. Sportwagen.''

„Können Sie sich daran erinnern, was er anhatte?"

„Nicht genau… Arbeitskleidung, glaube ich."

„War er groß?"

„Ja, größer als Sie."

„Haben Sie Telefon?"

WILLIAM DUNCAN war fünfundzwanzig, einen Meter fünfundsiebzig groß, wog stramme siebzig Kilo und war in ausgezeichneter körperlicher Verfassung. Trotzdem war er nicht eingezogen worden. Denn der dumme Willie, wie er allgemein genannt wurde, wirkte geistig wie ein Achtjähriger. Sein Verstand würde sich niemals weiterentwickeln.

Aber ein Achtjähriger kann Kühe hüten, und deshalb war Willie Kuhhirte geworden. Und beim Kühehüten sah er das Auto zum ersten Mal. Er nahm an, daß ein Liebespaar darin saß. Über Liebespaare wußte Willie Bescheid. Das soll heißen, er wußte, daß es Liebespaare gab, die an dunklen Orten, zum Beispiel in Büschen, Kinos und Autos, unaussprechliche Dinge miteinander taten. Deshalb scheuchte er die Kühe an dem Busch vorbei, neben dem der Morris, Baujahr 1924, parkte, und brachte seine kleine Herde zum Melken in den Stall.

Am nächsten Abend war das Auto immer noch da. Bei all seiner Unschuld wußte Willie doch, daß Liebespaare, was auch immer sie tun mochten, das nicht vierundzwanzig Stunden hintereinander machten. Als er zum Stall zurückkam, erzählte er deshalb dem Bauern, was er gesehen hatte.

„Warum hast du mir das nicht schon gestern erzählt?" fragte der Bauer.

Willie wurde rot. „Ich hab gedacht, es ist vielleicht… ein Liebespaar."

Der Bauer klopfte dem Jungen auf die Schulter. Nach dem Melken ging er selbst nachsehen. Er fragte sich, warum das Auto wohl halb versteckt war. Nach dem Abendessen schickte er seinen ältesten Sohn auf einem Pferd ins Dorf, damit er die Polizei in Stirling anrief.

An jenem Abend ging Percival Godliman, der die vierte Nacht hintereinander im Büro vor sich hatte, nach Hause, um zu baden, sich umzuziehen und einen Koffer zu packen. Er hatte eine Dienstwohnung in

Chelsea. Sie war klein, allerdings groß genug für einen alleinstehenden Mann, und sauber und aufgeräumt, bis auf das Arbeitszimmer, das von Büchern und Akten überquoll. Das Telefon war an die Zentrale des Kriegsministeriums angeschlossen.

Es läutete, als er gerade Badewasser einlaufen ließ. Die Telefonistin sagte ihm, ein Kriminaldirektor Dalkeith aus Stirling wolle ihn sprechen.

„Wir haben den Morris Cowley", sagte Dalkeith ohne Einleitung. „Auf der A 80, kurz vor Stirling."

„Leer?"

„Ja, und kaputt. Er steht schon mindestens vierundzwanzig Stunden an der Stelle."

„Kommt man von da aus zu Fuß an eine Bus- oder Bahnlinie?"

„Nein."

„Unser Mann mußte also laufen oder per Anhalter fahren, nachdem er das Auto stehengelassen hatte."

„Ja. Wir versuchen herauszufinden, ob ihn jemand gesehen hat."

„Gut. Geben Sie mir Bescheid."

Godliman legte den Hörer auf die Gabel und ging ins Arbeitszimmer. Er setzte sich hin, den aufgeklappten Atlas vor sich, und betrachtete die Straßenkarte des nördlichen Großbritanniens. London, Liverpool, Carlisle, Stirling. Fabers Ziel war der Nordosten Schottlands. Er wollte das Land von der Ostküste aus verlassen.

Godliman ging die Fluchtmöglichkeiten durch, die einem Spion offenstanden: ein kleines Flugzeug, das auf einem einsamen Moor landet; eine Fahrt allein über die Nordsee in einem gestohlenen Boot; ein Treffen mit einem U-Boot, wie Bloggs gemutmaßt hatte – es gab zu viele Möglichkeiten.

Auf jeden Fall mußte Scotland Yard den neuesten Stand der Dinge erfahren. Godliman ging ins Wohnzimmer, aber das Telefon klingelte schon, bevor er es erreichte. Ein Mr. Richard Porter rief aus Aberdeen an.

„Bitte, stellen Sie durch", sagte Godliman zur Telefonistin.

„Hier ist Richard Porter. Ich gehöre zum städtischen Ordnungsdienst."

„Was kann ich für Sie tun?"

„Es handelt sich um eine schrecklich peinliche Angelegenheit. Der Bursche da, nach dem Sie suchen – Also, ich bin ziemlich sicher, daß ich ihn im Auto mitgenommen habe."

Godliman packte den Hörer fester. „Wann?"

„Vorgestern nacht. Ich hatte eine Panne auf der A80 kurz vor Stirling. Mitten in der Nacht. Da kommt der Bursche da an, zu Fuß, und repariert mein Auto, einfach so. Natürlich –"

„Wo haben Sie ihn abgesetzt?"

„Hier in Aberdeen. Er sagte, er wolle nach Banff. Ich habe nämlich gestern fast den ganzen Tag geschlafen, deshalb habe ich erst heute nachmittag..."

„Machen Sie sich keine Vorwürfe, Mr. Porter. Danke für den Anruf." Godliman tippte auf die Gabel, und die Telefonzentrale des Kriegsministeriums meldete sich. „Mr. Bloggs bitte. Er ist in Carlisle."

„Er ist schon in der Leitung, Sir."

„Gut!... Hallo, Fred, wir sind ihm wieder auf der Spur. Er hat den Morris kurz vor Stirling stehenlassen und ist per Anhalter nach Aberdeen gefahren. Er wird sicher versuchen, nach Osten zu entkommen."

„Seit wann ist er in Aberdeen?"

„Vermutlich seit gestern, früh am Morgen."

„Dann hat er noch keine Zeit gehabt hinauszukommen – wenn er sich nicht gewaltig beeilt hat. Sie haben den schlimmsten Sturm seit Menschengedenken. Es gehen keine Schiffe mehr, und ein Flugzeug kann wegen des schlechten Wetters nicht landen."

„Gut. Fahren Sie so schnell wie möglich hin."

Als Faber aufwachte, war es fast dunkel. Er knipste die kleine Nachttischlampe an. Schon das ermüdete ihn sehr, und er sank in die Kissen zurück. Es erschreckte ihn, daß er so schwach war. Die Angst verließ ihn nicht mehr. Er begriff auf eine unbestimmte Weise, wie man manchmal Wesentliches an sich selbst erkennt, daß in seiner Unsicherheit der Grund dafür lag, daß er Spion geworden war. Das war die einzige Lebensform, die es ihm erlaubte, jeden Menschen, der ihn auch nur schwach bedrohte, sofort zu töten. Die Angst davor, schwach zu sein, gehörte zu diesem Syndrom, genauso wie sein besessenes Verlangen nach Unabhängigkeit und seine Verachtung für seine militärischen Vorgesetzten.

Er lag auf dem Kinderbett und tastete sich ab. Er hatte überall Prellungen, aber offensichtlich nichts gebrochen. Auch was er bei sich trug, überprüfte er. Die Kapsel mit den Negativen klebte noch an seiner Brust, das Stilett war noch an seinem linken Arm festgeschnallt. Er stieß die Decken zur Seite und setzte sich mit einem Schwung auf. Einen Augenblick lang war er benommen. Er zog Davids Morgenmantel an und ging ins Bad.

Als er ins Zimmer zurückkam, lagen seine Sachen am Fuß des Bettes, gewaschen und gebügelt: Unterwäsche, Overall und Hemd. Plötzlich fiel ihm ein, daß irgendwann am Morgen die Frau in das Zimmer gekommen war. Sie war sehr schön.

Er zog sich langsam an. Er hätte sich gern rasiert, aber er wollte doch lieber den Gastgeber um Erlaubnis fragen, ehe er dessen Rasiermesser benutzte, das im Bad lag. Manche Männer entwickelten bei ihren Rasiermessern einen übertriebenen Besitzanspruch.

Vorsichtig ging er die Treppe hinunter. Das junge Ehepaar saß am Küchentisch und beendete gerade das Abendessen. Faber ließ sich zu einem Stuhl führen. „Danke", sagte er. „Aber Sie dürfen mich nicht auch noch ermutigen, mich krank zu stellen."

„Ihnen ist wohl gar nicht klar, was Sie hinter sich haben", sagte die Frau. „Möchten Sie etwas essen? Ich habe Suppe für Sie warm gestellt."

„Sie sind so freundlich", sagte Faber, „und ich weiß noch nicht einmal, wie Sie heißen."

„David und Lucy Rose." Sie schöpfte Suppe in einen Teller.

„Ich bin Henry Baker." Faber wußte nicht, warum er das gesagt hatte – er hatte keine Papiere auf diesen Namen. Vielleicht wünschte er sich, daß diese Frau ihn Henry nannte, weil dies die englische Form seines wahren Namens, Heinrich, war.

Er kostete einen Löffel Suppe und verspürte plötzlich Heißhunger. Er aß den Teller hastig leer und nahm dann von dem Brot.

„Möchten Sie noch etwas?" fragte Lucy. „Ich sehe doch, daß es Ihnen guttut."

Faber zwang sich, die zweite Portion langsamer zu essen.

David wandte sich an ihn: „Wie kommt es, daß Sie bei diesem Sturm ausgelaufen sind?" Er war die ganze Zeit still gewesen.

„Reine Dummheit", sagte Faber schnell. „Zum ersten Mal seit Kriegsbeginn konnte ich wieder zum Fischen fahren, und ich wollte einfach nicht wahrhaben, daß mir das Wetter einen Strich durch die Rechnung machte. Sind Sie Fischer?"

David schüttelte den Kopf. „Schafzüchter."

„Haben Sie viele Mitarbeiter?"

„Nur einen, den alten Tom."

„Sicher gibt es noch mehr Schafzüchter auf der Insel."

„Nein. Wir wohnen hier, am einen Ende, Tom am anderen, und dazwischen gibt es nichts als Schafe."

Faber nickte. Gut – sehr gut. Eine Frau, ein Krüppel, ein Kind und ein alter Mann... und er fühlte sich tatsächlich wieder kräftiger.

„Wie nehmen Sie Verbindung zum Festland auf?" fragte Faber.

„Alle zwei Wochen kommt ein Boot. Am Montag wäre es fällig, aber wenn der Sturm so bleibt, kommt es sicher nicht. Tom hat ein Funkgerät, aber wir benutzen es nur in Notfällen. Wenn Sie ärztliche Hilfe brauchen, könnte ich das durchgeben. Aber es hat jetzt wenig Sinn: Solange der Sturm nicht abzieht, kann Sie sowieso niemand hier abholen."

Faber verbarg seine Begeisterung. Wie er am Montag mit dem U-Boot Kontakt aufnehmen sollte, hatte ihn im Unterbewußtsein dauernd beschäftigt.

„Wozu braucht denn Tom ein Funkgerät?" fragte er.

„Er gehört zum Luftangriffswarndienst", antwortete David.

Lucy stand auf. „Gehen wir doch ins Wohnzimmer."

Faber hielt David die Tür auf, der mit dem Rollstuhl dicht ans Kaminfeuer fuhr. Lucy bot Faber Brandy an. Er lehnte ab. Sie schenkte ihrem Mann und sich ein. Faber betrachtete die beiden in aller Ruhe.

Lucy war wirklich auffallend schön: Sie hatte ein ovales Gesicht, weit auseinanderstehende Augen von ungewöhnlicher Bernsteinfarbe, ähnlich wie bei einer Katze, und üppiges, kupferrotes Haar. Unter dem rauhen Wollpullover und den ausgebeulten Hosen konnte Faber eine gute, wohlproportionierte Figur erwarten. Auch David sah gut aus. Ein attraktives Paar – aber irgend etwas stimmte zwischen den beiden ganz und gar nicht. Fabers Ausbildung in Verhörmethoden hatte ihn die Körpersprache gelehrt: Er konnte aus winzigen Bewegungen schließen, ob jemand ängstlich oder ruhig war oder ob jemand etwas verbergen wollte. Lucy und David schauten sich nur selten an und berührten sich nie. Es herrschte eine ungeheure Spannung zwischen ihnen. Das gemütliche kleine Haus mußte ein wahrer Dampfkessel der Gefühle sein.

Abrupt kippte David den Brandy hinunter und sagte: „Ich leg mich hin. Mein Rücken macht mir zu schaffen."

Faber stand auf. „Das tut mir leid – ich habe Sie aufgehalten."

David winkte ihm, sich wieder zu setzen. „Nein, nein. Sie haben den ganzen Tag geschlafen – und Lucy möchte sich bestimmt mit Ihnen unterhalten, da bin ich sicher. Es liegt nur daran, daß mein Rücken ständig überanstrengt ist – Rücken sind so konstruiert, daß sie sich die Last mit den Beinen teilen."

„Nimm besser zwei Tabletten", sagte Lucy. Sie schüttete zwei Tabletten aus einem Röhrchen und gab sie ihrem Mann. Er schluckte sie hinunter, ohne etwas zu trinken.

„Dann sage ich jetzt gute Nacht."

David fuhr hinaus. Einen Augenblick später hörte Faber, daß er sich die Treppe hochzog.

Lucy eröffnete das Gespräch. „Wo wohnen Sie, Mr. Baker?"

„Bitte, sagen Sie Henry zu mir. Ich wohne in London."

„Ich bin seit Jahren nicht mehr in London gewesen. Seit wir hier sind, bin ich erst einmal von der Insel heruntergekommen – als das Baby kam."

„Warum sind Sie hier?"

„Mhm." Sie trank einen Schluck und schaute ins Feuer.

„Vielleicht sollte ich nicht –"

„Oh, doch, es ist ganz in Ordnung. Wir hatten am Hochzeitstag einen Unfall. Dabei hat David die Beine verloren. Er war zum Jagdflieger ausgebildet worden. Aber um Ihre Frage zu beantworten: Wir wollten beide weglaufen, glaube ich. Es war ein Fehler, aber damals haben wir es für eine gute Idee gehalten."

„Ein Grund für einen Mann, verbittert zu sein."

Sie sah ihn forschend an. „Sie sind ein guter Beobachter."

„Das ist doch offensichtlich." Er sprach leise. „Auch, daß Sie unglücklich sind. Warum machen Sie weiter, obwohl es nicht geht?" Sie blinzelte nervös. „Ich weiß nicht recht, was ich Ihnen sagen soll –" Oder mir selbst, dachte sie. Was fiel ihr ein, so offen zu reden? „Wie er vorher war... das Kind... der Krieg. Ich finde keine Worte dafür."

„Sie denken daran, ihn zu verlassen, nicht wahr?" Sie starrte ihn an. „Woher wissen Sie das?"

„In den vier Jahren hier haben Sie die Kunst der Verstellung verlernt."

„Sind Sie verheiratet?"

„Nein."

„Warum nicht? Ich glaube, es wäre gut für Sie."

Jetzt war es an Faber wegzuschauen. Allerdings – warum nicht? Seine Standardantwort auf diese Frage – an sich selbst – war sein Beruf. Das konnte er ihr natürlich nicht erzählen. Er war ohnehin auf heiklem Terrain. „Ich traue mir nicht zu, jemanden so sehr zu lieben", sagte er, ohne vorher darüber nachgedacht zu haben, selbst verblüfft. War das denn wahr?

Eine ganze Weile lang sagten sie beide nichts. Das Feuer ging aus. Ein paar Regentropfen kamen den Kamin herunter und fielen zischend auf die erlöschenden Kohlen. Faber ertappte sich dabei, daß er an die letzte Frau dachte, die er gehabt hatte. Wie hatte sie geheißen? Gertrud. Es war sieben Jahre her, aber er sah sie jetzt deutlich vor sich: ein rundes Gesicht, blondes Haar, grüne Augen. Er schüttelte leicht den Kopf, um die Erinnerungen zu vertreiben. Seit Jahren hatte er nicht mehr an so etwas gedacht.

„Sie sind weit weg", sagte Lucy lächelnd.

„Erinnerungen", sagte er. „Unser Gespräch über Liebe..."

„Schöne Erinnerungen?"

„Sehr schöne. Und Ihre? Sie waren auch in Gedanken."

Wieder lächelte sie. „Ich war in der Zukunft, nicht in der Vergangenheit."

„Was haben Sie dort gesehen?"

Sie antwortete nicht. Um ihre Augen waren Zeichen von Anspannung.

„Ich sehe, daß Sie einen anderen Mann finden", sagte Faber. Noch beim Reden fragte er sich: Warum tue ich das? „Einen schwächeren Mann als David, einen, der nicht so gut aussieht, aber Sie lieben ihn auch seiner Schwäche wegen. Er ist klug, aber nicht reich, zärtlich, liebevoll –"

Das Brandyglas brach unter dem Druck ihrer Finger. Die Scherben fielen auf ihren Schoß und auf den Teppich, aber sie beachtete sie nicht. Faber ging zu ihr hinüber und kniete sich vor sie hin. Ihr Daumen blutete. Er nahm ihre Hand.

„Sie haben sich verletzt."

Sie sah ihn an. Tränen rollten ihre Wangen hinunter.

„Es tut mir leid", sagte er.

Die Schnittwunde war nicht tief. Mechanisch holte sie ein Taschentuch heraus und tupfte das Blut ab. Faber las die Scherben auf und wünschte sich, er hätte sie geküßt, als er die Gelegenheit dazu hatte.

„Ich wollte Sie nicht aus der Fassung bringen", sagte er. (Oder doch?)

Sie sah ihren Daumen an. Er blutete immer noch. (O doch, das wollten Sie. Und es ist Ihnen gelungen.)

„Wo ist ein Verband?" fragte er.

„In der Küche."

Dort fand er eine Mullbinde, eine Schere und eine Sicherheitsnadel. Er füllte eine Schale mit heißem Wasser und ging ins Wohnzimmer zurück.

Sie saß geistesabwesend da, während er den Daumen auswusch, abtrocknete und einen Verband über die Wunde legte. Die ganze Zeit blickte sie in sein Gesicht, nicht auf seine Hände.

Als er fertig war, trat er rasch zurück. Er hatte sich entschieden zu weit vorgewagt. „Ich gehe jetzt wohl besser schlafen", sagte er. „Es tut mir leid –"

„Entschuldigen Sie sich nicht. Das steht Ihnen nicht."

Ihre Stimme klang rauh. Er nahm an, auch sie spürte, daß sie die Kontrolle über das Ganze verloren hatten.

„Bleiben Sie noch auf?" fragte er.

Sie schüttelte den Kopf.

„Ja, dann…" Er ging ihr nach, durch die Diele und die Treppe hinauf, und er sah ihr beim Hinaufsteigen zu. Wie weich sich ihre Hüften bewegten.

Oben auf der Treppe drehte sie sich um und sagte mit gedämpfter Stimme: „Gute Nacht."

„Gute Nacht, Lucy."

Sie sah ihn einen Augenblick lang an. Er langte nach ihrer Hand, aber sie wandte sich schnell ab, ging ins Schlafzimmer und machte die Tür zu. Da stand er nun und fragte sich, was in ihr vorging und – noch mehr – was eigentlich in ihm vorging.

BLOGGS fuhr gefährlich schnell durch die Nacht in einem requirierten Sunbeam Talbot mit frisiertem Motor. Die hügligen, gewundenen schottischen Straßen waren regenglatt, an tief gelegenen Stellen stand das Wasser in den Pfützen oft mehr als fünf Zentimeter hoch. Kilometer um Kilometer saß er vornübergebeugt am Steuer und starrte durch das kleine Feld in der Scheibe, das die Scheibenwischer freihielten. Er bekam Kopfschmerzen vor Anstrengung, und der Rücken tat ihm weh. Er dachte über die Nadel nach – oder Faber, wie auch immer er sich jetzt nannte. Bis jetzt war Faber am Gewinnen. Er hatte achtundvierzig Stunden Vorsprung und außerdem den Vorteil, daß er allein wußte, wohin die Jagd ging.

Es war noch dunkel, als Bloggs nach Aberdeen hineinfuhr, den Wagen parkte und in die Polizeistation hineinrannte. Er wurde in das Büro von Alan Kincaid geführt. Kincaid war Hauptkommissar, Mitte Fünfzig. Drei weitere Beamte waren im Zimmer. Auf dem Boden stand ein Tablett mit schmutzigen Tassen, und die Luft war vom Rauchen zum Schneiden dick. Das Büro roch, als hätten die Männer darin die ganze Nacht gearbeitet.

Kincaid war ein großer, intelligent aussehender Mann in Hemdsärmeln und Hosenträgern.

„Was haben Sie bis jetzt gemacht?" fragte Bloggs.

Kincaid legte die Füße auf den Schreibtisch. „Wir haben die Hotels und Pensionen überprüft, ohne Ergebnis. Meiner Meinung nach ist er sofort wieder aus Aberdeen weg. Einer unserer Männer war am Bahnhof, noch bevor der erste Zug fuhr. Am Busbahnhof war auch einer. Wenn er also aus der Stadt herausgekommen ist, dann mit einem gestohlenen Auto oder per Anhalter. Uns ist kein Autodiebstahl gemeldet worden, also muß er per Anhalter..."

„Und der Seeweg?" fragte Bloggs.

„Von den Booten, die an dem Tag abgelegt haben, ist keines groß genug, als daß er sich hätte darauf verstecken können. Seitdem ist niemand mehr ausgefahren – wegen des Sturms."

„Gestohlene Boote?"

„Keine Anzeige."

Bloggs zuckte die Achseln. „Wenn die Besitzer keinen Anlaß haben, in den Hafen zu kommen, könnte der Diebstahl eines Bootes unentdeckt bleiben, bis der Sturm vorüber ist."

„Das haben wir nicht bedacht, Chef", sagte einer der Beamten.

„Vielleicht könnte der Hafenmeister sich an den Liegeplätzen umschauen", schlug Bloggs vor.

Kincaid wählte schon. „Kapitän Douglas? Hier ist Kincaid. Ja, ich weiß, daß zivilisierte Menschen jetzt noch schlafen. Sie haben das Schlimmste noch nicht gehört – ich möchte, daß Sie einen Spaziergang im Regen machen. Ja, Sie haben richtig verstanden... Machen Sie an allen Liegeplätzen die Runde, und notieren Sie alle Boote, die nicht am gewohnten Platz sind, ausgenommen die, von denen Sie wissen, daß sie den Hafen legal verlassen haben. Ja. Ja, klar... ich geb einen Doppelten aus. Und einen wunderschönen guten Morgen, alter Freund."

Die Tür ging auf, und ein Mann in Zivil kam herein. Kincaid und die Beamten standen auf. Kincaid sagte: „Guten Morgen, Sir. Das ist Mr. Bloggs. Richard Porter."

Sie gaben sich die Hand.

Porter sagte: „Ich bin der Idiot, der Ihren Burschen nach Aberdeen mitgenommen hat."

Auf den ersten Blick, dachte Bloggs, wirkte Porter genau wie die Art von Obertrottel, die einen Spion durchs halbe Land spazierenfahren würde. Trotzdem bemühte sich Bloggs um Nachsicht – er hatte auch schon peinliche Fehler gemacht.

„Haben Sie das Bild gesehen?" fragte Bloggs.

„Ja. Natürlich habe ich ihn nicht genau betrachtet, denn es war ja fast die ganze Fahrt über dunkel. Aber als wir nach Aberdeen kamen, habe ich ihn angesehen. Er war es, denke ich."

Bloggs überlegte. Er fragte sich, welche nützlichen Informationen aus diesem Mann herauszuholen seien. „Was für einen Eindruck hat er auf Sie gemacht?"

Porter sagte sofort: „Er kam mir erschöpft, nervös und energisch vor, in dieser Reihenfolge. Außerdem ist er kein Schotte."

„Worüber haben Sie gesprochen?"

„Nicht über viel. Er hat fast während der ganzen Fahrt geschlafen. Er erzählte mir, sein Auto habe in Edinburgh eine Panne gehabt und er wolle nach Banff. Er wollte eigentlich nicht durch Aberdeen fahren, weil er keinen Passierschein hatte."

„Es gibt nicht viele Menschen, die Faber kennengelernt haben", sagte Bloggs. „Können Sie mir sagen, was für ein Mann er Ihrer Meinung nach ist?"

„Er wachte auf wie ein Soldat. Und noch etwas ist mir aufgefallen. Als er aufwachte, fuhr er mit der rechten Hand zum linken Arm – so." Er machte es vor.

„Dort hat er vermutlich das Messer stecken." Bloggs überlegte. „Und er sagte, er wolle nach Banff. Das heißt, daß er dorthin bestimmt nicht gefahren ist. Ich nehme an, Sie haben ihm gesagt, wohin Sie fahren, bevor er Ihnen erzählt hat, wohin er wollte."

„Das kann sein." Porter nickte. „O ja."

„Haben Sie erwähnt, daß Sie Friedensrichter sind?" fragte Kincaid.

„Ja."

„Deshalb hat er Sie nicht umgebracht. Er wußte, daß man Sie bald vermissen würde."

„Wie bitte? Gütiger Gott!"

Wieder ging die Tür auf, und der Mann, der eintrat, war zweifellos der Hafenmeister – ein gedrungener Mann mit kurzgeschorenem weißem Haar, der eine große Pfeife rauchte und einen Blazer mit Messingknöpfen trug.

„Kommen Sie rein, Kapitän", sagte Kincaid. „Sie sind ja ganz durchnäßt. Sie sollten bei Regen nicht ausgehen."

Der Kapitän murmelte etwas Unfeines, zum Entzücken der Beamten.

Kincaid fragte: „Was haben Sie rausgekriegt?"

Der Kapitän nahm die Mütze ab und schüttelte die Regentropfen herunter. „Die *Marie II* wird vermißt", sagte er. „Ich habe mit Tom Halfpenny telefoniert. Dem gehört sie. Er hat sie am Abend vor dem Sturm am Liegeplatz festgemacht und seitdem nicht wieder gesehen."

„Was ist das für ein Schiff?" fragte Bloggs.

„Ein Fischerboot, achtzehn Meter lang. Nichts Besonderes."

„Könnte dieses Boot den Sturm überstanden haben?" fragte Bloggs.

„Mit einem sehr tüchtigen Seemann am Ruder – vielleicht."

„Wie weit könnte er gekommen sein, bevor der Sturm losbrach?"

„Nicht weit – nur ein paar Meilen."

„Und wo ist er jetzt?" fragte Bloggs.

„Auf dem Meeresgrund, aller Wahrscheinlichkeit nach", stellte der Kapitän nicht ohne Genugtuung fest.

Bloggs gab sich mit einer Mutmaßung, daß Faber tot sein könnte, nicht zufrieden, solange die Beweise fehlten. „Bitte, sparen Sie sich die Vermutungen", sagte er. „Wir wollen Ihre Aussage, keine Schwarzseherei." Den anderen Männern fiel plötzlich ein, daß Bloggs, trotz seiner Jugend, der ranghöchste Beamte im Raum war. „Gehen wir doch noch einmal die Möglichkeiten durch", fuhr Bloggs fort. „Erstens, er hat Aberdeen auf dem Landweg verlassen, und jemand anderes hat die *Marie II* gestohlen. Alle verfügbaren Polizisten suchen nach ihm. Mehr können wir in diesem Fall nicht unternehmen.

Zweitens, er ist noch in Aberdeen. Auch für diesen Fall haben wir vorgesorgt – wir fahnden in der Stadt noch nach ihm.

Drittens, er hat Aberdeen auf dem Seeweg verlassen. Ich glaube, wir sind übereingekommen, daß dies am wahrscheinlichsten ist. Gliedern wir Punkt drei. A: er hat irgendwo Schutz gefunden oder ist gestrandet – auf dem Festland oder auf einer Insel. B: er ist tot." Bloggs überging C: daß er auf ein anderes Schiff – wahrscheinlich ein U-Boot – umgestiegen war, bevor der Sturm losging. Wahrscheinlich hatte er keine Zeit dazu gehabt, aber möglich war es.

„Wir müssen jetzt also auf drei verschiedenen Wegen vorgehen. Die bisherige Fahndung setzen wir fort, und wir schicken einen weiteren Suchtrupp an die Küste, der Ausschau hält nach der *Marie II* oder nach dem, was von ihr übrig ist. Und sobald das Wetter besser wird, suchen wir das Meer vom Flugzeug aus ab."

FABER lag wach. Sein Körper brauchte wahrscheinlich Schlaf, sein Gehirn aber lief auf Hochtouren. Er wägte Alternativen gegeneinander ab, dachte an Frauen und, dem Ziel so nahe, an zu Hause. Er dachte an Würste, die so fett waren, daß man nur ein paar Scheiben davon essen konnte, dachte an Autos, die auf der rechten Straßenseite fuhren, und an seine Muttersprache. Normalerweise erlaubte er sich derart sentimentale Anwandlungen nicht. Jetzt, dem erfolgreichen Abschluß so nah, fühlte er sich frei. Noch nicht so frei, daß seine Wachsamkeit nachließ, aber doch so frei, daß er seinen Gedanken freien Lauf lassen konnte.

Lucy tauchte vor seinen Augen auf, in lebhaften Bildern, die nicht zurückzudrängen waren. Er sah, wie sie vor ihm die Treppe hinaufging; dann setzte seine Phantasie ein: Lucy drehte sich zu ihm um und nahm ihn in die Arme. Er wälzte sich ruhelos in dem kleinen Bett und seufzte zornig auf.

Er hatte diese Frau zu nahe an sich herangelassen – nur weil er so lange übervorsichtig gewesen war. Schlechte Disziplin: Sein Auftrag war noch nicht zu Ende.

Solange der Sturm dauerte, war er geschützt. Am Montag würde er über Toms Funkgerät mit dem U-Boot Kontakt aufnehmen, und sobald das Unwetter abzog, würde der Kapitän ihn in einem Dingi abholen lassen. Wenn der Sturm schon vorher nachließ, gab es nur eine Schwierigkeit: das Boot mit den Lebensmitteln. David und Lucy würden natürlich erwarten, daß er zum Festland zurückfuhr. Mehrere Lösungen fielen ihm ein: Die beste wäre vielleicht, die Inselbewohner auszuschalten, das Fischerboot abzufangen und dessen Steuermann ein Lügenmärchen aufzutischen. Er könnte zum Beispiel behaupten, er sei zu Besuch bei den Roses, mit einem anderen Boot hierhergekommen, könnte sich als Verwandter ausgeben oder als Ornithologe – es spielte keine Rolle.

Das Problem war zu unbedeutend, als daß er ihm jetzt seine ganze Aufmerksamkeit widmen mußte.

Ernsthafte Probleme stellten sich ihm wirklich nicht. Eine einsame Insel, meilenweit von der Küste entfernt, vier Einwohner – es wäre so einfach, sie zu töten. Wenn er an die Situationen dachte, die er schon gemeistert hatte – an die vier Bürgerwehrmänner, den Jungen aus

Yorkshire im Zug, den Abgesandten der Abwehr –, dann war er jetzt aus dem Schneider.

Auf der anderen Seite des Treppenabsatzes lag Lucy ebenfalls wach. Sie hörte dem Regen zu, der auf das Dach trommelte, lauschte Davids langsamen, regelmäßigen Atemzügen – er schlief fest nach der doppelten Dosis Schlaftabletten – und dem schnelleren, flachen Atem des kleinen Jo, der auf einem Feldbett an der Wand gegenüber lag. Die vielen Geräusche halten mich wach, dachte Lucy – und dann schoß ihr plötzlich durch den Kopf: Wem will ich eigentlich etwas vormachen? Sie konnte wegen Henry nicht schlafen, der ihre Hände so zart berührt hatte, als er ihr den Daumen verband, und der nun im Zimmer nebenan lag und fest schlief. Vermutlich.

Er hatte ihr nicht viel über sich erzählt; nur daß er nicht verheiratet war. Ob er wohl allein lebte, fragte sie sich. Oder mit einer Frau zusammen? Hatte er ein Auto? Doch, bestimmt. Wahrscheinlich fuhr er sehr schnell. Bei diesem Gedanken kam die Erinnerung an Davids Zweisitzer zurück. Denk an etwas anderes, etwas anderes. Sie dachte wieder an Henry und nahm die Wahrheit hin: Sie wollte mit ihm schlafen.

Das ist doch albern, sagte sie zu sich selbst. In der Welt, in der sie lebte, empfand eine Frau kein körperliches Verlangen, nicht so plötzlich..., wenn sie nicht abnorm veranlagt war. Sie brauchte Davids Liebe, nicht die eines hergelaufenen Mannes.

Trotzdem war es angenehm, mit dem Gedanken zu spielen. David und Jo schliefen fest – nichts hinderte sie daran, aufzustehen, den Treppenabsatz zu überqueren... Er würde freundlich, sanft und rücksichtsvoll zu ihr sein. Er würde sie nicht verachten, weil sie sich ihm anbot.

Sie drehte sich auf die andere Seite und mußte darüber lächeln, wie töricht sie doch war. Woher wollte sie denn wissen, daß er sie nicht verachten würde? Sie kannte ihn erst einen Tag lang, und den hatte er fast ganz im Bett verbracht. Sie seufzte. Langsam verlor sie den Kopf. Heute nacht konnte sie nicht mit Henry schlafen – oder mit sonst jemandem. Mit diesem Gedanken im Kopf stand sie auf und ging zur Tür.

FABER hörte Schritte auf dem Treppenabsatz und reagierte instinktiv darauf. Er schlüpfte aus dem Bett, schlich leise durch das Zimmer und stellte sich in die dunkelste Ecke. In der rechten Hand hielt er das Stilett. Die Tür öffnete sich, jemand kam herein, und die Tür ging wieder zu. Jetzt setzte sein Verstand ein: Wer ihn ermorden wollte, würde die Tür auflassen, damit er schneller wieder draußen war. Aber er hatte bis jetzt nur überlebt, weil er auch eine Chance eins zu tausend berücksichtigte.

Er hörte vom Bett her einen Atemzug. Jetzt wußte er, wo der Eindringling war. Er schoß nach vorn.

Er warf ihn aufs Bett, mit dem Gesicht nach unten, setzte ihm das Messer an den Hals und drückte ihm das Knie in den Rücken. Erst dann merkte er, daß der Eindringling eine Frau war. Den Bruchteil einer Sekunde später erkannte er sie. Er ließ sie los, griff nach der Nachttischlampe und machte Licht.

Im schwachen Schein der Lampe war ihr Gesicht blaß. Faber steckte das Messer weg, bevor sie es sehen konnte. Er ließ ganz von ihr ab. „Es tut mir sehr leid", sagte er. „Ich –" Sie drehte sich auf den Rücken und sah erstaunt zu ihm auf. „Ich habe Sie für einen Einbrecher gehalten", sagte Faber und merkte selbst, wie lächerlich das klang.

„Und wo sollte ein Einbrecher herkommen, wenn ich fragen darf?" Die Farbe kehrte wieder in ihr Gesicht zurück. Sie wurde rot.

Sie hatte ein weites, altmodisches Flanellnachthemd an, das hochgeschlossen war und ihr bis zu den Knöcheln reichte. Ihr rotes Haar breitete sich wirr auf Fabers Kissen aus, und ihre Augen wirkten sehr groß.

„Sie sind wunderschön", sagte Faber leise.

Sie schloß die Augen. Faber beugte sich über sie und küßte sie auf den Mund. Sie erwiderte den Kuß. Mit den Fingerspitzen streichelte er ihre Schultern, ihren Hals und ihre Ohren. Mitten im Kuß griff er nach der Lampe und machte das Licht aus.

NICHT das leiseste Schuldgefühl kam in ihr auf. Sie war zufrieden. Ganz ruhig lag sie da und streichelte das stoppelige Haar in seinem Nacken.

Er war der vollkommene Mann: stark, sanft und attraktiv. Vollkommen. Sie wußte aber auch, daß sie sich nie in ihn verlieben, mit ihm weglaufen und ihn heiraten könnte. Tief in ihm saß etwas Kaltes, Hartes. Wie merkwürdig hatte er reagiert, als sie ins Zimmer gekommen war! Sie stützte sich auf die Ellbogen. „Es ist zwar nicht sehr damenhaft", sagte sie, „aber ich möchte mich bei dir bedanken."

Er berührte leicht ihre Wange. „Du bist eine tolle Frau."

„Du weißt nicht, was du für mich getan hast. Du hast –"

Er legte den Finger auf ihren Mund. „Ich weiß genau, was ich getan habe."

Kurz bevor der Morgen graute, ging sie. Plötzlich schien ihr wieder einzufallen, daß sie Mann und Sohn im selben Haus hatte. Faber hätte ihr gern gesagt, daß es nicht darauf ankam, was ihr Mann wußte oder vermutete, aber er hielt den Mund. Sie küßte ihn noch einmal, dann war sie draußen.

Faber sah ihr nach. Sein Blick war zärtlich. Was für eine Frau! Ich könnte mich in sie verlieben, dachte er.

Er stand auf und holte die Filmkapsel und das Messer unter dem Bett hervor – beides hatte er vorhin hastig daruntergeworfen. Er überlegte, ob er die Gegenstände am Körper tragen sollte, dann beschloß er, das Messer wieder umzuschnallen – ohne das Stilett kam er sich nackt vor – und die Kapsel in die Jackentasche zu stecken. Es war ohnehin gleichgültig, ob Lucy oder ihr Mann die Negative sahen – sie konnten ja doch nichts unternehmen.

Er hörte die Stimme des Kindes, dann Lucys Schritte die Treppe hinunter und schließlich David, der sich ins Bad schleppte. Er mußte aufstehen und zum Frühstück hinuntergehen. Faber wartete, bis sich die Badezimmertür öffnete. Dann zog er den Schlafanzug an und ging ins Bad, um sich zu rasieren. Er benutzte Davids Rasiermesser, ohne um Erlaubnis zu fragen.

II.

ERWIN ROMMEL wußte von Anfang an, daß er mit Heinz Guderian Streit bekommen würde. General Guderian war der Typ des preußischen Offiziers, den Rommel verabscheute – nur deshalb Offizier geworden, weil auch sein Vater es gewesen war und weil er einen reichen

Großvater hatte. Rommel, Sohn eines Volksschullehrers und innerhalb von vier Jahren zum Feldmarschall aufgestiegen, verachtete das Kastendenken der Reichswehr.

Jetzt starrte er über den Tisch hinweg den General an, der den beschlagnahmten Cognac der Rothschilds trank. Guderian und sein Gesinnungsgenosse, General Geyr von Schweppenburg, waren nach La Roche-Guyon gekommen, Rommels Hauptquartier nordwestlich von Paris, um Rommel mitzuteilen, wie er seine Truppen formieren sollte. Rommels Reaktion auf derartige Besuche schwankte zwischen Ungeduld und Zorn.

Er sah aus dem Fenster in den Regen hinaus, während er darauf wartete, daß Guderian zum Ende kam.

„Wenn Sie wollen, kann ich noch weitere Ausführungen machen, aber das ändert nichts am Gesamteindruck. Keiner von uns zweifelt daran, daß die Alliierten im Sommer eine Großoffensive vorhaben und daß die ganzen Geplänkel nur dazu dienen sollen, uns über den Ort der Offensive zu täuschen."

Der General machte eine Pause, und Rommel ergriff die Gelegenheit, ihn zu unterbrechen.

„Dazu haben wir den Generalstab – es ist dessen Aufgabe, die Aktivitäten des Feindes richtig einzuschätzen und dessen Pläne im voraus zu durchschauen."

Guderian lächelte nachsichtig. „Sie haben sicher Ihre eigene Meinung darüber, von wo aus die Offensive erfolgen wird. Die hat jeder von uns. Aber unsere Strategie muß auch der Möglichkeit Rechnung tragen, daß unsere Überlegungen falsch sein könnten. Sie befehligen vier Panzerdivisionen. General Geyr von Schweppenburg hat bereits vorgeschlagen, daß Sie alle vier ein gutes Stück hinter der Küste in Stellung gehen lassen, bereit für einen raschen Vergeltungsschlag, wo auch immer. Sie haben Freiherr von Geyrs Vorschlag nicht nur abgelehnt, sondern sogar die einundzwanzigste Panzerdivision an die Atlantikküste kommandiert –"

„Und die anderen drei müssen so schnell wie möglich auch dorthin", platzte Rommel heraus. „Wann werden Sie es denn endlich begreifen? Die Alliierten kontrollieren den Luftraum. Sobald die Invasion beginnt, werden Truppenbewegungen nicht mehr möglich sein.

Falls Ihre kostbaren Panzer in Paris herumstehen, wenn die Alliierten landen, kommen sie dort nicht mehr raus – die RAF nagelt sie fest. Ein Gegenangriff ist unmöglich. Die Invasion muß direkt an der Küste abgefangen werden. Dort ist der wunde Punkt der Alliierten. Ich habe Hindernisse unter Wasser anlegen lassen, den Atlantikwall verstärkt, Minenfelder angelegt und Fallen auf jeder Wiese hinter unseren Linien versteckt, auf der Flugzeuge landen könnten. Wir müssen sie ins Meer zurückstoßen. Sonst ist die Schlacht verloren – vielleicht sogar der Krieg."

Guderian beugte sich vor. Seine Augen verengten sich. „Sie stellen sich vor, daß wir die Küsten Europas verteidigen, von Tromsø in Norwegen oben bis hinunter zur Iberischen Halbinsel und bis nach Rom. Woher sollen wir die Truppen nehmen?"

„Diese Frage hätten Sie 1938 stellen sollen", sagte Rommel. Verlegenes Schweigen.

Geyr brach es als erster.

„Wo wird der Angriff Ihrer Meinung nach erfolgen, Feldmarschall?"

Darauf hatte Rommel gewartet. „Bis vor kurzem war ich überzeugt davon, daß die Calais-Theorie richtig ist. Aber bei meinem letzten Besuch im Führerhauptquartier haben mich die Argumente des Führers für einen Angriff in der Normandie beeindruckt, ebenso sein Instinkt und noch mehr sein logisches Denken. Deshalb glaube ich, daß unsere Panzer vor allem an der Normandieküste stationiert werden sollten."

Guderian schüttelte den Kopf. „Nein, nein. Das ist viel zu riskant."

„Ich bin entschlossen, Hitler über dieses Gespräch zu berichten", sagte Rommel.

„Dann tun Sie das", sagte Guderian. „Wenn nicht..."

„Ja?" Mit Erstaunen stellte Rommel fest, daß der General sich seiner Meinung doch nicht so sicher war.

Guderian rutschte nervös auf dem Sessel herum. Es widerstrebte ihm, Zugeständnisse zu machen. „Sie wissen vielleicht, daß der Führer auf den Bericht eines Agenten in England wartet."

Rommel erinnerte sich. „Die Nadel."

„Ja. Er hat den Auftrag erhalten, die Stärke der Ersten US-Armee im Osten Englands zu schätzen. Wenn er herausfindet – und ich bin überzeugt davon –, daß diese Armee marschbereit ist, werde ich mich Ihnen weiterhin widersetzen. Sollte er jedoch feststellen, daß die Erste US-Heeresgruppe ein kleiner Haufen ist, der sich als Invasionstruppe tarnt – dann lassen Sie Ihre Panzer an der Küste aufmarschieren. Einverstanden?"

Rommel nickte. „Dann hängt also alles von der Nadel ab."

PLÖTZLICH fiel Lucy auf, wie klein das Haus war. Als sie ihre morgendlichen Aufgaben erledigte – Feuer im Herd machen, Porridge zubereiten –, war ihr, als erdrückten sie die Wände. Wenn man hinhörte, bekam man alles mit, was im Haus vorging: Henry ließ Badewasser einlaufen, David kam die Treppe herab, Jo verprügelte im Wohnzimmer seinen Teddybären. Lucy hätte gern ein bißchen Zeit für sich gehabt, ehe die anderen kamen – Zeit, um das, was heute nacht geschehen war, allmählich aus dem Kopf zu bekommen. Vermutlich gelang es ihr nur schlecht, ihre Gefühle zu verbergen. Jedenfalls hatte sie keine Erfahrung im Betrügen.

David und Jo setzten sich an den Küchentisch und aßen. David war still. Jo redete pausenlos, einfach aus Vergnügen am Sprechen. Lucy hatte keinen Appetit.

„Ißt du nichts?" erkundigte David sich beiläufig.

„Hab schon." Die erste Lüge. So schlimm war das gar nicht. Lucy hörte Henry auf der Treppe, und ihr wurde wohler. Sie hatte das Gefühl, daß er sich sehr gut verstellen konnte.

„Guten Morgen!" sagte Faber.

David sah auf und nickte ihm freundlich zu. Lucy machte sich am Herd zu schaffen.

Das schlechte Gewissen stand ihr im Gesicht geschrieben, bemerkte Faber. Er ächzte innerlich.

„Ich kann Ihnen leider nicht anbieten, Sie zur Kirche zu fahren", sagte David.

Faber fiel ein, daß heute Sonntag war. „Würden Sie denn gern in die Kirche gehen?" erkundigte er sich.

„Nein", sagte David. „Für einen Landwirt ist der Sonntag ein Tag wie jeder andere. Ich fahre zu meinem Schafhirten hinüber. Sie können mitkommen, wenn Sie Lust dazu haben."

„Gern", sagte Faber. Eine gute Gelegenheit, Erkundigungen einzuholen. Er mußte wissen, wo das Funkgerät stand.

„Haben Sie gut geschlafen? Lucy hat Sie hoffentlich nicht zu lange am Schlafengehen gehindert?"

Faber vermied es, Lucy direkt anzusehen, aber er bemerkte doch, daß sie rot wurde. „Ich habe ja gestern den ganzen Tag lang geschlafen", sagte er und versuchte, Davids Blick zu fixieren.

Zwecklos. David schaute seine Frau an. Er begriff. Sie drehte ihm den Rücken zu. Von jetzt an würde David sich ihm gegenüber feindselig verhalten, und wenn ihm das auch nicht gefährlich werden konnte, so war es doch ärgerlich.

David gewann die Fassung zurück. Er stieß den Rollstuhl vom Tisch zurück und fuhr zur Hintertür. „Ich hole den Jeep aus der Scheune", sagte er. Er hob eine Ölhaut vom Garderobenhaken, zog sie sich über den Kopf und fuhr hinaus. In den paar Augenblicken, während die Tür offenstand, peitschte der Regen in die kleine Küche, und im Nu war der Boden naß. Lucy wischte das Wasser von den Fliesen. Faber berührte sie am Arm.

„Nicht", sagte sie und deutete auf Jo.

„Sei nicht albern", sagte Faber.

„Ich glaube, er weiß es", sagte sie.

„Aber wenn du einen Augenblick lang darüber nachdenkst, dann ist es dir doch gleichgültig, ob er es weiß, oder?"

„Es darf mir nicht gleichgültig sein." Draußen erklang ein ungeduldiges Hupen. Lucy gab ihm eine Ölhaut und Gummistiefel. „Bitte, redet nicht über mich", sagte sie. Sie folgte ihm zur Vordertür und machte die Küchentür hinter sich zu. Faber wandte sich ihr zu und küßte sie, und sie tat, wonach es sie verlangte – sie erwiderte den Kuß leidenschaftlich. Faber rannte durch einen wahren See aus Schlamm und sprang auf den Beifahrersitz des Jeeps.

Das Fahrzeug war ganz auf den beinlosen Mann zugeschnitten. Es hatte eine Handbremse, automatische Gangschaltung und einen Griff am Lenker, der es dem Fahrer ermöglichte, das Lenkrad mit einer Hand zu bedienen. Der zusammengeklappte Rollstuhl war hinter dem Fahrersitz verstaut. Auf einer Ablage über der Windschutzscheibe lag ein Gewehr.

David fuhr ausgezeichnet. Es schien ihm Spaß zu machen. Er hatte eine Zigarette im Mund, und auf seinem Gesicht lag ein ganz unangemessener Ausdruck von Tollkühnheit. Vielleicht, dachte Faber, war das Jeepfahren sein Ersatz für das Fliegen.

„Was tun Sie denn, wenn Sie nicht zum Fischen ausfahren?" fragte David mit der Zigarette im Mund.

„Ich bin Beamter", sagte Faber.

„Wo?"

„Beim Finanzamt. Nur ein Rädchen in der Maschinerie."

„Ist die Arbeit interessant?" fragte David hartnäckig weiter.

„Schon." Faber nahm seine Geisteskräfte zusammen, um sich etwas auszudenken. „Ich verstehe ein bißchen was davon, was technische Arbeiten kosten dürfen, und ich versuche zu verhindern, daß der Steuerzahler allzusehr geschröpft wird."

„Jeder von uns trägt auf seine Weise dazu bei, daß wir den Krieg durchstehen."

„Zum Kämpfen bin ich zu alt", sagte Faber freundlich.

Der Weg führte dicht am Rand der Klippen entlang, aber David verringerte die Geschwindigkeit nicht. Faber schoß durch den Kopf, daß er vorhaben könnte, sie beide umzubringen. Er langte nach dem Haltegriff.

„Fahre ich Ihnen zu schnell?" fragte David.

„Sie kennen die Strecke ja."

David verlangsamte das Tempo etwas und war offensichtlich hoch zufrieden, daß er wenigstens etwas erreicht hatte. „Sind Sie verheiratet?" fragte er plötzlich.

„Nein."

„Klug von Ihnen."

„Ach, ich weiß nicht recht."

„Sie amüsieren sich bestimmt blendend in London."

Faber hatte die augenzwinkernde, verächtliche Art, in der manche Männer über Frauen redeten, noch nie leiden können. Er wollte das Thema wechseln. „Sie sind doch bestimmt sehr glücklich mit Ihrer Frau —"

„Aber es geht schließlich nichts über Abwechslung, oder?"

„Ich habe noch keine Gelegenheit gehabt, die Annehmlichkeiten der

Monogamie kennenzulernen", sagte Faber und beschloß, es dabei bewenden zu lassen. Was immer er sagen mochte, er goß nur Öl ins Feuer.

„Für einen Beamten sind Sie erstaunlich gut in Form."

„Ich fahre Rad."

„Und mir kommen Sie keineswegs zu alt für die Armee vor."

Faber wandte sich David zu. „Was wollen Sie damit sagen?"

„Wir sind da", sagte David.

Faber schaute durch die Windschutzscheibe und sah ein Haus, das dem anderen zum Verwechseln ähnlich war: Steinmauern, Schieferdach, kleine Fenster. Er beobachtete, wie David den Rollstuhl auseinanderklappte und sich vom Fahrersitz hineinhievte, ganz offensichtlich wäre es ihm unerträglich gewesen, wenn Faber ihm geholfen hätte.

Sie traten ins Haus und wurden in der Diele von einem kleinen, schwarz-weißen Hirtenhund begrüßt, der mit dem Schwanz wedelte, aber nicht bellte. Der Grundriß war identisch mit dem von Lucys Haus, aber hier roch es anders: Das Haus war nicht besonders sauber. David fuhr voraus in die Küche, wo der alte Tom am Holzfeuer saß.

Faber gab ihm die Hand. „Ich hoffe, ich halte Sie nicht von der Arbeit ab."

David fuhr an den Tisch. „Heute morgen tun wir nicht viel, Tom – wir machen nur die Runde."

„Gut. Aber erst gibt es Tee."

Tom goß starken Tee in drei Henkelbecher und gab einen Schuß Whisky dazu. Sie tranken schweigend, und Faber war überzeugt davon, daß die beiden Männer einen großen Teil ihrer Zeit so verbrachten.

Als sie ausgetrunken hatten, gingen sie zum Jeep hinaus. Diesmal fuhr David langsamer, und Bob, der Hund, der nebenherlief, kam mühelos mit. Faber schaute gerade auf den Hund, der plötzlich stehenblieb, kurz die Ohren hob und dann davonrannte. „Bob hat was entdeckt", sagte Tom.

Der Jeep folgte dem Hund vierhundert Meter weit. Als sie anhielten, stand der Hund am Rand einer kleinen Schlucht. Ein Schaf blökte gequält. Sie fuhren bis zum Rand und schauten hinab.

Das Schaf war fast fünf Meter weit hinuntergerutscht und hielt sich mühsam aufrecht. Ein Vorderbein war merkwürdig verdreht.

Tom stieg vorsichtig in die Schlucht. „Heute abend gibt's Schaf", rief er.

David nahm das Gewehr und ließ es zu Tom hinuntergleiten. Tom erlöste das Tier von seinen Schmerzen. „Kann unser Gast mal mit anfassen?"

„Selbstverständlich", sagte Faber und stieg zu Tom hinab. Jeder packte ein Bein, und sie schleiften das tote Tier zum Jeep.

Fabers Ölhaut blieb an einem Dornbusch hängen. Sie riß, als er sich losmachte. An einer Schulter und auf dem Rücken klaffte sie auseinander.

„Ich fürchte, die Regenhaut ist hinüber", sagte er.

Als sie wieder im Haus waren, zog Faber die zerfetzte Ölhaut und die nasse Jacke aus. Tom hängte die Jacke ans Feuer, setzte den Teekessel auf und holte eine Flasche Whisky von oben. Faber ging zur Außentoilette.

Als er wieder in die Küche kam, saß David dicht am Feuer.

„Das erste Schaf, das wir in diesem Jahr verloren haben", sagte er. „Wir müssen die Schlucht während der Sommermonate einzäunen."

Tom machte die Flasche auf, und die drei Männer tranken. David und Tom rauchten, aber David wirkte unruhig. Zweimal ertappte Faber ihn dabei, wie er ihn anstarrte.

Schließlich sagte David: „Wir lassen dich jetzt allein, damit du das Schaf schlachten kannst, Tom."

David und Faber verabschiedeten sich. Der Hund brachte sie zur Tür. Bevor er den Jeep anließ, holte David das Gewehr herunter, lud nach und legte es auf die Ablage zurück. Auf dem Heimweg war er erstaunlich gesprächig. „Ich habe Spitfires geflogen. Tolle Kisten. Je vier Geschütze rechts und links – feuern tausendzweihundertsechzigmal pro Minute. Die Deutschen nehmen lieber Kanonen. Die richten zwar einen größeren Schaden an, aber unsere Brownings sind schneller und präziser."

„Tatsächlich?" sagte Faber höflich.

„Die Spitfires haben die Luftschlacht um England gewonnen."

Faber ärgerte sich über Davids Angeberei. „Wie viele feindliche Flugzeuge haben Sie denn abgeschossen?"

„Ich habe während der Ausbildung die Beine verloren."

Faber warf einen schnellen Blick auf Davids Gesicht: Es war ausdruckslos, aber so angespannt, als müsse die Haut gleich reißen.

„Bis jetzt habe ich noch keinen Deutschen erledigt", sagte David. Faber war sofort auf der Hut. Jetzt stand für ihn fest, daß David ihn verdächtigte – und nicht im Zusammenhang mit seiner Frau. Er drehte sich zur Seite und sah David ins Gesicht. Fabers rechte Hand ruhte auf dem linken Unterarm. Er wartete.

„Interessieren Sie sich für Flugzeuge?" fragte David.

„Nein."

„Es ist eine Art Nationalsport geworden, nehme ich an – Ausschau nach Flugzeugen halten. Wie das Vögelbeobachten. Ich dachte, Sie gehören zu den begeisterten Anhängern."

„Warum?"

„Weiß nicht." David hielt an, um sich eine Zigarette anzuzünden. Er warf das Streichholz weg. „Vielleicht bin ich durch den Film darauf gekommen, den ich in Ihrer Jackentasche gefunden habe –"

Noch während er sprach, schleuderte er Faber die brennende Zigarette ins Gesicht und griff nach dem Gewehr über der Windschutzscheibe.

PERCIVAL GODLIMAN überquerte rasch den Parliament Square, einen Regenschirm am Arm. Unter dem Regenmantel trug er einen dunklen, gestreiften Anzug, und seine schwarzen Schuhe waren auf Hochglanz poliert. Schließlich hatte er nicht jeden Tag eine Privataudienz bei Mr. Churchill. Ein Karriereoffizier wäre nervös geworden bei dem Gedanken, daß er dem Oberbefehlshaber der nationalen Streitkräfte eine derart schlechte Nachricht überbringen mußte. Godliman war nicht nervös – ein anerkannter Historiker brauchte wirklich keine Angst vor Politikern zu haben –, aber er machte sich ernste Sorgen.

Er dachte daran, wieviel Planung, Sorgfalt, Geld und Arbeitskraft die nachgebildete Erste US-Armee in Ostanglien verschlungen hatte: die vierhundert Kriegsschiffe aus Segeltuch; das falsche Wartungsdock in Dover, das aus Karton und ausrangierten Abwasserrohren bestand und das Handwerker aus den Filmstudios gebaut hatten; die in die Lokalzeitungen lancierten Beschwerden über den moralischen Verfall des Landes seit der Ankunft von Tausenden von amerikanischen Soldaten in der Gegend.

Alle Anzeichen sprachen dafür, daß die Deutschen darauf hereingefallen waren. Und nun stand das ganze Täuschungsmanöver auf dem Spiel – einzig und allein, weil ein einzelner, vermaledeiter Spion dahintergekommen war. Und ebendas war der Grund dafür, daß Godliman heute zur Audienz bestellt worden war. Mit seinen kleinen, trippelnden Schritten ging er über das Pflaster von Westminster zu dem schmalen Eingang in George Street Nummer 2.

Die bewaffneten Wachen am Eingang ließen ihn durch, und er stieg die Treppen hinunter in Churchills unterirdisches Hauptquartier. Es war, als verschwände man auf einem Kriegsschiff unter Deck. Stahltüren und Deckenstützen aus altem Holz machten aus dem Kellergewölbe einen Gefechtsstand.

„Sie sind sehr pünktlich, Sir", sagte ein Adjutant. „Er wird Sie sofort empfangen."

Godliman trat in das kleine, behagliche Konferenzzimmer. Teppiche lagen auf dem Boden, und ein Ventilator verquirlte den Tabakqualm in der Luft.

Churchill saß am Kopf eines spiegelblanken Tisches. „Setzen Sie sich, Professor", sagte er.

Godliman fiel plötzlich ein, daß Churchill nicht sehr groß war – aber im Sitzen sah er wie ein Riese aus: breitbeinig, mit eingezogenen Schultern, die Ellbogen auf den Stuhllehnen. Er war dabei, eine Akte mit Randbemerkungen zu versehen.

Unvermittelt blickte Churchill von der Arbeit auf. „Ich nehme an, es steht fest, daß dieser verdammte Spion herausgefunden hat, was wir vorhaben?"

„Das steht zweifelsfrei fest, Sir", sagte Godliman.

„Glauben Sie, daß er das Land verlassen hat?"

„Wir haben ihn nach Aberdeen verfolgt. Es ist so gut wie sicher, daß er Aberdeen vor zwei Nächten in einem gestohlenen Boot verlassen hat – vermutlich zu einem Treffpunkt auf der Nordsee. Freilich kann

er noch nicht weit vom Hafen weg gewesen sein, als der Sturm losbrach. Nach aller Wahrscheinlichkeit ist er ertrunken. Es tut mir leid,
aber definitivere Informationen haben wir nicht anzubieten."

„Mir tut's auch leid", sagte Churchill und sah plötzlich zornig aus.
Aber sein Zorn galt nicht Godliman. Churchill reichte ihm ein Blatt
Papier und sagte: „Das ist die Aufstellung der deutschen Truppen in
der vergangenen Woche."

Godliman las:

Ostfront:	122 Infanteriedivisionen
	25 Panzerdivisionen
	17 sonstige Divisionen
Italien und Balkan:	37 Infanteriedivisionen
	9 Panzerdivisionen
	4 sonstige Divisionen
Westfront:	64 Infanteriedivisionen
	12 Panzerdivisionen
	12 sonstige Divisionen
Deutschland:	3 Infanteriedivisionen
	1 Panzerdivision
	4 sonstige Divisionen

Churchill sagte: „Von den hier aufgeführten zwölf Panzerdivisionen der Westfront ist nur *eine* an der Normandieküste stationiert. Die
starken SS-Divisionen sind in Toulouse und in Brüssel und machen
keine Anstalten abzumarschieren. Was sagt uns das alles, Professor?"

„Daß unser Täuschungsmanöver Erfolg gehabt hat", erwiderte
Godliman. Ihm war bewußt, wieviel Vertrauen Churchill in ihn setzte. Bis zu diesem Zeitpunkt hatte niemand das Stichwort Normandie
ihm gegenüber erwähnt, obwohl er es sich denken konnte, da er ja Bescheid wußte über die provisorischen Bauten, die auf Calais hindeute-
ten. Für welchen Tag – den Tag X – die Invasion geplant war, wußte er
immer noch nicht, und er war froh darüber.

„Großen Erfolg", sagte Churchill. „Sie sind verwirrt, und selbst mit
ihren intelligenteren Vermutungen liegen sie völlig falsch. Trotzdem –" er machte eine kurze Pause – „schreibt mir General Walter

Bedell Smith, Ikes Chef des Stabes, folgendes..." Er nahm einen Bogen Papier auf und las vor: „Unsere Chancen, den Landekopf zu halten, vor allem, wenn die Deutschen in Stellung gegangen sind, stehen nur fünfzig zu fünfzig."

Seine Stimme wurde weich. „Vier Jahre lang hat die gesamte englischsprachige Welt – die größte Macht der zivilisierten Welt seit dem Römischen Reich – alle militärischen und industriellen Kräfte angespannt, damit wir wenigstens eine Chance fünfzig zu fünfzig haben. Wenn dieser Spion durchkommt, verspielen wir auch diese Chance. Und das heißt, daß wir alles verlieren."

Er griff nach dem Füller. „Bringen Sie mir keine Mutmaßungen über sein Ertrinken, Professor. Bringen Sie mir die Nadel."

ZIGARETTENTABAK verbrennt bei achthundert Grad Celsius. Doch die Glut an der Spitze einer Zigarette ist mit einer dünnen Schicht Asche umgeben. Um jemandem eine Verbrennung zuzufügen, muß man die Zigarette sekundenlang auf die Haut drücken. Nur Amateure werfen mit Zigaretten, und David Rose war ein Amateur.

Faber scherte sich also nicht um die Zigarette, sondern langte nach dem Gewehr. Das war ein Fehler. Sofort wurde ihm klar, daß er das Stilett hätte ziehen und David erstechen müssen. David hatte das Gewehr noch nie auf einen Menschen gerichtet, deshalb hätte er vermutlich gezögert, und in diesem Augenblick hätte Faber ihn töten können. Schuld an dieser unverzeihlichen Fehleinschätzung war, daß er heute nacht seinen Gefühlen freien Lauf gelassen hatte, dachte Faber.

David hatte beide Hände am Kolben und das Gewehr schon ungefähr zwanzig Zentimeter unter der Ablage, als Faber den Lauf mit einer Hand zu fassen bekam. David zog das Gewehr zu sich heran, aber einen Augenblick lang behielt Faber den Lauf im Griff. Die Mündung zielte auf die Windschutzscheibe. Faber war ein kräftiger Mann, aber David war außerordentlich stark. In den vier Jahren, die er im Rollstuhl saß und seinen Oberkörper trainierte, hatten sich seine Schultern, Arme und Handgelenke geradezu abnorm entwickelt. Er zog weiter am Gewehr, und der Lauf entglitt Faber.

Als das Gewehr sich auf seinen Bauch richtete, hatte Faber das Gefühl, er sei dem Tode nahe. Er katapultierte sich aus dem Sitz hoch.

Der Schuß krachte, und das Seitenfenster neben Fabers Sitz zersplitterte. Mit einer Drehung schnellte Faber zurück, nicht auf den Sitz, sondern auf David. Mit beiden Händen packte er David am Hals und drückte zu.

David versuchte, das Gewehr zwischen ihre beiden Körper zu schieben, damit er wieder schießen konnte, aber dazu war die Waffe zu groß. Faber sah David in die Augen und fand darin – ja, was? Freudige Erregung. Natürlich – endlich hatte er Gelegenheit, für sein Land zu kämpfen. Der Ausdruck verschwand, als er anfing, nach Luft zu ringen.

David ließ das Gewehr los, nahm beide Ellbogen so weit wie irgend möglich zurück und stieß sie Faber kraftvoll in die Rippen. Faber verzog vor Schmerz das Gesicht, aber er ließ Davids Hals nicht los. Er wußte, daß er Davids Stöße länger aushalten konnte, als David ohne Luft auskäme.

Offenbar dachte David dasselbe. Er kreuzte die Oberarme und stieß Faber ein Stückchen weit weg, dann hob er die Hände und prügelte von oben und unten auf Fabers Arme ein. Der Würgegriff lockerte sich. David hieb mit einem mächtigen Stoß nach oben, der Faber Tränen in die Augen trieb.

Voller Bewunderung erkannte Faber, daß David Zeit und Ort für den Kampf sehr klug gewählt hatte. Die Vorteile waren auf Davids Seite: durch den Überraschungsangriff und den begrenzten Raum, in dem seine Kraft mehr zählte als Fabers Beweglichkeit.

Faber verlagerte das Gewicht und stieß mit der Hüfte gegen die Gangschaltung. Der Vorwärtsgang sprang rein. Der Motor lief noch, und der Jeep ruckte an. Faber verlor das Gleichgewicht. David nutzte die Gelegenheit, um mit der Linken zu einem kraftvollen Faustschlag auszuholen. Mehr durch Glück als exaktes Zielen traf er Faber am Kinn und schleuderte ihn durch den Jeep. Sein Kopf krachte gegen den Türgriff, die Tür ging auf, und Faber stürzte in einem Rückwärtssalto aus dem Wagen. Mit dem Gesicht im Schlamm blieb er liegen.

Einen Augenblick lang war er zu benommen, um sich zu bewegen, aber er hörte den brüllenden Motor des Jeeps. Er schüttelte heftig den Kopf, damit er wieder etwas sehen konnte, und stützte sich mühsam auf Händen und Knien auf. Der Jeep wurde leiser, dann kam er näher heran, und als sich der feurige Nebel vor seinen Augen lichtete, sah Faber, daß der Jeep direkt auf ihn zurollte. David wollte ihn überfahren. Als die Stoßstange nicht einmal einen Meter weit von seinem Gesicht entfernt war, warf er sich auf die Seite. Ein Kotflügel streifte ihn am Fuß, als der Jeep vorbeiraste. Faber drehte sich im Gras einmal herum, dann kniete er sich langsam hin. Sein Fuß tat weh. Der Jeep wendete und raste wieder auf ihn zu.

Faber humpelte zum Rand der Klippen und schaute hinunter. Felsig und steil, fast vertikal, fielen sie ab zu der wütenden See dreihundert Meter darunter.

Der Jeep kam direkt auf ihn zu. Er hielt Ausschau nach einem Felssims, nach einem Halt auf dem Abhang. Nichts. Der Jeep war nur noch vier, fünf Meter weit weg. Die Räder kamen dem Abhang nahe, waren höchstens einen halben Meter neben dem Rand der Klippen. Faber warf sich flach auf den Boden, ließ die Beine in den Abgrund baumeln und stützte sich auf die Unterarme, während er sich an den Rand der Klippen klammerte.

Die Räder verfehlten Faber nur um ein paar Zentimeter. Ein kurzes Stück weiter rutschte ein Vorderrad über den Rand, und Faber glaubte schon, das Fahrzeug werde ins Meer hinunterstürzen, aber die drei anderen Räder rissen den Jeep zurück.

Unter Fabers Armen schwankte der Boden. Die Vibration durch den Jeep hatte die Erde gelockert. Faber rutschte ein Stück ab. Unter ihm tobte das Meer an den Felsen. Faber streckte den Arm aus, so weit es ging, und grub die Finger tief in den weichen Boden. Ein Nagel brach ab. Er nahm den anderen Arm zu Hilfe. Beide Hände tief in der Erde, zog er sich hoch, furchtbar langsam, aber schließlich war er mit dem Kopf auf der Höhe der Hände, und er konnte sich herumdrehen und vom Rand der Klippen wegrollen.

Der Jeep wendete wieder. Faber lief darauf zu. Sein Fuß schmerzte, war aber wohl nicht gebrochen. David beschleunigte und ging wieder zum Angriff über. Faber fuhr herum und lief im rechten Winkel zur Richtung des Jeeps. Damit zwang er David, das Tempo zu drosseln und das Lenkrad herumzureißen. Faber war bewußt, daß er diese Manöver nicht mehr lange durchhielt, daß er schneller als David erschöpft wäre. Das hier mußte der letzte Angriff sein.

Er lief schneller. David wollte ihm den Weg abschneiden, raste auf einen Punkt vor Faber zu. Faber schlug einen Haken, und der Jeep fuhr im Zickzack. Faber sprintete los und zwang David, in immer engere Kurven zu lenken. Der Jeep war ihm nun dicht auf den Fersen. Sie waren nur noch ein paar Meter auseinander, als David begriff, was Faber vorhatte.

Er riß das Lenkrad herum, aber es war zu spät. Faber rannte auf den Jeep zu und schnellte hoch. Mit dem Gesicht nach unten landete er auf dem Segeltuchdach.

Ein paar Sekunden lang blieb er liegen und holte Luft. Sein verletzter Fuß brannte wie Feuer, und die Lungen taten ihm weh. Er zog das Stilett aus der Scheide im Ärmel und machte einen langen, gezackten Schnitt durch das Segeltuchdach. Der Stoff sackte durch, und Faber sah Davids Nacken. David blickte zu ihm auf, dann wieder aufs Lenkrad. Über sein Gesicht ging ein staunender Ausdruck. Faber holte aus, um zuzustechen.

David gab Gas und riß das Lenkrad herum. Der Jeep schnellte vor und ging kreischend in eine enge Kurve, zwei Räder in der Luft. Faber hatte alle Mühe, oben zu bleiben. Der Jeep wurde noch schneller und fiel schwer auf alle vier Räder zurück; dann kippte er wieder auf die Seite. Ein paar Meter weit schwankte das Fahrzeug bedenklich, dann stürzte es um.

Faber flog meterweit weg und landete äußerst unsanft. Die Wucht des Aufpralls nahm ihm den Atem. Ehe er sich wieder regen konnte, vergingen ein paar Sekunden. Er sah das Stilett im Gras liegen und griff danach. Dann blickte er sich nach dem Jeep um. Wie auch immer, David war jedenfalls aus dem zerfetzten Dach herausgeklettert. Er saß schon im Rollstuhl und fuhr schnell am Rand der Klippen entlang. Während er hinter ihm herrannte, mußte Faber ihm zugestehen, daß er mutig war.

Kurz bevor Faber den Rollstuhl einholte, hielt David an und fuhr herum. Faber sah einen Schraubenschlüssel in Davids Hand. Er stürzte sich auf den Rollstuhl und warf ihn um. Der Schraubenschlüssel traf ihn am Hinterkopf. Faber verlor das Bewußtsein.

Als er wieder zu sich kam, lag der Rollstuhl neben ihm, aber David war verschwunden. Faber stand auf und schaute sich benommen und staunend um.

„Hier bin ich."

Die Stimme kam von den Klippen her. Faber kroch zum Rand und schaute hinunter. David klammerte sich mit einer Hand an einem Busch fest, der gleich unter der Kante der Klippen wuchs. Die andere Hand umkrampfte einen winzigen Felsvorsprung.

„Um Gottes willen, ziehen Sie mich hoch", rief er heiser herauf.

Faber beugte sich zu ihm hinunter. „Wie haben Sie das mit dem Film herausgefunden?"

„Bitte, helfen Sie mir."

„Was war mit dem Film?"

„O Gott." David strengte sich ungeheuer an, damit er sich konzentrieren konnte. „Als Sie bei Tom auf die Toilette gegangen sind, haben Sie Ihre Jacke zum Trocknen in der Küche hängen lassen. Tom ist nach oben gegangen, um Whisky zu holen, und ich habe die Jackentaschen durchsucht. Da habe ich die Negative gefunden –"

„Und deshalb wollten Sie mich umbringen?"

„Ja, deshalb – und weil Sie in meinem Haus was mit meiner Frau angefangen haben."

„Wo sind die Negative jetzt?"

„In meiner Jackentasche."

„Her damit – dann ziehe ich Sie hoch."

„Sie müssen sie selbst holen – ich kann nicht loslassen. Beeilen Sie sich."

Faber legte sich flach hin und langte nach unten, in Davids Brusttasche unter der Ölhaut. Vor Erleichterung seufzte er auf, als er vorsichtig die Filmkapsel herauszog. Er steckte sie ein und knöpfte die Jackentasche zu. Nur keine Fehler mehr. Er griff hinunter und riß den Busch, an den David sich klammerte, mit einem heftigen Ruck aus dem Boden.

„Nein!" schrie David auf und versuchte verzweifelt, sich irgendwo festzuhalten.

„Das ist nicht fair!" schrie er, als der Felsvorsprung unwiderruflich seinem Griff entglitt. Einen Augenblick lang sah es so aus, als bliebe er in der Luft hängen, dann fiel er und prallte zweimal gegen die Klippen, während er hinunterstürzte. Dann war er unter Wasser.

Faber schaute hinunter, um sicherzugehen, daß David nicht wieder auftauchte. „Nicht fair? Nicht fair? Wissen Sie denn nicht, daß wir Krieg haben?"

Einmal tauchte die gelbe Ölhaut noch kurz an der Oberfläche auf, dann war sie spurlos verschwunden.

Plötzlich überkam ihn eine tiefe Müdigkeit. David Rose war ein Dummkopf gewesen, ein Angeber und ein miserabler Ehemann. Trotzdem: Er hatte sich tapfer geschlagen und war für sein Land gestorben.

PERCIVAL GODLIMAN fühlte sich frischer, war voller Entschlußkraft und verspürte sogar – was bei ihm selten vorkam – eine Art von Inspiration. Als er wieder das Büro betrat, steckte er den Regenschirm in den Ständer und ging hinauf ins Kartenzimmer. Sein Onkel war dort.

„Na, wie bist du zurechtgekommen mit dem mächtigen Mann?" erkundigte sich Terry.

„Er hätte gern den Kopf der Nadel auf einem Silbertablett." Godliman ging zur Wandkarte von Großbritannien hinüber und tippte mit dem Finger auf Aberdeen. „Wenn du ein U-Boot losschicken würdest, das einen Spion an Bord nehmen soll – wie nah an der Küste würdest du das U-Boot dann auftauchen lassen?"

Terry schaute auf die Karte. „Höchstens drei Meilen davor. Vorziehen würde ich es, wenn es zehn Meilen wären."

„Richtig." Godliman zog mit dem Bleistift zwei Linien, eine drei, die andere zehn Meilen von der Küste entfernt. „Wenn du nun als unerfahrener Seemann von Aberdeen aus in See gestochen wärst – wann wärst du nervös geworden?"

Terry zuckte die Achseln. „Wahrscheinlich nach fünfzehn, zwanzig Meilen."

„Ganz deiner Meinung." Godliman zog einen Kreis von zwanzig Meilen um Aberdeen herum. „Wenn Faber noch lebt, dann ist er entweder wieder auf dem Festland, oder er hält sich irgendwo in diesem Kreis hier auf."

„Dort gibt es nirgends Land."

„Haben wir eine größere Karte?"

Terry holte eine Karte von Schottland, die einen größeren Maßstab hatte. „Sieh dir das an", sagte Godliman. Östlich der Zehn-Meilen-Grenze lag eine lange, schmale Insel.

Terry beugte sich über die Karte. „Sturminsel", las er ab. „Wie passend."

Godliman schnippte mit den Fingern. „Ja. Das wäre doch eine Möglichkeit."

„Kannst du jemanden da hinschicken?"

„Sobald das Wetter besser wird. Bloggs ist da oben." Er griff nach dem Telefon. „Bitte, verbinden Sie mich mit Mr. Bloggs in Aberdeen."

Während er auf das Gespräch wartete, kritzelte er auf dem Löschblatt herum. Er zeichnete den Umriß der Insel. Wenn Faber dort war, konnte er durchaus noch mit dem U-Boot Kontakt aufnehmen. Bloggs müßte vorher die Insel erreichen.

„Mr. Bloggs ist am Apparat", sagte die Telefonistin.

„Fred?"

„Hallo, Percy."

„Ich glaube, er ist auf einer Insel, die Sturminsel heißt."

„Nein, dort ist er nicht", sagte Bloggs. „Wir haben ihn gerade verhaftet."

Das Stilett war achtzehn Zentimeter lang, und die nadeldünne Spitze war außerordentlich scharf. Bloggs und Kriminalhauptkommissar Kincaid schauten es an. Beide hatten nicht die Absicht, es anzufassen.

„Wir haben ihn erwischt, als er den Bus nach Edinburgh nehmen wollte", sagte Kincaid. „Ein Polizist hat ihn nach seinen Papieren gefragt. Er ließ den Koffer fallen und lief weg."

„Was hat er in dem Koffer gehabt – außer dem Stilett? Waren Fotos, Filme, Negative darin?" erkundigte sich Bloggs.

Kincaid schüttelte den Kopf. „Nur die Werkzeuge eines Einbrechers. Viel Geld in kleinen Scheinen. Eine Pistole und Munition. Seine Papiere weisen ihn aus als Peter Fredericks aus Wembley in Middlesex. Er behauptet, er sei ein arbeitsloser Werkzeugmacher."

„Seit vier Jahren hat es in ganz Großbritannien keinen arbeitslosen Werkzeugmacher mehr gegeben. Den schau ich mir an."

Sie gingen den Gang entlang zu den Zellen. „Der hier", sagte Kincaid. Er machte die Tür auf, und Bloggs trat hinter ihm ein.

Mit ausgestreckten Beinen saß der Mann auf dem Stuhl und lehnte sich mit dem Rücken an die Wand. Er war groß, hatte ein schmales, attraktives Gesicht und dunkles Haar. Es war möglich, daß er der Mann auf dem Foto war, aber ganz sicher war sich Bloggs nicht.

„Wie heißen Sie wirklich?" fragte Kincaid.

„Peter Fredericks."

„Was tun Sie hier, so weit weg von zu Hause?"

„Ich suche Arbeit."

„Warum sind Sie nicht bei der Armee?"

„Hab ein schwaches Herz."

Kincaid schaute Bloggs an. Der nickte. „Ihre Geschichte stimmt vorn und hinten nicht", sagte Kincaid. „Werkzeugmacher haben es nicht nötig, Arbeit zu suchen. Wir haben bei weitem nicht so viele, wie wir davon brauchen. Sagen Sie uns jetzt lieber die Wahrheit."

„Das tu ich ja."

Bloggs nahm all sein Kleingeld aus der Jackentasche und bündelte es in seinem Taschentuch. Er blieb stehen und schaute zu, sagte nichts und schwenkte das kleine Bündel hin und her.

„Wo ist der Film?" fragte Kincaid, den Bloggs soweit eingeweiht hatte. Freilich wußte er nicht, wie wichtig der Film war.

„Ich weiß überhaupt nicht, worüber Sie reden", sagte der Mann.

Kincaid zuckte die Achseln und schaute Bloggs an.

Bloggs sagte: „Stehen Sie auf."

Der Mann erhob sich lässig.

„Sie heißen?"

„Peter Fredericks."

Bloggs schlug ihm mit dem Bündel Münzen ins Gesicht. Es traf den Mann genau am Nasenrücken. Er schrie auf und bedeckte das Gesicht mit den Händen.

„Stillgestanden", sagte Bloggs. „Wie heißen Sie?"

Der Mann stand stramm. „Peter Fredericks." Bloggs traf ihn noch einmal an derselben Stelle. Diesmal sank der Mann auf die Knie, und ihm tränten die Augen.

„Wo ist der Film? Was ist mit dem U-Boot?"

Bloggs zog den Mann auf die Beine und stieß ihm die Faust in den Magen. „Was haben Sie mit den Negativen gemacht?"

Der Mann schüttelte den Kopf.

Kincaid packte Bloggs am Arm. „Das reicht", sagte er. „Das hier ist mein Revier, und ich kann nicht ewig die Augen zudrücken."

Bloggs fuhr ihn an: „Wir haben es hier nicht mit einem Einbruch zu tun. Ich bin bei MI5 und mache auf Ihrem Revier, was ich will. Wenn der Häftling stirbt, übernehme ich die Verantwortung."

Er wandte sich wieder dem Mann zu, der am Boden lag und Bloggs ungläubig anstarrte. „Was soll das alles nur heißen?" fragte er mit schwacher Stimme.

Bloggs riß ihn hoch. „Sie sind Heinrich Rudolf Hans von Müller-Güder, geboren am 26. Mai 1900 in Oln, ebenfalls bekannt unter dem Namen Henry Faber, Oberstleutnant beim deutschen Geheimdienst. Sie werden wegen Spionage hängen – wenn Sie sich nicht lebendig nützlicher für uns erweisen als tot."

„Nein", sagte der Mann. „Nein, nein! Ich bin Einbrecher, kein Spion. Bitte!" Er wich Bloggs' erhobener Faust aus. „Ich kann es beweisen. Letzte Woche habe ich in Jubilee Crescent in drei Häusern eingebrochen. In dem einen habe ich fünfhundert Pfund mitgenommen, im nächsten Schmuck. Im dritten habe ich nichts mitnehmen können, weil der Hund da war. Aber die haben doch bestimmt Anzeige erstattet?"

Kincaid sah Bloggs an. „Das mit den Einbrüchen stimmt."

„Das kann er in der Zeitung gelesen haben."

„Über den dritten Einbruch ist nicht berichtet worden."

„Auch wenn er's war – ein Spion kann er trotzdem sein." Bloggs war elend zumute.

„Aber das war alles letzte Woche – und da war Ihr Mann doch in London?"

Bloggs stand einen Augenblick lang schweigend da. Dann ging er hinaus.

Peter Fredericks sah zu Kincaid auf. „Was ist denn das für ein Schleifer?"

Kincaid starrte ihn an. „Seien Sie bloß froh, daß Sie nicht der Mann sind, den er sucht."

„JA, UND?" sagte Godliman ins Telefon.

„Falscher Alarm." Bloggs' Stimme kam entstellt über die Fernleitung. „Ein kleiner Einbrecher, der ein Stilett bei sich hatte und Faber ähnlich sieht."

„Zurück aufs Feld eins", sagte Godliman.

„Sie haben eine Insel erwähnt."

„Ja. Die Sturminsel – zehn Meilen östlich von Aberdeen. Sie finden sie auf einer Karte mit großem Maßstab. Wenn er das Boot gestohlen hat, muß der Treffpunkt in der Nähe dieser Insel gewesen sein. Und wenn ich damit recht habe, dann ist er entweder ertrunken oder auf der Sturminsel gestrandet. Hören Sie gut zu. Bei Edinburgh gibt es einen RAF-Flugplatz. Wenn Sie dort ankommen, steht ein Schwimmflugzeug für Sie bereit. Sobald der Sturm nachläßt, fliegen Sie los. Die Küstenwache soll sich auch bereithalten. Ich bin nicht sicher, wer es schneller schafft."

„Wenn das U-Boot auch darauf wartet, daß der Sturm nachläßt, dann ist es zuerst dort", sagte Bloggs.

„Sie haben recht." Godliman suchte nach einer rettenden Idee. „Schicken wir doch eine Marinekorvette hin. Die soll um die Insel fahren und Fabers Funksignal auffangen. Sobald der Sturm abzieht, können sie mit einem Dingi landen."

„Und Jagdflieger. Die könnten das U-Boot sichten und es beschießen."

„Ja. Allerdings müssen die, genau wie Sie, auf besseres Wetter warten. Was sagen denn die schottischen Meteorologen?"

„Mindestens einen Tag lang geht's noch so weiter. Aber während wir untätig herumsitzen, steckt er auch in der Klemme."

„Ja. Wenn er tatsächlich dort ist."

III.

DER Jeep lag auf der Seite. Faber stieß kräftig dagegen, und das Fahrzeug ließ sich majestätisch auf alle vier Räder nieder. Er kletterte hinein und versuchte, den Motor anzulassen. Er stotterte und ging wieder aus. Faber versuchte es noch einmal. Jetzt lief der Motor.

Faber befühlte den rechten Knöchel. Er war stark angeschwollen. Die Beule am Hinterkopf war riesengroß, wie ein Golfball, und verklebt mit Blut.

Er hatte die zerrissene Ölhaut bei Tom hängen lassen, deshalb trieften die Jacke und der Overall jetzt vor Nässe. Er mußte schnell ins Warme und trocken werden.

Ein brennender Schmerz schoß durch seine Hand, als er nach dem Lenkrad griff. Er hatte den abgebrochenen Fingernagel ganz vergessen. Ihm blieb nichts weiter übrig, als mit einer Hand zu lenken. Langsam fuhr er an.

Um Lucy zu erklären, wo ihr Mann geblieben war, überlegte er sich eine Lüge. Natürlich konnte er ihr einfach die Wahrheit sagen – tun konnte sie ohnehin nichts. Aber wenn sie dann die Nerven verlor, mußte er sie töten – und das würde ihm schwerfallen. Den Widerwillen gegen das Töten empfand er zum ersten Mal. Wenn er jemanden umbringen mußte, lag dies für ihn auf derselben moralischen Ebene wie das Töten auf dem Schlachtfeld. So hatte er es sich zurechtgelegt. Jedesmal danach kam die physische Reaktion: Er mußte sich übergeben. Das war ihm unverständlich, und er dachte nicht weiter darüber nach. Warum also wollte er Lucy nicht töten?

Das Gefühl hatte denselben Ursprung, dachte er, wie damals seine sentimentale Schwäche gegenüber St. Paul's Cathedral: da hatte er der Luftwaffe immer falsche Koordinaten durchgegeben. Es war der zwanghafte Impuls, das Schöne zu beschützen. Lucy war bezaubernd und zart wie ein Kunstwerk. Faber konnte damit leben, daß er ein Mörder war. Aber nicht damit, daß er Schönheit zerstörte.

Er fuhr immer langsamer. Ihm war sehr heiß, trotzdem überliefen ihn Wellen von Schüttelfrost. Stunden schienen vergangen zu sein, bis er Lucys Haus vor sich sah. Er fuhr darauf zu und dachte: Ich darf nicht vergessen zu bremsen, sonst pralle ich gegen die Mauer. In der Tür stand eine Gestalt und sah ihm durch den Regen entgegen. Er durfte nicht die Kontrolle über sich verlieren, bis er ihr die Lügengeschichte erzählt hatte.

Vibrierend kam der Jeep vor dem Haus zum Stehen. Lucy hatte sich um die Männer Sorgen gemacht. Sie lief in den Regen hinaus und riß die Fahrertür auf. Nur Faber war im Wagen. Sein Gesicht war blutig und zerschlagen.

„Was ist denn passiert? Was ist passiert?"

„David ist noch bei Tom... Hab auf dem Rückweg einen Unfall gehabt."

„Komm ins Haus", sagte Lucy energisch. Er stellte den Fuß auf das Trittbrett und fiel zu Boden. Lucy half ihm auf und schleppte ihn ins Haus.

Jo sah mit großen Augen zu, als sie Faber aufs Sofa legte. Faber schloß die Augen. Seine Kleider trieften vor Nässe und starrten vor Dreck.

„Jo", sagte Lucy, „bitte, geh hinauf und zieh den Schlafanzug an."

„Aber du hast mir noch keine Geschichte erzählt. Ist er tot?"

„Nein, er ist nicht tot, er hat nur einen Unfall gehabt. Ab mit dir."

Lucy sah ihn drohend an. Jo ging.

Lucy holte die große Schere aus dem Nähkorb und schnitt Henrys

Kleider auf. Sie runzelte verblüfft die Stirn, als sie die Scheide mit dem Messer sah, die an seinem linken Unterarm festgeschnallt war. Wahrscheinlich benutzte er das, um Fische auszunehmen. Als sie es abschnallen wollte, stieß er ihre Hand weg. Sie wandte sich seinen Stiefeln zu. Den linken hatte sie schnell vom Fuß, aber als sie den rechten berührte, schrie Faber auf vor Schmerz. Mit einem Ruck zog sie ihm den Stiefel aus. Faber blieb still.

Jo kam herein. „Geh ins Bett, Liebling", sagte sie. „Ich schaue später nach dir und deck dich zu."

„Gib Teddy einen Gutenachtkuß."

„Gute Nacht, Teddy."

Jo ging hinaus.

Lucy schaute Henry an. Er hatte die Augen offen und lächelte. „Gib Henry einen Kuß", sagte er. Sie beugte sich zu ihm hinunter und küßte sein zerschundenes Gesicht. Dann holte sie aus der Küche heißes Wasser und ein Desinfektionsmittel.

„Das ist jetzt schon das zweite Mal, daß du halb tot vor meiner Tür auftauchst", sagte sie, als sie die Wunden auswusch.

„Signal wie üblich", sagte Henry unvermittelt.

„Wie bitte?"

„In Calais warten sie auf eine Phantomarmee..."

„Henry, worüber redest du denn?"

„Freitags und montags..."

Ihr wurde bewußt, daß er im Delirium redete. „Versuch, nicht zu sprechen." Vorsichtig hob sie seinen Kopf an, damit sie das verklebte Blut von der Beule abwischen konnte.

Plötzlich fuhr er hoch, sah sie mit wildem Blick an und fragte: „Welcher Tag ist heute? Welcher Tag?"

„Sonntag. Entspann dich..."

Danach war er ruhig. Er erlaubte ihr sogar, das Messer abzuschnallen. Sie wusch ihm das Gesicht, verband den Finger mit dem abgebrochenen Nagel und legte einen heißen Wickel um seinen Knöchel. Ehe sie die zerschnittenen Kleidungsstücke wegwarf, durchsuchte sie die Taschen. Es war nicht viel darin: Geld, Papiere, eine Brieftasche aus Leder und eine Filmkapsel. Sie legte alles neben das Fischmesser auf den Kaminsims. Er müßte Sachen von David anziehen. Sie ging hinauf und sah nach Jo. Der Junge schlief. Sie küßte ihn auf die weiche Wange. Dann holte sie sich etwas zu trinken und setzte sich neben Henry.

Kurz vor Mitternacht wachte er auf. Er öffnete die Augen, Angst blitzte auf, dann sah er sich mißtrauisch um. Spontan fragte sie ihn: „Wovor hast du eigentlich Angst, Henry? Wenn du aufwachst, siehst du immer so erschrocken aus."

Er zuckte die Achseln. „Das weiß ich selbst nicht."

„Willst du mir nicht erzählen, was passiert ist?"

„Ja, wenn du mir einen Brandy einschenkst. Wo sind denn meine Kleider?"

„Die hab ich aufschneiden müssen. Ich hab sie weggeworfen."

„Hoffentlich nicht mit meinen Papieren drin." Er lächelte, aber dicht unter der Oberfläche spürte sie etwas anderes.

„Liegt alles auf dem Kaminsims." Sie zeigte darauf. „Nimmst du mit dem Messer Fische aus?"

Seine rechte Hand ging zum linken Arm. Einen Augenblick lang kam er ihr nervös vor, dann entspannte er sich gewaltsam. „Ja, für so was ist es gedacht."

Kurz darauf sagte sie: „Willst du mir nicht erzählen, wie du meinen Mann verloren und mit dem Jeep einen Unfall gebaut hast?"

„David bleibt über Nacht bei Tom. Ein paar Schafe haben sich verletzt – in einer Schlucht. Sechs, sieben Tiere. Sie sind alle bei Tom in der Küche, mit Verbänden und so, und machen einen Höllenlärm. Jedenfalls hat David vorgeschlagen, daß ich zurückfahre und dir ausrichte, daß er nicht nach Hause kommt. Wie der Unfall passiert ist, weiß ich selbst nicht. Der Weg ist nicht befestigt. Ich bin gegen irgendwas gefahren, ins Schleudern gekommen – und dann ist der Jeep umgekippt."

„Bestimmt bist du viel zu schnell gefahren. Du hast zum Fürchten ausgesehen."

„Ich muß wohl durch den Jeep geflogen sein. Hab mir den Kopf angeschlagen." Er setzte die Beine auf den Boden und ging zum Kaminsims hinüber.

„Es ist unglaublich, wie schnell du dich erholen kannst."

„Wir Fischer sind ein gesunder Schlag."

Sie stand auf und stellte sich neben ihn. Er zog sie an sich und küßte sie leidenschaftlich. Dann machte er sich los. Er nahm seine Sachen vom Sims, griff nach ihrer Hand und stieg humpelnd mit ihr die Treppe hinauf.

Lucy wachte langsam, träge aus der warmen Leere des Tiefschlafs auf. Als erstes wurde ihr bewußt, daß sie sonderbarerweise das Bett mit Henry teilte. Dann hörte sie den Sturm draußen lärmen, unermüdlich wie gestern und vorgestern schon.

Sie spürte das Tageslicht auf den Lidern. Und ganz plötzlich war ihr klar, daß sie schamlos neben einem Mann lag, den sie erst seit achtundvierzig Stunden kannte und mit dem sie die Ehe gebrochen hatte. Schon zum zweiten Mal.

Sie machte die Augen auf und sah Jo. In seinem zerknitterten Schlafanzug stand er am Bett, hatte eine zerlumpte Flickenpuppe unter dem Arm, lutschte am Daumen und schaute sie mit großen Augen an. Lucy konnte seinen Ausdruck nicht deuten: Um diese Tageszeit starrte Jo alles mit großen Augen an, als wäre die Welt morgens immer wieder neu und wunderbar. Sie starrte schweigend zurück und wußte nicht, was sie sagen sollte.

Dann hörte sie Henrys dunkle Stimme: „Guten Morgen."

Jo nahm den Daumen aus dem Mund, sagte: „Guten Morgen", drehte sich um und ging aus dem Schlafzimmer.

„Verflucht, verflucht", sagte Lucy. „Er kann nämlich sprechen, wie du weißt. Früher oder später sagt er was zu David."

„Ich begreife nicht, was für eine Rolle das spielt. Du brauchst kein schlechtes Gewissen zu haben."

„Selbstverständlich spielt das eine Rolle." Lucy verstand plötzlich: Henry hatte nicht die leiseste Ahnung davon, daß eine Ehe auf Loyalität basiert.

Sie stand auf und zog sich an. Dann fiel ihr ein, daß Henry etwas zum Anziehen brauchte. Unten in einer Truhe fand sie ein Paar Hosen, die nicht am Knie abgeschnitten waren.

Henry war ins Bad gegangen, um sich zu rasieren. Sie rief durch die Tür: „Ich hab dir Sachen zum Anziehen aufs Bett gelegt" und ging die Treppe hinunter. Sie machte Feuer und setzte den Wasserkessel auf.

Dann wusch sie Jo das Gesicht, kämmte ihn und zog ihn eilig an. „Du bist ja heute morgen so still", sagte sie fröhlich.

Jo gab keine Antwort.

Henry kam herunter und setzte sich an den Tisch, als sei er das seit Jahren gewöhnt. Lucy war merkwürdig zumute, wie er in Davids Sachen vor ihr saß.

Plötzlich fragte Jo: „Ist mein Daddy tot?"

„Dummer Junge", sagte Lucy. „Er ist drüben bei Tom."

Jo wandte sich an Henry. „Du hast die Sachen von meinem Daddy an. Bist du jetzt mein Daddy?"

„Hast du denn gesehen, was für Sachen ich gestern abend anhatte?" fragte Henry.

Jo nickte.

„Na, schau mal, dann weißt du ja, warum ich mir die Sachen von deinem Daddy ausleihen mußte. Er bekommt sie zurück, wenn ich wieder eigene Kleider habe."

Lucy sagte: „Iß dein Ei, Jo."

Das Kind beschäftigte sich mit dem Frühstück. Lucy schaute aus dem Küchenfenster. „Heute kommt das Boot bestimmt nicht."

„Freust du dich darüber?" fragte Henry.

Sie sah ihn an. „Ich weiß nicht recht."

Jo ging nach oben zum Spielen. Henry räumte den Tisch ab. Während er Geschirr in die Spüle stellte, fragte er: „Hast du Angst davor, daß David dir weh tut? Ich meine, körperlich."

Sie schüttelte den Kopf.

„Warum interessiert dich dann, ob er es weiß?"

„Er ist mein Mann. Sein Verhalten gibt mir noch lange nicht das Recht, ihn zu demütigen."

„Ich glaube, es gibt dir das Recht, mit Gleichgültigkeit zu reagieren, wenn er sich von dir gedemütigt fühlt."

„Eine solche Frage kann man nicht verstandesmäßig beantworten."

Er hob resigniert die Arme. „Ich fahre jetzt wohl besser zu Tom hinüber. Vielleicht will dein Mann ja nach Hause. Wo sind meine Stiefel?"

„Im Wohnzimmer. Ich hole dir eine Jacke." Sie ging hinauf und nahm Davids alte Jacke, die er beim Holzhacken trug, aus dem

Schrank. Sie war aus schönem, graugrünem Tweed – elegant geschnitten –, solche Sachen gab es längst nicht mehr zu kaufen. Sie brachte die Jacke zu Henry hinunter. Er hatte den linken Stiefel schon an und mühte sich damit ab, den verletzten rechten Fuß in den anderen hineinzubekommen.

Lucy kniete nieder und half ihm. „Der Knöchel ist abgeschwollen", sagte sie.

Henry trat versuchsweise auf. „Er ist wieder in Ordnung", sagte er. Er zog sie an sich und küßte sie heftig. Sie legte die Arme um ihn und hielt ihn eine Weile fest.

„Fahr heut ein bißchen vorsichtiger", sagte sie.

Er nickte und lächelte. Dann küßte er sie noch einmal und ging. Während er den Jeep anließ und davonfuhr, stand sie am Fenster. Als er weg war, überkam sie Erleichterung – aber auch ein Gefühl der Leere.

Sie räumte auf und machte sauber, aber sie war unruhig. Die alten Argumente gingen ihr im Kopf herum, drehten sich in dem vertrauten Kreis. Draußen lag die Welt, eine Welt voll von Krieg und Heldentum. Sie wäre gern mittendrin gewesen, hätte gern Menschen kennengelernt, Großstädte gesehen und Musik gehört. Sie machte das Radio an, aber während sie die Nachrichten hörte, kam sie sich nur noch isolierter vor. Ein Bericht über den Krieg in Italien. Die Rationierung war nicht mehr ganz so streng. Der Londoner Mörder mit dem Stilett war immer noch auf freiem Fuß. Lucy stellte das Radio ab. Das war nicht ihre Welt.

Sie mußte hinaus, trotz des Wetters. Sie holte Jo herunter. Es war nicht ganz einfach, ihn von seinen Spielzeugsoldaten loszureißen. Sie zog ihm und sich selbst wasserdichtes Ölzeug über und ging mit ihm hinaus.

Der Wind traf Lucy wie ein Schlag und warf sie aus dem Gleichgewicht. Sie wankte. Jo jauchzte auf vor Vergnügen und patschte in einer Pfütze herum. Sie gingen zur Bucht und schauten hinunter auf die riesigen Brecher, die sich an die Klippen stürzten. Mutter und Sohn vertieften sich in das Schauspiel der unaufhörlich heranbrandenden Wellen. Das war ihnen schon oft so gegangen. Das Meer übte auf sie beide eine hypnotische Wirkung aus.

Diesmal aber brach der Zauber, als in einem Wellental etwas Farbiges aufblitzte. Es war so schnell wieder weg, daß Lucy sofort bezweifelte, ob sie tatsächlich etwas gesehen hatte. Sie hielt Ausschau danach, erspähte es aber nicht wieder.

Ihr Blick schweifte zurück zur Bucht und zu der kleinen Mole. Dort hatten sich ganze Lagen von Treibgut angehäuft. Wenn der Sturm vorbei war, am ersten schönen Tag, würde sie mit Jo den Strand absuchen.

Wieder blitzte etwas Farbiges im Wasser auf, diesmal viel näher. Es war leuchtend gelb – wie ihre Ölhäute. Durch den Regenvorhang spähte sie danach aus. Dann war es wieder weg. Jetzt spülte die Strömung es näher heran: Es *war* eine Ölhaut. Henry hatte seine gestern, als er zurückkam, nicht angehabt. Aber wie war sie ins Meer geraten? Die Welle brach sich über der Mole und warf den gelben Gegenstand auf die Bretter der Rampe. Das war nicht Henrys Ölhaut. Ein Körper steckte darin. Der Wind verschlang Lucys Entsetzensschrei.

Vielleicht war der Mann in der Ölhaut noch am Leben. ,,Bleib hier", schrie sie Jo ins Ohr, ,,rühr dich nicht von der Stelle." Sie lief zur Rampe.

Als sie halb unten war, sah sie, daß Jo ihr nachkam. Die Rampe war glitschig. Sie fing das Kind auf, verharrte einen Augenblick lang in qualvoller Unentschiedenheit, dann stieg sie weiter nach unten, Jo auf dem Arm.

Als Lucy näher herankam, sah sie, daß es tatsächlich ein Mann war. Er hatte so lange im Wasser gelegen, daß die Gesichtszüge schon entstellt waren. Das hieß, er war tot. Sie konnte nichts für ihn tun. Sie wollte schon umkehren, als irgendein Zug in dem aufgedunsenen Gesicht ihr vertraut vorkam. Fassungslos starrte sie das Gesicht an. Dann packte sie jäh lähmender, nackter Schrecken.

,,Nein", flüsterte sie. ,,David, nein!"

Jo regte sich in ihren Armen. Er wollte auch hinschauen. ,,Nein!" schrie sie. ,,Schau da nicht hin!" Sie stieß sein Gesicht an ihre Schulter. Er fing an zu weinen.

Sie ging in die Knie und berührte das entsetzliche Gesicht mit der Hand. David. So schrecklich es war, sie mußte es genau wissen. Sie hob die Ölhaut hoch und sah die Beinstümpfe. Es war unmöglich, den Tod als Faktum hinzunehmen. Wohl hatte sie sich gewünscht, daß er

tot wäre – aber da war sie durcheinander gewesen, voll von Schuldge-
fühlen und der Angst, er könne ihren Betrug entdecken. Trauer, Entsetzen, Erleichterung – Gedanken flatterten wie Vögel durch ihren
Kopf. Vögel, die sich nicht niederlassen wollten. Die nächste Welle war groß. Ihre Wucht warf Lucy um. Sie
schluckte einen Schwall Meerwasser. Es gelang ihr, Jo festzuhalten,
und als das Wasser sich zurückzog, kam sie auf die Beine und rannte
weg vom gierigen Zugriff des Ozeans. Sie ging die Rampe hinauf,
ohne sich noch einmal umzusehen. Als sie zum Haus kam, stand der
Jeep davor. Henry war wieder da.

Jo noch immer auf dem Arm, rannte sie stolpernd los. Es verlangte
sie verzweifelt danach, ihren Schmerz mit Henry zu teilen und sich von
ihm trösten zu lassen. Sie stürmte in die Küche und setzte Jo auf den
Boden.

Henry sagte in beiläufigem Ton: „David will bei Tom drüben bleiben."

Sie starrte ihn an. Sie konnte es nicht glauben. Ihr Kopf war leer.
Dann begriff sie, obwohl sie es noch immer nicht glauben konnte.
Henry hatte David umgebracht.

Zuerst war die Schlußfolgerung da, die Lucy traf wie ein Schlag in
den Magen. Dann erst kamen die Begründungen. Der Schiffbruch,
das merkwürdige Messer, an dem er so hing; der Unfall mit dem Jeep,
die Nachricht aus London über den Mörder mit dem Stilett. Plötzlich
paßte alles zusammen.

„Mach kein so überraschtes Gesicht", sagte Henry und lächelte.
„Sie haben da drüben viel zu tun."

Tom. Sie mußte zu Tom hinüber. Er würde wissen, was zu tun war
– und er hatte einen Hund und ein Gewehr.

In ihre Angst mischte sich Kummer Henrys wegen. Sie litt um den
Henry, an den sie geglaubt, den sie – fast – geliebt hatte. Ihr wurde klar,
daß sie sich diesen Henry nur vorgestellt hatte. Statt des warmherzi-
gen, starken, zärtlichen Mannes sah sie ein Ungeheuer vor sich, das ihr
lächelnd und in aller Ruhe Botschaften ihres Mannes ausrichtete, den
es umgebracht hatte.

Sie zwang sich dazu, das Schaudern zu unterdrücken. Sie nahm Jo
bei der Hand, ging aus der Küche, durch die Diele und zur Vordertür

hinaus. Sie stieg in den Jeep, setzte Jo neben sich und ließ den Motor an.

Aber Henry war schon da. Er setzte den Fuß aufs Trittbrett und hatte Davids Gewehr dabei. „Wo willst du hin?"

Wenn sie jetzt wegfuhr, könnte er schießen – welcher Instinkt hatte ihm eingegeben, diesmal das Gewehr mit ins Haus zu nehmen? –, und wenn sie selbst auch bereit war, das Risiko auf sich zu nehmen, durfte sie doch Jo nicht gefährden. „Ich bringe nur den Jeep in die Scheune", sagte sie.

„Und dazu brauchst du Jo?"

„Es macht ihm Spaß mitzufahren. Schluß mit dem Kreuzverhör!"

Er zuckte die Achseln und nahm den Fuß vom Trittbrett.

Sie war entsetzlich erschöpft, als sie den Rückwärtsgang einlegte und den Jeep in die Scheune fuhr. Sie stellte den Motor ab, stieg aus und ging mit Jo ins Haus zurück. Das Scheunentor hatte sie offengelassen. Sie hatte keine Ahnung, was sie zu Henry sagen und wie sie verbergen sollte, was sie wußte. Sie hatte keinen Plan.

PERCIVAL GODLIMAN und Oberst Terry saßen nebeneinander im Kartenzimmer, tranken Kaffee und rauchten Zigaretten.

„Mir fällt nichts ein, was wir jetzt noch tun könnten", sagte Godliman. „Die Korvette ist schon dort, die Jagdflieger kommen in ein paar Minuten an. Sobald das U-Boot auftaucht, wird es unter Beschuß genommen."

„Wenn sie es sehen."

„Die Korvette schickt einen Suchtrupp an Land. Kurz danach kommt Bloggs an, und die Küstenwache sorgt für die Nachhut."

„Aber es ist nicht sicher, daß einer von ihnen rechtzeitig ankommt."

„Ich weiß", sagte Godliman müde.

„Was ist mit den Bewohnern der Insel?" fragte Terry.

„Es gibt nur zwei Häuser. In einem wohnt ein Schafzüchter mit Frau und Kind, im anderen ein alter Hirte. Der Hirte hat ein Funkgerät, aber wir bekommen keine Verbindung mit ihm. Vermutlich hat er den Apparat auf Senden eingestellt."

„Ein Schafzüchter? Das ist ein Lichtblick", sagte Terry. „Wenn er Grips hat, bringt er vielleicht den Spion zur Strecke."

Godliman schüttelte den Kopf. „Der arme Teufel sitzt im Rollstuhl."

„Wir haben nicht besonders viel Glück, was?"

„Nein. Die Nadel hat die Hand am Drücker."

LUCY wurde allmählich ruhig. Immer seltener lähmte sie der Gedanke, daß sie mit einem Mörder unter einem Dach war, und zu ihrer Überraschung wurde ihr Kopf immer klarer, und sie war mehr und mehr auf der Hut. Während sie die Hausarbeit machte, im Wohnzimmer ausfegte, wo Henry saß und einen Roman las, fragte sie sich, ob er den Wandel ihrer Gefühle bemerkt haben mochte. So leicht entging ihm nichts, und bei der Konfrontation am Jeep hatte er äußerst mißtrauisch gewirkt. Er mußte ihre Erschütterung gespürt haben. Andererseits war sie auch schon durcheinander gewesen, als er heute morgen weggefahren war.

Sie hängte Wäsche über ein Gestell in der Küche. „Tut mir leid", sagte sie, „aber ich kann nicht ewig darauf warten, daß der Regen aufhört."

Er betrachtete die Wäsche desinteressiert. „Das macht doch nichts", sagte er und vertiefte sich wieder in den Roman. Zwischen den nassen Sachen hatte Lucy saubere, trockene Kleider und Wäsche für sich versteckt.

Zu Mittag machte sie einen Gemüseeintopf. Sie rief Jo und Henry zum Essen. Davids Gewehr lehnte in einer Küchenecke. „Ich hab nicht gern ein geladenes Gewehr im Haus", sagte sie.

„Nach dem Essen bringe ich es nach draußen. Der Eintopf schmeckt gut."

Lucy nahm das Gewehr und legte es auf den Küchenschrank. „Es muß irgendwohin, wo Jo nicht drankommt."

„Wenn ich groß bin, schieße ich auf die Deutschen", sagte Jo.

„Heute nachmittag gehst du ins Bett", sagte Lucy zu ihm. Sie holte eine von Davids Schlaftabletten. Wenn zwei eine starke Dosis waren für einen Mann von hundertfünfzig Pfund, dann mußte das Viertel einer Tablette ausreichen, damit ein Kind von fünfundvierzig Pfund am Nachmittag einschlief. Sie zerstieß eine Vierteltablette, verrührte sie in einem Glas Milch und gab Jo das Glas. Faber sah zu, kommentarlos.

Nach dem Essen packte sie Jo mit einem Bücherstapel aufs Sofa. Natürlich konnte er noch nicht lesen, aber er hatte die Geschichten schon so oft gehört, daß er sie auswendig konnte. Er blätterte die Seiten um, schaute die Bilder an und sagte den Text aus dem Gedächtnis auf.

„Möchtest du eine Tasse Bohnenkaffee?" fragte sie Henry. „Ich habe einen kleinen Hamstervorrat."

„O ja, bitte!"

Er sah ihr beim Kaffeekochen zu. Aus dem Wohnzimmer hörte sie Jos Stimme:

> „Ich hab gefragt: ‚Ist jemand zu Hause?' rief Pu sehr laut.
> ‚Nein!' sagte eine Stimme."

Jo lachte vernügt, wie immer an dieser Stelle. O Gott, dachte Lucy, laß nicht zu, daß Jo etwas passiert. Bitte.

Sie goß den Kaffee in die Tassen. Eine Weile tranken sie schweigend. Jos Stimme klang schläfrig, dann war er still. Lucy ging hinüber und deckte ihn zu. „Er schläft."

„Und...?" Er streckte die Hand nach ihr aus. Sie zwang sich, danach zu greifen.

Er stand auf, und sie ging ihm voraus die Treppe hinauf und ins Schlafzimmer. Jetzt kam der Teil, bei dem sie nicht sicher wußte, ob sie damit fertigwürde. Sie verspürte nur Angst, Widerwillen und Schuldgefühle.

Sie lag in seiner Armbeuge und dachte darüber nach, wie es möglich war, daß ein Mann tun konnte, was er getan hatte, und dennoch fähig war, eine Frau so zu lieben, wie er sie eben geliebt hatte. Aber sie sagte nur: „Möchtest du Tee?"

„Nein, danke."

„Aber ich." Sie löste sich aus seiner Umarmung und stand auf. Als er sich bewegte, sagte sie: „Nein, bleib liegen. Ich hole mir den Tee ans Bett."

Sobald sie aus dem Zimmer war, fiel das Lächeln von ihr ab wie eine Maske. Das Herz schlug ihr bis zum Hals, als sie schnell die Treppe hinunterlief. In der Küche klirrte sie mit Porzellan, dann zog sie die Sachen an, die sie zwischen die nasse Wäsche gehängt hatte. Oben knarrte das Bett. Wie angewurzelt blieb sie stehen und dachte: Bleib oben! Aber er hatte sich nur auf die andere Seite gedreht. Sie war soweit. Sie ging ins Wohnzimmer. Jo schlief fest und knirschte im Schlaf mit den Zähnen. Lieber Gott, mach, daß er nicht aufwacht. Sie nahm Jo auf den Arm und packte ihn fest in die Decke. Mit ihrer ganzen Willenskraft versuchte sie, ihn zu zwingen, ruhig zu bleiben. Sie ging in die Küche zurück und nahm das Gewehr vom Küchenschrank herunter. Es rutschte ihr aus der Hand und zerschlug im Fallen zwei Tassen. Der Lärm war ohrenbetäubend.

„Was ist denn passiert?" rief Faber herunter.

„Ich habe eine Tasse fallen lassen", rief sie hinauf. Sie konnte nicht verhindern, daß ihre Stimme zitterte.

Das Bett knarrte wieder, und sie hörte Henrys Schritt. Zum Umkehren war es jetzt zu spät. Sie hob das Gewehr auf, öffnete die Hintertür und rannte zur Scheune hinüber, Jo fest an sich gepreßt. Unterwegs überfiel sie Panik – hatte sie auch die Schlüssel im Wagen steckenlassen? Bestimmt – das tat sie immer. Sie rutschte im Schlamm aus und fiel auf die Knie. Sie brach in Tränen aus. Sekundenlang war sie versucht, hierzubleiben und sich von ihm umbringen zu lassen. Dann dachte sie an das Kind in ihren Armen, stand auf und rannte weiter.

Sie legte Jo auf den Beifahrersitz, stürzte um den Wagen herum zur Fahrerseite, stieg ein und warf das Gewehr auf den Boden. Sie zog den Anlasser. Der Motor röchelte und ging aus. „Bitte, bitte!" Sie zog wieder. Der Motor dröhnte. Er lief.

Faber kam aus der Hintertür gerannt. Lucy legte den Vorwärtsgang ein. Mit einem Satz schoß der Jeep aus der Scheune. Lucy gab Gas. Im Schlamm drehten die Räder durch, dann griffen sie wieder. Quälend langsam beschleunigte der Jeep. Barfuß setzte Faber ihr nach.

Er holte auf. Mit aller Kraft drückte sie auf den Gashebel, brach ihn um ein Haar ab. Am liebsten hätte sie vor Enttäuschung geschrien. Er war höchstens noch einen Meter weit weg, fast auf gleicher Höhe. Er lief wie ein Leichtathlet, ruderte gleichmäßig mit den Armen. Der Motor heulte auf, und mit einem Ruck schaltete die Automatik in den nächsten Gang. Sofort beschleunigte der Jeep.

Lucy schaute zur Seite. Faber schien begriffen zu haben, daß sie ihm davonfuhr, und warf sich nach vorn. Mit einer Hand bekam er den Türgriff zu packen, mit der anderen faßte er nach. Der Jeep zog ihn mit, und Faber lief ein paar Schritte lang nebenher. Seine Füße berührten kaum noch den Boden. Lucy starrte in sein Gesicht, das dem ihren so nahe war. Es war rot vor Anstrengung. Die Sehnen am Hals traten hervor.

Plötzlich wußte sie, was sie tun mußte. Sie nahm die Hand vom Lenkrad, langte durch das offene Fenster und stach ihm mit dem langen Zeigefingernagel ins Auge.

Er ließ los und fiel zurück, die Hände vor dem Gesicht. Lucy merkte, daß sie weinte wie ein kleines Kind. Schnell vergrößerte sich die Entfernung zwischen Faber und dem Jeep.

Nach drei Kilometern sah sie den Rollstuhl. Er stand ganz oben auf dem Klippenrand, dem endlosen Regen ausgesetzt. Lucy dachte daran, wie sie ihn zum ersten Mal gesehen hatte: im Krankenhaus, an Davids Bett, funkelnagelneu. David hatte sich hineingehievt und war auf der Station herumgerast: Angabe. Am anderen Ende der Station hatte er angehalten. Lucy war zu ihm hingegangen. David hatte geweint. Sie hatte seine Hände festgehalten und nichts gesagt. Damals war es ihr zum letzten Mal gelungen, ihn zu trösten.

Fünf Kilometer weiter – sie war jetzt auf halbem Weg zwischen den beiden Häusern – ging ihr das Benzin aus. Als der Jeep stotternd hielt, versuchte sie, die aufsteigende Panik niederzukämpfen und klar zu denken.

Irgendwo hatte sie gelesen, daß der Mensch zu Fuß sechs Kilometer in der Stunde schaffte. Henry war ein guter Läufer, aber er hatte sich den Knöchel verstaucht, und der Sprint hinter dem Jeep her hatte ihm bestimmt nicht gutgetan. Nach ihrer Schätzung hatte sie mehr als eine Stunde Vorsprung. Sie zweifelte keinen Augenblick daran, daß er sie verfolgte. Er wußte schließlich so gut wie sie, daß Tom ein Funkgerät hatte.

Dann kam ihr eine Eingebung, deren Verschlagenheit sie selbst überraschte. Hinten im Jeep stand ein Reservekanister mit mehr als zwei Litern Benzin. Sie holte den Kanister heraus, sah nach, ob sie den Motor auch abgeschaltet hatte, und machte die Kühlerhaube auf. Sie verstand nichts von Motoren, aber sie wußte, wo der Verteiler war, und konnte die Leitungen zum Motor hin ausmachen. Sie verstaute den Kanister sorgfältig neben dem Motorblock. Dann schraubte sie den Verschluß ab. Im Werkzeugkasten lag ein Zündkerzenschlüssel. Sie schraubte eine Zündkerze heraus. Dann steckte sie die Kerze in den Benzinkanister, befestigte sie oben mit Klebeband und verband sie wieder mit dem Zündkabel. Dann machte sie die Kühlerhaube zu.

Wenn Henry hierherkam, würde er bestimmt versuchen, den Jeep in Gang zu bringen. Der Anlasser würde durchdrehen, die Zündkerze Funken schlagen, und das Benzin im Reservekanister würde explodieren.

Eine Stunde später bereute sie den klugen Einfall. Während sie durch den Schlamm stapfte und das schlafende Kind als schwere Last auf der Schulter spürte, kam ihr die Sprengladung, die sie gelegt hatte, zweifelhaft und riskant vor. Vielleicht ging das Benzin nur in Flammen auf, statt zu explodieren. Schlimmer noch: Vielleicht schaute Henry unter der Kühlerhaube nach, entschärfte die Bombe und goß das Benzin in den Tank.

Jetzt hätte sie eigentlich Toms Haus vor sich sehen müssen. Sie warf Jo über die andere Schulter, nahm das Gewehr in die andere Hand und zwang sich dazu, weiter einen Fuß vor den anderen zu setzen. Als sie das Landhaus schließlich sah, durch den Regen hindurch, hätte sie am liebsten geweint vor Erleichterung. Obwohl das letzte Stück hügelaufwärts ging – das war der einzige Hügel auf der Insel –, schaffte sie es im Handumdrehen.

„Tom!" rief sie, als sie sich dem Haus näherte. Sie trat an die Vordertür. „Tom, schnell!" Bob, der Hund, strich um ihre Knöchel und bellte wütend. Tom konnte nicht weit weg sein. Lucy ging hinein, die Treppe hinauf, und legte Jo in Toms Bett.

Das Funkgerät war im Schlafzimmer aufgestellt. Es war eine komplizierte Konstruktion mit vielen Schaltern und Knöpfen. Man konnte damit morsen. Lucy berührte die Morsetaste. Das Gerät piepte. Sie erinnerte sich an einen Thriller, den sie als Schulmädchen gelesen hatte, und ihr fiel wieder ein, wie man SOS morsen mußte. Sie faßte wieder nach der Morsetaste. Dreimal kurz, dreimal lang, dreimal kurz.

Wo war Tom?

Sie hörte ein Geräusch und rannte zum Fenster. Der Jeep kam den Hügel herauf. Henry hatte die Sprengladung entschärft. Wo war Tom? Sie lief auf den Treppenabsatz hinaus, dann hielt sie inne. Bob stand in der Tür zum zweiten Schlafzimmer.

„Komm her zu mir, Bob", sagte sie. Der Hund rührte sich nicht vom Fleck. Sie ging zu ihm hin und bückte sich, um ihn aufzunehmen. Da sah sie Tom. Er lag auf dem Rücken und starrte blicklos zur Decke hinauf. Seine Jacke stand offen, und auf dem Hemd war ein kleiner Blutfleck. Sie fühlte ihm den Puls. Er war tot. Nachdenken. Denken.

Gestern war Henry angeschlagen zurückgekommen – als hätte er gekämpft. Das mußte passiert sein, als er David umgebracht hatte. Heute war er hierhergefahren, „um David abzuholen". Das hatte er jedenfalls behauptet. Aber natürlich hatte er gewußt, daß David nicht hier war. Warum also war er hierhergefahren? Ganz offensichtlich, um Tom zu töten.

Jetzt war sie ganz allein. Sie schleppte sich zurück in das Schlafzimmer, das nach vorn hinaus ging.

Als sie aus dem Fenster schaute, hielt der Jeep gerade vor dem Haus. Und Henry stieg aus.

IV.

Lucys Notruf wurde von der Korvette aufgefangen, die auf Godlimans Befehl um die Insel fuhr. „Sir", sagte der dienstälteste Matrose. „Eben habe ich einen SOS-Ruf von der Insel aufgefangen."

Der Kapitän runzelte die Stirn. „Uns sind die Hände gebunden, bis wir mit einem Dingi landen können", sagte er. „Was haben sie noch gefunkt?"

„Nichts, Sir. Der Notruf ist nicht einmal wiederholt worden."

„Geben Sie das zum Festland durch. Und sperren Sie weiter die Ohren auf."

Auch ein Horchposten von MI8, stationiert auf einem Berg im schottischen Hochland, fing den Notruf auf. Der Funker da oben hörte die Funksprüche der deutschen Marine in Norwegen ab. Trotzdem meldete er kurze Zeit später den Notruf seinem Vorgesetzten. „Das kam nur über Kanal eins", sagte er. „Vermutlich ein Fischerboot, das mit dem Wetter nicht zurechtkommt."

„Überlassen Sie das mir", sagte der Offizier. „Ich rufe gleich mal bei der Marine an. Und ich sollte wohl in Whitehall Bescheid sagen."

Beim Luftangriffswarndienst war fast Panik ausgebrochen. Natürlich war SOS nicht das Signal, auf das sie warteten, wenn sich ein Flugzeug sehen ließ, aber sie wußten, daß Tom alt war. Was würde er funken, wenn er den Kopf verlor? Alle Posten wurden umgehend in Alarmbereitschaft versetzt, und die Flakgeschütze fuhren entlang der schottischen Küste in Stellung. Natürlich kamen keine deutschen Bomber, und das Kriegsministerium erkundigte sich, warum denn Alarm geschlagen worden sei – in der Luft sei doch nichts weiter gewesen als ein paar zerzauste Wildgänse. So erfuhr das Kriegsministerium von dem Notruf.

Auch das deutsche U-Boot fing ihn auf. Es war immer noch dreißig Seemeilen von der Sturminsel entfernt, aber der Funker drehte am Gerät herum, in der Hoffnung, der britische Soldatensender spiele Glenn-Miller-Platten. Er gab die Nachricht an den Kapitän weiter und fügte hinzu: „Das SOS kam nicht über die Frequenz unseres Mannes."

Major Wohl, mit aufreizendem Gleichmut wie immer, sagte: „Dann hat es nichts zu bedeuten."

„Etwas hat es sehr wohl zu bedeuten", sagte Heer. „Es könnte nämlich bedeuten, daß an der Oberfläche ganz schön was los ist, wenn wir auftauchen."

„Das macht uns doch nicht viel aus."

„Nein", stimmte Heer zu.

„Dann ist es bedeutungslos."

„Es ist wahrscheinlich bedeutungslos."

Auf dem ganzen Weg bis zur Insel stritten sie sich darüber.

Innerhalb von fünf Minuten riefen die Marine, der Luftangriffswarndienst und MI8 bei Godliman an, um ihm von dem SOS-Ruf zu berichten. Und Godliman rief Bloggs auf dem Militärflugplatz bei Edinburgh an. Er war auf dem Feldbett in der Baracke eingeschlafen, in der er und der Pilot des Schwimmflugzeugs auf besseres Wetter warteten. Das schrille Telefonklingeln schreckte ihn auf. Er sprang aus dem Bett, denn er dachte, die Flugzeuge seien startbereit. Dann nahm er den Hörer ab. „Ja?"

„Hallo, Fred, hier ist Percy. Irgend jemand auf der Insel hat gerade SOS gefunkt."

Bloggs schüttelte heftig den Kopf, damit er wieder klar denken konnte. „Wer?"

„Das wissen wir nicht. Der Notruf kam nur einmal, wurde nicht wiederholt, und das Gerät dort scheint nicht auf Empfang gestellt zu sein."

„Trotzdem, jetzt gibt es kaum mehr Zweifel. Er ist bestimmt auf der Insel."

„Ja. Ist bei euch alles bereit?"

„Alles – bis auf das Wetter."

FABER knallte die Jeeptür zu und kam auf das Haus zu. Er hatte wieder die alte Jacke von David an. Seine Hosen waren voller Schlamm, und er hinkte.

Lucy wich vom Fenster zurück und rannte die Treppe hinunter. Das Gewehr war in der Diele, wo sie es fallen gelassen hatte. Sie nahm es auf. Plötzlich kam es ihr sehr schwer vor. Sie hatte noch nie geschossen. Und sie hatte keine Ahnung, wie sie feststellen sollte, ob das Gewehr geladen war.

Sie holte tief Luft und machte die Vordertür auf. „Halt!" rief sie. Ihre Stimme klang schrill und hysterisch. Faber lächelte freundlich und ging weiter.

Lucy richtete das Gewehr auf ihn, den Finger am Hahn. „Ich bringe dich um!" schrie sie.

„Mach keinen Quatsch, Lucy", sagte er gelassen. „Du könntest mir ja doch nichts tun. Haben wir uns denn nicht geliebt, jedenfalls ein bißchen?"

Das stimmte. Sie hatte etwas für ihn empfunden, und wenn es auch nicht Liebe gewesen war, so doch etwas, das der Liebe sehr nahekam.

Dann begriff sie seine Absicht – „Lucy, wir beide können es schaffen, wir können trotzdem zusammenbleiben –" Sie drückte ab.

Der Knall gellte ihr in den Ohren, und das Gewehr schnellte nach oben. Beim Rückstoß traf sie der Kolben an der Hüfte. Der Schuß ging weit über Fabers Kopf hinweg. Trotzdem duckte er sich und lief im Zickzack zum Jeep zurück. Lucy war versucht, noch einmal zu schießen, aber sie hielt sich gerade noch rechtzeitig zurück. Wenn er wußte, daß beide Läufe leer waren, hinderte ihn nichts mehr daran zurückzukommen. Er sprang in den Jeep und raste den Hügel hinunter.

Plötzlich war Lucy zufrieden, beinahe fröhlich. Sie hatte die erste Runde gewonnen – sie hatte ihn in die Flucht geschlagen. Freilich: er kam bestimmt wieder.

Trotzdem war sie im Vorteil. Sie war im Haus, hatte das Gewehr. Und sie hatte jetzt Zeit, sich vorzubereiten. Beim nächsten Mal würde er bestimmt versuchen, sie zu überraschen. Sich vorbereiten! Als erstes mußte sie das Gewehr wieder laden.

Sie ging in die Küche. Tom hob alles dort auf, und er hatte ein Gewehr vom selben Typ wie David. Sie fand das Gewehr und einen Kasten mit Munition. Sie legte beide Gewehre und den Kasten auf den Küchentisch.

Alle Maschinen waren einfach zu bedienen, davon war sie überzeugt. Es lag an der Voreingenommenheit, nicht an Dummheit, wenn Frauen sich bei technischen Dingen ungeschickt anstellten. Sie hielt den Lauf von sich weg und fummelte an Davids Gewehr herum, bis der Verschluß aufging. Dann wurde ihr klar, wie sie den Verschluß aufbekommen hatte. Sie probierte es ein paarmal aus. Es ging überraschend leicht.

Sie lud beide Gewehre. Damit sie sicher war, daß sie alles richtig gemacht hatte, richtete sie Toms Gewehr auf die Wand und drückte ab. Ein Gipsregen prasselte herab, Bob bellte wie wahnsinnig, und der Gewehrkolben stieß wieder gegen ihre Hüfte. Sie mußte daran denken, langsamer abzudrücken, damit das Gewehr nicht hochschnellte und sie ihr Ziel verfehlte.

Was jetzt? An keiner der Türen war ein Schloß. Lucy durchwühlte Toms Werkzeugkasten und fand eine Axt mit einer scharfen Schneide. Sie stellte sich auf die Treppe und hackte das Geländer ab. Dabei taten ihr die Arme weh, aber schließlich hatte sie vier kurze Stücke aus massiver, alter Eiche. Sie holte einen Hammer und Nägel und nagelte die Stücke quer über die Vorder- und die Hintertür fest, zwei an jeder Tür. Dann ging sie durchs Haus und nagelte alle Fenster zu.

Als sie fertig war, wurde es dunkel. Sie machte kein Licht. Natürlich konnte er auch jetzt noch ins Haus, aber nicht lautlos. Jetzt mußte er einbrechen, und das würde sie hören. Dann würde sie auf ihn warten, beide Gewehre schußbereit.

Sie ging hinauf, um nach Jo zu sehen, und nahm die Gewehre mit. Jo schlief immer noch fest auf Toms Bett, eingewickelt in die Decke. „Bitte, bleib so liegen, mein Kleiner", flüsterte sie. Die Woge von Zärtlichkeit, die sie plötzlich überkam, machte sie noch wütender auf Henry.

Ruhelos streifte sie durch das Haus. Der Hund folgte ihr überallhin. Ein Gewehr trug sie bei sich, das andere lag oben auf der Treppe, aber sie hatte sich die Axt an den Hosengürtel gebunden.

Das Funkgerät fiel ihr wieder ein. Mehrmals tastete sie SOS. Das Morsealphabet kannte sie nicht – sie konnte also sonst nichts durchgeben. Wenn sie nur irgend jemandem sagen könnte, was hier geschah.

Vielleicht hatte Tom das Morsealphabet auch nicht gekannt, es gar nicht gebraucht? Seine Aufgabe bestand nur darin, das Festland zu informieren, wenn feindliche Flugzeuge auftauchten – und es gab keinen Grund dafür, eine solche Botschaft nicht – wie hatte David sich ausgedrückt? – *im Klartext* zu senden.

Sie schaute sich das Gerät gründlicher an. Auf einer Seite des Gehäuses war ein Mikrofon – das hatte sie bis jetzt übersehen. Wenn sie mit den Leuten auf dem Festland Verbindung aufnehmen konnte, dann konnten sie auch mit ihr sprechen. Plötzlich erschien ihr, den Klang einer menschlichen Stimme zu hören – einer ganz normal klingenden Stimme –, als das Wünschenswerteste auf der Welt. Sie griff nach dem Mikrofon und probierte die Knöpfe am Funkgerät aus.

Bob jaulte leise. Im Dunkeln streckte sie die Hand nach dem Hund aus. „Was ist denn, Bob?" Er jaulte wieder. Sie hatte furchtbare Angst – die Zuversicht, die sie gewonnen hatte, war auf einmal weg. „Nach unten", flüsterte sie. „Leise."

Sie nahm ihn am Halsband und ließ sich von ihm die Treppe hinunterführen. In der Diele zögerte er kurz, dann jaulte er lauter und zerrte sie zur Küche hin. Sie nahm ihn auf den Arm und hielt ihm die Schnauze zu, damit er still war. Dann schlich sie über die Schwelle. Sie schaute zum Fenster. Nichts als tiefe Dunkelheit.

Sie lauschte. Das Fenster knarrte. Er versuchte hereinzukommen. Bob knurrte drohend, aber es war, als verstünde er, warum sie ihm die Schnauze noch fester zudrückte. Die Nacht wurde stiller – noch fast unmerklich ließ der Sturm nach. Henry schien es aufgegeben zu haben, durchs Küchenfenster zu kommen. Sie ging ins Wohnzimmer. Wieder hörte sie, wie das alte Holz knarrte, als es dem Druck standhielt. Jetzt schien Henry Ernst zu machen: Sie hörte drei dumpfe Schläge – wahrscheinlich mit dem Handrücken gegen den Fensterrahmen. Lucy setzte den Hund ab und hob das Gewehr. Wenn er das Fenster aufbekäme, würde sie schießen. Ein kräftigerer Schlag. Bob konnte sich nicht länger beherrschen und bellte laut los. Dann kam die Stimme – die Stimme, die er im Bett gehabt hatte: tief, weich, zärtlich. Sie biß sich auf die Lippen.

„Lucy. Hab keine Angst. Ich tu dir nichts. Sag doch was."

Sie mußte dagegen ankämpfen, nicht auf der Stelle beide Läufe leer zu schießen, nur um diese schreckliche Stimme zum Schweigen zu bringen und ihre Erinnerungen auszulöschen.

„Lucy, Liebling..." Es kam ihr vor, als höre sie ein ersticktes Schluchzen. „Lucy, er hat mich angegriffen – ich mußte ihn töten. Ich habe es für mein Land getan –"

Was um alles in der Welt sollte *das* heißen? War es möglich, daß er geisteskrank war und sich zwei Tage lang, in denen sie sich so nah waren, nichts hatte davon anmerken lassen? Er war ihr normaler vorgekommen, als es die meisten Menschen sind. Schluß jetzt. Sie wurde weich – und das, genau das, bezweckte er.

Ihr kam ein Gedanke.

„Lucy, sag doch was..."

Die Stimme wurde leiser, als sie auf Zehenspitzen in die Küche ging. Bob würde sie warnen, wenn Henry handelte, statt zu reden. Sie kramte im Werkzeugkasten, fand eine Zange und ging zum Küchenfenster. Mit den Fingerspitzen ertastete sie die drei Nägel, die sie eingeschlagen hatte. So leise wie möglich zog sie die Nägel heraus und machte das Fenster auf. Sie schlich ins Wohnzimmer zurück.

„... mach mir keinen Ärger, dann lasse ich dich in Ruhe..."

Sie hob den Hund auf und trug ihn in die Küche. Sie strich ihm über das Fell und murmelte: „Das würde ich nicht machen, wenn ich's nicht müßte, mein Junge." Dann warf sie ihn aus dem Fenster, machte es schnell wieder zu, las einen Nagel auf und schlug ihn an einer anderen Stelle wieder ein.

Sie packte das Gewehr und rannte ins Vorderzimmer.

Sie hörte Bob rennen, dann bellen, so erschreckend, wie Lucy noch nie einen Hirtenhund bellen gehört hatte. Dann kamen Geräusche eines Kampfes. Keuchen, Knurren, ein Fluch in einer fremden Sprache, dann wieder das schreckliche Bellen.

Dann war es plötzlich still. Lucy wartete. Sie drückte sich dicht an die Wand neben dem Fenster und lauschte angestrengt. Ihr schossen blutige Bilder von dem, was Bob mit Henry gemacht haben mochte, durch den Kopf. Sie wünschte sich verzweifelt, daß sie den Hund an der Tür schnüffeln hörte.

Sie sah zum Fenster. Jetzt konnte sie das Fensterkreuz schon erkennen. Der Morgen graute – Henry konnte sie nicht mehr in der Dunkelheit überraschen. Nur ein paar Zentimeter von ihrem Gesicht entfernt splitterte das Glas. Sie hob das Gewehr und wartete darauf, daß Henry durch das Fenster hereinkam. Nichts geschah. Erst ein paar Augenblicke später fragte sie sich, womit das Fenster wohl eingeschlagen worden war.

Sie blickte forschend auf den Boden. Zwischen den Glasscherben lag etwas Dunkles, Großes. Als sie erkannte, was es war, schloß sie die Augen, dann schaute sie weg. Es war der Hund. Sie empfand überhaupt nichts. Ihr Gemüt war betäubt von den Schrecken des Todes, die sie erlebt hatte: erst David, dann Tom. Und dazu diese Belagerungsnacht, die endlose, wahnsinnige Anspannung.

Wieder kam etwas durchs Fenster. Es war Henrys Hand. Wie hypnotisiert starrte sie darauf: eine Hand mit langen Fingern, ohne Ring, den Zeigefinger verbunden, eine Hand, die sie zärtlich gestreichelt hatte, eine Hand, die ein Messer ins Herz eines alten Schafhirten gestoßen hatte.

Die Hand brach ein Stück Glas nach dem anderen weg und vergrößerte das Loch in der Scheibe. Dann langte sie herein und machte sich auf dem Fenstersims zu schaffen, auf der Suche nach dem Riegel.

Lucy gab sich Mühe, keinen Laut von sich zu geben. Sie schob das Gewehr in die linke Hand und zog mit der rechten die Axt aus dem

Gürtel. Sie holte weit aus und ließ die Axt mit aller Kraft auf Henrys Hand niedersausen.

Als hätte er es gewittert, zog Henry die Hand weg – einen Sekundenbruchteil bevor die Axt zuschlug. Die Axt krachte in den Fenstersims aus Holz und blieb dort stecken. Einen Augenblick lang glaubte Lucy, sie habe danebengetroffen; dann hörte sie einen Schmerzensschrei und sah auf dem lackierten Sims neben der Axt zwei Finger liegen. Sie sahen wie Raupen aus. Schritte entfernten sich. Ihr wurde schlecht.

Danach überfiel sie Erschöpfung, sie ließ sich vom Selbstmitleid hinreißen. Jetzt hatte sie wirklich genug gelitten. Die Welt war voll von Polizisten und Soldaten, die mit solchen Situationen fertigwerden mußten – niemand konnte von einer ganz normalen Hausfrau und Mutter erwarten, daß sie einen Mörder bis in alle Ewigkeit hinhielt. Wenn sie jetzt aufgab – wer könnte ihr das übelnehmen? Jetzt waren sie dran – die Menschen da draußen. Sie konnte nichts mehr tun...

Sie zwang sich, die absonderlichen Gegenstände auf dem Fenstersims nicht mehr anzusehen. Müde ging sie die Treppe hinauf. Sie nahm beide Gewehre mit ins Schlafzimmer.

Jo schlief noch immer, Gott sei Dank, und hatte überhaupt nichts mitbekommen. Aber bald würde er aufwachen und nach dem Frühstück verlangen.

Sie hatte Sehnsucht nach dem vertrauten Alltag: aufstehen, Jo anziehen, einfache, ungefährliche Dinge im Haushalt tun. Jetzt erschien es ihr als etwas Unglaubliches, daß sie so unbefriedigt gewesen war von Davids Lieblosigkeit, von den langen, langweiligen Abenden, von der kargen, immer gleichen Landschaft.

Sie setzte sich vor das Funkgerät und betrachtete die Tasten und Knöpfe. Das hier wollte sie noch zu Ende bringen, dann würde sie ausruhen. Sie zwang sich dazu, noch eine Weile logisch zu denken. Sie entdeckte einen Knopf, der an zwei Stellen einrastete, drehte daran und drückte auf die Morsetaste. Nichts. Vielleicht folgte daraus, daß das Mikrofon eingeschaltet war. Sie zog es zu sich heran und sprach hinein. „Hallo, hallo, ist da jemand?"

Da war ein Schalter, auf dem oben SENDEN und unten EMPFANG stand. Er war auf SENDEN eingestellt. Wenn sie eine Antwort aus der

Welt hören wollte, dann mußte sie den Schalter auf EMPFANG einstellen.

„Hallo, hallo?" sagte sie und stellte den Schalter auf EMPFANG um.
Nichts.

Dann: „Sturminsel, bitte kommen, wir empfangen Sie laut und
deutlich."

Es war eine Männerstimme. Sie klang jung und kräftig, lebendig
und *normal*. „Sturminsel, bitte kommen. Wir versuchen schon die
ganze Nacht, mit Ihnen Kontakt aufzunehmen. Wo zum Teufel sind
Sie gewesen?"

Lucy drehte den Schalter auf SENDEN, versuchte etwas zu sagen und
brach in Tränen aus.

PERCIVAL GODLIMAN hatte Kopfschmerzen: zu viele Zigaretten und
zu wenig Schlaf. Er hatte sich Whisky mit ins Büro genommen, damit
er leichter über die lange Nacht hinwegkam, aber das war ein Fehler
gewesen. Alles bedrückte ihn: das Wetter, seine Arbeit, der Krieg.

Oberst Terry kam herein und trug ein Tablett mit zwei Tassen Tee.
„Zwieback?" Er reichte Godliman den Teller hin. Godliman wollte
keinen Zwieback. Er begnügte sich mit Tee. Das gab ihm Auftrieb,
jedenfalls für kurze Zeit.

„Gerade hat mich der mächtige Mann angerufen", sagte Terry. „Er
teilt sich mit uns in die Nachtwache."

„Ich kann mir überhaupt nicht denken, warum", sagte Godliman
verdrossen.

Das Telefon klingelte.

„Godliman."

„Hier ist der Luftangriffswarndienst in Aberdeen, Sir", sagte die
Stimme. „Wir haben endlich mit der Sturminsel Kontakt bekommen.
Aber nicht mit unserem Mitglied dort, sondern mit einer Frau –"

„Was hat sie gesagt?"

„Bis jetzt noch gar nichts, Sir. Sie... na ja, sie heult bloß."

Godliman zögerte. „Können Sie mich mit ihr verbinden?"

„Ja. Bleiben Sie dran." Eine Pause entstand, es klickte ein paarmal,
dann brummte es. Danach hörte Godliman eine Frau weinen.

„Hallo, hören Sie mich?" fragte er. Sie weinte weiter.

Der junge Mann schaltete sich wieder ein. „Sie kann Sie nicht hören, Sir, wenn sie nicht auf EMPFANG schaltet – ah, das hat sie gerade gemacht."

„Hallo, junge Frau", sagte Godliman. „Wenn ich ausgesprochen habe, sage ich ‚Ende', und dann schalten Sie um auf Senden und antworten, und sobald Sie fertig sind, sagen Sie ‚Ende'. Haben Sie verstanden? Ende."

Die Stimme der Frau meldete sich. „Ja, ich habe verstanden. Ende."

„Erzählen Sie mir jetzt", sagte Godliman freundlich, „was bei Ihnen passiert ist. Ende."

„Ein Mann ist hier gestrandet, vor zwei – nein, drei Tagen. Ich glaube, daß er der Stilettmörder aus London ist. Er hat meinen Mann umgebracht und unseren Schafhirten, und jetzt ist er draußen vor dem Haus – und ich habe meinen kleinen Sohn dabei... Ich habe die Fenster vernagelt und mit einem Gewehr auf ihn geschossen, ich habe den Hund auf ihn gejagt und ihn mit der Axt getroffen, als er durch das Fenster herein wollte, und *mehr kann ich nicht tun – also bitte, um Himmels willen, kommen Sie*. Ende."

Godlimans Gesicht wurde weiß, aber seine Stimme klang aufmunternd. „Sie müssen noch eine Weile durchhalten. Seeleute und Küstenwache sind auf dem Weg zu Ihnen, aber sie können erst landen, wenn der Sturm nachläßt. Sie müssen unbedingt etwas tun, aber ich kann Ihnen nicht sagen, warum, weil vielleicht mitgehört wird. Aber ich kann Ihnen sagen, daß es *ungeheuer wichtig* ist. Hören Sie mich? Ende."

„Ja, fahren Sie fort. Ende."

„Machen Sie das Funkgerät kaputt... Ende."

„Oh, nein, bitte..."

„Doch", sagte Godliman.

„Ich... ich kann nicht..." Ein Aufschrei.

„Hallo, Aberdeen", sagte Godliman. „Was ist denn los?"

Der junge Mann meldete sich. „Das Gerät sendet noch, aber sie sagt nichts mehr, Sir. Wir hören nichts."

„Sie hat geschrien."

„Ja, das haben wir auch gehört."

Godliman zögerte. „Wie ist denn das Wetter bei euch dort oben?"

„Bißchen besser, Sir, seit ein paar Minuten."

„Gut. Verständigen Sie mich sofort, wenn die Frau sich wieder meldet."

„Gott allein weiß, was diese Frau dort durchmacht", sagte Godliman zu Terry. Er drückte auf die Telefongabel.

„Wenn sie nur das Funkgerät kaputtmacht", sagte der Oberst.

„Dann ist es uns gleichgültig, ob er sie umbringt?"

„Das hast du gesagt."

Godliman sprach in den Hörer. „Verbinden Sie mich mit Bloggs."

BLOGGS schreckte aus dem Schlaf hoch. Er lauschte. Draußen dämmerte der Morgen. Die Piloten im RAF-Bereitschaftsraum lauschten auch. Das Trommeln des Regens auf das Blechdach hatte aufgehört.

Draußen auf dem Flugplatz brüllte eine Stimme: „Alarm! Alarm!"

Das Telefon klingelte. Bloggs nahm den Hörer ab. „Ja?"

„Hier ist Percy, Fred. Eben haben wir Kontakt zu der Insel bekommen. Er hat die beiden Männer umgebracht. Die Frau kann ihn jetzt noch in Schach halten, aber lange steht sie das nicht mehr durch."

„Es regnet nicht mehr. Wir fliegen jetzt los", sagte Bloggs.

MIT einem Krachen wie bei einem Pistolenschuß schlug das Rettungsboot der Korvette auf dem Wasser auf.

„Erster, übernehmen Sie", sagte der Kapitän.

Der Obermaat stand an der Reling der Korvette. Drei Matrosen waren bei ihm. In einer wasserdichten Halfter trug er eine Pistole. „Los", sagte er. Die vier Männer kletterten eilig die Leiter zum Boot hinunter. Der Obermaat setzte sich ins Heck, und die drei anderen holten die Ruder heraus.

KORVETTENKAPITÄN WERNER HEER sah auf die Uhr. „Noch dreißig Minuten."

Major Wohl nickte. „Wie ist das Wetter?"

„Der Sturm ist vorbei", sagte Heer widerstrebend. Das hätte er gern für sich behalten.

„Dann sollten wir auftauchen."

„Wenn Ihr Mann dort wäre, hätte er uns ein Signal geschickt."

„Mit Vermutungen gewinnt man keine Kriege, Kapitän", sagte Wohl. „Ich empfehle dringend, daß wir auftauchen."

Während das U-Boot im Dock lag, hatte es eine stürmische Auseinandersetzung zwischen den Vorgesetzten von Heer und von Wohl gegeben. Wohls Chef hatte gewonnen. Heer hatte noch das Kommando über das U-Boot, aber er hatte hören müssen, und zwar in einer recht deutlichen Ausdrucksweise, daß er schon einen verflucht guten Grund brauchte, wenn er sich Major Wohls dringenden Empfehlungen diesmal auch widersetzte.

„Wir tauchen Punkt sechs auf", sagte Heer steif.

SPLITTERNDES Glas, dann eine Explosion wie die einer Brandbombe... Wumm...

Lucy schrie auf und ließ das Mikrofon fallen. Unten geschah etwas. Sie griff nach einem Gewehr und lief hinunter.

Das Wohnzimmer stand in Flammen. Das Feuer breitete sich von einem kaputten Kanister auf dem Fußboden aus. Henry hatte den Benzinrest aus dem Jeep zum Explodieren gebracht. Die Flammen züngelten über den Teppich und leckten nach den Möbeln.

Lucy zog den Mantel aus und warf ihn auf den Teppich. Sie trat darauf herum. Wieder hörte sie Glas splittern, diesmal oben.

„Jo!" schrie Lucy. Sie ließ den Mantel liegen und rannte die Treppe hinauf.

Faber saß auf dem Bett und hatte Jo auf dem Schoß. Das Kind war wach, lutschte am Daumen und machte, wie morgens immer, große Augen. Faber strich ihm das wirre Haar zurück.

„Wirf das Gewehr aufs Bett, Lucy."

Sie ließ die Schultern hängen. Sie tat, was er verlangte. „Du bist die Mauer heraufgeklettert und durch das Fenster hereingekommen", sagte sie dumpf.

Faber setzte Jo von seinem Schoß herunter. Der Junge lief auf sie zu. Sie nahm ihn hoch. Faber griff nach den beiden Gewehren und ging zum Funkgerät. Er hielt die rechte Hand unter der linken Achsel. „Du hast mich verletzt", sagte er. Dann war er mit dem Funkgerät beschäftigt.

Plötzlich meldete sich eine Stimme. „Sturminsel, bitte kommen."
Faber griff nach dem Mikrofon. „Hallo?"
Pause, dann eine andere Stimme. Lucy erkannte sie – das war der
Mann, der ihr gesagt hatte, sie solle das Funkgerät kaputtmachen. Die
Stimme sagte: „Hallo, hier ist wieder Godliman. Hören Sie mich?
Ende."
„Ja, ich höre Sie, Professor", sagte Faber. „Haben Sie in letzter Zeit
ein paar schöne Kathedralen besichtigt?"
„Wie bitte?... Sind Sie –"
„Ja." Faber lächelte. „Geht's Ihnen gut?" Dann war das Lächeln
plötzlich fort. Faber drehte am Frequenzwähler.
Lucy ging hinaus. Es war vorbei. Sie trug Jo die Treppe hinunter
und betrat die Küche. Jetzt konnte sie nur noch darauf warten, daß er
sie umbrachte. Sie konnte nicht weglaufen – dazu hatte sie keine Ener-
gie mehr, und ganz offensichtlich wußte er das. Sie schaute zum Fenster hinaus.
Der Sturm hatte nachgelassen. Aus dem wilden Toben war eine
steife Brise geworden. Es regnete nicht mehr. Der Himmel im Osten
war hell. Das Meer –
Sie schaute noch einmal hinaus. Tatsächlich, es war ein U-Boot.
„Machen Sie das Funkgerät kaputt", hatte der Mann gesagt. Gestern
nacht hatte Henry in einer fremden Sprache geflucht... *„Ich habe es für
mein Land getan",* hatte er gesagt. Und im Delirium hatte er davon ge-
redet, daß *sie in Calais* auf eine Phantomarmee warteten.
Wozu nahm ein Mann, der zum Fischen fuhr, eine Filmkapsel mit?
Daß er nicht geisteskrank war, hatte sie von Anfang an gewußt. Das
U-Boot kam aus Deutschland, Henry war ein deutscher Agent. Und
eben jetzt versuchte er, mit dem U-Boot Funkkontakt aufzunehmen.
Machen Sie das Funkgerät kaputt.
Sie hatte nicht das Recht, aufzugeben, und sie konnte es auch nicht,
jetzt, da sie Bescheid wußte. Ihr war klar, was sie tun mußte. Gern
hätte sie Jo irgendwo anders untergebracht, wo er das nicht mitanse-
hen konnte, aber dazu hatte sie keine Zeit. Henry bekam sicher jeden
Augenblick Verbindung. Sie mußte das Funkgerät kaputtmachen,
aber das Funkgerät war oben – Henry auch.
Ihr fiel nur eine Möglichkeit ein. Sie stellte einen Stuhl mitten in die

Küche, stieg darauf und drehte die Glühbirne heraus. Dann stieg sie vom Stuhl, ging zur Tür und machte den Lichtschalter an.

„Machst du eine neue Birne rein?" fragte Jo.

Lucy kletterte auf den Stuhl. Einen Augenblick lang zögerte sie. Dann steckte sie drei Finger in die Fassung. Ein Knall, Schmerz – dann Bewußtlosigkeit.

FABER hörte den Knall. Er hatte die richtige Frequenz eingestellt und wollte gerade sprechen – da hörte er das Geräusch. Sofort ging das Licht auf der Skala des Funkgerätes aus. Sein Gesicht wurde rot vor Zorn. Sie hatte die elektrische Leitung kurzgeschlossen. Soviel Einfallsreichtum hatte er ihr gar nicht zugetraut.

Er hätte sie längst töten müssen. Was war nur los mit ihm? Er hatte nie gezögert, bevor er diese Frau kennengelernt hatte. Er griff nach einem Gewehr und ging hinunter.

Das Kind weinte. Lucy lag auf der Schwelle zur Küche. Bewußtlos. Faber sah die leere Fassung und den Stuhl darunter. Vor Verblüffung runzelte er die Stirn. Sie hatte es mit der bloßen Hand gemacht.

Lucy schlug die Augen auf. Es tat ihr überall weh. Henry stand vor ihr, das Gewehr in der Hand. „Warum hast du die Hand genommen?" fragte er. „Warum nicht einen Schraubenzieher?"

„Ich hab nicht gewußt, daß es mit einem Schraubenzieher geht."

Er schüttelte den Kopf. „Du bist wirklich eine erstaunliche Frau." Er legte das Gewehr auf sie an, dann ließ er es sinken. „Hol dich der Teufel." Sein Blick ging zum Fenster. Er erschrak. „Du hast es gesehen."

Sie nickte.

Er raste zur Tür. Als er merkte, daß sie fest vernagelt war, stieß er mit dem Gewehrkolben das Fenster auf und schwang sich hinaus.

Lucy stand auf. Jo umklammerte ihre Beine. Sie fühlte sich nicht so stark, daß sie ihn hätte in die Arme nehmen können. Taumelnd ging sie zum Fenster.

Faber rannte auf die Klippen zu. Das U-Boot war noch da, höchstens achthundert Meter vom Strand entfernt. Er kam an den Rand der Klippen und schwang sich hinüber. Er wollte zu dem U-Boot hinüberschwimmen.

Sie mußte ihn aufhalten.

Sie kletterte durch das Fenster, verdrängte Jos Schreie und lief hinter Faber her. Als sie zu den Klippen kam, legte sie sich auf den Boden und schaute hinunter.

Er war schon halb unten, sah zu ihr herauf, erstarrte einen Augenblick lang und stieg dann schneller hinunter. Ihr erster Gedanke war, ihm zu folgen. Aber selbst, wenn sie ihn einholte, würde es ihr nicht gelingen, ihn aufzuhalten. Der Boden unter ihr schwankte leicht. Sie kroch ein Stück zurück, weil sie Angst hatte, die Erde könne nachgeben. Und das brachte sie auf einen Gedanken.

Mit beiden Fäusten trommelte sie auf den felsigen Boden. Ein Spalt bildete sich. Mit einer Hand langte sie hinunter und fuhr in die Spalte. Sie löste einen Stein von der Größe einer Wassermelone. Dann lehnte sie sich über den Abgrund und hielt Ausschau nach Faber.

Sorgfältig zielte sie und ließ den Stein fallen.

Das schien unendlich lange zu dauern. Faber sah den Stein kommen und barg das Gesicht in seinem Arm. Für sie sah es aus, als müsse sie ihn verfehlen, aber der Stein ging nur ein paar Zentimeter an Fabers Kopf vorbei und traf ihn an der linken Schulter. Er hielt sich mit der linken Hand fest. Der Griff schien sich zu lockern, und er balancierte einen Augenblick lang, auf der Suche nach einem neuen Halt. Dann beugte er sich vor und ruderte wild mit den Armen, bis seine Füße von dem schmalen Sims abrutschten und er wie ein Stein auf die Felsen am Strand hinunterfiel.

Er gab keinen Laut von sich, aber als sie hörte, wie sein Körper auf die Felsen aufschlug, wurde ihr schlecht. Auf dem Rücken blieb er liegen, die Arme ausgebreitet. Sein Kopf war merkwürdig verdreht.

ALLES passierte gleichzeitig. Drei Flugzeuge der RAF kamen aus den Wolken, stürzten tief auf das U-Boot herab und beschossen es. Vier Matrosen näherten sich dem Haus im Laufschritt, während einer rief: „Links-rechts-links-rechts-links-rechts."

Ein viertes Flugzeug landete auf dem Meer, ein Dingi wurde losgemacht, und ein Mann in einer Schwimmweste ruderte auf die Klippen zu. Ein kleines Schiff bog in die Bucht ein und fuhr schnell auf das

U-Boot zu. Das U-Boot tauchte unter. Ein Kutter schwamm heran. Lucy erkannte, daß er zur Küstenwache gehörte. Ein Matrose kam aus dem Haus. „Alles in Ordnung? Hier im Haus ist ein kleines Mädchen, das nach seiner Mami schreit –" „Das ist ein Junge", sagte Lucy. „Ich muß ihm die Haare schneiden."

Bloggs lenkte das Dingi zum Fuß der Klippen und kletterte auf den flachen Felsen hinaus. Der Schädel der Nadel war zerschmettert wie ein Weinglas. Als er genauer hinschaute, sah Bloggs, daß der Mann schon vor dem Sturz ein paar Schläge abbekommen hatte: Seine rechte Hand war verstümmelt, und mit dem Knöchel stimmte auch etwas nicht.

Bloggs durchsuchte den Toten. Das Stilett war da, wo er es erwartet hatte: festgeschnallt am linken Unterarm. In der Brusttasche der Jacke fand er Papiere, Geld und eine kleine Filmkapsel mit dreißig Negativen. Er hielt sie gegen das Licht: Das waren die Negative der Abzüge, die in dem Umschlag gesteckt hatten, den Faber an die portugiesische Botschaft geschickt hatte.

Die Matrosen auf den Klippen ließen ein Seil herunter. Bloggs steckte ein, was Faber bei sich getragen hatte, und band das Seil um den Leichnam. Sie zogen ihn hoch, dann ließen sie das Seil wieder herunter, für Bloggs. Als er oben ankam, stellte sich ihm der Obermaat vor. Zusammen gingen sie zu dem Haus auf dem Hügel hinauf.

Sie betraten das Haus durch das zerbrochene Fenster. Die Frau saß am Tisch und hatte das Kind auf dem Schoß. Bloggs lächelte. Es fiel ihm nichts ein, das er hätte sagen können. Das Haus sah wie ein Schlachtfeld aus. Vernagelte Fenster, verrammelte Türen, die Überreste des Feuers, der Hund mit durchschnittener Kehle, der geborstene Kanister, die Axt im Fenstersims neben zwei abgehackten Fingern. Was ist das für eine Frau? dachte er.

Er beauftragte die Matrosen damit, die Türen und Fenster wieder aufzumachen und eine neue Sicherung einzuschrauben. Dann setzte er sich der Frau gegenüber und schaute sie an. Sie hatte Kleider an, die ihr nicht recht paßten; ihr Haar war naß, ihr Gesicht schmutzig. Trotz alledem war sie erstaunlich schön. „Was Sie getan haben, ist ungeheuer wichtig", sagte er. „Wir werden es Ihnen bald erklären, aber jetzt muß ich Ihnen zwei Fragen stellen."

Sie sah ihm in die Augen und nickte.

„Ist es Faber gelungen, über das Funkgerät mit dem U-Boot Kontakt aufzunehmen?"

„Er hieß Henry Baker", sagte sie.

„Oh. Hat er Kontakt bekommen?"

„Nein. Ich habe die elektrische Leitung kurzgeschlossen."

„Wie klug", sagte Bloggs. „Wie haben Sie das gemacht?"

Sie zeigte auf die leere Fassung über ihnen.

„Schraubenzieher, was?"

„Nein, so klug war ich nun auch wieder nicht. Ich hab's mit den Fingern gemacht."

Er sah sie erschrocken und ungläubig an. Dann schüttelte er sich, wollte den Gedanken verdrängen. „Gut. Glauben Sie, daß irgend jemand auf dem U-Boot gesehen hat, wie er die Klippen hinunterkletterte?"

Es war ihr anzusehen, wie sehr die Konzentration sie anstrengte. „Rausgekommen ist niemand, das weiß ich genau", sagte sie. „Könnten die ihn durch das Periskop gesehen haben?"

„Nein", sagte er. „Das sind sehr erfreuliche Neuigkeiten. Das bedeutet, sie wissen nicht, daß er... ausgeschaltet worden ist. Jedenfalls..." Er wechselte hastig das Thema. „Wir bringen Sie und das Kind in ein Krankenhaus auf dem Festland." Bloggs wandte sich dem Obermaat zu. „Bringen Sie die beiden hinunter zum Boot?"

„Selbstverständlich."

Bloggs wandte sich wieder Lucy zu. Eine ungeheure Welle der Zuneigung überkam ihn, vermischt mit Bewunderung. Jetzt sah sie zart und hilflos aus, aber er wußte, daß sie genauso stark und tapfer wie schön war. Er nahm ihre Hand. „Ich möchte Sie gern noch einmal sprechen, aber erst, wenn es Ihnen bessergeht. In Ordnung?"

Endlich lächelte sie. „Sie sind sehr nett", sagte sie. Sie stand auf und trug ihr Kind aus dem Haus.

„Nett?" sagte Bloggs zu sich selbst. „Himmel, was für eine Frau."

Er ging nach oben zu dem Funkgerät und stellte die Frequenz des Luftangriffswarndienstes ein. „Stellen Sie mich nach London durch."

Eine lange Pause, dann vernahm er die vertraute Stimme. „Godliman.“

„Tag, Percy. Wir haben den... Schmuggler erwischt. Er ist tot.“

„Großartig. Hat er mit seinem Partner Kontakt aufgenommen?“

„Wir sind so gut wie sicher, daß er das nicht geschafft hat.“

„Gut gemacht!“

„Gratulieren Sie nicht mir“, sagte Bloggs. „Das war die Frau.“

„Hol mich der Teufel. Was ist das für eine Frau?“

Bloggs grinste. „Sie ist eine Heldin, Percy.“

Und Godliman am anderen Ende der Leitung lächelte auch und begriff.

HITLER stand am Fenster und schaute auf die Berge hinaus. Er hatte die feldgraue Uniform an und wirkte müde und deprimiert. Während der Nacht hatte er seinen Arzt gerufen.

Sein Adjutant salutierte und sagte guten Morgen. Hitler drehte sich um und sah ihn forschend an. „Ist die Nadel abgeholt worden?“

„Nein. Am Treffpunkt gab es Schwierigkeiten – die englische Polizei hat dort Schmuggler verfolgt. Aber es sieht so aus, als ob die Nadel überhaupt nicht da war. Eben hat er einen Funkspruch geschickt.“

Hitler nahm die Nachricht und las:

TREFFPUNKT UNSICHER IHR IDIOTEN BIN VERWUNDET UND KANN NUR MIT DER LINKEN HAND SENDEN ERSTE US-ARMEE UNTER PATTON IN OSTANGLIEN VERSAMMELT AUFSTELLUNG WIE FOLGT EINUNDZWANZIG INFANTERIEDIVISIONEN FÜNF PANZERDIVISIONEN SCHÄTZUNGSWEISE FÜNFTAUSEND FLUGZEUGE UND EBENSOVIEL KRIEGSSCHIFFE IM DOCK ERSTE US-ARMEE GREIFT AM FÜNFZEHNTEN JUNI IN CALAIS AN GRUSS AN WILLI

Hitler seufzte. „Also doch Calais.“

„Können wir ihm trauen?“ fragte der Adjutant.

„Ich habe gesagt, daß ich seinem Bericht trauen werde, und ich halte mich daran. Sagen Sie Rommel, daß er seine Panzer nicht bekommt. Und schicken Sie den verfluchten Arzt zu mir.“

EPILOG

ALS Deutschland bei der Fußball-Weltmeisterschaft 1970 England besiegte, war Großvater außer sich vor Wut. Er saß vor dem Farbfernseher und murmelte in seinen Bart: „Mit List! Mit List und Tücke! Nur so kann man die verfluchten Deutschen schlagen."

Er ließ sich nicht besänftigen, bis seine Enkel ankamen. Jos weißer Jaguar hielt vor dem bescheidenen Haus mit fünf Zimmern. Jo, Ann, seine Frau, und die Kinder kamen herein. „Hast du das Spiel gesehen, Großvater?" fragte Jo. „Die Deutschen verstehen was vom Fußball."

„Erzähl mir nichts von den Deutschen. Mit List und Tücke, so muß man sie schlagen." Er wandte sich an seinen Enkel, der auf seinem Schoß saß. „So haben wir sie im Krieg besiegt, David – wir haben sie ausgetrickst."

„Wie ausgetrickst?" erkundigte sich David.

„Weißt du" – seine Stimme klang leise und verschwörerisch –, „wir haben so getan, als ob wir in Calais angreifen."

„Das ist doch in Frankreich, nicht in Deutschland", sagte David.

„Jedenfalls", fuhr Großvater fort, „haben sie geglaubt, daß wir in Calais angreifen. Deshalb haben sie alle Panzer und Soldaten dorthin geschickt. Aber wir haben in der Normandie angegriffen, und außer dem alten Rommel und ein paar Schießgewehren war dort niemand."

„Haben sie denn den Trick nicht rausgekriegt?" fragte David.

„Doch, beinah. Ein Spion hat ihn tatsächlich rausgekriegt, aber den haben wir umgebracht, bevor er was sagen konnte."

„Hast du ihn umgebracht, Großvater?"

„Nein, ich nicht. Das war Großmutter. Sie hat einen Orden bekommen. Sie sagt mir nicht, wo sie ihn aufhebt, weil sie nicht will, daß ich ihn den Gästen zeige."

Großmutter schenkte Tee ein. „Fred Bloggs, du bist ein Kinderschreck. Das ist doch alles längst vorbei. Am besten ist es, das alles zu vergessen." Sie reichte ihrem Mann eine Tasse.

Er faßte sie am Arm und hielt sie fest. ,,Vorbei ist das noch lange nicht", sagte er, und seine Stimme wurde weich. Einen Augenblick sah sie zu ihm hin. Ihr Haar wurde grau, und sie steckte es jetzt zum Knoten zusammen. Aber ihre Augen waren unverändert: groß, bernsteinfarben und schön. Jetzt schauten sie ihn an. Beide waren still und dachten zurück.

Dann sprang David vom Schoß seines Großvaters herunter, warf dabei die Teetasse auf den Boden, und der Bann war gebrochen.

Ken Follett

Hätten Sie gedacht, daß ein so packender Thriller wie *Die Nadel* von einem jungen Mann geschrieben wurde, der vor nicht allzu langer Zeit noch an der Londoner Universität studiert und sein Examen ausgerechnet im Fach Philosophie abgelegt hat? Auf den ersten Blick scheint es unglaublich. Wenn man aber dann die Biographie des erst Dreißigjährigen etwas genauer verfolgt, erkennt man, daß Ken Follett ganz und gar nicht in einem Wolkenkuckucksheim lebt. Als Zeitungsreporter mußte der Autor sich schon früh mit den banalen und meist nur wenig „geist"-reichen Seiten des Lebens auseinandersetzen. Später wurde Follett Redakteur in einem Taschenbuchverlag, wo er Gelegenheit hatte, den Buchmarkt sehr genau kennenzulernen.

So verwundert es auch nicht mehr, daß Ken Follett schon vor der *Nadel* – wenn auch unter verschiedenen Pseudonymen – eine ganze Reihe Thriller und Science-Fiction-Romane, aber auch Kinderbücher, Kurzgeschichten und Sachbücher veröffentlicht hat.

Mit der *Nadel,* dem ersten Buch, über das Ken Follett seinen richtigen Namen setzen ließ, gelang ihm dann der eigentliche Durchbruch. Monatelang stand der Spionageroman auf den amerikanischen, englischen und deutschen Bestsellerlisten ganz weit oben und wurde mit dem „Edgar" ausgezeichnet, einem in Anlehnung an den „Oscar" von amerikanischen Kriminalschriftstellern gestifteten Preis.

Ken Follett ist Waliser, er wurde 1949 in Cardiff geboren. Zunächst lebte er mit seiner Frau und seinen beiden Kindern in London, später in der Nähe von Camberley in der Grafschaft Surrey. Mittlerweile haben die Folletts den Sprung über den Ärmelkanal gewagt und wohnen heute in Südfrankreich, im malerischen Städtchen Grasse oberhalb der Côte d'Azur. Hier ist auch Ken Folletts neuester Roman, *Triple,* entstanden, der allerdings in Deutschland noch nicht erschienen ist.

Ein Nordlicht

EINE KURZFASSUNG DES BUCHES VON

Jacques Folch-Ribas

INS DEUTSCHE ÜBERTRAGEN VON
ANNEMARIE WEBER

ILLUSTRATIONEN VON NITA ENGLE

· *Am Südufer des Sankt-Lorenz-Golfes erstreckt sich eine Region, wo sich die Erde der großen Weite des Binnenmeeres öffnet; ein unendlicher Raum, völlig vom Licht des Nordhimmels durchtränkt. Es ist das entlegenste Ende einer kaum von Menschen bewohnten, wohl aber von Kormoranen, Seehunden, Mardern, Nerzen und Bibern bevölkerten Welt.*

Dort lebt Pierre, ein junger Wilder, Sohn eines Weißen und einer Indianerin, in der Einsamkeit aufgewachsen, abseits der Zivilisation, die sich dennoch ganz in seiner Nähe ausbreitet. Wie alt ist er? Zwanzig vielleicht, aber was spielt das für eine Rolle? Die Zeit seines Lebens als Fallensteller bemißt sich nach zwei Ereignissen: dem Verschwinden seiner Eltern und seiner Begegnung mit Marie, einem ernsten, klugen und traurigen Kind, das auf einen Sommer aus der Stadt gekommen ist.

Pierre kann nicht lesen; Marie weiß nicht einmal die Namen der Tiere und Pflanzen, die diese jungfräuliche Erde bevölkern. Sie tauschen ihre Schätze aus: die tausend Sprachen der Natur, den unerschöpflichen Schatz der Bücher - und vor allem die zärtliche Zuneigung, nach der beide hungern.

Kapitel I

Es WAR einmal ein Mann, der hieß Pierre und wurde der Rote genannt. Die wenigen Menschen, die ihn zu Gesicht bekommen hatten, behaupteten, er sei Halbindianer. Seine roten Haare über sehr heller Haut, sein wildes Einsiedlerleben in einer elenden Blockhütte am Waldrand mit dem Blick auf den Golf, seine unbestrittene Meisterschaft als Fischer und Jäger, alles das hatte ihm diesen Beinamen eingetragen.

Im Dorf „Bucht der Schwertwale" erzählte man sich, eines Tages sei von Süden her ein weißer Mann mit einer ganz jungen Indianerin gekommen. Sie hätten sich fast am Ende der Bucht, nah beim Wasser und im Schutze eines kleinen Waldes, eine Hütte gebaut. Dort hätten sie lange gewohnt, seien fast nie ins Dorf gekommen, und eines Tages sei Pierre geboren.

Der amerikanische Kontinent läuft hier in einer gebirgigen Halbinsel aus. Einem fast menschenleeren Halbmond, den Wälder bedecken und Savannen, jene ausdruckslosen Landschaften, wo sich hohes Gras mit verkümmerten Bäumen mischt. Die Küste entlang tausend Buchten mit tausend Stränden. Und der endlose Wald, den nur von Vogelmyriaden bewohnte Seen unterbrechen und Gebirgsbäche, die zwischen Felsgewirr in Stromschnellen dahinstürzen. Die baumlosen Hänge der hochgelegenen Prärien wogen im Sommer unter den warmen Winden, und im Winter pfeifen die Schneestürme über sie hinweg in die Unendlichkeit. Ein paar Dörfer aus Blockhäusern; am Ufer der Gewässer hier und da ein kurzer Landesteg, schwer beladen mit aufgestapelten Holzblöcken, die auf den Schoner warten.

Am äußersten Zipfel dieses Landendes, wo der Golf sich plötzlich nach Osten wendet, liegt die „Bucht der Schwertwale". Dort öffnet sich die Erde der großen Weite des Golfes. Hierher dringt der Weg mit List vor, indem er ein Kiesband aufwirft, das über die bewaldeten

Hänge läuft, die Fischerhäuser erreicht, an einer Kirche vorbeigleitet und am Rande des Friedhofs angesichts der Gezeiten verblüfft innehält.

Jedes Jahr, wenn das Eis in bizarren Blöcken erstarrt war, machten sich Pierres Eltern auf den Weg über die gefrorene Bucht. Pierre hatten sie niemals mitnehmen wollen. „Es ist zu gefährlich, drei sind zu schwer", hatte seine Mutter gesagt.

Man belud den großen Schlitten mit einigem Proviant, Salz, Waffen, Kleidungsstücken. Pierre ließ man einen Karabiner zurück und alles, was er für die wenigen Tage brauchte, die er auf seine Eltern wartete. Mit dem Hund brachen sie auf. Bei der Rückkehr war der Schlitten mit Fellen, Fleisch und gefrorenem Fisch beladen.

Einmal aber waren die Eltern nicht heimgekehrt. Pierre wich nicht vom Rande des Eises; stundenlang, bis ihm die Augen schmerzten und er nichts mehr sah, starrte er in die Ferne. Ein umherfahrender Händler, in der Gegend der Reisende genannt, der im Winter ein- oder zweimal zur Hütte kam, hatte Pierre aus seiner Lethargie herausgerissen.

Mißbilligend schüttelte er den Kopf und begann Fragen zu stellen: „Wie viele Tage, sagst du, ist es her? Hm!... Sie kommen nicht wieder. Das Eis wird immer brüchiger. Ich verkaufe dir, was du brauchst. Hast du Geld? Oder dann Felle, wie dein Vater? Du bist alt genug, für dich selbst zu sorgen, du bist ein Mann!..."

Er hatte Felle mitgenommen, Munition und Lebensmittel zurückgelassen. Pierres Eltern hatte man nie wiedergesehen.

Dieser Golf hat seine Tücken. Diese Bucht täuscht. Die Flußmündung ist unsicher, wo das Wasser halb süß, halb salzig ist. An gewissen Tagen führt der Fluß ungeheure Eisschollen mit sich. Vor lauter Schnee- und Regenböen sieht man nichts vom andern Ufer; kaum daß ein dunkelgrüner Schatten in der Ferne die Bäreninseln verrät. Ein andermal ist der Golf ein Meer. Dann ist es warm, und der Wind pfeift unablässig. Mächtige Wogen berennen das Land.

Für Pierre gingen die Jahreszeiten nahtlos ineinander über. Im Winter jagte er an den Ufern der Bucht – Schneehasen, Füchse, Moschusratten, Murmeltiere – oder weiter draußen auf dem Eis und manchmal sogar in der Nähe der Inseln, gute vier Stunden Fußmarsch entfernt.

Von dort aus sieht man als schwarze Mauer das jenseitige Ufer, das Land, das bis zum Nordpol kein Ende hat.

Bei den ersten Frühlingsregungen verfertigte Pierre aus Reisigbündeln seine Fischreuse, und jede Ebbe fand ihn an der engen Stelle des äußersten Zipfels, wo er die Reuse leerte: Heringe, Sardinen, manchmal ein Stör und häufig die schleimigen Schmerle. Während die Flut stieg, ging er in den Wald, Fallen stellen und Schlingen legen nach einer Methode, die sein Vater ihn gelehrt hatte: Die Schlinge war an einem gebogenen Zweig befestigt, wenn das Tier gefangen war, schnellte er empor, dann war das Tier außer Reichweite. Oder er postierte sich in einem seiner Verstecke. Seinen Karabiner brauchte er kaum. Was er auch erspähte, konnte er mit Hilfe eines Stockes oder eines Messers und vor allem einer langen Peitsche töten – eine Methode, die ihm ebenfalls sein Vater gezeigt hatte.

Das Echo der Welt erreichte ihn durch ein winziges Radiogerät, dessen Batterie der Reisende immer wieder erneuerte, und so erfuhr Pierre eine ganze Menge. Manches begriff er, anderes machte ihn neugierig. Und doch hatte er keine Lust, ins Dorf zu gehen und sich zu erkundigen, ob es stimme, weil die Menschen ihm etwas Angst einjagten. Eine dumpfe Angst, die alles ihm einflößte, was er nicht verstand.

Ein einziges Mal hatte er seine Einöde verlassen: wegen des Karabiners. Der Reisende hatte das Ersatzteil nicht. ,,Wenn du willst, nehme ich dich mit ins Dorf", hatte er gesagt, ,,und bringe dich heute abend wieder heim. Du gibst mir einen Marder dafür."

Er hatte gelacht. Pierre brauchte den Karabiner, wenn er ihn auch nur selten benutzte. Und dann übte auch dieses geheimnisvolle Dorf eine Anziehungskraft auf ihn aus. Er willigte ein.

Wenn man den schlechten Weg am Waldrand hinter sich hat, fährt man auf den Überlandweg hinauf, der quer durch die Savanne läuft, an ein paar spilligen, dunklen, vom Winde gemarterten Tannen vorbei. Pierre verzog das Gesicht. Der kleine Lkw machte einen Höllenlärm, holperte und schwankte über den Weg. Nach zahllosen Kurven, einer tristen Zementbrücke und langen Wiesenstreifen, auf denen schmutzige Schafe weideten, erreichten sie das Dorf. Eine lange Straße, die für Pierres Augen von Menschen wimmelte. Sie hielten vor einem buntbemalten Laden, und der Reisende schleppte Pierre vor einen Ladentisch. Ein alter Mann nahm den Karabiner, untersuchte ihn und verschwand hinter einer Tür. Pierre sah sich alles an, was der Laden enthielt: eine Menge Gegenstände, von denen er manche nicht kannte. Es stank schrecklich: ein Gemisch scharfer Gerüche, das ihm in der Kehle brannte. Der alte Mann kam mit dem Karabiner zurück, Pierre prüfte ihn und bezahlte den verlangten Preis. Danach empfahl ihm der Reisende zu warten. Er werde wieder vorbeikommen.

„Ja, ja, das ist er, es ist der Rote", erklärte er den Männern, die den Laden betraten. Dann ging er.

Mit dem Karabiner unter dem Arm verließ Pierre den Laden. Vorübergehende sahen ihn an. Er fand es besser, sich nicht zu weit vom Laden zu entfernen, aus Angst, ihn nicht wiederzufinden. Kinder liefen zusammen. Sie lachten, riefen ihm Frechheiten nach, streckten ihm die Zunge heraus und brachten sich dann, angesichts des Karabiners über ihre eigene Kühnheit erschrocken, in Sicherheit. Eine Frau kam eins der Kinder holen und gab ihm eine Ohrfeige. Pierre ging ein Stück weiter und setzte sich ins Gras.

Nicht lange danach kam ein Wagen gefahren und hielt in der Nähe. Ein Polizist beugte sich heraus, sah ihn forschend an, winkte und ließ ohne ein Wort den Wagen wieder an. Pierre erkannte ihn. Der Polizist besuchte ihn von Zeit zu Zeit, um sich nach der rechten Zeit für die Jagd oder den Fischfang zu erkundigen.

Pierre machte sich auf den Rückweg zum Laden. Das Dorf interessierte ihn nicht mehr. Es hatte keinerlei Ähnlichkeit mit Pierres vom Radio genährten Vorstellungen von der restlichen Welt.

Die Zeit wurde ihm lang. Endlich erschien der Reisende. Er öffnete ihm die Tür des kleinen Lkws. Er summte vor sich hin und roch nach Bier. Er war nicht nüchtern. Sie holperten den Weg zurück. In der Nähe der Hütte wartete der Reisende, bis Pierre mit dem Marder zurückkam, und fuhr dann nach Hause.

So ging das einige Jahre. Im Herbst und im Winter machte Pierre sich wenig Gedanken darüber: seine Arbeiten, seine Jagd, die Notwendigkeit, den Lebensunterhalt zu verdienen, waren wichtiger. Aber mit der schönen Jahreszeit erwachte in ihm wieder die Lust zu reden und auf Entdeckungen auszugehen.

In ziemlicher Entfernung von den Mischwäldern, in deren Nähe

Pierre hauste – nachdem man die Prärie und jene Strände hinter sich hatte, die die Fischer Untiefen nennen und die voller Tang sind –, lag eine felsige, baumbestandene Landzunge, die das Kap hieß. Ein Weg, der sie der Länge nach durchlief, verband die großen, unter Bäumen halb versteckten Holzhäuser miteinander. Wenn im Winter hoher Schnee lag, war das Kap tot. Bei Sommeranfang öffneten sich die Häuser, eins nach dem andern, wenn die Sommergäste kamen. Glänzende Wagen, auch sehr alte; schreiende, spielende, weinende Kinder. Immer sah man Menschen, die einander Besuche machten oder zu Einkäufen ins Dorf gingen. Am Strand fischten Männer mit komplizierten Angelgeräten. Man sägte Holz, man besserte die Häuser aus.

Um diese Zeit füllte Pierre einen aus Birkenrinde verfertigten Beutel, den er über der Schulter trug, mit seiner Jagd- und Fischbeute vom Vortag, mit Fellen, wenn er welche hatte, und noch sonst mancherlei, was ihm verkäuflich erschien, und machte sich auf den Weg zu den Sommergästen. Die Dörfler interessierten ihn nicht mehr; aber die Fremden, die aus jener Welt da draußen kamen, von der das Radio sprach, zogen ihn an.

Dann ging er an den Häusern vorbei und wartete, bis ihn jemand bemerkte. Wenn man ihn ansprach, antwortete er lächelnd; er prophezeite, wie das Wetter werden würde, öffnete seinen Beutel, zeigte seinen Fang. Rief ihn niemand an, ging er vorbei. Mit Bedauern, nicht weil ihm ein Verkauf entgangen war, sondern weil er seine Neugierde nicht hatte befriedigen können. Dann kehrte er zu seiner Hütte zurück, wobei er an alles dachte, was er gesehen hatte; er ging es im Gedächtnis noch einmal sorgfältig durch, und wenn ihm auf dem Heimweg jemand begegnete, dann konnte man überall erfahren, daß der Rote im Gehen mit sich selber redete wie ein Idiot und daß ihm wohl die Einsamkeit den Kopf verdreht haben mußte.

Eines Morgens erlegte Pierre eine junge Ente und fing ein paar Heringe. Der Golf roch nach Kabeljau und nach Salz. Aber der Fischfang war schlecht und die enge Stelle fast leer. Dennoch entschloß er sich, zum Kap zu gehen. Er packte seinen Fang in ein Tuch, besann sich dann aber anders; man hatte ihm gesagt, sein Wild schmecke nach Fisch. Also machte er zwei Packen und verstaute sie in seinem Beutel.

Im Gehölz leuchteten die jungen Triebe der Tannen. An der Spitze eines jeden Astes waren drei Zweiglein hervorgebrochen, viel heller als ihre Nachbarn vom vergangenen Jahr und stark duftend. Pierre sagte sich, daß die Hitze nicht lange auf sich warten lassen würde; es war immer so, wenn die Triebe stark dufteten, dann kam der Sommer; bald wurden sie dunkler, und man konnte sie nicht mehr unterscheiden. Auf das Unterholz folgte die Savanne. Pierre überquerte sie. Die Schierlingsstauden reichten ihm bis zur Schulter. Er kam an den fast rosenfarbenen Strand voller Muscheln, die die Gezeiten bedeckten und wieder freigaben. Da er den Wasserstand kannte, wußte er, daß er da gehen konnte.

Ein Krebs versuchte zu fliehen. Pierre fing ihn, riß ihm die Beine aus, öffnete den Packen mit den Heringen und legte ihn dazu. Später reinigte er einige Pilgermuscheln, die er im Sand ihr Atemwasser hatte ausstoßen sehen. Endlich erreichte er das Kap und kletterte hinauf. Der Kiesweg verlief oben.

Um seine alten Mokassins nicht auf den scharfen Steinen abzunützen, folgte Pierre einem Graben. Viele Fenster und Türen waren noch mit Holzplatten verschalt. Aber hier und da war ein Haus offen, die Bewohner lagen in der Sonne, ein Hund bellte. Man rief Pierre, und er zeigte den Inhalt seines Beutels.

Eine Frau kaufte die junge Ente, ging in ein graues Haus und kam mit einem Dollar zurück. Sie sagte: „Wenn Sie morgen wieder eine haben, nehme ich die auch."

„Ich komme wieder", sagte Pierre. „Aber jetzt kann ich nicht wieder auf die Felsplatte gehen. Mindestens einen Monat nicht, verstehen Sie?"

Die Frau lachte laut. „Was erzählt er da, der Rote? Immer noch derselbe Narr!"

Er machte sich auf den Heimweg. Wenn ich ihr noch eins von ihren Jungen wegnehme, dachte er, dann wird die Mutter mißtrauisch gegen die Felsplatte vor der Hütte und kommt nicht mehr mit ihren Kleinen. Ans Ende der Felsen müßte man gehen, zwischen die Wasserpflanzen, sie mit der Peitsche erlegen. (Wie er es seinen Vater hatte tun sehen.) Man verhält sich völlig reglos, dann, im richtigen Augenblick, ein kräftiger Hieb; wenn die lederne Peitschenschnur trifft, bricht sie der Ente das Genick. Pierre ging an den andern Häusern entlang. Manche lagen wie tot am Ende schattiger Alleen. Aus andern hörte man Musik oder Stimmen. Er gelangte ans Ende des Kaps. Jetzt kam nur noch das weiße Haus. Ein Fuß tat ihm weh, und er blieb am Zaun stehen, um in seinem Mokassin nachzusehen, was ihn plagte.

Da sah er Marie, die ihn beobachtete.

Leichte Schluchzer schüttelten sie, die sie zu unterdrücken suchte, wobei sie ihn aber dennoch beobachtete. Er hätte ihr zugelächelt, aber er war zu sehr beschäftigt herauszubringen, was los war. Weit und breit kein Mensch, auch keinerlei Gefahr. Sie war blaß, sehr blaß, ihr Haar war schwarz. Sie trug ein beigefarbenes Kleid mit einem weißen Gürtel; an ihren dünnen Beinen kein Gramm Fett; die Beine eines Springtiers; sehr kleine Füße nackt im Gras; sie trocknete ihre Wange, wobei sie ein Gesicht schnitt.

Er sagte: „Warum weinst du? Bist du verwundet? Ich bin der Rote."

Sie zuckte die Achseln und sagte: „Man kann weinen, ohne verwundet zu sein! Ich hab dich schon ein paarmal gesehen. Du bist böse. Und überhaupt, wieso der Rote?"

„Die Tiere weinen auch, wenn sie verwundet sind...", sagte Pierre. „Der Rote, das ist wegen meiner Haare."

„Nicht besonders gescheit ist das. Ich heiße ja auch nicht die Schwarze! Einen Namen wirst du ja wohl haben, wie jeder?"

„Ich heiße Pierre." Er überlegte, daß er diesen Namen nicht ausgesprochen hatte seit damals, bei seinen Eltern, und seither nie mehr. Er konnte gar nicht fassen, daß er so hieß. „Das kommt daher, daß ich Indianer bin. Meine Mutter war Indianerin. Halb. Mein Vater nicht."

Er schwieg. Und suchte sich zu erinnern, was er zu beantworten vergessen hatte. Etwas Wichtiges hatte sie gesagt, aber was nur? Jetzt fiel es ihm nicht ein. Unangenehm war das.

Marie beobachtete ihn. Sie sagte: „Du hast eine Mutter, wie? Und einen Vater?"

„Ja. Aber jetzt nicht mehr, sie sind verschwunden. Es heißt, sie seien tot. Jeder Mensch hat einen Vater und eine Mutter."

„So? Ich nicht. Voilà."

„Und weinst du deshalb?"

„Aber nein!" sagte Marie.

Pierre zog einen Mokassin aus. Ein winziges Holzstückchen hatte ihm den Fuß verletzt. Er zog den andern Schuh auch aus und steckte beide in seinen Beutel. Er spürte, wie Maries Augen jeder seiner Bewegungen folgten. Er betrachtete das weiße Haus und sagte: „Dann sind die Leute, die hier wohnen, nicht deine Eltern?"

„Nein, sie haben mich adoptiert."

Er hätte Marie gern gefragt, ob ihre Eltern auch verschwunden seien, wagte es aber nicht. Da war auch noch etwas, was sie gesagt hatte (es fiel ihm nicht ein) und was ihn immer noch irritierte. Außerdem betrachtete ihn Marie aufmerksam. Das machte ihn verlegen.

„Du kannst ruhig gehen", sagte sie. „Sie kaufen dir doch nichts ab. Sie schlafen. Sie haben nämlich die ganze Nacht getrunken. Voilà."

Sie sah ihn unentwegt an. Er war verletzt vom Blick dieser leuchtenden Augen, die ihn nicht losließen. Er versuchte einen Rückzug.

„Gut, dann geh ich also." Er setzte sich in Bewegung, aber langsam. Er wußte, daß sie ihm nachsah.

Als er sich ein paar Schritte vom Zaun entfernt hatte, hörte er: „Trotzdem kannst du wiederkommen! Ich heiße Marie! Auf Wiedersehen!" Er sah sich um. Sie schaute ihm immer noch nach. Er ging weiter.

PIERRE hatte nichts von alledem getan, was er für gewöhnlich nachmittags tat: Er hatte die Flut steigen und seine Reuse überschwemmen lassen, ohne auch nur danach zu sehen; er war nicht zu den Campern gegangen, um Fisch zu verkaufen und besonders, um sich zu unterhalten. Auch einer zweiten Ente aufzulauern – für diese Frau im grauen Haus – hatte er vergessen. Er saß auf dem Baumstumpf vor seiner Hütte und dachte an seine Begegnung mit Marie.

„Du bist böse", hatte Marie gesagt. Und das war es, was Pierre vergessen hatte, worauf er hätte antworten müssen. Nach der Heimkehr vom weißen Haus war es ihm eingefallen. Zu spät, Marie zu fragen, was sie damit gemeint hatte. Er war verwirrt.

Warum böse? fragte er sich. Mit wem hat sie über mich gesprochen? Mit den Fischern im Dorf vielleicht und auch mit ihren Nachbarn, den Sommergästen am Kap; also sind die es, die ihr gesagt haben, ich sei böse; sie, Marie, kennt mich gar nicht.

Böse sein, was ist das? Gerade eben hat er den Kampf zwischen einem kanadischen Marder und einem Stachelschwein beobachtet. Der Marder hat sich von seinem Baum herunter wie der Blitz genau auf das Stachelschwein fallen lassen. Mit einem Tatzenhieb hat er den Eindringling auf den Rücken geworfen. In solchen Augenblicken hört man einen ganz dünnen Schrei und das Klappen der Kinnladen: so schreien die Stachelschweine. Dieses da ist rasch erlegt, der hungrige Marder hat ihm schnell den weichen, saftigen Bauch aufgerissen. Mein Vater, dachte Pierre, hat von manchen Tieren gesagt, sie seien gut. Sicher die, denen man nicht mißtraut. Aber von den andern, den bösen, hatte er nie gesprochen; vielleicht waren das die gefährlichen, die beißen können oder kratzen oder vergiften? Aber ich, Pierre? Welche Gefahr droht denn von mir?

Zur Stunde der Ebbe rochen die mit rostfarbenen Flechten bedeckten Felsen nach welkem Laub und Sonne. Die langen Seegrasstränge lagen wie endlose Schlangen an den Boden geklebt. Byssusfäden winziger schwarzer Muscheln wanden sich auf dem Kies. Die Möwen erschienen, stiegen träge wieder auf. Aber Pierre sah sehr gut den stechenden Blick ihrer blanken Augen scharf wie Messerspitzen und mordlustig auf den Kies gerichtet. Er hätte ihnen tote Heringe hinwerfen können, hatte es aber nicht getan. Er dachte an Marie.

Als es Nacht wurde, als mit dem Geruch des Seegrases ein wenig Frische in seine Hütte drang, streckte er sich auf seinem Lager aus, einem Pelz mit dem Fell nach oben.

Er war eingeschlummert, während er hingerissen Maries Namen murmelte und nach einer Gelegenheit suchte, sie wiederzusehen; es gab keine andere als einen neuen Versuch, im weißen Haus Fisch oder Wild zu verkaufen. Niemals noch hatte ein Mensch solche Lust zu reden oder zuzuhören in ihm erweckt. Er erlebte ein Glück, das er noch nicht kannte: ganz langsam in der Erinnerung den Weg zurückzugehen bis zu dem Augenblick, als Marie ihm ihren Namen nannte, als ob es ein Geschenk sei: „Ich heiße Marie!" Und dann dies letzte Wort, noch beglückender als die andern: „Auf Wiedersehen!"

Pierre schaute in die Nacht hinaus. Nicht einmal die Wände seiner Hütte nahm er wahr, noch die Fächer, in denen er seine Sachen aufbewahrte. Allein Marie belebte die Stille der Nacht. Ganz bestimmt hat sie: „Du bist böse", gesagt, weil sie geweint hat, vielleicht ohne sich etwas dabei zu denken? Hat er geschlafen? Eher geschlummert, weil er zu jeder Stunde genau wußte, wie weit die Nacht vorgeschritten war. Sein Entschluß war gefaßt: Er wollte Marie aufsuchen, gleich am Morgen, und versuchen, wieder mit ihr zu sprechen.

KAPITEL II

ZU BEGINN des Sommers, wenn es schon gegen vier Uhr Tag wird, knurren die Waschbären, um die Weibchen anzulocken. Da kommt eins durch das Unterholz aus Birken und Haselnuß herbeigelaufen. Von seinem Lager aus hört Pierre genau, welchen Weg es nimmt. Tieferes Knurren: Sie ist bei ihrem Männchen.

Es dämmert draußen. Die Raben und die Krähen führen endlose Gespräche. Rauhe Schreie, die das Echo in die Länge zieht. Der durchdringende Geruch der Farne weht bis in seine Hütte.

Gleich am Morgen machte Pierre sich, ohne Zeit zu verlieren, auf den Weg zum Kap. Noch nie war er an zwei aufeinanderfolgenden Tagen dort gewesen. Er leerte seinen Birkenrindenbeutel, warf die Heringe und den Krebs fort und wickelte nur ein paar Pilgermuscheln in Papier. Schon leuchteten die Baumwipfel in der Sonne. Am Waldrand ließ das Licht die Prärieblüten erschimmern. Über dem Golf stiegen die ersten Wärmenebel auf und verbargen die Bäreninseln.

Möglich, daß Marie sich in der Nähe des weißen Zaunes aufhält, dachte er. Sie unterhält sich mit Leuten. Dann zeige ich die Muscheln. Aber mit ihr spreche ich nicht, wegen der Leute.

Ist sie allein, spreche ich mit ihr.

Ist sie nicht da, dann klopfe ich am weißen Haus an. Er, der sie adoptiert hat, macht auf. Ich kenne ihn, er ist klein, schwarz, er hat einen Bart. „Ich habe Muscheln, falls Sie welche brauchen. Einen Dollar." Vielleicht sehe ich Marie. Ob sie weint?

Er wanderte am Rande der Flut entlang, umrundete jede kleine Bucht, drang zwischen Farnen und Tannen durch. Er kletterte zum Ende des Kaps hinauf.

Marie war da. Sie machte ihm ein Zeichen, indem sie den Arm hob. Sie trug eine erdbraune Hose und einen Pullover. Während er auf sie zuging, sah er, daß sie ein Buch in der Hand hatte.

„Heute weinst du nicht", sagte Pierre.

„Gestern habe ich auch nicht geweint. Fast gar nicht, es war nichts." „Ich habe an dich gedacht. Du hast gesagt, ich könnte wiederkommen. Und da ist auch etwas, was ich dich fragen wollte."

„Komm, sie sind nicht da. Sie sind ausgegangen. Etwas zu trinken einkaufen. Und außerdem! Wenn wir uns da hinter die Felsen setzen, kann man uns nicht sehen. Und wenn sie wiederkommen, dann kannst du am Wasser entlang fortgehen."

„Aber ich habe Muscheln mitgebracht. Die könnte ich ihnen verkaufen."

„Nein. Du darfst ihnen nichts verkaufen. Wenn *sie* dich mit mir sehen, dann krieg ich's. Dann sagt sie: ‚Mit dem Roten hast du nichts zu schaffen, das ist wieder eine deiner Dummheiten.' Sie schimpfen mit mir, sie streiten sich... sie schlagen alles zu Bruch... Sie, sie verteidigt mich; er schreit. Manchmal ist es auch umgekehrt. Ich schließe mich mit einem Buch ein, oder ich gehe in den Wald, Erdbeeren suchen, Blumen pflücken, spazieren... Am Strand bin ich gern. Ich sehe den grauen Möwen zu, die sich auf dem Golf niederlassen. Wenn ich heimkomme, sind *sie* betrunken. Voilà."

„Voilà", sagte Pierre. Und er lächelte.

Er folgte Marie unter die Bäume und schlich sich zwischen zwei Felsen durch. Dahinter hatte Geröll eine Art Plattform gebildet wie eine Lichtung, die auf drei Seiten von Steinhaufen umgeben war und zum Golf hin offen. Zwischen den unteren Zweigen der Haselnußbüsche hindurch sah man das Wasser.

Marie sagte: „Ist das nicht hübsch?"

„Weißt du, wenn sie sich aufs Wasser setzen und wenn sie grau sind, dann sind es Silbermöwen."

„Aha! Das wußte ich nicht. Setz dich."

„Warum hast du gestern gesagt, ich wäre böse?"

„So nennt man das. Du bist doch böse, nicht?"

„Böse, was ist das?"

„Hör mal, du weißt nicht, was böse ist? Nicht zu glauben."

„Doch, ich weiß, was du meinst... Aber wieso?"

„Weil du die Tiere tötest. Nicht nur das ist böse, aber das auch. Du tust nichts als töten. Die Tiere, die Vögel, die Fische... Bei den Fischen macht es mir weniger Kummer, glaube ich. Leiden die Fische, wenn man sie tötet? Ich glaube, ja; aber ich möchte sagen, daß mich das weniger ärgert. Bei den andern Tieren, da ist es schrecklich. Die kleinen Seehunde zum Beispiel. Du ziehst ihnen das Fell ab. Puh! Und die Marder und die Nerze und die Biber, die leiden durch dich. Voilà. Und du ißt lebendige Krabben. *Sie* haben mir das gesagt! Ich habe sie gefragt, was du das ganze Jahr über machst; da haben sie es mir erklärt. Aber sie schienen das alles ganz normal zu finden. Er hat gesagt: ‚Er muß doch leben, der Rote, oder nicht?' Ich bin wütend geworden. Und sie hat gesagt: ‚Sie heult, die Idiotin! Das Kind ist ein Nervenbündel! Für solche Dummheiten ist sie zu alt. Mit dreizehn wußte ich über das ganze Leben Bescheid. Sie? Nichts! So was hab ich adoptiert! Was für eine Idee! Und du warst einverstanden. Totale Pleite!'

Sie ist noch dümmer als er. Wenn sie viel getrunken hat, sagt sie mir, ich sei häßlich und scheinheilig und ich hätte niemand lieb. Lauter solche Sachen. Voilà. Warum Tiere töten, Pierre?"

„Weißt du, daran habe ich noch nie gedacht."

„Man muß aber nachdenken. Wenn du lächelst, siehst du lieb aus, wie ein guter magerer Hund. Ich hätte gern einen Hund, weißt du? Oder auch eine Katze. Sie wollen nicht. Hast du einen Hund?"

„Nein."

„Solltest du aber. Er würde dir Gesellschaft leisten. Dann würdest du deinen Hund lieben. Und vielleicht würdest du die andern Tiere auch lieben. Voilà."

„Voilà... Du sagst: voilà."

„Was, voilà! Machst du dich über mich lustig?"

„Nein, nein", sagte Pierre. „Ich denke an meinen Vater. Er sagte genau wie du: voilà. Mein Vater hatte einen Hund."

„Sehr gut. Und den hat er nicht getötet, nicht wahr?"

„Nein, der hat den Schlitten gezogen. Daher weiß ich ja, daß das Eis nachgegeben hat. Ich denke oft daran. Der Hund ist nicht heimgekommen, das heißt, daß er tot ist."

„Welches Eis? Wovon sprichst du?"

„Als sie weggegangen sind, meine Eltern, mit dem Hund, und sie umgekommen sind... Mein Vater, der hat mir beigebracht, wie man Tiere tötet. Er hat mir alle Arten gezeigt: den Skunk in einem Sack ertränken; den Fuchs mit einer Hand am Hals packen und mit der andern das Herz gegen den Rücken pressen, dann stirbt er."

„Wie abscheulich!"

„Der Fischotter bekommt mit dem Knüppel einen Schlag auf die Nase", sagte Pierre. „Den Luchs fängt man in einer Schlinge: Er erwürgt sich selbst; so wird der Pelz nicht beschädigt. Mein Vater hat mir auch das Fallenstellen beigebracht. Ich habe einen Platz für die Hasen: Ich lege ganz zarte Birkenreiser, die sie furchtbar gern mögen, in die Mitte; sie kommen, und wenn sie weglaufen, fangen sie sich in der Schlinge."

„Das ist eben böse sein!"

„Ich weiß nicht."

„Man kann böse sein, ohne es zu wissen, mein armer Pierre. Dein Vater hätte dir etwas anderes beibringen können, nicht? Wie kann man ein Tier töten! Es hat doch nicht die geringste Möglichkeit, sich zu verteidigen. Das ist nicht gerecht."

„Aber es stirbt doch sowieso!"

„Eine großartige Idee! Du stirbst auch! Töte ich dich?"

„Ich tue ihm nichts Böses. Eine einzige Kugel aus dem Karabiner, und es ist aus. Mit der Peitsche geht es noch schneller."

„Ja, du stellst die Fallen, du legst die Schlingen, nicht wahr? Und dann bleibt ein Tier hängen und erwürgt sich... Furchtbar ist das."

„Die Tiere töten sich auch gegenseitig. Sie fügen sich große Schmerzen zu, weißt du? Sie fressen sich bei lebendigem Leibe. Wie ich die Krabben."

„Halt den Mund, Pierre, du widerst mich an. Still! Da kommt ein Wagen. Vielleicht sind sie das."

„Es sind Kinder dabei."

„Ja, wirklich? Woher weißt du das, hörst du sie? Gut, dann sind es die Nachbarn. Du bist tüchtig, du. Du kannst wohl auch das Wetter voraussagen? Was für Wetter gibt es morgen? Mal sehen..."

„Morgen? Wind, starken Wind, wenn die Flut vorbei ist."

„Aber wie kannst du das wissen?"

„Von den Dingen ringsum, dem Meer, den Espenblättern... Den Möwen, der Art, wie sie fliegen. Und durch genaue Beobachtung. Aber ich täusche mich oft."

„Es heißt, du täuschtest dich nie. Es heißt auch, du wärest verrückt, du sagtest manchmal unverständliche Sachen. Ich finde das gar nicht. Zu mir hast du nichts Idiotisches gesagt, nicht ein einziges Mal!"

„Ich spreche sehr gern", sagte Pierre, „aber es ist schwierig. Oft spreche ich mit mir selbst. Oder mit dem Meer, den Bäumen..."

„Daran tust du gut: du kriegst keine dummen Antworten!... Siehst du viele Menschen?"

„Fast keine. Außer dem Reisenden. Ja, der Reisende, der mir die Felle abkauft."

Sie saß auf einem Felsen, Pierre kauerte neben ihr. Marie betrachtete sich den Mann, seine karierte Wolljacke, seine sehr alte Hose; er hatte rotes Haar, ein hageres Gesicht und blaue Augen, zwei ganz blaßblaue Himmel, an denen manchmal Wolken vorüberzuziehen schienen. Sie sagte: „Willst du wissen, was ich glaube? Sie haben Angst vor dir! Sie erzählen, du äßest das Fleisch roh, sie sagen, du könntest alles töten, egal was, sie sagen eine Menge Dinge, aber ich, ich glaube, daß du ihnen ein bißchen angst machst. Voilà."

„Rohes Fleisch... Das schmeckt gut! Nicht alles Fleisch, nein, aber..."

„Laß. Denk nicht daran. Ich fühle mich wohl hier bei dir."

Ein paar Augenblicke später sagte Pierre: „Ich verstehe nicht alles, was du sagst. Aber wenn du es mir erklärst..."

„Ganz sicher! Erklären genügt. Als ich klein war, hat *er* mir angst gemacht. Wenn ich ihn schreien hörte, hatte ich Angst. Und ich fand auch, daß er immer recht hatte, was er auch sagte. Es ging mir wie dir, ich verstand nicht alles... Sie zankten sich, die beiden, über Dinge, die ich nicht verstand. Ich war zu klein. Sogar wenn sie lachten, hatte ich noch Angst. Es gab nur eins, was ich geliebt habe: lesen. Je mehr ich las, desto mehr Dinge verstand ich, die Bücher haben sie mir erklärt. Und weißt du was? Dann habe ich entdeckt, daß er nicht recht hatte. ‚Das ist nicht wahr', habe ich zu ihm gesagt! Paff! Er war wütend. Und sie genauso. ‚Streite nicht', sagte sie... Danach hat er mich nicht mehr leiden können. Und ich habe ihn nicht leiden können, verstehst du?"

„Ich glaube, ja. Etwas... Das ist wie eine Falle für dich", sagte Pierre, „und du hast entdeckt, wie du vorbeikommst, ohne reinzutreten."

„Sieh mal an, du bist nicht dumm! So ist es... Weißt du, Pierre, ich glaube, du bist gar nicht böse, nicht mehr, und ich wollte dich nicht kränken!"

Maries Hände ruhten auf ihren Knien. An einem Finger trug sie einen dünnen silbernen Ring, mit einem kleinen, sanft glänzenden orangefarbenen Stein. Sie blätterte in dem Buch, das sie mitgebracht hatte. Nach einer langen Pause sah sie Pierre an und sagte: „Da, ich leihe es dir, das ist besser, als so zu reden... Es ist eine schauerliche Geschichte von Piraten auf einer Schatzinsel. Ich schwöre dir, du hast mir Angst eingejagt, als du kamst; du hattest ein Holzbein und eine Augenbinde, schrecklich! Ich hätte furchtbar gern einen Papagei... Du kannst mir glauben, es ist ein gutes Buch. Steck es in deinen Beutel; warte, gib her, ich will dir helfen... Wie gräßlich! Du hast immer noch das Dreckzeug bei dir!"

„Das sind Muscheln", sagte Pierre.

„Morgen besuchst du mich, kommst aber mit leeren Händen."

„Gut", sagte Pierre. Und er lächelte.

Und plötzlich begann Marie auch zu lächeln. Sie pflückte einen Grashalm neben ihren Füßen und nahm ihn in den Mund.

„Was du morgen mitbringen kannst", sagte sie, „sind Blumen oder Pflanzen, die du kennst. Es heißt, du wüßtest, welche gut und welche giftig sind. Ist das wahr?"

„Ich kenne viele. Meine Mutter hat sie mir gezeigt. Ich bringe dir welche mit. Gute oder schädliche?"

„Lieber die schädlichen, nur so... Hör mal, ein Wagen! Diesmal sind sie es. Verschwinde da durch. Bis morgen."

Sie rannte schon auf und davon. Sobald sie nicht mehr zu sehen war, erhob sich Pierre, nahm seinen Beutel und entfernte sich so geräuschlos wie möglich meerwärts. Als er in einiger Entfernung ganz sicher war, daß ihn vom weißen Hause aus niemand mehr sehen konnte, stieg er wieder auf den Weg hinauf. Er wollte keinem Menschen begegnen. Er war erfüllt von Marie, von diesem Tage, den gewechselten Worten. In ihm drehte sich alles. Er dachte an Hasen, an Marder, an

Seehunde. Er dachte an Schlingen, die er den Bach entlang für Biber gelegt hatte. Er dachte an seinen Vater und an die Krabben, die roh so gut schmeckten, an den Morgen, an den Fischfang.

Beim Überqueren der Savanne suchte er zwischen Beifuß und Schierling nach jenem schwarzen Kraut, das Erbrechen verursachte. Bei der Hütte setzte er sich auf den Baumstumpf vor der Tür. Er dachte an Marie. Wenig später stand er auf und ging hinein. Er öffnete den Beutel und entleerte ihn auf den Tisch. Er nahm ein Messer und begann die Muscheln zu essen. Er trank eine Tasse Wasser. Da, dicht neben ihm, lag das Buch. Pierre begann die Seiten umzublättern, eine nach der andern, ganz langsam. Als er auf der letzten Seite angekommen war, schloß er das Buch.

Am folgenden Tag traf er Marie wieder und sagte zu ihr: „Da ist das Buch."

„Schon? Du hast es gelesen? Du hast es angefangen?"

Da sagte Pierre: „Ich kann nicht lesen."

KAPITEL III

„SOGAR die Stummen können lesen lernen", sagte Marie. „Es geht leicht: mit ihren Fingern machen sie für jeden Buchstaben des Alphabets ein Zeichen."

„Ich sage nicht, daß es schwer ist, ich habe Angst, ein bißchen."

„Voilà. Du hast Angst, ohne zu wissen, wovor."

Marie hatte überlegt. Sie wußte nicht mehr, was sie sagen sollte. Sie wagte nicht, ihm noch weitere Fragen zu stellen. Und Pierre sagte auch nichts mehr. Er schien von einer Erkenntnis überwältigt, die ihm im Augenblick seines Geständnisses gekommen sein mochte und deren volles Gewicht ihn plötzlich durchdrang, als er Maries großes Erstaunen sah. Er konnte nicht lesen!

„Ich weiß nicht, was ich habe", sagte sie. „Als du mir das gesagt hast! Nicht möglich! ‚Ich kann nicht lesen...‘ Paff! Schrecklich! Trotzdem hätte ich es wissen müssen. Liegt ja auf der Hand. So einsam, wie du lebst."

Er sagte bittend: „Erzähl wieder, ich höre dir so gerne zu. Du bist viel besser als das Radio. Seit neulich höre ich fast gar nicht mehr. Ich habe die ganze Zeit an dich gedacht."

„Ich auch", sagte Marie. „Am Abend und auch nachts. Nicht mal in meinem Buch hab ich gelesen. Ich war ungeduldig, es sollte morgen werden. Weißt du, warum? Damit ich dich wiedersehe. Morgen wirst du was erleben. Komm zur selben Zeit hierher, dann habe ich eine Überraschung für dich."

Am nächsten Nachmittag hatte sie ein anderes Buch bei sich, mit großen Buchstaben auf dem Umschlag.

„Das ist eine Fibel", sagte sie. „Damit lernt man lesen. Ich war mit *ihr* im Dorf, und ich hab es so gedreht, daß ich sie, zwischen meinen Büchern versteckt, für dich mitbringen konnte. Sie läßt mich alle Bücher kaufen, die ich haben will, wenn sie ihre Liebesromänchen kauft...,Damit du mich in Ruhe läßt', sagt sie."

„Dauert es lange, bis man lesen kann?"

„Ich weiß es nicht mehr. Ich war klein, verstehst du... Man hätte dich in die Schule schicken müssen. Ich bin gar nicht zufrieden mit deinem Vater... Sie sind alle gleich. Sie lesen die Zeitung, und damit hat sich's!"

„Du glaubst, daß ich die Zeitung lesen könnte?"

„Zeitunglesen ist blöd: es bringt nichts. Aber die Bücher... Es gibt nichts Schöneres als Bücher."

„Mein Vater hatte einen Umschlag mit Zeitungsausschnitten drin", sagte Pierre. „Er nahm sie heraus, er las sie und steckte sie wieder in den Umschlag, ohne ein Wort zu sagen. Danach schwieg er, er ging in den Wald, ganz allein, stundenlang, und wir warteten auf ihn, meine Mutter und ich. Den Umschlag habe ich noch. Also, wenn ich lesen könnte, dann wüßte ich, was er gelesen hat."

„Du bringst ihn mir mit, deinen Umschlag, und ich lese dir das vor."

Sie machten sich an die Arbeit.

„Das erste, was ich gelernt habe, sind die Vokale", sagte Marie. „Du machst es genauso. Wenn du die Vokale kennst, dann brauchst du sie nur mit den andern Buchstaben zusammenzusetzen, und du kannst jedes Wort bilden, das du willst. Halt die Ohren steif! Konzentriere dich. Paß auf: Der erste Buchstabe ist das *A*. Siehst du? *A*. Das ist leicht, nicht? Für den Anfang! Es ist eine Spitze nach oben mit einem Strich durch, wie ein Pfeil! Das ist das große *A*. Die Sache mit den großen Buchstaben, und wann man die nehmen muß, die erkläre ich dir später. Das ist das kleine *a*: ein Ei mit einem Schwänzchen, wie von der Katze."

Pierre begann zu lachen, aber Marie war ernst, ein bißchen hochmütig, nachdem sie eine Welt betreten hatte, deren Bedeutung sie spürte. „Wiederhole", sagte sie. Pierre wiederholte.

„Gut. Nächste Seite. Das da ist das *E*. Sieht das nicht wie eine Gabel aus? Das ist das kleine *e*; wie eine Öse, wenn man mit einer Schnur einen Knoten macht." Marie blätterte um. „Das ist das *i*. Es ist am drolligsten, es hat einen Punkt obenauf. Es sieht aus wie ein Männchen mit einem Kopf. Also wiederhole."

„Gut. Und weiter?"

„Nein, wiederhole. So kann man nicht lernen! Wenn du nicht arbeitest, dann wird da nichts draus! Ich weiß genau, du hast schon einiges vergessen. Du wirst sehen." Sie blätterte ein paar Seiten zurück und deutete auf die Buchstaben. Pierre buchstabierte: „*a*", dann „*e*", dann „*i*". Marie sagte nichts.

Pierre begann in der Fibel zu blättern und sagte jedesmal den richtigen Buchstaben.

Dann sagte er: „Gut, mach weiter."

„Ja, du sagst gut! Du sagst immer gut! Ich habe den Eindruck, daß du alles willst, was ich will, aber ich frage mich, was du von alledem behältst! Also, machen wir weiter. Das ist das *o*."

„Sieh mal", sagte Pierre. „Es ist ganz rund! Es ist die Sonne!"

„Ich weiß", sagte Marie. „Ich kann ja lesen."

Sie sah aus wie eines dieser winzigen braun-weißen Eichhörnchen, wenn sie sich, hoch oben auf einem Ast in Sicherheit, auf ihren Hinterbeinen aufrichten und einem Eindringling eine Flut von Beleidigungen entgegenschleudern, um darzutun, daß ihr Mut ihre geringe Körpergröße übersteigt. Furchterregend waren sie. Pierre hatte welche gesehen, die sogar Luchse in die Flucht geschlagen hatten.

„Du, du weißt doch alles", sagte Pierre.

„Aber nein, was für eine Idee! Ich lerne, dann erkläre ich es dir, und das verblüfft dich. Weil du nicht richtig angefangen hast. Die Art, wie man dich großgezogen hat, ist kein Glanzstück. Uns bleibt noch ein ganzes Stück Arbeit."

Pierre schwieg. Sie fuhr fort: „Siehst du, auch ich habe nicht richtig angefangen. In der unteren Klasse war ich unmöglich. Sie sagten: ‚Du bist zu stolz, Marie, hör auf, dich so abzusondern.' ‚Rechthaberin' haben sie mich genannt: aber sie, sie haben die ganze Zeit gestritten. Seit ich in der höheren Schule bin, lassen sie mich in Ruhe. Es kommt zuviel Besuch. Dann kann ich lesen."

Sie zeigte Pierre an diesem Nachmittag alle Vokale. Sie waren so vertieft, daß sie weder bemerkten, wie die Sonne sich dem Horizont zu nähern begann, noch die Entenscharen sahen, die sich unmittelbar am Rande der Wogen aufreihten. Marie konnte jede beliebige Seite aufschlagen, konnte von einer zur andern springen, Pierre antwortete immer richtig. Endlich klappte sie die Fibel zu.

„Genug für heute. Warte eine Minute!"

Sie ging ins Haus und war im Handumdrehen mit einer Zeitungsseite wieder da, die sie Pierre gab. Sie sagte: „Du suchst hier drin alle Buchstaben, die du kennst. Es sind viele. Und du zeigst sie mir. Ich muß genau wissen, ob du alles verstanden hast, weil es morgen viel schwerer wird."

Mit drei Schritten war sie auf der andern Seite der Lichtung. Sie drehte sich nach Pierre um, machte ihm mit der Hand ein Zeichen und entfloh. Er kam gar nicht zur Besinnung, so schnell war sie verschwunden.

Pierre sammelte oft Zeitungen, auf dem Campingplatz oder auch aus den Abfalleimern, die die Sommergäste vom Kap einmal wöchentlich vor ihre Häuser stellten. Er brauchte sie zu allem möglichen: um seine Jagdbeute einzuwickeln oder seine Fische; zum Feueranmachen; um die Samen seines Küchengartens bis zum Frühling aufzubewahren. Aber diesmal wagte er kaum, das Papier zwischen den Fingern zu drücken. Ganz behutsam trug er es zu seiner Hütte wie in ein sicheres Versteck.

Daheim setzte er sich und legte das Zeitungsblatt auf die Erde, so daß das letzte Licht des Nachmittags darauf fiel. In jeder Zeile waren viele jener Buchstaben, die Marie ihm gezeigt hatte. Er lachte still vor sich hin.

Die Nacht überraschte ihn. Auch eines von den Dingen, die ihm seit ein paar Tagen unbegreiflicherweise zustießen. Ohne zu essen oder zu trinken, legte er sich schlafen und ließ die Zeitung zu Füßen seines Bettes auf einem niederen Tischchen liegen, das seine Lagerstätte verlängerte. Sie war das erste, was er am nächsten Morgen beim Erwachen erblickte, die Buchstaben brachen aus dem Papier hervor, sprangen ihm ins Gesicht, und er nannte sie bei Namen, emsig, deutlich, genau.

Dann verließ er die Hütte und ging zum Wasser, atmete den Tanggeruch und das Aroma der Salbeipflanzen am Ufer, die bei Ebbe aufsteigen.

Auf einem Felsen saßen zwei Möwen und stritten sich heftig. Ihre Schreie waren weithin hörbar. Die Reuse aus Reisig lag auf dem Trokkenen. Nur das äußerste Ende bewegte sich im seichten Wasser. Dort zappelten Heringe. Vielleicht war ein Stör darin oder ein Aal. Von den Pflöcken, die in Abständen das Reisig festhielten, spähten die Möwen nach dem Fisch, aber die Bewegung des Wassers beunruhigte sie. Endlich entschlossen sie sich, alles zu fressen. Er hätte hingehen und die Reuse leeren müssen. Aber zum ersten Mal in seinem Leben betrachtete Pierre die Anzeichen eines Fanges, ohne sich auch nur zu regen. Er hatte zu nichts Lust und fühlte sich glücklich.

Er dachte: Der Stör lebt außerhalb des Wassers am längsten. Manchmal eine Stunde oder zwei... Ich habe manch einem die Haut abgezogen. Man hängt den Fisch mit dem Kopf nach unten an einen Ast. Zuerst schneidet man die Haut um den Schwanz herum ein, krempelt sie um wie eine Socke und zieht nach unten. Das Fleisch erscheint ganz rosig. Schwer ist das, man muß sich mächtig anstrengen. Wenn man fertig ist, schneidet man den Kopf am Ende der Haut ab, die wie eine leere Blutwurst aussieht. Und dann habe ich welche gesehen, die sich aufzubäumen begannen und sich an ihrer Schnur hängend verteidigten. Ohne Kopf und ohne Haut. „Leiden die Fische, wenn man sie tötet?" hatte Marie gefragt.

Pierre hockte sich nieder. Er säuberte eine kleine Sandfläche. Als sie schön glatt war, malte er zwei *A* in den Sand, ganz langsam, indem er seine eckigen Bewegungen mehrmals ausglich.

Er betrachtete sein Werk und lächelte. Dann glättete er noch mehr Sandboden, und die andern Vokale folgten. Pierre mußte lachen. Er krempelte seine Hosen bis zu den Waden auf und watete ins Wasser hinein. Sämtliche Seemöwen erhoben sich auf einen Schlag. Er fand etliche Krabben, entfernte die Köpfe, indem er sie zwischen Daumen und Zeigefinger abknipste, und verschlang den Rest. Als er wieder ans Ufer kam, stieg die Flut. Die Buchstaben auf dem Sand würden nicht lange bleiben. Er rief sie bei ihrem Namen, einen nach dem andern, und ging wieder zur Hütte.

PIERRE holte aus seinem Beutel ein paar zarte kleine Stengel, die an Spargel erinnerten. Das untere Ende war noch mit einigen Würzelchen geschmückt. Er sagte: „Ich habe dir Fuchsschwänze mitgebracht. Meine Mutter hatte immer welche, getrocknete."

„Sind sie gut?"

„Gut und schlecht. Du hast gesagt, du möchtest lieber die schlechten kennenlernen. Deshalb habe ich dir die hier gebracht."

„Erklär sie mir."

„Du schälst die Wurzeln und ißt das Innere. Die Indianer essen davon, wenn sie nichts anderes haben. Aber nur im Frühling, wenn sie zart sind. Wenn du sie trocknen läßt, dann kochst du sie mit Wasser. Das Wasser trinkst du. Es ist ein Heilmittel."

„Nett! Nett! Was ich damit anfangen könnte! Du bist fabelhaft, Pierre!"

Marie jubelte. Sie hielt einen der kleinen, wie ein winziger Bambus unterteilten Stengel in die Höhe und drehte ihn vor ihren Augen.

Er sagte: „Meine Mutter hat mir erzählt, daß man ihrer Mutter davon gegeben hatte, um meine Mutter aus ihrem Leibe zu treiben. Ihre Mutter war sehr krank gewesen. Aber meine Mutter war nicht herausgekommen; sie war bis zu ihrer Geburt weitergewachsen, und ihren Brüdern gefiel das gar nicht."

„Das ist interessant", sagte Marie. „Deine Mutter war wirklich Indianerin?"

„Nur zur Hälfte. Zur andern Hälfte war sie Eskimo."

„Erzähle! Arbeiten tun wir nachher. Du siehst aber gar nicht wie ein Eskimo aus, ich schwör's dir!"

Pierre überlegte einen Augenblick, ehe er sagte: „Meine Mutter und mein Vater sind nicht beerdigt. Wenn man nicht beerdigt ist, ist man nicht tot. Meine Mutter sagte, daß der Krieger dann auf immer wandert, auf den Sandbänken am Rande des Wassers. Wenn ich in der Nacht wach werde, gehe ich manchmal lauschen, in der Nähe der Sandbänke. Es sind Orte voller Seelen auf der Suche nach Ruhe. Ich höre nichts. Aber ich denke an meine Eltern."

„Und du bist traurig. Wie ich. Das ist eine schöne Legende. Wenn ich heute nacht wach werde, gehe ich nachsehen. Vor dem Haus ist eine kleine Sandbank. Ich will an meine Eltern denken und an dich."

„Mein Vater sagte, das seien Eskimogeschichten, er lachte und sagte, es sei Robbenblut, die durch den Mund meiner Mutter spräche. Dann wurde sie böse und spuckte auf die Erde."

„Robbenblut, wer ist das?"

„So hieß meine Mutter, als sie noch in der Reservation lebte. Mein Vater hat sie Nod genannt, weil sie ihren richtigen Namen – Robbenblut – nicht mochte."

„Ich mag meinen Namen auch nicht. Marie!..."

„Marie, das ist schön."

„Aber nein! Es ist *ihr* Name. Vielleicht habe ich auch einen andern Namen, wie deine Mutter."

Pierre wußte keine Antwort, weil er Marie betrachtete und sah, wie eine plötzliche Trauer die Schönheit ihrer Augen überschattete. Er nahm seine Erzählung wieder auf.

„Jedes Jahr, zwischen August und September, brach die Indianergruppe aus der Reservation an der Küste auf, zur Jagd nach Pelzen, sehr weit nach Norden. Erst sieben Monate später kamen sie zurück. Manchmal begegneten sie einem Eskimojäger, einem dieser Eskimos, der sich, allein, sehr weit nach Süden vorwagt, um Seehunde zu erlegen. Man verglich die Schlitten, die Hunde kämpften miteinander, manche töteten einander sogar, wenn man nicht aufpaßte. Aber man lachte, weil etwas geschehen war.

Eines Jahres gefiel es einem dieser Eskimos in der Gruppe. Er besaß einen prächtigen Spieß, mit dem er einen Seehund durch einen einzigen gezielten Stoß in den Nacken töten konnte. Er war allein. Er wählte sich eine Frau und liebte sie. Die Brüder dieser Frau ergriffen eines Nachts den Spieß und töteten den Eskimo im Schlaf mit einem einzigen gezielten Stoß in den Nacken. Die Frau schrie den ganzen nächsten Tag und wollte den Leichnam nicht verlassen. Dann führten die Brüder sie mit Gewalt fort. Im August des folgenden Jahres wurde meine Mutter geboren, in der Reservation. Die Indianer nannten sie Robbenblut, um sich über den Eskimo, den Seehundsfettfresser, lustig zu machen. Weder die Frau noch das Kind gingen je wieder mit auf die Jagd. Die Gruppe wollte nichts von ihnen wissen. Sie waren Unglücksbringer. Also verbrachten sie den Winter bei den Alten und Kranken.

Robbenblut wuchs heran, sie war vierzehn Jahre alt, vielleicht fünfzehn, hatte langes schwarzes Haar, das sie in einem Knoten trug. So sah sie mein Vater. Eines Winters, als er Nerze und Marder jagte. Er kam von weit her, aus einem Lande, das niemand kannte. Er war rot wie brennende Heide. Er kannte die Indianer gut, ihre Sitten und ein wenig ihre Sprache. Er schenkte ihnen ein Messer, dem jungen Mädchen Zucker; er zog ihr neue Mokassins an; und als er etwas von ihrer Geschichte wußte, gab er ihr auch einen Namen. Er sagte: ‚Ich nenne dich Nod. Steig auf meinen Schlitten.‘

Aber er wußte, daß es nicht einfach sein würde. Daß er trotz allem Palaver, trotz allem Lachen und aller Geschenke eine große Entfernung zwischen sich und die Indianer der Reservation legen mußte. Und daß er, für alle Fälle, ein gutes Gewehr brauchte.

Der Mann mit den Feuerhaaren und Robbenblut machten sich auf den Weg nach Süden, bis zur untersten Stelle der Flußmündung, um dort einen Übergang über festes Eis zu finden. Wenn es einen gibt... Den Golf im Januar zu betreten ist der schlechteste Augenblick, weil es dann *frasil* gibt.“

„Was ist das?“ fragte Marie.

„Nicht Wasser, nicht Eis, nicht Schnee. Nichts Festes. Nichts Flüssiges. Nicht zu Schiff, nicht mit dem Schlitten, nicht mit Schneeschuhen kann man hinüberkommen. Alles ist versperrt. Vor den Bäreninseln konnte man überqueren. Niemand von der andern Seite würde sie suchen. Auf dem Golf gab es Unmengen Seehunde. Die Mütter fingen ihre Jungen mit offener Schnauze; sie spielten. Die kleine Nod war aufs Eis hinuntergeklettert und hatte auch mit am Zaumzeug des strauchelnden Hundes gezogen. Am Abend fällt die Sonne wie ein Beil aufs Eis, und alles blutet. Das Chaos der mächtigen Eisblöcke sprüht in leuchtender Flugasche, Diamanten, Smaragden, Saphiren. So war es dort, als mein Vater und meine Mutter in der Bucht der Schwertwale ankamen. Zwei Jahre danach wurde ich geboren."

Marie sagte: „Hast du mit deiner Mutter Indianisch gesprochen?"

„Ja, ein wenig. Ich habe fast alles vergessen."

„Sag mir etwas auf indianisch! Egal was. Was du willst."

„*Quâ-quâ-sut!*"

„Das klingt ulkig! Und was heißt es?"

„Der Waldteufel. Du weißt, der Silberdachs. Dieses Tier, das die Indianer hassen. Er raubt die Fallen aus, plündert die Schlingen. Er macht alles kaputt. Und frißt! Deswegen heißt er auch Vielfraß. Sogar Rens kann er angreifen. Und hinterher, wenn er satt ist, verdreckt er, was übrigbleibt. Hierherum gibt's glücklicherweise nicht viele. Ich habe einen getötet, einen einzigen . . . Du sagst nichts, weil ich den Silberdachs getötet habe?"

„Vielleicht hast du recht getan . . . Wenn er wirklich so böse ist", sagte Marie.

„Zeig mir neue Buchstaben", bat Pierre.

„Warte. Sieh mal, was ich habe. Das ist ein Heft und ein Bleistift. Freust du dich?"

„Danke. Ich hab schon welche gesehen."

„Du schreibst alle Buchstaben auf, die ich dir beibringe. Und dann die Silben, die Laute, sooft du kannst. Damit du dich übst."

Er hielt das Heft und den Bleistift wie ein Weihgeschenk in Händen. Sie sagte: „Versuch's mal, los. Fang mit den Vokalen an."

Sie half ihm, das Heft auf seinen Knien zurechtzulegen, den Bleistift richtig zu halten, und dann schrieb er ungeschickt ein *A*, danach zwei weitere.

Er fuhr fort, die Vokale aufzureihen. Sie musterte die Seite und konnte es nicht fassen. „Na, hör mal, das ist phantastisch!"

Er hielt inne und sagte: „Ich hatte schon geschrieben. Auf dem Sand. Bei mir, unten."

„Voilà!"

„Voilà!" sagte er lachend.

Er setzte sich bequemer, hielt den Bleistift fester, fand den Punkt zu dünn, ließ aber nicht ab und machte den Punkt zu dick.

Marie sagte: „Da hat man's, du brauchst einen Radiergummi! Ich bin dumm. Ich werd *ihm* einen stehlen, er hat eine ganze Menge. Und am Ende kannst du lesen und schreiben."

„Das dauert noch lange", sagte Pierre. „Kommst du wieder?"

„Jeden Nachmittag, wenn du willst."

Pierre lächelte, seine Augen wichen nicht von Marie. Mit dem Bleistift in der Hand betrachtete er sie.

„Du bist immer in Bewegung", sagte er schließlich, „wie ein Waschbär."

Sie brach in Gelächter aus: „Na weißt du!"

„Ja, ja", sagte er, „ein Weibchen. Es ist sehr klein und sehr nervös."

„*Er* sagt, daß ich häßlich bin, wegen meiner Ohren. Hast du das nicht bemerkt? Eins ist größer als das andere."

„Ja."

„Aber wenn ich es ein bißchen unter den Haaren verberge und wenn du mich nicht genau von vorn ansiehst, dann bemerkst du es nicht."

„Doch."

„Und?"

„Die Waschbärin ist auch schön, weißt du."

Pierre und Marie trafen sich alle Tage hinter den Felsen, wo sie niemand sehen konnte. In seinem Beutel hatte Pierre das Heft, den Bleistift, die Fibel, einen Radiergummi. Als er ihn öffnete, sagte Marie: „Immerhin siehst du aus wie ein Schüler und nicht wie ein Wilder. Dein Beutel aus Birkenrinde gefällt mir gut."

„Ich schenke ihn dir."

„Das wäre noch schöner!"

„Ich kann dir einen machen. Einen ganz neuen. Wenn du willst."

„Nein, Pierre, danke, besser nicht. *Sie* würde ihn häßlich finden, oder was weiß ich. Eines Tages würde sie ihn wegwerfen! *Er* ist das Gegenteil: Er wirft überhaupt nichts weg, er hebt jeden Dreck auf. Sie sagt: ‚Ich hab's rausgeworfen. Was sollte es denn?' Er wird böse, und dann geht's wieder los: das Geschrei... Nein, behalte deinen Beutel. Besser so."

In dem Heft waren nur noch wenige leere Seiten. Die Buchstaben und Silben wurden immer gleichmäßiger. Jeden Tag verlangte Marie es zu sehen, blätterte, verbesserte und klopfte mit der Bleistiftspitze rhythmisch gegen ihre Zähne, während sie nachdachte.

KAPITEL IV

LANGE, niedrigschwebende Nebelschwaden wehten zwischen den Zweigen der Zedern, der Espen, der Haselnußsträucher dahin. Pierre stellte seine Sachen auf die Erde neben einen kleinen Essigbaum und wartete. Mit den Augen folgte er den Schlängellinien des weißen Dampfes. Auf der äußersten Spitze des Kaps heulte ein Nebelhorn – schon seit dem Morgen.

Wo war Marie? Pierre wartete. Eine dicke Eiche strömte aus sämtlichen feuchten Zweigen Ledergeruch aus. Noch nie hatte Marie sich so verspätet. Als Pierre es nicht länger aushielt, glitt er zwischen den Felsen hindurch und spähte nach der Vorderseite des Hauses. Alles war still; das einzige, was er aus dieser Richtung hörte, war das Geschrei eines Rotkehlchenschwarmes, der sich über einen Vogelkirschbaum hergemacht hatte, sich dort gütlich tat und dessen Anwesenheit zeigte, daß niemand im Hause war.

Er zog sich auf seine Lichtung zurück. Ihm war warm. Er öffnete den Kragen seines Leinenhemdes, der ihm an der Haut klebte. Er begann an Marie zu denken.

Als er sie das erstemal sah, dachte er, hat sie geweint. Ihr ganzer Körper bebte. Sie schloß und öffnete immer wieder die Lider, um die Tränen zurückzuhalten. Zuerst habe ich gedacht, ihre Eltern hätten sie geschlagen. Aber sie hat gesagt, es wäre nichts. Warum also?

Schweigend spann der Nachmittag seine feuchte Hitze wie einen Faden. Ob sie vielleicht abgereist sind?

Sie hatte ihm erzählt: „In der Stadt gibt es asphaltierte Straßen. Und überall Autos. Und haufenweise Wolkenkratzer, einer neben dem andern. Du schaust nach oben in den Himmel, siehst aber nicht viel davon. Mein armer Pierre, es gibt nicht mal Vögel, einen kleinen Park mit verkümmerten Bäumen, ganz lächerlich. Du hast Glück, daß du das nicht kennst. Im Sommer reist man hierher... Es ist die einzige gute Zeit des Jahres, das kann ich dir sagen! In der übrigen Zeit: Untergrundbahn, Einschienenbahn, Autobusse, Schmutz. Voilà."

„Ich möchte gern einen Zug sehen. Ich hab davon gehört, schon oft. Ich hab sogar eine Fotografie gesehen, in einer Zeitung..."

„Einen Zug sehen? Was für eine Idee! Du würdest vor Angst sterben. Ein Zug ist nichts Komisches! Finde ich jedenfalls."

„Aber er rollt sehr schnell. Die Camper haben mir das einmal erzählt. Ich habe genau aufgepaßt. Es waren junge, mit Motorrädern. Sie haben sich über mich lustig gemacht. Na ja, sie hatten ihre Motorräder auf den Zug gestellt, um schneller anzukommen."

„Hm, na und?"

„Wie fahren die?"

„Nicht leicht, dir das zu erklären, Pierre. Mit Elektrizität, die die Räder antreibt. Voilà."

„Bring mir andere Buchstaben bei. Gibt es noch viele?"

„Ungeheuer viele", hat sie gesagt.

Es begann zu dämmern, und sie kam nicht. Pierre wagte weder etwas zu unternehmen noch sich zu rühren. Er lauschte: aus dem nahe gelegenen Haus kein Laut; das Nebelhorn, das nicht aufgab; ein paar Möwenschreie. Er sah zu, wie der Nebel sich verdichtete. Endlich erhob er sich und ging. Hatte Marie vielleicht geweint, weil sie allein war?

Am nächsten Morgen war der Nebel wie Watte. Kaum daß man die Fichten in der Nähe der Hütte sah, alles war weiß verhüllt. So gibt es mitten im Sommer plötzlich Tage, die wie in einer düsteren Erwartung verharren. Nichts regt sich. Es ist warm, aber man glaubt zu frieren. Man weiß, daß Flut ist, aber es plätschert keine Welle, nur dieser weiche Geruch nach Wasser und Jod und Fischen.

Pierre wanderte lange, kam an einen schmalen Bach und zur Biberfalle. In der Schlinge hing einer am Ende des biegsamen Zweiges.

Zunächst machte er ihn los, warf ihn auf die Erde und begann die Falle wiederherzustellen. Mit ganz behutsamen Bewegungen brachte er den Köder an, einen jungen Weidenzweig, der noch besser war, nachdem er den Geruch des Tieres angenommen hatte. Er hängte die Lockspeise hinter die Messingschlinge, jetzt mußte man das Ganze an dem biegsamen, in eine Gabel gelegten Zweig zum Halten bringen,

dann die Schlinge mit einem Holzhaken am Boden befestigen, leicht im Gras der engen Spur verborgen, wo das Tier vorbeikäme; es würde alles herunterreißen und gefangen sein.

Nachdem die Falle aufgestellt war, betrachtete Pierre den Biber. Es war ein Männchen. Wenn man die Lockspeise mit seinen Drüsen einriebe, wäre die Falle ausgezeichnet. Er stieg zum Wasser hinunter, krempelte seine Hosen auf, machte seine Füße naß und begann mit der Messerspitze dem Biber das Fell abzuziehen. Wenn man einen toten Biber in der Nähe der Falle liegen läßt, bricht Panik aus, und alle andern verschwinden. Die guten Fleischstücke nahm er mit, die Eingeweide und das Skelett warf er in den Golf; die vom Geruch angezogenen Seemöwen tauchten sogleich aus dem Nebel auf und begannen zu streiten.

Pierre hob den Biber auf, stieg zu seiner Hütte hinauf und hängte das Fell an einen Ast. Seine Gedanken waren unablässig bei Marie. Warum war sie gestern nicht gekommen? Wo war sie? Und die Buchstaben, die noch fehlten? Lesenlernen dauert lange. Er trat in die Hütte, nahm seinen Beutel und ging zum Kap.

Im weißen Haus war niemand. Er erreichte die Lichtung zwischen den Felsen, setzte sich und wartete wie gestern. In Watte gehüllt schlief er ein, und Marie erschien. Lächelnd neigte sie sich ihm entgegen. Er machte die Augen auf. Niemand.

Er setzte sich wieder auf, nahm sein Messer aus der Tasche und öffnete es. Die Spitze war gut geschärft; er setzte sie am Fels an, begann mit äußerster Sorgfalt den letzten Buchstaben einzugraben, den er gelernt hatte, und fügte die Vokale hinzu. Nach einer beträchtlichen Weile sagte der Fels zu Marie: FA FE FI FO FU FAU FEU FAI.

Als er wußte, daß Ebbe war, ging er. In seiner Hütte betrachtete er die Holzwände. Sein Vater hatte ein Regal gebaut, auf dem die Jagdutensilien, die Töpfe, die Kerzen lagen. Pierre hatte einen Haken für seine Kleider zugefügt. Es war noch viel Platz vorhanden.

Pierre nahm Zeitungen, breitete sie auf dem Tisch aus und begann Buchstaben auszuschneiden. Da waren große Druckbuchstaben und ganze Silben, manchmal sogar ein Wort: alles, was Pierre kannte. Dann nahm er den Leim, den er für seine Harpunen brauchte, machte ihn warm und begann an den Wänden die Klebarbeit. Gleiche Buchstaben setzte er nebeneinander; dann Buchstabenkombinationen in engen Reihen, wie in seinem Heft. Das kostete Zeit. Als er fertig war, hielt er inne und betrachtete sein Werk. Immer noch viel helles Holz, leer und stumm. Wann wird es fertig? Wo ist Marie? dachte er.

AM NÄCHSTEN Tage war der Nebel verschwunden. Und Marie erwartete ihn. Sie trug einen beigefarbenen Wollpullover und eine blaue Hose.

„Ich wollte überhaupt nicht mitgehen, Pierre. Aber *sie* haben beschlossen, ihre Freunde zu besuchen. Sie haben dort angerufen: ‚Hier ist es so langweilig!‘ Und schon waren wir unterwegs. Ihre Freunde sind Dummköpfe: sie erzählen bloß Quatsch, den jeder kennt... Du hast keine Ahnung! Ich wollte nicht, aber *er* wollte. Also hat er mich geschlagen. Ich habe getan, als ob ich gehorchte, aber in Wirklichkeit habe ich gedacht: Wenn ich mitgehe, werde ich schon eine Gelegenheit finden, neue Bücher für Pierre zu kaufen... Da unten gibt es eine riesige Buchhandlung. Natürlich haben sie bei ihren Freunden getrunken; sie waren blau; ich bin nach oben ins Bett gegangen. Am Morgen steh ich ganz allein auf. Ich nehme Geld aus seiner Jackentasche, gehe in die Stadt und kaufe alles, was du brauchst! Sieh mal: fünf Bücher, und keine dummen, du wirst sehen. Sogar das hier habe ich gefunden, es ist ein Geschenk: ein Füllhalter und eine Flasche Tinte zum Nachfüllen. Schau, ich zeig dir, wie es geht.“

Die Bücher waren bebildert. Pierre schlug sie auf; sie waren voller Buchstaben, Wörter, Fotos, Zeichnungen. Er wußte nicht, wo anfangen. Er lachte.

Sie sagte: „Ich komme zurück und verstecke alles in meinem Koffer. Hinterher habe ich darauf gewartet, daß sie sich zur Heimfahrt entschließen! Vielleicht sind wir noch am Nachmittag zurück, damit ich dich noch sehe?... Aber es wurde fast Abend; trotzdem bin ich hergekommen und habe deine Buchstaben gelesen. Schön sind sie, auf dem Felsen. Voilà!“

„Ich wußte nicht, was ich tun sollte“, sagte Pierre. „Sind noch viele Buchstaben übrig?“

„O ja! Aber die lernt man schnell. Du bist sehr intelligent, Pierre! Wollen wir arbeiten?“

„Ja."

„Also dann schlag dein Heft auf. Das da ist ein G. Versuch das abzu-
schreiben. Und verwechsle es nicht mit dem C, ja? Gib gut acht."
Sie verfolgte, was er schrieb. Nach einer Weile hielt Pierre inne und
sagte: „Wenn er dich geschlagen hat, ist er böse."

„Natürlich! Was glaubst du! Sie schlägt mich auch, mußt du wissen.
Sie sagt, das sei gut für die Erziehung der Kinder."

„Mein Vater hat mich manchmal mit der Peitsche geschlagen. Lernt
man das aus Büchern, daß das gut ist?"

„Hör mal, du verwirrst alles! Versuch nicht, zu begreifen. Wenn du
lesen kannst, wirst du lesen. Dann wirst du verstehen, was ich dir sage.
Du wirst sehen, daß du nichts weißt, und du bekommst Lust zu lernen.
Sie können lesen, stell dir vor. Aber sie lesen nicht, um zu lernen.
Wenn sie lesen, dann verkehrt: dummes Zeug, Albernheiten. Sobald
etwas belehrend ist, langweilt es sie. Und sie glauben, daß sie was wissen! Immerfort reden sie über alles mögliche: die Probleme der
Menschheit, wir leben in einer ernsten Zeit, der Bürger versteht nichts
von Kunst, das Elend in der Welt... Sie reden über egal was. Aber sie
tun nichts, weil sie sich nicht mit der Hauptsache beschäftigen, voilà.
Was wichtig ist, ist lernen. Nicht nur wiederholen. Wenn du lesen
kannst, schlägst du ein Buch auf, und dann weißt du, wie das ist, dich
zum Himmel aufzuschwingen, leicht zu sein wie ein Vogel, du wirst
sehen, du wirst sehen! Und dann schlägst du ein anderes auf, du kannst
nicht mehr aufhören. Es gibt nichts Besseres... Bist du fertig?"

Pierre hielt das Heft hin. Nach den beiden fertigen Reihen hatte er
eine dritte angefangen, und als erstes hatte er GA geschrieben.

„Na also!" sagte Marie. „Du hast das System gut verstanden. Du
siehst, jetzt geht es sehr schnell! Der nächste Buchstabe ist das H."

Er machte sich wieder an die Arbeit. „Die Seglervögel sind heute
morgen angekommen", sagte er und fing eine Reihe H an.

„Was ist das?"

„Ganz kleine Vögel, sie fliegen immer in Gruppen, ganz eng beieinander und wie ein Schiffsegel, das sich im Winde bläht und wieder zu-
sammenfällt. Alle lassen sich im selben Augenblick auf den Strand
nieder. Wie ein fallendes Segel..."

Pierre schwieg. Er war auf einmal traurig.

Marie betrachtete ihn verwundert. Sie sagte: „Ich hoffe, daß du nicht auf die Seglervögel schießen willst!"

„Die Seglervögel kann man nicht töten", sagte Pierre. „Sie sind zu klein und zu nichts zu verwenden. Ich habe diesen Sommer nicht einen einzigen Vogel getötet. Seit du es mir gesagt hast. Auch sonst nichts."

„Und der Biber, von dem du mir erzählt hast?"

„Den habe ich nicht getötet. Es ist immer dieselbe Falle, seit Jahren; er hat sich ganz allein gefangen."

Marie begann zu lachen. Pierre sah wohl, daß sie wegen des Bibers nicht sehr böse war. Ganz schnell fuhr er fort: „Und in die Falle, die ich für die Hasen gemacht hab – da hab ich keinen Köder mehr hineingetan. Hab seit langer Zeit keinen Hasen mehr gehabt."

„Gut, gut", sagte Marie. Sie nahm ihm das Buch wieder ab und zeigte ihm einen neuen Buchstaben.

„Jetzt, wo die Seglervögel da sind, haben wir keine Zeit zu verlieren!" sagte Pierre.

„Warum redest du immer von den Seglervögeln?"

„Wenn sie kommen, geht der Sommer. Die Blätter färben sich rot, das Wasser wird tückisch, die Menschen verlassen das Kap, alle. Ich sehe dich nicht mehr. Und ich habe noch nicht fertig lesen gelernt."

„Ach so!" sagte Marie, „das meinst du! Du weißt doch, daß wir als letzte abreisen, mindestens einen Monat nach den andern... Also! Wenn du willst, kannst du lesen. Es sind nur noch dreizehn Buchstaben übrig, weil du die Vokale schon kennst. Und je weiter es geht, desto leichter wird es."

Pierre schwieg mit düsterer Miene.

„Du siehst nicht gut aus, finde ich. Du bist niemals krank gewesen?"

„Nein", antwortete er.

„Ein Glück! Was würdest du machen, wenn du eine Krankheit wie Blinddarmentzündung bekämst? Vielleicht ißt du nicht genug? Was hast du zu Mittag gegessen? Zum Beispiel..."

„Zu Mittag? Nichts, weil ich heute morgen gegessen habe. Es war Ebbe, und ich habe die Reuse geleert. Hinterher habe ich einen Hering gegessen."

„Aber den hast du nicht roh gegessen! Das ist wenig, weißt du. Ich habe Hunger, immer Hunger. Und du nicht. Sonderbar ist das."

„Ich habe den Hering roh gegessen", sagte Pierre. „Was ist das, eine Blinddarmentzündung?"

„Mach dir darüber keine Gedanken. Du bekommst sie nicht. Ein Hering roh! Puh! Ich möchte dich gern besuchen. Dann wüßte ich, wie du wohnst, wie du heizt. Ich wäre nicht so besorgt, wenn ich diesen Winter an dich denke."

„Es ist weit bis zu mir. Es kommen nicht oft Leute. Manchmal die Camper, ja, wenn ich ihnen mehrere Tage keinen Fisch bringe, dann kommen manche..."

„Wenn du willst, gehe ich morgen den Weg hinunter bis dahin, wo das Kap zu Ende ist. Auf den Abhang zur Savanne. Du brauchst nur auf mich zu warten, und dann zeigst du mir den Weg zu deiner Hütte."

„Gut", sagte Pierre.

„Morgen bringe ich dir ein neues Buch mit, ein Wörterbuch."

„Was ist das?"

„Da sind alle Wörter drin. Du suchst ein Wort wie zum Beispiel ‚Zug'! Du findest, was das ist, gut erklärt, manchmal mit einem schönen Foto oder einer Zeichnung..."

„Alle Wörter?"

„Alle. Weißt du, was das bedeutet? Du hast mich nicht mehr nötig, überhaupt niemand, du arbeitest ganz allein. Voilà... Jetzt hör mal zu. Ich will dir etwas sagen. Ein Gedicht. Du weißt, was das ist?"

„Ja."

„Wieso weißt du das?"

„Im Radio sagen sie manchmal welche. Ich finde das sehr schön. Ich verstehe beinah nichts, aber ich mag die Wörter."

„Hör zu: ‚Mein Kind, meine Schwester, o denke, wie schön, nach dort unten zu gehn, wo das Leben so leicht. Beieinander zu leben, in Muße zu lieben, zu lieben, zu sterben, in dem Land, das dir gleicht.' Schön, nicht? Verstehst du's?"

„Ja. Aber du hast es nicht gelesen. Hast du es selbst erfunden?"

„Aber nein. Ich kenne es auswendig. Wenigstens den Anfang! Hast du das bemerkt? Man behält ihn sofort. Es ist wie ein Lied. Ich gebe dir Gedichtbücher. Wenn du lesen kannst, bist du niemals wieder ganz allein. Voilà."

„Aber", sagte Pierre, „seit ich dich kenne, bin ich nie mehr ganz allein. Jeden Tag warte ich auf den Mittag, um hierherzukommen, und abends denke ich an alles, was du mir gesagt hast."

„Genau wie ich. Ich war immer ganz allein, die andern Jahre..."

Sie brach einen kleinen Haselzweig ab, drei Blättchen und eine winzige runzlige Frucht, nahm ihn in den Mund und schnitt eine Grimasse. Sie sagte: „In der Stadt habe ich eine Freundin. Wir erzählen uns alles. Ich hab sie sehr gern. Ich weiß genau, daß du sie auch mögen würdest. Und sie! Wie sie mich ausfragen wird!... Aber ich glaube, alles kann ich ihr nicht erzählen. Nicht von dir; jedenfalls nicht alles von dir. Ich werd ihr erzählen, daß ich dir Lesen beigebracht habe, das bestimmt, sie wird es nicht fassen können! Großartig! Aber sie wird nie wissen, wer du bist. Weil du, weißt du, weil du für mich ganz allein bist... Ein Geheimnis, verstehst du?"

„Du auch", sagte Pierre.

Er wollte sagen, daß Marie seine Freundin sei, daß auch er niemals von Marie erzählen könne und daß er nicht wisse, warum sie am ersten Tag geweint habe.

Er sah sie an. Sie trug ein silbernes Armband eng um das Handgelenk, ganz dünn, wie eine Schlinge für Hasen. „Morgen", sagte Pierre, „morgen gebe ich dir auch etwas, für ein Schmuckstück."

„Ein Schmuckstück? Toll! Was denn?"

„Alle sagen, daß er schön ist, und sie wollen immer welche haben: ‚Du hast wohl keinen Schwertwal-Zahn, Roter?' "

„Ein Schwertwal, wie sieht der aus?"

„Größer noch als viele andere Walfische. Und viel stärker als alle Walfische, weil er die nämlich frißt."

„Nicht möglich!"

„Doch, doch, er frißt die kleinen Walfische und die Seehunde und die Vögel, alles, was er findet. Eines Tages ist einer gestrandet. Die Fischer sind gekommen und haben ihm den Bauch geöffnet. Weißt du, was sie gefunden haben? Einen jungen Wal und über ein Dutzend Seehunde. Siehst du! Die Jungen aus dem Dorf wollten alle ein Stück... Eine Woche lang war es eine richtige Plünderung. Ich hab einen Zahn genommen, der übrigblieb."

„Du willst ihn mir geben, deinen Zahn?" sagte Marie.

„Ja."

„Ich liebe dich, weißt du."

„Ich liebe dich auch", sagte Pierre.

Sie betrachteten andere Buchstabenverbindungen, die mit dem J. Er schrieb ein kleines Diktat aller Silben, die er kannte. Dann nahmen sie das K und das L vor.

An diesem Tag erklärte Marie, daß man auch mehrere Silben nebeneinandersetzen könne, um ein langes Wort zu bilden. Pierre staunte. Alles konnte man verbinden, und es paßte zusammen. Worte. Ganze Worte; tausendmal gehört und tausendmal gesagt: da waren sie jetzt auf den Seiten, schlafend wie Tiere, die aber sprechen konnten.

Als sie mit der Arbeit aufhörten, begann Pierre Grashalme zu pflükken. Er ordnete sie auf dem Boden, legte sie zu Buchstaben zusammen, und schließlich schrieb er ein Wort. Da gab Marie ihm einen Kuß.

AM NÄCHSTEN Tag sollte sie auf dem Kapweg kommen. Pierre wartete und sah sie zwischen den Ahornbäumen auftauchen. Sie trug einen blauen Pullover, eine ebenfalls blaue Leinenhose und Sandalen aus geflochtenem Leder. In der Hand die Strohtasche, in der sie manchmal ihre Bücher hatte. Das Haar wehte ihr ums Gesicht: sie trug es offen, und der Wind machte damit, was er wollte.

Sie gingen dicht nebeneinander los. Zuerst stiegen sie ans Meer hinunter, das gerade hoch stand, gingen auf dem schmalen Sandstreifen, wo die Tuffs der Wassergräser beim geringsten Windhauch den Hügeln blauer Iris zunickten, die schon zu welken begannen. Der Durchgang zwischen Erde und Wasser ist eng; Marie lief nun hinter ihrem barfüßigen Führer. Pierre bückte sich, pflückte einen Stengel mit hellgrünen Blättern und wandte sich um: „Iß das", sagte er, „es schmeckt. Man macht eine sehr gute Suppe daraus."

Sie probierte; ein Aroma wie von reifer Frucht erfüllte ihren Mund. Der Sandpfad verlief sich in der Nähe der Felsen, und dann betrat man auf einem Grasweg den Wald. Drosseln stoben hoch, und eine Springmaus flüchtete in hohen Sätzen. Zu beiden Seiten des Eingangs in den Wald bildeten Farne ein undurchdringliches Gestrüpp, aus dem sich hohe Fichtenstämme erhoben. Sie überquerten eine Lichtung voller Essigbäume, deren Fruchtstände wie rotes Feuer auf grünem Samt leuchteten. Dann ein Ahornwald mit ein paar hohen Birken, deren

Stämme ihre weiße Rinde hängen ließen wie die offenen Seiten eines Buches.

Wo der Wald zu Ende war, lag Pierres Hütte. Vor der Tür saß der Polizist. Pierre blieb zögernd stehen. Marie trat auf ihn zu und sagte guten Tag mit einer Stimme, die neu, fremd und zurückhaltend klang. Der Polizist stand schwerfällig auf und sagte: „Was machst du hier?" „Wie, was ich hier mache!" sagte Marie. „Ich kaufe Heringe! Wenn welche da sind. Ist das verboten?"

„Nein. Komisch ist es. Kommst du oft?"

„Manchmal."

„Wie oft?"

„Das weiß ich nicht."

Der Polizist musterte die beiden; er verzog das Gesicht.

„Sieh mal an. Was sagst du dazu, Roter?"

„Roter..." (Marie zuckte die Achseln.) „Der Rote sagt gar nichts. Er ist stumm. Vielleicht blöd?... Alle sagen doch, er sei blöd, der Rote. Gerade deswegen komme ich: Wenn man Heringe will, holt man sie besser... Er kann einem Gott weiß was bringen! Voilà."

„Schicken dich deine Eltern? Würde mich wundern."

„Ich brauche meine Eltern nicht zum Fischholen."

„Ich finde dich ziemlich ungezogen, wie? Sei höflich, damit dein Vater dir nicht die Ohren langzieht."

„Das wäre nichts Neues", sagte Marie.

„Und deine Tasche", sagte der Polizist, „was ist da drin?"

„Bücher. Wollen Sie sie sehen? Bücher, voilà."

Sie hob die Schultern und wandte sich an Pierre: „Also, Monsieur, wollen Sie mir den Hering verkaufen?"

„Hör mal, Kleine! Keine Geschichten. Ich bringe dich nach Hause zurück. Mit Gewalt, wenn's nötig ist. Schon zweimal habe ich dich vor deinem Hause bemerkt: Du hast ihn erwartet. Ich hab's gesehen... Und dann möchte ich gern wissen, wo ihr hingeht, was ihr anstellt. Zum Donnerwetter. Ich werd's deinen Eltern sagen. Und du, Roter, wenn ich dich noch ein einziges Mal mit ihr sehe, ein einziges Mal, dann stecke ich dich in den Bau. Hast du verstanden? In den Bau! Hinter Gitter und in Fesseln. Potztausend. Und was soll der ganze Zeitungskram an deiner Wand? Das möchte ich auch wissen!... Man duldet dich hier, wenn du dich ruhig verhältst... Wenn du uns ärgerst: in den Bau. Verstanden? Du, mein schönes Kind, geh voran. Der Wagen steht dort, nicht weit."

Marie wandte sich an Pierre. „Auf Wiedersehen, Monsieur..."

„Los, vorwärts!" sagte der Polizist.

Reglos sah Pierre den beiden nach, die sich zwischen den Bäumen entfernten. Zweimal drehte Marie sich um, und beide Male lächelte sie. Sie verschwanden; man hörte den Wagen anlaufen.

Pierre überlegte: Dem Polizisten ist es nicht recht, wenn ich bei Marie bin. Warum? Hat er Angst, daß ich ihr etwas Böses tue? Er weiß nicht, daß sie mir Lesen beibringt und Schreiben... Sie wollte nicht, daß er es weiß; warum? Er wird sie zu ihren Eltern zurückbringen. Man schlägt sie vielleicht. Wenn sie weint, ist es meine Schuld. „Ich kaufe Heringe!" Das hat Marie gesagt. Warum? Sie hat mich Monsieur genannt. Marie, wenn du es mir erklärst, dann werde ich's verstehen.

Pierre trat in seine Hütte. Die Füße des Polizisten hatten Erde und kleine Zweigstückchen auf den Dielen hinterlassen. Pierre betrachtete die an die Wand geklebten Buchstaben.

Und die fehlenden Buchstaben, wer zeigt mir die? Ich muß hinuntergehen, nachsehen... Wenn ich am Wasser entlanggehe, ohne Lärm zu machen, dann sieht mich niemand. Vielleicht kommt sie. Wenn sie nicht kommt, bis es dunkel wird, gehe ich morgen wieder hin. Wenn ich ein Blatt aus meinem Heft mitnehme und es unter einen Stein lege, dann weiß sie, daß ich gekommen bin. Was ich ihr sagen will, das würde ich auf das Blatt Papier schreiben, wenn ich schreiben könnte: voilà. Schreiben muß man können.

DIE SONNE versank hinter dem großen weißen Haus. Ein Hauch von Ocker und Feuer überflutete die Bäume, den Himmel und das Gras. Pierre glitt zwischen den Felsen hindurch auf die Lichtung, und Marie war da. Sie warf sich ihm an die Brust. Dann trat sie zurück, um ihm besser ins Gesicht sehen zu können. Sie sagte: „Ich wußte, daß du schnell kommen würdest. Ich habe auf dich gewartet... Sie, die sind blau. Dann hat der Polizist gesagt, er würde morgen mit ihnen reden. Sein Gesicht hättest du sehen müssen! Schrecklich. Der Idiot. Wieso mischt er sich ein! Ich, ich werde ihnen sagen, daß

ich Hering wollte. Sie werden sich schön darüber lustig machen."
„Aber wenn du sagst, daß du mir Lesen beibringst?"
„Bist du verrückt? Du kennst sie nicht. Sie würden mich alle Tage
beaufsichtigen!"
„Warum?"
„So ist das eben."
Pierre spürte, daß Marie recht hatte. Als sie weinte, war es vielleicht
deshalb gewesen, daß man sie gehindert hatte, etwas zu tun, was sie
gern tun wollte.
Marie fuhr fort: „Weißt du, wir werden einen ruhigeren Platz finden
müssen."
„Vielleicht die Höhle", sagte Pierre.
„Welche Höhle?"
„Da ist die Quelle: sie hat eine Höhle ausgewaschen, hinter dem fla-
chen Fels... Es ist beinah am Ufer des Golfs, zwischen zwei großen
Felsen, man sieht nichts. Und in einem Winter war es eine Luchshöhle,
weil da den ganzen Sommer Sperrkraut gewachsen war. Die Luchse
mögen den Geruch."
„Und wo ist dein flacher Fels? Ich gehe morgen hin."
„Morgen, dann wird Ebbe sein. Du gehst an den Felsen entlang, wo
das Kap anfängt. Ich bin da und zeige dir, wie man in die Höhle hinun-
tersteigt. Sie ist groß, man kann sich setzen, und es ist kühl, im Sommer."
„Also bis morgen", sagte Marie. „Ich muß gehen."
„Zeig mir noch einen neuen Buchstaben", sagte Pierre. „Einen einzigen."
„Heute hätten wir das *M* nehmen müssen. Gib mir dein Messer."
Sie ritzte etwas in den blauen Fels und trat zurück, um das Ergebnis
zu betrachten. Sie hatte zwei unbeholfene Buchstaben gemalt.
„Siehst du. Großes und kleines *M*. Du kannst es leicht erkennen, es
ist der einzige Buchstabe mit drei Beinen. Voilà. Ich muß gehen! Vielleicht ist der Idiot in der Nähe. Ich traue ihm nicht. Bis morgen, am
flachen Felsen."
Sie entfloh. Pierre starrte den eingeritzten Felsen an. Dann lief er den
Hang hinunter auf den Uferweg. Bei jedem Schritt wiederholte er den
neuen Buchstaben mit den drei Beinen.

KAPITEL V

AM FOLGENDEN Tage gingen sie zusammen zur Quelle. Wie Pierre gesagt hatte, handelte es sich um eine große, von mächtigen Felsblöcken ganz verdeckte, ausgewaschene Höhle. Aber an einer Seite schaute der Himmel hinein, und durch diese Öffnung glitt man ins Innere. Unter der Felsdecke ein wenig Sand und wilde Kräuter. In einem Winkel, wo das Licht nicht hinreichte, quoll zwischen Kies schwach das Wasser empor, man konnte nicht sehen, woher genau. Welke Blätter, auch Astwerk, lagen in den Ecken herum, wo der Wind nicht hinkam. Pierre begann Ordnung zu schaffen, und Marie fand den Platz wunderbar.

„Du bist genial, Pierre!" sagte sie. „Das ist eine großartige Höhle. Da können sie lange suchen! Da wird der Idiot von einem Polizisten das Nachsehen haben! Was glaubt der eigentlich? Wenn ich mit einem unserer Nachbarn auf dem Kap zusammen gewesen wäre, hätte er nichts gesagt. Aber ich war mit dir zusammen, und schon ist er wütend. Verstehst du das?"

„Nein, warum?"

„Wenn man in Ruhe gelassen werden will, ärgern sie einen. Voilà."

„Der Polizist kauft mir Felle ab", sagte Pierre. „Ich bin froh, wenn er kommt. Einmal habe ich ihm einen Biber verkauft."

„Sieh an! Für wieviel hast du ihm den verkauft, deinen Biber? Sag."

„Für einen Dollar."

„Das ist unglaublich", sagte Marie. „Willst du wohl aufhören, dich in dieser Weise bestehlen zu lassen?... Ich bin gar nicht zufrieden mit dir... Neulich hast du mir erzählt, die Camper hätten dir einen Dollar für deine ganzen Sardinen gegeben. Gut, lassen wir das! Aber ein Biber, der ist ein Vermögen wert."

„Ich sehe gern Menschen", sagte Pierre. „Und der Biber, der ist mir egal. Ich könnte viele fangen."

„Ich weiß", sagte sie, „dir ist es egal. Das ist dein Recht. Aber sie, sie haben nicht das Recht. Sie sind Banditen. Verstehst du?"

„Nein, warum?" fragte Pierre.

„Laß nur... Später wirst du Bücher lesen, und dann wirst du schon verstehen. Und jetzt mein Geschenk: das Wörterbuch! Ich hatte es natürlich schon gestern; ich konnte es dir wegen dieses Idioten nicht geben. Es enthält Zeichnungen, Fotos, Seiten und nochmals Seiten. Und es ist noch ein ganz kleines. Wenn *sie* merken, daß ich es weggenommen habe, gibt es Theater! Sie lösen nämlich Kreuzworträtsel. Er sagt bestimmt, sie hätte es weggeworfen. Sie sagt nein. Dann gibt es Geschrei. Er wird das ganze Haus auf den Kopf stellen, auch mein Zimmer, deshalb ist es besser, wenn ich jetzt gehe!..."

Marie lächelte, während Pierre bezaubert immer wieder in dem Buch blätterte. Er hob den Kopf und sagte: „Ich will dir auch mein Geschenk geben."

Er leerte den Inhalt seines Beutels auf das Gras und hielt ihr einen weißen Zahn hin, den Marie von allen Seiten betrachtete. Sie fühlte die Glätte des polierten Elfenbeins. Sie hielt ihn gegen ihre Lippen wie einen riesigen Eckzahn; sie schaute Pierre an, und beide lachten. Sie küßte den Zahn.

„Schön ist er", sagte sie schließlich, indem sie ihn gegen ihre Brust hielt. „Mit einem Loch darin und an einer ledernen Schnur wird er ein toller Anhänger! Der bist dann du, Pierre. Ich trage dich um den Hals... Immer! Aber ich trage ihn unter meinen Kleidern, damit ihn keiner sieht. Und jetzt, willst du weitermachen?"

„Ja."

„Nimm dein Heft." Und Marie zeigte ihm das *N*.

„Das sag ich dir gleich, es wird schwierig, weil das *N* dem *M* viel zu ähnlich sieht. Hör gut auf den Unterschied: *Ma, Na*."

„*Ma*, das ist, wie wenn man Marie sagen will. Das kann man nicht mit *Na* verwechseln. Du, du hast drei Beine", sagte Pierre.

„Ja, das sagst du jetzt, nachdem ich's gerade gesagt habe! Aber ich weiß noch genau, als ich lesen gelernt habe, habe ich die beiden Buchstaben lange verwechselt. Die Schwestern sagten: ‚Du bekommst eine Strafe.' Ich hab mich darüber lustig gemacht: Die Strafe war, Seiten voll *M* und *N* zu schreiben, statt spielen zu gehen. Ich mochte gar nicht spielen."

„Was für Schwestern?"

„Die Schwestern im Kinderheim. Ich war sechs oder sieben. Da waren viele Kinder. Man kam sie ansehen, um sie zu adoptieren. Eine

Schwester hatte mich sehr gern; sie sagte: ‚Die andern finden viel schneller Eltern als du, weil du krank bist.‘“
„Und du warst wirklich krank?“
„Nein! Wenn ich es gewußt hätte, hätte ich so getan. Und hätte jetzt keine Eltern! Ich war viel lieber im Kinderheim als bei ihnen.“
Nach einem kurzen Schweigen sagte sie: „Bist du fertig? Gib mir dein Heft. Sieh mal: Wenn du die beiden Silben zusammensetzt, heißt es Mama. Mama, wie deine Mutter.“
Einen Augenblick später sagte sie: „Am besten hab ich’s im Kinderheim gehabt. Und hier, bei dir.“

DER SOMMER brütete immer weiter. Die Feriengäste hatten, so lange sie sich erinnern konnten, so etwas nierlebt. Zuerst war der August feuchter gewesen als gewöhnlich. „Man kommt doch hierher, um der Feuchtigkeit im Süden zu entgehen. Dieser Sommer ist vermasselt“, hieß es. Danach die Trockenheit, nun schon seit mindestens vierzehn Tagen; die Fliederbeeren vertrockneten am Strauch; das Laubwerk der Himbeeren weinte Gold auf das welke Gras; die Erde schmachtete; die Sonnenuntergänge waren weiß, später mischte sich der Mond unter die Nordlichter. Morgens verdunstete der Tau sofort, dann leuchtete alles, dampfte, ehe es beim süßen Honigduft der Bienen in Schlummer versank.
In diesen Tagen trug Marie ein langes, leichtes Kleid ohne Gürtel; wie ein Cape, das bei der geringsten Bewegung wehte. Als sie sich neben Pierre gesetzt hatte, ordnete sie den Stoff auf dem Boden um sich herum: wie eine große, lachsfarbene Blüte, die aufs Gras gefallen ist.
„Ich habe gestern abend Tümmler gesehen, mindestens ein Dutzend. Toll!“
„Bei Sonnenuntergang, da haben sie Hunger. Morgens kommen sie an die Luft, damit die Flöhe auf ihrer Haut sterben.“
„Du bist sehr gescheit“, sagte Marie. „Alles, was du sagst, geht mir den ganzen Abend im Kopf herum. Wie wenn ich ein Buch zumache, in dem ich gerade gelesen habe. Ich bin gern bei dir. Jeden Tag beeile ich mich wegzukommen. Sie sind noch beim Aperitif, ich esse ein Butterbrot, und schwupp! finde ich eine Ausrede spazierenzugehen.“
Seit diesem Tage beeilte sich auch Pierre. Er ließ die gewohnten Ar-

beiten liegen. Der Holzstapel wurde kleiner. Der Küchengarten glich sich der Savanne an. Marie geht, wenn der Sommer zu Ende ist, dachte er. Holz spalten und alles andere tue ich im Winter, nicht jetzt.

Er ging kaum mehr an den Strand am Ende der Bucht, wo die Camper sich aufhielten. Lieber schrieb er oder las; mit lauter Stimme wiederholte er alle Buchstaben, alle Laute, die Marie ihn gelehrt hatte.

Bald war Mittag. Jetzt saß Marie, gegen einen Felsen gelehnt, in der Quellenhöhle. Sie las.

Immer war es Marie, die das Schweigen brach: „Weißt du, wie viele verschiedene Bücher es auf der Welt gibt?... Also, es gibt mehr Bücher als lebende Menschen! Beständig sterben Menschen. Die Bücher sterben nicht, nie.“

Dann fuhr sie fort: „Erzähle mir von deinem Vater. Warum ist er immer dageblieben, in eurer Hütte, bei deiner Mutter und bei dir?“

„Ich weiß nicht. Er hätte es mir vielleicht gesagt, wenn er nicht verschwunden wäre. Ich erinnere mich, daß er manchmal mehrere Tage lang nichts sagte. Er las die Zeitungen, er steckte sie wieder in den Umschlag. Er sprach nicht mehr. ‚Er denkt an die Ahnen‘, sagte meine Mutter. ‚Laß ihn.‘

Er verließ das Haus, ging in den Wald, und ich folgte ihm von ferne. Er beschäftigte sich mit nichts; nicht einmal die Schlingen sah er nach. Erst abends kam er wieder heim. Meine Mutter trug eine Suppe auf oder einen Fisch; er aß, ohne ein Wort zu sagen. Mehrere Tage ging das so, und danach sagte er zu mir: ‚Komm.‘ Ich durfte mit ihm gehen. Er sagte: ‚Sei auf der Hut. Sei immer auf der Hut. Wenn du unter den Menschen lebst, dann wirst du schließlich genau wie sie.‘“

„Das, das ist richtig!“

„Meinst du? Ich hab nicht viel begriffen. Ich hab nur begriffen, daß er auf der Hut war.“

„Recht hatte er, dein Vater, in diesem Fall! Weißt du, vielleicht hab ich ihn trotzdem ein bißchen gern.“

„Er hat auch gesagt: ‚Werde niemals zornig.‘“

„Aber dich hat er geschlagen.“

„Nicht im Zorn.“

Eines Tages, nachdem sie gelernt hatten, bekam Marie Lust auf ein Picknick.

„Ich könnte es einrichten", sagte sie; „ich bin schon mal einen ganzen Tag weg gewesen. Sie finden das komisch. Ich würde alles Nötige mitbringen. Wir könnten in den alten Torfstichen Heidelbeeren pflükken. Es ist weit, ich bin letztes Jahr da gewesen; aber schön ist es, kein Mensch weit und breit. Morgen früh treffen wir uns hier, ja?"

MAN mußte durch einen Wald hochklettern, der in der Hitze schlief. Oben öffnete der Hochwald sich auf eine von Haselnußsträuchern umstandene Rodung. Sie scheuchten die Eichelhäher auf. Sie befanden sich inmitten eines riesigen Gartens voller Margeriten in ganzen Beeten, buntfarbigen Bahnen aus blauen Disteln, lila Klee, gelben Butterblumen und Löwenzahn; hohe Fingerhutstengel zeigten ihre rosenfarbenen, von Wespen summenden Blütenkegel. In den Vertiefungen der Torfstiche standen die ehemaligen Sümpfe voller Brombeergestrüpp, Blumen und mit Beeren überladenen Heidelbeersträuchern.

Pierre und Marie gingen von Strauch zu Strauch und pflückten die kleinen blausamtenen Beeren. Ein Hase ergriff urplötzlich die Flucht; sie blieben reglos stehen und sahen seinen panischen Sprüngen nach. Es wurde immer heißer. Man sah die warme Luft in Wirbeln aufsteigen; sie verzerrten das Laub, vor dem sie sich erhoben und himmelwärts entschwanden. Aus einer Gruppe von Essigbäumen stob ein Schwarm Amseln hoch; die fliehenden Vögel ließen sich auf den beerenbeladenen Brombeerhecken nieder. Die Luft duftete nach Honig. Marie legte sich lang ins Gras. Sie sagte: „Wie schön's hier ist! Hierher kommt der Polizist nicht."

Sie schloß die Augen. Pierre saß neben ihr. Sie atmete regelmäßig, dann reckte sie sich ein wenig, um behaglicher zu liegen.

„Ich schlafe nicht", sagte sie. „Woran denkst du?"

„Ich denke, daß du zufrieden bist."

Sie öffnete die Augen wieder: „O ja! Dieses Jahr habe ich meine allerbesten Ferien, weil ich dich getroffen habe. Wie schön es mit uns beiden ist! Ich möchte immer so bleiben, in deiner Nähe."

Sie setzte sich wieder auf, holte Butterbrote aus ihrem Beutel und legte sie aufs Gras. Es gab auch zwei Flaschen mit einer durchsichtigen Flüssigkeit, dazu Strohhalme. Sie sah ihm zu, wie er einen Schluck kostete.

„Gut?"

„Ja", sagte Pierre.

„Ich hab's heute morgen gemacht. Ich bin morgens immer ganz still; sie schlafen. Ich mach mir tolle Gerichte! Eier mit Zucker, das schmeckt gut. Ahornzucker oder Sirup. Ich mach dir welchen. Mit Schinken ist er auch toll. Da, ich habe alles eingepackt, was ich an guten Sachen finden konnte. Schmeckt es dir?"

Pierre hatte den Mund voll, er schwelgte. Es war von Marie zubereitete Nahrung. Sie schmeckte süß und roch nach Wohlgerüchen, die er nicht kannte. „Trink", sagte sie. „Als Nachtisch habe ich Bananen und Orangen. Ich sehe dir gern beim Essen zu. Man muß Obst und Gemüse essen, wegen der Vitamine; das erkläre ich dir nicht, weil es zu kompliziert ist."

„Ich esse welche", sagte Pierre, „ich habe meinen Garten. Und im Winter auch. Ich habe Kartoffeln."

„Kartoffeln mag ich nicht. Puh! Sie schmecken nach nichts. Diesen Winter denke ich an dich, das kannst du mir glauben! Sorgen werde ich mir machen."

„Ich, ich bin froh, wenn ich weiß, daß du an mich denkst, und ich will alles essen, was du mir sagst, wenn du willst."

„Lieber möchte ich hiersein. Ich trau dir nicht so recht! Iß noch."

Aber er hatte schon keinen Hunger mehr. Marie betrachtete ihn mit ihren wachen Augen. Er zwang sich, eine Banane zu essen, die er fad fand. Marie sagte: „Alles, was übrigbleibt, steck in deinen Beutel, für heute abend. Ich habe genug vom Blaubeerenpflücken. Wollen wir lernen?"

„Ja", sagte Pierre.

„Anfangs hast du dir nichts draus gemacht, lesen zu lernen! Es ist dir überhaupt nicht in den Sinn gekommen. Aber jetzt, wie eilig du es jetzt hast! Schlimmer als ich. Ich frage mich sogar... Du kommst doch nicht nur deshalb zu mir, wie? Sag mir die Wahrheit, los!"

Pierre sah Marie ganz erstaunt an.

„Nein", sagte er, „ich komme auch, um dich zu sehen, um mit dir zu sprechen, weil ich so gern hab, was du mir erzählst."

„Ach!" sagte Marie.

Sie brach in Gelächter aus, und Pierre lächelte.

Viel später, als sie vom Lesen, Schreiben, Lernen müde waren, ruhten sie aus; Pierre mit dem Rücken gegen eine Tanne gelehnt und Marie auf der Erde, die Wange auf weichem, welkem Moos.

„Was mir so gut gefällt", sagte sie, „ist, daß du niemand ähnlich bist. In meinen Büchern gibt es interessante Menschen, angenehm und nicht dumm; genau wie du! Du könntest sehr gut ein Buch füllen, von der ersten bis zur letzten Seite."

„Das möchte ich", sagte Pierre. „Früher, da hab ich gern mit Menschen gesprochen. Ich habe sie vieles gefragt. Ich habe sie zum Lachen gebracht; daß sie sich ein bißchen über mich lustig gemacht haben, hab ich wohl gesehen, ich wußte nie so richtig, warum. Aber du, du machst dich nie lustig über mich. Alles, was du sagst, verstehe ich. Jetzt höre ich lieber zu." Er schloß die Augen. Der Duft eines Pfefferminzbusches wehte ihn an. „Aber wenn der Sommer zu Ende ist, reist du ab, und ich bleibe ohne dich zurück."

„Wenn man ein bestimmtes Alter hat", sagte Marie, „dann kann man fortgehen, ganz allein, und niemand kann einen hindern. Man nennt das mündig sein. Dann haben sie kein Recht mehr auf einen; niemand. Bis dahin muß man warten, vorher sorgen sie dafür, daß sie einen zurückbekommen... Ich, ich werde warten."

Sie betrachtete ihren nackten Arm, der aus dem kurzen Ärmel ihres Kleides vorkam und auf den sich eine winzige Fliege niedergelassen hatte. „Tag, Fliege", sagte sie leise in einem Atemzug und hielt so still, daß die Fliege sich nicht regte.

Sie flüsterte: „Eine Fliege ist interessant; findest du nicht? Hast du schon mal jemand sagen hören, daß er Fliegen mag? Niemand. Sie sehen eine Fliege. Patsch! Schlagen sie drauf. Sie töten sie wie die Fliegen."

Das Insekt begann auf Maries Arm zu spazieren, die sich plötzlich schütteln und lachen mußte. Die Fliege war weggeflogen.

„Sie hat mich gekitzelt", sagte Marie. „Sie hätte hierbleiben können, wenn sie still gesessen hätte! So etwas gibt es, siehst du: Schlangen, Kröten, Fliegen, jeder will sie töten. Schrecklich ist das. Also ich, ich hasse die, die sie hassen. Voilà."

„Schlangen habe ich noch nie getötet", sagte Pierre.

„Oh... Ganz bestimmt nicht", sagte Marie.

Die Sonne begann den Lärchen entgegenzusinken, und die Blumenmyriaden ließen in dem viel milderen Licht des schönen Spätnachmittags ihre Farben erglühen. Große Waldmassive in der Ferne erschienen nur mehr wie feste aschfarbene Wogen. Mächtige, platt auf dem Boden liegende Rhabarberblätter wurden welk. Langsam machten Pierre und Marie sich auf den Heimweg. Ehe sie sich trennten, gab Marie ihm den größten Teil der Blaubeeren. Pierre sah ihr nach, wie sie sich entfernte, eine dunkle Silhouette inmitten der blühenden Dünen der Savanne. Es war die blaue Stunde nach dem Untergang der Sonne.

KAPITEL VI

AN DEN folgenden Tagen kühlte das Wasser sich ab. Die auf seiner Oberfläche kauernden Seemöwen ließen sich sachte wiegen, wie von der Frische eingeschläfert. In den Felsspalten wurde das vom Salz ausgetrocknete Gras nicht mehr grün. Es war noch warm am Tage, aber abends fröstelte man. Die Camper brachen ihre Zelte ab.

Eines Morgens sah Pierre auf dem Golf den letzten Kormoran. Der grünlichschwarze Vogel ließ sich, alle Federn der Brise entgegengespreizt, auf einem Felsen trocknen. Schließlich flog er dicht über dem Wasserspiegel davon.

Marie, eine Strickjacke über den Schultern, diktierte: ,,*Eine Rose*, Komma, *Rosen*. Punkt... Vergiß jetzt den großen Anfangsbuchstaben nicht: *Die Kirsche*, Komma, *die Kirschen*. Punkt... *Eine Kartoffel*, Komma, *Kartoffeln*. Du hast die Mehrzahl verstanden, nicht? So, fertig.''

Sie sah das Diktat im Heft nach. Keine Fehler. Pierres Schrift hatte sich sehr verbessert. ,,Voilà'', sagte sie, ,,du kennst jetzt alle Buchstaben, alle, die es gibt! Und du kannst sie untereinander austauschen und alle Laute bilden, die es gibt. Stell dir das vor! Wie gelehrt du bist!''

Pierre konnte es nicht fassen. Er versuchte sich mit dem Gedanken vertraut zu machen, daß er lesen und schreiben konnte. Seit ein paar Tagen spürte er, daß er alle die Dinge, die er gelernt hatte, zusammenbrachte; die Interpunktion, die großen Anfangsbuchstaben, die Mehrzahl und die Wortarten. Alles das gehörte zusammen, verband sich, ergänzte sich wie das Gras und die Bäume, der Sand und die Felsen, die Vögel und der Himmel; alles bildete ein Ganzes.

Er stand auf und machte ein paar Tanzschritte.

„Ich kann lesen und schreiben; so ist das also!"

Marie stand auch auf und wirbelte Pierre in einem Rundtanz herum, dessen Takt sie vor sich hin summte. Sie drehten sich in der Enge ihrer Zuflucht, lachten wie die Verrückten, wie Trunkene, wie Verschwörer, wie Freunde. Bald warf Marie sich auf die Erde.

„Ich kann nicht mehr! Uff! Ich bin ja so froh! Setz dich hin. Du nimmst jetzt deinen Bleistift und schreibst deinen Namen. Schreib: Pi-erre. Siehst du? Da steht er! Pierre... das bist du."

Er betrachtete die Heftseite. So also sah er aus. Ein leichtes Schluchzen schüttelte ihn.

Marie ergriff seine Hand, hob sie an die Lippen und küßte sie.

„Voilà", sagte sie, „das ist deine Belohnung. Sicher, wenn du deinen andern Namen wüßtest, den deines Vaters meine ich, würdest du ihn dazuschreiben."

„Wirst du jetzt abreisen?" fragte Pierre.

„Nein, noch nicht! Wir reisen Mitte September. Denk nicht daran. Ob der Name deines Vaters vielleicht in den Zeitungsartikeln steht, von denen du mir erzählt hast? Warum hast du sie nie mitgebracht?"

„Ich weiß nicht."

„Macht nichts. Wenn du ihn wissen willst, brauchst du sie jetzt nur selbst zu lesen. Siehst du."

„Mitte September, das ist bald."

„Du ärgerst mich", sagte Marie; „das weiß ich auch."

„Gestern abend hab ich die Baßtölpel vorüberfliegen sehen. Sie reisen jeden Herbst ab, nach Süden. Genau wie du. Und heute morgen war nicht ein einziger Sturmvogel mehr da. Du weißt ja, die Sturmvögel brechen nachts auf, niemand bemerkt es."

„Sie reisen alle in ein warmes Land", sagte sie. „Nicht dumm von ihnen! Und du, du bleibst hier; ich weiß nicht, wie es dir geht! Ich werde mir Sorgen machen."

„Nicht alle", sagte Pierre, „manche fliegen nach Norden."

„Aber sie kommen alle wieder. Im Frühling. Und ich komme dann auch wieder. Du brauchst nur zu warten und gut für dich zu sorgen. Und viel zu arbeiten. Damit du ebenso gut lesen kannst wie ich!"

„Ja", sagte Pierre leise.

Er hatte sich neben Marie gehockt. An den Knöcheln, an den Händen, am Hals spürte er, wie frisch die Luft war. Auf der Erde lagen schon ein paar gelbe Espenblätter. Er sagte: „Aber vielleicht wollen deine Eltern nächstes Jahr nicht wiederkommen?"

„Jeder verläßt im Sommer die Stadt. Also auch sie; da kannst du ganz sicher sein!"

„Ich werde auf der Lauer liegen, im Sommer", sagte Pierre. „Jeden Tag komme ich hierher und sehe nach, ob du angekommen bist. Aber vielleicht wirst du nächstes Jahr vergessen, mich zu besuchen."

„Was fällt dir ein? Nächstes Jahr, am ersten Tag, gleich nach der Ankunft, schwupp! bin ich da; sofort komme ich in die Hütte, dir Bescheid sagen. Und eine Menge Sachen bringe ich dir mit. Den ganzen Winter will ich für dich sammeln."

Marie hüllte sich in die Strickjacke, die ihre Schultern bedeckte. Sie versuchte einen Knopf zu schließen, aber mit den unter der Jacke gefangenen Armen gelang es ihr nicht.

Pierre half ihr. Er sagte: „Ich werde mir einen Hund oder eine Katze suchen. Dir zuliebe. Auf dem Weg zum Dorf liegen Höfe. Ich hab schon manches Mal herrenlose Hündchen und Katzen gesehen."

„Und du hast sie nicht mitgenommen?"

„Nein."

„Abscheulich ist das! Du hast sie umkommen lassen? Vor Hunger? Vor Kälte?"

„Ja. Ich war böse."

„Davon ist nicht die Rede! Aber egal! Wenn du wieder welche findest, hoffe ich, daß du sie mitnimmst und dich um sie kümmerst!"

„Und wenn du kommst, sind sie da! Richtig schöne Tiere, für dich... Ich kann auch den Polizisten fragen: er tötet die streunenden Hunde."

„Das wundert mich nicht. Aber hör mir gut zu. Du sprichst mit ihm nicht über mich. Sonst hindert er mich, dich zu besuchen. Verstehst du?"

„Als er neulich gekommen ist, habe ich nichts gesagt."

„Er ist also wiedergekommen?"

„Ja. Wegen eines Störs."

„Um herumzuschnüffeln, ja! Und dann?"

„‚Ist sie oft hergekommen, die Kleine?' hat er gesagt. Und ich: ‚Welche Kleine?' – ‚Spiel nicht den Unschuldigen: die kleine Waise.' "

„Ich hasse ihn."

„Aber er hat gesagt, daß er dich gern mag. ‚Ich hätt mich gern an sie rangemacht.' Das hat er gesagt."

„Ach!"

„Diesen Sommer habe ich nicht einen einzigen Stör gesehen. Aber ich hatte zwei schöne Schollen. ‚Die gebe ich dir', habe ich zu ihm gesagt. Dann hat er nicht mehr von dir gesprochen. Und die Bücher, die lege ich unter mein Bett. Er hat nichts gesehen."

„Na, du bist pfiffig!" sagte Marie.

„Ich werde sagen, daß die Hunde und die Katzen für mich sind."

„Gut!"

„Der Winter ist schrecklich lang", sagte Pierre.

Er betrachtete Marie; die zusammengepreßten Lippen gaben ihrem Gesicht einen schmollenden Ausdruck, wie das Schnäuzchen eines Waschbären. Ob sie etwa zu weinen anfangen wollte?

Nach kurzem Schweigen sagte Pierre: „Wenn du willst, erzähle ich dir vom Lodden."

Sie gab keine Antwort, blickte aber zu ihm hin.

Er fuhr fort: „Im Frühling passiert das."

„Was?" fragte Marie.

„Es ist ein Fisch. Wenn das Eis geschmolzen ist ... Es gibt Sandufer, wo das Wasser schnell steigt, bei Flut. Dann werden die Lodden verrückt. Sie springen aus dem Wasser, alle auf einmal, und fallen auf den Sand, auf die Steine, überallhin. Man kann so viele vom Boden aufsammeln, wie man will."

„Arme Fische", sagte Marie.

„Das kommt daher, weil sie glücklich sind. Im Frühling."

„Der Winter ist schrecklich lang", sagte Marie. „Alle Bücher, die ich habe, bringe ich dir mit. Ich nehme jeden Tag drei oder vier und stecke sie in meinen Beutel, ganz heimlich."

„Das werden sie bemerken", sagte Pierre.

„Ich gebe acht. Er wird glauben, daß ich sie weggeworfen habe."
Und mit einer weiten Armbewegung ging Marie.

Die Sonne sank, und lange Wolkenstreifen lagerten sich in immer
engeren Schichten über dem Meereshorizont. Pierre betrachtete den
Golf. Die Farben flammten in allen Tönen von Orange und Rot. Das
Meer war türkisfarben.

„Ich kann lesen", sagte er zu sich selbst, „und ich kenne Marie. Vor
ihr kannte ich keinen Menschen. Wie habe ich nur all die Zeit verbringen können, all diese Jahre, ohne auch nur zu wissen, daß sie lebte, irgendwo? ‚Ich komme wieder', das hat sie gesagt. Ein junger Bär hebt
einen Stein auf, um die Ameisen zu fressen, die darunter sind; wenn er
fertig ist, schiebt er den Stein wieder an seinen Platz, damit die Ameisen wiederkommen. Nächstes Jahr?"

BEI Hochflut in der Dämmerung rüttelte der Nordwind an den Es-
pen und ließ die Fichten ächzen. Er peitschte die Wogen gegen das
Ufer, wo die Haselnußsträucher sich bogen. Im Westen hellte sich der
Himmel zu einem Perlgrau auf. Einer nach dem andern erschienen die
Sterne des Nordhimmels. Im Osten lag der Dunst der Nacht.

Nachdem sie das Unterholz hinter sich hatte, lief Marie nicht mehr
so schnell. Sie war, seit das weiße Haus in Flammen stand, ohne ste-
henzubleiben, bis an den Waldrand gelaufen; und jetzt lag die Savanne
vor ihr. Sie atmete schwer. Immer noch meinte sie, das Prasseln der
Feuersbrunst zu hören. Den Rauchgeruch hatte sie an sich: am Körper,
in den Kleidern. Sie schlug den Pfad ein, der die Savanne durchschnitt,
umging die Schierlingsstauden und die Essigbaumgehölze. Hier sah
man gut. Marie hob die Augen: Ein riesiges Nordlicht ließ den Himmel milchweiß erschimmern. Ihr war jetzt sehr warm; sie blieb stehen,
zog ihren Morgenrock aus, warf ihn sich über die Schulter wie einen
groben, gewundenen Schal und ging im Schlafanzug weiter. Sie setzte
sich wieder in Trab, bis zu Pierres Hütte war es noch weit.

Marie orientierte sich an den einzeln stehenden Tannen; sie wußte
ungefähr, in welcher Richtung bald der Schatten des Waldes auftauchen würde, der zu ihm führte. Und der Wald war genau da, wo sie ihn
erwartete; Pierres Wald, den sie noch durchqueren mußte, um seine
Hütte zu erreichen.

Plötzlich bemerkte Marie, daß der Rauchgeruch verflogen war; sie hörte die Meeresbrandung. Die Ahornbäume, die Fichten, die Espen lichteten sich. Jetzt brauchte sie nur mehr auf die abgelegenste Lücke zuzuhalten, und da lag das Meer, lagen die Felsen, die Hütte. Sie spürte keinerlei Müdigkeit mehr. Der Wald öffnete sich vor ihr. Da lag das Haus.

„Pierre!" schrie sie.

PIERRE träumte, Marie und er äßen Krabben, alle beide dicht am Ofen hockend und in Seehundsfelle gehüllt, die seine Mutter zu Dekken zusammengenäht hatte.

„Pierre! Ich bin's! Marie!"

Schlagartig war er wach, sprang aus dem Bett und öffnete die Tür. Da stand Marie vor ihm, mitten im Mondschein.

„Pierre! Feuer im weißen Haus! Alles brennt! Sie sind beide tot."

„Bis hierher bist du gekommen? Mitten in der Nacht?"

„Natürlich? Was denn sonst?"

Er berührte ihre Schulter; sie drückte sich gegen ihn.

„Komm, komm", sagte sie, „wir müssen hin."

Er stürzte in die Hütte, zog eine Jacke und Schuhe an. Sie spähte forschend ins Innere.

„Warte noch einen Augenblick", sagte sie, „ich möcht mir's ansehen."

Er zündete eine Kerze an, und Marie trat ein. Sie ging im Zimmer umher und warf dann einen Blick in den anschließenden Verschlag, in dem er seine Vorräte aufbewahrte. Er sah ihr zu; einen Gegenstand nach dem andern berührte sie, streichelte mit der Hand die Wände.

„Schön ist es bei dir", sagte sie. „Ich werd mich an alles erinnern. Jetzt müssen wir gehen. Der Polizist ist da unten und die Nachbarn und die Feuerwehrmänner. Sie haben mich alle gesehen, sie werden mich überall suchen."

Pierre ging voran. Er wählte eine Abkürzung, die Marie nicht kannte, und drehte sich alle Augenblicke nach ihr um. Nach einer Weile sagte er: „Ja. Ich rieche den Rauch. Der Wind trägt ihn bis hierher."

„Ich habe in meinem Zimmer gelesen", sagte Marie, „vor dem Einschlafen. Ein Glück war das. Als ich das Licht ausgemacht hatte, habe ich geträumt, was ich gelesen hatte: die Abenteuer eines kleinen Mädchens, das Alice hieß. Das Buch ist voller ulkiger Sachen. Darum schlief ich noch nicht fest, so daß der Rauch mich geweckt hat. Er kam unter der Tür durch, und dahinter prasselte es. Schrecklich! In meiner Angst hab ich schnell meinen Morgenrock angezogen und bin aus dem Fenster geklettert. Als ich das gesehen habe! Bei dem Anblick bin ich stocksteif stehengeblieben... Dann sind die Nachbarn gekommen, Geschrei überall... Ins Haus konnte man nicht, der Rauch war zu stark. Jemand muß im Dorf angerufen haben, denn der Polizist und die Feuerwehrmänner sind gekommen. Alle redeten zu gleicher Zeit auf mich ein: ‚Sind sie da drinnen? Wie ist denn das passiert?‘ ‚Sie ist aus dem Fenster geklettert!‘ ‚Jedenfalls gibt es kein Wasser!‘ ‚Ist dir kalt?‘ Natürlich war mir kalt! Weil ich Angst hatte! ‚Man muß den Wald schützen! Das Feuer kann sich ausbreiten.‘ ‚Gehn Sie weg, gehn Sie weg!‘ Das war der Polizist."

„Vorsicht!" sagte Pierre. „Da ist ein Bach; du mußt springen."

Marie sprang und klammerte sich an seiner Jacke fest. Sie sagte: „Alle waren dermaßen kopflos, daß ich geflüchtet bin, ehe es zu schwierig wurde. Ich mußte dich sehen."

Jetzt hätte allein der Geruch ihr das Ausmaß der Katastrophe verraten können. In die beißende Schärfe des Rauches mischte sich der starke Geruch verbrannten Holzes. Sie erreichten den Rand der Savanne, und der Feuerschein, der vom Brand lilarote Himmel fern hinter den hohen kanadischen Tannen leitete sie.

Aus dem Dorf kam ein Wagen gefahren. Um nicht gesehen zu werden, warfen sie sich in den Graben; der Wagen fuhr vorbei. Sie standen auf und begannen dem Straßenrand zu folgen. Das Feuer erschien zwischen den Bäumen. Flammen auf Bodenhöhe begannen schon zu ersterben. Krachen. Stimmen. Und taktmäßige Schläge, wahrscheinlich mit Ästen. Ohne sich abzusprechen, gingen sie etwas tiefer in den Wald. So sah man sie nicht kommen.

Sie hielten sich ein wenig im Hintergrund einer Gruppe, es waren Nachbarn, die die Katastrophe bestaunten.

Marie flüsterte: „Ich kann nicht bei dir bleiben, Pierre. Du verstehst, warum? Sie haben mich alle draußen gesehen. Dumm ist das. Ich hätte schnell in die Quellenhöhle laufen sollen und dann zu dir, ohne etwas zu sagen. Alle hätten gedacht, ich wäre tot. Aber sie haben mich gesehen. Wenn ich jetzt verschwinde, werden sie mich überall suchen. Und der Polizist hat nichts Eiligeres zu tun, als zu dir zu gehen. Dann, ab ins Gefängnis, wie der Idiot sagt. Und mich, mich werden sie unter allen Umständen in die Stadt zurückbringen."

„Wohin?" sagte Pierre ganz leise.

„Ach! das...! Das weiß ich nicht. Es gibt Pensionate, Schulen, Colleges; nicht schlimmer, als es bei ihnen war... Ich hab eher das Gefühl, daß ich's ruhig haben werde; die haben da keine Zeit, alle zu ärgern. Hab keine Angst, ich komme zurecht."

„Und ich?"

„Du weißt alles, was man wissen muß, um allein weiterzumachen."

Pierre sah Marie an, sie weinte. Man hörte ihre Schluchzer nicht, aber sie erschütterten ihre Schultern mit winzigen Stößen. Sie trocknete ihre Augen mit der Hand, lächelte Pierre kläglich an und sagte: „Warum weinen, nicht wahr? Es ist dumm, ich weiß es. Sie haben nichts gemerkt... Sie waren stockbetrunken. Sie müssen erschlagen worden oder erstickt sein. Sie waren böse, und ich weine."

Pierre sagte nichts. Er hätte gern Maries Hand genommen, aber er hatte Angst.

Sie sprach weiter: „Ich weiß noch, wie ich krank im Bett lag, da hat sie mir die Medizin in einem Fruchtsaft gegeben. Das ist das eine Mal gewesen, wo sie so nett war. In meinem Fieber habe ich gedacht, ich liebte sie. Wie glücklich ich war, Pierre!"

„Weine nicht", sagte er. „Wenn du weinst, werde ich unruhig."

„Es ist vorbei, es ist vorbei", sagte Marie.

Und sie räusperte sich.

Leute drehten sich um, man sah die beiden.

„Wachtmeister", schrie eine Frau, „hier ist sie, die arme Kleine!"

Der Polizist kam herbei und sagte: „Wo bist du gewesen? Jetzt gehst du mit mir. Ist nicht nötig, bis zum Schluß zu bleiben. Da gibt's nichts Lustiges zu sehen."

„Und wohin gehen wir?" fragte Marie.

„Ins Dorf, damit du den Rest der Nacht bei irgendwem verbringen kannst. Ich werde Instruktionen einholen. Morgen wird man sehen, wie man dich in die Stadt bringt, nach Hause."

„Nach Hause, das ist bei ihnen; es ist niemand mehr da."

„Arme Kleine", sagte die Frau.

„Nun", sagte der Polizist, „wir werden schon sehen! Jetzt steig erst mal ins Auto, und mach dir keine Sorgen... Sich mal an, du bist auch da, Roter? Du hast uns noch gefehlt. Geh und hilf den andern!"

Den Feuerwehrmännern, die sich um den riesigen rotglühenden Berg zu schaffen machten, rief er zu: „He! Ihr holt mir die beiden Leichen heraus, sobald ihr könnt. Ich komme wieder und bringe Leute mit, kümmert ihr euch um das hier..."

Marie warf sich Pierre an den Hals. Sie gab ihm einen Kuß und sagte, den Mund dicht an seinem Ohr: „Ich komme wieder. Aber sag nichts, niemals, zu keinem Menschen. Nie, nie, nie."

„Komm, Kleine", sagte der Polizist.

In den nächsten Tagen begann die Wärme immer mehr nachzulassen. Im Nordwind flohen die Espenblätter dicht über den Erdboden hinweg. Aus der Savanne kamen Duftgemische: der stechende der wilden Zwiebel, der schwere der roten Ranunkel. Dann folgte endloser Regen, mit fernen Blitzen und Donnergrollen.

Pierre schaute über den Golf. Die Bucht der Schwertwale wird immer stiller. Bald ist niemand mehr da, außer Pierre. „Wo ist Marie?"

Die Wälder sind nur mehr nackte Stämme, die sich aus dem gefallenen Laub erheben, in das der erste Schnee sich mischt. In den Herbstnächten wird man einen Kojoten heulen hören. Und das Rascheln der Marder und der Wiesel, ehe sie sich zum Schlafen verbergen. „Wo ist Marie dann?"

Später der Frost. Es wird schneien. Eines Tages ist der Golf voller Eisschollen, Eis überall. Der Golf friert zu.

Wenn ich in der Schlinge einen Nerz finde, dachte Pierre, der noch nicht ganz erwürgt ist, dann lasse ich ihn fliehen. Weil Marie gesagt hat: „So schön ist das, ein lebender Nerz. Ich habe zwei in einem Käfig gesehen: schrecklich, voilà. – Voilà!" sagte sie immer. Ich werde bis an den zugefrorenen Fluß gehen. Bis in die Savanne voller weißer Dünen. Auf dem Eis finde ich vielleicht Biberausgänge, Eichhörnchen- und Marderkobel werde ich sehen; aber ich glaube nicht, daß ich etwas anrühre.

Pierre dachte weiter: Lesen muß ich, viel lesen, damit ich weiß, was Marie weiß. Dann werde ich erfahren, warum ich hier bin; auch, warum Marie geweint hat; alles werde ich verstehen. Wozu ist Lesen gut? Ich weiß es nicht. Ich habe die Zeitungsartikel gelesen, die mein Vater in diesem Umschlag aufbewahrt hat; ich habe erfahren, wie mein Vater hieß; ich habe erfahren, was er war: ein Mörder. Alles ist aufgeschrieben. ,,Lesen muß man können, voilà", hat Marie gesagt.

Ich denke an sie und daß sie in einem Jahr wiederkommt, genau dann, wenn die blauen Iris im Sand zu blühen anfangen. Wenn ich die erste Blüte erspähe, denke ich an Marie und wie schön es mit ihr wäre; jeden Tag würde ich sie sehen, vielleicht wäre sie böse auf mich, oder sie würde lächeln; sie wäre bei mir. Ich würde sie mit zu den Inseln nehmen und vielleicht sogar auf die andere Seite, wenn sie wollte, in das Land, das kein Ende hat. Ich würde sie bei der Hand halten bis zu dem Tage, wo das Eis unter unsern Schritten bräche; aber ich hielte Maries Hand; voilà, wie sie immer sagt.

Jeden Tag schrieb Pierre mit der Spitze seines Spießes Maries Namen in den Schnee. Und auch in wohlgeformten Buchstaben auf die Seiten seines Heftes. Dann war's, als ob Marie schon bei ihm wäre.

Wenn der Winter müde wird und die ersten lauen Winde wehen, gehe ich ans Ende des Kaps, dorthin, wo das weiße Haus gestanden hat, und sehe nach, wie weit der Beifuß und das junge Strauchwerk mit dem Bedecken der Trümmer gekommen sind. Danach gehe ich auf die Lichtung. In einen der Felsen sind ein paar Buchstaben eingeritzt, meine, und dann noch zwei: ihre Schrift. *M*, mit drei Beinen. Ich werde lächeln. Ich komme an der Quellenhöhle vorbei. Sie muß saubergemacht werden. Schließlich komme ich heim. Ich lese, ich schreibe, ich radiere aus und schreibe von neuem; vielleicht sogar ein Buch?

Und eines Tages nähert sich auf dem Pfad ein Schritt; ich höre ihn deutlich. Ich stehe auf und öffne die Tür.

PHOTO J.B. BROWN

Jacques Folch-Ribas

Jacques Folch-Ribas, am 4. November 1928 in Barcelona geboren, entstammt einer alten katalanischen Familie. Er wuchs zweisprachig auf: Schon in frühester Kindheit lernte er gleichzeitig Spanisch und Französisch. Deshalb ist es nicht verwunderlich, daß er, als geborener Spanier, das Französische zur Sprache seiner Bücher machte. Die Zweisprachigkeit trug auch dazu bei, daß er sich schnell in Frankreich einlebte, nachdem seine Eltern mit ihm aus dem vom Bürgerkrieg geschüttelten Spanien dorthin geflohen waren.

Für siebzehn Jahre wurde Frankreich die Heimat von Jacques Folch-Ribas. Er studierte Architektur, doch nach dem Examen schlug er die Journalistenlaufbahn ein. In diesen Jahren lernte er den Schriftsteller Albert Camus kennen, der sein Freund und ein verständnisvoller Ratgeber wurde.

1954 führte ihn sein Weg nach Amerika. Der Autor heiratete eine Kanadierin und ließ sich in Quebec nieder, wo er seine Fähigkeiten in vielen Berufen entfalten konnte. Er lehrte Städtebau und war verantwortlicher Redakteur bei literarischen und künstlerischen Zeitschriften; außerdem erhielt er eine Professur für Geschichte und Literatur. Und eines Tages, als Vierzigjähriger, veröffentlichte er dann einen Teil seines Werkes, das im Laufe vieler Jahre entstanden war.

Einen seiner frühen Romane, *Le Greffon*, eine Arbeit mit unverkennbar autobiographischen Zügen, feierte die Kritik einmütig als „ein hervorragendes Buch". Für *Ein Nordlicht* wurde Jacques Folch-Ribas 1974 mit dem Prix France-Canada für Literatur ausgezeichnet.

Heute lebt der Autor noch immer in der Provinz Quebec. Im Winter wohnt er in Montreal, im Sommer aber zieht es ihn in die Natur, an den St.-Lorenz-Golf, wo sich die Seehunde tummeln.

Eine Kurzfassung
des Buches von
John Godey

Ins Deutsche übertragen
von Christiane Kashin

Illustrationen von
Alan Reingold

DER TÖDLICHE
BISS

Niemand hält es für möglich, weder die Ärzte noch
die Polizei, noch die Stadtverwaltung. Erst als ein
zweiter Toter im Central Park gefunden wird, setzt
man sich mit der grauenhaften Realität auseinander:
Eine hochgiftige Schlange verbirgt sich im riesigen
Parkgelände. Und das während einer Hitzewelle,
vor der die New Yorker Bevölkerung in der „grünen
Lunge" ihrer Stadt Schutz sucht! Eine Schließung
des Parks hätte mit Sicherheit nicht nur den Unmut
der Öffentlichkeit, sondern auch tätliche Ausschreitungen
zur Folge.

Panik breitet sich aus, als die Schlange ein drittes
Mal zubeißt. Ganz New York fordert den Tod des
Ungeheuers. Zur letzten Hoffnung der Behörden
wird Mark Converse, ein junger Herpetologe. Doch
dessen einziger Wunsch ist es, die Schlange nicht
zu töten, sondern dieses einmalige Exemplar unverletzt
in den Bronx-Zoo zu bringen.

Die Jagd nach der Schlange ist in vollem Gang!

1. Kapitel

DIE Sperrholzkiste war sechzig Zentimeter lang, fünfundvierzig Zentimeter breit und ebenso tief. Innen war sie mit Sackleinwand ausgeschlagen. Oben und an den Seiten hatte sie Luftlöcher. Mit Inhalt wog die Kiste vierzehneinhalb Pfund. Jeder, der nicht so stämmig wie Matt Olssen war, hätte seine liebe Not mit ihr gehabt, doch Matt trug sie mühelos unter seinem sehnigen Arm.

Dennoch wurde sie ihm unterwegs ein paarmal ziemlich lästig, und er geriet in Versuchung, sie einfach irgendwo stehenzulassen. Einmal vergaß er sie tatsächlich. Als er zu der Stelle, wo er sie hingestellt hatte, zurückkam, hatten zwei Kerle sie auf den Schenktisch gehievt und fingerten gerade an der hellen Sisalschnur herum, mit der sie zugebunden war. Am liebsten hätte er sie einen Blick hineinwerfen lassen, doch man hatte ihn gewarnt: wahrscheinlich wäre sie träge und schläfrig, verlassen könne er sich darauf aber nicht; sie könne ebensogut wie der Blitz aus der Kiste schießen. Daher nahm er die Kiste einfach wieder an sich und ging weiter.

Das Tier in der Kiste hatte er nach einem Pokerspiel von einem Griechen bekommen, dem er die Handvoll Spielmarken, die sie anstelle von kongolesischem Geld verwendeten, dafür gab. Der Grieche behauptete, es sei ein seltenes Exemplar, das er einem Polizisten in Lubumbashi günstig abgekauft habe. Der Polizist wiederum habe es angeblich bei einem Schwarzen im afrikanischen Busch aufgespürt und beschlagnahmt. Matt hatte dem Tausch zugestimmt und sich dabei gedacht, man könne das Biest ja mal zum Spaß in der Innenstadt freilassen. Später aber, als er wieder nüchtern war, beschloß er, es in die Vereinigten Staaten mitzunehmen und einem Zoo zu verkaufen. Er verstaute die Kiste unter seiner Koje, und abgesehen von dem Wasser, das er ein paarmal durch die Luftlöcher spritzte, kümmerte er sich dann auf der ganzen zehntägigen Reise von Afrika nicht mehr um sie.

Sein Schiff lief am frühen Morgen im Hafen von Brooklyn ein. Er mußte das Entladen beaufsichtigen. Es wurde Mittag darüber, das Thermometer zeigte dreiunddreißig Grad, und er fühlte sich völlig ausgedörrt. Er machte sich landfein, klemmte sich die Kiste unter den Arm und schleppte sich zu einer Hafenkneipe, die nur einen Block vom Schiffsliegeplatz entfernt lag. Erst um drei Uhr rief er seine Frau an. „Betty? Ich bin's."

„Ach nein? Du kommst und gehst wohl, wie's dir paßt?"

Da stand ihm also ein harter Kampf bevor. So sanft wie möglich brummte er: „Komm schon, Baby, sei doch nett. Ich war ein halbes Jahr auf See."

„Ein halbes Jahr? Ich hab seit über einem Jahr nichts mehr von dir gehört."

„Ich hab aber jede Nacht von meiner schönen Betty geträumt."

Sie schnaubte verächtlich. „Na schön, dann träum weiter. Wiedersehn."

„Halt, warte mal, ich muß dir was erklären."

Er schaute durch die Glastüre der Telefonzelle zu der Kiste hinüber, die hochkant neben seinem Barhocker stand. Niemand beachtete sie; er hatte geschworen, jedem das Genick zu brechen, der sich an sie heranmachte.

„Ich muß dich einfach sehen, Betty. Ich hab dich vermißt. Wirklich!"

„Ich hab zu tun. Ich muß jetzt weg."

„Nein. Hör doch, Baby... Ich hab was für dich. Ein Geschenk."

Sie zögerte. „Also, wenn es wieder eine blöde Holzfigur wie das letztemal ist, dann brauch ich dir ja nicht zu sagen, was du damit machen kannst."

„Ich hatte keine Zeit, etwas zu kaufen" – verschlagen grinste er in sich hinein –, „und deshalb gebe ich dir diesmal einfach Geld. Du hast doch nichts dagegen?"

Plötzlich klang ihre Stimme lebhaft. „Du willst mir Geld geben? Wieviel?"

„Na, ich werde die Überraschung doch nicht verderben. Aber ich geb dir einen kleinen Tip. Es ist was Vierstelliges. Was sagst du jetzt, Schatz?"

„Na schön, einverstanden. Aber laß dich ja nicht im Suff beklauen."
„Ich komm in ein, zwei Stunden bei dir vorbei, Baby, sobald wir
hier mit dem Entladen fertig sind."

Zehn Stunden später hatte er eine Literflasche Whisky geleert und
einige Prügeleien überstanden. Er war von Kneipe zu Kneipe gezogen,
nordwärts durch Brooklyn, über den East River nach Manhattan und
dann die West Side hinauf. In irgendeiner Spelunke war er schließlich
als letzter Gast hängengeblieben, und der Barmixer hatte gerade, um
ihn loszuwerden, die Klimaanlage abgestellt.

Er hievte die Kiste auf die Theke, zahlte seine Drinks und klatschte
einen Zehndollarschein als Trinkgeld hin. Der Barmixer brummte ein
Dankeschön und fragte: „Was hast du denn in der Kiste, Seemann?"
Diese Frage hörte er an diesem Tag nicht zum erstenmal. Je nach
Laune hatte er geantwortet: „Eine kleine Miezekatze" oder „Das geht
dich nichts an". In jedem Fall hatte aber seine imposante Größe und
sein ganzes Gebaren den Fragesteller nicht ermutigt weiterzubohren.

Diesmal zwinkerte er dem Barmixer bloß zu, klemmte sich die Kiste
unter den Arm und trat auf die Columbus Avenue hinaus. Es war nun
fast zwei Uhr morgens, doch die Luft hatte sich in dieser September-
nacht kaum abgekühlt.

Er war nicht mehr sicher auf den Beinen. Schwankend und stolpernd wandte er sich ostwärts zum Central Park. Am Ende des Blocks
grölte eine Gruppe Puertoricaner Schimpfworte zu ihm herüber. Er
blieb stehen und brüllte zurück, sie sollten aus ihren Löchern raus-
kommen, wenn sie sich trauten. Sie lachten bloß und hoben grüßend
ihre Bierdosen.

Er hielt sich nicht weiter auf. Für ihn bargen die Straßen von New
York – genauso wie die von Rio, Genua und hundert anderen Häfen –
keinerlei Schrecken. Er verließ sich auf die einschüchternde Wirkung
seiner Größe, und falls die einmal nicht genügend einschüchterte, war
er jederzeit bereit, sich mit den Fäusten Respekt zu verschaffen.

Am Central Park West blieb er verdutzt vor dem Eckhaus stehen,
vergewisserte sich noch einmal des Straßennamens und der Hausnummer. Blöder Ochse. Sie wohnte ja auf der anderen Parkseite. Er
stellte die Kiste am Bordstein ab und gestikulierte wild, als ein Taxi
auftauchte. Das Taxi verlangsamte seine Fahrt, doch dann schoß es

davon. In den folgenden fünf Minuten ließen ihn zwei weitere Taxis stehen.

Er starrte die Straße entlang. Ihm war klar, warum ihn die Taxis nicht mitnahmen: Die Fahrer hatten Angst vor ihm. Er trug, was er seine Galauniform nannte. Aber seine weiße Seemannsmütze war nicht mehr blütenrein. Auch die weiße Leinenjacke war voller Schweiß- und Schmutzflecken. Die Segeltuchhose war verdreckt und an einem Knie aufgerissen, und im Mundwinkel klebte noch getrocknetes Blut. So wie er aussah, mußte man ihn einfach für einen gewalttätigen und gefährlichen Mann halten.

Ein Stück straßenaufwärts hielt ein Taxi an der roten Ampel. Matt nahm die Kiste unter den Arm und rannte los. Der Fahrer musterte ihn einen Augenblick lang, dann gab er Gas und raste trotz der roten Ampel über die Kreuzung. Laut fluchend schob Matt die Kiste unter seinem Arm zurecht und überquerte die Straße. Vor ihm lag der Park.

RAMON TORRES saß auf einer Bank vor der Mauer, die den Park umgibt, und beobachtete die Versuche des hünenhaften Seemannes, ein Taxi anzuhalten, griesgrämig und ohne besonderes Interesse. Doch als der Matrose mit seiner Kiste die Straße zur Parkseite hin überquerte und in nördlicher Richtung davonging, mußte Torres sich zurückhalten, um nicht auf der Stelle über den Burschen herzufallen.

Als der Matrose rund zwanzig Meter weit weg war, machte sich Torres an die Verfolgung. Er schlich dicht an der Mauer entlang, um sich in ihren Schatten ducken zu können, falls der Bursche sich umschaute. Aber der Matrose drehte sich nicht um. Er ging weiter, blieb aber ein paarmal stehen und schaute zum Park hinüber, als überlege er, ob er hineingehen solle.

Der Matrose war ein Hüne mit Riesenkräften. Er trägt die große Kiste unterm Arm, als wäre sie federleicht, dachte Torres, und ihm wurde klar, daß es riskant war, diesen Mann anzugreifen. Aber Torres steckte in der Klemme. Bei dem heißen Wetter waren die Leute nur spärlich bekleidet und hatten ihr Geld in Ermangelung von Taschen meist zu Hause gelassen. Torres wollte sich daher von dem gewaltigen Körperbau des Mannes nicht abschrecken lassen. Zudem machte der mit seinem schlingernden Gang einen recht betrunkenen Eindruck.

Bei der 81. Straße, wo der Verkehr durch die Unterführung unter
dem Central Park durchgeschleust wird, blieb der Matrose stehen.
„Geh nur hinein", murmelte Torres. „Geh rein in den Park, du
Idiot. Keine Angst, los, rein in den Park!" Aber der hünenhafte Matrose überquerte die Straße und ließ die Unterführung rechts liegen.
Wieder blieb er stehen. Torres hielt den Atem an. Der Matrose ging
auf den Fußgängereingang zu. Das ist noch besser als die Unterführung, dachte Torres, da gibt's keine Autos. „Geh rein, Mann", flüsterte er eindringlich, „geh rein."

Die Beschwörungen wirkten. Der Matrose ging zum Fußgängereingang, und als Torres ihm nacheilte, fühlte er nach dem kurzläufigen
38er Revolver, der unter dem lose herabhängenden Hemd in seinem
Gürtel steckte.

Schon bald, nachdem Matt Olssen den Park betreten hatte, wurde
ihm klar, daß er bei den gewundenen und weitverzweigten Wegen
darauf achten mußte, nicht im Kreis herumzulaufen. Daß es nicht rat-
sam war, nach Anbruch der Dunkelheit durch den Park zu gehen,
wußte er, aber es kümmerte ihn nicht weiter. Bei seinem Anblick
nahm doch jeder Strolch gleich Reißaus. Wenn nicht – nun, dann gab's
heute nacht noch eine Prügelei mehr.

Er rückte die Kiste unter seinem Arm zurecht. Innen bewegte sich
etwas. Mit der anderen Hand schlug er auf den Deckel. „Sei ruhig,
Miezekatze", sagte er.

Noch ein paarmal rückte er die Kiste zurecht. Er spürte heftige Bewegungen, doch dann war alles wieder still.

FÜR Torres stand fest, daß sich der Matrose hier nicht auskannte.
Erst schlug er einen Weg nach links, in Richtung auf den Kinderspiel-
platz ein, dann ging er im Kreis zurück zum Hauptweg, der nach
Osten führte. Er schaute sich kein einziges Mal um. Kein Grund zur
Eile, dachte Torres. Soll er doch erst mal schön tief in den Park hinein-
gehen.

Als der Matrose auf den Pfad zu torkelte, der zum Schloß Belvedere
hinaufführte, flüsterte Torres: „Mann, gut so, da oben ist's ganz
schön einsam." Doch der Seemann machte kehrt und ging weiter
geradeaus. Weiter vorn tauchte in der Dunkelheit die große rundge-

baute Freilichtbühne des Delacorte-Theaters auf der rechten Seite auf. Der Matrose verschwendete keinen Blick darauf. Torres hielt genügend Abstand. Er bemerkte das große grüne Schild, das an einen Baum genagelt war: DER PARK WIRD UM MITTERNACHT GESCHLOSSEN, und mußte grinsen. Der Matrose stolperte gerade an dem kleinen Belvedere-See vorbei, der Obelisk am andern Ufer ragte in den Himmel wie ein Mahnmal aus alten Zeiten.

Torres beschleunigte seine Schritte. Vorne wölbten sich Bogengänge, dunkel wie kleine Tunnel. Geh da nur rein, flehte Torres. Aber der Matrose wandte sich statt dessen nach links.

Auch gut, dachte Torres. Er zog sein Schießeisen aus dem Gürtel, spannte den Hahn und lief los. Er hatte bis auf wenige Meter aufgeholt, da hörte ihn der Matrose und drehte sich um. Torres kam noch ein paar Schritte näher.

„Bleib stehn, Mann", sagte er. „Kleiner Überfall, kapiert?"

Der Matrose schien nicht zu erschrecken.

„Wenn du vernünftig bist, passiert dir nichts." Torres fuchtelte mit dem Revolver herum. „Leg dich hin, mit dem Gesicht nach unten. Kapiert?"

Der Matrose lachte.

Wenn es etwas gab, was Torres nicht ausstehen konnte, war es, ausgelacht zu werden. Er streckte den Revolver vor und schrie: „Bist du taub, Mann? Hinlegen!"

Der Matrose packte die Kiste mit beiden Händen und schleuderte sie mit aller Kraft zu Torres hinüber. Der sah sie kommen und den Matrosen, der sich auf ihn stürzte. Die Kiste traf Torres mit einer Ecke an der Schulter und landete mit einem Krachen hinter ihm auf dem Weg. Der Matrose hatte Torres erreicht, als dieser abdrückte. Er feuerte dreimal, der Matrose brach zusammen und riß Torres mit.

Das Gewicht des Mannes raubte Torres den Atem. Er stemmte sich mit den Füßen gegen den Boden, richtete sich mühsam auf, und der Matrose rollte zur Seite. Torres rappelte sich hoch und richtete den Revolver auf den Kopf des Matrosen. Aber der Mann bewegte sich nicht. Seine geöffneten Augen starrten zum Himmel. Sein Hemd war blutverschmiert. Alle drei Kugeln hatten ihn in der Brust getroffen.

Ein Gefühl des Stolzes stieg in Torres auf. Den hatte er erledigt! Na schön, prima – aber darüber konnte er sich später freuen. Dreimal hatte er gefeuert, und wenn eine Streife im Park die Runde machte, hatte sie's vielleicht gehört. Jetzt nichts wie ran an die Moneten und dann abgedampft.

Die Kiste lag gut einen Meter hinter dem Matrosen. Bei dem Aufprall waren die Bretter geborsten, auch der Deckel war zerbrochen. Als Torres gerade den Matrosen durchsuchen wollte, stutzte er. Bei der Kiste hatte sich etwas bewegt. Er sah zwei schimmernde Punkte und einen dunklen Umriß, der sich langsam hin und her wiegte. Der Umriß verwandelte sich in eine hohe Säule, und Torres begriff langsam, daß er Kopf und Hals einer Schlange vor sich hatte. Während er sie noch wie versteinert anstarrte, kroch die Schlange aus der Kiste. Sie schob sich über die Kante, langsam und geschmeidig und scheinbar endlos, und Torres bekam immer mehr das Gefühl, in einem Alptraum gefangen zu sein.

Fasziniert starrte er auf die Schlange, die sich immer weiter auseinanderrollte, bis schließlich auch ihr dünner Schwanz über die Kante glitt. Dann richtete sich die Schlange auf und starrte Torres an. Ihr Kopf war klein und abgeplattet, und die Augen leuchteten in der Dunkelheit. Sie wiegt sich über dem Matrosen hin und her, dachte Torres entsetzt, als ob sie ihn bewacht.

Er traute seinen Augen nicht. In Puerto Rico hatte er schon früher große Schlangen gesehen, aber so eine war nicht darunter gewesen. Sie jagte ihm Angst ein. Dennoch war er nicht gewillt, sich ohne das Geld davonzumachen. Er überlegte, ob er die Schlange erschießen sollte, aber ihm war klar, daß das ein erstklassiger Schuß sein mußte.

Die Schlange starrte ihn unverwandt an, ihre Zunge züngelte unablässig. Wir starren uns über der Leiche an, als wären wir beide hypnotisiert, dachte Torres. Mann, sagte er sich, du kannst doch nicht die ganze Nacht hierbleiben. Die Schlange zischte jetzt und riß den Rachen weit auf. Torres fiel plötzlich ein Film über Indien ein, und er hatte eine Idee. Er streckte die Hand mit dem Revolver aus und führte ihn nach rechts hinüber, und der Kopf der Schlange schwenkte ebenfalls nach rechts. Er schwenkte den Revolver nach links hinüber, und wieder folgte ihm der Kopf der Schlange. „Dämliches Biest", sagte Torres und dachte, Junge, du hast es geschafft. Er näherte sich der

Leiche auf einen knappen Meter. Dann schwenkte er den Arm mit dem Revolver so weit nach rechts, wie er konnte, und als der Kopf der Schlange zischend der Bewegung folgte, duckte er sich und schob die freie Hand unter die blutverschmierte Jacke des Matrosen. Seine Finger berührten schon die Brieftasche, da schoß der Kopf der Schlange schnell wie ein Blitz nach vorn, und er fühlte einen scharfen, stechenden Schmerz im Oberschenkel. Und bevor er sich rühren konnte, biß die Schlange ein zweites Mal zu, fast an der gleichen Stelle.

Torres schrie heiser auf und sprang zurück. Die Schlange zischte wieder. Torres rannte ein paar Meter weiter und schaute hinunter. Auf seiner beigefarbenen Hose zeichneten sich winzige Blutflecken ab. Er spürte keinen starken Schmerz, nur ein leichtes Stechen. Als er aufschaute, sah er, daß die Schlange über die Leiche des Matrosen glitt und sich auf ihn zu bewegte.

„Hilfe!" schrie Torres. „Hilfe!"

Er drehte sich um und rannte, so schnell er konnte, davon. Die Schlange verließ den Weg und verschwand im Gras. Mit hocherhobenem Kopf glitt sie durch die Dunkelheit.

FÜNF Minuten später unterbrach Torres seine panische Flucht, um seinen Revolver in einen Papierkorb zu werfen. Dann hetzte er weiter, so schnell ihn seine Füße trugen.

Immer wieder warf er einen Blick zurück, um zu sehen, ob die Schlange ihn verfolgte. Von Zeit zu Zeit betastete er die Bißstelle am Oberschenkel. Er fühlte weder eine Schwellung, noch spürte er Schmerzen, nur das feine Stechen war noch da. Doch ihm wurde schwindlig, und das Atmen bereitete ihm Mühe. Zudem hatte er offenbar die Orientierung verloren und fand nicht mehr aus dem Park heraus.

Das Atmen fiel ihm immer schwerer. Er wußte, daß er so rasch wie möglich in ein Krankenhaus mußte. Aber seine Beine gaben nach, und er stolperte mehr, als daß er lief. Schließlich schnappte er regelrecht nach Luft, und seine Arme und Hände wurden so schwer, daß er sie kaum noch bewegen konnte. Als er versuchte, um Hilfe zu rufen, versagte seine Stimme, und er brachte nur ein Quäken hervor.

Das feine prickelnde Stechen zog nun in seinem Körper aufwärts.

Seine Beine spürte er überhaupt nicht mehr. Aber er schleppte sich weiter, und nach einer Weile sah er einen Ausgang zur Fifth Avenue. Er stolperte aus dem Park und mitten auf die Straße, dort brach er zusammen. Durch halbgeöffnete Lider nahm er die Helligkeit von Scheinwerfern wahr, die auf ihn zu rasten, doch er rührte sich nicht. Er wußte, daß er gleich sterben mußte, hier, mitten auf der Fifth Avenue.

DER Streifenpolizist John Nebbia war mit seinem Kollegen Frank Finnerty in einem Wagen des neunzehnten Polizeireviers unterwegs, als er die Gestalt vom Park auf die Straße stolpern und dort zusammenbrechen sah. Er gab Gas, und Finnerty kniete schon neben dem Mann, bevor der Wagen richtig stand. Nebbia schaltete das Blaulicht ein und stieg aus.

IHR Instinkt riet der Schlange, einen geschützten Platz aufzusuchen. Deshalb glitt sie ins Unterholz. Tief im Gebüsch, ständig mit der gespaltenen schwarzen Zunge züngelnd, hielt sie an einem Baumstamm inne und schaute hinauf. Dann begann sie, den Stamm hinaufzukriechen, und benutzte dabei ihren Schwanz als Stütze. Als sie zwei Drittel des Weges zurückgelegt hatte und von dichtem Laubwerk umgeben war, legte sie sich spiralförmig so über die Zweige, daß ihr Gewicht gut verteilt war.

Die Schlange war drei Meter fünfundachtzig lang, schmal und geschmeidig. Ihr Kopf hatte eine sargähnliche Form und war relativ klein. Ihre Augen, die dunkelbraun und rund waren, standen weit offen. Sie konnte die Augen nicht schließen, da sie weder Augenlider noch eine Nickhaut hatte.

Die Schlange schlief.

UM DREI Uhr fünfundvierzig morgens, als die beiden Streifenpolizisten mit einem Patienten zur East-Side-Klinik kamen, war Schwester Rosamund Johnson in der Notaufnahme. Die Füße des Mannes schleiften am Boden, sein Kopf baumelte hin und her, und er schien halb komatös. „Wir haben ihn auf der Fifth Avenue aufgelesen", sagte einer der Polizisten. „Sein Gesicht ist ganz blau angelaufen. Wahrscheinlich ein Herzanfall."

Schwester Johnson drückte eine Taste auf der Sprechanlage und sagte: „Billy, kommen Sie sofort mit einer Liege", drückte dann eine andere Taste und gab durch: „Dr. Papaleo, wir haben einen Patienten mit Zyanose und Atemnot. Bitte kommen Sie sofort."

„Wenn Sie mich fragen – ich tippe auf eine Überdosis", sagte der andere Polizist. „Hab schon Hunderte solcher Fälle gesehen."

Ein Pfleger rollte eine Liege durch die Tür. Ächzend halfen ihm die beiden Polizisten, den schlaffen Körper darauf zu legen.

„Bringen Sie den Patienten ins Zimmer D, Billy", sagte Schwester Johnson. Dann wandte sie sich zu den Polizisten. „Könnten Sie beide wohl ein paar Minuten warten, für den Fall, daß der Arzt noch mit Ihnen sprechen möchte? Draußen, gleich um die Ecke, steht eine Kaffeemaschine."

Der eine Polizist nickte, und der andere sagte: „Ich werd's eben durchgeben."

AUF dem Untersuchungstisch in Zimmer D betrachtete Dr. Charles Papaleo den Patienten, der halb komatös und nicht in der Lage war, Fragen zu beantworten. Eine Überdosis, dachte Papaleo. Ich wette, wir haben es mal wieder mit einer Überdosis zu tun. Aber dann schob er diesen Gedanken beiseite. Man erwartete von Ärzten, daß sie sich an ein Untersuchungsschema hielten. Besonders bei jungen, von Blitzdiagnosen entmutigten Assistenzärzten wie Papaleo legte man Wert darauf.

Also, erst einmal die Symptome feststellen. Zyanose. Atmungsinsuffizienz – der Patient schien zwar nicht nach Luft zu ringen wie oft bei einem Herzanfall, doch er atmete sehr flach. Sauerstoff. Papaleo holte einen Nasenkatheter und führte ihn ein.

Eine Schwester kam herein. Es war Schwester Kelly, eine bewährte Stütze. Papaleo öffnete den Mund des Patienten – Zunge stark belegt. Sie fiel nicht nach hinten. Auch sonst waren die Atemwege offenbar frei. Er roch am geöffneten Mund des Patienten. Kein Alkohol.

„Schwester Kelly", sagte Papaleo, „bitte bringen Sie den Absaugapparat."

Schwester Kelly verschwand und kam mit dem Apparat zurück; in eine saubere Flasche wurde nun Schleim abgesaugt, den man untersuchen wollte. Vorsichtig schob sie den Schlauch in den Mund des Patienten.

Papaleo steckte sich stirnrunzelnd die Enden des Stethoskops in die Ohren, öffnete das Hemd des Patienten und horchte die Herztöne ab: Sie waren schnell, aber regelmäßig. Er nahm das Handgelenk des Mannes und zählte den Puls. Gut hundert Schläge. Er wickelte eine Blutdruckmanschette um den Arm des Patienten, pumpte sie auf und ließ dann die Luft langsam wieder ab. Hundert zu siebzig. Zusammen mit dem Puls war das nur wenig unter normal. Insgesamt wiesen alle Symptome auf nichts Außergewöhnliches hin.

„Der Sauerstoff nützt nichts, Herr Doktor", sagte Schwester Kelly. Sie hat recht. Was nun? dachte Papaleo.

„Neurologische Untersuchung", sagte er. Er prüfte das Empfindungsvermögen. Kniesehnenreflexe: in Ordnung. Schmerzempfindlichkeit: in Ordnung. Untersuchung auf Kopfverletzung – nichts Verdächtiges. Pupillen reagieren normal auf Lichteinfall. Also auch kein Heroin. Schwester Kelly warf ihm mittlerweile unruhige Blicke zu. Sie wollte gerade zum Sprechen ansetzen, da sagte Papaleo scharf: „Jetzt die Lunge. Bitte helfen Sie mir, ihn aufzurichten."

Der Patient war unbeweglich und schwer. Es kostete sie Mühe, ihm das Hemd über den Kopf zu ziehen und ihn aufzusetzen. Schwester Kelly hielt ihn fest, und Papaleo beugte sich über ihn, preßte sein Ohr an seinen Rücken und klopfte ihn ab. Die Töne waren nicht übel, aber etwas Genaues zu sagen war unmöglich, weil der Patient nicht tief durchatmete.

Sie legten ihn wieder hin, und Papaleo untersuchte die Arme. Keinerlei Nadeleinstiche. Nun, das hatte er bei der normalen Reaktion der Pupillen auch nicht erwartet. Tablettenüberdosis? Wäre eine Möglichkeit. Plötzlich merkte er, daß ihm der Schweiß über das Gesicht lief. Mit dem Handrücken fuhr er über die Stirn. Schwester Kelly beobachtete ihn mit zusammengepreßten Lippen.

„Wer hat ihn hergebracht?" fragte er.

„Zwei Polizisten. Ich glaube, sie sind noch da."

„Dann geh ich mal raus und spreche mit ihnen." Er wandte dem Untersuchungstisch den Rücken zu, drehte sich aber gleich wieder um. „Vielleicht ist es doch eine Überdosis, obwohl keine Anzeichen dafür sprechen. Besorgen Sie bitte trotzdem etwas Narcan. Und machen Sie eine Infusion fertig, fünfprozentige Dextrose und Kochsalzlösung."

Schwester Kellys Gesichtszüge entspannten sich. Gut, dachte Papaleo, das hält sie für richtig.

„Ach ja, wir müßten auch was gegen eine eventuelle Insulinüberdosis unternehmen. Geben Sie noch fünfzigprozentige Glukose dazu."

Papaleo fand die Polizisten im Vorraum, wo sie Kaffee tranken und sich mit einem Pfleger unterhielten. Ihrer Meinung nach konnte es sich nur um eine Überdosis handeln. Sie berichteten alles, was sie beobachtet hatten. Eine Hilfe war es nicht.

Er ging wieder ins Zimmer D zurück, wo Schwester Kelly den Infusionsapparat aufstellte. Papaleo betrachtete ratlos den Patienten. Was konnte er sonst noch tun? Eine Blutprobe nehmen, auf Zucker untersuchen? Das würde mindestens eine halbe Stunde in Anspruch nehmen, und diese Zeit blieb dem Patienten vielleicht nicht mehr.

„Herr Doktor", sagte Schwester Kelly, „ich fürchte, auf uns kommen Schwierigkeiten zu."

Dieser Ansicht war er auch. Worauf wiesen die Symptome denn um Himmels willen hin? Er beschloß, nochmals die Herztöne abzuhorchen – der Herzschlag ging nun rascher und unregelmäßiger. Die Brust des Patienten schien sich kaum zu heben. Lähmung, irgendeine Art von Lähmung? „Ich fürchte, er wird uns unter den Händen wegsterben", sagte Schwester Kelly. „Und ich glaube, wir brauchen das Team für Notfälle."

Das Team bestand aus einem Chirurgen, einem Anästhesisten, dem Oberarzt und Schwestern. Es wurde nur in dringenden Fällen gerufen, doch dies war zweifellos einer. Mit düsterer Miene sagte Papaleo: „Einverstanden. Lassen Sie das Team zusammenrufen."

Dr. Shapiro, der Oberarzt, erschien innerhalb einer Minute. Während Papaleo ihm Bericht erstattete, tastete er die Brust des Patienten ab. Noch bevor Papaleo geendet hatte, unterbrach ihn Shapiro.

„Schwester, holen Sie einen Sauerstoffapparat", sagte er. Die tüchtige Schwester Kelly eilte sofort davon. „Er kann nicht atmen, weil die Muskulatur nicht richtig funktioniert. Seine Brustmuskeln brauchen eine mechanische Hilfe, um zu arbeiten."

Daran hätte ich denken müssen, sagte sich Papaleo, als mir auffiel, daß er nicht nach Luft rang: ein Sauerstoffgerät, das Sauerstoff direkt in die Lunge pumpt.

Als Schwester Kelly mit dem Gerät kam, entfernte Shapiro den Nasenkatheter und führte einen Luftröhrentubus in die Luftröhre des Patienten ein. Inzwischen hatten sich auch die anderen Mitglieder des Teams eingefunden; aber vorläufig gab es für sie noch nichts zu tun.

Shapiro schüttelte den Kopf. „Ich kann es mir nicht erklären." Plötzlich runzelte er die Stirn. „Was ist denn das da auf seinem Oberschenkel?"

Auf der hellen Hose des Patienten zeichneten sich Schmutz-, Schweiß- und ein paar kleine Blutflecken ab. Papaleo waren sie nicht aufgefallen.

„Wahrscheinlich hat er sich verletzt, als er hinfiel. Die Polizisten sagten, er wäre auf der Straße zusammengebrochen."

„Eine Schere, bitte. Wir werden die Hosenbeine abschneiden." Hastig beugte sich Shapiro mit seinem Stethoskop über den Patienten. Dann richtete er sich wieder auf. „Ich höre keine Herztöne mehr. Sofortmaßnahmen!"

Nun arbeitete das ganze Notfallteam mit großer Intensität: Injektionen, Massage, Klopfen – vergebens. Das Herz des Patienten wollte nicht mehr schlagen.

„Sie können alle gehen", sagte Shapiro. „Diesen Fall haben wir verloren. Tod durch Ersticken. Ursache unbekannt."

Shapiro bat Schwester Kelly, den Leichenbeschauer anzurufen und dafür zu sorgen, daß die Leiche zur Autopsie gebracht wurde. Bei ungeklärter Todesursache, so fiel Papaleo wieder ein, war keine Erlaubnis der nächsten Angehörigen nötig.

„Ich hätte früher an den Sauerstoffapparat denken sollen", sagte Papaleo zu Shapiro. „Es tut mir leid."

„Na ja, nächstes Mal werden Sie daran denken." Shapiro warf noch einen letzten Blick auf die Leiche, verabschiedete sich von seinen Kollegen und ging.

Während Schwester Kelly alles regelte – das Büro des Leichenbeschauers anrief und einen Pfleger besorgte, der den Toten in die Leichenhalle der Klinik schaffte –, ging Papaleo in den Nebenraum und verarztete einen Mann, der sich bei einer Prügelei eine Verletzung unter dem Auge zugezogen hatte. Danach war sein Dienst beendet. Doch Papaleo ging nicht zu Bett; er schlug den Weg zur Leichenhalle ein.

Der Tote hatte die Augen weit geöffnet; eine eigenartige Verwunderung schien aus ihnen zu sprechen, als sinne er über die Todesursache nach. Papaleo drückte dem Toten die Augen zu. Er musterte die Leiche sorgfältig von Kopf bis Fuß, als mache er eine Bestandsaufnahme. Seine Augen wanderten zum Oberschenkel, zu den Blutflekken auf der Hose.

Er holte eine Schere aus seiner Jackentasche, schlitzte das Hosenbein vom Aufschlag bis zur Hüfte auf und schob den Stoff zur Seite. Die Haut war verschrammt und leicht blutverkrustet. Als Papaleo sich tief darüber beugte, bemerkte er vier kleine Einstiche, die durch die Abschürfungen teilweise schwierig zu erkennen waren. Die Einstiche schienen aus zwei zusammengehörigen Teilen zu bestehen: ein Paar lag etwa fünfeinhalb Zentimeter über dem Knie, das andere fünf bis acht Zentimeter höher. Bei jedem Paar lagen die Einstiche einen guten Zentimeter auseinander. Er sah sich die Einstiche genau an. Es konnte sich um eine Injektion handeln; dann war allerdings eine ziemlich dicke Nadel verwendet worden. Aber wer benutzte Injektionsnadeln paarweise? Irgendwelche Bisse? Insektenstiche? Nein. Die waren kleiner. Auch der Abstand sprach nicht dafür. Außerdem hielt doch kein Mensch still, um ein Insekt viermal zustechen zu lassen.

Könnte es sich um Zahnabdrücke handeln? Wer hat solche Zähne? Hunde, Katzen, Löwen, Tiger ... Schlangen? Mein lieber Papaleo: ein tödlicher Schlangenbiß mitten in Manhattan? Und soweit ihm bekannt war, sonderten Schlangen ein blutschädigendes Gift ab, das die roten Blutkörperchen zerstörte und zu einer Verfärbung und Anschwellung der betroffenen Stelle führte, hervorgerufen durch innere Blutungen. In diesem Fall zeigte sich nichts dergleichen. Trotzdem, sollte er Shapiro nicht von den Einstichen berichten? Sonst fehlt dir wohl gar nichts: den Chef aufwecken ... kannst du vergessen, mein Lieber.

Er beschloß, sich vor dem Schlafengehen noch einmal in einem Buch über Schlangenbisse zu informieren. Doch als er dann endlich sein Zimmer erreicht hatte, war er zu erschöpft, um noch nach dem entsprechenden Buch zu suchen. Angekleidet ließ er sich aufs Bett fallen und schlief sofort ein.

Eine halbe Stunde später wurde Torres' Leiche zum städtischen Leichenschauhaus gebracht, wo sie bis zur Autopsie aufbewahrt wurde.

2. Kapitel

DIE SCHLANGE erwachte kurz vor dem Morgengrauen. Obwohl sie ihren Mund nicht geöffnet hatte, fuhr ihre Zunge züngelnd nach außen – durch die sogenannte Rostral-Lücke am oberen Kieferrand. Die beiden Spitzen der zweizipfligen Zunge paßten in die Gruben des Jacobsonschen Organs, das in einer Vertiefung des Mundhöhlendachs lag. Die haarfeinen Zungenspitzen vermittelten dem sensorischen Zellengewebe des Jacobsonschen Organs Geruchseindrücke, die dieses Organ wie eine Art chemischer Computer den Zustand der Luft, die Nähe von Tieren und von Beute interpretieren ließ.

Die Wahrnehmungen des Jacobsonschen Organs beunruhigten die Schlange. Als sie den Baumstamm hinabglitt, entschied sie, sich nicht auf die Suche nach Wasser zu begeben. In langsamen Windungen bewegte sie sich vorwärts und trank den Tau vom Gras. Dann glitt sie trotz ihres Hungers wieder den Baum hinauf, dorthin, wo sie die Nacht verbracht hatte. Abermals sank sie in Schlaf.

FAST im gleichen Augenblick stolperte Arthur Bennett über einen riesigen Körper. Im ersten Moment hielt er ihn für jemand seinesgleichen, für einen Säufer also, der seinen Rausch ausschlief. Dann sah er die Blutflecken auf dem T-shirt und der Jacke.

Bennett schrak zurück. Doch dann trat er gleich einen Schritt näher und betrachtete den Toten. Die Augen standen offen und waren glasig. Einen Arm hatte er unter dem Körper abgewinkelt. Eine weiße Seemannsmütze lag neben ihm und in einiger Entfernung eine vielversprechende Kiste mit zerbrochenem Deckel.

Bennett sah, daß aus der Innenseite der Jacke eine Brieftasche herausragte. Rasch begutachtete er sie und kicherte vergnügt: Er hielt ein dickes Geldbündel in der Hand – Zwanziger, Fünfziger und sogar ein

paar Hunderter. Er stopfte die Scheine – genau neunhundertvierund-
achtzig Dollar – in seine Hosentasche und schaute sich um. Niemand
war zu sehen. Er hob die Mütze auf und setzte sie auf sein weißes ver-
filztes Haar. Dann klemmte er sich auch die Kiste unter den Arm und
beschloß, so schnell wie möglich aus dem Park zu verschwinden.

DIE Schlange sonnte sich in ihrer ganzen Länge auf einem riesigen,
schwarzen Felsen, ganz in der Nähe des Baumes, auf dem sie Zuflucht
gesucht hatte. Es war halb acht Uhr morgens, und der dritte Tag der
Hitzewelle war angebrochen; die Sonne brannte bereits unbarmherzig
vom wolkenlosen Himmel.

Die Schlange war poikilotherm – ein Wechselwarmblüter. Ihre
Körpertemperatur war nicht, wie bei den meisten Tieren, konstant,
sondern wurde von der Temperatur ihrer Umgebung reguliert. Da
Kälte auf Schlangen eine lähmende, unter Umständen sogar tödliche
Wirkung hat, leben sie hauptsächlich in den Tropen und Subtropen
und sind in den gemäßigten Zonen sowohl zahlen- wie artenmäßig
sehr viel geringer vertreten. Allerdings gibt es eine Kreuzotternart,
von der man weiß, daß sie am Polarkreis, in den Karpaten und im
Kaukasus vorkommt.

Fast regungslos lag die Schlange in der Sonne und wärmte sich, bis
ein thermostatischer Reflex anzeigte, daß sie nun die optimale Temperatur erreicht hatte. Sie glitt von dem ungeschützten Felsen herunter
ins schattige Unterholz.

DIE Leiche des Matrosen wurde kurz nach halb neun von einem
städtischen Gärtner entdeckt. Die Polizei wurde benachrichtigt und
ein Polizeiwagen hingeschickt. Man brachte den Toten zum Leichenschauhaus an der First Avenue in der Nähe der Bellevue-Klinik, wo er
neben Ramon Torres gelegt wurde.

Matt Olssens Habseligkeiten gaben keinen Hinweis auf seine Identität. Erst später an diesem Tag wurde die Leiche durch ihre Fingerabdrücke identifiziert, die sich in der Kartei befanden, da Olssen im Lauf
der letzten fünf Jahre mehrmals und stets wegen schwerer Körperver-
letzung verhaftet worden war. Es war die Adresse einer Betty Par-
ker-Olssen auf der East Side angegeben, die Ehefrau des Opfers.

Zwei Polizisten begaben sich zu Betty Olssens kleiner Wohnung und entledigten sich der unangenehmen Pflicht, ihr vom Tod ihres Mannes Mitteilung zu machen, der bei einem Raubüberfall erschossen worden war. Die Witwe nahm die Nachricht ziemlich gelassen auf. Sie nickte. „Ich hab immer gewußt, daß ihn früher oder später jemand umbringen würde."

ARTHUR BENNETT kaufte sich einen halben Liter Muskateller, dann schlenderte er zur Bowery hinüber, wobei er unterwegs achtzig Cent als Almosen einsammelte.

Es gelang ihm nicht, die Kiste des Matrosen loszuwerden, für die er einen Dollar verlangte. Als er bei dem Handel um die Kiste allzu hartnäckig auf dem Preis bestand, riß sie ihm ein wütender Mann aus der Hand, warf sie zu Boden, trampelte auf ihr herum und schleuderte schließlich die Bruchstücke auf die Straße, wo sie nach und nach unter den Rädern der vorüberfahrenden Autos noch weiter zersplitterten.

Zwei Männer nahmen ihn in einem Hauseingang in die Zange; sie leerten seine Taschen und nahmen ihm sein Kleingeld, ein paar Erdnüsse und die Brieftasche des toten Matrosen ab.

DER olivgraue Rücken der Schlange war im Laub des Baumes kaum zu erkennen, und der Star, der sich auf einem Zweig niedergelassen hatte, bemerkte ihn nicht.

Das Sehvermögen der Schlange war hoch entwickelt; sie besaß die besondere Gabe, Bewegungen rasch wahrnehmen zu können, und durch die Art, wie die Augen seitlich am Kopf plaziert waren, verfügte sie auch über ein großes Blickfeld. Diese Augen hatten den Vogel im Flug erhascht und beobachtet, wie er sich flatternd auf dem Zweig niederließ, der einen guten Meter vom Kopf der Schlange entfernt war.

Nun nahm die hervorschießende Zunge der Schlange auch den Geruch der Beute wahr. In jener außerordentlich starren Bewegungslosigkeit, die Reptilien eigentümlich ist, fixierte die Schlange den Vogel. Dann umschlang sie den Ast mit ihrem Schwanz, schoß blitzschnell vorwärts und schlug ihre Giftzähne in den Vogel. Er kreischte auf und flog davon. Aber nach wenigen Metern begann er, hilflos mit den Flügeln zu schlagen. Er fiel zu Boden, ins Unterholz.

Die Schlange wartete geduldig eine Zeitlang, bevor sie sich den Baum hinabringelte. Am Boden spürte sie den Vogel zielsicher auf; der eigentümliche Geruch des gebissenen Opfers wies ihr den Weg. Das Gift der Schlange enthielt einen hohen Anteil von Verdauungsfermenten. Es dient daher nicht nur dazu, die Beute zu töten, sondern auch, sie zu verdauen.

Die Schlange ringelte sich zurecht, bis der Vogel direkt vor ihrem Rachen lag. Die Knochen, die den Unterkiefer der Schlange hielten, bewegten sich, die elastischen Bänder, welche die beiden Hälften des Kiefers verknüpften, dehnten sich, und sie riß den Rachen derart weit auf, daß sie auch ein Opfer hätte verschlingen können, das wesentlich größer als der Star und umfangreicher als der Leib der Schlange war. Die Schlange schlug die Zähne des Oberkieferknochens in den Körper des Vogels. Die Beute diente ihr als Stütze, als sie nun auch die Unterkieferzähne in den Vogel schlug, dann wiederholte sie mehrere Male diesen Vorgang des Zubeißens. Und so brachte die Schlange es fertig, sich den Star nach und nach einzuverleiben.

AN DIESEM Abend wurde im Delacorte-Freilichttheater Richard Sheridans „Lästerschule" aufgeführt. Gegen sieben Uhr waren sämtliche hundertzwanzig Plätze belegt. Vor Beginn der Vorstellung picknickte mindestens die Hälfte der Besucher im Park, fast alle in der Umgebung des Delacorte-Theaters: oben beim Schloß Belvedere, am Ufer des Belvedere-Sees, im Shakespeare-Garten. Auf der großen Rasenfläche des Great Lawn war vor ausgebreiteten Decken das Gras kaum noch zu sehen.

Um acht Uhr, als es dämmerte, begann die Aufführung. Die Lichter verloschen, und das Publikum auf den hölzernen Sitzen in dem kreisförmigen Theater war ganz auf einen vergnüglichen Abend eingestellt.

DIE Schlange glitt rasch durch die Dunkelheit; ihr schlanker langer Körper wand sich in unaufhörlich fließenden, S-förmigen Bewegungen. Diese Art der Fortbewegung beruhte auf der besonderen Weise des Schlängelns, wobei sich der Körper bei jeder Windung an den Boden preßte.

Instinktiv verfolgte die Schlange den Weg zurück, den sie in der Nacht zuvor nach ihrer Flucht aus der Kiste genommen hatte. Sie glitt an der Stelle vorbei, wo Matt Olssen gestorben war und wo sie Torres gebissen hatte. Dann führte sie ihr Weg über die große Fläche des Great Lawn; sie kreuzte einen Gehweg und bewegte sich auf den Belvedere-See zu. Sie schwenkte nach links ab, fort von dem Lichtschein des Delacorte-Theaters, und glitt zum Wasser hinunter. Als sie trank, scholl vom Theater lautes Gelächter herüber. Die Schlange hörte es nicht. Sie hatte kein Außenohr, kein Trommelfell, keine Paukenhöhle und keine Eustachische Röhre. Sie war taub.

RODDY BAMBERGER beugte sich zu dem Mädchen hinüber und flüsterte: „Komm, wir machen uns aus dem Staub... wir gehen zu mir, stellen die Klimaanlage an und..." Er küßte sie zärtlich auf die Wange. Das Mädchen antwortete nicht. Sie saß nach vorne gebeugt und hatte offensichtlich nur Augen und Ohren für das Stück. Roddy aber hatte Studentenaufführungen der „Lästerschule" gesehen, die besser als diese gewesen waren. In London hatte er eine Aufführung im National-Theater besucht. Nach alldem war diese Vorstellung der reinste Frevel! Er hätte sich nicht überreden lassen sollen. Theater ohne Eintrittsgeld konnte – wie alles Kostenlose – ja auch nichts wert sein. Es war eine richtige Pleite – das Stück, die unmögliche Hitze und sogar das Mädchen, das mit einfältigem Entzücken auf die Bühne starrte.

„Arline..." Er blies ihr sanft auf die Wange. „Arline, laß uns doch wieder zu mir gehen."

Mit einer unwilligen Geste brachte sie ihn zum Schweigen; sie wollte keine Zeile des Textes verpassen. Jemand in der Reihe hinter ihnen machte „Pscht!"

Na schön. Mußte er diesen Abend eben als Reinfall verbuchen. „Entschuldige, Arline", sagte er, „mir ist furchtbar schlecht."

Er stand auf. Sie schaute ihn bestürzt an, wollte etwas sagen, doch er drängte sich bereits zum Gang durch. Am Ende der Reihe schaute er zurück. Sie blickte ihm unsicher nach, aber es war zu spät. Auch wenn sie ihm jetzt noch nachlief, rettete das den Abend nicht mehr. Er hatte die Nase voll.

Als er das Theater verließ, sah er sich vor das Problem gestellt, allein durch den Park gehen zu müssen. Aber das beunruhigte ihn nicht sonderlich. In dieser Gegend fiel man geradezu über Polizisten; das war beruhigend. Er wandte sich ostwärts, ließ den Belvedere-See auf der einen Seite, den Great Lawn auf der andern Seite liegen. Er sah sie unmittelbar, bevor er auf sie trat. Er sah sie, konnte es aber nicht fassen, und aus diesem Grund reagierte er wohl nicht rasch genug. Denn anstatt mitten in der Bewegung innezuhalten und einfach über sie hinwegzusteigen, trat er ihr direkt auf den Schwanz. Und als er zurückspringen wollte, verlor er das Gleichgewicht und fiel auf sie.

Die Schlange schnellte sofort hoch und versuchte, sich unter dem Gewicht des Mannes fortzuwinden. Ihr Kopf bog sich zurück, und sie biß zu. Einmal, zweimal. Sie wollte ein drittes Mal zustoßen, doch in diesem Augenblick rollte sich der Mann von ihr herunter, und so drang nur ein Zahn ins Fleisch, der andere riß die Haut bloß auf. Rasch, in mächtigen, hohen Windungen glitt die Schlange vom Gehweg fort und verschwand im Gras.

Roddy Bamberger konnte es immer noch nicht glauben. Er lag auf dem Pflaster und rührte sich nicht, wie unter den Nachwirkungen eines Alptraums. Er hatte nicht geträumt, es war tatsächlich geschehen. Eine Schlange hatte ihn gebissen. Der unglaublich lange, hochschießende Schlangenkörper, der Schock des Bisses – es war gar nicht sonderlich schmerzhaft gewesen. Die Schlange hatte ihn in die Rückseite des Oberschenkels, unterhalb des Gesäßes, gebissen. Er fuhr mit der Hand über den Schenkel. Ein paar Blutstropfen, mehr nicht. Plötzlich fühlte er sich elend. Das Atmen bereitete ihm Schwierigkeiten. Er rollte sich herum und kam mit großer Mühe wieder auf die Beine. Er fühlte sich schwach und schwindlig. Er hätte sich gern wieder hingelegt, widerstand dieser Versuchung aber.

Er lief zurück, zu der Lichterkette, die das Delacorte-Theater anzeigte. Er schwankte, stolperte; seine Beine zitterten, er konnte nicht mehr atmen, sein Mund war voller Speichel. Aber die Furcht peitschte ihn vorwärts. Dreißig Meter vor dem Theater brach er zusammen. Dort fand ihn ein Polizist, der eine Zigarettenpause machte und den Weg hinunterschlenderte. Er versuchte, dem Polizisten von der Schlange zu erzählen, brachte aber kein Wort heraus. Er war kaum noch bei Bewußtsein.

Diesmal war keine Zeit, den Notarzt zu rufen; der Patient starb, dreißig Sekunden nachdem man ihn in die Notaufnahme der East-Side-Klinik gerollt hatte.

Dr. Pranay Mukerjee steckte das Stethoskop in die Tasche seines Arztkittels. Er machte sich Gedanken über den Mann auf dem Untersuchungstisch. Mitte Dreißig, gut genährt, gut gekleidet. Der dunkelhäutige erfahrene Arzt griff nach der Hand der Leiche und betrachtete die Fingernägel. Zyanotisch. Was könnte die Todesursache sein? Eine Rauschgiftüberdosis? Unwahrscheinlich. Der Puls war schnell und fadenförmig gewesen, aber das alleine war noch nicht bedenklich. Die Pupillen waren nicht erweitert.

Dr. Mukerjee bemerkte einen kleinen Blutfleck auf dem Untersuchungstisch. Aber es war keine Wunde zu sehen. Vielleicht am Rükken? Er drehte die Leiche um und sah es sofort: verwischte Blutspuren auf der Hose, ganz oben am linken Oberschenkel. Wird wohl nicht weiter von Bedeutung sein, dachte Dr. Mukerjee, aber vielleicht sehe ich doch besser nach.

Er schnitt das linke Hosenbein auf und beugte sich tief über den Schenkel. Einen Augenblick später richtete er sich wieder auf. Er schüttelte den Kopf und sagte laut vor sich hin: „Aber nein, das kann doch nicht möglich sein!"

Er tupfte das Blut vom Schenkel ab und betrachtete die Verletzung eingehend. Es gab zwei Einstichpaare und einen dritten einzelnen Einstich. Nein, das stimmte nicht – daneben war noch ein leichter Kratzer. Unter jedem Einstich erkannte er eine Reihe winziger Einkerbungen, die senkrecht nach unten verliefen.

Er wandte sich an die Schwester. „Bitten Sie den Oberarzt zu kommen. Schnell, bitte."

Als Dr. Mukerjee die Symptome beschrieb, schaute Dr. Shapiro ihn bestürzt an. „So einen ähnlichen Fall hatten wir vergangene Nacht." Stirnrunzelnd schaute er auf den Toten nieder.

„Ich habe eine Vermutung, die allerdings für unsere Breitengrade kaum zutreffen dürfte", sagte Dr. Mukerjee, „trotzdem sprechen alle Anzeichen für sie."

„Was für eine Vermutung?"

„Achten Sie mal auf diese Einstiche", sagte Mukerjee. „Dieses Paar

hier und dieses zweite Paar" – er strich über die weiße Haut des Toten –
„und dieser einzelne, der ganz offensichtlich nicht dazu paßt, für den
ich Ihnen aber gleich eine Erklärung liefern werde. Und sehen Sie sich
auch die winzigen Einkerbungen unter jedem –"
„Kennen Sie die Ursache dieser Einstiche, Dr. Mukerjee?" fragte
Shapiro scharf. Er hielt sich nie mit weitschweifigen Erläuterungen
auf und hatte Mukerjee im Verdacht, daß er es möglichst spannend
machen wollte.

„Sie könnten von einem Biß herrühren."

„Und welches Tier haben Sie in Verdacht?"

„Eine Giftschlange", antwortete Mukerjee.

„Ich habe noch nie einen Schlangenbiß gesehen", sagte Shapiro.
„Aber Sie kennen sich wohl damit aus?"

„Ja."

„Und was ist mit dem einzelnen Einstich?"

„Ich glaube, die Schlange hat zweimal fest zugebissen, beim dritten
Mal ist sie wohl abgerutscht, und daher ist nur ein Zahn eingedrungen.
Die kleinen Einkerbungen sind die Abdrücke ihrer ‚Festhaltezähne'."

„Na schön", erwiderte Shapiro mit einem mühsamen Lächeln. „Irgendwo in Manhattan kriecht eine Klapperschlange frei herum."

„O nein", sagte Mukerjee. „Klapperschlangen scheiden ein Blutgift
aus. In dem Fall müßte das Fleisch um die Punkturen durch Blutaus-
tritt verfärbt sein. Hier handelt es sich allem Anschein nach um ein
Nervengift. Wenn Sie mich fragen, an was für ein Tier ich denke,
würde ich sagen, eine Kobra. Daheim in Indien habe ich eine ganze
Reihe von Menschen gesehen, die von Kobras gebissen worden sind."

„Eine Kobra? Wir sind aber hier doch nicht in Indien, Dr. Mukerjee! Sind Sie Ihrer Diagnose ganz sicher?"

„In Indien würde ich, ohne zu zögern, Ihre Frage bejahen. Aber wir
sind in New York, und deshalb sage ich nur, daß alle Anzeichen auf
den Biß einer Schlange hinweisen, die ein starkes Nervengift ausschei-
det." Mukerjee hielt inne. „Erwähnten Sie nicht gerade, daß Sie vorige
Nacht einen ähnlichen Fall gehabt hätten?"

„Lähmung der Brustmuskeln. Halb komatös. Er konnte kein Wort
mehr herausbringen und ist uns unter den Händen weggestorben."

„Aha", sagte Mukerjee. „Hatte er auch Bißwunden?"

„Nein, aber..." Shapiro stockte, als ihm die Blutflecken auf der Hose des Patienten einfielen. Dieser verdammte Papaleo! Mukerjee wartete höflich auf seine Antwort. Nein, dachte Shapiro, ich werde nicht einen meiner Assistenzärzte bei einem andern Arzt anschwärzen. Was er Papaleo erzählen würde, stand allerdings auf einem anderen Blatt. „Meines Wissens nicht. Wir warten noch auf den Obduktionsbefund. Bis dahin – Sie sind bei aller geratenen Vorsicht von Ihrer Diagnose überzeugt, nicht wahr?"

„Ich möchte nicht meinen Ruf darauf verwetten, aber –"

„Die Frage ist", unterbrach ihn Shapiro ungeduldig, „sollen wir der Polizei davon Mitteilung machen?"

„Das würde ich tun", sagte Mukerjee.

Dr. Shapiro ging in sein Zimmer zurück und rief die Polizei an, und man versprach, einen Beamten vorbeizuschicken. Er versuchte, Dr. Papaleo zu erreichen, aber der hatte keinen Nachtdienst. Er rief im Büro des Leichenbeschauers an und erbat umgehende Information über Ramon Torres und einen zweiten Toten namens Roderick Bamberger, der unterwegs zum Leichenschauhaus war; Verdacht auf Tod durch Schlangenbiß.

Er nahm ein medizinisches Fachbuch aus dem Regal und informierte sich über Schlangenbisse und ihre Behandlung. Er war noch nicht sehr weit gekommen, da wurde er schon in die Eingangshalle gerufen, wo sich ein vierschrötiger Mann mit kantigem Gesicht als Kriminalbeamter Robert Dark vorstellte. „Was ist nun mit dieser Schlange?"

„Wir haben noch nicht mit absoluter Gewißheit feststellen können, ob es sich wirklich um eine Schlange handelt, aber es liegt Verdacht auf Schlangenbiß vor", erklärte Shapiro.

„Sie sind der Arzt", sagte Dark. „Sie sollten es *wissen*."

Darks Ton war mürrisch, sogar herausfordernd. Shapiro ärgerte sich. „Mr. Dark", sagte er, „die Diagnose Schlangenbiß stammt von einem indischen Arzt, der sich mit Kobrabissen auskennt."

„Eine Kobra?" Dark lächelte spöttisch. „Jetzt verstehe ich, warum Sie diese Diagnose nicht gerade unterstützen, Doktor."

„Wir werden zu dieser Diagnose stehen, Mr. Dark, es sei denn, die Autopsie ergibt etwas anderes. Ich habe den Leichenbeschauer gebeten, die Sache beschleunigt zu behandeln. Trotzdem werden wir erst morgen früh Genaueres erfahren."

„Und wozu brauchen Sie mich?" fragte Dark.

„Nun ja", sagte Shapiro, „die Zoos überprüfen, die Tierhandlungen –"

„Mitten in der Nacht? Wo wir nicht mal mit Sicherheit wissen, ob es sich um eine Schlange handelt? Hören Sie, Doktor, ich glaube, wir sollten den Obduktionsbericht abwarten. Unternehmen können wir im Augenblick sowieso nichts."

„Mr. Dark, im Central Park sind zwei Menschen gebissen worden – das nehmen wir jedenfalls an –, und woher wollen Sie wissen, ob es bis morgen früh nicht ein drittes Opfer gibt?"

„Meiner Meinung nach, Doktor, hat jeder, der sich nachts im Park rumtreibt, die besten Chancen, auf irgendeine Art umgebracht zu werden. Tatsache ist: Wir haben einen Burschen gefunden, der vorige Nacht gegen drei Uhr morgens im Central Park erschossen wurde."

Shapiro seufzte. „Nun ja, ich versuche nur zu tun, was ich für das beste halte."

„Das versuche ich auch", gab Dark zur Antwort.

Im Lauf der Nacht hatte die Schlange ihre Zähne verloren, aber gegen Morgen waren bereits neue durchgestoßen.

Der Oberkiefer der Schlange enthielt nur zwei Zähne, die Giftzähne, die im Kieferknochen fest verankert sind. Sie sind mit der Giftdrüse verbunden, die das Gift durch einen Kanal im Zahn in die Bißwunde einspritzt. Die Zähne werden stark beansprucht und müssen daher von Zeit zu Zeit erneuert werden. Manchmal brechen sie vorzeitig ab, doch dann nehmen Ersatzzähne, die stets hinter den richtigen Zähnen wachsen, ihren Platz ein. Dieser Zyklus von Zahnverlust und -ersatz dauert ein ganzes Schlangenleben an.

Wegen der Hitzewelle – die nun schon den vierten Tag die Stadt heimsuchte – hatte die Schlange in der Nacht nur wenig Körperwärme verloren. So sonnte sie sich nur kurz auf dem schwarzen Felsen und glitt dann wieder hinunter in ihr neues Revier und ihren Baum hinauf. Oben im dichten Laubwerk, das sie verbarg und Schutz vor den Sonnenstrahlen bot, rollte sie sich auf einem Ast zusammen.

3. Kapitel

ALS Dr. Shapiro seine Morgenvisite beendet hatte, ging er zu einem zweiten Frühstück in die Kantine der Klinik. Papaleo trat an seinen Tisch. Er machte einen übernächtigten, nervösen Eindruck.

„Haben Sie es gehört?"

Shapiro dippte ein Stückchen Toast in seine Spiegeleier. Er schaute auf und fragte: „Was gehört, Dr. Papaleo?"

„Eine kurze Nachricht im Radio. Vor knapp fünf Minuten. Es wurde durchgegeben, daß zwei Leute im Central Park von einer Schlange gebissen worden sind und daß sie in der East-Side-Klinik starben."

Shapiro starrte Papaleo an. „Wurde auch etwas über die Quelle dieser Information gesagt?"

„Ich glaube nicht."

Shapiro nickte und wandte sich wieder seinen Eiern zu, aber Papaleo blieb nervös stehen.

„Bei dem ersten Patienten, den ich zu behandeln hatte", sagte er, „habe ich auf dem Oberschenkel Einstiche bemerkt. Als Sie gegangen waren, habe ich sein Hosenbein aufgeschlitzt und sie gesehen. Und da kam mir der Gedanke an einen Schlangenbiß; es schien allerdings so unvorstellbar..."

„Es wäre Ihre Pflicht gewesen, mich zu wecken und mir davon Mitteilung zu machen."

„Aber Sie waren schon schlafen gegangen, und... es tut mir leid, Dr. Shapiro."

Meine Schuld, dachte Shapiro. Er hat mir nichts davon erzählt, weil er Angst hatte, daß ich ihn entweder zusammenstauchen oder auslachen würde. „Meine Schuld", sagte er, „ich hätte darauf bestehen müssen, den Patienten gründlich von Kopf bis Fuß zu untersuchen."

„Na ja, trotzdem." Mit einem gezwungenen Lächeln auf den Lippen eilte Papaleo davon.

Als Shapiro mit seinem Frühstück fertig war, rief er den Leichenbeschauer an. Er verlangte den Pathologen, der die Autopsie bei Torres durchgeführt hatte, und wurde mit Dr. Borkowski verbunden.

„Wie gefällt Ihnen das?" Borkowski schien amüsiert. „Tödlicher
Schlangenbiß mitten in Manhattan – ist das nicht toll?"
„Ihre Begeisterung ist direkt ansteckend", sagte Shapiro, „aber ich
habe auf Ihren Anruf gewartet, Dr. Borkowski. Ich habe nichts dagegen, wenn Sie sich bei den Journalisten lieb Kind machen, aber Sie hätten mich zuerst anrufen können."
Borkowski schwieg einen Augenblick und antwortete dann förmlich: „Der Bericht ist auf dem Weg zu Ihnen. Wenn Sie eine Zusam-
menfassung meines Befundes wünschen..."
„Nicht nötig. Ich erfahre ja alles aus dem Radio, wie der Rest der
Bevölkerung auch." Shapiro knallte den Hörer auf den Apparat und
schnitt Borkowski damit das Wort ab. Er hatte seinen Namen durch
den Lautsprecher gehört und fragte in der Zentrale an, was los sei.
„Hier sind einige Herren, die mit Ihnen sprechen möchten. Sie sind
von der Presse. Und auch vom Fernsehen."
„Das hat mir gerade noch gefehlt", knurrte Shapiro.

DER Polizeipräsident und der Bürgermeister waren in einer Sitzung
im Rathaus, als man sie über die Schlange informierte.
Um halb zwölf Uhr betrat ein Mitarbeiter des Bürgermeisters das
Dienstzimmer mit der Morgenausgabe der *New York Post*. Ihm waren
die unberechenbaren Launen seines Chefs in einem Wahljahr nur zu
bekannt, deshalb legte er die Zeitung mit aller gebotenen Vorsicht auf
den Schreibtisch.

GIFTSCHLANGE TÖTET ZWEI MENSCHEN IM CENTRAL PARK

Der Bürgermeister starrte auf die Schlagzeile. Der dazugehörige
Artikel auf Seite drei, die der Mitarbeiter geflissentlich aufschlug, war
ziemlich knapp und brachte Fotos und Aussagen von Dr. Shapiro,
Dr. Papaleo und Dr. Borkowski. Ein Kasten brachte einige Angaben
über den Central Park. Berühmtes Meisterstück seiner Architekten,
Frederik Law Olmsted und Calvert Vaux. Mit seinen dreihundertvierzig Hektar größer als der Londoner Hyde Park, die Pariser Tuileri-
en, der Berliner Tiergarten, der Kopenhagener Tivoli-Park. Nicht so
groß wie die römische Villa Borghese oder der Wiener Prater. Für

fünfeinhalb Millionen Dollar im Jahre 1859 gekauft; heutiger Wert des Grundstücks: einige Milliarden.
Der Vorspann bestand aus drei Sätzen.

Durch den Central Park kriecht eine Giftschlange. Ihr Biß ist tödlich. Und welche Maßnahmen trifft der Bürgermeister?

„Schmutziger Trick", sagte der Mitarbeiter. „Es ist eine Sache, Ihren Konkurrenten zu unterstützen, aber eine andere –"
„Denen werd ich's zeigen", sagte der Bürgermeister. „Ich drehe jeden einzelnen Stein im Park um. Jawohl, so werden meine Maßnahmen aussehen!"
Auf einer Pressekonferenz verbreitete er sich später noch weiter über sein Vorgchen und teilte den Zuhörern mit, das Central-Park-Polizeirevier habe jeden Mann eingesetzt und kämme auch den entlegensten Winkel nach dem Eindringling durch.
„Berichten Sie jetzt bitte die Einzelheiten, Francis", erteilte der Bürgermeister dem Polizeipräsidenten das Wort.
Der Polizeipräsident, der die Einzelheiten auch gerade erst am Telefon erfahren hatte, erklärte, die Leute vom Central-Park-Polizeirevier suchten den Park peinlich genau ab, im Auto, zu Pferd und zu Fuß, und sie würden dabei in jeder Hinsicht von Gärtnern und Parkwächtern unterstützt.
„Und wieviel Mann sind das, alles in allem?" fragte ein Journalist.
Der Polizeipräsident runzelte die Stirn und überhörte diese Frage. Er wußte, daß der Personalbestand des Central-Park-Polizeireviers etwa bei einhundertzwanzig Mann lag, was auf vierzig Mann pro Schicht hinauslief. Wenn man davon die Verwaltungsbeamten abzog, die Beamten der Sonderkommissionen, die Beamten in Zivil, die zu Beschattungsaufträgen eingeteilt waren, die Beamten in Urlaub und die krank gemeldeten – dann standen dem Revier zum sorgfältigen Durchkämmen des Parks vermutlich nicht mehr als fünfzehn Mann zur Verfügung.
„Wagen mit Lautsprechern", sagte der Polizeipräsident, „weisen die Leute ständig darauf hin, auf den Wegen zu bleiben und sich von dichtem Unterholz fernzuhalten. Sie sollen auf keinen Fall versuchen,

allein mit der Schlange fertigzuwerden, falls sie auf sie stoßen, sondern unverzüglich einen Polizeibeamten benachrichtigen."

„Herr Bürgermeister", fragte der Reporter, „erwägen Sie, den Park zur Sicherheit der Bevölkerung zu schließen, bis die Schlange gefunden worden ist?"

„Ich kann Ihnen versichern, die Angelegenheit wird genauestens geprüft."

Als die Pressekonferenz zu Ende war und sich der Bürgermeister unter vier Augen mit dem Polizeipräsidenten unterhielt, fragte er: „Was halten Sie davon, den Park schließen zu lassen? Bei dieser Hitzewelle, wo die Leute nach Luft schnappen?"

„Um die Leute am Betreten des Parks zu hindern, brauchen Sie tausend Polizisten", antwortete der Polizeipräsident, „und selbst dann wäre das Gelände nicht abgeriegelt. Sie kennen doch die New Yorker! Sie fänden hundert Möglichkeiten, sich hineinzuschleichen. Und glauben Sie mir, sie würden versuchen, in den Park zu kommen!"

„Sie können mir glauben", sagte der Bürgermeister, „daß ich Ihnen glaube."

DIE kurze Wettervorhersage im Fernsehen – „ein Nachlassen der Septemberhitze, die fast Rekordhöhe erreicht hat, ist nicht in Sicht" – war zu Ende. Die anschließenden ersten Abendnachrichten auf dem bevorzugten Kanal des Bürgermeisters widmeten der Schlange volle acht Sendeminuten.

Die Reportage setzte mit einer Luftaufnahme des Parks ein – „das teuerste Stückchen Land in der zivilisierten Welt" –, die aus einem Hubschrauber aufgenommen worden war. Dann sagte der Moderator: „Irgendwo in diesem weltberühmten Park lauert ein höchst unwillkommener Besucher – eine Giftschlange, deren tödlichem Biß bereits zwei Menschen zum Opfer gefallen sind."

Der Bürgermeister saß in einem bequemen Lehnstuhl im Schlafzimmer und sah sich die Nachrichten an. Von Zeit zu Zeit brummte er mißbilligend.

Auf dem Bildschirm erschien kurz ein Polizist zu Pferde und dann einer auf einem Motorrad. Der Moderator fuhr fort: „Seit heute mittag läuft die große Suchaktion, bisher allerdings ohne Ergebnis. Doch die

Beamten suchen weiter. Es ist ein schwieriges und sehr gefährliches Unterfangen... Unser Reporter Bill Stevens hat heute morgen der East-Side-Klinik einen Besuch abgestattet."

Dr. Papaleo, den Stevens als den „fähigen jungen Assistenzarzt, der das erste Opfer, Ramon Torres, behandelt hat" vorstellte, berichtete, daß er hilflos habe zuschauen müssen, wie Torres starb – die Todesursache sei zu dem Zeitpunkt noch unbekannt gewesen.

Dr. Mukerjee gab dem Reporter mit sanftem Blick und sanfter Stimme zu bedenken, daß seine „ausgezeichnete Blitzdiagnose" bisher noch nicht bewiesen sei. „Sagen wir, es war der Biß einer Schlange, wie man ihn von einer Kobra kennt."

Dr. Shapiro, der Oberarzt der Klinik, beantwortete die Fragen kurz angebunden. Auf die Frage, was er bei der Einlieferung eines weiteren Opfers tun würde, öffnete er einen Kühlschrank und holte eine Schachtel heraus.

„Alle Kliniken in der Innenstadt haben vom Leiter der Abteilung Herpetologie im Bronx-Zoo dieses polyvalente Breitbandserum erhalten. Wenn noch jemand mit einem Schlangenbiß eingeliefert wird, injizieren wir ihm dieses Gegengift."

„Und gegen welche Schlangengifte kann dieses Serum etwas ausrichten?"

„*Bitis, Naja, Dendroaspis*", antwortete Dr. Shapiro. „*Bitis* bezieht sich auf verschiedene Puffottern, *Naja* sind die Kobras; *Dendroaspis* sind Baumschlangen wie die afrikanischen Mambas. Wenn unsere Schlange zu diesen Gruppen gehört, könnte das Serum vielleicht wirksam sein. Die wirksamsten Seren sind natürlich die arteigenen: Kobraserum gegen den Biß der Kobra, Gabunviperserum gegen den Biß der Gabunviper und so weiter. Es ist äußerst wichtig, daß die Schlange im Park identifiziert wird. Wenn Sie mich jetzt entschuldigen wollen, ich muß nach einem Patienten sehen."

Der Moderator fuhr fort: „Wo stammt die Schlange her, und wie ist sie in den Park gelangt? Im Augenblick können wir darüber noch nichts sagen. Und vielleicht werden wir es nie herausfinden."

Denn die Zoos, Tierhandlungen, Laboratorien, Farmen für exotische Tiere seien, wie er ausführte, alle überprüft worden; nirgendwo werde eine Schlange vermißt. Es hätten sich auch keine Privatpersonen gemeldet, die Schlangen hielten. Aber vielleicht gab es irgendwo einen Menschen, der davor zurückscheute, sich durch eine Aussage selbst zu belasten.

Der Vizepräsident der New Yorker Polizei wandte sich mit einer Bitte an die Öffentlichkeit: „Falls Sie sich in dieser Situation befinden und Ihre Schlange entflohen ist, dann rufen Sie doch bitte anonym das Polizeipräsidium New York an. Es ist wichtig, daß wir genau wissen, zu welcher Gattung diese Giftschlange gehört – nur dann können wir für einen genügenden Vorrat des richtigen Gegengifts sorgen."

Auf dem Bildschirm erschien eine Sondertelefonnummer der Polizei.

Es folgte ein Interview mit einem Herpetologen des Naturkundemuseums. Der Wissenschaftler erklärte, ein drastischer Wetterumschwung und Temperatursturz sei äußerst wünschenswert. Durch ihn werde die Schlange nicht nur lethargisch, sie verliere außerdem ihren Orientierungssinn. Schon dadurch sei die Gefahr weiterer Bisse stark reduziert. Zum gegenwärtigen Zeitpunkt könne er nur den Rat geben: „Bleiben Sie dichtem Gebüsch fern, passen Sie auf, wo Sie hintreten." Zwar könnten viele Schlangen mit unglaublicher Schnelligkeit zustoßen, aber sie könnten sich nicht sehr rasch vorwärts bewegen; normalerweise könne man mühelos fast jeder Schlange davonlaufen. „Haben Sie keine Angst", fügte er lächelnd hinzu, „daß die Schlange Sie vielleicht jagen könnte." Von sehr seltenen Fällen abgesehen, – während der Brutzeit oder der Verteidigung der Eier beispielsweise – verfolgten Schlangen einen Menschen nicht.

Der Herpetologe gab auch einige Ratschläge, was im Fall eines Schlangenbisses zu tun sei. „Vermeiden Sie körperliche Anstrengung, Alkohol, Panik – das alles wirkt pulsbeschleunigend und pumpt das Gift nur noch rascher durch den Blutkreislauf. Legen Sie sich hin, binden Sie das Körperteil oberhalb der Wunde, zum Herzen hin, ab, lassen Sie so rasch wie möglich ein Gegengift injizieren. Was das Ausschneiden der Bißstelle und das Aussaugen des Giftes betrifft – darüber sind die Meinungen geteilt. Falls Sie das Gift aussaugen, vergewissern Sie sich, daß Sie keine Verletzungen im Mund oder auf den Lippen haben."

Der Bürgermeister hörte dem Herpetologen nur mit halbem Ohr

zu. Er wartete auf das unvermeidliche Interview mit dem Mann auf der Straße. So albern das auch scheinen mochte, ein Politiker mußte die vorgetragenen Meinungen sehr ernst nehmen. Denn aus ihnen sprach, ganz gleich, wie stockend und ungewandt sie ins Mikrofon gestammelt wurden, unbestritten die Stimme des Volkes.

Das erste Interview fand auf einem Spielplatz Ecke Central Park West und 81. Straße, in der Nähe vom Hunters' Gate, statt. Eine junge Frau in Shorts und ausgeschnittenem T-shirt wurde vor schaukelnden und wippenden Kindern gefilmt. Sie versuchte, das durchdringende Kindergeschrei zu übertönen: „Wo soll ich mit meinem Kind denn sonst hingehen, wenn nicht hierher – etwa an die französische Riviera? Außerdem weiß ich nicht, ob eine Schlange schlimmer ist als die Penner, die sich hier im Park herumtreiben."

Nächste Szene: Ein Ehepaar mittleren Alters, das gerade eine U-Bahnstation verließ. Die Frau: „Vielleicht frißt die Schlange auch ein paar Straßenräuber. Wenn das der Fall ist, brauchten wir in jeder Straße eine." Ihr Mann: „Sylvia, das ist nicht zum Witzemachen!" Die Frau: „Mache ich etwa Witze?" Der Mann: „Sylvia!"

Auf der Central Park West machte sich auf der Höhe der 73. Straße eine Frau zur Sprecherin einer aufgebrachten Gruppe von Müttern. Die Kinder hörten auch vor der Kamera nicht auf zu streiten: „Der Park muß geschlossen werden, und zwar so lange, bis die Schlange gefunden worden ist. Der Bürgermeister geht reichlich leichtsinnig mit Menschenleben um."

Einige Dutzend zornige Schwarze und Puertoricanerinnen auf der Cathedral Parkway. Ihre Sprecherin, die durch ihre Größe und Tatkraft von ihren Begleiterinnen abstach: „Nur über unsere Leichen wird der Park geschlossen. Wir ersticken in unseren Wohnungen. Wo sollen wir denn sonst bei der Hitze hin? Soll er den Park ruhig schließen, bei der nächsten Wahl kriegt er dann einen Denkzettel verpaßt."

Das letzte Interview war wohl nicht ganz ernst gemeint. Drei kichernde Teenager. Die eine sagte: „Das ist echt stark." Der Reporter: „Stark? Was meinst du mit stark?" Das Mädchen: „Na ja, echt klasse, wie 'n Hit." Der Reporter schüttelte lächelnd den Kopf: „Mit dieser starken Meinung verabschiede ich mich und gebe zurück an Jerry."

Und Jerry, der Moderator, ebenfalls lächelnd: „Danke, Junge, du bist ein echter Hit." Er machte eine Pause, in der seine Miene wieder die angemessene Sachlichkeit annahm, und fuhr fort: „Fassen wir noch einmal zusammen: eine giftige Schlange unbekannter Art, möglicherweise eine Kobra, befindet sich im Central Park. Zwei Menschen sind durch ihren Biß bereits gestorben. New York zittert."

Der Bürgermeister schaltete den Fernseher aus und wählte die Nummer des Polizeipräsidenten.

„Wann fangen Sie die Schlange endlich?" fragte der Bürgermeister.

„Das wüßte ich auch gern", antwortete der Polizeipräsident. „In einer halben Stunde ist es dunkel, und dann müssen wir die Suche abbrechen."

„Und was werden Sie morgen unternehmen?"

„Alles noch mal durchkämmen. Eine sorgfältig geplante Aktion starten, die wir nicht an die große Glocke hängen."

„Aber nicht doch, Francis. Schlagen Sie ruhig Lärm."

„Was meinen Sie damit?"

„Wir befinden uns im Kriegszustand", sagte der Bürgermeister. „Zwei Menschen sind getötet worden, und alle machen mich für ihren Tod verantwortlich. Daran ist das Fernsehen schuld, das die Leute so auf die Barrikaden bringt. Und jetzt passen Sie mal genau auf, Francis."

„Ja, Sir?"

„Die Schlange ist Thema Nummer eins. Alle sagen, wir unternehmen nicht genug. Ihre Handvoll Polizisten fällt in dem riesigen Park nicht auf. Aber die Polizei muß unbedingt auffallen, damit die Leute merken, daß der Bürgermeister was für sie tut. Das bedeutet ein sehr großes Polizeiaufgebot, Francis. Ich möchte morgen früh fünfhundert Polizisten im Park sehen."

„Fünfhundert? Wo soll ich die hernehmen?"

„Nehmen Sie sie irgendwo her. Von mir aus können Sie Beamte, die gerade dienstfrei haben, in diesem Notfall wieder einsetzen."

„Das wage ich nicht. Die Polizeigewerkschaft würde uns steinigen."

„Dann holen Sie sie eben aus Harlem und aus Bedford-Stuyvesant und der Süd-Bronx. Die Leute sollen sehen, daß ihr Bürgermeister jeden Stein für sie umdreht."

„Herr Bürgermeister, wenn wir Beamte aus diesen gefährdeten Bezirken mit solch hoher Kriminalität abziehen, ist das wie eine Aufforderung zum Aufruhr."

„Keine Ausflüchte, bitte. Ich beauftrage Sie hiermit, morgen früh fünfhundert Polizisten in den Park zu schicken. Gute Nacht, Francis." Der Bürgermeister legte auf.

DIE Telefonnummer der Polizei war kaum während der Nachrichtensendung eingeblendet worden, da läutete es bereits.

Mehrere Anrufer nannten den Schuldigen, der die Schlange im Park freigelassen hatte. Wie sich bei den nachfolgenden Befragungen herausstellte, handelte es sich dabei stets um einen Nachbarn mit Kindern, die Fenster einwarfen oder lärmten, oder mit einem Hund, der die ganze Nacht bellte. Mehrere Personen, die anonym zu bleiben wünschten, und eine Reihe von rührigen Organisationen, die genannt werden wollten, nahmen das zweifelhafte Verdienst für sich in Anspruch, die Schlange im Park ausgesetzt zu haben.

Solche Geschichten waren der Polizei wohlvertraut, und die Beamten hatten längst gelernt, sich bei derartigen Gelegenheiten mit Geduld zu wappnen. Bis auf die allzu abartigen Anrufe notierten sie sorgfältig sämtliche Angaben. Es gab Leute, die behaupteten, die Schlange im Aufzug ihres Wohnhauses gesehen zu haben; andere wiederum hatten sie in einen U-Bahn-Schacht kriechen oder in einer kleinen Bücherei verschwinden sehen. Etwa siebzig Prozent der Anrufer hatten sie beim Central Park gesichtet. Man hatte die Schlange beobachtet, wie sie aus dem Pulitzer-Brunnen an der Fifth Avenue und 59. Straße getrunken hatte, wie sie sich durch das Gras der Sheep Meadow geschlängelt hatte, wie sie im Friedsam Memorial Karussell gefahren war, sich auf dem Cherry Hill gesonnt hatte, wie sie die Stufen zum Metropolitan Museum hinaufgeglitten war; sogar oben auf dem Obelisken war sie gesehen worden.

Die Polizei prüfte die wahrscheinlichsten Angaben nach, so gut wie sie es mit ihrer knappen Belegschaft schaffte. Man wußte, daß in allen Bereichen der Polizeiarbeit tausend falsche Fingerzeige auf einen einzigen authentischen kamen, daß aber der tausendunderste Hinweis den Fall unter Umständen löste.

DIE Spezialabteilungen der Polizei, die ihre Zentrale in Flushing im New Yorker Stadtteil Queens haben, gliedern sich in die folgenden Abteilungen: Funkstreife, Verkehrspolizei, Kriminalpolizei, Flughafenpolizei, Hafenpolizei und berittene Polizei. Die bekannteste Einheit ist die Funkstreife, die auf ausgefallene Aufgaben spezialisiert ist. Wenn sich eine Katze nicht von einem Pfahl heruntertraut, jemand mit einer Pistole herumfuchtelt, ein Aufruhr unter Kontrolle gebracht werden muß, ein Finger in eine Soft-Eismaschine eingeklemmt ist, in all solchen Fällen eilt die Funkstreife zu Hilfe.

Mit der Leitung der Suchaktion im Park wurde Hauptkommissar Thomas Eastman von der Funkstreife betraut. Sein Chef, Polizeirat Vincent Scott, hatte ihm diese Aufgabe zugeteilt.

Eastman, der sich um sechs Uhr auf den Heimweg gemacht hatte, wurde telefonisch ins Büro zurückbeordert. Um Viertel vor neun war er wieder im Polizeipräsidium.

„Es geht um diese Giftschlange im Park", begann Scott verdrießlich, „wissen Sie, wie man sie erledigt?"

Eastman überlegte einen Augenblick. „Beispielsweise mit einem langen Stab, an dessen Ende eine Klammer befestigt ist; die schnappt zu, wenn man auf einen Hebel drückt. Damit soll man sie hinter dem Kopf packen und festhalten. Wahrscheinlich so was Ähnliches wie das Ding, mit dem Lebensmittelhändler Pakete von einem hohen Regal herunterholen."

„Sie müssen sie nicht fangen", sagte Scott. „Sie brauchen uns das Biest bloß vom Hals zu schaffen. Sie brauchen nur in den Park zu gehen, es aufzustöbern und zu töten."

„Das hat man ja heute schon den ganzen Tag versucht, ohne jeden Erfolg. Das Problem liegt in der Größe des Parks. Wissen Sie, wie groß er ist, Chef? Dreihundertvierzig Hektar! Er erstreckt sich von der Fifth Avenue bis zur Central Park West und von der 59. Straße bis zur 110. Es ist mir ein Rätsel, wie man eine so gewaltige Fläche durchkämmen soll."

Scott schüttelte den Kopf. „Sie sollen keine Rätsel lösen, sondern eine Aktion starten. Es werden Ihnen genügend Leute zur Verfügung gestellt."

„Wie viele?" fragte Eastman vorsichtig.

„Fünfhundert." Genüßlich beobachtete Scott Eastmans Verblüffung. „Wir müssen diese Schlange unbedingt erledigen. Sie ist ein Politikum, ein wirklich heißes Eisen. Haben Sie heute abend die Nachrichten gehört?"

Eastman nickte. „Ganz New York zittert."

„Stimmt. Und deshalb kriegen Sie eine Armee von Polizisten. Mit der können Sie ein schönes Planspiel veranstalten. Die Einsatzzentrale hat alle Leute mobilisiert."

„Ich hätte nichts gegen etwas Unterstützung von einem Fachmann einzuwenden, Chef", meinte Eastman.

„Wir haben da schon so einen Knaben, einen Herpeto... sowieso vom Naturkundemuseum, der uns helfen soll."

„Den habe ich im Fernsehen gesehen", sagte Eastman. „Vielleicht kann er uns helfen, aber da gibt's auch noch diesen jungen Burschen vom Bronx-Zoo. Der versteht sein Handwerk. Vor etwa sieben oder acht Monaten hatten wir diese Sache mit der Klapperschlange, die sich ein Verrückter in seiner Wohnung hielt. Sie riß aus, und ich rückte mit einem Sonderkommando dort an. Wir hatten ein paar solche Fangstöcke dabei. Wir evakuierten alle Mieter und stellten das ganze Haus auf den Kopf, haben es buchstäblich vom Keller bis zum Dach durchwühlt. Das hat uns bestimmt vier oder fünf Stunden gekostet. Dann tauchte dieser junge Bursche vom Zoo auf, und innerhalb von fünf Minuten hatte er die Schlange gefunden; sie lag zusammengerollt beim Heizungskessel im Keller. Er hob sie mit einem Stock auf, stopfte sie in einen Sack und brachte sie zum Zoo."

„Ein Wohnhaus", sagte Scott, „kann man aber nicht mit dem Central Park vergleichen."

„Was mich damals so beeindruckt hat", fuhr Eastman fort, „war, daß er nicht nur sofort wußte, wo er nach der Schlange suchen mußte, sondern daß er sie gleich *sah*. Sie hatte die ganze Zeit dort gelegen, und wir hatten sie nicht gesehen."

„Na schön. Holen Sie diesen Knaben, wenn Sie wollen."

DAS Häuten begleitet ein Schlangenleben von der Geburt bis zum Tod. Im Gegensatz zu den meisten Tieren findet bei ihr das Wachstum nie ein Ende. Sie entwächst ihrer schuppigen Haut buchstäblich und ist gezwungen, sie drei- oder viermal im Jahr abzustreifen. Seit einigen Tagen war die Haut der Schlange immer dunkler und stumpfer geworden, und die Augen hinter den durchsichtigen schützenden Schuppenlinsen trübten sich. Die Zeit der Häutung war gekommen.

Da die Schlange während des Häutens wehrlos war, zog sie sich auf die obersten Äste ihres Baumes zurück. Sie streckte sich fast zu ihrer gesamten Länge aus und rieb den Kopf an einem Ast. Die Haut am Maul platzte auf. In den nächsten Stunden mühte sich die Schlange ab. Sie wand sich kräftig hin und her, bis sie sich, ähnlich wie ein Finger, der aus einem engen Handschuh gezogen wird, ganz aus der alten Haut herausgearbeitet hatte. Das „Natternhemd" glitt schließlich, völlig umgestülpt, vom Schwanz ab.

Die neue Haut strahlte in frischen und reizvollen Farben. Zu diesem Zeitpunkt war die Schlange am schönsten. Scharf blickten ihre Augen, über denen sich eine neue Oberhaut gebildet hatte. Das abgestreifte brüchige und durchsichtige Natternhemd fiel herunter und blieb in einem Gewirr kleiner Zweige hängen. Von unten blieb es unsichtbar.

Wie immer nach dem Häuten war die Schlange hungrig. In der Dunkelheit kroch sie vom Baum herab und glitt davon. Sie war auf der Suche nach Nahrung.

4. Kapitel

Das erste, was Mark Converse sah, als er die Augen öffnete, war die Pythonschlange. Sie lag auf dem Boden ihres Terrariums und schien ihn anzustarren, aber er war sicher, daß sie schlief.

Der Python war nur einen Meter lang, noch ein Schlangenkind, doch neuerdings hatte er ein merkwürdiges Interesse für die Katze entwickelt. Vor ein paar Tagen hatte er sich an der Stehlampe heruntergeringelt und sich um die Katze gewunden. Die Katze war mit den Klauen über die Unterseite des Pythons gefahren und weggesprungen.

Converse wußte, daß er vor seiner Abreise nach Australien sowohl den Python als auch die Katze loswerden mußte. Es wurde Zeit, sich etwas zu überlegen. Die Katze konnte er bestimmt irgendwo unterbringen, aber wer würde einen Python nehmen? Also blieb für ihn nur der Zoo. Bisher war er ein nettes Haustier gewesen und hatte ihm sogar eine Art Zuneigung oder wenigstens Toleranz entgegengebracht. Es war morgens um Viertel vor sieben Uhr, als das Telefon läutete. Converse langte mit der Hand übers Bett und nahm den Hörer ab, als es gerade zum drittenmal geschrillt hatte.

„Hier ist Hauptkommissar Eastman, Stadtpolizei New York. Bitte entschuldigen Sie, daß ich Sie um diese Zeit störe."

Converse bekam Herzklopfen. „Wer ist da?"

„Hauptkommissar Eastman, New Yorker Polizei. Funkstreife. Erinnern Sie sich nicht an mich? Und an die Klapperschlange voriges Jahr?"

Converse konnte sich höchstens an eine Gruppe nervös herumtappender Polizisten erinnern, die alle gleich aussahen. „Kommissar Eastman? Geht's schon wieder um eine Schlange?"

Anstatt einer Antwort vernahm Converse ein paar gemurmelte Worte, die Eastman vor sich hin zu sagen schien. Endlich sagte er in entschuldigendem Ton: „Ich habe Ihre Privatnummer vom Nachtwächter im Zoo. Er sagte, Sie wären jetzt nicht mehr dort."

„Stimmt, ich habe vor ein paar Wochen gekündigt. Ich unternehme eine Expedition nach Australien, um dort seltene Schlangen zu fangen..." Wieso erzählte er um sieben Uhr morgens seine Lebensgeschichte? Schluß damit. „Wo ist sie?" fragte Converse.

Es folgte eine Pause, dann sagte Eastman mit übertrieben deutlicher Stimme: „Ich habe Sie wohl aus einem sehr tiefen Schlaf gerissen, Mr. Converse. Ich spreche von der Schlange im Central Park."

„Im Central Park ist eine Schlange? Die geht wohl da spazieren?"

„Machen Sie sich über mich lustig?" fragte Eastman scharf.

Eastmans Ton verstimmte Converse. Mürrisch sagte er: „Ich habe keine Ahnung, wovon Sie sprechen."

„Du meine Güte, wo waren Sie denn bloß seit gestern mittag?" fragte Eastman erstaunt. „Haben Sie denn nicht ferngesehen oder Radio gehört oder in eine Zeitung geschaut?"

„Nein, hab ich nicht. Ehrlich, ich habe keine Ahnung. Ist das strafbar?"

„Hören Sie zu", sagte Eastman, „mir fehlt die Zeit, Ihnen die Geschichte in allen Einzelheiten zu erzählen – es genügt, wenn ich Ihnen sage, daß diese Schlange zwei Leute gebissen hat und daß beide tot sind."

„Sie machen wohl Witze! Sie hat zwei Leute getötet? Im Central Park? Um welche Schlange handelt es sich denn?"

„Das wissen wir nicht. Und der Grund, warum ich Sie anrufe, ist – mir ist wieder eingefallen, wie rasch Sie damals die Klapperschlange gefunden haben. Ich wäre froh, wenn Sie uns wieder helfen würden."

„Im Central Park?" sagte Converse. „Unglaublich. Absolut unglaublich."

„Hören Sie, ich will nur eins wissen – können Sie uns helfen?"

Eastman klang müde und erschöpft.

„Natürlich."

Eastman stieß einen Seufzer der Erleichterung aus. „Wir haben nicht viel Zeit. Für heute morgen um neun ist eine große Suchaktion angesetzt. Ich möchte gern mit Ihnen sprechen, bevor wir anfangen."

„Wo sind Sie? Wo kann ich Sie treffen?"

„Ich rufe vom Polizeipräsidium an, gehe aber gleich direkt zum Park. Kennen Sie die Stelle, wo die Reiterfigur des lateinamerikanischen Freiheitshelden Simón de Bolívar steht, am Südeingang gegenüber der Avenue of the Americas?"

„Natürlich kenne ich die. In einer halben Stunde bin ich da."

Converse sprang aus dem Bett, fuhr rasch in seine Jeans und zog ein T-shirt über, auf dem die Worte aufgedruckt waren: FÜRSTENTUM LIECHTENSTEIN IST KLASSE. Er lief die Treppe hinunter zur Charles Street, ging zur Seventh Avenue und kaufte sich einige Zeitungen. Die Schlagzeile der *Daily News* lautete: MÖRDERISCHE GIFTSCHLANGE NOCH NICHT GEFANGEN. Die *Times* war wie gewöhnlich etwas weniger reißerisch aufgemacht: POLIZEI SUCHT IM CENTRAL PARK VERGEBENS NACH SCHLANGE; ZWEI MENSCHEN AN SCHLANGENBISSEN GESTORBEN.

Auf der Seventh Avenue hielt Converse ein Taxi an. Als er eingestiegen war, fuhr der Chauffeur die Charles Street entlang bis zur Hudson Street, dort wandte er sich nordwärts. „Eine Schlange im Central Park", sagte er zu Converse, der seine Zeitungen studierte. „Was wird

man sich als nächstes ausdenken? Aber wenn Sie mich fragen, es überrascht mich nicht."

„Mich überrascht es", antwortete Converse.

Der Chauffeur warf ihm einen mitleidigen Blick zu. „Na hören Sie
mal. In dieser Stadt?"

FÜNFZEHN oder zwanzig Polizeiwagen, die am Central Park South
geparkt waren, verstopften die Artists' Gate an der Stelle, wo die Avenue of the Americas auf den Park stößt. Ganz in der Nähe, im Park,
standen drei große Fernsehübertragungswagen und einige Autos mit
einem PRESSE-Schild an der Windschutzscheibe. Überall liefen Polizisten herum. Einige waren mit Schrotflinten bewaffnet, andere mit der
chemischen Keule ausgerüstet. Ein paar hielten Brecheisen in der
Hand. Zur Südseite der Straße Central Park South hin waren Sperren
errichtet worden, und ein Dutzend Polizisten, die den charakteristi-
schen weißen Helm der Verkehrspolizei trugen, versuchten, die
Schaulustigen zu bändigen. Die Avenue of the Americas war bei der
57. Straße abgeriegelt worden, den Verkehr hatte man umgeleitet. Im
Park und außerhalb wurde die Menge durch Lautsprecher aufgefor-
dert, hinter den Absperrungen zu bleiben.

Als Converse den Park betreten wollte, wurde er von einem Ver-
kehrspolizisten angehalten, der ihn argwöhnisch musterte.

„Hauptkommissar Eastman erwartet mich", sagte Converse. Der
Polizist führte ihn durch eine kleinere Gruppe Neugieriger zum Be-
fehlsstand, wie er es nannte. In der Mitte stand ein großer Klapptisch,
auf dem eine Karte des Central Parks ausgebreitet war. Darüber beugten sich rund zehn Polizisten.

Der Verkehrspolizist wandte sich an einen hochgewachsenen Polizeibeamten. „Dieser Bursche sagt, Hauptkommissar Eastman will ihn
sehen."

„Mein Name ist Converse. Ich bin der Herpetologe."

Der Beamte warf einen angewiderten Blick auf Converses T-shirt
und rief: „Mr. Eastman, hier ist der Sowieso-ologe."

Aus der über der Karte gebeugten Gruppe tauchte ein Gesicht auf.
Es war breit, rosig und schweißüberströmt. „Sehr gut", sagte Eastman, „bitten Sie ihn, einen Moment zu warten."

„Bleiben Sie hier stehen", sagte der große Beamte und verschwand. Jemand tippte Converse auf die Schulter. Es war eine junge Frau, die Stenoblock und Kugelschreiber in der Hand hielt. „Sind Sie nicht der Herpetologe vom Bronx-Zoo?" fragte sie. „Tut mir leid, Ihren Namen hab ich vergessen."

„Mark Converse."

„Als Sie voriges Jahr die Klapperschlange fingen, habe ich für meine Zeitung einen Artikel darüber geschrieben. Holly Markham. Wahrscheinlich erinnern Sie sich nicht mehr an mich?"

„Doch, schon. Wie geht's?"

Sie war hübsch, aber kühl und zurückhaltend. Ihm war es lieber, wenn eine Frau nicht so zugeknöpft war, und er mochte auch eine gewisse Schalkhaftigkeit. Doch als sie ihm nun die Hand hinstreckte und lächelte, machte sie einen viel zugänglicheren Eindruck. Sie wirkte zwar nach wie vor nicht gerade impulsiv, strahlte aber plötzlich doch viel Charme aus. Er erwiderte ihr Lächeln und schüttelte ihr die Hand. Ihr Händedruck war fest und weit von jeder Ziererei entfernt.

„Helfen Sie mal wieder der Polizei, Mr. Converse?"

Er schaute zu dem Klapptisch hinüber. „Wenn ich kann."

Sie notierte seinen Namen und fragte ihn nach seiner Tätigkeit im Zoo.

„Ich war früher Assistenzkonservator der herpetologischen Abteilung. Jetzt habe ich mich einer Expedition angeschlossen, die in Australien Schlangen fangen will. Dort gibt es einige sehr gefährliche Giftschlangen."

Sie lächelte, legte den Kopf ein wenig schief und fragte: „Wie gerät man eigentlich an etwas so Seltsames wie die Beschäftigung mit Schlangen? Sie nehmen mir diese Frage doch nicht übel?"

„Ob diese Tätigkeit seltsam ist, hängt von der Perspektive des Betrachters ab. Ich habe mich schon als Kind mit Schlangen beschäftigt. Und das hat sich nicht geändert, auch wenn ich jetzt schon neunundzwanzig bin, falls Sie das interessiert. Und wie alt sind Sie?"

„Fünfundzwanzig, und wenn ich nur an Schlangen denke, kriege ich eine Gänsehaut."

„Tja." Converse seufzte. „So geht's den meisten Leuten. Mir nicht. Ich mag Schlangen."

„Wohl weil sie so niedlich und süß sind?"

Er warf ihr einen Blick zu. Vielleicht konnte sie doch schelmisch sein? „Weil ich sie verstehe. Und vielleicht, weil ich auf der Seite der Benachteiligten bin."

„Wieso sind denn Schlangen benachteiligt?"

„Aus vielerlei Gründen. Sie haben keine Glieder, kein Gehör, keine richtige Stimme. Keine Zähne zum Kauen, deshalb müssen sie ihre Nahrung immer im ganzen verschlingen. Keine Lider und auch keine Nickhaut – sie können die Augen nicht schließen. Wechselwarmblüter, was bedeutet, daß ihre Existenz von ihrer Umgebung abhängt. Sie sind nicht sympathisch. Unterprivilegierte, stimmt's?"

Sie schaute von ihrem Notizblock auf. „Diese Unterprivilegierte im Park hat zwei Menschen umgebracht."

„Unfälle kommen natürlich vor. Schlangen beißen keine Menschen; die Menschen werden gebissen."

„Es gibt auch keine Straßenräuber, nur Leute, die beraubt werden?"

Er seufzte wieder. „Hören Sie, ich will Ihnen was sagen: Schlangen haben drei verschiedene Abwehrhaltungen, wenn sie bedroht werden. Erstens: Sie versuchen, sich zu verstecken. Zweitens: Sie versuchen zu fliehen. Drittens: Wenn es ihnen unmöglich ist, sich zu verstecken oder zu flüchten, verteidigen sie sich, indem sie zubeißen. Es ist ein letzter Ausweg. Schlangen haben eine Scheu vor Menschen, sie jagen sie nicht, sie hassen sie nicht, fressen sie nicht. Die Sache verhält sich eher umgekehrt."

„Ich habe irgendwo gelesen, daß Riesenschlangen durchaus Menschen fressen."

„Das ist Unsinn. Der riesige, über neun Meter lange Netzpython, der Tiere von erstaunlicher Größe verschluckt, kann einen Menschen nicht verschlingen."

„Das beruhigt mich ungemein." Ihr Gesicht war ernst, aber ihre Mundwinkel zuckten. „Ich habe gestern mit dem Herpetologen des Naturkundemuseums gesprochen. Er glaubt nicht, daß es sich bei der Schlange um eine Kobra handelt."

„Damit kann er recht haben. Nach den neuesten Informationen sind die Einstiche sauber, Stiche wie von einer Nadel. Kobras beißen gern länger zu, und deshalb ist die Bißwunde nicht so sauber."

„Haben Sie irgendeine Idee, was für eine Schlange es sein könnte?"
Er schüttelte den Kopf. „Ich weiß nur, was für eine es *nicht* ist. Amerikanische Schlangen wie die Klapperschlangen oder der Kupferkopf oder die Mokassinschlange scheiden ein hämotoxisches Gift aus. Die Korallenschlange, eine weitere Giftschlange, die in Nordamerika vorkommt, scheidet zwar auch ein neurotoxisches Gift aus, wie das Gift, mit dem diese zwei Menschen getötet wurden, aber die Korallenschlange kaut wie die Kobra auf ihrem Opfer herum, und ihr Gift ist nicht ganz so lebensgefährlich."

Sie nickte. Beide horchten auf, als eine Meldung über den Lautsprecher kam. „Achtung, alle Mann sofort auf ihre Plätze."

„Sie wollen eine Kette von der Central Park West bis zur Fifth Avenue bilden", sagte Holly Markham, „und den gesamten Park von Süden nach Norden durchkämmen."

Converse schüttelte den Kopf. „So werden sie die Schlange niemals finden."

„Warum nicht?"

„Weil fünfhundert Polizisten hier herumlaufen. Das sind vierhundertneunundneunzig zuviel."

Eastman stützte sich auf den Klapptisch und musterte Converse. Ihre Blicke trafen sich, und Eastman nickte ihm zu. „Ich muß jetzt gehen. War nett, mit Ihnen zu plaudern, Holly."

„Das ist ja schade. Ich fing gerade an, mich für die Sache zu erwärmen. Falls die Suche sich als Pleite entpuppt – wie finde ich Sie?"

Er gab ihr seine Telefonnummer; dann ging er zu Eastman hinüber. „Tut mir leid, daß Sie warten mußten, Mr. Converse", begrüßte ihn dieser. „Haben Sie irgendwelche Vorschläge?"

Na klar, dachte Converse, schick deine Leute nach Hause. Laut sagte er: „Hätte ich vielleicht, wenn ich wüßte, was für eine Schlange es ist."

„Wenn wir sie finden, wissen wir, was für eine es ist."

Die Reihe der Polizisten verteilte sich bis zum östlichen und westlichen Ende des Parks. „Ich habe noch nie so viele Polizisten auf einem Fleck gesehen", sagte Converse.

„Ich auch nicht. Daran können Sie ermessen, wie wichtig uns diese Schlange ist." In Eastmans Augen zeigte sich keinerlei Regung. „Jeder hilfreiche Tip, um sie aufzustöbern und zu töten, ist mir willkommen."

„Warum wollen Sie sie töten? Sie zu fangen ist genauso leicht."
„Sie ist eine Mörderin, und ich bin für die Todesstrafe."
Converse schüttelte den Kopf. „Sie muß gefangen werden, bevor
noch jemand verletzt wird, aber es ist eine Tatsache, daß Schlangen
nicht aus Bosheit angreifen. Diese zwei Menschen hat sie angegriffen,
weil sie sich bedroht fühlte."
„Auf welcher Seite sind Sie – auf unserer oder auf der Seite der
Schlange?"
Ehrlich gesagt, dachte Converse, möchte ich zwar verhindern, daß
noch jemand gebissen wird, aber ich möchte die Schlange retten. Es
wäre am besten, Eastmans Frage gar nicht zu beantworten. Er zeigte
zu den Polizisten hinüber. „So stöbert man sie nicht auf. Man kann
zwar einen Tiger ins Freie treiben, indem man ein ganzes Gebiet
durchkämmt, aber bei einer Schlange geht das nicht. Von allen Tieren
wissen Schlangen sich am raffiniertesten zu verstecken."
Die Lautsprecher befahlen dröhnend, an den Seiten aufzuschließen.
„Arme Kerle", sagte Eastman. „Versuchen Sie sich mal vorzustellen, wie es da draußen in der glühendheißen Sonne ist... Sie werden
reihenweise umkippen."
„In meinem Büro im Zoo", sagte Converse, „und das war nur ein
winziges Kämmerchen, ist mir mal eine sechzig Zentimeter lange
Schlange abhanden gekommen, und drei Wochen lang blieb sie verschwunden. Ich stellte dort alles auf den Kopf, konnte sie aber nicht
finden. Schließlich tauchte sie in einer Schreibtischschublade auf."
„Wir werden den ganzen Park auf den Kopf stellen", sagte Eastman.
„Jeden Zentimeter, das Wasser ausgenommen –" Er hielt inne. „Können Schlangen schwimmen?"
„Natürlich. Aber dies ist offensichtlich keine Wasserschlange, deshalb brauchen Sie sich wegen der Seen und Teiche keine Gedanken zu
machen."
„Gott sei Dank. Es sind über sechzig Hektar Wasserfläche, und dann
hätten wir noch Taucher einsetzen müssen."
„Wie viele Bäume gibt es?"
Eastman stöhnte. „Verstecken sie sich auch auf Bäumen?"
„Manche Schlangen leben auf Bäumen und kommen nie her-
unter. Andere leben nur auf dem Boden. Und wieder andere leben

auf Bäumen *und* auf dem Boden. Und von denen leben manche auch in Höhlen."

„Bäume und Höhlen. Sonst noch etwas, was ich wissen muß?"

„Die Lebensweise der Schlange bestimmen List und Verborgenheit, und sie müssen deshalb auch mit List gefangen werden. Schlangen sind taub, aber sie spüren Vibrationen. Fünfhundert stampfende Polizisten wirken auf die Schlange wie ein Erdbeben. Sie wird sich verstecken, und dann kann man lange suchen. Sie brauchen keine fünfhundert Mann, sie brauchen nur einen einzigen, der weiß, was zu tun ist."

Eastman lachte kurz auf. „Ich verstehe, was Sie meinen."

Mehrere Lautsprecher dröhnten jetzt gleichzeitig: „Achtung, an alle! Die Aktion beginnt! Denken Sie daran, in einer möglichst geraden Linie zu gehen, behalten Sie den Boden scharf im Auge, konzentrieren Sie sich auf die Gebiete mit dichtem Unterholz. Aber untersucht wird alles – Spielplätze, Wege, Gebäude. Losgehen!"

„Den Boden im Auge behalten", sagte Converse. „Nach oben in die Bäume werden sie nicht schauen."

Die Lautsprecher wandten sich nun an die übrigen Helfer im Park: „Bitte treten Sie zurück und behindern Sie die Beamten nicht. Wir bitten alle, denen hier keine Aufgabe zugeteilt ist, den Park zu verlassen."

Eastman stand auf. „Ich glaube, ich werde mal Ihren Hinweis wegen der Bäume durchgeben. Kommen Sie mit?"

Converse schüttelte den Kopf. „Hat keinen Sinn. Ich komme wieder, wenn dies vorbei ist und die Dämmerung anbricht."

Brüsk wandte Eastman sich ab und ging rasch davon.

Converse verließ den Park. Beim Ausgang stand eine Gruppe von Reportern, und er schaute, ob Holly Markham dabei war. Aber er sah sie nicht.

WENN ich Verdursten für den schönsten Tod gehalten hätte, dachte der Polizeibeamte Fleming, wäre ich in die französische Fremdenlegion eingetreten. Das einzige, was ihn noch aufrecht hielt, war die Aussicht auf eine Mittagspause. Man hatte sie ihnen versprochen, sobald das Gebiet zwischen den Durchgangsstraßen Nr. 2 und Nr. 3, von der 79. bis zur 85. Straße, durchgekämmt war.

Er war von der Aussichtslosigkeit der Suche überzeugt. Trotzdem trottete er schweißgebadet weiter, den Blick auf den Boden geheftet. Der Aufforderung, auch in die Bäume hinaufzuschauen, war er in dem Augenblick nicht mehr nachgekommen, als er einen Gärtner sagen hörte, im Central Park gebe es über hunderttausend Bäume. Selbst bei fünfhundert Polizisten kamen dann noch über zweihundert Bäume auf jeden Mann!

Plötzlich dröhnte eine Stimme aus dem Lautsprecher: ,,Achtung, Leute, mit diesem Teil des Parks machen wir Schluß, dann ist Mittagspause, und ihr könnt so viel trinken, wie ihr wollt.''

Fleming holte tief Luft und stapfte durch ein Gebiet, das Bäume und dichtes Gestrüpp fast unzugänglich machten. Ein tiefhängender Ast peitschte über sein Gesicht, und er wischte sich voller Ekel über den Mund, als habe ihn die Schlange selbst berührt. Wenn das nicht bald vorbei ist, dachte er, kriege ich einen Schreikrampf.

DIE Schlange war hoch oben in ihrem Baum, als sie die heranstapfende Gestalt erblickte. Als die Gestalt näher kam, glitt die Schlange lautlos und rasch tiefer; sie hob sich von den Blättern und Ästen kaum ab. Mit ihrer züngelnden Zunge nahm sie die Gerüche auf.

Als die Gestalt unter den Baum trat, streifte sie ein tiefhängender Zweig. Sie blieb stehen. Die Schlange verankerte sich mit ihrem Schwanz an einem Ast und richtete den vorderen Teil ihres Körpers kurz auf, um dann nach unten stoßen zu können.

Da ging die Gestalt weiter.

Die Schlange verharrte in ihrer drohenden Haltung und zischte leise, bis die Gestalt aus ihrem Blickfeld verschwunden war. Dann glitt sie wieder in die Baumkrone hinauf.

MARK CONVERSE verbrachte den Nachmittag in unruhigem Schlaf. Durch seine Träume geisterte immer wieder Holly Markham.

Es war schon öfter vorgekommen, daß er sich Hals über Kopf verliebt hatte. Als er seine Stellung im Zoo, an der er sehr hing, aufgab, um in Australien auf Schlangenjagd zu gehen, war das auch ein Versuch gewesen, unter diese Schwäche einen Schlußstrich zu ziehen. Der australische Busch bot nur wenig Versuchungen dieser Art.

Aber der Aufbruch verzögerte sich, und nun saß er schon seit fast zwei Monaten untätig herum. Ihm war klar, daß eine neue Liebschaft unter diesen Umständen auf fruchtbaren Boden fallen würde. Und nun war anscheinend die erste Versuchung in der Gestalt von Holly an ihn herangetreten.

Ausgerechnet Holly Markham, die in ihrer ruhigen, unauffälligen Art so selbstbewußt wirkte! Sie war eigentlich nicht sein Typ. Aber warum hatte er dann, als er den Park verließ, nach ihr Ausschau gehalten? Das hatte er wohl nur instinktiv getan; er wurde von hübschen Frauen angezogen wie Motten vom Licht. Hübsch? So konnte man sie nur nennen, wenn ein Lächeln auf ihrem Gesicht erschien und die Verschlossenheit plötzlich verschwand.

Converse erhob sich von seinem Bett und schaltete den Fernseher gerade noch rechtzeitig für die Abendnachrichten ein. Eastman erschien auf dem Bildschirm. Er gab auf die Frage eines Reporters zu, daß die Polizeiaktion im Park erfolglos verlaufen sei und daß er „zu diesem Zeitpunkt" noch nicht absehen könne, worin der nächste Schritt bestehen werde. Sein Gesicht war von Erschöpfung und Enttäuschung gezeichnet.

Converse goß sich etwas zu trinken ein. Das Telefon läutete. Am Apparat war Eastman.

DER Bürgermeister, seine Mitarbeiter, mehrere hohe Beamte der Stadtverwaltung und der Polizeipräsident hatten sich im Konferenzsaal des Rathauses versammelt. Die Suchaktion war offiziell um Viertel vor sechs zu Ende gegangen. Daß sie ein Fehlschlag gewesen war, hatte man sich, lange bevor die letzten erschöpften Polizisten den Park verließen, eingestehen müssen. Nun bat der Bürgermeister den Polizeipräsidenten um einen Bericht.

„Um es kurz zu machen", begann der Polizeipräsident, „wir haben die Schlange nicht gefunden. Und das ist die gute Nachricht, Herr Bürgermeister. Jetzt kommen die schlechten Nachrichten: In den Stadtteilen, aus denen wir Leute für die Suchaktion abgezogen haben, ist die Zahl der Straftaten sprunghaft angestiegen. Es wurden über zwanzig Brände ungeklärter Ursache gemeldet. Der Verkehr ist zusammengebrochen, und wir müssen damit rechnen, daß das Chaos bis

zum späten Abend anhält. Über fünfundsiebzig Polizisten wurden mit
Hitzschlag ins Krankenhaus eingeliefert; von ihnen konnten allerdings
fast alle nach ambulanter Behandlung wieder entlassen werden. Acht
Polizisten wurden im Park bei einem Handgemenge mit Schaulustigen verletzt. Außerdem haben wir noch Ärger mit einer neuen Sekte
bekommen, den Puries, die hinter der Schlange als Verkörperung des
Teufels her sind. Und die Polizeigewerkschaft will wegen, wie sie es
ausdrückt, der grausamen und unmenschlichen Behandlung ihrer
Mitglieder einschreiten."

„Sie brauchen das nicht so genüßlich aufzuzählen, Francis." Der
Bürgermeister wandte sich an die Versammlung. „Meine Herren, wir
haben heute getan, was in unserer Macht stand. Jetzt werden wir mit
dem großen Problem konfrontiert – was können wir darüber hinaus
noch unternehmen?" Er blickte von einem zum anderen. „Ich wäre
dankbar für Vorschläge."

Man wich seinem Blick aus und runzelte angestrengt die Stirn.
„Francis?"

Der Polizeipräsident sagte: „Ich sage Ihnen, was wir nicht tun können – eine Aktion wie die heutige können wir nicht noch einmal starten. Bei mir bräche eine Meuterei aus."

Der Bürgermeister ließ seinen Blick über die Anwesenden schwei-
fen. Ein bärtiger junger Mann murmelte etwas vor sich hin.

„Wenn Sie etwas zu sagen haben, sagen Sie es bitte laut", rief der
Bürgermeister.

„Na gut. Das Wichtigste zuerst. Wie wollen Sie mit der Presse fertigwerden?"

„Ja – was soll ich bloß der Presse sagen?"

„Am besten loben Sie zunächst den Eifer und Mut der Polizei. Dann
sollten Sie andeuten, daß weitere Suchaktionen im Umfang der heutigen zur Zeit nicht in Erwägung gezogen werden. Statt dessen pa-
trouillieren Tag und Nacht Streifen im Park –"

Ein anderer Mitarbeiter unterbrach ihn. „Alles schön und gut. Aber
die brennendste Frage kennen Sie ja – wie steht es mit der Schließung
des Parks?"

„Sagen Sie den Journalisten, dieser Punkt bedarf noch eingehendster
Prüfung."

„Wie oft können wir das sagen?"

„So oft wie nötig", antwortete der Bürgermeister nachdrücklich. „Aber konkret beantworten werde ich diese Frage niemals."

Im weiteren Verlauf der Sitzung befaßte man sich mit anderen Themen. Es gebe schließlich noch andere Probleme außer der verflixten Schlange, meinte der Bürgermeister. Die Auseinandersetzung mit hohen Tieren der Regierung in Washington und Albany zum Beispiel sei ja wohl wichtiger als eine alberne Schlange. Oder sei jemand anderer Meinung?

Natürlich war niemand anderer Meinung, und der Bürgermeister vertagte die Sitzung.

5. Kapitel

DIE 1871 erbaute Wache des Central-Park-Polizeireviers liegt an der Querstraße, die von der 85. Straße durch den Park führt. Es ist bestimmt die auffälligste Polizeiwache in ganz New York. Ursprünglich hatte sie als Stallung gedient. Der Gebäudekomplex besteht aus einer Reihe malerischer, zweistöckiger, reizvoll verwitterter Backsteinhäuser, die hufeisenförmig um einen Hof angeordnet sind. Es ist ein bekanntes Wahrzeichen geworden, das nicht nur mit allen Mitteln vor Abbruch geschützt wird, sondern auch, wie die dort arbeitenden Beamten behaupten, ebenso leidenschaftlich gegen den Einbau von Klimaanlagen verteidigt wird.

Im Hof stieg Converse aus einem Taxi. Am Haupteingang nahm ihn ein Polizist in Empfang, dem der Schweiß über das Gesicht lief. Er führte ihn einen schmalen Gang mit vielen Türen entlang und hielt vor dem letzten Büroraum, der zur Parkseite gelegen war. Converse klopfte und trat ein. Hauptkommissar Eastman saß mit hängenden Schultern vor seinem Schreibtisch.

„Ich dachte, Ihr Büro ist in Flushing", sagte Converse.

„Ist es auch, aber ich bin auf unbestimmte Zeit hierher abkommandiert worden. Dies ist das Büro des Revierleiters. Er hat gerade Urlaub, der Glückliche. Nehmen Sie Platz."

„Ich war heute morgen ein bißchen vorlaut", sagte Converse. „Tut mir leid. Aber ich wußte, daß Sie die Schlange nicht finden würden, und die Suche kam mir wie reine Kraftverschwendung vor."

Eastman blinzelte müde. „Wie alt sind Sie?"

Die Frage überraschte Converse. „Neunundzwanzig. Warum?"

„Ich bin achtundvierzig. Und eines habe ich seit meinem neunundzwanzigsten Lebensjahr gelernt: Man darf sich nie einer Sache sicher sein. Wir *mußten* den Park heute durchsuchen, egal, ob wir die Schlange finden würden oder nicht. Wir schlagen uns mit Menschen und ihren Ängsten herum, nicht mit wesenlosen Abstrakta."

„Trotzdem haben Sie hoffentlich nicht vor, das gleiche morgen noch einmal zu machen."

„Ich weiß noch nicht. Vielleicht finden Sie die Schlange ja heute nacht, dann brauchen wir uns wegen morgen keine Gedanken zu machen."

Converse schüttelte den Kopf. „In einer einzigen Nacht? Sehr unwahrscheinlich."

„Mr. Converse" – Eastmans Stimme bekam einen drängenden Unterton –, „ich möchte die Schlange finden, bevor sie noch jemanden beißt."

Ich auch, dachte Converse, aber mir stellt sich dabei noch ein anderes Problem: Außer mir macht sich niemand klar, daß die Schlange ebensosehr ein Opfer der Umstände ist wie die Menschen, die sie beißt. Jemand hat sie in den Park *gebracht,* sei es aus Bosheit oder aus Unwissenheit. Trotzdem darf ich mich nicht zu sehr von meiner Sympathie für Schlangen leiten lassen. Es darf einfach niemand mehr gebissen werden, ganz gleich, was mit der Schlange passiert. Aber es ist durchaus möglich, Menschenleben zu retten, ohne die Schlange zu töten. Wenn ich das allerdings laut sage, geht Eastman in die Luft. Also lasse ich es lieber bleiben. Eastman ist nicht dumm und wird auf vieles selbst kommen.

Laut sagte er: „Wissen Sie, Herr Kommissar, die Schlange wird niemanden beißen, der sie nicht belästigt."

Eastman lachte bitter auf. „Es wird laufend gemeldet, daß es im Park von Leuten wimmelt, die Jagd auf die Schlange machen. Im Dunkeln, stellen Sie sich das vor! Bewaffnet mit Stöcken und Brecheisen und Äxten. Wir nehmen einige fest, um den Rest zu entmutigen."

„Haben Sie juristisch denn das Recht dazu?"

„Nein", antwortete Eastman matt. „Wenn wir sie aus dem Park heraushaben, verwarnen wir sie. Aber manche machen sofort wieder kehrt und stochern mit ihren Stöcken in den Büschen da weiter herum, wo sie aufgehört haben."

„Tja", sagte Converse, „damit machen sie es uns noch schwerer, das Tier aufzuspüren. Es wird sich nicht mehr hervorwagen."

Eastman seufzte. „Was haben Sie vor?"

„Ich will versuchen, die Schlange zu finden. Ich wünschte, ich wüßte, was für eine Schlange es ist."

„Wie ich schon sagte, Sie werden es wissen, wenn Sie sie gefunden haben." Mit wenig Überzeugung fügte er hinzu: „Irgend jemand hat etwas von Mungos gemurmelt, die Schlangen töten. Ist da was dran?"

„Ein Mungo kann unter Umständen eine Schlange töten, ein Igel auch. Beide sind immun gegen Schlangengift. Aber sie sind keine natürlichen Feinde der Schlangen, und beide, Mungos und Schlangen, meiden einander für gewöhnlich. Die Kämpfe, die man zwischen ihnen sieht, sind immer künstlich in Szene gesetzt. Am gefährlichsten wird der Schlange in Wirklichkeit ein afrikanischer Vogel, der sogenannte Sekretär. Er ist etwa einen Meter groß, und mit seinen kräftigen Beinen trampelt er Schlangen zu Tode und zerreißt sie." Er schaute Eastman an. „Nein, es wäre nicht sinnvoll, einen Sekretär im Central Park fliegen zu lassen."

„Vermutlich nicht." Der Hoffnungsschimmer auf Eastmans Gesicht erlosch.

„Zweierlei können wir heute nacht versuchen", sagte Converse. „Wir können mit einem starken Scheinwerfer herumleuchten, und wenn das Tier in der Nähe ist, wird das einfallende Licht von einer Schicht hinter seiner Retina reflektiert; man kann es also an den leuchtenden Augen erkennen. Das Dumme dabei ist, daß man schon sehr nahe an das Tier herankommen muß. Wenn die Schlange Hunderte Meter von den Scheinwerfern entfernt herumkriecht, kann man lange warten, daß ihre Augen leuchten."

Eastman seufzte. „Und was wäre die zweite Möglichkeit?"

„Eine Wasserstelle unter die Lupe nehmen. Die meisten Schlangen sind Nachttiere. Wenn sie Durst hat, wird sie wahrscheinlich nachts trinken."

„Sie wissen sicher, wie groß die Wasserfläche hier im Park ist?"
„Man hat's mir gesagt, etwa sechzig Hektar. Das ist ein riesiges Gebiet. Die Chancen stehen morgen früh vielleicht etwas besser. Schlangen sind Wechselwarmblüter und müssen sich etwa eine Stunde lang
in die Sonne legen, um sich aufzuwärmen. Bei diesem Wetter vielleicht etwas weniger, weil sie in der Nacht nicht so viel Wärme verlieren. Sie nehmen ihr Sonnenbad früh am Morgen und am liebsten auf
einem Felsen."
„Wissen Sie, wie viele Felsen es im Park gibt?"
„Das ist ein Problem. Aber wenn Sie mir etwa eine Woche Zeit lassen, werde ich die Schlange aufstöbern. Wir brauchen Zeit."
„Wir haben aber keine", sagte Eastman.

CONVERSE beschloß, sich den Belvedere-See vorzunehmen, weil
Roddy Bamberger dort in der Nähe gebissen worden war.
„Wir wissen, daß die Schlange vor ein paar Nächten in der Nähe des
Sees gewesen ist", sagte Eastman. „Bleiben Schlangen denn gern län-
ger an einem Ort?"
„Das hängt von der Art ab. Gewöhnlich tun sie's nur, wenn sie brü-
ten. Aber beim See können wir wenigstens einen Anfang machen."
„Warum überprüfen wir nicht alle in Frage kommenden Wasser-
stellen?" fragte Eastman.
„Weil ich mich nicht teilen kann", antwortete Converse. „Ihre Beamten würden sie wahrscheinlich übersehen oder im Dunkeln auf sie
treten und gebissen werden."
Sie verließen das Revier gegen neun Uhr in einem Streifenwagen.
Ein Streifenpolizist saß am Steuer. Von Central Park West aus erreichten sie bei der Hunters' Gate den Park und fuhren auf Fußgängerwegen
am Shakespeare-Garten und dem dunklen Delacorte-Theater vorbei.
Es gab keine Anzeichen, daß immer noch Menschen nach der Schlange
suchten. Der Streifenwagen parkte genau an einem Gehweg. Converse und Eastman stiegen aus und gingen zum See hinüber.
„Ob wir hier mit der Suche anfangen oder anderswo, ist eigentlich
egal", sagte Converse. „Setzen wir uns doch. Wenn sie auf der andern
Seite des Sees zum Trinken herunterkommt, sehen wir sie allerdings
nicht. Aber dieser Bursche ist hier in der Nähe gebissen worden."

„Ist es denn nicht gefährlich, sich hier hinzusetzen?"

„Aber nein. Auf diese Weise können wir nicht auf sie treten."

„Wie Sie meinen." Eastman wies auf den Fangstock, den Converse mitgebracht hatte. „Ich weiß, wozu Sie diesen Stock brauchen. Und Ihr Kissenbezug – ich erinnere mich, daß Sie die Klapperschlange damals in einen gelben Sack gesteckt haben."

„Das war tatsächlich ein gelber Kissenbezug. Hören Sie, Herr Kommissar, es wäre besser, wenn wir nicht redeten."

„Ich dachte, Schlangen sind taub."

„Schlangen schon, ich nicht; ich möchte hören, wenn sie kommt."

Eastman schwieg. Der Fahrer hinter ihnen hatte den Motor des Streifenwagens abgestellt und das Licht ausgeschaltet. Der Himmel über ihnen war bleifarben, nur dort, wo die Leuchtreklamen in den Geschäftsvierteln die Nacht erhellten, schimmerte er rötlich. Die Hitze war drückender denn je. Von gelegentlichem Hupen oder einem geräuschvoll beschleunigenden Auto abgesehen, war es still im Park.

Eastman saß regungslos mit gesenktem Kopf im Gras. Falls die Schlange kam, dachte Converse, würde Eastman sie nicht verscheuchen. Groß war die Chance allerdings nicht. Selbst wenn die Schlange sich noch immer in diesem Gebiet aufhielt, war es doch fast unmöglich, sie aufzuspüren, es sei denn, sie lief ihnen direkt in die Arme.

Converse versuchte, die Dunkelheit mit seinem Blick zu durchdringen. Selbst wenn sich näherte, worauf sie warteten, konnte es ihren Augen und Ohren entgehen. Er spürte etwas auf seinem Handrücken. Ein Regentropfen.

Die Schlange glitt rasch vorwärts, hinunter zum Wasser, von dem sie in den vergangenen Nächten getrunken hatte. Als sie Regentropfen spürte, hielt sie inne, hob den Kopf hoch empor und prüfte züngelnd die Luft. Als der Regen plötzlich in Sturzbächen niederprasselte, rollte sie sich zusammen, senkte den Kopf fast bis zum Erdboden hinunter und wiegte sich rhythmisch hin und her. Der Regen ergoß sich auf ihren Körper. Es wurde kälter, als ihr lieb war. Die Schlange ringelte sich auseinander und glitt weiter auf den See zu. Dann hielt sie inne, beugte den Kopf und trank aus einer Pfütze. Danach kehrte sie zu ihrem Baum zurück.

NACH den ersten Tropfen fiel der Regen in Strömen. Wenige Sekunden später waren Converse und Eastman bis auf die Haut durchnäßt. Sie rannten zum Streifenwagen hinüber, rissen die Türen auf und
warfen sich auf die Sitze. „Wir können fahren", sagte Converse. „Heute nacht wird sie nicht
kommen, jetzt nicht mehr."

ES WAR unglaublich, aber wahr: Er hatte ihr tatsächlich angeboten,
mit ihr zum Zoo im Central Park zu gehen. Und als sie nun um halb
vier Uhr morgens bei einer Tasse Kaffee saßen, dankte ihm Jane Redpath, daß er so mutig gewesen war, ihr seine Begleitung anzubieten.
Sie sagte, er sei der schneidigste Mann, den sie je kennengelernt habe.
Ich glaube, das stimmt sogar, dachte sie, aber er ist eindeutig auch der
dümmste.

Sie brachen auf. Jane nahm ihr Stativ und hängte sich ihre Kamera
über die Schulter. Jeff steckte einen schweren Schraubenschlüssel in
seinen Gürtel und nahm einen gegabelten Ast und einen Leinenbeutel
in die Hand. Den Schraubenschlüssel mitzunehmen hielt sie für eine
gute Idee, wegen der Strolche im Park, aber brauchten sie denn wirklich den Stock und den Beutel? Sie erinnerten sie nur wieder daran, daß
im Park eine Schlange herumkroch. Sie schauderte, als sie daran dachte, riß sich aber zusammen – schließlich war der Park riesig, und die
Schlange konnte nicht überall zugleich sein. Trotzdem hätte sie den
Ausflug verschoben, wenn sie mit ihrer Arbeit nicht schon zu sehr in
Verzug gewesen wäre.

Im Taxi, das sie durch verlassene Straßen zum Park brachte, ließ sie
sich weiter über ihr geplantes Fotomaterial aus, das die Thesen, die sie
in ihrer physiologischen Abschlußarbeit aufstellte, erhärten sollte.
„Wenn von Schlafstörungen die Rede ist", sagte sie und hoffte, daß
ihre Stimme ruhig und ernsthaft klang, „bezieht sich das meist nur auf
den Menschen. Dabei könnten wir viel von Tieren lernen –"
„Jane, ich liebe dich", sagte er leidenschaftlich. Seine eindrucksvolle
Boxernase berührte ihren Nacken.
„Jeff", flüsterte sie, „ich habe Angst. Wenn wir dieser Schlange be-
gegnen… ich meine, es ist nicht allzu wahrscheinlich, aber –"
„Keine Sorge, Schätzchen. Wenn sie uns in die Quere kommt, dann

fangen wir sie eben. Es ist ganz einfach. Man drückt die Schlange mit einem gegabelten Stock hinter dem Kopf zu Boden, dann packt man sie mit der Hand – hinter dem Kopf, damit sie nicht beißen kann – und stopft sie einfach in einen Sack. Das ist alles."

Sie fröstelte.

„Denk daran", fuhr Jeff fort, „Schlangen haben einen sehr niedrigen Intelligenzquotienten. Wenn sie sich bedroht fühlen und nicht flüchten können, greifen sie an. Sie haben nur eins im Sinn, daß sie in irgend etwas hineinbeißen müssen. Also hält man ihnen den Stock hin, und in den beißen sie. Dann schüttelt man sie vom Stock ab und spießt sie am Boden fest. Es ist ganz leicht."

„Leicht." Sie versuchte, in ihre Stimme große Bewunderung zu legen.

„Alles ist leicht, wenn man Bescheid weiß."

DIE Schlange, deren Haut nach dem Platzregen nun wieder getrocknet war, glitt über das Pflaster. Sie bewegte sich langsam und vorsichtig; mit ihrer Zunge nahm sie die Ausdünstungen vieler Tiere wahr. Ein- oder zweimal hob sie den Kopf und starrte in einen Käfig. In einem Käfig schliefen zwei Löwen; ihr intensiver Geruch war der Schlange bekannt und beunruhigte sie. Sie glitt weiter.

SIE ließen das Taxi an der Ecke Fifth Avenue und 65. Straße halten. Den Park betraten sie durch die Children's Gate. In ihren Turnschuhen gingen sie lautlos am efeuüberwachsenen Arsenal vorbei, in dem die Parkverwaltung untergebracht war. Sie wandten sich nach rechts und kamen zum Zoo. Das spärliche Licht, das die Laternen ausstrahlten, vermochte die Dunkelheit und die tiefen Schatten kaum zu durchdringen.

Jane war sehr nervös, aber Jeff war die Ruhe selbst. Er fühlte sich für das Wagnis bestens ausgerüstet. „Also", sagte er, „wo fangen wir an?"

In der nächtlichen Stille klang das Echo seiner Stimme wie ein Gewehrschuß.

„Sch! Sei still. Du weckst ja alles auf."

Jeff dämpfte seine Stimme bereitwillig. „Mit deinem Blitzlicht wirst du sie sowieso aufwecken", flüsterte er.

„Ich benütze kein Blitzlicht. Ich mache eine Zeitaufnahme mit einem sehr lichtempfindlichen Film. 27 DIN. Beim Laternenlicht klappt das bestimmt."

Zu ihrer Rechten bewegte sich etwas. Rasch drehte sie sich um und sah zwei Lichtpunkte. Entsetzt packte sie Jeff am Arm, doch dann wurde ihr klar, daß ein Tier sie durch die Stäbe seines Käfigs beobachtete. Es war ein schattenhaftes graues Gebilde, und sie konnte nicht erkennen, was für ein Tier es war.

Zitternd lehnte sie den Kopf an Jeffs Brust. „Es hat mich so erschreckt."

„Keine Angst, du bist doch bei Jeff, nicht wahr?" sagte er sanft.

Sie holte tief Luft. „Also gut, machen wir uns an die Arbeit."

Sie gingen zum nächsten Käfig. Darin waren zwei Mähnenschafe, gelbbraune Tiere mit seltsam gewundenen Hörnern. Beide schliefen.

Sie klappte das Stativ aus und befestigte die Kamera darauf. Sie stellte die Blende ein und schaute durch den Sucher. Jeff, der hinter ihr stand, ließ einen ungeduldigen Schnalzer hören.

„Du machst mich nervös", sagte sie. „Sieh dir lieber die andern Käfige an und schau mal, was ich als nächstes fotografieren könnte. Ja?"

Er schlenderte bis zum unteren Ende der Käfigreihe. Sie konzentrierte sich auf die Schafe, doch bevor sie den Auslöser gedrückt hatte, sprangen die Tiere blökend auf. Er hat's geschafft, dachte sie, irgendwie hat dieser tolpatschige Dummkopf sie aufgeweckt. Rasch drehte sie sich um, packte Kamera und Stativ und folgte Jeff wütend. Plötzlich blieb sie stehen. Jeff stand nach vorne gebeugt und starrte auf eine Schlange. Ihr Kopf war hoch erhoben, der Rachen aufgerissen.

Jane stieß einen Schreckensschrei aus. Der Impuls wegzulaufen war fast übermächtig, aber sie wußte, daß sie Jeff nicht im Stich lassen durfte. Er bewegte den gegabelten Stock auf die Schlange zu und flüsterte sanft, wobei er leise über sich selbst lachte: „Toro. Ho, toro, komm her."

Die Schlange hatte sich aufgerichtet und zischte. Ihr Körper wirkte unglaublich lang und schlank. Jane wußte kaum, was sie tat, als sie das Stativ wieder hinstellte und durch den Sucher blickte. Sie hielt den Atem an, als sie sah, daß Jeff den Stock ausstreckte. Instinktiv drückte sie auf den Auslöser, und das schien alles in Bewegung zu bringen. Das starre Bild im Sucher rührte sich. Schlange und Stock trafen zusammen, und dann ließ Jeff den Stock mit einem klappernden Geräusch fallen.

Zitternd vor Furcht schloß sie die Augen. Als sie wieder hinschaute, hatte Jeff seine linke Hand über den rechten Unterarm gelegt. Er machte einen erhitzten, aber ruhigen Eindruck.

„Alles in Ordnung", sagte er, „sie ist weg. Sie hat sich davongemacht."

Er hob seine linke Hand, und sie sah zwei kleine Blutstropfen unterhalb der Armbeuge. Er riß den Gürtel aus der Hose, wickelte ihn unter dem Bizeps um den Arm und zog ihn straff an. „Die Hauptsache ist, nicht die Nerven zu verlieren", sagte er ruhig. „Wenn man sich aufregt, schlägt das Herz schneller, und das Gift kommt um so rascher in den Blutkreislauf. Wir müssen also beide ganz ruhig bleiben, verstanden?"

Hinter ihr ertönte eine rauhe Stimme, und sie drehte sich mit klopfendem Herzen um. Eine Gestalt kam aus dem Dunkel auf sie zu. Gleißendes Licht flammte auf und blendete sie.

JANE REDPATH saß allein im Wartezimmer. Die Polizisten, die sie zur Notaufnahme gebracht hatten, waren vom Nachtwächter des Zoos alarmiert worden, demselben Mann, der sie mit seiner Taschenlampe angeleuchtet hatte, nachdem Jeff gebissen worden war.

Ein Polizeiwagen war rasch zur Stelle gewesen, um Jeff sofort in die East-Side-Klinik zu bringen. Er war ohne Hilfe hineingegangen, hatte ihr zugelächelt und ihr gesagt, sie solle sich keine Sorgen machen, nach Hause gehen und noch etwas schlafen. Er würde sie später anrufen.

Sie saß auf der Stuhlkante und dachte daran, wie er im Park zuerst sie und dann auch noch den Nachtwächter beruhigt hatte. Als der Nachtwächter Hilfe holen ging, hatte er sich auf dem Boden ausgestreckt, um die Wirksamkeit des Giftes zu verlangsamen. Er sagte, es tue nicht weh, er fühle nur ein leichtes Stechen...

Die Tür öffnete sich, und ein Mann im weißen Kittel kam auf sie zu. „Ich bin Dr. Moran."

„Ja." Mehr brachte sie nicht heraus. Der Arzt machte ein sehr ernstes Gesicht.

„Wir haben ein polyvalentes Serum gespritzt; er scheint ziemlich gut darauf zu reagieren. Er ist bemerkenswert ruhig, und das wirkt sich natürlich günstig aus."

„Dann wird er es also überstehen?"

Der Arzt machte eine vage Kopfbewegung, die weder Zustimmung noch Verneinung bedeutete. „Er konnte die Schlange nicht mit Sicherheit beschreiben. Haben Sie einen Blick auf sie –"

„Meine Kamera! Ich hab sie im Polizeiwagen liegenlassen! Ich hab die Schlange ja geknipst!"

Dr. Moran sprintete bereits zur Tür.

ALS Converse im Dunkeln nach dem Telefon tastete, war er sicher, daß es Eastman war; er hatte recht.

„Tut mir leid, daß ich Sie schon wieder störe." Eastmans Stimme klang grimmig. „Ein weiteres Opfer der Schlange. Ich bin in der East-Side-Klinik. Wir haben ein Foto von der Schlange. Es wird gerade entwickelt. Können Sie rüberkommen?"

„Ich komme sofort."

NACHDEM die Schlange den Central-Park-Zoo verlassen hatte, glitt sie weit in den Park hinein; seit der Regen aufgehört hatte, war sie auf der Suche, getrieben von einem artbedingten, jahrmillionenalten Impuls.

Sie wandte sich nach Norden, zu dem weniger gepflegten Teil des Parks. Ihre Bewegungen waren rasch und entschieden. Sie bewegte sich nicht zielbewußt, sondern durchstreifte die Gegend, erforschte hier und da einen Flecken mit dichtem Unterholz, sondierte alles mit ihrem kleinen Kopf.

Es war schon Tag, als sie auf ein Erdloch stieß, das unter einem umgestürzten Baum in dichtem Gestrüpp verborgen lag. Die Gerüche, die sie mit Hilfe ihres Jacobsonschen Organs aufnahm, waren sehr schwach und sagten ihr, daß das Erdloch seit einiger Zeit leer stand. Sorgsam, um das schützende Dickicht nicht zu stark zu verschieben, näherte sich die Schlange dem Eingang. Vorsichtig schlüpfte sie hinein, vergewisserte sich, daß die Höhle groß genug für sie war und daß sie mindestens einen zweiten Ausgang besaß.

Die Höhle genügte den Ansprüchen der Schlange vollkommen. Sie prüfte den zweiten Ausgang, wieder ganz vorsichtig, um das Unterholz, das zwar die Öffnung verdeckte, die Schlange aber nicht an einer raschen Flucht hinderte, nicht zu beschädigen. Dann rollte sie sich in der Erdhöhle bequem zusammen und schlief ein.

DAS Foto, das Jane von der Schlange gemacht hatte, war auf zwölf mal zwanzig Zentimeter vergrößert worden und lag nun, noch feucht, auf einem Tisch in einem leeren Zimmer der Notaufnahme. Als Eastman es begutachtete, spiegelten sich auf seinem Gesicht Ekel und Faszination zugleich. Die Schlange hatte sich um den Stock geringelt, und ihr Rachen war über Jeffs Arm weit aufgerissen. Das Ende ihres Körpers hing geringelt vom Stockende herab, als müsse sie sich am Boden abstützen.

Die Schwester in der Aufnahme bat Converse, sofort zu Eastman hineinzugehen. Converse trat ein und fragte: „Wie geht's dem Patienten?"

„Leidlich. Er ist jung und kräftig, daher –"

Converse hatte das Foto erblickt und trat unverzüglich näher. Er beugte sich über den Tisch und stieß einen Pfiff aus. „Es ist eine Schwarze Mamba." Er betrachtete die Aufnahme genauer und sagte dann fast ehrfürchtig: „Sie ist wunderschön."

Er informierte Eastman, das polyvalente Serum enthalte zwar auch ein Gegengift gegen das Gift der Schwarzen Mamba, der Bronx-Zoo habe aber in seinem Reptilienhaus ein spezifisches Serum.

„Ich werde das dortige Revier anrufen", sagte Eastman, „und bitten, das Zeug in einem Streifenwagen schleunigst herzubringen. Und dann möchte ich gern, daß Sie mich zum Central-Park-Zoo begleiten."

„Mache ich. Aber ich bin sicher, daß die Schlange nicht mehr dort ist. Schwarze Mambas durchstreifen weite Gebiete. Sie bewegt sich sehr schnell und ist inzwischen bestimmt schon kilometerweit vom Zoo entfernt."

Eastman ging hinaus, um das Bronx-Revier anzurufen. Vor der offenen Tür von Zimmer D, in dem sich das Personal der Notaufnahme um Jeff bemüht hatte, blieb er stehen. Fast alle Ärzte und Schwestern waren gegangen. Nur zwei Leute standen noch neben dem Tisch:

Dr. Shapiro und eine Schwester, die gerade am großen Zeh des Patienten einen Zettel befestigte.

Eastman betrat den Raum. „Was ist passiert?"

„Er ist tot", sagte Shapiro. „Wir glaubten schon, er würde durchkommen, und dann war er plötzlich tot."

„Verdammt", sagte Eastman.

„Die Verschlechterung seines Zustands traf uns völlig überraschend", sagte Shapiro. „Dann kam jemand auf die Idee, ihn umzudrehen, und da sahen wir dann den Nesselausschlag auf seinem Rükken. Wenn er auf der Brust erschienen wäre, wie das sonst der Fall ist, hätten wir ihm etwas Adrenalin gespritzt."

„Und was bedeutet der Nesselausschlag?"

„Anaphylaktischer Schock. Schlangenserum wird aus dem Blutserum von Pferden hergestellt, denen man Schlangengift eingespritzt hat. Es gibt aber Menschen, die gegen Pferdeserum allergisch sind und in einen Schock fallen, wenn man es ihnen spritzt. Und wenn man ihn nicht behandelt, kann er tödlich sein."

Eastman nickte. „Ich habe davon gehört. Aber ich dachte immer, man könnte das vorher testen."

„Das kann man." Shapiros Stimme war heiser vor Müdigkeit, und Eastman dachte, alle Beteiligten sind todmüde, nur die Schlange ist voller Kraft. „Aber wenn jemand wegen eines Schlangenbisses im Sterben liegt, verschwendet man keine Zeit mit einem Allergietest. Unter anderen Umständen hätten wir die Symptome eines anaphylaktischen Schocks natürlich erkannt. Verhängnisvoll ist, daß sie den Symptomen einer neurotoxischen Vergiftung durch Schlangenbiß sehr ähneln, deshalb haben wir es nicht gemerkt. Der Nesselausschlag war auf dem Rücken, und wir haben ihn erst gesehen, als es schon zu spät war."

Eastman fragte: „Hat man es dem Mädchen draußen schon gesagt?"

„Ich geh gleich raus und sage es ihr", erwiderte Shapiro.

Eastman wandte sich zur Tür. „Tut mir sehr leid, Doktor."

Als Eastman das Zimmer verließ, traf er Converse. „Wenn wir erst das Serum vom Bronx-Zoo haben, wird alles gutgehen", sagte Converse.

„Wird es nicht", erwiderte Eastman.

6. Kapitel

„DIE Schlange ist eine Schwarze Mamba", sagte Converse. „Das ist die größte und berüchtigtste Giftschlange Afrikas."

Es war halb neun Uhr morgens. Vor fast zwei Stunden war Jeff gestorben. Converse saß hinter einem verschrammten Eichenschreibtisch, von dem aus er den Schießstand des Central-Park-Polizeireviers überblicken konnte. Neben ihm rückten Hauptkommissar Eastman und Polizeirat Scott gerade ihre Sessel zurecht, vor ihnen hatten Journalisten Platz genommen. Der Schreibtisch war mit Mikrofonen der Radio- und Fernsehsender gespickt. Kameraleute durcheilten den großen Raum.

Scott hatte die Pressekonferenz mit der knappen Meldung eröffnet, die Schlange sei identifiziert worden, und Converse stände ihnen nun für weitere Informationen und für Fragen zur Verfügung.

Holly Markham saß zwischen ihren Kollegen. Sie trug eine gelbe Seidenbluse, die ihr schwarzes Haar glänzend zur Geltung brachte. Sie blickte von ihrem Notizbuch auf und lächelte.

Converse begann mit seinen Erläuterungen: „Die Schwarze Mamba ist nicht wirklich schwarz, sondern auf der Oberseite olivbraun oder graubraun und unten weißlich. In hellem Sonnenlicht wirkt sie aber schwarz, daher der Name."

„Aus welchem Teil Afrikas stammt sie?" fragte jemand.

„Sie kommt in fast ganz Afrika vor, nur in den nördlichsten Teilen nicht. Es gibt zwei Arten von Mambas: die Schwarze und die Blattgrüne, die in der Savanne und in Wäldern mit Flüssen lebt. Beide sind große schlanke Baumschlangen mit langem, schmalem Kopf."

„Können Sie nach dem Foto die Länge unserer Schlange angeben?"

„Drei Meter, vielleicht dreieinhalb. Es ist ein sehr schönes Exemplar."

Scott murmelte ungeduldig etwas vor sich hin. Converse blickte ihn fragend an und fuhr dann fort: „Afrikanischen Eingeborenen flößt die Schwarze Mamba ehrfürchtige Scheu ein, ebenso wie ein Panther oder ein Löwe. Doch ist vieles, was man über sie hört, übertrieben, was ihre Geschwindigkeit betrifft. Es wird zum Beispiel hart-

näckig behauptet, daß sie ein galoppierendes Pferd überholen kann."
„Kann sie das tatsächlich?"
„Es ist sehr unwahrscheinlich. Aber sie ist zweifellos die schnellste
Schlange der Welt. Schätzungen ihrer Geschwindigkeit bewegen sich
zwischen elf und zweiunddreißig Stundenkilometern. Als Student
habe ich in Afrika einige Schwarze Mambas gesehen. Ich sage Ihnen,
der Anblick einer wütenden Schwarzen Mamba, die mit weit aufgerissenem Rachen und erhobenem Körper über den Boden rast, kann einem wirklich Angst einjagen. Die Vorstellung, daß man von einer äußerst giftigen und angriffslustigen Schlange verfolgt wird, die mit
sechzehn Stundenkilometern dahinrast, ist ein Alptraum."
„Ist es nicht reine Erfindung, daß Schlangen Menschen jagen?"
fragte ein Reporter in der vordersten Reihe.
„Eigentlich schon", antwortete Converse ruhig. „Aber bei bestimmten Schlangen – der Königskobra, der Schwarzen Mamba und
anderen – kommt es vor, daß sie jemanden verfolgen, vor allem auf ihrem Brutplatz während der Paarungszeit, oder wenn sie stark gereizt
worden sind. Und wenn eine Schwarze Mamba hinter Ihnen her wäre,
Sir, so würde ich bestimmt auf die Schlange setzen."
„Sie würden das schleimige Biest wahrscheinlich noch anfeuern",
knurrte der Mann.
„Es hat sich mittlerweile herumgesprochen", erwiderte Converse
freundlich, „daß Schlangen nicht schleimig sind; ihre Haut ist trocken
und fühlt sich angenehm an."
Holly Markham stand auf. „Kommen Sie bei der Suche jetzt schneller vorwärts, weil Sie die Schlange identifiziert haben?"
„Das Problem läßt sich dadurch zwar eingrenzen, aber nicht vereinfachen", antwortete Converse. „Die Lebensweise einer Schwarzen
Mamba ist sehr vielseitig. Sie ist eine Baumschlange und hält sich auf
den unteren Zweigen von Bäumen auf oder in Büschen, um Vögel zu
jagen. Es kommt auch vor, daß sie sich hoch oben in der Baumkrone
sonnt, obwohl sie zum Sonnen wie die meisten Schlangen einen Felsen
vorzieht. Meistens hält sie sich aber auf der Erde auf. Sie verbirgt sich
im Dickicht, unter Felsen und oft in einem gut getarnten Erdloch."
Jemand fragte, ob die Schwarze Mamba ebenso gefährlich wie eine
Kobra sei.

,,Meiner Meinung nach ist sie noch gefährlicher. Sie ist sehr viel an-
griffslustiger, und sie braucht auch keine feste Position beziehen, bevor sie zubeißt. Sie kann sogar, wenn sie mit Spitzengeschwindigkeit
dahinschießt, äußerst zielsicher zubeißen. Die Kobra stößt bei Tageslicht nicht gezielt zu. Der Biß der Schwarzen Mamba ist bei Tag und
Nacht von gleichermaßen tödlicher Treffsicherheit. Wenn man all das
berücksichtigt, kommt man zu dem Schluß, daß die Schwarze Mamba
die gefährlichste Schlange der Welt ist.‟

,,Sie meinen, die giftigste?‟

,,Sie ist nicht die giftigste, obwohl zwei winzige Tropfen ihres Gifts
schon genügen, einen Menschen in weniger als zwanzig Minuten zu
töten.‟ Er machte eine Pause. Seine Zuhörer wirkten beeindruckt.

,,Es gibt drei Faktoren, nach denen man die Gefährlichkeit einer
Schlange bestimmen kann: die Wirksamkeit ihres Giftes, die Stellung
der Fangzähne und ihre Angriffslust oder Neigung zu beißen. Alle drei
Faktoren sind bei der Schwarzen Mamba hoch entwickelt.‟

,,Was meinen Sie mit der Stellung der Fangzähne?‟ rief jemand.

,,Bei manchen Schlangenarten liegen die Fangzähne hinten im
Maul, sie haben es deshalb schwerer, genau und wirksam zuzubeißen.
Das Gift der südafrikanischen Boomslang zum Beispiel ist von furcht-
barer Wirksamkeit, aber da ihre Fangzähne weiter hinten liegen, kann
sie ihr Gift nicht so nachdrücklich verabreichen wie die Schwarze
Mamba, deren Giftzähne vorne liegen.‟

Ein kleiner weißhaariger Mann fragte, welches die giftigste
Schlange sei.

,,Die Königskobra, die größte aller Giftschlangen, deren Gift innerhalb von fünfzehn Minuten tötet. Aber bei den sehr giftigen Schlangen
spielt der genaue Grad der Giftigkeit keine große Rolle mehr. Sie töten
alle sehr rasch, wenn nicht unmittelbar nach dem Biß Schlangenserum
gespritzt wird.‟

Holly bat ihn, den Begriff Angriffslust genauer zu definieren.

,,Einfach ausgedrückt, ist es die Bereitschaft zuzubeißen, wenn eine
Schlange bedroht oder gereizt wird. Es gibt Giftschlangen, die nur zubeißen, wenn sie sich Nahrung suchen. Seeschlangen zum Beispiel gehören zu den giftigsten Schlangen, die wir kennen, aber wenn sie sich
mal in ein Fischernetz verirrt haben, holen die Fischer sie einfach her-

aus und werfen sie ins Wasser zurück, und dabei werden sie offenbar sehr selten gebissen."

Scott beugte sich nach vorne, doch Converse, der sich gerade für das Thema erwärmt hatte, ignorierte ihn.

„Es gibt eine sehr giftige Schlange, den Gelben Bungar. Nachts ist er lebensgefährlich, aber tagsüber kann man ihn nicht zum Beißen reizen. In vietnamesischen Dörfern spielen die Kinder tagsüber mit ihm. Es heißt, daß Menschen ihn mit Stöcken geschlagen und ihn gequält haben, ohne gebissen zu werden."

Jemand meldete sich und wollte wissen, wovon sich die Schwarze Mamba ernährt.

„Von kleinen Tieren", antwortete Converse. „Hauptsächlich von Nagetieren. Schlangen fressen sehr unregelmäßig. Sie können lange Zeit, monatelang, ohne Futter auskommen. Es ist mehr eine Frage der günstigen Gelegenheit; wenn sie genügend Beute finden, fressen sie auch häufig."

Ein Fernsehreporter fragte: „Ist an dem Ammenmärchen, daß Schlangen nicht vor Sonnenuntergang sterben, was dran?"

„Ja, es ist tatsächlich etwas dran. Wenn Sie den Kopf einer Schlange abschlagen, windet sich der Körper noch stundenlang, und der Biß einer Giftschlange kann bis zu vierzig Minuten nach dem Abschlagen ihres Kopfes noch tödlich sein."

Es wurden lebhafte Bemerkungen laut, eilig glitten Bleistifte über Notizblöcke. Sie wollen nur sensationelle Einzelheiten, dachte Converse. Wie Schlangen wirklich leben, interessiert sie nicht.

In der letzten Reihe meldete sich jemand zu Wort. „Junger Mann, wie viele Menschen wird Ihre Schlange noch beißen, bevor Sie sie endlich töten?"

„Warum denn töten? Wir können sie doch auch fangen und in einen Zoo bringen! Wenn Sie einen Schuldigen brauchen, dann machen Sie lieber denjenigen für das Ganze verantwortlich, der die Schwarze Mamba im Park freigelassen hat. Auf ihn sollte sich Ihre Wut konzentrieren, nicht auf die Schlange."

Scott sprang auf. Ohne sich um die Mikrofone zu kümmern, rief er: „In den Zoo, das fehlte noch! Wir werden diese verdammte Schlange töten."

Gebieterisch gab er Converse ein Zeichen, der daraufhin den Platz mit ihm tauschte. Eastman rückte näher an Scott heran. Gemeinsam setzten sie sich mit Fragen der Journalisten auseinander, die sich darum drehten, ob ein zweites ausgedehntes Durchkämmen des Parks in Erwägung gezogen werde („Zur Zeit nicht"), welche zusätzlichen Schritte zum Schutz der Öffentlichkeit unternommen würden („Das Polizeipräsidium befaßt sich mit diesem Problem"), ob diese Schritte ein Schließen des Parks beinhalten („Wir sind nur Polizeibeamte und fällen keine derartigen Entscheidungen").

Converse fing Hollys Blick auf, und sie lächelte ihm zu, bevor sie sich wieder auf Scott und Eastman konzentrierte. Er starrte sie weiter an; er wollte sie zwingen, ihn anzusehen. Sie wandte den Kopf. Ihre Blicke trafen sich, unverwandt schauten sie einander an. Er fühlte sich benommen und schwindlig. Alles geriet ins Schwanken, die Stimmen verklangen. Da ihm dieser Zustand nur allzu bekannt war, begriff er schnell, daß er wieder in ernsthaften Schwierigkeiten steckte. Wie aus weiter Ferne drang Eastmans Stimme zu ihm und riß ihn aus seinen Träumen: „... falls Mr. Converse nichts hinzuzufügen hat."

Er schüttelte den Kopf. Eastman beendete die Pressekonferenz.

Converse drängte sich zur Tür durch. Aus den Augenwinkeln sah er, wie Holly aufstand. Er blieb plötzlich stehen. Verlegen vermieden sie, einander anzusehen.

„Tja", sagte Holly. Sie warf ihm einen Blick zu, senkte dann die Augen und sagte: „Dann mache ich mich wohl lieber wieder an meine Arbeit."

„Ja", sagte Converse. „Bis bald."

„Bis bald."

Vielleicht wären wir beide noch gern geblieben, dachte Converse, und vielleicht ist das der Grund, warum wir das Gegenteil tun. Keinerlei Erklärungen, kein Austausch von Telefonnummern. Einfach nur „bis bald". Um so besser.

HOLLY verließ das Revier und machte sich auf den Weg zur Redaktion. Converse beschloß, kurz bei den Zivilfahndern des Reviers hereinzuschauen.

Der Polizist im Hauptbüro führte ihn zu einem kleinen Büro auf der gegenüberliegenden Seite, in dem vier bärtige Männer die Luft mit Zigarettenrauch verpesteten. Sie trugen schmutzige Jeans mit Ledergürteln, und ihre Hemden standen offen. Sie gehörten zu der Zivilfahndungsgruppe des Central-Park-Reviers. „Sie kennen den Park doch genau", sagte Converse. „Wo kann man sich am besten verstecken? Wo ist es am einsamsten, wo ist der Park am unzugänglichsten?" Einer der Beamten antwortete: „Im oberen Teil. Nördlich der 96. Straße. Dort kann man sich tatsächlich noch verirren."

Ein anderer meinte: „Ich dachte, die Schlange beißt Leute, die sich in der Höhe der 80. Straße rumtreiben."

„So war's bisher", sagte Converse. „Aber ihr Instinkt wird ihr raten, ein einsameres Gebiet aufzusuchen." Er dankte den Männern, und sie wünschten ihm viel Glück.

Converse verließ das Revier. Bei der Amsterdam Avenue wurde von einem Lieferwagen der *New York Post* ein Stapel Zeitungen vor einem Papierwarengeschäft abgeladen. Er las die Schlagzeile: DREI ZU NULL FÜR DIE SCHLANGE.

DIE vom Bürgermeister abgegebene Erklärung lautete: „Wir bedauern zutiefst den tragischen Tod dieses tapferen jungen Mannes, dessen sportliches Können uns in den vergangenen Jahren so oft begeistert hat." Jeff hatte in der Football-Mannschaft der Columbia-Universität einen zweitrangigen Verteidiger abgegeben. „Aber wir können selbst in diesem tragischen Augenblick nicht umhin festzustellen, daß er sich tollkühn verhalten hat. Sein Versuch, die Schlange zu fangen, hat ihn das Leben gekostet. Hätte er die Flucht ergriffen, so wäre ihm nichts geschehen.

Wir möchten bei dieser Gelegenheit nochmals dringend bitten, stets äußerste Vorsicht walten zu lassen. Versuchen Sie bitte nicht, etwas auf eigene Faust zu unternehmen. Die Polizei, die von Experten unterstützt wird, wird ihre Bemühungen verstärken. Erschweren Sie ihr bitte nicht die Arbeit. Setzen Sie nicht Ihr Leben aufs Spiel. Bitte helfen Sie der Polizei, indem Sie sich richtig verhalten."

Der Polizeipräsident unterstrich, daß die Polizei eigenmächtiges Vorgehen nicht dulden werde. Jeder, der die Anweisungen der Beamten mißachte, werde streng bestraft.

CONVERSE ging nach Hause. Er spielte mit der Pythonschlange, beschäftigte sich mit der Katze und ging dann zu Bett, um den versäumten Schlaf nachzuholen.

Gegen zehn Uhr abends tauchte er wieder im Central-Park-Polizeirevier auf, ausgerüstet mit Stock und Kissenbezug. Er sah so frisch und ausgeruht aus, daß Eastman, der nervös und erschöpft war, ihm das übelnahm. Jugend! Doch die Aussicht, vom Schreibtisch wegzukommen und etwas zu unternehmen, besserte seine schlechte Laune.

Ein Polizeiwagen brachte Converse und Eastman zum großen Receiving Reservoir im Park. Das Dunkel durchbrachen zahllose flimmernde Lichter, und sie erkannten schattenhafte Gestalten, die wohl Polizisten sein mußten. Unterwegs blendete sie der Suchscheinwerfer eines Funkstreifenwagens.

„Wo möchten Sie halten?" fragte Eastman.

„Nirgends", antwortete Converse. „Welche Schwarze Mamba, die noch alle fünf Sinne beisammenhat, würde an einer Stelle auftauchen, wo so viel los ist? Wo es so hell ist? Wo Menschen herumtrampeln? Das können Sie vergessen. Die Schlange wird sich ein Loch suchen und dort versteckt bleiben, bis alle weg sind."

Eastmans Vorstellung von „etwas unternehmen" entsprach nicht der Rundfahrt in einem Polizeiwagen. „Dann sagen Sie mir bloß, wie Sie sie finden wollen, wenn Sie nicht aussteigen und nach ihr suchen?" rief er.

„Ich kann sie nicht finden", sagte Converse. „Wenn ich gewußt hätte, daß hier so was stattfindet, wäre ich zu Hause geblieben. Und es hat keinen Sinn, eingeschnappt zu sein, Herr Kommissar. Wenn Sie gern aussteigen möchten, leiste ich Ihnen Gesellschaft, aber es ist reine Zeitverschwendung."

Eastman lehnte sich mit finsterer Miene zurück. Converse fuhr fort: „Unsere beste Chance ist immer noch, sie beim Sonnenbaden zu erwischen. Ich werde morgen früh vor Sonnenaufgang hiersein."

Eastman seufzte. „Vermutlich haben Sie recht. Morgen früh – können Sie mich abholen?"

„Können schon", erwiderte Converse, „aber..." Er hielt inne.

„Sie möchten lieber allein sein?"

Converse nickte. „Das ist wirklich nur eine Einmannarbeit."

ETWA sieben Stunden später befand sich Converse mitten auf der North Meadow. Die Sonne stand noch hinter den Gebäuden der Fifth Avenue. Scharf zeichnete sich die Silhouette gegen den grauen Himmel ab; im Westen war es noch dunkel. Doch die zunehmende Helligkeit wirkte tröstlich; sie verscheuchte das Unbehagen, das Converse gespürt hatte, als er vom Central Park West aus den Park betreten hatte und die unheimlichen, verlassenen Wege entlanggegangen war.

Das in Frage kommende Gebiet war beängstigend groß. Schon jetzt hatte Converse undurchdringliches Gestrüpp gesehen, das als Versteck für eine Schwarze Mamba geeignet gewesen wäre. Wo sollte er beginnen? Bis jetzt hatte er keine Ahnung. Es sah hoffnungslos aus.

Nein! Er schüttelte den Kopf, wie um sich selbst zurechtzuweisen. Er war ein fähiger Herpetologe, er kannte Schlangen in- und auswendig, und er würde die Schwarze Mamba ausfindig machen, ganz gleich, wie groß das Gebiet war, das er durchstöbern mußte. Das große Problem war, daß Eile not tat.

Die Sonne tauchte nun weiß und wässerig über den Dächern auf, und er spürte schon die Hitze. Auch die Schwarze Mamba würde sie spüren. Vielleicht schlängelte sie sich bereits rasch und elegant zum Felsen hin, auf dem sie sich wärmen wollte. Vielleicht. Denn in dem ihr unbekannten Gebiet fühlte sie sich möglicherweise sicherer, wenn sie ihr Sonnenbad auf den obersten Zweigen eines hohen Baumes nahm und sich danach ins dichte Blätterwerk zurückziehen konnte.

Converse hoffte, daß sie sich zum Sonnen auf einem Felsen entschloß; auf einem Baum war sie sehr schwer auszumachen. Im allgemeinen waren Schwarze Mambas nicht allzu scheu. Im Bewußtsein ihrer Schnelligkeit und der Wirksamkeit ihres Giftes fühlten sie sich sicher, und daher durfte man annehmen, daß sie nicht auf einen bequemen Felsen verzichten würden.

Also gut, sagte Converse, gehen wir mal mit etwas Überlegung zu Werke. Es hatte keinen Sinn, heute einzelne Felsen zu überprüfen; die Auswahl war allzu zufällig und würde wahrscheinlich zu gar nichts führen. Die Sonne stieg nun rasch, und bei dieser Hitze brauchte sich die Schlange nicht lange aufzuwärmen. Am besten wäre es, von Osten nach Westen den ganzen nördlichen Teil zu erforschen und sich wichtige Punkte für eine genauere Untersuchung zu merken.

Und davon gab es genügend: einsame, ungepflegte Stellen mit undurchdringlichem Unterholz, umgestürzten Bäumen, Bergen von Laub und abgestorbenen Ästen. Er bewegte sich langsam und methodisch vorwärts. Die Parole lautete: Geduld.

INNERHALB von sechsunddreißig Stunden nach Jeffs Tod, der mit so wohltönenden Phrasen verkündet worden war, schlug die Stimmung in der Öffentlichkeit um. Hysterie breitete sich aus, und eine Massenpsychose schien nicht ausgeschlossen. Und diese Stimmung wurde noch von den sogenannten „Schlangennachrichten" der Zeitungen genährt.

Der erste Zwischenfall ereignete sich bei einer ausverkauften Kinovorstellung. Ein Schrei riß die Menschen von den Sitzen: „Die Schlange! Die Schlange ist hier!" Bei der panikartigen Flucht wurden einige Leute so schwer verletzt, daß man sie ins Krankenhaus einliefern mußte. Das Kino wurde sofort von Polizeibeamten durchsucht. Aber eine Schlange fand man nicht.

Bei dem Vorfall in Macy's Warenhaus wurden über hundertfünfzig Menschen verletzt, als eine Schlange plötzlich im Erdgeschoß auftauchte. Mehrere Frauen sahen sie zur gleichen Zeit und stießen schrille Schreie aus. Die Schlange, die selbst in Panik war, glitt rasch hinter einen Ladentisch und verschwand. Als das gesamte Stockwerk geräumt war und die Verletzten in Krankenwagen fortgeschafft worden waren, wurde sie gefunden und als Schwarznatter identifiziert, eine vollkommen harmlose Schlange, die aber oberflächlich einer Schwarzen Mamba ähnelt. Der Schuldige wurde nie ermittelt, obgleich die Polizei die Aussagen mehrerer Zeugen überprüfte, nach denen ein verschlagen blickender Mann mit einem Weidenkorb das Kaufhaus betreten hatte.

AM ENDE des dritten Tages hatte Converse etwa sechzig Prozent des Gebietes zwischen der 97. Straße und dem nördlichen Ende des Parks durchsucht. Jeden Tag erschien er vor Sonnenaufgang im Park und ließ sich an einem Felsen, der in Frage kam, zur Beobachtung nieder. Wenn er sicher sein konnte, daß die Schlange hier nicht auftauchte, versuchte er es bei einem anderen Felsen. Dann stand die Sonne allerdings schon hoch, und die Schlange, wo immer sie sich befinden mochte, mußte ihr Sonnenbad beendet haben. Also machte er sich jetzt daran, Bäume zu untersuchen, obwohl es wegen der olivgrauen Färbung der Schlange sehr schwierig war, sie in dem von Licht und Schatten gesprenkelten Laubwerk zu erspähen. Zum Schluß stapfte er durch das dichte Gestrüpp, wo die Schwarze Mamba möglicherweise ein Erdloch gefunden hatte. Völlig erschöpft beendete er gegen zehn Uhr vormittags die Suche und meldete sich im Revier. Zu diesem Zeitpunkt waren sowieso schon zu viele Leute unterwegs – Amateurherpetologen (Durchschnittsalter vierzehn Jahre), Polizisten in Uniform, Beamte in Zivil und einige Puries.

Als Converse an diesem Morgen Eastmans Büro betrat, wirkte dieser frisch und munter, als habe er den versäumten Schlaf nachgeholt. Doch seine Miene verdüsterte sich, als er den leeren Kissenbezug sah.

„Ich habe die Schwarze Mamba nicht gefunden", sagte Converse förmlich, „aber ich habe einen weiteren Teil des Parks durchsucht, und das ist schon ein Fortschritt."

„Tja, ... das kann man wohl einen Fortschritt nennen."

„Seien Sie doch zufrieden, Herr Kommissar. Nach dem Burschen im Zoo ist niemand mehr gebissen worden. Vielleicht ist sie tot."

„Glauben Sie das etwa?"

Converse schüttelte den Kopf. „Nein."

„Sie hat zwar niemanden mehr gebissen, aber sie stellt immer noch eine Gefahr dar. Und selbst wenn sie tot ist – für uns hat die Geschichte erst ein Ende, wenn wir das beweisen können. Haben Sie die Zeitungen gelesen?"

Converse nickte. „In dieser Stadt sind alle verrückt. Aber daran ist die Schlange nicht schuld." Er stand auf. „Vielleicht finde ich sie morgen", sagte er und ging. Er fühlte sich mutlos.

Um halb zwölf nachts rief er Holly Markham an. Er hatte ihre Nummer aus dem Telefonbuch herausgesucht.

„Hallo?" Ihre Stimme klang unsicher, vorsichtig.

„Entschuldigen Sie die Störung", sagte er. „Hier Mark Converse."

„Wieso rufen Sie um diese Zeit an?"

Er konnte nicht erkennen, ob sie sich über seinen Anruf freute. Er sagte: „Ich rufe an, weil ich etwas für Sie übrig habe."

Sie schien überrascht. Dann sagte sie: „Ich habe auch was für Sie übrig. Aber das ist doch kein Grund, mitten in der Nacht anzurufen."
„Sie haben etwas für mich übrig? Meinen Sie das ernst?"
„Natürlich, Mark."
„Machen Sie auch keine Scherze?"
„Nein." Ihre Stimme klang ein wenig furchtsam.
„Hören Sie, Holly, ich muß Sie sehen. Ich brauche Sie so. Kann ich zu Ihnen kommen? Oder wollen Sie zu mir kommen?"
Nach einer langen Pause antwortete sie: „Um es kurz zu machen: Sie wollen mich haben. Dagegen wäre ja nichts einzuwenden, aber es ist nicht dasselbe wie brauchen. Wenn Sie mich jemals wirklich brauchen, rufen Sie mich an, dann komme ich sofort zu Ihnen. Einverstanden?"
Er legte auf, ohne zu antworten. Dann ging er zu Bett und rief sich die Unterhaltung Wort für Wort wieder ins Gedächtnis zurück. Schließlich schwor er, sie nie wieder anzurufen und sie ab sofort nicht mehr zu lieben.

TAGSÜBER kroch die Schlange nicht mehr aus ihrem Erdloch heraus, nur morgens wärmte sie sich kurze Zeit auf einem nahe gelegenen Felsen.
In dieser Nacht trank sie, wie in den vorangegangenen Nächten, am „See", einem Teich zwischen der East Drive und der West Drive. Auf ihrem Rückweg zur Höhle überraschte sie ein Eichhörnchen. Das Eichhörnchen rannte zu einem Baumstamm und wollte hinaufklettern, doch die Schlange richtete sich blitzschnell auf und schlug ihre Giftzähne unmittelbar oberhalb des buschigen Schwanzes in das Tier. Das Eichhörnchen rutschte ein Stück zurück, raffte sich aber wieder auf und huschte nach oben. Unten starrte die Schlange wartend in die schattigen Zweige. Mit ihren scharfen Augen erspähte sie das Eichhörnchen, das plötzlich taumelte, und verfolgte seinen Fall bis zum Erdboden. Als sie das Eichhörnchen verschlungen hatte, kehrte sie in ihre Höhle zurück; die Verdauung, die mit dem Verspritzen des Giftes bereits eingesetzt hatte, sollte etwa sechs Stunden dauern.

7. Kapitel

DIE Schlange hatte an der Mauer, die den Park umgibt, eine Ratte aufgestöbert, aber es gelang ihr kein Überraschungsangriff. Die Ratte vernahm das gleitende Geräusch, und bevor die Schlange zustoßen konnte, hatte sie schon die Flucht ergriffen. Ein Ausgang zur angrenzenden Straße Central Park West schien ihre Rettung zu sein: Die Ratte raste auf die Straße, die um vier Uhr morgens still und verlassen dalag. Am Bordstein hielt sie kurz inne. Als die Schlange ebenfalls um die Mauer auf den Gehsteig glitt, floh die Ratte über die Straße. Auf der Mitte der Fahrbahn hielt sie erschöpft inne, und die Schlange holte auf. Die Ratte schoß nach links, raste an einer Treppe aus braunem Sandstein vorbei und sprang durch ein vergittertes, aber offenstehendes Fenster, das zu einer Souterrainwohnung führte.

Die Schlange glitt an der Treppe vorbei zum Fenster. Sie steckte Kopf und Hals durch die Gitterstäbe, schwang hin und her und glitt dann auf einen Tisch unter dem Fenster. Ohne abzuwarten, bis ihr Schwanz sich von den Gitterstäben gelöst hatte, wand sie sich an einem Tischbein zum Fußboden hinunter. Dort hielt sie kurz inne und glitt dann durch eine offene Tür in ein anderes Zimmer. Wieder pausierte sie, und nun teilte ihre züngelnde Zunge ihr andere Gerüche als die der Ratte mit.

WEBSTER McPEEK wußte später nicht mehr, ob er die Schlange gehört hatte oder ob er unbewußt die Gefahr gespürt hatte. Er erwachte, richtete sich im Bett auf und sah im Lichtschimmer einer Straßenlaterne sofort und überdeutlich die Schlange. McPeek schrie laut und heiser auf, mit vor Furcht unkenntlicher Stimme. Seine Frau fuhr erschrocken hoch, und als sie die Schlange sah, stieß sie einen Schrei aus. Der lange, schlanke Schlangenleib schob sich vorwärts, und als McPeek klar wurde, daß die Schlange auf die offene Tür zum Kinderzimmer zuhielt, sprang er aus dem Bett und rannte ihr nach.

Doch die Kinder, die das Schreien geweckt hatte, erschienen schon mit angstvoll aufgerissenen Augen an der Tür. Die Schlange befand sich zwischen McPeek und den Kindern. Gestikulierend versuchte er ihnen klarzumachen, daß sie in ihr Zimmer zurückgehen sollten, aber sie rannten mit ausgestreckten Armen auf ihn zu. Da lief er ihnen blindlings entgegen, und seine Frau folgte ihm.

IM DUNKELN biß die Schlange in panischem Schrecken zu. Ihre Zähne gruben sich in die stoßenden Beine, die stampfenden Füße, die sie bedrohten. Immer wieder stieß sie zu, bis sie nicht mehr von Füßen und Beinen umgeben war. Dann richtete sie sich hoch auf und glitt rasch den Weg zurück, den sie gekommen war. Sie wand sich das Tischbein hinauf und schlüpfte wieder durch die Gitterstäbe.

Sie glitt über die Straße zum Park. Die Schuppen fest an die Erde gepreßt, den Körper in mächtige Windungen gebogen, so bewegte sie sich an der Mauer entlang, bis sic die Öffnung gefunden hatte, durch die die Ratte entschlüpft war. Im Park verschwand sie lautlos in hohem Gras und dichtem Gebüsch.

IN DER West-Side-Klinik war man die Anwesenheit von Polizisten zwar gewöhnt, doch eine solche Versammlung hoher Tiere wie jetzt im Wartezimmer hatte es hier noch nie gegeben. Es war halb sechs Uhr morgens, und die Gruppe war so überstürzt zusammengekommen, daß die meisten keine Zeit zum Rasieren gefunden hatten. Hauptkommissar Eastman hatte den ersten Anruf getätigt, der alles in Bewegung gebracht hatte. Denn sobald die Meldung eingegangen war, hatte er Polizeirat Scott angerufen, der seinerseits den Einsatzleiter der Spezialabteilungen verständigt hatte, zu denen auch die Funkstreife gehörte. Der Einsatzleiter hatte den Dezernatsleiter angerufen, und so war die Nachricht weiter vorgedrungen, über alle Dienstgrade bis zum Polizeipräsidenten persönlich.

In der Notaufnahme versuchten die Ärzte das Leben von Webster McPeek, seiner Frau Emily und den beiden Kindern – dem neunjährigen Webster und der sechsjährigen Charlene – zu retten. Allen war unmittelbar nach ihrer Einlieferung ein Serum gegen das Gift der Schwarzen Mamba gespritzt worden. Vater und Sohn schienen gut darauf zu reagieren, aber Mrs. McPeeks und Charlenes Leben hing an einem seidenen Faden.

Die hohen Polizeibeamten waren in ihre Besprechung vertieft. Schließlich stand der Einsatzleiter der Spezialabteilungen auf und nahm Polizeirat Scott beiseite. „Jetzt wird's ernst", sagte er. „Die Schlange beißt schon Leute außerhalb des Parks! Denken Sie mal an die Opfer von heute nacht: eine nette, liebenswerte Familie. Verstehen Sie, was ich meine?" „Ja. Das wird einen Sturm der Entrüstung geben." Der Einsatzleiter nickte. „Ihr Posten steht auf dem Spiel, Vincent. Sie haben achtundvierzig Stunden Zeit, die Schlange zu finden. Wenn das Ultimatum abgelaufen ist, landen Sie hinter irgendeinem miesen Schreibtisch. Jetzt wird keine Zeit mehr vertrödelt. Und der Befehl kommt von ganz oben."

WÄHREND diese Worte fielen, schrillte Converses Wecker. Beim Rasieren und Anziehen trank er eine Tasse Pulverkaffee, und bevor er ging, schaltete er die Klimaanlage ab. Ein Taxi brachte ihn zur Ecke 100. Straße und Central Park West. Er stieg an der Boys' Gate aus, nahm den Fangstock auf die Schulter und begab sich in den Park.

Der Himmel wurde schon heller, aber die Sonne war noch nicht aufgegangen. Es war nun der elfte oder zwölfte Tag der Hitzewelle – er hatte aufgehört, die Tage zu zählen –, und heute würde die Temperatur wieder auf fünfunddreißig Grad ansteigen.

Er schlenderte die Wege entlang und träumte von Holly Markham. Als er die erste Stelle erreicht hatte, die er an diesem Tag durchkämmen wollte – sie lag nicht weit von dem kurzen Weg (FÜR BESUCHER GESPERRT – ZUTRITT NUR FÜR POLIZEI), der die East Drive mit der West Drive verbindet –, ging die Sonne gerade über den Gebäuden der Fifth Avenue auf.

Vor ihm lag eine dicht bewachsene Mulde, in der Büsche, Schlingpflanzen und Unkraut wucherten, einige Bäume umgestürzt waren, und darüber erhob sich ein großer flacher Felsen. Ein herrlich bequemer Felsblock, dachte Converse, und er liegt genau da, wo eine Schwarze Mamba sich zu Hause fühlen könnte. Aber die gleichen Voraussetzungen hatten auch ein Dutzend anderer Gebiete, die er durchsucht hatte, gehabt.

Langsam ging er auf den Felsen zu, ängstlich darauf bedacht, keine

Schwingungen zu erzeugen, die eine Schlange „hören" könnte. Er kauerte sich hinter einen dichten Busch. Dort konnten ihn die scharfen Augen der Schlange nicht erspähen, es sei denn, er machte eine unvorsichtige Bewegung. Der obere Teil des Felsens war plötzlich in grelles Sonnenlicht getaucht. Converse schloß geblendet die Augen, und als er sie wieder öffnete, überstrahlte die Sonne den ganzen Felsen – für eine Schwarze Mamba ein verlockender Platz zum Aufwärmen.

Als er das Geräusch zum erstenmal hörte – oder *glaubte*, es gehört zu haben, vielleicht war es nur ein Wunschdenken –, hob er gespannt den Kopf. Nichts. Stille. Dann hörte er es wieder. Es war nur die Andeutung eines Raschelns, das aber nicht verstummte, und sein Herz begann fast schmerzhaft schnell zu pochen. Er wagte sich nicht zu rühren und horchte mit ungeheurer Konzentration, und schließlich war er seiner Sache sicher. Es war ein kaum wahrnehmbares Geräusch, und ein Laie hätte es vielleicht überhaupt nicht gehört oder es als bedeutungslos abgetan. Aber für einen Herpetologen war es einzigartig und unmißverständlich – ein unschuldiges Rascheln, fast wie der Klang eines Springseils, das durch Gras gezogen wird. Sein Herz hämmerte so stark, daß er einen Augenblick lang die unsinnige Angst hatte, der dünne Stoff seines T-shirts könne zerreißen.

Glück gehabt, dachte er frohlockend, als das Geräusch sich dem Felsen näherte. Nein – es war gar kein Glück, sondern eine Belohnung. Er hatte stets das Richtige getan, war geduldig und gewissenhaft vorgegangen, und deshalb hatte er früher oder später notgedrungen auf die Schlange stoßen müssen.

Bebend vor Erregung, spähte Converse auf den sonnenbeschienenen flachen Felsen, in der Gewißheit, binnen kurzem am Felsrand einen kleinen Kopf auftauchen zu sehen. Der Laut eines nachgezogenen Seils verstärkte sich, und er bereitete sich darauf vor, die Schlange zum erstenmal zu erblicken. Da verstummte das Geräusch.

DIE Schlange spürte die Schwingungen erst nur undeutlich. Unter dem Felsen hielt sie inne und hob wachsam den Kopf. Sie konnte nichts Bedrohliches sehen. Doch die beunruhigenden Vibrationen hörten nicht auf. Und plötzlich zitterte der Boden, wurden Blätter und kleine Steine aufgewirbelt, und ein starker Luftzug fegte über die Schlange hinweg. Sie fuhr herum und tauchte ins Dickicht. Sie zwängte sich durch das Gebüsch am Eingang zum Erdloch und glitt hinunter in die sichere Höhle.

ERST später gestand sich Converse ein, daß er es viel früher hätte hören müssen – aber seine Aufmerksamkeit war eben ganz auf den Felsen und das gleitende Geräusch gerichtet.

Als Blätter und kleine Steine aufflogen und Bäume und Büsche wie vom Sturm geschüttelt wurden, klang von oben ein lautes Dröhnen zu ihm herunter. Er schaute auf. Über ihn schwebte ein blau-weißer Polizeihubschrauber hinweg. Er flog so niedrig, daß er die Baumwipfel fast streifte. Converse ließ alle Vorsicht außer acht, sprang auf den flachen Felsen, schüttelte seine geballte Faust gegen den Hubschrauber und schrie: ,,Ihr Idioten! Ihr blöden, dämlichen Saboteure!''

DAS Central-Park-Polizeirevier summte vor Betriebsamkeit, als Converse dort ankam. Niemand schenkte ihm Beachtung, als er den Gang zum Büro des Revierleiters entlangeilte. Eastman warf ihm nur einen kurzen Blick zu. Er telefonierte gerade und besprach den Einsatz von Beamten aus anderen Revieren im Central Park. Er war unrasiert, sein Anzug war zerdrückt, die Augenlider geschwollen.

Als Eastman schließlich den Hörer auflegte, hatte sich Converses Zorn ein wenig gelegt. Trotzdem lauteten seine Begrüßungsworte: ,,Tja, Herr Kommissar, das haben Sie vermasselt.''

Eastman wirkte betroffen, sagte aber nichts.

,,Ein Hubschrauber!'' fuhr Converse fort. ,,Es wäre billiger gewesen, die Schlange telefonisch vorzuwarnen. Warum hat mir niemand was davon gesagt? Ich hätte erklären können, daß es so nicht geht. Sie haben versprochen, mir Zeit zu lassen.''

,,Wir haben jetzt keine Zeit mehr'', sagte Eastman. ,,Wissen Sie denn nicht Bescheid?'' fragte er, als ihm Converses Erstaunen auffiel.

Converse schüttelte den Kopf, und Eastman erzählte ihm von der McPeek-Familie. ,,Das kleine Mädchen ist vor ein paar Stunden gestorben. Der Zustand der Frau ist immer noch kritisch.''

,,Oh, mein Gott.'' Derartige Unfälle geschahen, wie Converse wußte, von Zeit zu Zeit in Afrika, wenn eine Schwarze Mamba ein Nagetier bis zu einem Haus verfolgte. Tränen traten ihm in die Augen. „Die Sache mit theoretischer Vorarbeit anzupacken, können wir uns zeitlich nicht mehr leisten", sagte Eastman. „Wir kommandieren jeden verfügbaren Mann in den Park ab, und wir kämmen die Häuser an der Straße durch, wo die Familie gebissen wurde. Deshalb haben wir auch den Hubschrauber losgeschickt."

„Es ist furchtbar", sagte Converse. Er fuhr sich über die Augen. „Aber es ist völlig sinnlos, einen Hubschrauber einzusetzen." Ihm fiel wieder ein, wie der Boden gezittert hatte, und abermals stieg Zorn in ihm auf. „Diese dämliche Maschine, genau in dem Augenblick, als die Schlange ... vielleicht rausgekommen wäre, um sich zu wärmen."

Fast hätte er sich verraten. War Eastman sein kurzes Zögern aufgefallen?

„Was ist heute morgen passiert?" fragte Eastman argwöhnisch. „Waren Sie ihr auf der Spur?"

„Wenn ich ihr auf der Spur gewesen wäre, hätte ich sie doch gesucht, nachdem der Hubschrauber weg war, oder nicht?"

Und genau das hätte er tun sollen. Er hätte in die Mulde hinuntergehen und sie so lange durchsuchen sollen, bis er die Schlange gefunden hatte. Statt dessen hatte er sich von seinem Zorn fortreißen lassen.

„Falls ich nämlich dahinterkomme", fuhr Eastman fort, „daß Sie die Schlange aufgespürt haben und es mir nicht sagen, prügle ich Ihnen die Seele aus dem Leib."

Ruhig antwortete Converse: „Regen Sie sich ab, Herr Kommissar, Sie reden ja wie ein altmodischer, hartgesottener Beamter. Ich weiß, Sie sind es nicht, aber –"

Die Hand, die er plötzlich auf seinem Nacken spürte, war wie aus Stahl. Converse befreite sich von ihr und drehte rasch den Kopf, um zu sehen, wem sie gehörte. „Raus mit Ihnen", sagte Polizeirat Scott. „Und lassen Sie sich hier nicht mehr blicken!"

CONVERSE schlenderte den Central Park West entlang und betastete von Zeit zu Zeit vorsichtig seinen Nacken. Seit seiner Kindheit hatte ihn niemand mehr so grob angefaßt, und nur die Tatsache, daß er Eastman angelogen hatte, kühlte seinen Zorn ein wenig. Er mochte

Eastman. Aber auch Eastman wollte wie alle andern die Schlange töten.

Er brauchte sich nicht zu beeilen. Er hatte vor, später, wenn die Polizei abgezogen war, in den Park zurückzukehren. Er wollte zur Mulde gehen und dort bleiben, bis er die Schwarze Mamba gefunden hatte. Er würde sie fangen, in den Kissenbezug stopfen und ... und was dann? Sie in den Bronx-Zoo schmuggeln und sie seinem alten Chef anvertrauen? Am liebsten hätte er sie Polizeirat Scott ins Hemd gesteckt.

Converse überquerte die Straße und bestieg einen Bus. Der Mann neben ihm hielt eine Zeitung in der Hand. Die Schlagzeile verkündete den Tod von Mrs. Emily McPeek. Converse liefen die Tränen übers Gesicht. Der Mann setzte sich auf einen anderen Platz.

DER Angriff der Schlange auf die McPeek-Familie bewegte die Stadt wie keiner der vorangegangenen Vorfälle. Die Tatsache, daß die Schlange in die Wohnung eines Opfers eingedrungen war, ließ die Wogen des Entsetzens hochschlagen.

An diesem Abend rief der Bürgermeister den Polizeipräsidenten an. „Die Schlange", sagte er, „sorgt nicht nur hier für Schlagzeilen. Die Hotels, Restaurants, Theater und Fluggesellschaften machen mich noch verrückt. Hunderte von Annullierungen. Wir brauchen die Touristen, Francis. Vernichten Sie die Schlange, bevor sie uns vernichtet."

8. Kapitel

GRAHAM BLACK gehörte zu den Puries. Ihm war wie den anderen Sektenmitgliedern eingeimpft worden, daß die Schlange als Symbol des Bösen verabscheuungswürdig und daher zu vernichten sei. Gerade stand er auf dem flachen Felsen und starrte in die Mulde hinab. Tiefe Schatten der Abenddämmerung und der drohende Hauch des Bösen lagen über ihr. Er war sicher, hier unten lauerte das Biest, der Gesandte des Teufels, dem seine Sekte den Krieg erklärt hatte.

Als er von dem Felsen stieg und ins Dunkel schritt, zitterte er vor Erwartung. Er bückte sich und schob die tiefhängenden Zweige eines Baumes beiseite.

DIE Schlange hatte nun, abermals einem drängenden Instinkt gehorchend, die Grenzen ihres Reviers festgelegt, das sie in Zukunft leidenschaftlich verteidigen würde. Von nun an sollte sie noch rascher als sonst auf Bedrohungen reagieren, würde sie noch reizbarer sein und geneigter, zuzubeißen. Sie zog sich daher, als sie das Auftreten von Füßen auf dem Boden spürte, nicht in ihre Höhle zurück, sondern zischte scharf, reckte den Kopf vor und riß den Rachen weit auf. Alle Kräfte waren zum Zustoßen angespannt.

GRAHAM BLACK starrte das leibhaftige Böse an, dessen Rachen bestürzend weit aufgerissen war und das sich zischend hin und her wiegte. Er überlegte, ob er nicht einfach auf das Biest zutreten, seinen schrecklichen Kopf packen und es erdrosseln sollte. Doch der starre Blick der Schlange war zwingend, schien ihn zu hypnotisieren, und er zögerte. Als er sich gerade umwenden und gehen wollte, kam auch die Schlange in Bewegung und glitt über das Laub auf ihn zu. Doch ihm fiel ein, was er gehört hatte: daß eine Schlange nur selten einen Menschen verfolgte und daß der Mensch ihr, falls sie ihn doch jagte, mühelos davonlaufen konnte.

Er wandte sich um und sprang in hohen Sätzen durch das Unterholz. Als er die Richtung zum Felsen einschlug, schaute er zurück. Die Schlange war ihm auf den Fersen und hatte aufgeholt; den Kopf schräg vorwärts geneigt, schoß sie dahin.

Graham Black blickte sich kein zweites Mal mehr um. Keuchend kletterte er zum Felsen hinauf. Er hatte ihn fast erreicht, als er den Biß an seiner rechten Wade spürte.

ALS Hauptkommissar Eastman in der East-Side-Klinik ankam, war das Wartezimmer voller Reporter. Mit seinem Ausweis schaffte er es, bis zur Notaufnahme vorzudringen, doch weiter kam er nicht. Die Schwester vor der Tür des Raumes, in dem die Ärzte sich um Graham Black bemühten, blieb unerbittlich.

Schließlich ging die Tür auf, und Dr. Shapiro kam heraus.

„Wie geht es ihm, Herr Doktor?" fragte Eastman.

„Er reagiert gut auf das Schlangenserum", antwortete Shapiro. „Wir glauben, er schafft es."

„Gott sei Dank", sagte Eastman. „Er kann uns sagen, wo die Schlange ist. Darf ich hineingehen und mit ihm reden?" Shapiro schüttelte den Kopf. „Nein. Er wird Ihnen sowieso nichts sagen. Er will nicht einmal mit uns reden. Er weigert sich, irgend jemandem etwas zu sagen, außer dem Anführer seiner Sekte, einem gewissen Hochwürden Sanctus Milanese."

Hochwürden Milaneses funkelnder Rolls-Royce fuhr die Auffahrt zur Notaufnahme hinauf und war schon von Reportern umringt, bevor er gehalten hatte. Kameras richteten sich durch die Fenster auf den Rücksitz des Wagens, doch das düstere Gesicht des Geistlichen, das der steife Kragen seines Gewandes halb verdeckte, war kaum zu erkennen.

Die Tür der Limousine ging auf, und als Hochwürden Milanese ausstieg, leuchtete das scharlachrote Futter seines Umhangs auf. Flankiert von zwei Leibwächtern, schritt er durch die Menge und verschwand in der Notaufnahme.

In der Kantine der Klinik saß Hauptkommissar Eastman vor einer Tasse Kaffee und starrte auf das Telefon neben der Kasse. Dr. Shapiro hatte ihm versprochen, ihn sofort anzurufen, wenn das Oberhaupt der Sekte erschienen war.

Als das Telefon läutete, reichte ihm die Kassiererin den Hörer. Hochwürden Milanese habe gerade die Notaufnahme verlassen, wurde ihm mitgeteilt.

„*Verlassen?*" brüllte Eastman und knallte den Hörer auf die Gabel. Er rannte die Stufen zum Wartezimmer hinauf.

Der Geistliche, von seinen Leibwächtern begleitet, stellte sich gerade den Journalisten, die ihn mit Fragen überhäuften: „Haben Sie mit ihm gesprochen?" „Was hat er Ihnen erzählt?" „Wissen Sie, wo die Schlange ist?"

Der Geistliche streckte die Hand abwehrend aus und bat um Ruhe. „Ich habe Graham Black gesehen und mit ihm gebetet."

„Ist das alles? Hat er denn gar nichts über die Schlange gesagt?" Milanese blickte den Sprecher an. „Graham Black hat mich dringend gebeten, die Aufgabe weiterzuführen, die uns auferlegt ist, das heißt, den Gesandten des Teufels zu vernichten. Ich habe ein Gelübde abgelegt, Maßnahmen zur Vernichtung der Schlange zu ergreifen."

Ein neuer Schwall von Fragen ergoß sich über ihn: „Was für Maßnahmen?" „Werden Sie der Polizei mitteilen, was Graham Black Ihnen anvertraut hat?" „Haben Sie die Absicht, das polizeiliche Verbot eigenmächtiger Aktionen zu mißachten?"

„Für uns sind die Verordnungen des Polizeipräsidenten nicht maßgebend. Wir gehorchen den Gesetzen Gottes."

Der Geistliche nickte seinen Leibwächtern zu, die ihm einen Weg durch die Menge zum Ausgang bahnten. Die Reporter folgten ihm und überboten sich mit Fragen. Ein Fernsehjournalist hielt ihm sein Mikrofon hin. „Hochwürden, wann werden Sie mit den Maßnahmen beginnen?"

Der Geistliche zögerte einen Augenblick und antwortete dann: „Morgen. Der Abgesandte Satans wird vernichtet werden."

Die Leibwächter bahnten dem Geistlichen einen Weg hinaus zur Einfahrt, und die Reporter drängten hinter ihnen her. Eastman durchschritt das leere Wartezimmer und die Notaufnahme. Im Korridor saß Shapiro auf einer Bettkante und baumelte mit den Beinen.

„Sie versprachen mir, mich anzurufen, sobald er hier auftaucht", sagte Eastman.

Mit einem bitteren Lächeln schaute Shapiro auf. „Diese Raufbolde von Leibwächtern sind einfach hereingestürmt und haben uns in eine Ecke gedrängt, um ungestört mit Black reden zu können. Ich hatte keine Möglichkeit, Sie anzurufen, ich war außer Gefecht gesetzt."

„Sah es so aus, als ob er den Patienten ausfragt?"

Shapiro nickte. „Er zeigte Graham Black ein Blatt Papier, vielleicht war's eine Landkarte, und er schaute sie an und zeigte etwas."

„Sie haben gar nichts von der Unterhaltung verstehen können?"

„Kein Wort. Sie haben geflüstert, und wir standen da drüben in der Ecke, vor uns diese Raufbolde, die uns drohend anstarrten. Ich schwöre Ihnen, sie riechen förmlich nach Gewalttätigkeit. Und das in einem Krankenhaus. In einem *Krankenhaus.*"

„Kann ich jetzt mit ihm sprechen?"

Shapiro zuckte die Achseln. „Warum nicht? Aber Sie werden nichts aus ihm herausbekommen. Er wird nicht mit Ihnen reden."

Die ganze Zeit, als Eastman im Zimmer war und sich über ihn beugte, starrte Graham Black zur Decke hinauf. Er schien weder Eastman selbst zur Kenntnis zu nehmen noch seine Worte.

Zwei Minuten später begleitete Shapiro Eastman hinaus. „Tut mir leid", sagte Shapiro, „aber ich hab's Ihnen ja gesagt."

ALS es Viertel vor acht war und Holly zu ihrer Verabredung um sieben Uhr noch immer nicht erschienen war, wußte Converse, daß dieser Tag – der mit dem Auftauchen des Hubschraubers begonnen und damit geendet hatte, daß Scott ihn beim Genick gepackt und hinausgeworfen hatte – eine einzige Katastrophe war.

Für kurze Zeit war er sicher gewesen, dem Tag doch noch eine freundliche Wendung geben zu können. Er hatte Holly in der Redaktion angerufen. Als er ihre Stimme hörte, sagte er: „Hier ist Mark Converse. Kann ich Sie heute abend sehen?"

„Ja, natürlich."

„Ich möchte Sie einfach sehen, ,brauchen' wäre heute wohl nicht der richtige Ausdruck."

„Ich möchte Sie auch sehen."

Sie hatten Zeit und Treffpunkt vereinbart. Das Restaurant in der Charles Street konnte er von seiner Wohnung in fünf Minuten zu Fuß erreichen; aus unerfindlichen Gründen nannte es sich der „Blaue Greif". Er setzte sich an die Bar und dachte sich zum Zeitvertreib passendere Namen aus, und so merkte er erst ziemlich spät, daß sie nicht pünktlich war.

Um halb acht beschloß er zu gehen. Eine halbe Stunde Verspätung ging zu weit; das verriet – wenn man es noch günstig auslegte – Gleichgültigkeit. Doch dann bestellte er sich noch einen weiteren Drink, weil die Hitze draußen nicht gerade zum Hinausgehen verlockte.

Plötzlich hörte er seinen Namen. Er wurde am Telefon verlangt. Er nahm sein Glas und betrat die Telefonzelle im hinteren Teil des Raumes. Es war Holly.

„. . . versucht, Sie zu erreichen, aber das Telefon war ständig besetzt. Ich hab in der Klinik nach Ihnen gesucht... Was sagten Sie?"

Er hatte nur vor sich hin gebrummt.

„Haben Sie denn keine Ahnung?" fragte sie. „Hat Kommissar Eastman Sie denn nicht angerufen?"

„Tot?"

„Er wird sich wieder erholen. Er gehört zu einer Sekte, den Puries, die die Schlange verfolgt. Warum hat man Ihnen denn nichts davon gesagt?"

„Man hat mich heute morgen gefeuert. Konnte er sprechen?"

„Gefeuert? Was meinen Sie damit? Wie ist das denn passiert?"

„Kommen Sie her", sagte er, „dann erzähle ich es Ihnen."

„Erzählen Sie's mir jetzt." Ihre Worte überschlugen sich. „Ich bin in der Redaktion und schreibe gerade meinen Artikel. Und das gehört dazu."

„Nein." Das zählt nicht, dachte er, das einzige, was zählt, ist, daß du so bald wie möglich herkommst.

„Wenn Sie es mir nicht erzählen wollen, muß ich Kommissar Eastman anrufen und ihn ausfragen."

„Was soll das heißen – *ich muß?*"

„Und dann dauert es noch länger, bis ich zu Ihnen kommen kann. Aber wenn Sie es mir jetzt gleich erzählen –"

„Es ist also eine Frage der Priorität, nicht wahr?" Er spielte mit seinem Glas. Sie schwieg. „Stimmt's?" fragte er.

„Seien Sie doch nicht so unvernünftig."

„Unvernünftig! Es geht also bloß darum, ob es unvernünftig ist, wie?" Er wartete. „So ist es doch, oder nicht?" Die Verbindung war unterbrochen, er legte auf.

CONVERSE stand am Schlafzimmerfenster seiner Wohnung. Mit selbstquälerischem Eifer zählte er die Unglücksfälle des heutigen Tages: der Hubschrauber, der Rausschmiß, Scotts Handgreiflichkeit, die Enttäuschung mit Holly und – warum hatte er das vergessen? – der gebissene Pury. Wenn er nach dem Zwischenfall mit dem Hubschrauber in die Mulde hinabgestiegen wäre, statt sich mit Eastman wie ein beleidigter Halbstarker herumzustreiten, hätte er weitere Unglücksfälle verhindern können. Es war ihm nie in den Sinn gekommen, daß noch jemand das Versteck der Schlange ausfindig machen könnte.

„Converse", sagte er laut, „du bist ein Mörder und ein Amateur."

Diese Selbstbeschuldigung war übertrieben. Das Sektenmitglied war am Leben geblieben, Gott sei Dank. Trotzdem hatte er selbst sich wie ein Idiot benommen. Er nahm sich vor, morgen früh, an einem neuen, ungetrübten Tag in den Park zu gehen, in die Mulde hinabzusteigen und diese verdammte Schlange ein für allemal zu fangen.

Er hatte es hier wirklich mit einer bemerkenswerten Schlange zu tun. Wie viele Menschen hatte sie getötet – vier, fünf? Er hatte von einer Schwarzen Mamba in Afrika gehört, die elf Menschen getötet hatte, bevor sie gefangen werden konnte. Ein Herpetologe hatte ihm von ihr erzählt und sie als bösartigen Einzelgänger bezeichnet.

Über die Schlange im Park mochte er ein so hartes Urteil nicht ohne weiteres fällen. Sie war reizbar, ja, aber aus gutem Grund. Schließlich befand sie sich in einem unbekannten Gebiet und fühlte sich ständig bedroht. Doch ob sie nun ein bösartiger Einzelgänger war oder einfach ein Tier, das seine Zuflucht instinktiv zur Selbstverteidigung nahm – die Schlange war auf jeden Fall ein kampflustiges Exemplar einer kampflustigen Gattung.

Er erinnerte sich an die Zeit als kleiner Junge; damals hatte seine Mutter ihn an Tagen, wo alles schiefging, einfach früher ins Bett gesteckt. Das wollte er heute von alleine tun: Er würde also schon um halb neun schlafen gehen und damit den Tag für beendet erklären. Niedergeschlagen ließ er sich aufs Bett fallen.

Lautes Klingeln weckte ihn. Er stand auf und tastete sich im Dunkeln ins Wohnzimmer. Er machte sich nicht die Mühe, erst zu fragen, wer draußen war, und öffnete die Tür. Es war Holly. Sie trug eine elegante gelbe Hose und eine hübsche Bluse. Er trug mehrfach geflickte Shorts.

„Ich war zuerst im ‚Blauen Greif‘", sagte sie, „weil ich dachte, Sie wären vielleicht noch da. Darf ich reinkommen?"

„Tut mir leid", antwortete er, „ich beantworte heute keine Fragen der Presse."

„Wie bitte?"

Er ließ sie herein. Sie durchschritt das dämmrige Zimmer. Er blieb an der Tür stehen und schaute ihr nach. Sie drehte sich um und sagte: „Etwas Licht könnte nicht schaden. Und kann ich was zu trinken haben?"

„Ich schenke keine Getränke an Reporter aus." Er war selbst von dem unnatürlichen Tonfall seiner Stimme überrascht. Sie klang erstickt. „Ich glaube, doch", sagte sie, ging auf ihn zu und lächelte ihn an.

HAUPTKOMMISSAR EASTMAN lag auf seinem Feldbett im Central-Park-Revier und wälzte sich in unruhigem Schlaf hin und her. Vor einigen Stunden hatte er an einer Versammlung beim Dezernatleiter teilgenommen. Der Dezernatleiter hatte gesagt, es bestehe kein Zweifel, daß Graham Black wisse, wo die Schlange sich aufhalte, und daß die Puries sich morgen, wie Hochwürden Milanese vorhergesagt hatte, auf die Suche machen würden. Deshalb sollte der Park eine Stunde vor Sonnenaufgang mit Polizeibeamten gespickt werden. Schon heute nacht waren die Streifen verstärkt worden; sie hatten den Befehl erhalten, jeden, der im Park herumlief, aufzugreifen und hinauszubefördern.

Eastman lag eine Weile im Halbschlaf. Plötzlich wachte er mit einem Ruck auf, als ihm sein Telefongespräch mit Holly Markham einfiel, die wissen wollte, warum man Converse hinausgeworfen hatte. Sie bedrängte ihn so mit Fragen, daß er schließlich vor Verzweiflung ihre kühnsten Erwartungen noch überbot, als er herausplatzte, Converse wisse, wo die Schlange sich verstecke. Doch als sie ihn nach Beweisen für diese Behauptung fragte, antwortete er, Beweise gebe es nicht, es sei nur eine Vermutung.

Aber Eastman war sicher, daß er recht hatte: Converse wußte wirklich Bescheid. Je länger er darüber nachdachte und sich auf der durchgelegenen Matratze herumwälzte, desto wütender wurde er. „Ich sollte eines tun", murmelte er, „zu ihm gehen und ihm so lange zusetzen, bis er mir sagt, wo die Schlange ist."

„ICH möchte dir ein Kompliment machen", sagte Converse. Holly lächelte. Sie konnte auf unzählige Arten lächeln, und jedes Lächeln war bezaubernd; jetzt lächelte sie nur andeutungsweise und wirkte noch geheimnisvoller und zärtlicher.

„Das Kompliment lautet: Du bist das intelligenteste Mädchen, das mir je begegnet ist."

Sie lachte. Dann zog sie ihn zu sich heran und küßte ihn. Ihre Hand fuhr zärtlich über seine Brust.

Sie küßten sich, doch plötzlich sagte Converse ernst, ja sogar besorgt: „Ich weiß, wo die Schwarze Mamba ist. Ich hätte sie heute morgen fangen können, sogar noch, nachdem der Hubschrauber sie vertrieben hat, aber ich habe es nicht getan. Und so fand sie der Pury und wurde gebissen. Es ist meine Schuld. Und morgen will die ganze Sekte nach ihr suchen, und vielleicht wird wieder jemand gebissen, vielleicht sogar noch heute nacht."

Er zog seine Schuhe an.

„Was hast du vor?"

„Ich werde die Schwarze Mamba fangen", sagte Converse, „bevor sie noch jemanden beißt."

„Mark, ich möchte nicht, daß du mich jetzt allein läßt. Ich möchte es wirklich nicht. Außerdem ist es nachts dort gefährlich!"

Eine Hupe ertönte. Converse ging zum Fenster und schaute hinaus. „Es ist Eastman", sagte er und rief hinunter: „Ich komme gleich!"

„Ich komme mit", sagte Holly.

„Auf keinen Fall."

„Hör mal, wenn du dich als Herpetologe gebärdest, kannst du mich nicht davon abhalten, mich als Reporterin aufzuführen, klar?"

SIE ist ein hübsches Mädchen, dachte Eastman. Und sie ist in Converse verliebt. Er verspürte Neid.

Converse, der seinen Schlangenfangstock und eine große Taschenlampe trug, blickte erstaunt auf das wartende Taxi. „Woher wußten Sie, daß ich mitkommen würde? Schließlich hat Ihr Boß mich heute morgen gefeuert."

„Ich bin ein ziemlich guter Menschenkenner." Sie stiegen ein, und Eastman fragte Holly: „Wo sollen wir Sie absetzen?"

Sie schüttelte den Kopf. „Ich gehe mit."

Eastman wollte protestieren. Converse unterbrach ihn: „Sparen Sie sich Ihre Worte, Herr Kommissar, ich hab schon alles versucht."

„Und wenn ihr was passiert?"

„Machen Sie sich keine Sorgen, ich pass' schon auf sie auf."

Der Fahrer schaute sich um. „Wohin fahren wir?" fragte Eastman.

„Zur Boys' Gate, 100. Straße und Central Park West", sagte Converse. Das Revier der Schlange lag zwar mehr auf der östlichen Seite des Parks, aber ihm war der Zugang von Westen her vertrauter. Das Taxi gelangte schnell zur 86. Straße, doch dann mußte es abbremsen und landete schließlich in einem langen Stau. „Was ist da los?" fragte Eastman den Fahrer. „Sehen Sie irgendwas?" „Feuerwehrwagen", sagte der Fahrer. „Feuerwehr- und Polizeiwagen." Eastman kurbelte das Fenster herunter, und ein schrilles Gemisch von alarmierenden Geräuschen drang herein: Feuerwehrsirenen, Polizeisirenen, Hupen. Er stieß die Tür auf und schaute über das Taxi hinweg.

„Der ganze Park steht in Flammen!" rief er.

9. Kapitel

DAS „Unternehmen Feuersäule" hatte Punkt Mitternacht begonnen, und da es in diesem Augenblick „morgen" geworden war, konnte niemand Hochwürden Milanese beschuldigen, falsches Zeugnis abgelegt zu haben.

An dem Unternehmen waren etwa sechzig schwarzgekleidete Puries beteiligt. Sie trugen acht Zwanzigliterkanister mit Benzin, waren mit Schaufeln, Äxten, Hacken, Harken, Baseballschlägern und grob zugehauenen Gabelstöcken bewaffnet.

Die Stellen, an denen die Puries die Polizei von ihrem Zielgebiet, das Graham Black auf der Karte genau hatte angeben können, ablenken wollten, lagen über den ganzen Park verstreut. Das Unternehmen wurde von dem Mann geleitet, der es bis ins letzte Detail geplant hatte, von Buckley Pell, einem ehemaligen Bootsmann des Marineinfanteriekorps. Nach seinem Ausscheiden aus dem Korps mit einer wenig ehrenvollen Entlassung wegen „Roheit" empfand Buck Pell Reue über seine zutiefst gottlose Vergangenheit und trat den Puries bei. Er wurde der Organisator und Anführer von Hochwürden Milaneses Leibwache.

Buck Pell hatte seine Leute bestens trainiert, und so lief auch alles wie am Schnürchen. Sämtliche Ablenkungstrupps waren bis spätestens fünf Minuten nach Mitternacht in ihren Gebieten eingetroffen. Sie tränkten den Boden, die Büsche und die unteren Zweige der Bäume mit Benzin, legten eine drei Meter lange, rasch brennende Lunte, die aus dem benzingetränkten Gebiet herausführte. Bis auf einen Mann zog sich der ganze Trupp dann in sichere Entfernung zurück. Um Punkt Viertel nach zwölf wurden an acht Stellen die Lunten entzündet.

ALS sie aus dem Taxi stiegen, rief der Fahrer: ,,He, Sie, und wer zahlt?" Und Eastman wußte, daß das an ihm hängenblieb. Schon deshalb, weil nur noch er dastand. Converse hatte sich bereits im Laufschritt davongemacht, und Holly war ihm auf den Fersen. Eastman knallte dem Fahrer ein paar Scheine hin und rannte los, doch bald war ihm klar, daß er Converse nicht einholen konnte.

An den Straßenkreuzungen herrschte ein Chaos. Überall standen Polizisten und versuchten heftig gestikulierend, Privatwagen vom Central Park West in Nebenstraßen umzuleiten. Das Ganze sah ziemlich hoffnungslos aus. Von überall her strömten Schaulustige mit ihrem unfehlbaren Gespür für Sensationen, um die katastrophale Lage zu genießen.

Im Park schossen gelbrote Flammen empor, und dichter schwarzer Rauch stieg zum dunkelgrauen Himmel auf.

BUCK PELL gab ein Zeichen und begann zu laufen. Sein Trupp folgte ihm, eine gespenstische Schar mit ihren Benzinkanistern, Schaufeln und Äxten. Vom Gehweg her waren sie nicht zu sehen, als sie durch dichtes Unterholz zu dem Felsen stapften, der wie ein Wahrzeichen aus der Mulde herausragte. Dort war Graham Black gebissen worden. Buck Pell deutete auf die Senke und ermahnte seine Leute flüsternd, vorsichtig zu sein, scharf aufzupassen, wo sie hintraten, und ja kein Benzin auf ihre Kleidung zu verschütten. Allen voran stieg er in die Mulde hinunter. Auch er trug einen Benzinkanister.

BEIM Laufen vernahm Converse hinter sich das Geräusch von Hollys Schritten. Sie lief leicht und regelmäßig. Obwohl es ihr offenbar nicht gelang, ihn einzuholen, hielt sie ihr Tempo doch recht gut.

Er konnte stolz sein – ein hübsches Mädchen mit einem bezaubernden Lächeln, das auch noch eine gute Läuferin war! Aber er lief ihretwegen nicht langsamer. Er stürmte vorwärts, unregelmäßig, aber unermüdlich, und nahm den Lärm der vorbeibrausenden Polizeiwagen und Feuerwehrautos, die Flammen und den Rauch, die den Park beherrschten, kaum wahr.

Als er sich einmal nach Holly umschaute, sah er verwundert, daß Eastman mit gesenktem Kopf verbissen hinter ihr her rannte. Eastman tat ihm leid, er war diesem Tempo nicht gewachsen. Die Boys' Gate war jetzt nur noch wenige hundert Meter entfernt. Als er sich abermals umschaute, war Eastman ziemlich weit zurückgefallen, und Holly war gar nicht mehr zu sehen. Das Bedauern, das er darüber empfand, wurde rasch von Erleichterung verdrängt. Er brauchte sich nun ihretwegen keine Sorgen mehr zu machen, konnte sich ganz darauf konzentrieren, die Schwarze Mamba zu fangen, bevor sie von einer Meute Verrückter erschlagen wurde.

Als Buck Pell seinen Benzinkanister geleert hatte, kümmerte er sich darum, daß die anderen Sektenmitglieder alles richtig machten. Er grinste vor sich hin.

Als er das „Unternehmen Feuersäule" zum erstenmal zur Sprache gebracht hatte, hatten einige eingewendet, das Grünzeug im Park würde nicht brennen. Das war ein weitverbreiteter Irrtum; er wußte, daß Benzin eine unglaubliche Hitze entwickelte, und diese würde das Grün so ausdörren, bis es nicht mehr grün war und wie Zunder brannte. Man brauchte ja nur die Feuer betrachten, die überall im Park loderten – all das war Grünzeug, und es brannte bestens.

Als alle Kanister geleert waren, schickte Buck Pell seinen Trupp zu dem großen Felsen zurück; er selbst legte unterdessen bereits die Zündschnur. „Paßt auf!" schrie er. „Ich zünde die Lunte jetzt an! Und wenn sie sich bis zum Benzin runtergefressen hat, gibt's ein Feuerwerk. Beobachtet die Flammen! Paßt auf, wie hell es hier gleich sein wird! Und wenn die Schlange da drunten ist, werdet ihr sie sehen. Schaut gut hin! Und wenn ihr sie seht, dann gebt Bescheid!"

Mit breitem Grinsen beugte sich Buck Pell über die Zündschnur und legte schützend eine Hand um sein Feuerzeug.

UNTEN in ihrem Erdloch spürte die Schlange die Vibrationen der Schritte. Lange Zeit stapften sie herum, sehr nahe bei der Höhle. Der Geruch, den die Schlange aufnahm, war schwer und fremdartig, und sie wurde unruhig. Dieser irritierende Geruch brachte die Schlange dazu, nachdem die Schritte sich entfernt hatten, zum zweiten Eingang des Erdlochs hinaufzugleiten und den Kopf hinauszustecken. Sie sah schattenhafte Gestalten auf dem Felsen. Eine Gestalt lief gerade auf den Felsen zu. Und auf dem Erdboden kam eine leuchtende, züngelnde Flamme immer näher. Die Schlange glitt aus der Höhle heraus und beobachtete, wie das leuchtende Ding auf sie zu kroch.

ALS Buck Pell die Zündschnur in Brand gesetzt hatte, rannte er zum Felsen zurück. Ein Pury streckte seine Hand aus und half ihm hinauf. Sekunden später loderte mit einem „Pfffft" eine Flammenwand auf.

Die Leute des Trupps beugten sich vor und hielten gespannt Ausschau. Plötzlich schrie einer: „Da ist sie!"

Flüchtig erkannte Buck Pell die Schlange, die sich hinter den Flammen befand. Sie bewegte sich mit großer Geschwindigkeit, und ihm wurde klar, daß die Flammen sie nicht verletzt hatten. „Los, Leute", schrie er, „hinter ihr her, laßt sie nicht entwischen!" Er rannte um die brennende Mulde herum, und seine Leute folgten ihm.

ALS Converse so weit vorne lag, daß Eastman ihn kaum noch erkennen konnte, schaute er sich um. Er vergewissert sich, ob er mich abgehängt hat, dachte Eastman, damit er bei dieser widerlichen Schlange den barmherzigen Samariter spielen kann. Keuchend raffte er sich zum Endspurt auf.

DIE Trupps verließen die acht Brandstellen, als das Feuer hoch zum Himmel schlug, und marschierten singend durch den Park. Als sie von der Polizei festgenommen wurden, leisteten sie keinen Widerstand.

Alle wurden zum Central-Park-Polizeirevier gebracht, wo man sie in polizeilichen Gewahrsam nahm, ihre Personalien notierte und ihre Fingerabdrücke nahm. Da das Central-Park-Revier keine Zellen besaß, wurden die Inhaftierten für den Rest der Nacht auf andere Polizeiwachen verteilt.

CONVERSE bog in den Park ein und sah das Flammenmeer und die dunklen Rauchsäulen im Osten. Ihm war sofort klar, daß die Puries das Gebiet, in dem die Schlange sich aufhielt, in Brand gesetzt hatten. Dennoch lief er weiter. War die Schlange nicht in den Flammen umgekommen, sondern ins Freie hinausgetrieben worden, so konnte sie ihren Verfolgern vielleicht entwischen. Wenn in Afrika zu bestimmten Jahreszeiten das verdorrte Gras angezündet wurde, überlebten Schwarze Mambas häufig, indem sie in einer Höhle unter einem abgestorbenen Baum blieben oder in einem verlassenen Ameisenhaufen Schutz suchten. Es war durchaus möglich, daß die Schlange ein solches Erdloch im Park gefunden hatte.

Als Converse nur noch wenige hundert Meter vom Revier der Schlange entfernt war, hörte er aufgeregte Stimmen. Er blieb stehen. Dann tauchten schwarzgekleidete Gestalten auf, die ihre behelfsmäßigen Waffen schwenkten. Er schaute ihnen nach. Die Art, wie sie zielbewußt dahinstürmten, legte den Gedanken nahe, daß sie die Schlange ausgeräuchert hatten und ihr auf der Spur waren.

Converse zögerte einen Augenblick, doch ein Gefühl sagte ihm, daß es richtig war, ihnen zu folgen. Er lief ihnen hinterher.

DIE Schlange kroch in dichtes Gebüsch, hielt dort inne und starrte auf die Lichter, die sie verfolgten. Plötzlich schien ihr eines der Lichter direkt in die Augen, und hinter ihm konnte sie eine Gestalt erkennen.

BILL HEXTALL sah die Schlange, als ihre Augen den Strahl seiner Taschenlampe reflektierten. Die Schlange war im Gebüsch verborgen, nur ihr Kopf und Hals ragten heraus. Als sie den Kopf zurückzog, stieß Hextall einen heiseren Schrei aus.

Die anderen Mitglieder des Trupps liefen zu ihm. Er deutete auf das Gebüsch, wo die Schlange aufgetaucht war, und ein halbes Dutzend Männer begann, das Dickicht mit Stöcken abzuklopfen. Dann entdeckte einer die Schlange, als sie über ein freies Stück Land in westliche Richtung schoß. Mit Geschrei machten sie sich an die Verfolgung.

Die Schlange floh vor den Menschen und schoß durch einen Parkeingang auf den Central Park West hinaus.

Ein eleganter Herr in hellem Leinenanzug und mit kakaobraunem Panamahut war der erste, der die Schlange auf der Straße bemerkte. Dieser Mann, der einen fast unmenschlichen Laut von sich gab – die ihn hörten, beschrieben diesen Ton als „Schrei eines Mannes, dem die Kehle durchgeschnitten wird" –, sah auch, daß die Schlange kehrtmachte und zu der schützenden Mauer zurückglitt.

Unzählige Menschen, die Schreie und Rufe gehört hatten, liefen von Norden und Süden am Central Park West zusammen. Hinter Buck Pell stürmte sein Trupp aus dem Park.

Die Schlange geriet in Panik, wandte sich von der Mauer ab und kroch zum Bordstein. Die Menge wich vor ihr zurück. Das gehetzte Tier nahm wieder Kurs auf den Parkeingang, doch dort versperrten ihr nun viele Gestalten den Weg. Sie wandte sich nach links, und die Gestalten bewegten sich mit ihr; sie wandte sich nach rechts, und die Gestalten folgten ihr auch dorthin. Da hielt sie an, rollte sich spiralenförmig zusammen, erhob den Kopf, stieß ein trockenes Zischen aus, riß den Rachen weit auf und schwang sich drohend hin und her.

Als Converse ans Ende des Parks gelangt war und mit einem Satz über die Mauer sprang, war die Schlange von schwarzgekleideten Männern umringt, hinter denen sich eine dichte Zuschauerkette gebildet hatte. Converse hielt den Fangstock hoch über seinem Kopf und versuchte, sich einen Weg durch die Menge zu bahnen – er rief und bat, arbeitete sich mit Schultern und Ellbogen vorwärts. Als er den Kopf hob, um Luft zu holen, erblickte er die blasse Holly, die zwischen anderen Menschen eingekeilt dastand.

„Kreist sie ein", schrie Buck Pell, „aber langsam und vorsichtig!"

Mit vorgestreckten Stöcken und Äxten schoben sich die Puries vorwärts und zogen den Kreis enger. Die Schlange wandte den Kopf und verfolgte zischend, mit starr hin und her ruckendem Oberkörper, ihre Bewegungen. Plötzlich sprang ein Schwarzgekleideter vorwärts, rannte auf die Schlange zu und schlug mit einer Schaufel auf sie ein.

„Tod dem Teufel!" schrie er.

Die Schlange fiel, sich windend, vornüber. Ein heiserer Schrei, halb Entsetzen, halb Jauchzen, stieg von der Menge auf. Schleppend schob sich die Schlange wieder vorwärts.

Buck Pell gab ein Zeichen, und seine Leute stürzten sich auf das Tier und schlugen mit ihren Waffen auf es ein. Die Schlange hob den Kopf und schnappte nach einem ihrer Peiniger, verfehlte aber ihr Ziel. Ein schwungvoller Schlag mit einem Rechen riß sie zu Boden; sie blutete. Sie rollte herum, kurz sah man ihre helle Bauchseite, bevor es ihr wieder gelang, sich umzudrehen. Als sie versuchte weiterzukriechen, trat Buck Pell mit hocherhobener Axt auf sie zu.

Converse kämpfte sich noch immer durch die Menschenmenge, als er sah, wie die Axt in schimmerndem Bogen erst aufwärts und dann abwärts sauste. Er hörte einen dumpfen Aufprall, und durch die Menschenmenge ging ein vielstimmiges Aufstöhnen, das wie ein plötzlicher Windstoß klang. Im gleichen Augenblick strömte die Menge zurück – sei es in ehrfürchtiger Scheu oder aus Ekel oder beidem –, flutete an ihm vorbei, bis er plötzlich in der vordersten Reihe stand.

Die Schwarze Mamba lag auf dem blutverschmierten Boden, und ihr Kopf war vom Rumpf getrennt.

EASTMAN sah, wie Polizisten mit Schutzhelmen eine keilförmige Formation bildeten und sich einen Weg durch die Menge bahnten. Falls sie die Absicht hatten, die Puries festzunehmen, mußten sie mit einem Krawall rechnen. Zwar hatte die Sekte den Park angezündet, aber schließlich hatte sie doch die Schlange getötet. Die schwarzgekleideten Männer waren die Helden des Tages, oder etwa nicht?

Wie ein Pfeil schoß ein Mann aus der Menge. Er schlug um sich, seine Miene war finster. Es war Converse, und er hatte noch immer seinen Schlangenfangstock bei sich. Einen Augenblick standen sie sich gegenüber.

Eastman wollte etwas sagen, aber Converse murmelte: ,,Bis später" und ging davon. Schlechter Verlierer, dachte Eastman.

MARVIN THURMAN, ein Fernsehreporter, der die Reaktionen des ,,Mannes auf der Straße" aufnahm, entdeckte zwei Blocks südlich von der Stelle, wo die Schlange getötet worden war, die Limousine des Polizeipräsidenten. Der Polizeipräsident und der Bürgermeister saßen in dem Wagen, der wegen der Menschenmassen, die durch die Straßen strömten, kaum vorwärts kam.

Thurman steckte sein Mikrofon durch das Fenster des Wagens und fragte: „Herr Bürgermeister, wissen Sie schon, daß die Schlange getötet worden ist?"

Auf dem blassen, unrasierten Gesicht des Bürgermeisters erschien ein Lächeln. „Wunderbar! Ich habe keinen Augenblick daran gezweifelt, daß die New Yorker Polizei auch diesmal wieder alle ihre Fähigkeiten unter Beweis stellen würde, um mit einem schwierigen, ja einzigartigen Problem fertigzuwerden." Er wandte sich zum Polizeipräsidenten. „Ich gratuliere Ihnen zu Ihren ausgezeichneten, unermüdlichen Männern, Herr Polizeipräsident."

Thurman verkniff es sich, den Bürgermeister aufzuklären, wer die Schlange getötet hatte, und fragte statt dessen: „Und was ist mit den Puries? Was geschieht mit ihnen?"

„Sie werden mit aller Härte des Gesetzes zur Verantwortung gezogen werden." Der Bürgermeister klopfte an die Wagenwand, wie um seine Worte zu unterstreichen. „Für Gesetzlosigkeit und Selbstjustiz ist in dieser großen Stadt kein Raum; diese Taten werden entsprechend geahndet."

„Ich verstehe", antwortete Thurman. „Gilt das auch für die Sektenmitglieder, die die Schlange getötet haben?"

Und mit seiner Kamera verewigte er den offenstehenden Mund des Bürgermeisters in Farbe für die Nachwelt.

Es könnte genausogut hellichter Tag sein, dachte Converse, als er den Central Park West südwärts ging. Es war zwei Uhr früh, und er hatte kein Ziel. Die Straßen waren voller Menschen, viele strömten zum Schauplatz hin, andere kehrten von dort zurück.

Noch immer waren die Straßen von Polizeiwagen, Feuerwehrwagen und Krankenwagen verstopft. Das Feuer hatte man nun offenbar unter Kontrolle, aber noch immer stieg aus dem Park Rauch auf. Für die sechs Feuerwehrmannschaften würde es eine lange Nacht werden. Noch vier Stunden nach dem Löschen des Feuers überprüften Feuerwehrleute die Brandstellen, durchkämmten das Unterholz, bis kein Funken mehr glimmte.

„He, Mark, warte doch."

Ihre Stimme klang atemlos. Ihr Gesicht war kreidebleich. Sicher hat sie mitangesehen, wie die Schwarze Mamba abgeschlachtet wurde, dachte Converse.

„Ich bekam vorhin Seitenstechen", sagte sie, „deswegen konnte ich dir nicht mehr folgen."

„So, hm..." Ihm war nicht nach Reden zumute, nicht einmal mit Holly.

Sie gingen langsam weiter.

Er schaute starr geradeaus, spürte aber, daß sie ihn bittend oder zumindest fragend anblickte.

Von Zeit zu Zeit berührten sich ihre Schultern. Dann nahm sie seine Hand. Er entzog sie ihr wieder.

„Na gut", sagte sie. „Soll ich gehen?"

Er zuckte die Achseln.

„Dein Achselzucken soll ich wohl nach Belieben deuten", sagte sie. „Also, ich deute es so: Du möchtest nicht, daß ich gehe, bist aber zu stolz, das zuzugeben. Nun gut, aber ich kann auch stolz sein, und wenn ich nicht bald eine Antwort bekomme –"

Da nahm er ihre Hand.

„Schon besser", sagte sie. „Aber sprich auch mit mir. Oder schau mich wenigstens an."

Zornig stieß er hervor: „Ich hätte sie fangen und in das Kissen stecken können. Es war nicht nötig, sie zu töten."

Sie schüttelte den Kopf. „Es war nötig. Das Volk schrie nach einer Hinrichtung, nach Katharsis."

„Sie haben sie brutal erschlagen." Er fluchte leise. „Verdammt! Sie sollen mir doch alle den Buckel runterrutschen! In Australien ist bestimmt alles viel besser."

„Australien? Das ist viel zu weit weg."

„Mit dem Flugzeug ist es doch keine Entfernung!" Er blickte sie an.

„Ich meine, zu weit weg von *mir*. Begreifst du wirklich nicht, was ich meine?"

„Ich bin doch nur ein paar Monate fort. Kannst du denn nicht so lange warten?"

„Ich könnte es versuchen, aber unser Jahrhundert ist so schnellebig. Niemand wartet mehr lange auf einen andern."

„Du bist unvernünftig", sagte er.

„Unvernünftig sein – genau darum geht es hier, du Schwachkopf."
Sie sah zornig aus, und in ihren Augen standen Tränen. Verdammt,
dachte Converse, ich kann mich nicht so schnell entscheiden. Ich brauche Zeit bis – sagen wir bis zur nächsten Laterne.

DIE Flammen waren über das Erdloch hinweggefegt und hatten die
Erde schwarz gebrannt. Sie hatten den umgestürzten Baum in Brand
gesetzt und auch das Dickicht über den beiden Eingängen versengt,
doch ins Innere waren sie nicht gedrungen, und wenn die Schlange in
der Höhle geblieben wäre, hätte sie vielleicht überlebt.

Im Frühling hatte sie sich an einer Brutstätte in der Nähe von Lubumbashi gepaart, und ihre Eier hatte sie vor drei Tagen in dem Erdloch in New York gelegt. Falls sie die Winterkälte überstanden und ge-
fräßigen Tieren entgingen, würden die Jungschlangen im nächsten
Frühling ausschlüpfen. Aus jedem Ei würde eine dreißig Zentimeter
lange Schwarze Mamba kriechen, die, von der Farbe abgesehen, der
ausgewachsenen Schlange vollkommen ähnelte. Alle würden auf der
Oberseite hellgrün, auf der Unterseite weiß sein. Ihre Angriffslust
würde – wie bei jungen Schlangen üblich – sehr ausgeprägt sein, und
ihr Gift konnte vom Tag des Ausschlüpfens an bereits eine große Ratte
töten.

Die jungen Schlangen würden sehr rasch ihre volle Länge von drei
bis dreieinhalb Metern erreichen. Doch schon lange vorher war ihr
Gift stark genug, einen Mann oder ein Pferd zu töten.

Die Eier waren weiß, oval und fast so groß wie Hühnereier. Es waren dreizehn.

John Godey

Wer anderes als ein echter New Yorker hätte diesen spannenden Thriller schreiben können? Und tatsächlich – John Godey ist „der geborene New Yorker". Er erblickte das Licht der Millionenstadt im Stadtteil Brooklyn, wuchs in der Bronx auf und lebte viele Jahre mitten in Manhattan.

Seine erfolgreichen Romane spielen stets in der Stadt, die er liebt. Erinnern Sie sich an *Abfahrt Pelham 1 Uhr 23*, die Geschichte der kaltblütigen Entführung eines New Yorker U-Bahn-Zuges? Schon dieser Bestseller, der 1974 in den Auswahlbüchern erschien, bewies, wie gut John Godey die einmalige New Yorker Atmosphäre einzufangen versteht.

Der tödliche Biß stellte den Autor allerdings vor Probleme. „Als ich den Roman konzipierte, hatte ich von Schlangen keine Ahnung", berichtet er. „Ich wußte noch nicht einmal, ob eine afrikanische Giftschlange im Central Park existieren kann. Deshalb besorgte ich mir alle erreichbaren Fachbücher und ließ mich außerdem noch von Herpetologen beraten."

John Godey lebt heute mit seiner Frau am westlichen Steilufer des Hudson im dreiunddreißigsten Stockwerk eines Hochhauses. „Der fabelhafte Blick von dort oben ist für jemanden wie mich, der viele Stunden am Schreibtisch verbringt, eine ideale Kulisse", meint John Godey. Über seinen nächsten Thriller will er nur eines verraten: Er spielt wieder in . . . New York.

EINE KURZFASSUNG
DES BUCHES VON

Arno Surminski

ILLUSTRATIONEN
VON WILLI GLASAUER

Kudenow

oder
**An fremden
Wassern
weinen**

Dezember 1946. Mutterseelenallein inmitten eines überfüllten Zuges rollt der zwölfjährige Kurt Marenke bei Nordhausen in Thüringen der Zonengrenze nach Niedersachsen entgegen. Erst an der letzten möglichen Bahnstation leert sich der Zug, und in Windeseile verschwinden die Reisenden ins Dunkel. Alle wollen sie sich in den Westen absetzen. Kurt, den seine Mutter auf der Flucht aus der ostpreußischen Heimat zurücklassen mußte, hat endlich eine Nachricht, daß sich der Rest seiner Familie nach Kudenow in Schleswig-Holstein durchschlagen konnte. Zwar kann der Junge Schleswig-Holstein und Schlesien noch nicht so recht auseinanderhalten, aber daß auch er jetzt in den Westen will, weiß er genau. So schließt er sich auf dem Marsch durchs Niemandsland einem über und über mit Gepäck beladenen Mann an, der einen sehr ortskundigen Eindruck macht. Doch weit kommen die beiden nicht. Schon nach wenigen hundert Metern werden sie von russischen Soldaten gestellt. Dadurch daß der Fremde die Russen mit vielen Worten hinhält, gibt er Kurt die Chance, seinen Weg in eine mehr als ungewisse Zukunft fortzusetzen.

DER Zug hielt auf jeder Station, aber niemand wollte aussteigen. Der Beamte eilte von Wagen zu Wagen und rief immer neue Ortsnamen in die Dunkelheit, aber die Fahrgäste blickten an ihm vorbei. Erst als er den Zug in die frühe Dämmerung des Dezemberabends abfahren ließ, löste sich die Spannung. Flüsternde Gespräche auf dem Gang; man schneuzte sich, hustete oder schloß die Augen.

Hinter Nordhausen kam endlich Leben in den Zug. Die Reisenden schulterten ihre Rucksäcke, hängten sich Pappkoffer wie kleine Serviertischchen um den Hals, zogen Fausthandschuhe an, griffen nach abgetragenen Hüten und weitgewanderten Krückstöcken. Wer die Zeit nicht abwarten konnte, ging hinaus in die Kälte, stand die letzten Kilometer der Reise auf der Plattform, dem Wind ausgesetzt, der Wasserdampf, vermischt mit Rauch, über die Wagendächer fegte.

Der Mann neben Kurt Marenke war seit Nordhausen damit beschäftigt, sich anzuziehen. Über eine grüne Joppe zog er einen grauen Militärmantel ohne Achselklappen, darüber noch einen grauen Militärmantel, schlang schließlich ein altes Wehrmachtskoppel um den Leib, einen Schal um den Hals, stülpte Ohrenschoner über, besaß aber keine Mütze...

„Gehst du auch rüber?" fragte der Fremde.

Ja, Kurt Marenke ging auch rüber.

„Dann halt dich an mich. Ich kenn mich aus in dieser Gegend."

Als der Zug sein Tempo verlangsamte, hielt es die Reisenden nicht mehr auf den Sitzen. Nur der Mann mit den beiden Militärmänteln blieb ruhig in seiner Ecke. „Wir haben Zeit genug", sagte er.

Auf der letzten aller Stationen sprangen die Türen auf, während der Zug im Schrittempo in den kleinen Bahnhof rollte. Zu beiden Seiten quoll es aus den Wagen auf den Schotter. Kurt hörte das scharrende Geräusch der Füße, klappernde Türen, dazwischen das Fauchen der Lokomotive, die Dampf abließ.

„Bleib sitzen!" sagte der Fremde und zog Kurt am Ärmel auf die Bank. Kurt blieb sitzen und beobachtete das Durcheinander auf dem kleinen Bahnhof. Die Menschen hasteten über die Gleise, um möglichst rasch die Dunkelheit zu erreichen, denn der einzige Bahnsteig war in gleißende Helle getaucht, sogar vom Dach des Bahnhofsgebäudes strahlten Scheinwerfer ins Land hinaus. „Von Stromsparen haben die noch nichts gehört", schimpfte der Fremde.

Hunde kläfften. Jemand schrie: „Halt! Stehenbleiben!"

„Ein paar erwischen sie immer", meinte der Fremde gelassen. „Aber die meisten kommen durch. Und wen sie erwischen, der versucht es nach einem halben Jahr wieder. Irgendwann schafft es jeder."

Ängstlich blickte Kurt zu ihm auf. Nein, lebensgefährlich ist das nicht. Zwar laufen sie mit abgerichteten Hunden durch die Gegend, bauen Sperren auf Straßen und Feldwegen, schießen zur Warnung auch mal in den Nachthimmel, aber niemals gezielt, denn der Krieg war schon lange vorbei.

Plötzlich warf sich der Mann auf den Boden und riß Kurt im Fallen mit auf das schmutzige Holz. „Maul halten!" Er preßte ihm die Hand vor das Gesicht.

Uniformierte näherten sich, leuchteten mit Taschenlampen in die Abteilfenster, schlugen Türen zu, entfernten sich, versammelten sich vor dem Fahrkartenschalter und knipsten endlich die Scheinwerfer aus. Nun durfte die Lokomotive die Wagen aus dem Lichtkreis der Laternen in die finstere Geborgenheit der Abstellgleise schieben. Als sie abgekoppelt hatte, sagte der Fremde: „Jetzt sind wir dran."

Sie erhoben sich. „Nimm dein Gepäck und komm hinterher! Zwei Meter Abstand, verstanden?" Kurt Marenke stand schlaksig vor dem fremden Mann, hatte beide Hände zum Wärmen in den Hosentaschen vergraben und wartete auf den Abmarsch.

„Hast du etwa kein Gepäck?" Der Fremde schüttelte ungläubig den Kopf. „Na, du bist vielleicht ein komischer Vogel."

Kurt gab keine Antwort. Er hielt es für einen großen Vorzug, ohne Gepäck zu reisen. Du kannst die Hände in den Hosentaschen wärmen, läufst schneller, verlierst nichts, wirst nicht bestohlen. Auch können sie dir nichts beschlagnahmen.

„Dann trag wenigstens meine Tasche", meinte der Fremde. Er

drückte Kurt eine Ledertasche in die Hand, richtig feines Friedensleder, keine Preßpappe, die im Regen aufweicht. Sie war prall gefüllt, aber handlich zu tragen.

Der Fremde warf sich einen Sack über die Schulter. Der sieht aus wie der Kohlenklau, dachte Kurt und gab sich Mühe, nicht zu lachen, denn er war froh, den Fremden gefunden zu haben. Als sie eine Viertelstunde gegangen waren, warf der Fremde seinen Sack auf die feuchte Erde. Es war Zeit zum Verschnaufen. Er fing an, das arme Deutschland zu beklagen, das so tief gesunken sei, daß er wie ein Räuber nachts durch die Landschaft schleichen müsse, um von Thüringen nach Hessen zu reisen.

„Das ist sozusagen Niemandsland", erklärte er. „Ungefähr drei Kilometer breit. Das meiste davon flacher Acker. Bei Tage kommt hier keiner durch, weil er meilenweit zu sehen ist. Wo willst du denn hin?"

„Nach Schlesien", antwortete Kurt.

Der Mann schüttelte heftig den Kopf. „Mensch, dann bist du hier auf dem falschen Dampfer. Schlesien liegt dort!" Er zog mit dem Arm einen Bogen durch den schwarzen Himmel und ließ das Ende in fünfhundert Kilometer Entfernung, weit hinter Berlin niedergehen. „Nach Schlesien fährt heutzutage kein Mensch. Schlesien gehört uns nicht mehr. Meinst du vielleicht Schleswig-Holstein?"

Ja, das war es. Kurt ärgerte sich, weil er immer wieder Schlesien mit Schleswig-Holstein verwechselte. Das klang so verteufelt ähnlich.

„Du hast wohl geschlafen in der Schule, als Schleswig-Holstein dran war", sagte der Fremde lachend.

Vor ihnen jagte eine Leuchtkugel in den Himmel. „Hinlegen!" befahl der Fremde und warf sich über seinen Sack. Kurt legte sich neben ihn in den Dreck, obwohl er wenig Sinn darin sah, denn die beiden russischen Soldaten, die auf dem Feldweg Patrouille gingen, kamen schon auf sie zu und ließen den Hund von der Leine.

Der Hund blieb unbeweglich vor dem Kohlenklausack stehen. Erst als die Soldaten näher kamen, begann er die beiden Menschen zu umkreisen. „Mitkommen!" sagte einer der Soldaten.

Der Fremde klopfte den Dreck aus seinen Militärmänteln. „Aber den Kleinen müßt ihr laufenlassen, Genossen. Den hab ich im Zug getroffen und versprochen rüberzubringen... Der will nach Hause...

damoi, damoi… zu seiner Mutter… Versteht ihr das?" Er redete gestikulierend auf die Soldaten ein. Plötzlich flüsterte er Kurt zu: „Hau
ab! Immer geradeaus. Hinter dem Waldstück liegt ein Dorf. Wenn du
das hast, bist du sicher." Er gab Kurt einen Schubs.

Kurt setzte sich in Bewegung. Vorsichtig entfernte er sich von der
Gruppe, spitzte beide Ohren, um den Halteruf des Postens nicht zu
überhören. Vielleicht schicken sie auch den Hund hinterher.

Aber nichts geschah. Hinter sich hörte Kurt das Palavern der drei
Männer. Als er dreißig Meter gegangen war, klickte das Halsband.
Die Soldaten nahmen den Hund an die Leine. Sie ließen Kurt gehen.

Erst viel später – Kurt hatte das Dorf schon erreicht – erschrak er
über die Tasche in seiner Hand. Er hatte sie vergessen, und der Fremde
auch. Im Niemandsland zwischen Nordhausen und Duderstadt war
Kurt Marenke wieder zu Gepäck gekommen. Das fing ja gut an.

ALS der Zug das Vorland des Harzes verließ, in die Norddeutsche
Tiefebene stürzte, den Regenschwaden entgegenstampfte, die Weser
und Elbe aufwärts zogen, als er mit halbstündiger Verspätung auf
Hannover zukroch, zwängte sich ein Schaffner durch die feuchte,
dampfende Menschenmasse, um die Fahrkarten zu kontrollieren, und
stand plötzlich vor Kurt.

„Wessen Junge ist das?" rief er über die Köpfe hinweg. Aber niemand meldete sich.

Kurt zog einen mit Schreibmaschine geschriebenen Brief aus der
Tasche. Am oberen Ende stand ein rotes Kreuz. Der Schaffner las und
schüttelte den Kopf. „Trotzdem, ohne Fahrkarte geht das nicht!"
meinte er.

Als sie in Hannover einliefen, holte er Kurt aus dem Zug, um ihn
dem Roten Kreuz im Bahnhofsbüro vorzustellen.

„Der Bengel fährt ohne Fahrkarte von Thüringen nach Schleswig-Holstein", sagte er. Mit diesen Worten trat er Kurt an eine grauhaarige Frau ab, die im Bahnhofsbüro des Roten Kreuzes eine
Schreibmaschine bediente. Die Frau las in Ruhe den Brief.

Sehr geehrter Herr Marenke, stand da. Ziemlich verrückt, einen
zwölfjährigen Jungen mit „Herrn" anzureden. Unter *Betr. Familienzusammenführung* teilte der Brief mit, cine Anna Marenke geborene

Podlich sei in Kudenow in Holstein gefunden worden. *Wenn es sich bei der Genannten um Ihre Mutter handeln sollte, nehmen Sie bitte Verbindung mit uns auf.*

„In solchen Fällen braucht kein Mensch schwarz über die Grenze zu gehen", meinte die Frau. „Für eine Familienzusammenführung hätten sie dir drüben eine Fahrkarte gegeben und sogar Lebensmittelmarken."

An diese Möglichkeit hatte Kurt überhaupt nicht gedacht. Als er den Brief bekommen hatte, war er losgelaufen, in den nächsten Zug gesprungen, um in jenes ferne Kudenow zu fahren, in dem seine Mutter lebte. Trotzdem: eine Fahrkarte mußte er haben. Die Deutsche Reichsbahn konnte nicht auf die vielen Ausreden eingehen, auf Liebe, Not, Einsamkeit, Heimweh oder was einen Menschen noch dazu treiben kann, ohne Fahrkarte durch Deutschland zu reisen.

Die Frau ging mit ihm zum Fahrkartenschalter, um auf Kosten des Roten Kreuzes eine Fahrkarte von Thüringen nach Schleswig-Holstein zu kaufen. Sie ließ auch nachsehen, ob Kudenow Bahnschluß besaß. Ja, da geht von Hamburg die S-Bahn nach Osten. In Tiefstaak steigst du in eine Kleinbahn um. Die fährt dicht an Kudenow vorbei. Die Frau verabschiedete sich und klopfte ihm freundlich auf die Schulter.

Stärker als Fahrkarten und Zugverbindungen beschäftigte Kurt das Hungergefühl, das ihn seit Seesen nicht mehr losließ. „Haben Sie nichts zu essen?" fragte er. An den Hunger hatte die Frau nicht gedacht. Sie lief zurück in ihr Büro und kam mit einem grauen Zettel wieder. Unter dem Stempel des Deutschen Roten Kreuzes stand: *Gebt dem Jungen was zu essen*.

„Damit gehst du in Hamburg zur Bahnhofsmission", sagte sie.

Sein Platz im Zug war futsch. Eine Frau hatte ihn eingenommen, die sich ängstigte, der Zug könne entgleisen. Das war doch alles Bruch mit der alten Deutschen Reichsbahn. Die überfüllten Züge, die vom Krieg verbogenen Schienenstränge, zugige Fenster, undichte Türen. Die Frau machte keine Anstalten, Kurts Platz zu räumen.

„Wohin fährst du, kleiner Schwarzfahrer?" fragte ein Beinamputierter, der es sich unter dem Schild *Nur für Schwerbeschädigte* bequem gemacht hatte.

„Zu meiner Mutter."

„Wenn du noch eine Mutter hast, dann danke Gott und sei zufrieden", deklamierte der Beinamputierte feierlich und lachte laut. Er fuhr mit sechs Hosenträgern aufs Land, um Kartoffeln einzutauschen. Denn es wird bald Weihnachten sein, und am Heiligabend brauchte er mindestens zwanzig Pellkartoffeln.

Hätte Kurt einen Sitzplatz gehabt, wäre jetzt Zeit gewesen, die erbeutete Tasche zu untersuchen. Sie war mit einem Bindfaden fest verknotet. Was mochte in der Tasche sein? Für Briketts oder Kartoffeln war sie zu leicht. Noch besser wären hundert amerikanische Zigaretten; auch an Lebensmittelkarten oder Rauchermarken wäre zu denken. Strümpfe, Handschuhe, Unterwäsche wären auch nicht schlecht. Die Aussicht, in der Tasche etwas zu finden, das gegen Pellkartoffeln eintauschbar wäre, beschäftigte Kurt bis Lüneburg. Aber er wagte nicht, die Tasche vor allen Menschen zu öffnen.

Reichlich zwei Stunden brauchte der Zug von Hannover nach Hamburg. Kurt stand da mit leerem Magen und preßte den Schädel gegen die gesplitterte Holzwand unterhalb des Gepäcknetzes, bis ihm schwarz vor Augen wurde. Sein letzter Gedanke war die Tasche. Dieses großartige Gepäckstück mit der Aussicht auf Berge von Pellkartoffeln durfte er nicht preisgeben. Als er ohnmächtig zusammenbrach, erhielt er einen Platz unter dem Schild *Nur für Schwerbeschädigte*.

HAMBURG war im Dezember 1946 keine Stadt, um anzukommen. Dem „Tor zur weiten Welt" fehlte das Licht. Von zehn Uhr in der Frühe bis fünfzehn Uhr nachmittags fuhren keine Straßenbahnen. Die Theater schlossen wegen Strommangels um neunzehn Uhr. Die Dunkelheit und der Hunger hielten den Trümmerhaufen an der Elbe besetzt. Hungerödem hieß die häufigste Diagnose, die die Ärzte auf Arbeitsunfähigkeitsatteste zu schreiben hatten. Am Baumwall gab es Hungerdemonstrationen der Hafenarbeiter mit Transparenten. *Erst satt essen, dann arbeiten! Die Schieber an den Galgen!*

Die Gefängnisse füllten sich mit Kohlenklauern. Von allen traurigen Figuren des Dritten Reiches hatte der Kohlenklau, der schreckliche Verschwender jener Energien, die für den Sieg gebraucht wurden, als einziger den Untergang überlebt und spukte nun nicht als Plakat, sondern leibhaftig durch die dunklen Dezembernächte und lauerte den Kohlenzügen aus dem Ruhrgebiet auf. Viertausendsechshundert Verhaftungen wegen Kohlendiebstahls in einer Woche. Als der Zug über die Elbbrücken rasselte, rüttelte der Beinamputierte Kurt wach. Kurt lief mit brummendem Schädel und leicht benommen in der regendurchlässigen Halle des Hauptbahnhofs umher und trug das Zettelchen des Deutschen Roten Kreuzes zur Bahnhofsmission, um einen Liter Steckrübensuppe in Empfang zu nehmen. Die unerwartet große Menge warmer Flüssigkeit tröstete ihn über den schlechten Eindruck hinweg, den diese Stadt machte. Vom Hafen wehten naßkalte Schwaden herüber.

Mit einem Liter Suppe im Bauch bekam Kurt Zeit, andere Gedanken zu denken. Kudenow zum Beispiel. Was mochte das sein? Eine Stadt oder ein Dorf? In Trümmern oder heil geblieben? Je länger er an Kudenow dachte, desto größer wurde seine Sehnsucht nach diesem Ort. In seiner Vorstellung wuchs Kudenow zu einer Oase der Wärme und Gemütlichkeit, ein Ort, an dem die Mutter wartete.

Und wieder kein Sitzplatz. In der S-Bahn nach Bergedorf saßen die Hafenarbeiter, die von der Frühschicht heimkehrten. Auf die paar Stunden kam es nun auch nicht mehr an. Wenn du fast zwei Jahre auf Reisen bist, bringst du die letzten Kilometer gern aufrecht stehend hinter dich.

„Kennen Sie Kudenow?" fragte Kurt den Arbeiter, der ihm am nächsten stand.

Der stieß seinen Nachbarn an. „Sag mal, kennst du Kudenow?" Der andere hörte den Namen zum erstenmal.

„Es muß in der Nähe Hamburgs sein", erklärte Kurt.

„Mensch, Junge, da draußen gibt es winzige Dörfer, in denen nur fünf Bauern leben. Solche Nester stehen auf keiner Landkarte."

Also winzig klein, dachte Kurt. Ein Ort, den keiner kennt. Wird kleiner sein als Kruglanken in Ostpreußen, kleiner auch als Golmsdorf in Thüringen, aus dem er vor zwei Tagen getürmt war. Für den Rest der Fahrt war Kurt mit seiner Mutter beschäftigt. Er sah sie zu Hause über den Hof laufen, am Küchenherd stehen, vor zwei Jahren zum letztenmal und doch so deutlich.

Zwischendurch las er den Brief. Ihm fiel auf, daß das Rote Kreuz

nur den Namen seiner Mutter erwähnte. Dabei gehörte auch ein Vater
zur Familie Marenke und seine große Schwester Ella.

In Tiefstaak mußte er umsteigen. Eine unbeleuchtete Kleinbahn be-
förderte ihn weiter, hielt auf kleinen Dorfbahnhöfen, die zum Verla-
den von Rüben und Kartoffeln bestimmt waren, aber nicht für den
Personenverkehr. Pferdefuhrwerke, nasse Pflastersteine, Wiesen, Äk-
ker, Wald... endlich Kudenow. Ein Kilometer Fußmarsch lag zwischen der Bahnstation und dem Dorf. Kurt trabte hinter einer Gruppe
von Männern her, die mit ihm aus der Stadt gekommen war. Schutt-
räumer aus den Trümmerstraßen Hamburgs. Die Landschaft flößte
ihm Furcht ein. Was ist das für ein Land, das im Dezember pausenlos
regnen läßt? Während um diese Zeit in Kruglanken die Schneeschan-
zen wuchsen und mildes Licht verbreiteten, blieben die Felder um Kudenow in farblose Düsternis gehüllt. Die endlosen Knicks neben den
aufgeweichten Feldwegen verdeckten die Weite. Das waren furchter-
regende schwarze Mauern aus Haselnuß- und Holunderbüschen, vom
ständigen Westwind nach Osten geneigt. Kein Vergleich mit den lieb-
lichen Hügeln Thüringens. Aber immerhin, es gab Wasser. Ein von
Schilf umstandener See, dahinter ein Waldstück mit hohen Buchen.
Weiträumig verstreut waren die Lichter des Dorfes. Das war kein Ort,
der sich furchtsam auf dem Haufen drängte. Es werden Bauernhöfe
sein, dachte Kurt, ein Gedanke, der ihn für den Rest des Weges mit
reichlich Kuhmilch und Kartoffeln, auch mit geschlachteten Schweinen und früchtetragenden Obstbäumen versorgte... was es alles so
gibt auf einem richtigen Bauernhof.

Endlich das Ortsschild: *Kudenow in Holstein*. Er überholte die Männer und fragte nach einer Frau Marenke. Nein, den Namen hatten sie
nicht gehört. Aber sie beratschlagten hin und her und kamen zu dem
Schluß, die Frau Marenke müsse in der Scheune leben. Fünfhundert
Meter geradeaus. Schräg gegenüber der Kirche liegt ein Bauernhof.
Da brauchst du nur nach der Flüchtlingsscheune zu fragen, die kennt
jeder.

Diese Erwartung! Hinter einem der fernen Lichtpunkte bereitete die
Mutter für Kurt das Abendessen. Er hatte es plötzlich eilig. Es lag an
den nassen Füßen, die er sich auf dem letzten Stück des Weges geholt
hatte, und am Hunger. Er hatte keinen Blick mehr für die Gehöfte zu

beiden Seiten der Dorfstraße, für die mit Stroh gedeckten Stallungen, die Lindenbäume, die in unregelmäßigen Abständen den Weg säumten. Er lief voraus, blickte kaum zur Kirche, die mit ihrem wuchtigen Ziegelturm Kudenow beherrschte. Er stolperte über Pflastersteine, erreichte den unbeleuchteten Tannenbaum vor dem Laden des Krämers Vagt... ach ja, bald ist Weihnachten.

Ein Radfahrer kam Kurt entgegen und leuchtete ihm mit einer Taschenlampe ins Gesicht. „Wenn du die Flüchtlingsscheune suchst, mien Jung, da, auf Kocks Hof, ist sie!"

Das also war der Hof des Bauern Kock. Das Bauernhaus, ein mächtiger Klotz, sah aus wie eine Burg. Drinnen brannte Licht. Aus allen Fenstern. Sogar der Kuhstall war hell erleuchtet. Auf dem Hofplatz Buschholz, zu hohen Bergen getürmt.

Der dunkle Klotz neben dem Kuhstall mußte die Scheune sein. „Tür zu!" schrie eine Frauenstimme aus dem Halbdunkel, als Kurt die Scheune betrat. Scheunen haben akkurat eingeteilte Fächer für Roggen, Gerste und Weizen, die von gekreuzten Balken begrenzt werden. Kurt erblickte Pferdedecken und aufgetrennte Kartoffelsäcke, die von den Balken hingen. Grenzmarkierungen zwischen mein und dein. Es waren richtige Buchten entstanden, für jede Familie eine geräumige Einzimmerwohnung mit viel Platz zum Atmen nach oben bis unter das Scheunendach. Reichlich Stroh für die Unterlage. In jede Bucht führte ein elektrisches Kabel, an dessen Ende eine nackte Glühbirne baumelte. Eine Wäscheleine lief quer durch die Scheune und endete vorn am Haupttor. Sie war schwer beladen mit Fußlappen, Socken, Hemden und Handtüchern. In der Mitte ein paar Bohnenstangen, die die Leine stützten. Nicht weit von Kurt entfernt lag die Kochecke. Von einem breiten Herd führte ein Rohr durch die Holzwand nach draußen. Wasser plätscherte, Kochgeschirre klapperten, zwei Frauen stritten um einen verbogenen Löffel.

Kurt hoffte, aus der Menschengruppe am Herd würde eine Gestalt heraustreten und sich als seine Mutter zu erkennen geben. Aber die Frauen, die Kartoffeln brieten und in ihrer Klunkersuppe rührten, nahmen keine Notiz von ihm. Zögernd ging er ins Innere und betrachtete ein Scheunenfach, das die Kinder als Spielecke benutzten. Juchzend sprangen sie von den hohen Balken ins Stroh. Seine Schwester

Ella war nicht dabei. Sie ist schon zu alt, um im Stroh zu spielen, dachte Kurt. Wo steckte seine Mutter! War sie weitergezogen? War er in ein falsches Kudenow geraten?

In diesem Augenblick kam ein alter Mann vorbei, der eine Mütze voll frisch gewaschener Pellkartoffeln zum Herd trug, um sie zu kochen. „Was stehst du hier rum, Jungche?" fragte er.

„Ich suche eine Frau Marenke."

„Ach, die Frau Marenke!" rief der alte Petschelies. „Die ist ausgezogen. Vor vierzehn Tagen ist sie befördert worden. Raus aus der Scheune und rein in Kocks Hühnerstall." Er führte Kurt auf den Hof, um ihm den Weg zum Hühnerstall zu zeigen.

Es war gar nicht so einfach, in den Hühnerstall reinzukommen. Die Tür besaß keinen Drücker, sondern nur eine Krampe, die von drinnen mit dem Daumen geöffnet und von draußen über den Haken gelegt wurde. Im Krieg war der Hühnerstall Wohnkammer für gefangene Polen, Franzosen gewesen, und nun die Flüchtlinge.

Endlich brachte Kurt die Tür hinter sich. Er sah seine Schwester Ella unter einer tiefhängenden Lampe an einem Kanonenofen stehen und Milchsuppe rühren. Er wollte etwas sagen, da erlosch das Licht, Stromsperre.

„Kurt ist da!" rief Ella in die Dunkelheit.

Er blieb an der Tür, starrte das Ofenrohr an, das in der Nähe des Austritts rötlich glühte. Im hinteren Teil des Hühnerstalls entstand eine Bewegung. Ein Schemel kippte um. Schlurfende Schritte. Das war seine Mutter. Sie schien zu weinen. Sie blieb neben dem glühenden Ofenrohr stehen. „Wo ist er denn, mein Kurt? Hol schnell eine Kerze, Ella, damit ich ihn sehen kann."

In zwei Jahren hat der Mensch Zeit genug, sich seine Heimkehr vorzustellen. Meistens sind es kindliche Gedanken – Kopf in den Schoß legen, gestreichelt werden, zur Mutter unter die Federn kriechen. Nun war der Tag endlich gekommen, aber Kurt dachte nur an warme, mehlige, geplatzte Pellkartoffeln. Er sah die Umrisse der Mutter. Er hatte sie größer und stattlicher in Erinnerung. Als ihre Hände über sein Gesicht glitten, spürte er die Kerben in den Fingern und Handballen. Einschnitte vom Kartoffelschälen und Brotschneiden. Kraterränder in einer verarbeiteten Landschaft.

Ella kam mit der Hindenburgkerze. „Ja, das ist unser Kurtchen!"
rief die Mutter. Als sie ihn an sich zog, ließ Kurt die Tasche fallen.
„Wie ist der kleine Bruder groß geworden", sagte Ella lachend.
„Hast du etwa schon einen Bart?" Sie leuchtete ihm ins Gesicht. Ihre
Hand fuhr über Kurts glattes Kinn. Ellas Hände waren weich und
warm.

„Mach dem Jungen etwas zu essen, Ella!"
Ja, die Mutter wußte, was Kurt fehlte. Essen ist das Wichtigste bei
einer solchen Heimkehr, Essen überbrückt Tränen und traurige Erinnerungen. Wie siehst du aus, Kurtchen?... Setz dich erst mal hin...
Ruh dich aus, Kurtchen... Hast du großen Hunger?...

Kurt hatte immer geglaubt, er würde wie ein Schloßhund heulen.
Aber die Augen gaben keinen Tropfen her. Er stand einfach rum wie
ein Fremder und blickte abwechselnd von der Mutter zu Ella.

Es gab literweise Milchsuppe, mit Sirup gesüßt und gebräunt. Und
dazu dicke Mehlklunkern. Kurt staunte. Das war ein Paradies in
Milch. Auf Kurts besonderen Wunsch kochte Ella Pellkartoffeln,
warme, mehlige, geplatzte Pellkartoffeln.

Die Mutter saß ihm gegenüber und sah zu, wie er Milchsuppe aß.
Während des Essens schob Kurt die nassen Füße näher an den glühenden Ofen, bis der Dampf aus den Socken aufstieg.

„Du hast ganz schöne Käsefüße", sagte Ella und zeigte auf die stinkenden Schuhe. Ihr zuliebe zog er Schuhe und Strümpfe aus, brachte
sie vor die Tür und saß mit nackten Füßen am Ofen.

Als er endlich satt war, kam ihm der Gedanke, zu seiner Mutter auf
den Schoß zu kriechen. So wie früher auf dem Schoß sitzen und die
Füße an den Ofen halten. Aber sicher war er dafür schon zu alt. Ella
würde ihn auslachen.

Als das elektrische Licht aufflammte, erschien alles so überdeutlich.
Die Mutter um Jahre gealtert, auch im Gesicht Kerben wie in den verarbeiteten Händen. Ella schon fast erwachsen mit Brüsten wie eine
richtige Frau. Eine kleine Schönheit, seine Schwester Ella. Keine
Zöpfe mehr, dafür leuchtende braune Augen. Grübchen im Gesicht.

Das Innere des Hühnerstalls gefiel Kurt auf Anhieb. Ein wurm-
stichiger Schrank. Zwei eiserne Bettgestelle mit Strohsäcken und
grauen Decken. Ein Wehrmachtsspind aus Sperrholz. Ein Garten-

tisch. An der Wand ein Kalender für das Jahr 1946. Auf dem Dezemberblatt ein Engel, der einen Tannenbaum umkreiste. Zwei Hocker. In der Ecke ein Marmeladeeimer, bis an den Rand mit Wasser gefüllt. Daneben eine Emailleschüssel. Am Schüsselrand hing ein Klacks grüner Seife. An der Wand ein graues Soldatenhandtuch mit der Aufschrift: *Heereszeugamt Glinde.* Auf einem Holzbord das Küchengeschirr. Dann kam der Kanonenofen. Dahinter eine mächtige Kiste mit Buschholz und Buchenkloben. An einem Nagel hingen Besen, Schrubber und Müllschaufel. Das war schon alles.

Ella räumte die Teller vom Tisch. „Was hast du uns mitgebracht, Kurtchen?" fragte sie und hob seine Tasche auf. Sie holte ein Küchenmesser und schnitt den Bindfaden durch, der die Tasche zusammenhielt. Dann ließ sie den Inhalt auf die Tischplatte regnen. Sprachlos starrten die drei Marenkes auf den Tisch. Orden und Ehrenzeichen in allen Größen und Farben. Das goldene Verwundetenabzeichen, silberne Nahkampfspangen, Panzersturmabzeichen, Gefreitenwinkel, Schulterklappen mit Totenkopfkokarde. Eine Armbinde mit dem Hakenkreuz, Fahrtenmesser, mehrere Koppelschlösser, reihenweise Eiserne Kreuze, eine richtige SA-Mütze, Abzeichen der Deutschen Winterhilfe. Sogar ein Ritterkreuz. Dazu fremde Orden. Dutzendweise rote Sterne der russischen Pelzmützen, amerikanische Sterne, britische Sterne. Ella faßte sich als erste und begann laut zu lachen.

„Das ist wertloser Plunder", sagte die Mutter. „Dafür kannst du dir nichts kaufen. Hoffentlich machen wir uns damit nicht strafbar."

Hastig sammelte Kurt den Ordenssegen wieder ein, stopfte ihn in die Tasche und knotete den Bindfaden drum. Er war entschlossen, das Gepäckstück nicht mehr aus der Hand zu geben.

Wo bringen wir dich unter, Kurt? Am liebsten wäre er zu seiner Mutter ins Bett gekrochen, aber ihr eigenes Bettgestell war zu schmal.

„Du mußt mit Ella schlafen", entschied die Mutter. Gut, das war ihm auch recht. Bevor Ella sich auszog, schaltete sie das Licht aus, denn sie war schon fünfzehn und fast erwachsen.

Kurt kroch zu seiner Schwester unter die Decke. Sie pustete ihm freundlich ins Ohr und strich ihm zärtlich mit der Hand übers Haar.

„Jetzt fehlt nur noch unser Bruno", fing die Mutter plötzlich an.

Ach ja, der große Bruder Bruno. Seit Oktober 1944 keine Nachricht mehr von ihm. Zuletzt an der Ostfront. Wo mag der jetzt stecken? „Wenn Bruno aus Gefangenschaft kommt, sind wir alle zusammen", meinte die Mutter.

„Und wo ist Vater?" fragte Kurt.

Er hörte, wie sich die Mutter im Bett hin und her wälzte. Ella stieß ihn an. „Danach darfst du sie nicht fragen", flüsterte sie. „Das regt die Mutter immer so auf."

„Wenn du größer bist, Kurtchen, werde ich dir alles erzählen", hörte er die Stimme der Mutter.

„Unser Vater ist nämlich tot", flüsterte Ella.

Kurt lag neben Ella und starrte zu dem immer noch glühenden Ofenrohr; er wunderte sich, warum seine Augen jede Feuchtigkeit verweigerten. Kann man Weinen verlernen? Er konnte nicht einschlafen, obwohl es warm war in Mutters Hühnerstall.

Nicht einmal ausschlafen konnte er. Um halb sieben kroch Ella über ihn hinweg aus dem Bett, rumorte mit der Waschschüssel, rüttelte den Rost des Kanonenofens, trug Asche auf den Hof und fachte die verborgene Glut zu neuem Feuer an. Ella mußte in die Schule.

Als sie gegangen war, hatte Kurt die Mutter für sich allein. Er lag im Bett und sah ihr zu. Bekleidet mit einem langen Unterrock, eilte sie geschäftig durch den Raum, stellte Kaffeewasser auf, legte Holz nach, fragte ihn, ob er gut geschlafen habe in der ersten Nacht im Hühnerstall und ob er den Rest Milchsuppe von gestern aufgewärmt essen wolle. Plötzlich trat sie an sein Bett.

„Weißt du", sagte sie, „es war nicht unsere Schuld, daß wir dich auf der Flucht verloren haben. Wir sind zurückgefahren, um dich zu holen, aber die Soldaten ließen uns nicht durch. Überall habe ich nach dir gefragt. Einer hat mir zur Antwort gegeben: ,Es laufen so viele herrenlose Kinder herum. Nehmen Sie sich doch eins!' Das hat er wirklich gesagt!"

Kurt streckte die Hand nach ihr aus. Er hätte es gern gesehen, wenn sie sich über ihn gebeugt hätte, um ihn aus dem Bett zu heben, wie früher, aber in diesem Augenblick begann vor dem Hühnerstall ein fürchterlicher Spektakel. Eine Art Häckselmaschine für Buschholz fing an, den großen Reisigberg aufzufressen, der auf dem Hofplatz lag.

„Das ist Trommel-Meiers Buschhacker", erklärte die Mutter und ging zum Tisch, um das Frühstück zuzubereiten.

Der Lärm unterbrach das Gespräch. Kurt zog sich an und nahm am Tisch Platz. Erst die Milchsuppe von gestern, dann klebriges Maisbrot mit viel Sirup und reichlich Quark. Zum Trinken konnte er wählen zwischen entrahmter Vollmilch und Hagebuttentee. Er entschied sich für entrahmte Vollmilch. Als er das Glas ansetzte, um zu trinken, verspürte er eine krabbelnde Bewegung unter dem linken Arm. War es möglich, daß in dieser zehnmal entlausten Wäsche immer noch versprengte Läuse lebten?

Er schlug auf den Arm, traf aber nicht. Das Ungeheuer kroch auf sein Handgelenk zu. Schämst du dich nicht, deiner Mutter Läuse in den Hühnerstall zu schleppen, Kurt?

„Warum zitterst du?" fragte die Mutter. „Du mußt mehr essen, damit du zu Kräften kommst, Kurtchen."

Er konnte nicht essen, weil er auf der Lauer lag. Er wartete, bis die Laus am Saum des Ärmels auftauchte und über den Daumenballen kroch. Nur nicht runterfallen. Die darf hier keine Zucht aufmachen in Mutters Hühnerstall. Er wartete, bis sie in die Reichweite seiner Finger kam, dann fuhr der Fingernagel in die Laus.

Erleichtert aß Kurt wieder Maisbrot, trank entrahmte Vollmilch, und sah der wilden Betriebsamkeit Trommel-Meiers zu. Im Krieg hatte er bei der Artillerie gedient.

„Das ist Bauer Kock", sagte die Mutter und zeigte auf eine untersetzte Gestalt neben dem Buschhacker. Ende Fünfzig vielleicht, mit einer Manchesterhose bekleidet. Gummistiefel und eine grüne Joppe, in deren Seitentaschen er die Hände zu vergraben pflegte, wenn er sie nicht zur Arbeit brauchte. Friedrich, genannt Fiete Kock, zweitgrößter Bauer von Kudenow. Herr der Burg, des Hofplatzes, der Flüchtlingsscheune und des Hühnerstalls.

„Wir müssen gleich zu ihm", schlug die Mutter vor. „Wenn er von anderen erfährt, daß du gekommen bist und ich dich aufgenommen habe, wird er böse."

Sie kämmte Kurts Haar. Du mußt ordentlich aussehen, wenn du dich dem Bauern vorstellst. Auch die Hände wurden gründlich mit grüner Seife gewaschen. Mit solchen Trauerrändern unter den Nägeln kannst du ihm nicht die Hand geben. Sind die Ohren auch sauber? Wie sieht der Hals aus? Schnaub vorher die Nase aus! Und gib immer schön Antwort, wenn er dich fragt.

Sie machten einen weiten Bogen um die gefräßige Maschine, damit ihnen die Holzstücke nicht um die Ohren flogen.

Knecht Stolten entdeckte sie als erster. Er nahm die Pfeife aus dem Mund und rief: „Wieder ein Neuer!"

Sie hielten sich abseits und warteten, bis Bauer Kock Zeit fand. „Ach, lieber Herr Kock!" Die Mutter versuchte, den Buschhacker zu überschreien. „Gestern abend habe ich meinen kleinen Jungen wiederbekommen. Da ist er."

Kurt staunte. Seine Mutter sprach fast hochdeutsch mit geringem ostpreußischem Akzent. So hatte er sie noch nie sprechen hören.

Bauer Kock klemmte die Daumen unter die Achselhöhlen und musterte den kleinen Marenke streng. Erbaut schien er nicht zu sein von seinem Anblick. „Nimmt das überhaupt kein Ende mit den Flüchtlingen? Gibt es immer noch welche in Ostpreußen?"

Für Kock kamen alle Flüchtlinge, auch Pommern und Schlesier, aus Ostpreußen... oder so aus der Gegend. Was östlich von Mecklenburg zu Hause war, erschien ihm eine Wichse, eine Mischung aus Polen und Deutschen mit asiatischem Einschlag.

„Gefällt es dir in Kudenow?!" schrie Kock über den lärmenden Buschhacker hinweg. Heftig nickte Kurt mit dem Kopf. „Kannst du schon deutsch reden?" wollte Kock wissen.

„Freilich kann ich das."

Da schlug der Bauer die Hände zusammen und fing an zu lachen.

„Mensch, wo kommst du her? Ist das sächsisch oder bayerisch? Freilich, hat er gesagt. Habt ihr das gehört?" Trommel-Meier und Knecht
Stolten grinsten. „Hör mal zu, mien Jung", sagte Bauer Kock. „Lern
du erst ordentlich Holsteiner Platt snacken. Dann kannst auch bei uns
bleiben." Kock machte eine Handbewegung, die das Gespräch beenden sollte. Erleichtert eilten sie dem Hühnerstall zu. Doch bevor sie die
Tür erreichten, ließ Kock den Buschhacker anhalten.

„Das wollt ich Ihnen noch sagen, Frau Marenke!" rief er über den
Hof. „Passen Sie ja auf, daß keine Läuse auf meinen Hof kommen.
Wer Läuse hat, fliegt raus!"

DIE Mutter bestand darauf, noch am gleichen Tage mit Kurt zum
Gemeindeamt zu gehen. Unterwegs zeigte sie ihm Kudenow. Da war
als erstes Kocks Altenteilerhaus neben der Burg, in dem Opa Kock
wohnte. Dann das Hofgebäude hinter der Kirche. „Dort wohnt der
größte Bauer von Kudenow. Im Dorf heißt er der deutsche Bauer."

„Warum das denn? Sind nicht alle Bauern in Kudenow Deutsche?"

„Doch, doch! Aber als im Mai 45 die Engländer einzogen, ging der
größte Bauer von Kudenow mit besoffenem Kopp auf einen Offizier
der königlich-britischen Armee zu und schrie: „Ich bin ein deutscher
Bauer auf deutscher Scholle! Und ihr verdammten Engländer habt mir
gar nichts zu sagen." Seitdem hieß er so.

Vor Krämer Vagt trafen sie eine Menschenschlange, die auf Salzhe-
ringe wartete. Vor Bäcker Sengelmann spielten Kinder und riefen
„Flüchtling! Flüchtling!", als Kurt mit seiner Mutter vorbeiging.

Die Mutter wollte Bürgermeister Petersen ihren Familienzuwachs
vorstellen, aber Petersen war nicht zu sprechen, weil er Mist auf seinen
Acker fuhr. Gemeindeschreiber Knaack trug Kurt in die Anwesen-
heitsliste von Kudenow ein und händigte die wichtigsten Papiere aus,
die es gab: Lebensmittelmarken.

Zum Weihnachtsfest, das erfuhr die Mutter bei diesem Besuch, wird
eine Sonderzuteilung Zigaretten aufgerufen, zwanzig Stück für Männer, zehn für Frauen, für Kinder keine. Die Mutter war hoch erfreut.
Für eine Schachtel Zigaretten gab es ein schönes Paar Wollstrümpfe
oder dicke Unterhosen. Auch Heringe ließen sich dagegen eintau-
schen.

Die Mutter mußte eine eidesstattliche Erklärung unterschreiben, in der sie schwor, daß Kurt Marenke ihr leibliches Kind sei. Denn nur leibliche Kinder erhielten eine Aufenthaltsgenehmigung für Kudenow. „Wir haben Zuzugssperre", sagte Schreiber Knaack streng. „Es kommen zu viele. Alle wollen aufs Land, weil sie denken, dort gibt es etwas zu essen. Aber Kudenow ist überfüllt."

Mit Kurts Lebensmittelmarken und dem Abschnitt *Sonderzuteilung Rauchwaren* verließen sie das Gemeindeamt. In heiterer Stimmung steuerte die Mutter auf das Büro der Deutschen Hilfsgemeinschaft zu, das sich im Horst-Wessel-Haus befand. Das Wessel-Lied *Die Fahne hoch* durfte natürlich nicht mehr gesungen werden. Doch seinen Namen hatte das 1935 errichtete Gebäude behalten.

In ihm verteilte ein wohlgenährter Mann namens Ernst Kasulki den Segen der Deutschen Hilfsgemeinschaft an die Armen. Kasulki war auch Flüchtling.

„Nun hab ich endlich meinen Jungen wieder, Kasulki! So, wie er da steht, ist er angekommen. Ohne Mantel, mit zerrissenen Schuhen, nichts im Bauch. Wenigstens eine Decke brauche ich, Kasulki, damit das Kind sich zudecken kann."

„Vor März kommen keine Decken."

„Aber im März ist der Winter vorbei", jammerte die Mutter. „Zwei Jahre lang hat das Kind gefroren, erst unter den Russen, dann bei den Polen. Auch in den vielen Lagern, immer nur gefroren!"

Kasulki riß die Tür zu seinem Vorratsraum auf und zeigte die leeren Regale.

„Das können Sie dem Jungen nicht antun!" schrie die Mutter. Sie fing an zu weinen. „Sie sind doch auch Flüchtling! Seien Sie doch ein Mensch, Kasulki!"

Der Mann blickte gelangweilt aus dem Fenster und zündete umständlich eine Zigarette an. Der Mutter fiel der Abschnitt *Sonderzuteilung Rauchwaren* ein. Sie holte den Papierfetzen aus der Handtasche und schob ihn Kasulki zu.

„Wenn schon keine Decke, dann haben Sie vielleicht etwas zu essen für das Kind", sagte sie mit neuer Hoffnung. „Da kommen doch ab und zu Pakete aus Amerika..."

Kasulki ließ die *Sonderzuteilung Rauchwaren* unter dem Schreibtisch verschwinden und fand ganz tief unten ein paar Dosen Erbsen aus amerikanischen Armeebeständen.

Draußen wischte sich die Mutter die Tränen aus den Augen. Sie war zufrieden. „Ich weiß genau, der Kerl hat Decken", sagte sie. „Aber der Kasulki gibt nur, wem er will."

Sie blieb vor dem Riesenfenster des Kaufmanns Schmidt – Schieber-Schmidt – stehen. „Zu dem brauchen wir gar nicht erst zu gehen", sagte sie. „Der hat sich gesundgestoßen an den armen Leuten."

Als die Mutter der Kudenower Schule zustrebte, widersprach Kurt zum erstenmal. „Aber du mußt vor Weihnachten in die Schule, Kurtchen! Am letzten Schultag ist eine Weihnachtsfeier. Da bekommen alle Schulkinder ein Päckchen Kakao, das die Engländer für die deutschen Kinder als Weihnachtsgeschenk gestiftet haben. Darauf willst du doch nicht verzichten!"

Also des Kakaos wegen zu Lehrer Peschka in die Schule. Peschka war auch Flüchtling. Wo sollte er den kleinen Marenke unterbringen? Als im Januar 1945 in Ostpreußen die Schule ausfiel, hatte Kurt die vierte Klasse besucht. Seinem Alter nach gehörte er jetzt in die sechste Klasse. Aber dazwischen war ein mächtiges Loch. Nur ein paar Brokken Russisch gelernt, polnisch fluchen, zwei ukrainische Volkslieder, deren Text er nicht verstand. Mehr hatte er nicht vorzuweisen. Peschka schickte ihn an die Tafel und ließ ihn den Satz schreiben: *Es ist schön, in Kudenow zu leben*.

Ein einfacher Satz, und doch zitterte die Mutter, ob Kurt ihn nach zwei Jahren schulfrei an die Tafel bringen würde. Er schaffte es. Peschka klopfte ihm anerkennend auf die Schulter und ordnete ihn in die fünfte Klasse der Volksschule Kudenow ein.

Auf dem Rückweg machte die Mutter einen Abstecher zum Kirchenbüro, um Pastor Thormählen mitzuteilen, daß der liebe Gott ihre Gebete erhört und den Jungen nach Hause geschickt habe. Ihr ging es aber vor allem um den großen Schrank im Kirchenbüro, in dem Thormählen die milden Gaben aufbewahrte, die ihm von Kirchengemeinden in Amerika, Schweden und der Schweiz geschickt wurden. Und richtig, in dem Schrank lag etwas für Kurt. Ein weißer Pullover aus Schafwolle, hergestellt in Schweden und dort ausgiebig getragen von einem Jungen in Kurts Alter, aber mit viel kürzeren Armen. Mehr als diesen Pullover hatte auch Thormählen nicht zu bieten. Als sie draußen waren, überlegte die Mutter, wo sie noch vorbeigehen könnten, um die Nachricht von der glücklichen Heimkehr ihres Jungen mit der Bitte um ein paar Pfund Mehl, brauchbare Straßenschuhe oder einen Knäuel Wolle zu verbinden. Da sah sie den Laden des Friseurmeisters Schnelle, und ihr fiel ein, daß Kurt noch vor Weihnachten zum Haarschneiden mußte. „Am besten, du erledigst das gleich, Kurtchen. Wenn du nach Hause kommst, heizen wir schön ein und machen es uns gemütlich", sagte sie. Damit ließ sie Kurt vor dem Friseurladen stehen.

Meister Schnelle wußte alles, hörte alles und konnte schweigen. An diesem Nachmittag störte das Schellen der Ladenbimmel drei Männer, die im rückwärtigen Raum Skat spielten. Die Tür stand offen. Da saß Schnelle in Vorhand, ihm gegenüber die dreckigen Stiefel des deutschen Bauern, mit dem Gesäß zu Kurt breit und ausladend Dorfpolizist Willers. Als vierter Mann spielte eine Flasche Aquavit mit.

„Du hast Kundschaft", knurrte der deutsche Bauer.

Meister Schnelle blickte zur Tür und rief verwundert: „Was ist das für einer? Den hab ich hier noch nie gesehen!" Die Skatrunde löste sich auf. Meister Schnelle holte Kurt vor den Haarschneidespiegel und schor ihm die Wolle vom Kopf. Dann bummelte Kurt nach Hause.

Die Burg des Bauern Kock, auf einer Anhöhe gelegen, überragte alles. Sie war breit und behäbig wie ein Kirchenschiff. Eine rote Wintersonne hing über dem Dach.

Als Kurt heimkehrte, rückte Trommel-Meier gerade mit seinem Buschhacker ab. Bauer Kock und Knecht Stolten gingen zum Vesperbrot in die Küche. Die Bäuerin setzte sich zu den Männern an den Tisch, die Köchin Ina trug auf.

Da sah Kock Kurt Marenke über den Hof schleichen. „Das ist der Neue", sagte er und zeigte zum Fenster. „Zwei Jahre ist kein Krieg mehr, aber mit den Flüchtlingen nimmt es kein Ende." Kock fing an zu rechnen. In der Scheune an die dreißig Menschen, im Hühnerstall die Marenke mit ihren beiden Küken, oben in der Burg auch noch eine Familie mit plärrenden Kindern. Zusammen waren es mehr als drei Dutzend. „Überall, wo du hintrampelst, sind Flüchtlinge. Wo soll das bloß hinführen?"

„Hör auf zu schimpfen, Vadder", sagte die Bäuerin. „Wer weiß, wie es unserem Gerhard geht."

„Nein, das ist zuviel! Die Flüchtlinge fressen unseren Kühen die Steckrüben weg. Und nachts schleichen sie in den Kuhstall, um die Kühe abzumelken. Letzte Woche haben sie die Kartoffelmiete aufgebuddelt."

„Vielleicht muß unser Gerhard auch so leben", sprach die Bäuerin leise. „Dabei ist seine Stube frei. Es steht alles noch so, wie er es verlassen hat. Er braucht nur zu kommen, der Gerhard."

„Melker Kassebohm soll ein Vorhängeschloß besorgen und an die Stalltür hängen!" schrie Kock. „Nun fang nicht wieder an zu heulen, Frau", brummte er, als er sah, wie die Bäuerin die Milch mit Tränen verdünnte. „Der Junge wird schon nach Hause kommen. Millionen sind noch in Gefangenschaft. Da ist unser Gerhard auch dabei."

Die Mutter hatte Wort gehalten. Warm und gemütlich war es im Hühnerstall. Zwei Brotschnitten mit Sirup hielt sie für ihn bereit. Dazu einen Topf Pfefferminztee. Die Pfefferminzblätter hatte Ella im Sommer auf den Beek-Wiesen gesammelt.

Als er fertig war, holte er die Tasche unter dem Bett hervor, schüttete den Inhalt auf den Fußboden und begann, Ordnung in die Orden und Ehrenzeichen zu bringen.

Ella ließ ihre Schularbeiten liegen und blickte die Mutter fragend an. Wie kann ein zwölfjähriger Junge in einer Zeit, in der es nur um Brot und Kartoffeln, um Brennholz und ein bißchen Schularbeiten ging, seelenruhig auf dem Fußboden sitzen und spielen? „Nirgends kann man hintreten, überall liegt das Blech herum!" schimpfte sie.

„Laß Kurtchen nur spielen", sagte die Mutter leise. Kurt fühlte, wie überflüssig er war mit seinen Orden. Er hielt es nicht für ausgeschlossen, daß Ella die Tasche eines Tages verschwinden lassen würde. Er mußte sie in Sicherheit bringen, ein Versteck suchen.

Als es dunkel war, schleppte er die Tasche auf den Hof. Er strebte dem Kuhstall zu und traf dort Melker Kassebohm, der laut pfeifend mit der Karre zum Misthaufen fuhr. Er kam mit seinen stinkenden Stiefeln näher und fragte Kurt, ob er der Bruder von Ella Marenke sei. Als er nickte, sagte Kassebohm: „Hoffentlich arbeitest du auch so tüchtig wie deine Schwester. Dann kann aus dir was werden."

„Kopp weg!" schrie eine Stimme über ihnen. Das war Knecht Stolten, der Heu für die Pferde durch die Bodenluke warf. Sechs große
Tiere. Keine reinrassigen Holsteiner, Hannoveraner oder Trakehner,
nur ein Sammelsurium dessen, was nützlich ist und den Pflug zieht.
Kurt beschloß, die Tasche in der Nähe des Pferdestalls zu verstek-
ken. Er kroch auf den Stallboden über den Pferdeboxen, wo zur Rechten stark riechender Rotklee, links weiches Heu von den Beek-Wiesen
lag. Ein großartiges Versteck, nicht nur für die Tasche, sondern auch
für Kurt. Ein Versteck mit Aussicht auf die Burg und die verstreuten
Dächer Kudenows, auch auf den mächtigen Ziegelturm der Kirche.
Viel Wärme stieg durch die Bodenluke in das Versteck, der Atem der
Kühe und der Ammoniakgeruch des Pferdemistes. Kurt wühlte sich
tief ins Heu und schloß die Augen. Die Tasche lag sicher unter seinem
Kopf.

Er war erleichtert und zufrieden, auch wenn er sich ein wenig fürchtete vor diesem Kudenow und seinem geregelten Leben. In den sta-
cheldrahtumzäunten Lagern, in Quarantänebaracken und verriegelten
Eisenbahnwaggons hatte er sich freier gefühlt. Es war die Freiheit dessen, um den sich keiner kümmert.

Als Kurt an der Altenteilerkate vorbeiging, klopfte Opa Kock mit
der Krücke gegen die Fensterscheibe. Der sitzt Stunde um Stunde am
Fenster seiner Strohdachkate, blickt über den Hof und auf die Dorfstraße, grüßt jeden Menschen, sogar die Flüchtlinge, manchmal auch
Kühe und Pferde. Opa Kock sieht und hört alles. „Moin! Moin!" ruft
er noch am Abend, und „Wie geit?" Opa Kock weiß, wie viele Milchkannen Kassebohm in die Meierei fährt und wie viele Strohballen Stolten den Pferden als Streu hinwirft. Der zählt jeden Tag die Eier, die
Kocks Hennen legen. Läuft ein Huhn gackernd über den Hof, legt Opa
Kock ein Streichholz auf die Fensterbank. Kommt Ina mit dem
Abendessen in die Kate, zählt er die Streichhölzer zusammen. Neunzehn Eier, sagt er ihr auf den Kopf zu, und Ina nickt zustimmend, während sie dem alten Mann ein mächtiges Tuch als Klackerbuschen vor
die Brust bindet.

Mit der Krücke winkend, forderte Opa Kock Kurt auf, ins Haus zu
kommen. Scheu betrat er die Altenteilerkate, das weißgetünchte
Häuschen mit den grünen Fensterläden und einer Außentreppe aus

Natursteinen, einer vergoldeten Türklinke, einem Flur mit knarrenden Dielen und ausgestopften Fasanenhähnen an den Wänden.

„Du bist neu auf unserem Hof." Opa Kock tippte mit der Krücke auf Kurts Bauch. „Ich seh es dir an. Und damit du gleich Bescheid weißt, will ich dir mal was verklaren. Was mein Hof ist, das heißt, eigentlich gehört er schon meinem Sohn Fiete, da wird nix nich geklaut! Wenn du unbedingt klauen mußt, gehst du woandershin. Hast du mich verstanden?"

Opa Kock ließ die Krücke sinken und steckte seine Pfeife an.

Er ging mit Kurt durch die Räume der Altenteilerkate und kletterte sogar die Treppe hinauf, um Kurt die geräumige Dachstube zu zeigen.

„Du denkst bestimmt: Wie kann es angehen, daß ein alter Mann wie ich allein in einem Haus wohnt, wo es so viele Fremde gibt, die keine Unterkunft haben? Das ist so: Wenn die Flüchtlinge erst im Haus drin sind, bekommst du sie nicht wieder raus. So sind die Gesetze heute. Aber wenn ich nicht mehr bin, will mein Sohn Fiete auch auf Altenteil gehen. Und dann kommt er nicht rein in die Altenteilerkate, weil die Flüchtlinge drinsitzen. Deshalb muß ich für ihn die Stellung halten. Ich war im Ersten Weltkrieg auch Soldat... Und den Ersten Weltkrieg haben wir auch verloren, aber es gab keine Flüchtlinge. Irgend etwas muß da nicht stimmen, daß diesmal so viele Flüchtlinge nach Holstein gekommen sind."

DIE Scheune war ein Ungeheuer aus Fichtenbrettern mit daumendicken Astlöchern, in denen Lumpen steckten, fünfundzwanzig Meter lang und fünfzehn Meter breit, am Giebel ein Riesenmaul von Scheunentor. „Geh bloß nicht in die Scheune", sagte die Mutter. „Die taugen alle nichts."

Sie erzählte von den keifenden Weibern, dem ständigen Geschrei der Kinder, vom Scheunentratsch und von den Verdächtigungen. Da gönnt einer dem anderen nicht das Schwarze unter dem Nagel. Kaum eine Woche, in der Dorfpolizist Willers nicht vorbeikommen mußte, um eine Schlägerei zu schlichten, Beleidigungen zu Protokoll zu nehmen oder nach Decken zu fahnden, die einem armen Teufel im Schlaf unter dem Hintern gestohlen wurden. „Ich bin so froh, daß wir aus der Scheune raus sind, Kurtchen!"

Schweigend hörte Kurt zu. Die Scheune war anziehend und absto-
ßend zugleich. Kurt umkreiste sie wie einen Ort, von dem Gefahr
drohte, der ihm aber trotzdem vertraut vorkam. Trotz ihrer beachtli-
chen Höhe und der frischen Luft stank die Scheune. Das kam von der
nassen Wäsche auf der Leine und dem Abwaschwasser in den Marme-
ladeeimern.

Durch die Ritzen der Bretterwand drang ständig Kindergeschrei.
Wenn es gar zu schlimm wurde, ging Bauer Kock zum Hundezwinger
und sagte: „Ajax, gib denen mal Bescheid!" Dann überbellte der Schä-
ferhund fünf Minuten lang den Lärm.

Im Innern der Scheune herrschte das Kauderwelsch aller Dialekte
des deutschen Ostens. Perunje aus Oberschlesien, der alte Petschelies
aus Ostpreußen, eine schweigsame Familie aus Pommern, Westpreußen in Gestalt eines Pferdehändlers, der mit selbstgeschnitzten Holz-
pferdchen handelte. Deutsche aus dem Warthegau, Deutsche aus Bes-
sarabien, Sudetendeutsche und Ungarndeutsche, Baltendeutsche.

Bei seinem Erkundungsgang um die Scheune traf Kurt den alten
Petschelies, der mit seiner Frau die Latrine reinigte.

„Komm ruhig dichter ran!" rief er. „Das stinkt auch nicht anders als
euer Dreck!" Kurt näherte sich vorsichtig dem Häuschen hinter der
Scheune, dem einzigen Bauwerk, das Kock nach dem Kriege auf seinem Hof errichtet hatte, ein schlichter, würfelähnlicher Holzkasten
mit einem Eimer unter der Brille und einem Luftloch in der Tür.

„Die Bauersfrau hat dafür gesorgt, daß wir Flüchtlinge einen Extra-
lokus bekommen", erklärte Petschelies. „Die größte Gefahr für die
Gesundheit kommt nämlich vom gemeinsamen Klosett, hat sie in einem Buch gelesen." Petschelies öffnete den Kasten und erklärte, wie
das Latrinenreinigen in der Scheune geregelt war. Jeden Tag mußte
der Eimer zum Misthaufen. Das ging der Reihe nach, jedes Scheunenfach kam dran. „Was meinst du, wie spaßig es aussieht, wenn unsere
Gräfin den Eimer trägt!" Der alte Mann blickte auf. „Da staunst du
wohl, was? Wir haben eine richtige Gräfin in der Scheune. Die ist aus
dem Baltikum."

Frau Petschelies schob einen dicken Knüppel unter den Henkel des
Latrineneimers.

„Na, Mutterke, dann wollen wir mal!" rief Petschelies und faßte das eine Ende des Knüppels. Sie hoben den Eimer heraus und trugen ihn durch die Scheune zum Misthaufen auf der anderen Seite.

Als sie mit der Arbeit fertig waren, sagte Petschelies zu Kurt: „Komm mit. Ich zeig dir unser Wunderschloß." Beim Betreten der Scheune hörte Kurt Musik. Eine Flöte übte *Ihr Kinderlein, kommet.*

„Wir haben nicht nur eine Gräfin in der Scheune, sondern auch einen Gebildeten, einen studierten Menschen aus Stargard in Pommern. Der hat früher nur mit dem Kopf gearbeitet. Und als er auf die Flucht ging, wußte er nichts Besseres mitzunehmen als die Flöte. Nun sitzt er da in Fach vier und gibt seinen Kindern Flötenunterricht."

Sie blickten in das Scheunenfach vier. Auf einem Strohsack saßen zwei kleine Mädchen und starrten abwesend in ein Notenheft. Hinter ihnen ein hagerer Mann mit Brille.

„Gebildete haben es in dieser Zeit besonders schwer", flüsterte Petschelies. „Weil die zwei linke Hände haben."

Der alte Mann nahm Kurt mit zum eigenen Fach Nummer sechs. Strohsäcke lagen reichlich herum. Ein Gartenstuhl wartete auf Besuch. Die Frau wusch sich die Hände. Anschließend holte sie heißes Wasser, das in der Kochecke der Scheune ständig bereitstand. Sie goß Lindenblütentee auf.

„Du hast noch in Ostpreußen gelebt, als der Krieg zu Ende war?" fragte sie plötzlich. „Erzähl uns, wie es dir ergangen ist. Wie sieht es aus zu Hause? Sind die Häuser alle verbrannt?"

„Nein, nicht alle." Kurt trank gerade ungesüßten Tee, als eine schrille Frauenstimme die Musik der Flötenkinder übertönte.

„Ich weiß genau, wer das war!" schrie die Stimme und drohte mit der Polizei.

„Das ist unsere Frau Nuschtnich", erklärte Petschelies grinsend. „Die tobt immer gleich so." Anklagend rannte die Frau mit einem dreckigen Kissenbezug durch die Scheune. Irgendein Ferkel war an der Wäscheleine entlanggegangen und hatte den frisch gewaschenen Bezug mit seinen Dreckshänden angefaßt.

„Eigentlich heißt sie Scherwat", flüsterte Petschelies, „aber die Scheune hat ihr den Spitznamen Nuschtnich gegeben, weil sie immer jammert: ‚Die Flüchtlinge haben rein nuscht nich.'"

Das war die höchste Form der Verneinung: rein nichts nicht.

„Ist es nicht schön, wieder bei der Mutter zu sein?" sagte Frau Petschelies und legte ihre Hand auf Kurts Kopf.

„Ja, die Marenkes haben das Große Los gezogen", behauptete Petschelies. „Raus aus der Scheune und rein in die schöne Wohnung im
Hühnerstall. Aber wenn du es genau wissen willst, mein Jungche, das
habt ihr nur deiner Schwester zu verdanken. Weil die Ella so unerhört
tüchtig ist, habt ihr den Hühnerstall bekommen."

Bei der Kartoffelernte hatte Ella geholfen. Sie hatte die Schule aus-
fallen lassen, weil Kocks Runkelrüben gezogen werden mußten. Ella
hatte das Holz für den Hühnerstall kleingeschlagen, und wenn die
Mutter Waschtag hatte, schleppte Ella zwanzig Marmeladeneimer
Wasser von der Hofpumpe zum Hühnerstall.

Kurt schlich aus der Scheune. Als er den Hühnerstall erreichte, kam
Ella aus der Schule. Noch vor dem Mittagessen fing sie an, Kocks Hof
zu fegen. Nur weil Sonnabend war und weil Bauer Kock hinter dem
Küchenfenster stand und zu Ina sagte: „Die kleine Marenke ist die
Tüchtigste von dem ganzen Gesindel."

Abends half sie Kassebohm beim Melken und trank sich nebenbei an
der warmen Kuhmilch satt. Als Lohn ließ Kassebohm Tag für Tag ein
paar Liter Milch in einer Kanne stehen, die Ella im Schutze der Dunkelheit aus dem Kuhstall holte. Niemand durfte es wissen.

„Kind, Kind, du hast überhaupt nichts von deiner Jugend", sagte die
Mutter an den Abenden, wenn Ella erschöpft über den Schularbeiten
einschlief. „Aber warte nur ab. Wenn wir wieder zu Hause sind, wird
alles, alles besser."

Es WAR der letzte Schultag vor den Weihnachtsferien. Bevor Ella zur
Schule ging, sagte sie am Frühstückstisch: „Kurt muß ein eigenes Bett
haben. Der ist ein richtiger Mann." Er hatte gefroren und war im
Schlaf nahe an sie herangekrochen.

Also ausquartiert aus Ellas warmem Bett. Die Mutter kam auf den
Gedanken, zwei Kartoffelsäcke zusammenzunähen und mit Stroh zu
füllen. Das wäre eine brauchbare Matratze. Am besten schlagen wir
Kurts Nachtlager in der Ecke auf, wo Schrubber und Besen hängen.
Womit decken wir dich zu, Kurtchen? Bis die Deutsche Hilfsgemein-
schaft Decken hereinbekommt, tun es vielleicht die Jacken und Mäntel

der Familie Marenke. Wenn du mit dem Kopf zur Tür liegst, kommen die Füße dicht an den Kanonenofen. Das ist der wärmste Platz im Hühnerstall. Ja, so läßt es sich aushalten.

Der Rausschmiß aus Ellas Bett war die einzige Unannehmlichkeit des Tages. Danach gab es nur noch Gutes, denn die Schulkinder von Kudenow feierten Weihnachten im Wallensteiner Hof. Auch die Eltern waren eingeladen.

Der Wallensteiner Hof war ein hundert Jahre alter Fachwerkbau. Im Anbau befand sich der längliche Saal mit Bühne und dunkelblauem Vorhang. Weihnachtsbäume vor der Tür, Weihnachtsbäume auch auf der Bühne. Im Hintergrund, versteckt im Tannengrün, ein Klavier. Ein zwölfjähriges Mädchen aus Breslau sagte ein Weihnachtsgedicht in Holsteiner Platt auf. Es folgte ein Märchenspiel mit Zwergen für die Kleinsten. Die Wichtelmänner trugen Masken, aus denen als Nase eine echte Mohrrübe ragte, die nach der Vorstellung aufgegessen werden durfte.

Die feierliche Ansprache an die Eltern und Kinder von Kudenow hielt August Kallweit, der einzige Flüchtling in Kudenow, der ordentlich reden konnte. Zum Schluß kam endlich der Weihnachtsmann; das war Kirchendiener Zingelmann in gehöriger Verkleidung. Jedes Kind, ob Flüchtling oder Einheimischer, bekam einen Riegel Blockschokolade und eine Tüte Puddingpulver.

Weihnachten 46 war kalt, weit unter null Grad. Am 24. nachmittags fiel der Strom aus. Ella kam schon um halb sieben vom Melken zurück in den Hühnerstall und brachte mehr Milch mit als an anderen Tagen.

„Haben wir keinen Tannenbaum?" fragte Kurt.

Daran hatte niemand gedacht, nicht einmal Ella; denn Tannenbäume kann man nicht essen, die stehen nur so herum.

„Du hättest ja einen holen können", meinte Ella bissig.

„Unser Bruno hätte uns einen schönen Tannenbaum besorgt", sagte die Mutter mehr zu sich als zu den Kindern.

Kurt nahm sich vor, für künftige Weihnachtsfeste Berge von Tannenbäumen zu beschaffen, so viel die Mutter wollte. Er lebte erst ein paar Tage in Kudenow, aber in der kurzen Zeit war ihm klargeworden, daß er nicht zu seiner Mutter heimgekehrt war, um Kind zu spielen.

Ella zündete die Hindenburgkerzen an, die auf der Fensterbank standen. Fünf Stück, die reinste Verschwendung.

„Viele Geschenke gibt es nicht", sagte die Mutter. Dabei war es eine ganze Menge, was sie im Laufe des Jahres zusammengeschleppt hatte. Eine Schürze voller Äpfel, von wilden Bäumen im Knick gepflückt und für Weihnachten auf dem Schrank verwahrt. Sie waren zwar nur gebraten und mit Sirup bekleckert genießbar, aber doch richtige Weihnachtsäpfel. Auch ein Beutel mit Haselnüssen tauchte auf, die Ella im Knick geerntet hatte. Schließlich Pfefferkuchen wie zu Hause, dazu eine Kaffeetorte, aus Kaffee-Ersatz-Pulver gebacken und mit Vanillepudding garniert. Marzipanersatz, zusammengemischt aus Grieß, Puderzucker und Mandelöl. Zum Wärmen gab es Ersatz-Glühwein aus Holunderbeersaft. Ersatz-Weihnachten. Ersatz-Zuhause.

„Wer weiß, wo unser Bruno Weihnachten feiert...", sagte die Mutter plötzlich. „Manchmal denke ich, Bruno ist schon zu Hause in Kruglanken. Der ist gar nicht erst in den Westen gekommen, sondern gleich aus der Gefangenschaft nach Hause gegangen. Da sitzt er nun und wartet auf uns. Und wir treiben uns in der Weltgeschichte herum."

Die Mutter kam nicht zur Ruhe. Sie saß, die Hände im Schoß, auf einem Stuhl zwischen Kanonenofen und Fenster und erzählte. Meistens von Bruno. Wenn der nach Hause kommt, fängt das Paradies an. Zweiundzwanzig Jahre ist er alt, in der besten Kraft der Jugend. Er wird zur Arbeit gehen und so reichlich Essen heranschaffen, daß alle Marenkes satt werden. „Vor zwei Jahren hat er zuletzt geschrieben. Erinnert ihr euch noch daran, Kinder? Damals war er in dem Gebirge hinter Polen. Und wir lebten noch zu Hause... Denkt ihr überhaupt noch an zu Hause, Kinder? Am Weihnachtsmorgen sind wir mit dem Schlitten in die Kirche gefahren. Kein Schmuddelwetter wie hier in Holstein, sondern herrliche, trockene Luft. Die Glocken am Pferdegeschirr bimmelten."

Die große Angst der Mutter war es, die Kinder könnten die Heimat vergessen, könnten sich wohl fühlen in diesem Kudenow und eines Tages nicht zurückwollen, wenn die große Fanfare zur Heimkehr ertönte. „Wenn wieder Weihnachten ist, sind wir zu Hause", behauptete sie zuversichtlich. „Die können uns nicht ewig wie Zigeuner durch die Welt ziehen lassen. Die Russen und die Polen können das viele deutsche Land überhaupt nicht bewirtschaften. Die brauchen uns, sonst verfallen die Höfe, und die Felder verwildern." „Hör endlich auf, von früher zu reden", mischte sich Ella ein. „Davon wird es auch nicht besser." Sie saß am Fenster und blickte zur Burg, die verschwenderisch in das weihnachtliche Dunkel leuchtete. Vom Hühnerstall aus war der Weihnachtsbaum in der guten Stube des Bauern Kock deutlich zu erkennen. Das Licht der Kerzen fiel auf den Hof.

„Da prassen sie wieder", meinte die Mutter. „Drei Enten hat sie geschlachtet. Das Blut hätte sie uns für Schwarzsauer geben können. Aber sie haben einen Kopf aus Holz und ein Herz aus Stein, diese Holsteiner. Wenigstens euch Kindern hätte der Kock etwas schenken können." Die Mutter dachte nur an Ella und Kurt, nicht an das Dutzend in der Scheune. Aber wenn Bauer Kock zu schenken anfängt, muß er denen in der Scheune auch etwas geben, und in dieser Flut des Elends fand man kein Ende mit den Weihnachtsgeschenken, und deshalb ließ Kock es lieber ganz.

In der Burg fingen sie an zu singen. *Stille Nacht*. Bauer Kocks Stimme voneweg, dahinter der brummende Opa Kock, etwas schrill die Bäuerin, verhaltener Ina, die Köksch. Melker Kassebohm machte nur die Mundbewegungen mit; dafür sang Knecht Stolten um so lauter.

Die Scheune sang *O du fröhliche*, mit fünfzehn Sängern, die Kinder nicht mitgerechnet. Außerdem eine Flöte zur Begleitung.

Kurt rannte über die gefrorenen Pfützen des Hofplatzes zur Scheune und stand staunend vor der mächtigen Fichte, die der alte Petschelies auf seinem Handwagen zusammen mit dem gebildeten Menschen aus dem Kudenower Wald geholt hatte. Ein Weihnachtsbaum ohne Kerzen, weil so etwas feuergefährlich ist in der Scheune. Im Vordergrund sah Kurt den Gebildeten steif und feierlich mit funkelnden Brillengläsern den Gesang dirigieren, die Kinder im Halbkreis. Aus den Scheunenfächern blickten die Gesichter der Alten.

Nach dem Gottesdienst zum Heiligen Abend kam Pastor Thormählen auf Kocks Hof, ein gewaltiger Kerl, mehr Bauer als Kirchenmann.

Er war im Ersten Weltkrieg unter einen einstürzenden Bunker geraten und hatte geschworen, Pastor zu werden, falls er jemals wieder das Sonnenlicht erblicken sollte. „Wenn ihr nicht die Kirche besucht, muß ich zu euch in die Scheune kommen", sagte Thormählen. Er improvisierte einen kleinen Notgottesdienst im Notaufnahmelager von Kudenow, wußte aber auch nur zu erzählen, daß die Letzten irgendwann die Ersten sein würden. „Wir sind alle bloß Menschen!" schloß er die kurze Ansprache. Das war seine ständige Redensart, die alle menschlichen Schwächen und Verirrungen in einem Satz einschloß und mehr bedeutete als Amen.

Dann suchte der Pastor die Burg auf. Kurt folgte ihm und trieb sich unter den Fenstern des Bauernhauses herum. Hinter den unverdunkelten Fenstern konnte er mühelos erkennen, was der Weihnachtsmann dem Bauern Kock gebracht hatte. Eine Hose für den Sonntag und einen Regenmantel für alle Tage. Der Frau ein schwarzes Kleid für Hochzeiten und Beerdigungen. Opa Kock saß am Ofen und beschäftigte sich mit einem halben Dutzend Tabakpäckchen. Auf dem Tisch eine Flasche Rum aus Flensburg. Schokoladenkringel im Tannenbaum. In einer Obstschale merkwürdige Früchte, die Kurt in seinem zwölfjährigen Leben noch nie gesehen hatte, gelb und länglich, vielleicht aus Afrika. Kurt sah, wie Thormählen sich neben Opa Kock setzte, einen Grog eingeschenkt bekam und sich eine Zigarre ansteckte. Frierend schlenderte Kurt zurück zum Hühnerstall. Die Mutter hatte sich hingelegt, Ella wusch ab.

Er konnte nicht einschlafen. Als es schließlich doch gelang, schreckte er nach kurzer Zeit hoch und schrie nach der Feuerwehr.

„Was hast du, Kurtchen", fragte die Mutter besorgt.

„Er träumt vom Krieg", meinte Ella.

Die beiden Frauen umstanden sein Lager. „Er muß sich erst an Kudenow gewöhnen", flüsterte die Mutter. Ella hob die Joppe auf, die Kurt sich abgestrampelt hatte, und deckte seine Füße zu.

Am nächsten Morgen, als die Mutter mit Ella zur Kirche aufbrach, stieg Kurt hinauf zu seinem Versteck auf dem Stallboden. Dort heftete er sich ein Dutzend Eiserne Kreuze an die Joppe und marschierte als höchstdekorierte Persönlichkeit Kudenows über den Köpfen von Kühen und Pferden auf und ab.

Kurt Marenke und die Schule von Kudenow. Man hat sich einen Jungen vorzustellen, gut anderthalb Meter groß, davon fünf Zentimeter klobige Holzpantinen, die die Mutter für Kartoffeln eingetauscht hatte, weil das einzige Paar Schuhe, mit dem Kurt nach Kudenow gekommen war, für die Sonn- und Feiertage geschont werden mußte. Oberhalb der Holzpantinen von der Mutter gestrickte Schafwollstrümpfe. Die Wolle hatte Ella im letzten Sommer von den Zäunen am Kudenower Moor gesammelt. Zwei Gummistrippen hielten die Strümpfe an der grauen Unterhose fest. Zwischen dem Ende der Strümpfe und dem Anfang der zu kurzen Hose schimmerte nacktes Fleisch. Mit der kurzen Hose stand Kurt so ziemlich allein auf weiter Flur. Die meisten Jungen trugen lange Pumphosen, aus Pferdedecken oder aufgetrennten Militärmänteln zusammengenäht. Weiter oben wurde es bei Kurt wärmer. Eine Joppe aus grünem, wetterbeständigem Stoff, Kurts Mitbringsel aus dem Krieg. Über der Joppe ein Schal, den Ella ihm geliehen hatte. Das beste Stück war die Mütze, eine russische Pelzmütze ohne Sowjetstern. Sie wärmte die Ohren, ließ keinen Windzug an die Kopfhaut kommen, eine Mütze für dreißig Grad minus. Wegen der Mütze erhielt er den Spitznamen Ruski.

In der Pause spielten die Jungen auf dem Schulhof Fußball. Zu Weihnachten hatten sie aus Stoffresten zusammengenähte Bälle bekommen, gefüllt mit Sägemehl oder Heu, Bälle, so platt wie Flundern. Sie klatschten satt gegen die Steinmauer des Schulhofes und blieben liegen. Aber sie waren besser als die verrosteten Corned-beef-Dosen, die das kostbare Schuhzeug demolierten.

Sie spielten Flüchtlinge gegen Einheimische, aber nicht einmal die Flüchtlinge wollten Kurt in ihre Mannschaft aufnehmen, weil es lebensgefährlich war, mit Holzpantoffeln Fußball zu spielen. Die flogen weiter durch die Luft als der Ball. Auch als Kurt eine Technik erfand, die Holzpantoffeln mit den gekrümmten Zehen festzuhalten, brauchten sie ihn nicht. Russenmütze, kurze Hose, nackte Oberschenkel, Wollstrümpfe und Holzpantoffeln – so sieht kein Fußballspieler aus. Meistens stand Kurt hinter dem Tor der Flüchtlinge und holte die Bälle, die ihr Ziel verfehlten.

Nach der Pause kam die schönste Schulstunde. Sie hieß: Hakenkreuze ausmalen. Als der Krieg in Kudenow zu Ende ging, hinterließ das Dritte Reich einen Berg von Schulheften und Zeugnisvordrucken. Brauchbares Papier, leider mit deutschem Hoheitsadler und Hakenkreuz bedruckt. So etwas darf nicht vernichtet werden, dachte Peschka. Den Hoheitsadler wollte er noch hinnehmen, aber die Hakenkreuze mußten verschwinden. Er verteilte deshalb das Papier in der Klasse und ließ die Kinder mit schwarzer Tinte Hakenkreuze ausmalen.

Es WURDE kälter. Frost ohne Schnee. Die Kartoffeln erfroren unter dem Bett. In der Nacht zum 6. Januar sank das Thermometer an Kocks Waschküchenfenster auf minus zwanzig Grad.

In der Kälte braucht ein Mensch vor allem Kalorien. Die Zeitungen schrieben, der Kaloriensatz von eintausendfünfhundertfünfzig täglich werde der Kälte wegen auch in der 97. Zuteilungsperiode vom 6. Januar bis 2. Februar gehalten. Eine gewaltige Zahl.

In Hamburg gab es die ersten Frosttoten, in drei Wochen siebenunddreißig Erfrorene. Verbissener wurde der Kampf um die Kohlenzüge aus dem Ruhrgebiet, ein Kampf ohne Risiko übrigens. Entweder du bekommst Kohlen, oder du gehst ins geheizte Gefängnis – warm ist es immer. In Kiel fror der innere Hafen zu. Auf der Elbe türmte sich das Treibeis. Es war, als hätte sich die so oft bemühte Vorsehung noch einmal gegen Deutschland verschworen. Sie schickte in die zertrümmerten Städte den kältesten Winter seit langem, dazu Millionen Flüchtlinge. Lebensmittelkarten wurden reichlich gedruckt, aber die amerikanischen Getreideschiffe blieben aus.

Auf einen so kalten Winter waren die Brennholzhaufen nicht vorbereitet. Die Flüchtlinge mußten in den Wald, um Holz zu sammeln. Kurt stromerte gern durch den Kudenower Wald und trug morsche Äste und abgefallene Borke zusammen. Er band das gesammelte Holz mit einem Strick zusammen und schleifte das Bündel vor den Hühnerstall.

In einer Woche hatten die Flüchtlinge den Wald leergefegt. Aber noch immer wuchs die Eisschicht auf dem Kudenower See. In der Zeitung stand, es seien Autos die dreißig Kilometer lange Strecke vom Festland zu den Inseln Föhr und Amrum über das Eis gefahren.

Da fiel Bürgermeister Petersen das Kudenower Moor ein. Es gehörte der Gemeinde, und Petersen ließ einen Zettel ans Schwarze Brett heften. Wer Brennmaterial braucht, darf es aus dem Moor holen. Ohne Bezahlung, wegen der widrigen Witterungsumstände. Allein wäre Kurt nicht ins Moor gegangen, denn Moore sind unheimlich wie Friedhöfe. Dort enden alle Wege. Der Boden schwankt. Moorleichen soll es geben, vor Jahrhunderten verschwundene Menschen tauchen wieder auf.

Als die Scheune aufbrach, um Torfreste im Moor zu sammeln, schloß Kurt sich dem Zug an. Er spannte sich mit vor den Handwagen, mit dem der alte Petschelies 1945 von Ostpreußen nach Kudenow geflüchtet war.

Das Kudenower Moor war gar nicht so furchterregend. 1934 hatte der Arbeitsdienst ihm seine Schrecken genommen. Die Männer hatten einen mächtigen Graben geschaufelt und dem schwarzen Wasser einen Abzug zum See verschafft. Auch eine Betonstraße war entstanden. Zu beiden Seiten der Betonstraße Birken. Auch die verrosteten Gleise einer Feldbahn führten durch das Moor. Russische Kriegsgefangene hatten mit ihr im Krieg Torf gefahren.

Der starke Frost hatte dem Moor seine Gefährlichkeit genommen. Der im Sommer schwankende Boden schien fest wie Zement.

Als erstes zündeten die Flüchtlinge ein Feuer im Moor an, um einen wärmenden Sammelpunkt zu haben zum Händereiben und Füßevertreten. Von dort schwärmten sie aus, um übriggebliebene Torfbrokken zu sammeln.

„Hörst du, wie der Wind summt?" sagte der alte Petschelies, als sie allein waren mit ihrem Handwagen. Er erzählte von dem Moor zu Hause, das magnetisch war und die Blitze anzog, in dem Elmsfeuer über dem matschigen, bibbernden Sumpf standen und die Blitze sogar aufwärts zuckten, ein Moor, in dem die Wasservögel scharenweise verendeten, ohne sichtbares Zeichen einer Verletzung. Es war gruselig, wenn der alte Petschelies vom Moor erzählte. Deshalb blieb Kurt nahe bei ihm und ging mit ihm in jenen Teil des Moores, der im Sommer unerreichbar war. Dort nahm das Gruseln leibhaftige Gestalt an. Im gefrorenen Moorschlamm entdeckte der alte Petschelies eine einsame Menschenhand. Nur noch Knochen; die Finger ragten wie eine fünfzinkige Gabel aus dem Moorboden. Am anderen Ende der Hand hing ein Skelett, wie der alte Petschelies nach eifrigem Stochern feststellte. Er schickte Kurt zum Feuer, um Bescheid zu sagen. Vom Feuer eilte Kurt ins Dorf.

Wachtmeister Willers kam mit dem Fahrrad und ordnete die Ausgrabung der Moorleiche an, das heißt, sie schlugen sie mit Pickhacken aus dem Boden. Die Scheunenkinder und Torfsammler standen im Halbkreis herum und sahen zu, wie die Leiche Gestalt gewann. Aber es war kein tausend Jahre alter Germanenhäuptling, sondern nur ein einfacher Russe. Da hatten sich die Kudenower im Krieg immer gewundert, wie viele russische Gefangene aus dem Moor türmen gegangen waren. Jetzt zeigte es sich, daß die nicht weit gekommen waren. Auf der Flucht im Moor untergegangen. Es begann schon zu dunkeln, als sie in die Scheune zurückkehrten. Frau Nuschtnich warf einen Blick in ihr Scheunenfach und fing an zu schreien. Während sie Torf gesammelt hatte, war ihr eine Decke gestohlen worden. Der Verdacht fiel auf die Flötenkinder, die es vorgezogen hatten, in der Scheune zu spielen, während alle anderen ins Moor gegangen waren.

Willers mußte wieder her. Er nahm eine Scheunendurchsuchung vor, durchwühlte schimpfend die Scheunenfächer und leuchtete mit der Taschenlampe in Winkel und Nischen. Die Flötenkinder saßen weinend auf den Balken, und Frau Nuschtnich eilte keifend durch die Scheune, um Willers auf mögliche Verstecke hinzuweisen.

Als Willers unverrichteterdinge abzog, bekam der Gebildete einen Anfall und trommelte mit den Fäusten gegen die Balken. Keinen Tag wolle er länger bleiben, schrie er. Es sei eine Demütigung ohne Ende. Er werde mit Frau und Kindern nach Hause gehen, zurück nach Stargard. Unter Polen und Russen könne es nicht schlimmer sein als in der Scheune von Kudenow!

„Auch Studierte können den Verstand verlieren", bemerkte der alte Petschelies besorgt. „Das kommt davon, wenn man alles in sich hineinfrißt und den Kindern sogar das Klauen verbietet. Gebildet und außerdem ehrlich sein, das hält kein Mensch durch in dieser Zeit!"

Die Kälte blieb, und der Hunger nahm zu. In der 99. Zuteilungsperiode wurden Fett und Fleisch gekürzt. Herbert Hoover aus Amerika brachte die Schulspeisung nach Deutschland, um wenigstens die Kinder zu retten. Bei klirrendem Frost reiste er durch die zertrümmerten

Städte und sagte den Amerikanern, die Deutschen könnten mit eintausendfünfhundertfünfzig Kalorien täglich nicht überleben. Für eine halbe Milliarde Dollar wollte er Brot kaufen und nach Deutschland schicken. Aber es dauerte viel zu lange, bis die Frachter das vereiste Europa erreichten. Die letzten Vorräte liefen aus wie der Sand aus der Uhr. Für die 101. Zuteilungsperiode waren nur noch siebenhundertfünfunddreißig Kalorien täglich vorhanden. Das reicht aus, um im Bett zu liegen und zu atmen.

Da irgend etwas geschehen mußte, beschlagnahmten die Behörden auf den Bauernhöfen Lebensmittel. Zu dritt erschienen sie in Kudenow, nahmen als Begleitschutz Dorfpolizist Willers mit und durchsuchten Speicher, Keller und Hausböden. Was nicht für das eigene Leben und die Aussaat benötigt wurde, verschwand im großen Bauch des Ernährungsamtes.

Nachts, wenn die Scheiben befroren und die Kälte durch die Türritzen in den Hühnerstall kroch, wachte Kurt regelmäßig auf. Eine Weile lag er ruhig da und hörte das Schnarchen seiner Mutter und die gleichmäßigen Atemzüge seiner Schwester. Er wäre gern zu seiner Mutter ins Bett gekrochen, aber das dürfen nur kleine Kinder. Dann fiel ihm der Stall ein. Ställe sind das Beste, was es gegen die Kälte gibt. Vorsichtig, um die Frauen nicht zu wecken, zog er die Kleider über und schlich hinaus.

Ein Kuhstall ist die vollkommenste Geborgenheit. Die Tiere brummen gemütlich und käuen geräuschvoll wieder, Ketten klirren. Ab und zu das vertraute Klatschen, wenn eine Kuh ihren Kot ablädt.

Kurt holte Kassebohms Melkschemel, schlug einer Kuh damit aufs Hinterteil und nötigte sie zum Aufstehen. Er begann zu melken und lenkte den warmen Strahl in den geöffneten Mund. Als er genug hatte, wanderte er den Futtertisch abwärts, am Atem der Tiere vorbei, der nach wiedergekäuten Steckrüben roch. Am Ende des Futtertischs vernahm er ein Geräusch. Flüsternde Stimmen. Im spärlichen Licht des Halbmondes, der sich mühte, durch die dreckigen Kuhstallscheiben zu scheinen, sah er am Ende des Ganges im Stroh die Gräfin und Melker Kassebohm. Viel Stroh und wenig Mensch. „Raus!" brüllte Kassebohm.

Kurt hatte in seinem kurzen Leben schon mehr gesehen als einen

Melker mit einer Gräfin im Haferstroh. Nach einem kurzen Abstecher in den Pferdestall schlenderte er über den Hof zum Hühnerstall zurück. Bevor er ihn erreichte, hörte er das schrille Quieken eines Schweines, dann dumpfes Gurgeln. Kurt rannte in den Gemüsegarten und entdeckte auf der anderen Seite des Zauns, wo der deutsche Bauer seine Leiterwagen abzustellen pflegte, zwei gebückte Gestalten, die an einem dampfenden Schweinetrog arbeiteten. Eine dritte Person brachte heißes Wasser über den Hof, goß es in den Trog und ließ eine mächtige Dampfwolke in die kalte Nacht aufsteigen.

Der deutsche Bauer hatte ein Schwein geschlachtet, mitten im kalten Winter. Ohne die Hoflampe einzuschalten, allein im milden Licht des Halbmondes. Schweigend bearbeitete er mit seinem Knecht das dampfende Tier. Im Nu hatten sie es abgebrüht. Das blutige Wasser gossen sie, um Spuren zu verwischen, in die Jauchegrube. Dann schleppten sie das Schwein samt Trog in die Wagenremise, hinter der Kurt Deckung gesucht hatte. Sie zerlegten das Tier in handliche, transportable Teile und machten erst einmal Pause.

„Wir holen uns einen Schnaps zum Aufwärmen", sagte der deutsche Bauer und nahm den Knecht mit ins Haus.

Kurt war allein mit dem Tier. Nur die Holztür der Wagenremise trennte ihn von zweieinhalb Zentner Schwein Lebendgewicht. Vor Aufregung wußte er nicht, für welches Stück er sich entscheiden sollte. Schon steckte er einen Vorderfuß unter den Pullover, als ihm einfiel, daß es davon nur zwei gab. Es fällt auf, wenn ein Fuß fehlt. Weniger verdächtig wäre ein handliches Stück Speck.

Bevor die Schwarzschlachter zurückkehrten, war Kurt schon mit dem Speck hinter dem Zaun, strebte nun endgültig dem Hühnerstall zu. Er kroch auf sein Lager und schob den Speck unter das Kopfkissen. Er war stolz. Nicht nur Ella konnte arbeiten und heranschaffen, auch Kurt konnte sich nützlich machen. Genaugenommen war es nicht einmal Diebstahl. Wenn es bei Zuchthausstrafe verboten war, schwarz zu schlachten, konnte es kein Unrecht sein, Speck von einem Schwein abzuschneiden, das eigentlich noch hätte am Leben sein müssen.

Am nächsten Morgen besuchte Kurt den Melker im Kuhstall, um die Stimmung zu prüfen. Schweigend stand er auf dem langen Futtertisch und sah zu, wie Kassebohm Steckrüben an die Kühe verteilte.

Als der Melker fertig war, ging er mit Kurt in die Ecke, in der die Kannen standen, goß einen Kannendeckel voll Milch und zeigte Kurt, wie ein richtiger Mann den Kannendeckel mit einem Zuge leertrinkt. Mit den Fingern mußt du die Löcher an der Seite des Deckels zuhalten – und dann prost! Kurt trank und blickte über den Deckelrand zu Kassebohm. Der grinste. „Wenn du Durst auf Milch hast, kommst du zu mir in den Kuhstall", sagte Kassebohm. „Nur nachts darfst du dich nicht blicken lassen."

Versteht sich. Den Bauch voller Milch, in zufriedener Stimmung wegen der Aussicht auf noch mehr Milch kehrte Kurt in den Hühnerstall ein, als die Mutter gerade mit Ella ins Dorf ging. Die Zeit war günstig, um die Bratpfanne auf das Feuer zu stellen und den Speck zu schmurgeln. Die Mutter würde staunen!

In aufgeräumter Stimmung verwandelte Kurt den Hühnerstall in eine Räucherkammer. Der scharfe Geruch von kroß gebratenen Speckscheiben erfüllte den kleinen Raum und suchte sich durch die Türritzen einen Weg ins Freie.

„Was machst du da, Kurtchen?" rief die Mutter entsetzt, kaum daß sie in der Tür stand.

Kurt saß grinsend vor seiner Bratpfanne. Seine große Angst war, die Mutter könnte fragen, woher der Speck käme. Aber sie schwieg. Ella wendete den Speck hin und her. Die Mutter schnitt Brot ab. Sie tunkten die Brotstücke in das heiße Fett und aßen dazu gebratenen Speck.

Als die Pfanne leer war und Ella Wasser aufgesetzt hatte, um das fettige Geschirr abzuwaschen, sagte sie beiläufig: „Kennst du eigentlich das siebente Gebot, Kurt Marenke?"

ENDLICH Frühling in Kudenow. Auf dem mürben Eis des Mühlenteichs stand eine grüne Wasserschicht. Überflutete Beek-Wiesen. Bis zu den Äckern reichte das Schmelzwasser, weil der tief in den Boden eingedrungene Frost es nicht versickern ließ. Die deutschen Ströme führten Hochwasser. Der Rhein trat über die Ufer, die Weser überschwemmte die Umgebung von Bremen.

„Wenn die Saat ausgewintert ist, bekommen wir noch ein Hungerjahr", meinte Bauer Kock, als er seine Felder beging.

August Kallweit brachte der Mutter einen Zeitungsausschnitt. Er enthielt ein Anschriftenmuster für Briefe an deutsche Kriegsgefangene in Rußland:

UdSSR – CCCP
Kgf. Müller, Heinrich Otto
Moskau
Rotes Kreuz
Postfach 27/I
Bitte deutlich schreiben!
Lateinische Buchstaben genügen.

„In welchem Lager ist Ihr Sohn?" fragte Kallweit. Die Mutter blickte ihn verständnislos an. Ja, wenn sie das wüßte. Seit der Kartoffelernte 1944 hatte sie nichts mehr von Bruno gehört. „Ist er wirklich in Gefangenschaft?" „Aber gewiß, mein Bruno ist in Gefangenschaft", beteuerte die Mutter. „Wo soll er denn sonst sein? Die meisten, die sich nicht mehr gemeldet haben, sind in Gefangenschaft." „Vermißt nennt man so was", murmelte Kallweit. Er überließ der Mutter den Zeitungsausschnitt mit der Moskauer Anschrift. Am Abend schrieb die Mutter an den Kriegsgefangenen Bruno Marenke. Hoffentlich kommt der Brief an. Kaum hatte sie ihn abgeschickt, begann eine erwartungsvolle Spannung. In Gedanken verfolgte sie den Weg des Briefes nach Rußland, schickte ihn erst nach Berlin, von dort weiter in Richtung Osten, über Frankfurt an der Oder, an Breslau vorbei... Lange Pause in Warschau... Sie gab ein paar Tage für unvorhergesehene Zwischenfälle drauf und ließ den Brief endlich am 5. April 1947 bei Bruno Marenke eintreffen.

ELLA wurde aus der siebenten Klasse der Volksschule Kudenow entlassen. Einmal sitzengeblieben wegen des Krieges und des Kartoffelsammelns. „Zu Hause wäre sie auf die höhere Schule nach Lötzen gegangen", behauptete die Mutter. Denn Ella war nicht dumm. Bei ihr richtete sich nur alle Kraft und aller Verstand aufs Überleben, nicht auf die Schulbücher. Aber sie hatte einigermaßen lesen und schreiben gelernt, vor allem aber rechnen. Das Rechnen lag ihr. Ella wußte genau, daß zwei Sack Kartoffeln mehr sind als einer.

Was fangen wir mit Ella Marenke an? Mit fünfzehn Jahren kannst du noch nicht heiraten. Eine vernünftige Arbeit müssen wir suchen. Etwas, was du im weiteren Leben brauchen kannst. Richtig kochen lernen zum Beispiel. Nicht nur Bratkartoffeln und Milchsuppe. Kinderpflege ist auch etwas Gutes, denn Kinder wird es immer geben. Am liebsten wäre Ella als Hausmädchen in die Burg gegangen. Tag und Nacht würde sie in der Küche und im Garten schuften, um es der Bäuerin recht zu machen. In der Burg zu arbeiten galt als Auszeichnung. Aber solange Ina in der Burg diente, brauchte die Bäuerin keine zweite Kraft im Haushalt. Vielleicht wird Ina schwanger und muß heiraten, dachte Ella. Dann wäre der Platz in Kocks Küche frei. Aber woher sollte das kommen? Knecht Stolten machte zwar jedesmal große Kulleraugen, wenn er in Inas Nähe kam, und flötete auch mal hinter ihr her, aber mehr traute er sich nicht.

Nähen wäre auch eine gute Arbeit. In der Kreisstadt gab es eine Nähstube, in der zwanzig Frauen mit alten Grützner-Nähmaschinen Röcke und Mäntel zusammenschneiderten. Eine Schneiderlehre brauchst du dafür nicht durchzumachen, Ella Marenke. Mußt nur ein wenig Geschick haben. Immer wieder Knöpfe annähen oder Knopflöcher säumen. Um sieben Uhr in der Frühe fährt die Kleinbahn in die Kreisstadt, abends um sieben bist du wieder im Hühnerstall. Am Sonnabend machen sie sogar mittags um dreizehn Uhr Schluß. Vor allem aber: Diese Nähstube besaß eine Behelfsküche, in der mittags ein Schlag Suppe ausgeteilt wurde. Wo gab es das schon bei der Arbeit! Ja, es blieb nichts anderes übrig, als in die Nähstube zu gehen, obwohl die Mutter Angst hatte vor der Kreisstadt. Für ein fünfzehnjähriges Mädchen gibt es in einer Stadt Gefahren, die man nur ahnen kann. So viele Frauen in einem Raum. Was bekommt das Kind da alles zu hören?

Am Sonntag Palmarum stand Ella mit dreißig Konfirmanden in der Backsteinkirche von Kudenow und dachte während des Gottesdienstes nur: Lieber Gott, ich will nie mehr hungern! Lieber Gott, ich will nie mehr arm sein!

Die Kirche war bis auf den letzten Platz gefüllt. Vorn in den Verschlägen saßen die Kirchenältesten, dahinter die Bauernfamilien auf den ererbten Plätzen mit ihrem erhöhten Gestühl. Kurt saß neben der Mutter. Er versuchte herauszufinden, ob mehr Flüchtlinge oder mehr

Einheimische konfirmiert wurden, was ihm jedoch nicht gelang, weil das einheitliche Schwarz der Kleidung die Unterschiede verwischte. Gewiß war für ihn nur eines: Seine Schwester war die Schönste von allen.

Pastor Thormählen predigte über den 137. Psalm: *An den Wassern zu Babel saßen wir und weinten, wenn wir an Zion dachten.* Er forderte die Flüchtlinge auf, nicht mehr zu weinen. An zu Hause denken, ja, das dürften sie noch, aber auch nicht zu oft, denn es gebe so vieles zu tun, was getan werden müsse. „Wir sind alle bloß Menschen, Amen!" schloß Thormählen seine Predigt.

Draußen versammelte sich der frierende Konfirmandenhaufen vor dem Kirchenportal, um fotografiert zu werden. Kurt und die Mutter nahmen Ella auf dem Heimweg in die Mitte. Schweigend gingen sie auf die Burg zu, die grau und behäbig vor ihnen lag. Sie bogen auf den matschigen Hof ein und steuerten eben dem Hühnerstall zu, als Ina aus der Küche kam. Sie überreichte Ella einen Gegenstand, der in braunes Packpapier gewickelt war. „Das schickt dir die Bäuerin", sagte Ina.

Es war ein Blumentopf, ein Alpenveilchen mit drei rosa Knospen. In zwei Wochen wird es blühen, die erste Blume im Hühnerstall.

„Warum schenkt sie dir nichts Praktisches?" sagte die Mutter, als sie die Tür des Hühnerstalls hinter sich hatten. Sie hatte an ein Paar Strümpfe gedacht oder ein Stückchen Bauchfleisch. Alpenveilchen kann der Mensch nicht essen. Aber so war der Brauch in Kudenow. Zur Konfirmation gab es einen Blumentopf. Und damit basta.

„Nach dem Essen mußt du zur Bäuerin gehen und dich bedanken", sagte die Mutter, als sie das Alpenveilchen begossen und auf die Fensterbank gestellt hatte.

ZUM erstenmal erlebte Kurt den Wonnemonat Mai in Kudenow.

Das wichtigste Ereignis im Mai war Bauer Kocks Geburtstag. Es war ein runder Geburtstag, vielleicht der sechzigste. Morgens schmetterte Trommel-Meier mit der Feuerwehrkapelle ein Ständchen und bekam dafür eine Flasche Korn.

„Vergiß nicht zu gratulieren, Kurtchen", mahnte die Mutter schon am frühen Morgen.

Kurt legte sich auf die Lauer, um den richtigen Augenblick abzupassen. Soviel war ihm klar: Es hatte wenig Zweck, dem Bauern zu gratulieren, wenn er aufs Feld fuhr oder zu seinen Ställen ging. Kurt mußte warten, bis Kock, vom Hof kommend, der Bauernküche zustrebte.

„Herzlichen Glückwunsch, Herr Kock!"

Der Bauer stutzte, wunderte sich ein bißchen über den kleinen Marenke; aber dann schlug er Kurt mit der Hand auf die Schulter und sagte: „Komm rein und hol dir ein Stück Kuchen ab!"

Zum erstenmal betrat Kurt die Burg.

„Ina, gib dem kleinen Flüchtling ein Stück Kuchen."

Kurt wartete auf der Schwelle zur Küche. Er hatte viel Zeit, den riesigen Herd zu betrachten und den Küchenschrank aus dunkelbraunem, schwerem Holz. Es roch nach saurer Milch.

Ina brachte einen Teller mit zwei Streifen Butterkuchen. „Du mußt den Kuchen hier aufessen, weil ich den Teller brauche", sagte sie.

Kurt verstand. Ina hatte Angst, er würde den Teller nicht zurückbringen. Er stand in der Tür, sein Blick fiel in Bauer Kocks gute Stube. Er sah Stühle mit hohen, verzierten Lehnen vor einem Kachelofen stehen. Dunkel war es in der guten Stube, in der niemand wohnte, die allein auf die großen Feste des Jahres wartete.

Trotz der Arbeit in der Nähstube half Ella weiter im Kuhstall, denn der Milchstrom sollte nicht versiegen.

„Du wirst dich kaputtmachen, Kind", sagte die Mutter oft zu ihr und freute sich doch über die Milch und die vielen brauchbaren Sachen, die Ella beschaffte. Zu Kurt sagte sie so etwas nie. Der stand auch nur ab und zu bei Bäcker Sengelmann nach Maisbrot an oder bei Schlachter Tetje nach Knochen zum Suppekochen. Die übrige Zeit trieb er sich herum oder besuchte die Scheune, um den Geschichten zuzuhören, die der alte Petschelies aus jener Ecke der Welt erzählte, in der die Memel noch ein deutscher Strom war.

Bei Ella artete jede Bewegung in Arbeit aus; sie vermochte keinen unnützen Schritt zu tun, konnte nicht durch den Wald spazieren, ohne nach Pilzen, Beeren oder Tannenzapfen zum Feueranmachen Ausschau zu halten. Abgesehen von der Schlafenszeit war alles, was Ella tat, nützlich.

An einem Spätnachmittag ergab sich die Gelegenheit, etwas Gutes für die Mutter zu tun. Eine der Hennen des deutschen Bauern hatte sich in Kocks Gemüsegarten verirrt. Von Kurt aufgescheucht, rannte das Tier hilflos gegen den Maschendraht und steckte den Kopf durch den Zaun, konnte aber mit dem dickeren Ende nicht folgen. Furchtsam zappelte es in dem Draht, bis Kurt es befreite und auf den Arm nahm. Da lag es wie gelähmt und gab keinen Laut von sich. Seit mehr als zwei Jahren hatte Kurt keine richtige Hühnerbrühe gegessen. Auch erinnerte er sich daran, daß das Lieblingsgericht der Mutter Hühnerfrikassee war.

Kurt drehte dem Huhn den Hals um und brachte es in seinem Versteck auf dem Stallboden in Sicherheit. Dort wartete er, bis die Mutter zu Pastor Thormählens Bibelstunde ging. Dann brachte er es in den Hühnerstall.

„Hast du den Verstand verloren!" rief Ella, die dachte, es sei eines von Kocks Hühnern. Als sie erfuhr, woher das Tier kam und daß es eigentlich schon fast tot gewesen sei, als Kurt es aus dem Maschendraht befreit hatte, wurde sie ruhiger. Die praktische Vernunft gewann die Oberhand. Ella rupfte das Huhn, nahm es aus und zerlegte es. Um unnütze Fragen zu vermeiden und ihren kleinen Bruder zu retten, behauptete Ella, als die Mutter heimkehrte, sie habe das Huhn aus der Nähstube mitgebracht. Da sei ein Mann gekommen, um Hühner gegen Damenröcke zu tauschen. Bei diesem Geschäft sei ein Huhn für Ella abgefallen. So gut die Hühnersuppe auch schmeckte, es war zu gefährlich. Einfacher wäre es dagegen mit Eiern. Nur verirrten sich Eier nicht in Kocks Gemüsegarten. Kurt mußte über den Zaun steigen und im Hühnerstall des deutschen Bauern nachsehen, wie fleißig seine Hennen gelegt hatten. Dabei galt es vorsichtig zu sein, aus jedem Nest nur ein Ei mitzunehmen, damit es nicht auffiel. Für die Mutter wußte er eine schöne Ausrede. Ab und zu legen Hühner ihre Eier nicht in die vorbereiteten Nester, sondern gehen fremd in Scheunen, Hecken und Büschen. Ein solches herrenloses Hühnernest hatte Kurt auf der Wiese gefunden!

EINES frühen Morgens klopfte der alte Petschelies aufgeregt an die Tür des Hühnerstalls. „Er ist weg! Er ist weg!" rief er.

Kurt und die Mutter folgten dem alten Mann in die Scheune. Ja, er war tatsächlich weg. Der gebildete Mensch aus Pommern war mit seiner Frau und den beiden Flötenkindern über Nacht ausgezogen.

„Der geht zurück nach Stargard", murmelte der alte Petschelies.

„Aber das sind doch über dreihundert Kilometer", meinte die Mutter kopfschüttelnd.

„Der kommt nicht weit!" rief eine Stimme aus Fach eins. „Der muß über zwei Grenzen, die Zonengrenze und die Grenze zwischen Deutschland und Polen, das schafft er nicht."

Sie umstanden das leere Scheunenfach und sprachen über den gebildeten Menschen. So etwas war noch nicht vorgekommen, daß einer von Westen nach Osten zurückflüchtete.

„Man muß das verstehen", meinte Petschelies. „Für einen studierten Menschen ist die Scheune nicht der richtige Platz, um zu leben."

„Aber was will er in Stargard? Trümmer räumen und nach Kartoffeln buddeln, mehr gibt es da auch nicht zu tun."

„Wem es nicht bei uns gefällt, der kann trecken!" schrie Bauer Kock. „Wir halten keinen. Es gibt sowieso zu viele Flüchtlinge."

Während die einen noch über den langen Weg nach Stargard sprachen, fingen die anderen an, um das freigewordene Fach zu feilschen. Petschelies schlug vor, das Fach den Kindern zum Spielen zu geben. Jemand wollte in dem Fach einen gemeinsamen Vorratsraum für die Scheune einrichten.

„Aber das geht nicht, weil dann zuviel geklaut wird!" keifte Frau Nuschtnich dazwischen.

Bald redete alles durcheinander, schimpfte und schrie. In der Erregung um das leere Fach nannte Frau Nuschtnich die Gräfin eine Hure. Kaum war das Wort ausgesprochen, herrschte Schweigen in der Scheune.

„Das ist meine Sache, wie ich die Kinder durch die Hungerzeit bringe", antwortete die Gräfin. „Die Nuschtnich möchte ja auch ganz gern, aber es findet sich kein Mann, der mit so einem abgetakelten Frauenzimmer etwas zu tun haben will."

Es folgte ein Aufschrei. Die beiden Frauen gerieten sich in die Haare.

„Komm, Kurtchen, das ist nichts für Kinder", sagte die Mutter und zog ihn fort.

Den ganzen Tag über saß die Mutter wie betäubt am Fenster des Hühnerstalls. Sie dachte an den gebildeten Menschen, der nach Pommern unterwegs war. Es steckte sie an wie Fieber. Mut müßte man haben. Nach Hause gehen, einfach loswandern. Die werden uns schon nicht umbringen. Der Krieg ist schon lange zu Ende.

„Was meinst du, Kurtchen, wollen wir zurück nach Hause?"

Er sah sie schweigend an. In dem halben Jahr, in dem Kurt in Kudenow lebte, hatte die Mutter noch nie danach gefragt, wie es zu Hause aussah. Für sie war es immer das schöne, heile Zuhause, nicht der abgebrannte Stall, die von Granatwerfern zerfetzten Obstbäume, die Brennesseln vor der Haustür.

„Denkst du auch immer an zu Hause?" fragte die Mutter sanft.

Kurt nickte.

„Wir dürfen die Heimat nie vergessen, Kurtchen."

Sie strich ihm mit der verarbeiteten Hand übers Haar. Er fühlte sich ihr ganz nahe und wäre mit der Mutter bis ans Ende der Welt gelaufen.

Dann trat Ella ein. „Das ist alles Quatsch!" meinte sie. „Zu Hause ist eine große Wüste. Du hast es doch gesehen, Kurtchen. Warum sagst du es der Mutter nicht?"

Kurt brachte kein Wort heraus.

„Wir können nicht tausend Kilometer über Land ziehen, ohne zu wissen, wo wir hingehören!" Für Ella war Kudenow etwas Solides. Die Arbeit in der Nähstube, der sichere Hühnerstall, die zwei Liter Milch jeden Abend. So etwas gibt man nicht leichtfertig auf.

SCHLANGESTEHEN. Das war eine furchtbare Kette der Langeweile. Stundenlang auf einen Brathering warten oder auf frisches Maisbrot. Morgen bekommt Krämer Vagt vielleicht Mehl. Wenn nichts dazwischenkommt, werden in der nächsten Woche die Zuckermarken aufgerufen.

Kurt fiel auf, wie selten Einheimische in den Schlangen standen. Die Einheimischen gingen nach Feierabend in Tetjes Schlachthaus und sagten: „Tetje, pack mir mal 'ne Blutwurst ein." Oder sie kamen in der Mittagszeit hinten über den Hof zu Bäcker Sengelmann und nahmen an Brot und Rundstücken mit, was sie brauchten.

Während der langen Wartezeiten studierte Kurt die Gesetze der

Schlange, ihre Stimmungen und Launen. Diese knisternde Spannung! Wird das, was Schlachter Tetje anzubieten hat, noch ausreichen, bis du an der Reihe bist? Meistens stand Kurt nach Heringen und Brot an, oft auch nach markenfreien Knochen bei Tetje.

Obwohl das Anstehen keine schwere Arbeit war, fielen häufig welche in Ohnmacht. Meistens ältere Menschen. Dann rannte ein Junge zum Mühlenteich, um kaltes Wasser zu holen; die anderen hielten ihm den Platz in der Schlange frei. Die meisten kamen nach einem Wasserguß wieder zu sich.

Oft erledigte Kurt seine Schularbeiten in der Schlange. Kopfrechnen zum Beispiel oder lange Gedichte auswendig lernen. Angenehme Abwechslung brachten die Mogelspielchen der Schlange. Vordrängeln zum Beispiel. Da kommt eine junge Frau, vom Körperbau her kräftig genug, um zwei Stunden in der Schlange zu stehen. Aber sie behauptet, ein schwerkrankes Kind zu Hause zu haben. Und schon ist sie in Tetjes Laden. Schlechter ging es den Schwangeren. War der dicke Bauch noch nicht sichtbar, kamen sie nicht durch. Da kann ja jede kommen! Ein Schrecken waren die Schwerbeschädigten, die Lahmen, Blinden und Rollstuhlfahrer, die in großer Zahl auftauchten und ihren Sonderausweis demonstrativ vorlegten. Das halbe Deutschland war schwerbeschädigt und durfte sich vordrängeln.

Und dann dieses schreckliche Erlebnis mit der alten Oma vor dem Laden von Bäckermeister Sengelmann.

Sie kam auf Krücken an und zog das rechte Bein mehr nach, als es nötig gewesen wäre. Vor ein paar Tagen hatte Kurt sie noch ohne Krücken in die Kirche gehen sehen. Aber jetzt sah sie so aus, als könnte sie es keine zwei Stunden in der Schlange aushalten. Sie verharrte hilflos an der Hauswand und wartete darauf, daß jemand sagte: „Na, Oma, dann geh mal vor!"

Aber daran war nicht zu denken. Und weil der Oma niemand freiwillig den Vortritt ließ, drängte sie sich vor die Kinder.

„Ihr habt noch junge Beine", meinte sie entschuldigend.

Mein Gott, wen sollte Kurt noch vorlassen? Omas gab es wie Sand am Meer und Schwerbeschädigte und schwangere Frauen und Mütter mit kranken Kindern dazu. Kurt geriet in Torschlußpanik, erinnerte sich jener furchtbaren Szene vor einer Woche, als er bei Krämer Vagt nach Heringen angestanden hatte. Nach anderthalb Stunden Wartezeit war er bis auf zwei Schritte an Vagts Tonbank herangekommen. Da hatte der Krämer den letzten sauren Hering aus dem Faß geholt, das Maul aufgesperrt und ihn mit einem Happs verschlungen. Und als Kurt mit leerem Eimerchen nach Hause gekommen war, hatte die Mutter gesagt: „Du hast wohl wieder getrödelt, Kurtchen!"

Wäre es allein nach der Körperkraft gegangen – er hätte die Oma ohne Mühe beiseite drängen können. Aber ein deutscher Junge darf sich nicht an einer hinkenden Großmutter vergreifen. Kurt mußte geschickter vorgehen. Scheinbar unbeabsichtigt stieß er mit dem Fuß gegen die Krücke der alten Frau. Das Holz flog auf das Pflaster, und die Oma mußte aus der Schlange ausscheren, um die Krücke zu holen. Diesen Augenblick nutzte Kurt. Er schloß so eng zu seinem Vordermann auf, daß die Oma nicht mehr vor ihm in die Schlange konnte.

Bäcker Sengelmann hatte den Kampf mit der alten Oma beobachtet. Er kam auf die Straße und schrie über die Köpfe der Schlange hinweg, daß die deutsche Jugend endlich wieder Zucht und Ordnung brauche. Er führte die alte Frau an der Schlange vorbei in den Bäckerladen. Kurz darauf kehrte er zurück, blieb vor Kurt stehen und sagte: „Du kriegst heute nichts, du kannst abhauen!"

Betroffen starrte Kurt zu Boden. Dann scherte er aus und verließ die Schlange. Während er über die Straße schlenderte, dachte er an die handliche russische Maschinenpistole, mit der Pjotr aus Nowgorod in Kruglanken auf Dachpfannen und Spatzen geschossen hatte. Er stellte sich vor, wie er Bäcker Sengelmann vor seinem Laden erschießen würde und die hinkende Oma auch. Zum Schluß käme die schöne große Schaufensterscheibe an die Reihe. Das gäbe einen Knall, der in ganz Kudenow zu hören wäre. „Jetzt muß ich mich wieder anstellen", sagte die Mutter seufzend, als Kurt heimkehrte. „Wann begreifst du endlich, daß du dich fügen mußt? In Kudenow kannst du nicht machen, was du willst. Du mußt dich zusammenreißen, weil wir auf Bäkker Sengelmann angewiesen sind."

O PFINGSTEN, trockene Wärme, grünende Bäume, verblühender Flieder. Nur die tausendjährige Eiche vor der Burg war noch kahl; sie bekam wie in jedem Jahr als letzter Baum in Kudenow Blätter. Das heißt, tausend Jahre sollte sie erst werden. Zu Führers Geburtstag 1933 hatte Bauer Kock sie auf Vorschlag der Kudenower SA gepflanzt. An diesen Baum stellte Dorfpolizist Willers am Pfingstsonnabend sein Fahrrad, klopfte an das Küchenfenster der Burg und schrie: „Da liegt noch Schiet auf eurem Fußweg!"

Die Bäuerin schickte Ina in den Hühnerstall. Ob Kurt wohl die Straße fegen könne, denn morgen sei doch Pfingsten.

„Aber ja, das macht unser Kurtchen schon", erwiderte die Mutter.

Kurt holte die Karre von Kocks Misthaufen, Besen und Schaufel aus dem Pferdestall. Er kratzte Pferdeäpfel und Blätterreste zusammen und dachte mit Herzklopfen daran, daß womöglich ein Mädchen aus seiner Schulklasse vorbeikäme. Straßefegen ist weiß Gott keine Verrichtung, bei der man sich Mädchen als Zuschauer wünscht. Kurt lenkte sich ab, indem er an die Belohnung dachte. Er hoffte auf etwas Eßbares, Schinkenbrot zum Beispiel. Als er in die Burg kam, um den sauberen Fußweg zu melden, saßen sie gerade am Mittagstisch. Ein Glas eingelegter Gurken. Rotkohl. Eine Schüssel mit Vanillepudding. Der Platz neben der Bäuerin war frei, statt eines Tellers stand dort ein kleiner Strauß blauer Perlblumen.

„Unser Gerhard hat heute Geburtstag", sagte die Bäuerin und machte ein feierliches Gesicht.

Gerhards Geburtstag war das größte Fest der Burg. Schon Tage vorher hatte Ina Gerhards Zimmer zu putzen, jenen Raum im ersten Stock, der seit vier Jahren leer stand, der Wohnungsnot und Flüchtlingsströme unbeschadet überstanden hatte und auf Gerhards Heimkehr wartete. Gerhards Reitstiefel hingen unter einem guterhaltenen Sattel an der Wand. Fotos vom Ringreiten in Kudenow. Gerhard beim Vogelschießen. Gerhard als Jungzugführer in HJ-Uniform vor den Pimpfen von Kudenow, im Sommer 1937. Gerhard im feldgrauen Rock... Dann nichts mehr. „Gib dem kleinen Marenke ein Schinkenbrot", sagte die Bäuerin zu Ina.

Ina verschwand in der Speisekammer. Mit einer belegten Brotscheibe, mehr Schinken als Brot, kehrte sie zurück. Aber Kurt blieb stehen, weil er sich in den Vanillepudding vergafft hatte. Die Schale war noch halb gefüllt. Ina trug sie in die Speisekammer.

Die Bäuerin ergriff Kurts Arm und führte ihn die Treppe hinauf in

Gerhards Stube. „Das ist unser Gerhard", sprach sie andächtig und zeigte auf eines der Bilder. „Wir haben noch eine Tochter. Die ist in Marne in Dithmarschen verheiratet und hat drei Kinder. Aber unser Gerhard bekommt den Hof."

„Ich hab auch einen Bruder in Rußland", bemerkte Kurt.

Als der Name Rußland fiel, faltete die Bäuerin die Hände. Das Wasser trat ihr in die Augen.

„Vielleicht sind die beiden zusammen und kommen eines Tages gemeinsam nach Kudenow", meinte Kurt.

Die Bäuerin lächelte durch die Tränen hindurch. Ach, das wäre eine Heimkehr!

Leise verließen sie das Allerheiligste der Burg. In der Küche klapperte Ina mit dem Abwaschgeschirr. Die Bäuerin holte ein riesiges Stück Sandtorte und drückte es Kurt in die Hand.

Am Pfingstmontag gab es Ringreiten in Kudenow. Knecht Stolten putzte schon den ganzen Vormittag im Pferdestall Sattel und Zaumzeug und striegelte mit Liebe und Sorgfalt Iwan, den Grauschimmel.

Kurt wäre gern mitgeritten. Aber es ging nicht. Seit zwei Jahren hatte er nichts mehr mit Pferden zu tun gehabt. Zuletzt war er im Herbst 1944 geritten. Mit seinem Vater. Drei Monate bevor der Pferdestall in Brand geschossen wurde.

Nach dem Mittagessen ritt Stolten los zur Festwiese. Stolz wie ein Kürassier. Kurt und der alte Petschelies begleiteten ihn zu Fuß. Ella war nicht dabei, weil sie aus der Nähstube Arbeit mit nach Hause gebracht hatte. Auch die Mutter blieb zurück. „Ich kann nicht lustig sein, solange unser Bruno in Rußland ist", sagte sie.

Dafür kam Ina mit. Die Köksch des Bauern Kock war nicht wiederzuerkennen. Ein Kleid bis zu den Schuhspitzen. Am fleischigen Arm baumelte eine Handtasche, der Oberkörper war so fest geschnürt, daß der Busen oben herausquoll. In weitem Abstand trippelte sie hinter dem Kürassier auf dem Grauschimmel her.

„Wer die Margell einmal bekommt, ist nicht betrogen", stellte der alte Petschelies fest. „Die ist gesund und kräftig. Da ist alles dran, Stolten."

Stolten schwieg. Da er wußte, daß Ina ihm folgte, drückte er das Kreuz kräftig durch.

Auf der Festwiese hatte man mehrere Tore aus Balken errichtet, unter jedem der Querbalken hing ein Ring. Auf dem Rücken ihrer Pferde mußten die Ringreiter durch die Tore preschen und die Ringe herunterholen. Wer die meisten Ringe hatte, war Sieger. Neben der Reitstrecke lagerten die Kinder, den Sattelplatz umstand eine Menschentraube. Kurt stand mit dem alten Petschelies am Auslauf, wo die Jagd durch die Tore endete und die Pferde mit Schaum vor dem Maul ankamen. Endlich tauchte Stoltens Grauschimmel auf. Drei Tore, drei Ringe. Im ersten Durchgang schaffte Stolten sie alle. „Na, was sagst du dazu!" rief er vom hohen Roß herab und schielte zu Ina. Trommel-Meier schlug einen Tusch. Als Stolten im zweiten Durchgang auf die Tore zupreschte, fiel ein Ast der Pfingstdekoration um, dem heranstürmenden Grauschimmel vor die Füße. Der erschrak, brach aus und sprang so heftig zur Seite, daß es Stolten aus dem Sattel riß. Bis zum letzten Tor hing er im Steigbügel, dann rollte er ins Gras. Der Grauschimmel setzte über einen Stacheldrahtzaun und verschwand hinter den Knicks von Kudenow.

Ina beugte sich über Stolten. Ohne Scheu griff sie mit beiden Händen seinen Kopf und öffnete die Hemdknöpfe auf seiner Brust. Frische Luft mußte her!

„Das ist nur Nasenbluten", sagte Bauer Kock und half Stolten auf die Beine.

Während Stolten mit blutender Nase dasaß, rannte Kurt hinter dem Grauschimmel her. Er fand ihn, friedlich grasend, weitab vom Festgetümmel hinter einer Holunderhecke. Der wußte genau, was er angerichtet hatte. Er ließ es zu, daß Kurt die Zügel ergriff und ihm den Hals tätschelte. Kurt zog den Sattelgurt fester, schwang sich hinauf und hatte das Gefühl, der größte Mensch von Kudenow zu sein. Er überblickte die Knicks, die Butterblumenwiesen mit ihren weißen Pusteln, die grünen Felder und die Kudenower Dächer. Es war wie im Herbst 44. Der weite Blick vom Rücken eines Pferdes, das Knattern des Sattelzeugs... Nur der Vater fehlte.

„Nu kiek die den lütten Banditen an!" rief Bauer Kock anerkennend, als Kurt auf die Festwiese ritt. Kurt hielt vor dem Bauern, vor Stolten und der noch immer schreckensbleichen Ina.

„Willst du auch mal durch die Tore reiten?" fragte Kock.

Aber ja, sehr gern. So kam es, daß Kurt mit Iwan, dem Grauschimmel, durch die pfingstlich geschmückten Tore der Festwiese trabte. Er verfehlte alle Ringe, kam aber ohne Schaden am Pferdeauslauf an. „Das hast du gut gemacht, Jungche", sagte der alte Petschelies. „Die Einheimischen sollen sehen, daß wir Flüchtlinge auch was von Pferden verstehen."

Er nahm Kurt mit zum Knick und zeigte ihm, was er dort entdeckt hatte. An die dreißig Fahrräder. Kreuz und quer am Zaun, in den Brennesseln liegend, an Haselnußsträucher gelehnt und mit dicken Ketten abgeschlossen.

„Das ist kein Zustand", brummte Petschelies. „Weißt du, was hier her muß? Ein richtiger Fahrradstand. Mit einem Wächter. Wollen wir beide das machen, Jungche?"

Sie nahmen inmitten des Blechhaufens Platz und beratschlagten, wie es anzustellen sei. Zum Vogelschießen im Sommer und später zum Herbstmarkt müßte der Fahrradstand fertig sein. Wichtig war, Holzpfähle und Stangen zu beschaffen, denn es mußte ein richtiges Gerüst gebaut werden. Mit den Stangen wollte Petschelies schon am Pfingstdienstag anfangen. Und dann kassieren wir, na, sagen wir mal, fünfzig Pfennig pro Fahrrad . . . oder ist das zuviel? Sie kamen in Begeisterung, maßen schon den Platz aus und legten den Fahrradstand zwischen Festwiese und Friedhof an den Knick. Dort wird der alte Petschelies bei künftigen Festlichkeiten mit so einer Art Klingelbeutel stehen und Groschen kassieren. Und Kurt Marenke wird aufpassen, daß kein Fahrrad geklaut wird.

Abends saß Kurt in Stoltens Kammer. Er und Stolten kamen überein, dem Grauschimmel einen neuen Namen zu geben. Weil er Stolten abgeworfen hatte und anschließend ausgerissen war, sollte er fortan Iwan der Schreckliche heißen.

Nach dem Hunger kam die Hitze. Im Juni kletterte das Thermometer auf fünfunddreißig Grad.

„Das kommt von der großen Bombe, die in Japan explodiert ist", orakelte der alte Petschelies.

Der alte Petschelies war einer der wenigen Flüchtlinge, die glaubten, auch noch den nächsten Winter in Kudenow verbringen zu müssen. Um für den Winter vorzusorgen, wanderte er an den heißen Tagen ins

Kudenower Moor zum Torfstechen. Das Moor entrückte ihn dem Gekeife der Scheune, dem Geplärre der Kinder. Im Moor war er zu Hause. Da lag das gleiche Summen in der Luft wie in den Mooren Masurens oder des Memeldeltas. Kiebitze und Wildenten im Schilf, der Geruch modriger Erde und abgestandenen Wassers. Wenn er abends zu seiner Frau in die Scheune heimkehrte, sagte Petschelies: „Mutterke, ich bin heute zu Hause gewesen."

Eines Morgens fuhr Kock mit den Gespannen zur Heuernte. Ina wütete im Unkraut des Gemüsegartens. Opa Kock saß vor der Altenteilerkate und wartete auf die einkommenden Heufuhren, die er zählen wollte.

Da betraten drei Männer den Hof: Bürgermeister Petersen, Dorfpolizist Willers und ein Fremder. Sie standen abschätzend vor dem Anwesen, als wollten sie es kaufen, begrüßten Opa Kock mit Handschlag und verschwanden schließlich in der Burg.

Plötzlich kam die Bäuerin auf den Hof gerannt, riß sich die Schürze vom Leib und rief Ina aus dem Garten. Ina mußte aufs Feld laufen, um Bauer Kock zu holen.

Vor der Altenteilerkate kam die Gruppe zum Stehen. Willers drängte sich vor. Als Polizist besaß er ein ordentliches Schriftstück, das ihm erlaubte, fremde Häuser zu betreten.

„Ja, Opa Kock, wir müssen da mal rein", sagte er entschuldigend.

„Ich kann es auch nicht ändern", fügte Bürgermeister Petersen hinzu.

Der Besuch schwärmte aus, besichtigte die Räume in der Altenteilerkate und kroch sogar auf den Boden. Der alte Mann kam hinterher, pochte mit der Krücke auf den Ziegelboden und wollte wissen, was los sei. „Sie wollen dir dein Altenteil wegnehmen, Opa", heulte die Bäuerin. „Du sollst fremde Menschen in dein Haus aufnehmen."

Opa Kock kramte in seiner Kommode, bis er das Schriftstück gefunden hatte, an dem ein rotes Siegel baumelte. Er drückte es dem fremden Menschen in die Hand. „In diesem Altenteilerkontrakt steht geschrieben, daß mir die Kate gehört. Lebenslänglich. Alles ist notarisch beglaubigt."

„Bester Mann", sagte der Fremde leise, ohne einen Blick auf das Papier zu werfen. „Deutschland hat zehn Millionen Flüchtlinge. Da kommt es auf ein paar alte Verträge nicht mehr an. In diesem Haus ist noch Platz. Da muß jemand rein. Basta!"

„Sind wir schon so weit gekommen?" polterte Opa Kock. „Wenn Verträge nicht gelten, gibt es keine Gerechtigkeit mehr, junger Mann!"

In diesem Augenblick tauchte Bauer Kock auf. Leider hatte er die Heuforke vergessen, mit der er den ungebetenen Besuch aus dem Haus jagen wollte. „Raus!" schrie er und riß die Tür auf. „Ich hol den Hund!"

Aber niemand rührte sich. Willers legte ihm beschwichtigend die Hand auf die Schulter. „Mensch, Fiete, sei ruhig, das ist ein hohes Tier vom Kreiswohnungsamt."

Aber Friedrich Kock dachte nicht daran, ruhig zu sein. Er zählte dem hohen Beamten vom Kreiswohnungsamt auf, was er für Deutschland getan hatte. Im Ersten Weltkrieg in Flandern verwundet. Im Zweiten Weltkrieg den einzigen Sohn aufs Spiel gesetzt. Die Scheune geopfert für die Flüchtlinge und den Hühnerstall. Nun auch das noch?

Der Beamte sprach mit Bürgermeister Petersen. „Sagen Sie dem tobenden Kerl, daß wir nur einen Teil des Altenteilerhauses beschlagnahmen. Eine Stube darf er behalten."

Polizist Willers schloß die beschlagnahmten Räume ab. In einer Stunde werden sie kommen, die neuen Mieter. Na, denn herzlich willkommen.

Als Kurt aus der Schule kam, tobte Kock immer noch. Er suchte den Verräter, der ihm das Kreiswohnungsamt in die Altenteilerkate geschickt hatte. Weil ihm kein anderer Name einfiel, kam er auf Kallweit, diesen Handlungsreisenden in Flüchtlingsnot, der überall seine Nase hineinzustecken hatte. Kock drohte, Kallweit den Hof zu verbieten und den Hund auf ihn zu hetzen. Er verriegelte die Türen auf seinem Hof, hängte Vorhängeschlösser an den Wagenschuppen, an die Tür zur Häckselkammer und an den Pferdestall. Sogar die Gartenpforte wurde abgeschlossen. Die Flüchtlinge sollten nicht mehr auf dem Hof und im Garten herumspazieren. Ihnen blieb die Scheune und weiter nichts.

Kurt verließ den Hühnerstall, um den Einzug der Neuen in die Altenteilerkate zu beobachten. Er kletterte in die tausendjährige Eiche und wartete, bis das Fuhrwerk auftauchte, auf dem vorn neben dem Kutscher Polizist Willers saß. Hinter den beiden, inmitten von Taschen und Koffern, hockten eine Frau und ihre Tochter. Die Scheunenkinder versammelten sich um den Wagen und gafften. Willers ging in die Burg, um der Bäuerin zu sagen, daß die Neuen gar keine Flüchtlinge seien, sondern Ausgebombte aus Hamburg. Aber das stimmte die Bäuerin nicht versöhnlicher. Böse blickte sie durch die Gardine zu den Neuen, die ihre Habseligkeiten in die oberen Räume der Altenteilerkate trugen. Immerhin, Ausgebombte waren eine Klasse besser als Flüchtlinge. Die sprachen wenigstens richtiges Deutsch. Und die Frau war auch besser gekleidet; das Mädchen trug sogar weiße Kniestrümpfe.

Willers kehrte zurück und setzte sich mißmutig auf Opa Kocks Bank, um den Umzug zu überwachen.

„Wir können doch nichts dafür", sagte die Frau, als sie an Willers vorbeikam, um neue Gepäckstücke zu holen.

„Das läuft sich alles zurecht", brummte Willers. Er war froh, als er mit dem leeren Wagen davonfahren konnte.

Das Mädchen hieß Wiebke und war älter als Kurt, ein Jahr vielleicht. Auf dem Schulweg kam sie ihm nachgelaufen und ging nebenher, als wüßte sie nicht, daß es in Kudenow noch als unmännlich galt, neben einem Mädchen zur Schule zu gehen. Wiebke achtete schon auf schlanke Linie und aß nicht alles, was die Schulspeisung ihr vorsetzte. Über die Schulspeisung kamen sie sich näher. Sie brachte Kurt ein Kochgeschirr voll mit pampiger Schokoladensuppe und sah zu, wie er den Brei verschlang. Denn Kurt nahm an der Schulspeisung nicht teil. Sie kostete fünfundzwanzig Pfennig pro Mahlzeit, ein Betrag, den die Mutter von ihrer Wohlfahrtsunterstützung nicht aufbringen konnte. Außerdem war eine Kommission durch Peschkas Schule gewandert. Sie hatte festgestellt, Kurt sei mit dreiundvierzig Kilogramm Gewicht für sein Alter dick genug. Er und die Bauernkinder wurden von der Schulspeisung ausgeschlossen. Durch Wiebke lernte Kurt Jerry, den Engländer, kennen. Das war ein leibhaftiger britischer Soldat in Uniform. Anfangs kam er einmal, später zweimal wöchentlich nach Kudenow und parkte seinen Jeep unter der tausendjährigen Eiche. Er

packte Konservendosen und Zuckertüten in eine Tasche und steuerte
damit fröhlich auf die Altenteilerkate zu. Wenn Kurt den Jeep sah, eilte
er hinaus, denn das war ein sicheres Zeichen dafür, daß Wiebke nun
bald zum Spielen auf den Hof kam. Das hing mit den beengten Platz-
verhältnissen in der Altenteilerkate zusammen. Wiebkes Mutter besaß
nur einen Raum – die Küchenabseite nicht gerechnet –, in dem gewohnt, gegessen und geschlafen wurde. Wenn Jerry, der Engländer,
kam, mußte Wiebke hinunter auf den Hof; erst wenn der Jeep davon-
gebraust war, durfte sie wieder ins Haus. Kurt genoß bedenkenlos die
Vorzüge der stundenweisen britischen Besatzung. Sie bestanden in
Schokoladenriegeln und Bonbons, die Wiebke zum Seilhüpfen und
Versteckspielen auf den Hof brachte.

„Müssen wir uns das bieten lassen, Vadder?“ empörte sich die Bäuerin. „Der Mann von der Ausgebombten ist in englischer Gefangenschaft, und sie geht mit einem Tommy!“

„Das ist Unzucht mit einem Besatzungssoldaten“, knurrte Kock.
Es würde reichen, um die Ausgebombte aus der Altenteilerkate her-
auszuklagen. „Aber wenn die draußen ist, weist das Wohnungsamt
neue Mieter ein, vielleicht eine Familie mit fünf Kindern. Dann wird es
noch schlimmer.“

Da ist die Welt aus den Fugen geraten, sind Bindungen zerstört, das
Oberste zuunterst gekehrt worden. Und dann kommt in der Som-
merhitze des Jahres 47 ein Lastwagen auf Bauer Kocks Hof, so ein
Vorkriegsvehikel, das wegen Benzinmangels auf Holzkohle umge-
stellt worden ist. Dem Wagen entstieg ein Mann, dem Kurt gleich ansah, daß er zu den besseren Leuten gehörte. Ein Oberst a. D., preußi-
sches Gardemaß; wo andere Menschen die linke Hand haben, trug er
eine Prothese. Dank seiner guten Verbindungen hatte ein Gutsbesitzer
ihm das Lastauto nebst Chauffeur geliehen, damit er Frau und Kinder
aus der Scheune von Kudenow herausholen könne.

Die baltische Gräfin wurde aus der Scheune zu ihresgleichen geholt.
Sie stand vor ihrem Scheunenfach und verbarg das Gesicht an der
Schulter ihres Mannes. Die Kinder blickten scheu zu dem Mann auf,
der ihr Vater sein wollte. Im Alter von drei Jahren hatte die Älteste den
Obersten zum letztenmal gesehen, zwei Wochen vor der Ardennenof-
fensive. Der Mann vergaß jede militärische Disziplin und weinte in der

Scheune von Kudenow. Er hob das kleinste Kind auf den gesunden Arm; das größere Mädchen drückte er mit der Prothese an sich. Die Gräfin begann ihre Habseligkeiten zu packen. Um sie wegzuschaffen, hätte es ein Panjewagen auch getan. Während der Fahrer zusammen mit dem Oberst auflud, machte die Frau die Runde, um sich zu verabschieden. Sie ging sogar zu Frau Nuschtnich.

„Eines Tages kommt ihr alle raus aus der Scheune", sagte die Gräfin tröstend zu dem Kinderhaufen, der sich neben dem Lastwagen versammelt hatte.

Seitdem Wiebke Kurt mit Schulspeisung versorgte, konnte er sich sogar auf die Schule freuen. Im Unterricht hielt er schweigsam die Mitte. Peschka nahm ihn nur selten wahr; er war vor allem mit seinen Lieblingen beschäftigt, die den Unterricht bereicherten, indem sie Speckseiten, Wurstenden und Eierkörbe in der Küche der Frau Peschka abgaben. Die Einheimischen hatten eine halbe Zensur Vorsprung.

Im Sommer 47 brach eine unverhoffte Plage aus: Der Kartoffelkäfer kam. Die Schädlinge fraßen die Blätter von den Stauden, noch ehe die Kartoffelknollen richtig wachsen konnten.

Peschka nahm die Plage zunächst theoretisch durch. Rechnen und Deutsch fielen dem Kartoffelkäfer zum Opfer. Nach dem theoretischen Unterricht schwärmte die Schuljugend aus, um die Kartoffelkäfer umzubringen. Klassenweise wanderten sie die Furchen der Kartoffelfelder entlang, Peschka in der Mitte. Die Käfer und Larven kamen in Blechdosen und wurden am Ende des Ackers feierlich verbrannt.

Während des Krieges gegen die Kartoffelkäfer entdeckte Kurt die Knicks von Kudenow. Das muß man erlebt haben. Diese Geborgenheit hinter den wuchernden, schattenspendenden Büschen, die dem Wind die Schärfe nehmen. Eine grüne Mauer schirmt dich ab, der Himmel, ein eingeengtes, hellblaues Loch, umrahmt von Holunder und grünen Haselnußsträuchern. Auf der Koppel nebenan brüllen die Kühe. Bussarde kreisen über dem Kartoffelacker. In dem reifenden Hafer die Lauscher der Rehe.

Außerdem gab es Himbeeren in den Knicks. Ohne Bezugschein und Lebensmittelmarken. Winzig, aber aromatisch. Vor allem eßbar. Kurt achtete mehr auf Himbeeren als auf Kartoffelkäfer.

Sommerferien in Kudenow. Trotz der Hitze mied Kurt den Kudenower See, weil er nicht schwimmen konnte und Wiebke ihn deswegen auslachte. Er lag am liebsten unter den Holunderbüschen. Über ihm zogen die Wolken nach Osten. Anderthalb Tage brauchte nach Kurts Berechnungen so eine Wolke, bis sie zu Hause war. Denn sie mied die Windungen der Straße, wurde von keiner Grenzstreife aufgehalten, übersprang Eiserne Vorhänge und überquerte mühelos die Ströme des Ostens. Aber sie verweigerte ihm jede Auskunft über seinen Vater. Kurt war dreizehn Jahre alt, hatte erlebt, was ein Mensch in diesen Zeiten erleben konnte. Niemand brauchte ihn zu schonen. Aber die Mutter schwieg, und Ella schwieg. Keiner sagte ihm, was seinem Vater wirklich zugestoßen war. Tot war er, gewiß. Aber wie ist er gestorben und warum ist er gestorben?

„Wo treibst du dich bloß herum?" fragte die Mutter, wenn Kurt abends sonnenverbrannt heimkehrte. Aus ihren Worten klang ein leiser Vorwurf, denn Kurt verbrachte die Sommertage in erschreckender Nutzlosigkeit.

Bald fand er etwas, was die Mutter versöhnte: Brombeeren. Im heißen Sommer 47 reiften sie eimerweise in den Knicks von Kudenow. Frühmorgens wanderte Kurt los, lief kilometerweit die Knicks ab und kam schon zum Mittagessen mit dem ersten Marmeladeneimer voll dunkelroter Früchte nach Hause. Die Mutter freute sich über ihren fleißigen Jungen. Begeistert lief er nach dem Essen wieder los, um einen zweiten Eimer zu pflücken.

An den Feiertagen kam auch Ella mit in die Brombeeren. Die Mutter kochte den Brombeersegen ein, preßte Saft durch ein Handtuch, rührte Suppen und Gelees zusammen und hortete Flaschen und Gläser unter ihrem Bett, für den Winter.

Als die Getreideernte begann, nahm Kurts Herumtreiberei ein Ende. „Wir brauchen dich zum Weiterfahren", sagte Knecht Stolten eines Abends.

Kurt fuhr mit Iwan dem Schrecklichen den Erntewagen von Hocke zu Hocke und brachte die vollen Fuhren zu dem Strohberg, der auf Kocks Acker in den Himmel wuchs, weil Kocks Scheune für die Flüchtlinge reserviert war.

Abends ritt Kurt die Pferde auf die Weide und trabte mit Iwan dem

Schrecklichen eine Ehrenrunde an der Innenseite des Weidezauns. Wenn er mit dem Geschirr der Pferde zurückkam, wartete Stolten schon, um ihn zum Abendessen in die Bauernküche mitzunehmen. Denn wer auf Kocks Hof arbeitete, bekam auch zu essen. Das Ernten hörte nicht mehr auf. Ährensammeln zum Beispiel. Füße und Hände werden von den Stoppeln wund, und die Sonne brennt auf die abgeernteten Felder. Wenn du einen Strauß Ähren gesammelt hast, nimmst du die Schere, schneidest die Ährenköpfe ab und läßt sie in einen Sack fallen. Abends schleppst du den Sack nach Hause. Die Mutter steht vor der Tür und freut sich über den Ährensack.

Mit einem flachen Brett schlug die Mutter auf den Sack ein, bis die Körner aus den Ähren fielen. Die Spreu trug Kurt auf den Komposthaufen, die Grannen pustete die Mutter aus den Körnern. Was übrigblieb, schüttete sie in die Kaffeemühle. Und dann mahlte sie bis in die tiefe Nacht hinein grobes, körniges Mehl für die dicke Klunkersuppe, die Abend für Abend auf dem Tisch stand, Mehl für Sirupkuchen und Flinsen.

Noch immer gab es Bickbeeren im Kudenower Wald. Während Wiebke zum Badestrand lief, tauchte Kurt im Wald unter und kam erst zum Vorschein, wenn die Kanne mit blauen Beeren gefüllt war. In den Knicks bekamen die Holunderdolden eine lila Färbung. Im rohen Zustand sind die Beeren nicht genießbar, aber ihr Saft hilft gegen Erkältungen im Winter. Blaue Schlehenbeeren, so sauer wie Zitronen. Aber nach dem ersten Frost geben sie einen erfrischenden Saft. Die kleinen roten Mehlbeeren haben mehr Stein als Fleisch, aber für Marmelade sind sie gut, wenn du den trockenen, mehligen Brei mit Sirup oder Brombeersaft anreicherst.

Haselnüsse in Hülle und Fülle. Kurt sammelte zentnerweise braune Eicheln und brachte sie zum deutschen Bauern für die Schweinemast. Für einen Zentner Eicheln gab es als Lohn ein Kilo Schweinespeck. Butterpilze, Maronen und Steinpilze. Peschka gab praktischen Unterricht im Pilzeerkennen.

Und dann zu guter Letzt die Königin aller Früchte: die Kartoffel. Die Flüchtlinge und die Kartoffeln. Das ist eine Geschichte für sich. Man hat sich ein Feld vorzustellen, zweihundert mal zweihundert Meter.

Knecht Stolten drehte mit der Kartoffelhaspel die letzten Runden. Die Knicks um den Acker waren belagert. Über hundert Flüchtlinge mit Hacken, Spaten, Blecheimern, Körben, Säcken und Handwagen warteten auf das Signal zum Angriff. Als Stolten mit der letzten Kartoffelfuhre den Acker verließ, durften sie ihn stürmen.

Es begann ein Wühlen, als sei auf dem Acker ein Schatz vergraben. Zwei Stunden brauchten die Kartoffelstoppler, um Kocks Acker noch einmal per Hand umzuwühlen. Sie holten alles raus, was die Haspel vergessen hatte, auch die angefaulten, zerhackten, zerstochenen Früchte. Als die Kartoffelschlacht zu Ende war, steckte Stolten das Kartoffelkraut an. Die Flüchtlinge zogen ab.

Dann tauchte auch Wiebke auf, um mit Kurt am Feuer Kartoffeln zu rösten. Sie fand Kartoffelrösten so romantisch, aß sogar verkohlte Pellkartoffeln und schmierte sich dabei die zarten Finger ein.

DEN Sommer über war es gutgegangen, aber im Herbst fing die gefährliche Zeit an. Melker Kassebohm trieb die Kühe in den Stall. Da standen sie im schummerigen Licht der verstaubten Glühbirnen und ließen sich von Ella und Kassebohm melken. Was kann in einem gemütlichen, halbdunklen Kuhstall alles passieren? Was machen die beiden beispielsweise, wenn es plötzlich Stromsperre gibt?

Kurt bezog Posten auf dem Stallboden. Er schob die Abdeckung der Heuluke zur Seite und hatte den ganzen Kuhstall sichtbar unter sich. Er sah Ella, die Melkschürze um den Leib gebunden, auf dem dreifüßigen Schemel sitzen; fünf Kühe von ihr entfernt arbeitete Kassebohm. Das Wiederkäuen der Tiere und das Plätschern des Milchstrahls im Eimer waren die einzigen Geräusche. Schwerfällig kam Kassebohm mit dem vollen Eimer den Gang entlang.

Kurt hatte vorsorglich einen verrosteten Marmeladeneimer mitgebracht und neben die Luke gestellt. Sollte es unten gefährlich werden, würde er den Eimer durch die Luke feuern.

Eine halbe Stunde lang tat sich nichts. Dann kam Kassebohm wieder mit dem Melkeimer an Ella vorbei und zog die Schleife ihrer Schürze auf.

„Was soll das!" rief Ella, band die Schürze zu und arbeitete weiter. Nach einer Stunde vergeblichen Wartens wollte Kurt gerade in sein

Versteck zurückrobben, als er unter sich Kassebohms dröhnendes Lachen hörte. Kassebohm stand im Gang hinter den Kühen wie ein Eichbaum vor Ella, breitete die Arme aus und versperrte ihr den Weg. „Rühr mich nicht an!" schrie Ella und versuchte, unter den Armen hindurchzuschlüpfen. Aber da hatte Kassebohm schon ihre Zöpfe in der Hand. Sie warf den Kopf zurück, schwang den vollen Milcheimer durch die Luft und traf damit den Melker zwischen Nabel und Brustkorb. Ach, die schöne Vollmilch! Mit Milch bekleckert, stand Kassebohm da in seiner Kraft und Größe. Die weiße Flüssigkeit tropfte von den Ärmeln in die Gummistiefel und vermischte sich mit den grünen Kuhfladen zu einem unappetitlichen Brei. Aber Ella war mit heiler Haut davongekommen.

„Na, warte, dich krieg ich noch!" rief Kassebohm hinterher. Er schien nicht einmal böse zu sein, obwohl sie ihn vor den fünfundzwanzig Kockschen Kühen bloßgestellt und einen Eimer bester Milch vergossen hatte.

Kurt war stolz auf Ella. Sie war das hübscheste Mädchen in Kudenow, und so fleißig wie sie war keine andere. Seine Schwester hatte einen besseren Mann verdient. Lange hielt das Gefühl des Triumphes nicht vor. Als Kurt an die langen, dunklen Winterabende im Kuhstall dachte, die seiner Schwester bevorstanden, wurde ihm schwarz vor Augen. Er konnte doch nicht den lieben langen Winter als Ellas Schutzengel oben in der Heuluke liegen, den verrosteten Milcheimer als letzte Waffe in der Hinterhand!

FÜR die 105. Zuteilungsperiode wurden fünfhundert Gramm Zukker und sechshundert Gramm Fleisch aufgerufen. Aber das besagte gar nichts, denn es hatte sich eingebürgert, mehr Marken zu drucken und mehr aufzurufen, als Ware vorhanden war. Über fünfzig verschiedene Lebensmittelkarten gab es, in allen Farben des Regenbogens.

Wiebkes Mutter bekam von Jerry, dem Engländer, einen alten Volksempfänger geschenkt. Seitdem wußte Wiebke gut Bescheid in der Welt und verbreitete auch die neuesten Nachrichten in der Scheune und im Hühnerstall.

Schieber-Schmidt erhielt zum erstenmal nach Ende des Krieges eine Lieferung Gummistiefel. Über Nacht verteilte er sie gegen Naturalien an die Bauern. Als die Flüchtlinge am nächsten Morgen vor seiner Ladentür Schlange standen, um ihre Bezugscheine für Gummistiefel vorzulegen, waren die Stiefel längst unterwegs.

Im Herbst 47 kam das Gerücht auf, Kasulki von der Deutschen Hilfsgemeinschaft gebe nur den Frauen Kleidung, Schuhzeug, Mäntel und Unterwäsche, die bis zehn Uhr abends in seiner Baracke blieben. Ein fliegender Händler kam mit Holzpantoffeln ins Dorf; er verlangte zwanzig Eier für ein Paar klappernde Untersätze. Wer nicht legen konnte, durfte auch ein Kilo Speck oder zehn Pfund Mehl geben. Neben dem Wallensteiner Hof richtete sich eine Sirupkocherei ein. Zwei kriegsentlassene Männer stellten einen Riesenkochkessel in eine alte Wehrmachtsbaracke und gaben Zunder. Wer Zuckerrüben anlieferte, bekam braunen Sirup. Es kostete keinen Pfennig; die Sirupkocher behielten nur die Hälfte des Ertrages für sich.

Einen Teil der Kartoffeln, die Kurt und Ella gestoppelt hatten, tauschte die Mutter gegen Briketts ein. Ein Zentner Kartoffeln, sieben Zentner Briketts, so war der Kurs. Kurt stellte die Briketts in Reih und Glied unter Mutters Bett auf. Der nächste Winter konnte kommen – im Hühnerstall würde das Feuer nicht mehr ausgehen.

Dorfpolizist Willers mußte auf höhere Weisung den Hof des deutschen Bauern durchsuchen. Es war bis in die Kreisstadt gedrungen, daß es dort an gewissen Tagen, wenn der Wind günstig stand, verdächtig nach schwarz gebranntem Fusel roch. Aber so etwas geht nicht. Das deutsche Volk hungert, und der deutsche Bauer brennt die kostbaren Kartoffeln zu Schnaps.

Natürlich fand Willers nichts. Aber am nächsten Tag war er betrunken und meldete sich telefonisch krank. Kudenow war ohne Polizeischutz.

Kurt saß oft in Stoltens Knechtskammer und sah schweigend zu, wie Stolten auf einem Schinkenbrett die langen, trockenen Stengel des Tabakeigenbaus schnitt. Tabak war, abgesehen von der drallen Ina, Stoltens einzige schwache Stelle. Er bedauerte es, nicht öfter in die Stadt zu kommen. Nach seiner Vorstellung spazierten dort die englischen Soldaten scharenweise durch die Straßen und warfen überlange Kippen achtlos in die Gosse.

Um Stolten einen Gefallen zu tun, legte Kurt sich auf die Lauer,

wenn Jerry zu Wiebkes Mutter kam. Meistens stieg er mit einer Zigarette im Mundwinkel aus dem Jeep. Bevor er die Altenteilerkate betrat, warf er den Stummel in den Fliederbusch. Sobald Jerry verschwunden war, holte Kurt die Kippe, an der manchmal noch mehr als
die Hälfte dran war. Dann setzte er sich unter die tausendjährige Eiche
und wartete. Er hatte Wiebke beauftragt, dafür zu sorgen, daß die aus-
gedrückten Kippen nebst Asche nicht in den Ofen wanderten, sondern
zu Kurt auf den Hof kamen. Alle Kippen zusammen ergaben eine
kleine Handvoll Virginiatabak. Stolten bekam blanke Augen.

Als Dank für die Kippen brachte Stolten eines Tages ein weißes Kaninchen in den Hühnerstall. Er hatte es auf dem Rübenacker gefunden
und schleppte es an den langen Karnickelohren zu Kurt. „Da ist ein
Braten für dich", sagte er lachend.

Das Tier machte einen Satz und verschwand zwischen den Briketts
unter Mutters Bett. Eine Viertelstunde arbeitete Kurt mit dem Besen-
stiel, bis das Karnickel zum Vorschein kam.

Der alte Petschelies erbot sich, das Tier totzuschlagen und abzuziehen. Aber das ließ Kurt nicht zu. Er saß in seiner Ecke, hielt das weiße
Kaninchen auf dem Schoß und streichelte es.

„Wir können unmöglich ein Kaninchen in der Stube behalten",
sagte Ella. „Kaninchen stinken fürchterlich." Auch die Mutter war
gegen das Kaninchen.

Wie immer, wenn Kurt keinen Ausweg wußte, flüchtete er auf den
Stallboden. Er lag mit dem Kaninchen im trockenen Klee und sah zu,
wie es fraß. Bis Stolten kam, um Heu für die Pferde zu holen.

„Wenn du ihn behalten willst, mußt du einen Karnickelstall bauen",
fuhr Stolten fort. „Hinter der Wagenremise ist Platz genug. Aber vorher mußt du mit dem Bauern sprechen."

Es kostete Kurt Überwindung, den Bauern zu fragen, denn es war
nicht seine Art, um Gefälligkeiten zu bitten.

„Nun wollen die Flüchtlinge auch noch Karnickel züchten",
brummte Kock. Er sah deutlich vor Augen, wohin das führen mußte.
Das Heu für das Kaninchen wird Kurt von Kocks Stallboden klauen,
das Stroh für die Unterlage wird er den Kühen unter dem Hintern
wegziehen. Noch mehr Steckrüben als bisher werden verschwinden.

Der Bauer wollte gerade lospoltern, als sein Blick auf die Wandnische zwischen Schweinestall und Wagenremise fiel. In jener Ecke hatten schon einmal Kaninchenställe gestanden. Das lag bald fünfzehn Jahre zurück. Damals hatte Gerhard Kock Angorakaninchen gezüchtet. Bauer Kock sah dort seinen kleinen Jungen auf der Erde sitzen und Butterblumen durch den Maschendraht in den Kaninchenkäfig stekken. Dann musterte er Kurt von oben bis unten. Der kleine Marenke war jetzt in dem gleichen Alter wie damals Gerhard, nur etwas dünner.

„Da", sagte Kock und zeigte auf einen dreckigen Fleck neben der Wagenremise, „da kannst du deinen Stall hinbauen." Ruckartig drehte er sich um und steuerte auf die Burg zu.

Knecht Stolten besorgte Bretter, der alte Petschelies nagelte den Kaninchenstall zusammen.

„Nun brauchst du nur noch ein Vorhängeschloß", sagte Petschelies, als er fertig war. „Ohne Schloß klauen sie dir den Hasen in der ersten Nacht."

Kurts trotziges Festhalten am Leben des weißen Kaninchens machte sich bezahlt. Zehn Tage später warf das Tier neun Junge, von denen sieben die erste Nacht überlebten.

Die große Kaninchenzucht konnte beginnen. Fleisch für ungezählte Sonntagsbraten kündigte sich im Hühnerstall an. Kaninchen in saurer Milch, Kaninchenbrühe von den Knochen, Kaninchengulasch. Handschuhe aus Kaninchenfell, Ohrklappen, mit Kaninchenfell besetzt, ein Fell für Mutters Rücken und zum Füßewärmen in kalten Nächten.

Aber zum Glück wurde es kein kalter Winter. Es war schmuddelig, neblig, erträglich. Das half, Kalorien und Briketts zu sparen.

Weihnachten war noch immer kein Weihnachten wie in Friedenszeiten. Drei Jahre kein Krieg mehr, aber drei Jahre noch kein Frieden. Denn Frieden war mehr als nicht schießen, Frieden hieß auch, zu Hause zu sein, aus der Gefangenschaft heimzukehren, Vater und Mutter wiederzufinden, nicht zu frieren und reichlich zu essen.

Das britische Kriegsministerium ließ die Meldung verbreiten, die in England gefangenen Deutschen kämen bis Ende August nach Hause. Aus dem sowjetischen Kriegsministerium waren dergleichen Nachrichten nicht zu hören.

„Zum Glück war unser Bruno immer gesund. Der wird auch Rußland überleben", tröstete sich die Mutter.

Kurt arbeitete nun mehr in der Landwirtschaft, als es den Schularbeiten guttat. Er kämpfte mit den Strohhaufen hinter Kocks Dreschkasten. Denn Arbeit ging vor Schule. Eine Teufelsarbeit war das. Den
lieben langen Tag brummt der Dreschkasten. Die Luft ist erfüllt mit
trockenem Staub, der sich auf Lippen und Augenlider legt. Willst du
verschnaufen, liegt dir plötzlich ein Berg Stroh vor der Nase, blockiert
den Ausgang der Maschine, stoppt das ganze Unternehmen. Du
kannst nicht einmal zum Lokus gehen; das Ungeheuer von Maschine
zwingt dich zur Arbeit, packt immer neue Berge vor dich hin.

Endlich Abendbrot in Kocks Bauernküche. Erbsensuppe, in der der
Löffel steckenblieb. Dazu wabbeliger Speck. Nach dem Essen ver-
teilte Kock den Lohn. Dreißig Pfund Roggen wog er jedem seiner
Aushilfsarbeiter ab. Als Kurt an der Reihe war, blickte der Bauer auf.
„Kinder kriegen nur die Hälfte!“

Er schüttete das volle Maß zurück in den Sack und wog für Kurt
fünfzehn Pfund ab. Kurt spürte, wie sich sein Kopf zu drehen begann.
An die Gurgel hätte er dem Bauern springen können. Wie ein Mann
hatte Kurt Marenke gearbeitet, aber wie ein Kind sollte er bezahlt werden.

„Den Scheiß können Sie behalten!“ rief Kurt. Er warf dem Bauern
den Lohn des Dreschtages vor die Füße, verschüttete die kostbaren
Körner auf der Tenne.

„Hoho!“ dröhnte Kock. „Dir geht es wohl zu gut!“

Kurt rannte kopflos an den Wartenden vorüber, überquerte den
Hofplatz, durcheilte die Scheune und wurde erst ruhiger, als er die Felder erreichte. Sein Kopf schmerzte. Vor Kälte begann er zu zittern.

Als es dunkelte, kehrte er heim in den Hühnerstall. Schweigend
rührte die Mutter in der Klunkersuppe, während Kurt verstockt in der
Ecke Platz nahm.

„Der Bauer hat ganz schön getobt“, fing die Mutter nach einer
Weile an. „Du sollst dich bei ihm entschuldigen.“

Kurt hämmerte mit den Fäusten gegen den Sperrholzschrank. Auf
den Tageslohn wollte er gern verzichten. Aber entschuldigen? Du
fühlst dich im Recht und mußt dich entschuldigen!

„Wenn du dich nicht entschuldigst, muß der Kaninchenstall weg,
hat der Kock gesagt.“

Auch das noch! Kurt begriff, daß die Kaninchen seine schwache Stelle waren. Seitdem er Kaninchen besaß, war er erpreßbar und mußte sich schicken.

„Davon stirbst du nicht, das macht dich nur härter", sagte die Mutter beiläufig, als sie die Milchsuppe in die Terrine schüttete. Kurts letzte Hoffnung war Ella. Sie kam von der Arbeit und besprach mit der Mutter den Tageslauf. Was die Vorarbeiterin in der Nähstube gesagt hatte, was der oberste Zuschneider darauf erwidert hatte, was es in der Nähstube zu essen gegeben hatte und was es in der nächsten Woche zu essen geben würde. Ganz zum Schluß erzählte die Mutter von Kurts Streit mit dem Bauern.

„Du mußt dich entschuldigen", sagte Ella, „ob du unrecht hast oder nicht, nur weil der Kock mächtiger ist. Es kostet nichts, sich zu entschuldigen. Du redest deine Entschuldigung daher und denkst dir im stillen: Du bist ein dämliches Schwein!"

„Ella!" rief die Mutter. „Was nimmst du für Wörter in den Mund?"

„Entschuldigen ist das Einfachste von der Welt", fuhr Ella eifrig fort. „Niemand kann deine Gedanken lesen."

Der nächste Tag war ein Sonntag. Vor dem Kirchgang rief ihn die Mutter. Sie stand, das Gesangbuch in der Hand, auf dem Hof und blickte ihn bittend an. „Wenn ich aus der Kirche komme, mußt du es hinter dich gebracht haben", sagte sie. „Dann können wir in Ruhe Mittag essen." Sie nahm ihn in den Arm und drückte ihn wie lange nicht mehr. „Es hängt zuviel davon ab, Kurtchen", flüsterte sie. „Wir müssen uns mit dem Bauern gut stehen, auch wenn du recht hast."

Um halb elf stand Kurt in der guten Stube des Bauern Kock in Kudenow. Eichenschränke und alte Bilder. Ein Kachelofen, so mächtig wie ein Bunker. Rotbraun gestrichene Balken, von denen an schmiedeeisernen Ketten ein Kronleuchter hing. Kock saß in einem Stuhl, dessen Lehne ein zackiges Nesselblatt zierte, das Wappen von Holstein. Er las das *Schleswig-Holsteinische Bauernblatt*.

„Es tut mir leid, Herr Kock...", begann Kurt.

Der Bauer ließ das Blatt sinken und blickte über den Brillenrand. „Ach, du bist das." Fiete Kock war in gemütlicher Feiertagsstimmung. Er faltete umständlich die Zeitung zusammen und schneuzte sich.

„Was soll aus euch bloß werden? Wir Alten haben auch lernen müssen zu parieren. Und es hat keinem geschadet. Aber die Jugend von heute will gleich oben anfangen." Kock ging mit mächtigen Schritten im Raum auf und ab. „Denkst du, ich bin dumm?" rief er. „Ich hab auch gesehen, wie du gearbeitet hast, mehr als die Weiber aus der Scheune und mehr als der alte Petschelies. Aber ich kann dem alten Mann nicht nach seiner Arbeit nur den halben und dir den vollen Lohn geben. Die Jungen müssen mit halben Brötchen anfangen. Verstehst du das? Die Jungen arbeiten für die Alten. Und wenn du eines Tages alt bist, arbeiten die Jungen für dich. So geht das in der Welt zu. Habt ihr das in eurer Schule nicht gelernt?" Kurt verstand kein Wort, aber er nickte.

„Dann sind wir beide uns ja einig", sagte Kock und zeigte zur Tür. Als Kurt schon halb draußen war, langte der Bauer in die Schale, die auf der Anrichte stand. Er holte einen prächtigen Boskopapfel heraus und warf ihn durch den Raum. Kurt war so überrascht, daß er ihn fallen ließ.

„Danke kannst wohl auch nicht sagen!" brüllte Kock hinterher, als Kurt mit dem Apfel davonlief.

Mit rotem Kopf kehrte Kurt um. „Danke, Herr Kock."

DIE Zeiten können noch so schlecht sein – die Feste fallen niemals aus. Ende Januar begann es mit der Sportlermaskerade des TSV Kudenow, einem Fest für die jungen Leute. Zwei Wochen später folgte die Sängermaskerade der Liedertafel Kudenow und Umgebung e. V. für die feinen Leute. Die letzte Veranstaltung des Winters war die Schweinemaskerade für die einfachen Leute. Die Schweinegilde war der älteste Verein Kudenows. Die Unterschiede zwischen den drei Maskeraden beschränkten sich auf die Eintrittspreise und den Aufwand für die Maskierung. Abgesehen von dem Eröffnungschor hatten die drei Maskeraden die gleiche Musik. Immer spielte die Kapelle Kudenow 98, die so hieß, weil alle drei Musikanten im Jahre 1898 geboren waren.

Die Schweinemaskerade Mitte Februar 1948 war die erste Tanzlustbarkeit, an der Ella teilnehmen durfte. Ab sieben Uhr abends glühte der Ofen auf dem Saal des Wallensteiner Hofes. In seiner Nähe war es nicht auszuhalten vor Hitze, aber auf der anderen Seite des Saals gefror der Grog in den Gläsern. Es gab reichlich Bier, seichtes Plätscherwasser, das auf die Blase drückte. Wer Schnaps haben wollte, mußte eine Buddel von zu Hause mitbringen. Für den Magen hatte der Wirt eine Zinkwanne voll Kartoffelsalat bereitgestellt. Frikadellen gab es dazu, aber nur unterderhand für besonders gute Kunden. Der schönsten Maske hatte Schlachter Tetje eine Rauchwurst gestiftet. Der zweite Preis, eine Torte, kam von Bäcker Sengelmann. Ein buntes Kopftuch hatte Schieber-Schmidt als dritten Preis erübrigt.

Wochenlang hatte Ella für dieses Fest gearbeitet. Aus Abfällen der Nähstube war das bunte Gewand eines heruntergekommenen Harlekins entstanden. In normalen Zeiten hätte dieser Flickenteppich gute Aussichten auf die Rauchwurst gehabt, aber im Jahre 1948 war man der aufgesetzten Flicken überdrüssig. Es mußte etwas Schönes sein, ein heiles Königsgewand, eine Prinzessin mindestens.

Um halb neun zog die Musik in den Saal. Hinter Kudenow 98 in Zweierreihen die Maskierten. Die Zuschauer kletterten auf die Bänke und klatschten im Takt zu den *Alten Kameraden*.

Kurt lag draußen auf einem eingeschneiten Rübenwagen und beobachtete das Getümmel im Saal durch die abtauenden Fensterscheiben. Seine Füße froren, aber der Kopf glühte. Für ihn war diese Maskerade nicht weniger aufregend als für seine Schwester. Er verfolgte jeden ihrer Schritte, denn auf so einer Schweinemaskerade läuft alles durcheinander. Da werden Kleider zerrissen, Zähne ausgeschlagen und Nasen verbeult; da tanzen sogar Einheimische mit Flüchtlingen.

Ich tanze mit dir in den Himmel hinein... Bei diesem langsamen Walzer erledigte der deutsche Bauer seinen Pflichttanz mit Frau Henriette; er entwickelte eine gewaltige Fliehkraft, verschaffte sich Luft im Umkreis von vier Metern und mußte mit Gewalt vor dem glühenden Ofen gebremst werden.

Plötzlich ging das Licht aus. Stromsperre. Die Mädchen kreischten. Die Musik spielte pausenlos in die Dunkelheit hinein, spielte ohne Licht und Noten aus dem Kopf. Der Krugwirt brachte Kerzen, aber als sie brannten, kam der Strom wieder. Ein paar Biergläser waren in der allgemeinen Verwirrung umgekippt, ein Teller mit Kartoffelsalat lag wie ein Kuhfladen auf der Tanzfläche.

Mit Groggläsern jonglierte der Kellner über den Köpfen der Menge.

Dorfpolizist Willers marschierte in voller Montur, die Fahrradklammern noch an den Hosenbeinen, durch den wogenden Saal, grinste freundlich nach allen Seiten und umklammerte mit der einen Hand ein Bierglas, mit der anderen seinen Gummiknüppel.

Plötzlich zupfte jemand Kurt am Ärmel. „Zieh mich mal auf den Wagen", sagte Wiebke.

Er half ihr. Sie legte sich neben ihn und blickte durch die Löcher des Vorhangs in den Saal, summte die Lieder mit und schlug mit den Stiefelspitzen den Takt auf dem Rübenwagen.

„Tanz mit mir!" rief Wiebke plötzlich.

Auf dem Rübenwagen natürlich, denn in den Saal durften Kinder nicht hinein. Kurt kam sich ziemlich dämlich vor. Aber weil es dunkel war und niemand sehen konnte, wie er mit Wiebke auf dem Rübenwagen tanzte, tat er ihr den Gefallen.

„Du tanzt schon ganz ordentlich", lobte Wiebke ihn.

Kurt wäre gern bis zur Demaskierung am Fenster geblieben. Aber gegen zehn Uhr kam die Mutter und schickte ihn nach Hause. Er rechnete es Wiebke hoch an, daß sie mitkam. Sie bummelten die hartgefrorenen Wege entlang und zerschlugen mit dem Schuhabsatz die dünne Eisschicht, die sich über die Wasserlachen gelegt hatte. Kurt nahm Wiebke mit in den Hühnerstall zum Aufwärmen.

„Hier wohnst du?" rief sie verwundert. Kurt schämte sich ein wenig für seinen Hühnerstall, in dem es nach Bratkartoffeln und Kohlsuppe, nach Abwaschwasser und grüner Seife roch. Als sie sich erwärmt hatten, schlug er vor, wieder nach draußen zu gehen. Im Mondlicht standen sie vor dem Drahtgeflecht des Kaninchenstalls. Die Tiere schnupperten an Wiebkes Fingerkuppen.

Kurt und Wiebke spielten Kriegen zwischen Hühnerstall und Scheune, tobten sich warm und machten erst Pause, als sie zwei Gestalten erblickten, die sich der Burg näherten. Unter der tausendjährigen Eiche machten die beiden halt; für einen Augenblick waren sie ein dikker, unbeweglicher Strich im Gelände.

„Nimm mich man rein, Ina, es ist so kalt draußen", hörten sie Stoltens Stimme.

Klatsch! klatsch! machte es, und dann löste sich ein Schatten unter der tausendjährigen Eiche und stürmte auf die Eingangstür zu. Stolten hinterher. Er erwischte den Schatten aber nicht mehr. Weg war sie, die treue Ina. Stolten stand draußen und überlegte ärgerlich, ob er zurück-gehen sollte in den Wallensteiner Hof, um sich zu betrinken.

Im Festsaal trieb die Maskerade ihrem Höhepunkt zu. Vor der De-maskierung antreten zur Polonäse! Hinter der Musik zogen die Mas-kierten durch den Saal, überschwemmten die Schankstube, durch-querten das Klubzimmer mit den Hirschgeweihen, machten nicht einmal vor der Küche halt und kamen sogar in die eisige Kälte zu einer verschlungenen Kehre um den verschneiten Rübenwagen. Von dort wieder hinein in die muffige Wärme. Auf dem Saal das Ganze stillge-standen. Der Vorstand der Schweinegilde trug einen stabilen Tisch in die Mitte; auf jede Seite stellten sie einen Stuhl. Zu einem flotten Marsch kletterten die Maskierten paarweise über den Tisch. Oben halt. Die Musik spielte einen Tusch, die Masken fielen, und die beiden hatten sich im Rampenlicht zu küssen.

Als Ella auf dem Tisch stand, blieb der Mutter fast das Herz stehen. Ihre Tochter mußte sich hoch über der Tanzfläche vor allen Leuten küssen lassen! Ein Einheimischer war es, der Ella zum erstenmal in ih-rem Leben einen Kuß auf den Mund drückte, das Milchgesicht, das bei Krämer Vagt Grütze und Mehl abwog.

Nach der Demaskierung schloß die Kasse, und nun konnte die Mut-ter in den Saal, ohne Eintritt zu bezahlen. Sie wollte Ella abholen, aber die wirbelte ausgelassen ihre Runden, während die Mutter neben dem erkaltenden Ofen stand. Sie ließ keinen Blick von ihrer Tochter. Denn nach Mitternacht kam die wilde Zeit.

Ein Knecht verprügelte einen Waldarbeiter aus dem Nachbardorf, der dreimal hintereinander mit einem Kudenower Mädchen getanzt hatte. Melker Kassebohm zertrümmerte mit einem Handkantenschlag einen stabilen Tisch aus Friedenszeiten. Vor der Musik kampierte ein Glasfresser, der Biergläser mit den Zähnen zermalmte und runter-schluckte, bis das Blut tropfte. Auf der Herrentoilette gab es eine Kei-lerei. Das Dünnbier kleckerte auf die Dielen. Die Girlanden lagen in Fetzen. Dorfpolizist Willers ruderte mit beschmutzter Montur durch die Menschenwogen, immer bedacht, nicht gerade da zu sein, wo es dicke Luft gab. Denn auf der Schweinemaskerade von Kudenow durfte sich der Arm des Gesetzes nicht dazwischenmengen.

Als Kudenow 98 Pause machte, um Bratkartoffeln mit Rührei zu essen, griff die Mutter Ella, um mit ihr nach Hause zu gehen.
„Du zitterst ja, Kind."
Ja. Ella zitterte. Vor Aufregung. Die Melodien ließen sie nicht los. Sie hätte am liebsten auf der Straße getanzt, gesungen, gelacht.
„Zu Hause waren die Feste auch schön", sagte die Mutter.

EINE Hungersnot wie 1947 sollte es nicht mehr geben. Deshalb zählten und beschlagnahmten die Behörden, was ihnen in die Finger geriet. Bürgermeister Petersen verteilte an die Bauern einen Abdruck des Militärregierungsgesetzes zur „Sicherung der Kartoffelversorgung im Wirtschaftsjahr 47/48". Was über 200 kg je Kopf hinausging, wurde beschlagnahmt.
Es folgte eine Volkszählung. Sie ergab schwarz auf weiß, was viele Kudenower befürchtet hatten: Es gab mehr Flüchtlinge als Einheimische im Dorf!
Nach der Volkszählung die Viehzählung. Der deutsche Bauer unterschlug acht Gänse. Jemand zeigte ihn auf dem Ernährungsamt an, und Polizist Willers mußte schweren Herzens eine Beschlagnahmeverfügung zustellen. Am 25. April sollten die Gänse abgeliefert werden. Bis dahin waren sie ordentlich zu ernähren. Der 25. April wurde ein Festtag.
Auf dem Schulweg kam den Kindern ein Milchwagen entgegen. Auf dem Bock saß der deutsche Bauer im dunklen Beerdigungsanzug, neben ihm einer der Musiker von Kudenow 98 mit der Trompete um den Hals. Hinter den beiden schnatterten in einem Verschlag die acht Gänse. Lärmend zogen sie durch das verschlafene Kudenow und weiter in Richtung Kreisstadt.
Unterwegs sprang auf rätselhafte Weise die Klappe des Gänseverschlags auf. Verängstigt flatterten die Gänse in die Freiheit und verschwanden mit heiserem Geschrei im Schilfwald des Kudenower Sees.
Nach diesem Zwischenfall fuhr der Milchwagen zum Kudenower Gemeindeamt zurück. Dort gab der deutsche Bauer zu Protokoll, die beschlagnahmten Gänse seien ihm auf unerklärliche Weise entflohen. Wenn das Ernährungsamt sie haben wolle, müsse es sie einfangen. Er verzichte auf alle Rechte an den Tieren.

Drei Gänse tauchten später in der Scheune auf, wo sie zu Gänseklein verarbeitet wurden. Die übrigen wurden anderweitig gefressen, oder sie rauschen noch heute als Wildgänse durch die Kudenower Nächte.

KURTS vierzehnter Geburtstag. Als er aus der Schule kam, stand sein erster Kaninchenbraten auf dem Tisch. Dazu Saure-Sahne-Soße und reichlich Kartoffeln. Ellas Geburtstagsgeschenk war eine neue Jacke, die sie genäht hatte. „Jetzt kannst du dich wieder unter Menschen zeigen, Kurtchen", meinte sie. Gleichzeitig griff sie Kurts alte Joppe und war in Gedanken schon dabei, das zerschlissene Stück aufzutrennen, um etwas Nützliches herzustellen, Wischlappen zum Beispiel.

Da riß ihr Kurt die Joppe aus den Händen und warf sich über das alte Kleidungsstück.

„Stell dich nicht so an, Kurtchen! Die Joppe ist hin, der Rand durchgescheuert, kein Futter mehr in den Taschen..."

Ella hatte recht. Mit der alten Joppe war kein Staat mehr zu machen. Nur ein paar Erinnerungen hingen daran. Aber Erinnerungen stecken nicht im Ärmel oder im Futter. Darum mußte Kurt die alte Joppe in Sicherheit bringen, mußte sie verstecken vor dem praktischen Verstand seiner Schwester, der alles in nützliche Gebrauchsgegenstände verwandelte. Nach dem Kaninchenessen schleppte er die Joppe auf den Stallboden zu den Orden des Krieges. Da war sie sicher.

Das schönste Erlebnis seines Geburtages hatte Kurt in der Altenteilerkate. Jerry, der Engländer, kam mit einem größeren Wagen vorgefahren als sonst. Als er die Plane zurückschlug, tauchte ein Damenfahrrad auf, aus England importiert, neu, unberührt, glänzend. So ging es zu in der Welt: Kurt hatte Geburtstag, und Wiebke bekam ein Damenfahrrad! Jerry trug es in die Altenteilerkate, schleppte es die Treppe hinauf und stellte es mitten in die Stube.

Als Jerry die Altenteilerkate verlassen hatte, holte Wiebke Kurt ins Haus, um ihm das Fahrrad zu zeigen. Zum erstenmal betrat er Wiebkes kleines Reich, sah auch zum erstenmal ihre Mutter aus der Nähe. Auf Distanz war sie ihm schöner vorgekommen. Wenn du einen Meter vor einem Menschen stehst, siehst du über Dauerwellen und bemalte Lippen hinweg; es bleibt nur noch das einfache Gesicht übrig.

Wiebkes Mutter brachte heißen Kakao aus britischen Beständen.

Wiebke bimmelte leidenschaftlich mit der Fahrradbimmel, bis ihre Mutter es nicht mehr aushalten konnte und den Volksempfänger einschaltete. In dem Kasten sang Rudi Schuricke die *Caprifischer*, und Wiebke bekam verklärte Augen, als bei Capri die rote Sonne im Meer versank.

Als Kurt aus dem Fenster blickte, sah er einen Menschenauflauf vor dem Eingang der Burg. Die Frauen aus der Scheune und die Mutter standen andächtig im Halbkreis. Auf der Treppe die Bäuerin mit einem Stück Papier in der Hand, dahinter Ina mit einem Tränenstrom, der ein Mühlrad antreiben konnte.

Kurt und Wiebke rannten auf den Hof. Sie sahen die Bäuerin einen Brief in die Höhe halten und hörten sie rufen: ,,Mien lewe, lewe Jung!''

Ja, er lebte. Gerhard Kock lebte. Auf häßlichem, grauem Papier hatte er aus Rußland geschrieben.

,,Kommt rein! Kommt rein!'' Die Bäuerin öffnete die Tür. Scheu folgten die Frauen, versammelten sich in der Küche wie zu einer Andacht. Die Bäuerin hob den Brief hoch, um ihn zu zeigen. So sehen Briefe aus Rußland aus!

Sie begann laut zu lesen, unterbrach sich aber und schickte Ina in die Speisekammer, um eine Schürze voll Eier zu holen. Sie wollte etwas Gutes tun und ließ die Eier an die Frauen verteilen zur Erinnerung an den Tag, an dem Gerhard Kock aus Rußland geschrieben hatte.

Mutter Marenke verließ als erste die Burg. Ohne Eier. Müde ging sie über den Hof. Kurt lief hinterher. Er fand sie neben dem Herd, auf dem die Kartoffeln blubbernd kochten.

Du brauchst nichts zu sagen, Mutter. Kurt weiß, was du denkst. Der liebe Gott ist ungerecht, denkst du. Die Bäuerin hat nichts verloren, sie sitzt auf vollen Kellern und Speichern, hat vom Krieg nichts gespürt... und zu guter Letzt bekommt sie noch den Sohn wieder. Aber kein Mensch denkt an Mutter Marenke!

Kurt stand hinter ihr und wußte nicht, wie er ihr helfen sollte. Bis die Mutter selbst den rettenden Gedanken fand. Es mußte an der Post liegen. Wohin sollte Bruno Marenke schreiben? In Ostpreußen werden keine Briefe mehr zugestellt, und bis die neuen Adressen der durcheinandergewürfelten Flüchtlinge wieder geordnet sind, dauert es Jahre. Der Junge kann ja gar nicht schreiben!

„Du mußt für mich einen Brief an das Rote Kreuz aufsetzen, Kurtchen."

Er tat es gern und gab sich größte Mühe. Kurt teilte dem Roten Kreuz die neue Adresse der Anna Marenke geborene Podlich mit. Falls da ein Brief aus Rußland käme von einem gewissen Bruno Marenke, dann möchten sie ihn doch bitte weiterleiten nach Kudenow. Dort wird er herzlich erwartet.

Die Engländer hielten Wort und schickten Wiebkes Vater aus der Gefangenschaft nach Hause. Erst fuhr er nach Hamburg. Als er dort seine Hausnummer nicht fand, erkundigte er sich bei den Behörden nach seiner Familie und machte sich auf den Weg nach Kudenow. Der Hamburger ist da! Der hat sogar einen schweren Koffer mitgebracht. Sah nicht verhungert aus, schleppte kein Wasser in den Gliedern mit sich herum. Keine Verletzungen. Ein gesunder Mann von vierzig Jahren.

Kurt mistete den Kaninchenstall aus, als Wiebke mit der frohen Botschaft angetanzt kam, daß ihr Vater nach Hause gekommen sei. Sein erster Gedanke war Jerry. Was sollte aus dem werden?

Aber Wiebke sprach nur über ihren Vater. Nicht zu glauben, wo der überall herumgekommen war. Sogar in Kanada ist der gewesen. Stundenlang wird er Wiebke erzählen vom Krieg und von der Gefangenschaft, von der Schiffsreise über den Ozean und von kanadischen Bärenjagden. An heißen Tagen wird er mit Wiebke zum Kudenower See gehen. Denn Wiebkes Vater war ein großer Schwimmer. Im Krieg hatte er ihr während eines Heimaturlaubs im Hamburger Stadtparksee das Schwimmen beigebracht. Und sie wollte mit ihrem Vater Radio hören, stundenlang.

Kurt hörte geduldig zu. Während Wiebke plauderte, trat ihr Vater auf den Hof. So, wie er gekommen war, die Soldatenmütze auf dem Kopf, den Rucksack auf dem Rücken, den Koffer in der Hand. Er sah aus wie ein Hausierer, der Wiebkes Mutter Knöpfe und Zwirn verkauft hatte.

„Da geht er wieder", bemerkte Kurt.

Der Mann strebte eilig der Dorfstraße zu. Wiebke rannte hinterher und erwischte ihn hinter der tausendjährigen Eiche.

„Ich muß noch einmal in die Stadt", sprach Wiebkes Vater. Er hatte noch etwas mit seinen Entlassungspapieren zu klären. Außerdem mußte er einen Scheidungsanwalt suchen und eine Trümmerfrau, denn wenn du nach fünf Jahren heimkehrst, brauchst du vor allem eine Frau.

Aber das sagte er nicht. Er ergriff Wiebkes Hand und quälte sich ein Lächeln ab. Dann hob er den Koffer hoch und setzte sich in Bewegung, um den Zug nach Hamburg nicht zu verpassen. Wiebke wollte ihn zum Bahnhof begleiten, aber ihr Vater bestand darauf, allein zu gehen. Also gut. Mißmutig bummelte sie zu Kurts Kaninchenställen, während ihr Vater hinter den Linden der Dorfstraße verschwand.

„Es muß ein dämliches Gefühl sein", meinte Kurt. „Du kommst aus englischer Gefangenschaft, und zu Hause findest du wieder einen Engländer."

„Meinst du, deshalb ist er weggegangen?"

Kurt nickte.

„Ist das denn so schlimm?"

„Ja, sehr schlimm", behauptete Kurt. Er verstand nicht viel von diesen Dingen, aber so viel hatte er begriffen: in der Welt der Erwachsenen war das, was Wiebkes Vater zugefügt worden war, schmerzhaft, demütigend und verletzend. Du wirst besiegt und dann noch mit dem Sieger betrogen.

„Ich werde nur eine Frau heiraten, die mindestens fünf Jahre treu sein kann", erklärte Kurt feierlich. Fünf Jahre vom großen Brand Hamburgs 1943 – damals hatte Wiebkes Vater Sonderurlaub bekommen – bis zur Entlassung aus englischer Kriegsgefangenschaft im Frühling 1948.

Wiebkes Mutter rief sie ins Haus. „Dein Vater und ich haben uns ausgesprochen… Weißt du, nach so langer Zeit versteht man sich manchmal nicht mehr, lebt sich einfach auseinander…"

Wiebke blickte betroffen auf den Fußboden. „Wenn ich ein Mann wäre, würde ich nur eine Frau heiraten, die mindestens fünf Jahre treu sein kann", sagte sie trotzig.

„Kind, Kind, was redest du für einen Unsinn!" Wiebkes Mutter begann zu weinen. Sie versuchte, Wiebke an sich zu ziehen, aber die wich aus, rannte die Treppe hinunter, nahm ihr Fahrrad und raste hinter ihrem Vater her. Doch der saß schon in der Kudenower Kleinbahn.

DIE Kälte hatte sie gut überstanden. Auch die Regenzeit im Frühling, als das Wasser von drinnen und draußen am Scheunenholz herabgelaufen war. Aber nun, im schönsten Sommer, als das Schlimmste vorüber war, legte sie sich hin, um zu sterben. Die Frau des alten Petschelies war immer eine unscheinbare Person gewesen, vollauf beschäftigt mit den Töpfen in ihrem Scheunenfach. Dazu schweigsam. Eine grauhaarige Frau, die du erst bemerkst, wenn sie nicht mehr da ist. Achtundsechzig Jahre ist sie alt geworden.

„Ich muß sie in fremder Erde begraben!" Das war für den alten Petschelies das Schlimmste. An der Memel wartete ein geräumiger Friedhof mit Erbbegräbnis und weitem Blick vom Totenhügel auf Stadt und Strom. Aber vielleicht hat die Artillerie den Gottesacker umgepflügt, und das Unkraut ist höher gewachsen als die Grabsteine.

„Für die Auferstehung ist es egal, ob unsere Toten in Ostpreußen oder Holstein begraben liegen", behauptete Pastor Thormählen, als er einen Totenbesuch in der Scheune machte. „Vor Gott zählt nicht die Erde, sondern die Seele."

Auch Kurt besuchte die Tote, die zwei Tage in der Scheune lag, während in den übrigen Fächern das Leben weiterging. Sie lag in Dekken gehüllt auf ihrem Strohsack, als stellte sie sich schlafend. Ergriffen sah er zu, wie der alte Petschelies im Beisein der Toten den täglichen Verrichtungen nachging: Kochgeschirr ausspülen, die Ziege beschikken, Kartoffeln schälen, aber nur für eine Person.

Zur Beerdigung kamen die Flüchtlinge zusammen. Ina folgte als einzige aus der Burg; sie brachte einen Kranz mit von Friedrich Kock und Frau.

Kallweit trat nach dem christlichen Teil der Beerdigung ans offene Grab. „Elise Petschelies! Es war uns nicht vergönnt, dich in Heimaterde zu begraben. Aber wir geloben dir, die Heimat nicht zu vergessen!"

In der Scheune gab es ein Beerdigungsessen. Sie stellten die rohen Tische nebeneinander, dazu Bänke und Hocker. Ein Scheunentor blieb weit geöffnet. Die Sonne fiel schräg ein, füllte das untere Ende der Tafel mit Licht und ließ die Staubkörnchen über den Köpfen der Sitzenden tanzen. Es gab eine Kaffeetorte, die die Scheunenfrauen für den alten Petschelies gebacken hatten. Dazu Lindenblütentee, soviel jeder wollte. Auch reichlich Brot mit Sirup. Knecht Stolten fuhr alle halbe Stunde mit einem Heufuder vorbei. Der Geruch des frischen Heus zog durch die Scheune. Der gleiche Geruch wie auf den Memelwiesen.

„Nur gut, daß die alte Frau Petschelies nach dem zwanzigsten Juni gestorben ist", meinte die Mutter. „So hat er für sie wenigstens noch Kopfgeld bekommen. Ohne ihr Kopfgeld hätte er die Beerdigung nicht ausrichten können."

Diese Aufregung um das neue Geld! Es hieß wie das alte, Mark; nur vom Reich war nichts mehr zu sehen. Sechzig neue Mark für jeden bar auf die Hand, davon vierzig sofort, zwanzig später als Nachschlag. Die Mutter brachte den Segen für die drei Marenkes nach Hause.

„Das ist Friedensgeld", sagte sie feierlich und ließ ihre Kinder die neuen Scheine betasten. Ella zählte sie wieder und wieder.

Das neue Geld veränderte den Wert der Menschen. Wegen der sechzig Mark Kopfgeld grüßte Krämer Vagt plötzlich auch Flüchtlinge, die er auf der Straße traf. Vierhundert Waren hatten die Behörden zusammen mit dem neuen Geld aus der Bewirtschaftung entlassen: Möbel, Radios, Haushaltwaren, Fahrräder. Ach ja, ein Fahrrad möchte Kurt schon gern haben, um mit Wiebke durch Kudenow zu radeln. Doch ein Fahrrad hätte das Kopfgeld der ganzen Familie Marenke verschlungen. Es war sinnlos, davon zu träumen.

Am Tag nach der Währungsreform kam Bauer Kock in die Scheune und sagte: „Nun sind wir alle gleich! Jeder fängt mit sechzig Mark Kopfgeld neu an."

„Von wegen gleich", brummte der alte Petschelies ihm nach. „Die Bauern haben das Land. Das ist unbezahlbar. Wir Flüchtlinge verzichten gern auf das Kopfgeld, wenn wir nur unser Land bekommen."

Und am Tag des Kinderfestes verdienten Kurt und der alte Petschelies ihr erstes Geld, neues, gutes Geld. Petschelies rammte Pfähle in die Erde der Festwiese und nagelte Stangen darüber. Kurt malte ein Schild *Fahrradwache* und einen Richtungspfeil, der in die Ecke zwischen Festwiese und Friedhof zeigte. Dort ein zweites Schild: *Fahrräder: 10 Pfennige, Fahrräder mit Hilfsmotor: 15 Pfennige.*

Der alte Petschelies drückte Kurt ein Beutelchen für das Kleingeld in die Hand. „Du kannst besser zählen als ich alter Mann", brummte er und schickte Kurt zur Kasse des Fahrradstandes. Er selbst pusselte hinten bei den Rädern herum, stellte sie ein, holte sie heraus und hielt es für seine Pflicht, Plattfüße aufzupumpen.

Wiebke brachte Kurt ein Eis. Jerry hatte ihr eine Mark geschenkt, weil sie Königin im Eierlaufen geworden war. Da saßen die beiden, lutschten ihr Eis und sahen dem alten Petschelies zu, der ein Damenfahrrad flickte.

Am Abend, als das letzte Fahrrad abgeholt wurde, nahm der alte Petschelies den Klingelbeutel in die Hand und schüttelte ihn heftig. „Da ist bestimmt ein halbes Pfund Geld drin, Jungche", verkündete er stolz.

Eigentlich hatte sich wenig verändert. Früher gab es reichlich Geld, aber keine Waren. Nun tauchten die Waren in den Schaufenstern von Schieber-Schmidt und Krämer Vagt auf, aber das Geld fehlte.

Das Kopfgeld war rasch verbraucht. Wer mehr Geld haben wollte, mußte es schwer erarbeiten. Der neue Zustand war schlimmer als die Zeit der Bezugsscheine. Du siehst die Dinge greifbar nahe, kannst sie aber nicht bekommen. Zum Beispiel die neuen Fahrräder, die auf dem Hof von Hannes, dem Schmied, standen. Sie waren mit einer Hundekette am Haus befestigt und mit riesengroßen Preisschildern versehen: *120 Mark.* Schade, daß Fahrräder nicht zu den Jedermann-Waren gehörten, den Billigangeboten, die die Behörden unter das Volk brachten, um den größten Warenhunger zu stillen und die Menschen davon abzuhalten, die Schaufenster einzuschlagen.

Auch bei der Ernährung hört die Freiheit des neuen Geldes auf. Was der Bauch brauchte, wurde ihm weiterhin von Gesetzen und Verordnungen zugeteilt. Lebensmittelmarken blieben nach dem neuen Geld die wichtigsten Papiere.

Eines Morgens umstellte Dorfpolizist Willers mit zwei Kriminalbeamten aus der Stadt das Horst-Wessel-Haus, um Kasulki von der Deutschen Hilfsgemeinschaft zu verhaften. Unterschlagung von Hilfsgütern, Handel mit Lebensmittelkarten und Fälschung eines Bezugscheines für vier Autoreifen, das waren seine Verbrechen. Das Auto hatte die Untaten an den Tag gebracht. Es konnte nicht mit rechten Dingen zugehen, wenn ein Mensch wie Kasulki drei Jahre nach Kriegsende schon mit einem Auto in der Gegend herumkutschierte.

Das war sogar der Polizei aufgefallen. Kasulki war der erste Flüchtling, den Dorfpolizist Willers verhaften durfte. „Kaum kommen die Flüchtlinge zu etwas, bescheißen sie sich gegenseitig", kommentierte Bauer Kock den peinlichen Vorfall mit Kasulki.

„Es war ein Fehler, einen Flüchtling in das Büro der Deutschen Hilfsgemeinschaft zu setzen", bemerkte Pastor Thormählen. „Die Versuchung ist zu groß, sich erst einmal selbst zu bedienen." Kasulkis Verhaftung löste eine Hexenjagd aus. Plötzlich witterte jedermann Unrat. Das Gerücht kam auf, der deutsche Bauer pansche Milch, schöpfe die Sahne ab und gieße Wasser hinzu. Sengelmanns Backstube wurde einer gründlichen Revision unterzogen, wobei es um die Frage ging, ob der Bäcker mehr Mais unter das Brotmehl mischte, als es die Vorschriften zuließen. Schlachter Tetje geriet in den Verdacht, er strecke seine Leberwurst mit dem Fleisch junger Katzen. Der Phantasie waren keine Grenzen mehr gesetzt.

Am 1. Dezember wurde ein Soforthilfegesetz für die zehn Millionen Flüchtlinge verabschiedet. Dabei ging es weniger um die paar Mark Unterhaltshilfe, die das Soforthilfegesetz ihnen bewilligte. Viel wichtiger war: Die meisten Flüchtlinge kamen vom Lande, kannten nur Säen und Ernten, mußten Wurzeln schlagen, um zu leben. Woher die viele Erde nehmen, wo Deutschland doch so klein geworden war?

Die Scheune leerte sich. Zwei Familien siedelten in das Horst-Wessel-Haus um, nachdem das Büro der Deutschen Hilfsgemeinschaft geschlossen worden war. Ein älteres Ehepaar wurde von seinem Sohn nach Bayern geholt. Eine ausgebombte Frau durfte in das zertrümmerte Hamburg zurück. Die Zurückbleibenden gewannen Raum, eroberten zusätzliche Scheunenfächer. Für den Torf, den der alte Petschelies im Kudenower Moor gestochen hatte, gab es reichlich Platz. Ein eigenes Scheunenfach für seine Ziege. Am Gemeinschaftsherd kein Gedränge mehr. Nur galt es aufzupassen, daß keine neuen Flüchtlinge in die Scheune kamen und den gewonnenen Platz belegten.

Die Sorge war nicht unberechtigt. Noch immer irrten Millionen heimatlos durch Europa, vorzugsweise in Ost-West-Richtung. Ein Gesetz verbot die Einreise in die Britische Zone ohne Zuzugsgenehmigung. Aber was sind schon Gesetze! Noch war die Zonengrenze durchlässig. Sie sickerten durch den Schilfgürtel des Schalsees oder kamen bei gutem Wetter über die Elbe. Andere zogen die Wälder des Harzes vor oder das Niemandsland zwischen Nordhausen und Duderstadt.

In Kudenow erschien eine Kommission, die den Auftrag hatte, die Flüchtlingsscheune aufzulösen. Sie stiefelte in Begleitung des Bürgermeisters und des Bauern Kock über die Tenne, ging gebückt unter tiefhängenden Wäscheleinen durch und erkundigte sich nach den sanitären Einrichtungen: Klosett, Trinkwasser, Abfälle. Dann quartierten sich die Herren für einen Tag im Gemeindehaus ein und begannen zu rechnen. Sie gaben fünf Figuren in die Nachbargemeinde, schickten die Frau Nuschtnich zu Verwandten ins Rheinland, beschlagnahmten einen Bodenraum im Hause des deutschen Bauern... und hatten am Abend des anstrengenden Tages die Scheune geräumt. Jedenfalls auf dem Papier. Nur der alte Petschelies blieb übrig. Der kann nicht mehr richtig arbeiten. Wer den aufnimmt, muß ihn zu Tode pflegen, denn der alte Petschelies hat keine Angehörigen mehr. Auch die Ziege galt es unterzubringen, denn die gibt der alte Mann nicht her.

„Zerbrecht euch meinetwegen nicht den Kopf." Der alte Petschelies war entschlossen, in der Scheune zu bleiben. Die Scheune kam ihm wie sein zweites Zuhause vor. Dort kannte er jeden Balken und wußte, wo der Regen durchleckte, wo die Ratten entlangmarschierten. Er hatte Platz genug, um in nächtlichen Stunden umherzuwandern, wenn er nicht schlafen konnte. Ihm gehörten alle Fächer, und wenn er fror, ging er heimlich in den Stall oder sprach mit den Pferden. Vor allem schlief er lange, denn in der Scheune von Kudenow lärmten keine Kinder mehr. Sie war so leer, daß man darin Fußball spielen konnte. Wo einst die Wäscheleinen gehangen hatten, übte Wiebke freihändig fahren auf ihrem Damenrad. Und nur noch selten war die Wasserpumpe zu hören, deren monotones Kreischen drei Jahre lang wie traurige Musik geklungen hatte.

OPA Kock wurde langsam tüdelig. An klaren Winterabenden traute er sich nicht mehr vor die Tür, weil er Angst hatte, von einer Sternschnuppe getroffen zu werden. Eines Tages kam er nicht zum Mittagessen ins Bauernhaus, weil er tot in seinem Bett lag.

Bauer Kock richtete eine Beerdigung aus, wie sie nicht alle Tage vorkommt. In langer Reihe standen die Kutschen unter den Linden des Kirchplatzes, vier schwarzverhangene Pferde zogen den Leichenwagen. Sechs Bauern trugen Opa Kock in die Grube. Was in Kudenow Ansehen besaß, stand auf dem Friedhof, um sich von Opa Kock zu verabschieden.

Die Beerdigungsfeier nahm ein solches Ausmaß an, daß Ina allein die Arbeit nicht bewältigen konnte. Mutter Marenke mußte mithelfen. Ella schälte in grauer Nacht, als der kalte Nebel noch über den Häusern von Kudenow hing, Kartoffeln, eine große Zinkwanne voll. Während die Trauernden sich auf dem Friedhof die Füße vertraten, deckte Ella die große Tafel. Staunend stand sie vor dem Schrank mit dem Kristall und betrachtete das Silberbesteck, das Meta Kock in die Ehe gebracht hatte. Fast andächtig trug sie eine wertvolle Suppenterrine mit blauweißrotem Rand und dem eingebrannten Spruch *Up ewig ungedeelt* vor sich her. Diese schwermütigen Schränke mit den geschnitzten Türen. Eine Truhe mit Eisenbeschlägen und verwaschenen Blumenbildern. Der Riesenkachelofen mit der messingbeschlagenen Ofenröhre. Das alles war hundert Jahre alt und älter, von keinem Krieg verwüstet, auf keiner Flucht zurückgelassen.

„Zu Hause hatten wir auch schönes Geschirr", sagte die Mutter zu Ina. „Es liegt in der Scheune vergraben. Hoffentlich haben es die Russen nicht gefunden."

Sie verweilte andächtig vor den Einmachgläsern, die auf dem Bord in Kocks Keller standen. Gläser mit Sülze, Leberwurst, Karbonade, Rotkohl und Apfelkompott. Über den Gläsern baumelten Rauchwürste von der Decke.

Auch Kocks Tochter war mit ihrem Mann aus Marne in Dithmarschen zu Opa Kocks Beerdigung gekommen. Ihre drei Kinder hatte sie mitgebracht. Die waren gesund wie die Holsteiner Runkelrüben.

„Die erben Kocks Hof, wenn Gerhard nicht aus Rußland kommt", sagte Ina zu Ella, als sie den Kindern in der Küche heiße Hühnerbrühe einschenkte.

Kock schenkte Grog ein zum Aufwärmen. Für die Frauen brachte Ina Weinpunsch, der die Lippen rötete und die Zunge löste.

„Nicht einmal zu Opas Beerdigung lassen die Russen unseren Jungen nach Hause!" jammerte die Bäuerin, als sie mit der Vorsuppe durch waren. Sie konnte die Tränen nicht zurückhalten. Opas Beerdigung und der Junge in Rußland. So viel Unglück auf einem Haufen, das war zuviel.

Vor Mutter Marenke häufte sich das Abwaschgeschirr. Immer neue Berge brachten Ina und Ella aus der guten Stube. Dazu Speisereste, halbvolle Bratenteller, Soßenterrinen, erkaltete Salzkartoffeln. Wenn sie allein war, schlang die Mutter hastig ein paar Fleischstücke hinunter. Was an Fleisch übrigblieb, kam in die Speisekammer, aber Kartoffeln und Soße durfte die Mutter mitnehmen in den Hühnerstall als Lohn für ihre Arbeit. Kurt lag schon auf der Lauer. Die Mutter machte ihm die Soße heiß und goß sie über die Salzkartoffeln. Er vertilgte zwei Teller voll und freute sich besonders, als die Mutter zum Nachtisch zwei Stücke Butterkuchen hervorholte.

Am Tag nach der Beerdigung kam Kock in die Scheune. „Du kannst jetzt in unsere Altenteilerkate ziehen", sagte er zu Petschelies. „Die Ziege kann mit, im Holzschuppen ist Platz genug für sie."

Der alte Mann stand sprachlos vor Bauer Kock. Er mußte sich erst besinnen. Dann zog er linkisch die Mütze vom Kopf und bedankte sich überschwenglich.

Es war nicht ganz uneigennützig, dieses Angebot. Bevor das Wohnungsamt eine Familie mit Kindern in die Räume einweist, ist es besser, den alten Petschelies aus der Scheune zu holen. Der hat nicht mehr lange zu leben. Wenn Gerhard aus der Gefangenschaft kommt und Friedrich Kock aufs Altenteil ziehen will, wird der alte Petschelies freiwillig die Kate räumen und zum Friedhof umziehen. So hatten sie es sich in der Burg ausgedacht.

Noch vor Weihnachten 48 zog der alte Mann von der Memel unter die Menschen. Mit der Ziege und den Torfvorräten aus dem Kudenower Moor. Mit einem vierrädrigen Handwagen, den er als einziges Gerät von zu Hause mitgebracht hatte. Die Scheune wurde für Menschen geschlossen. Knecht Stolten verriegelte die Türen, fegte den Unrat zusammen und verbrannte ihn hinter dem Komposthaufen. Drei Jahre lang hatte die Scheune mehr Hoffnungen als Erfüllungen beherbergt; nun wurde sie ihrer eigentlichen Bestimmung zurückgegeben. Die Eulen nisteten wieder unter dem Dach, und die Netze der

Spinnen bekamen Zeit zu wachsen. In die Fächer eins bis sechs ließ Bauer Kock Steckrüben fahren. Die aus dem Kastenwagen polternden Rüben begruben endgültig das Notaufnahmelager Kudenow.

KURTS sehnlichster Wunsch war auch im Frühjahr 49 immer noch ein Fahrrad. Er hatte keine Lust, ständig hinter Wiebke herzutraben, wenn sie zum See wollten. Er bettelte so lange, bis die Mutter ihm eine Mark für das Fußballtoto gab. Für den Rest mußte das Glück sorgen.

Zitternd vor Aufregung, saß Kurt an einem Sonntagnachmittag mit Wiebke vor dem Volksempfänger, um in der Sportreportage zu hören, ob er gewonnen hatte. Mittendrin – noch war nichts entschieden – bemerkte Wiebke beiläufig, sie werde ab Ostern in die Stadtschule gehen. Dafür hatte Wiebkes Vater gesorgt. Er lebte mit einer Trümmerfrau in einer Hamburger Kellerwohnung und hatte erreicht, daß Wiebke zur Handelsschule in die Kreisstadt durfte. Das Kind muß lernen, lernen, lernen! Englisch zum Beispiel oder Stenografie oder Schreibmaschine. Wie die meisten Heimkehrer war auch Wiebkes Vater besessen von der Lernwut. Sechs Jahre Krieg waren nachzuholen. Neu anfangen. Wir leben nur einmal, und jetzt müssen wir doppelt leben.

Die Nachricht von Wiebkes Schulwechsel traf Kurt wie der Frühjahrssturm den Kudenower Wald. Nicht nur, daß damit seine Beteiligung an der Schulspeisung endete; schwerer wog, daß er Wiebke nur noch am Abend und am Wochenende zu Gesicht bekäme. Sie wird mit Ella morgens zur Bahn gehen und erst mit dem Fünfuhrzug aus der Stadt zurückkehren.

„Komm mit zur Handelsschule", meinte Wiebke, als sie seine Betroffenheit bemerkte.

Wo denkst du hin, Wiebke? Für so etwas besaß die Mutter kein Geld. Außerdem waren die zwei Jahre zu bedenken, die Kurt fehlten. Und schließlich: Wer zur Stadt in die Schule fährt, hat keine Zeit, um Beeren zu ernten und Kartoffeln zu sammeln. Aber Ernten mußte sein.

Bedrückt verließ er Wiebkes Stube. Nein, er hatte kein Fahrrad gewonnen.

Kurt tauchte auf dem Stallboden unter und fing an, mit den Orden zu spielen. Das beruhigte ihn. Während des Spielens fiel ihm ein, die Medaillen könnten einen Wert darstellen, der für ein Fahrrad ausreichte. Was zahlt man für einen Orden zweiter Klasse des Vaterländischen Krieges? Er begann zu rechnen. Allein bei den Eisernen Kreuzen kam er, wenn er das Stück mit fünf Mark veranschlagte, auf eine Summe, die für ein Fahrrad ausreichte. Er addierte immer neue Zahlen und berauschte sich an den Ziffern.

KUDENOW an einem Frühlingstag um die Mittagszeit. Die Gespanne kehrten heim. Kinder kamen lärmend aus der Schule. In den Küchen roch es nach dampfenden Kartoffeln und ausgelassenem Speck. Kassebohm klapperte mit den Milchkannen und stellte sie nach dem Waschen zum Trocknen auf die Rampe. Die Bäuerin stand, die Hände unter der Schürze gefaltet, vor dem Gartenzaun, dessen rostender Draht von den ersten Frühlingsranken gnädig verdeckt wurde. Mutter Marenke holte Wasser von der Hofpumpe. Ina sang in der Küche. Friedrich Kock saß im Lehnstuhl der guten Stube und las das *Schleswig-Holsteinische Bauernblatt*.

In diese ausgebreitete Mittagsruhe traten zwei Männer. Sie kamen vom Bahnhof und wanderten auffallend gemächlich, als wollten sie jeden Schritt wohl überlegen, ins Dorf hinein. Früher hätten die Bauern die Hunde von der Kette gelassen – so sahen sie aus, wie Landstreicher. Aber heutzutage mußte man vorsichtig sein. Der eigene Sohn könnte unter den Vagabunden sein. Es lief so vieles umher, kehrte von irgendwoher heim, suchte Namen, Orte, Erinnerungen; da zählte der äußere Eindruck nicht mehr. Knecht Stolten wusch sich unter der Pumpe den Oberkörper; er prustete und blubberte wie ein Seehund und griff nach dem blaukarierten Handtuch, das aus seiner Gesäßtasche baumelte.

In diesem Augenblick bogen die beiden Gestalten in die Hofeinfahrt. „Sieh mal, wer da kommt!" rief Stolten zur Burg hinüber.

Ina blickte aus dem Küchenfenster. „Das ist Gerhard aus Rußland!" schrie sie laut.

Die Bäuerin kam aus der Burg und rannte auf die tausendjährige Eiche zu. „Mien lewe, lewe Jung!"

Gerhard Kock ließ seinen Begleiter am Gatter stehen und ging auf die Bäuerin zu. Sie ergriff seinen Kopf und drückte ihn fest an sich. So verharrten sie, bis Friedrich Kock mit dem *Bauernblatt* in der Hand vor dem Haus erschien.

„Rund und gesund siehst du aus, mien Jung!" sagte die Bäuerin erstaunt. „Dabei heißt es immer, die Russen geben den Gefangenen nichts zu essen."

„Wasser, Mutter, reines Wasser."

„Und lahmen tust du auch, mien Jung! Bist du hingefallen?"

Ja, hingefallen bei Baranowicze im Herbst 44.

Knecht Stolten lehnte noch immer am Hoftor; er hatte vergessen, das Hemd über den nackten Oberkörper zu ziehen, und hielt das Handtuch zusammengeknudelt in den Händen. Neben ihm wischte sich Ina Tränen aus den Augen.

„Komm, Toni!" rief Gerhard Kock seinem Begleiter zu, der neben der tausendjährigen Eiche saß und die Bindfäden seiner Schuhe zusammenknotete. Toni Kirschwälder, ein hochgewachsener, schwarzhaariger Mensch, folgte Gerhard. Die Bäuerin lief voraus, um die Türen zu öffnen.

Die Tür zur Burg stand sperrangelweit offen, um die Heimkehrer zu empfangen. Die Bäuerin als erste, Friedrich Kock, Ina, Knecht Stolten und Melker Kassebohm warteten im Flur darauf, daß Gerhard Kock sein Vaterhaus endlich betrat. Aber der ging erst einmal über den Hof und zeigte Toni Kirschwälder, was er ihm in den langen Nächten der Gefangenschaft beschrieben hatte: seinen Hof. Es hatte sich nichts geändert. Die Welt hatte auf dem Kopf gestanden, aber in Kudenow war alles beim alten geblieben.

Friedrich Kock folgte den beiden. Sie durchquerten den Schweinestall, in dem die Ferkel quiekten. Ein flüchtiger Blick in den Kuhstall.

„Hast du immer noch fünfundzwanzig Kühe, Vater?"

„Jo, mien Jung!"

Dann zu den Pferden, die sich von der Vormittagsarbeit ausruhten.

„Der ist neu", sagte Gerhard und klatschte Iwan dem Schrecklichen mit der Hand auf das Hinterteil.

„Es ist uns zugelaufen, als der Krieg zu Ende ging, mien Jung."

Vor Kurts Kaninchenstall blieb Gerhard stehen und blickte durch das Drahtgeflecht. „Wem gehören die?"

„Unseren Flüchtlingen aus Ostpreußen, mien Jung."

„Im Hühnerstall leben auch Menschen?"

„Das sind unsere Flüchtlinge, mien Jung."

Der alte Petschelies war vor die Altenteilerkate getreten und zog respektvoll die Mütze.

„Wer ist das?"

„Auch einer von unseren Flüchtlingen, mien Jung."

Sie steuerten auf die Burg zu, in der Ina eilig den Tisch deckte.

„Hol Gläser, Deern, die besten, die wir haben!" rief die Bäuerin.

„Und vergiß nicht, das gute Geschirr aus der Truhe zu holen."

Als Gerhard Kock die Schwelle betrat, schien es der Bäuerin, als fingen die Kirchenglocken an zu läuten. Aber es war nur das Klappern der Fuhrwerke, die nach der Mittagszeit auf die Felder fuhren.

„Nun bin ich zu Hause", sagte Gerhard.

Was ist zu tun nach einer solchen Heimkehr? Nur Nebensächliches. Satt essen, gründlich waschen, ausruhen. Am Abend saßen sie in der guten Stube.

„Toni muß bei uns bleiben", erklärte Gerhard. „Der kann nicht nach Hause, weil bei ihm die Russen sind." Bauer Kock nickte zustimmend, und die Bäuerin räumte in Gedanken schon die Möbel um.

Er war ein Mensch des Südens, dieser Toni Kirschwälder. Zu Hitlers Zeiten kam er aus der Ostmark – jetzt hieß das wohl wieder Österreich. Er stammte aus der Ecke, in der Österreich anfängt, ungarisch zu werden.

„Bist du wirklich gesund, mien Jung?" fragte die Bäuerin immer wieder.

Gerhard mußte das Hosenbein aufkrempeln und zeigen, wo der Knacks in der Kniescheibe saß.

Was haben sie bloß mit dir gemacht, Jung? Aber warte nur, wir werden dich schon wieder hinkriegen. Wir werden einen tüchtigen Doktor aufsuchen. Am Geld soll es nicht fehlen, nicht wahr, Vadder? Und wenn die letzte Kuh aus dem Stall geht!

Als es dunkelte, kam Pastor Thormählen in die Burg. Die Bäuerin holte die Heilige Schrift aus der Truhe und bat ihn vorzulesen, denn mit Schnapstrinken und gutem Essen darf so ein Tag nicht zu Ende gehen. Thormählen schlug das Gleichnis vom verlorenen Sohn auf.

*... Und bringet ein gemästet Kalb her und schlachtet es. Laßt uns essen und
fröhlich sein, denn dieser mein Sohn war tot und ist wieder lebendig geworden,
er war verloren und ist gefunden worden. Und sie fingen an, fröhlich zu
sein ...*

Statt fröhlich zu sein, begann die Bäuerin zu weinen. „Laß das Heulen nach, Frau!" schimpfte Bauer Kock und fiel dem Pastor ins Wort,
als er fortfahren wollte. „Du hast nun deinen Teil gehabt, Pastor. Jetzt
sind wir an der Reihe." Er löste den Schraubverschluß von der Rum-
flasche und füllte die Gläser bis zum Rand. „Laßt uns essen und trinken
und fröhlich sein, hat der Pastor gesagt! Prost, Jungs!"

Gerhard bekam einen Hustenanfall. Die Bäuerin lief zum Fenster,
um zu lüften. „Das kommt von euren dicken Zigarren!" rief sie vorwurfsvoll.

Sie klopfte Gerhard auf den Rücken. Ach, der Junge mußte sich erst
an zu Hause gewöhnen, an das gute Essen, den Flensburger Rum und
die Zigarren. Wir werden dich schon hinkriegen, Gerhard Kock!

Bis spät in die Nacht erzählten sie von Rußland und dem großen
Krieg, von den letzten Tagen im Kessel von Demjansk und den Mük-
kenschwärmen am Ilmensee.

Als sie über die russische Kartoffelernte sprachen, ging die Stubentür auf. Mutter Marenke stand verlegen auf der Schwelle.

„Ich will ja nicht stören", entschuldigte sie sich. „Aber vielleicht
habt ihr meinen Sohn in Rußland getroffen. Der ist auch in Gefangenschaft." Hastig trat sie an den Tisch und reichte Gerhard eine Fotografie. Ein rundes, lachendes Gesicht, strohblondes Haar und die Kragen-
spiegel eines Uniformrocks. Mehr war nicht zu erkennen.

„Wie heißt er denn?" fragte Gerhard.

„Bruno Marenke."

Gerhard gab das Bild an Toni Kirschwälder weiter und fragte ihn,
ob er sich an einen Bruno Marenke erinnern könne.

Toni schüttelte den Kopf. „In Rußland gibt es so viele Lager. Irgendwo wird er schon sein."

„Na, nichts für ungut", flüsterte die Mutter und drehte sich um.
Gerhard rief ihr nach: „Wo ist er in Gefangenschaft geraten?"

Die Mutter stand verlegen in der Tür. So genau wußte sie das auch
nicht. Seit Herbst 44 hatte sie keine Post mehr von ihm.

„Dann ist er nicht in Gefangenschaft, sondern vermißt", meinte Toni. Die beiden Heimkehrer blickten sich an.

„Millionen Deutsche sind noch in Rußland", tröstete Toni die Mutter. „Da ist Ihr Sohn auch dabei."

Die Mutter entschuldigte sich noch einmal wegen der Störung und verschwand so lautlos, wie sie gekommen war.

„Nun kommen sie schon unangemeldet in die gute Stube", schimpfte die Bäuerin.

„Wer war das?" fragte Gerhard.

„Unsere Flüchtlingsfrau aus dem Hühnerstall. Du kennst Kudenow nicht wieder, mien Jung", ereiferte sich Kock. „Das ganze Dorf ist ein Flüchtlingslager."

Während sie über die Flüchtlinge sprachen, richtete Ina Gerhards Zimmer her. Auf ausdrücklichen Wunsch der Bäuerin und obwohl es schon warmer Frühling war, heizte sie den Ofen ein, denn der Junge hatte Husten aus Krasnodar mitgebracht. Sie stellte ein zweites Bett für Toni in den Raum.

LETZTER Schultag. Die Mutter trat aus der Tür und nahm ihren großen Jungen zum letztenmal an die Hand, um mit ihm zur Schulabschlußfeier zu gehen. Nicht des feierlichen Gesangs wegen kam sie mit, sondern weil sie mit Peschka zu reden hatte. Was soll aus dir werden, Kurt Marenke? Die Schule ist aus, der große Ernst des Lebens soll beginnen. Du mußt etwas Anständiges lernen. Aber was gibt es Anständiges in Kudenow? Wie man Kühe melkt, kannst du lernen, wie die Ackerfurchen schnurgerade gezogen werden, wie man mit der Drillmaschine über das Feld klappert.

„Was soll ich bloß mit dem Jungen machen, Herr Peschka?" fragte die Mutter.

„Arbeiten, was da ist, Frau Marenke! Nur keine Illusionen aufkommen lassen. Unten anfangen, die Pflicht erfüllen. Verstehen Sie, was ich meine, Frau Marenke?"

„Er kann doch so schön schreiben", wagte die Mutter einzuwenden.

„Davon kann kein Mensch leben", erwiderte Peschka ungehalten. „In Kudenow gibt es nur zwei Schreibstuben: das Kirchenbüro und die Gemeindeverwaltung. Beide sind belegt mit Lahmen und Einarmigen, die der Krieg an die Schreibtische versetzt hat."

Peschka eilte in seine Lehrerwohnung und kam mit einer Zeitungsannonce wieder: *Die Bergarbeiter sind die Aristokratie der Arbeiterschaft. Die Bergwerke brauchen Arbeiter. Melde dich beim nächsten Arbeitsamt.* Zweihundert Mark Schichtlohn im Monat für einen ausgebildeten Untertagearbeiter, dazu Sonderzuteilungen an Kalorien. In die Nähe der Zechen hatten sie Lehrlingsheime für junge Menschen gebaut.

„Ich kann den Jungen nicht wegschicken!" rief die Mutter. „Vor zwei Jahren hab ich ihn erst zurückbekommen."

„Ziehen Sie mit ihm", schlug Peschka vor. „Wer im Bergwerk arbeitet, bekommt auch eine Wohnung."

Hinter dem Rücken der Mutter schlich Kurt ins Freie. Wie einen Rettungsanker umklammerte er den mächtigen Lindenbaum, der auf dem Schulhof stand. Es traf ihn schwer. Er sollte in die finstere Grube fahren, wo keine Sonne aufgeht und keine Brombeeren wachsen, kein Wind vom Meer die Haselnußsträucher der Knicks bewegt, fern vom Kudenower See, vom alten Petschelies, von Wiebke und seinen Kaninchen.

„Wo steckst du nur?" rief die Mutter. „Wir müssen zum Arbeitsamt in die Stadt. Am besten ist, wir fahren gleich."

Sie machten kehrt und eilten zum Bahnhof, um den Mittagszug noch zu bekommen.

Es war ein Frühlingstag, wie er selten vorkommt. Nur viel zu traurig. Die Linden grünten früher als sonst. Es war so warm, daß ein paar Verwegene schon im Kudenower See badeten. Bienen umschwärmten die dicken gelben Weidenkätzchen in den Knicks. Die Lokomotive paffte eine helle Rauchfahne in den milchigen Himmel.

Vor der Tür des Arbeitsamtes wartete eine dreißig Meter lange Menschenschlange auf Stempelgeld. Alte Männer und junge Rußlandheimkehrer, die in dieser Schlange ihr neues Leben beginnen wollten.

„Das kann doch nicht mit rechten Dingen zugehen", behauptete die Mutter. „Wir haben Millionen Arbeitslose, und dabei gibt es so viel zu tun. Ganz Deutschland liegt in Trümmern und muß aufgebaut werden, aber die Menschen bekommen keine Arbeit."

Der Beamte im städtischen Arbeitsamt schüttelte mitleidig den Kopf. „Wo denken Sie hin, liebe Frau? Schleswig-Holstein hat nur die Landwirtschaft, da kann Ihr Junge Knecht werden. Die Flüchtlinge sind in den Teil Deutschlands gekommen, der am wenigsten Arbeit hat. Umsiedeln müßt ihr. Runter nach Westfalen!"

Der also auch. Sie hatten sich alle gegen Kurt verschworen. Auf der Rückfahrt sprach die Mutter kein Wort. Kurt blickte aus dem Fenster und betrachtete die endlosen Reihen der Knicks, die am Horizont in einer Linie verschwammen. Während die Bahn dahinratterte, spürte er, wie sehr er an dieser Landschaft hing, an den Buchenwäldern, den Butterblumenwiesen und den versteckten Seen. Als der Kirchturm von Kudenow auftauchte, war es ihm, als wollten nun wirklich einmal Tränen aus seinen Augen fließen. So gern er auch geweint hätte, er mußte die Tränen unterdrücken, weil der Zug voller Menschen war.

„Liegt dieses Westfalen weit von hier?" fragte die Mutter, als sie ins Dorf gingen. Auch ihr fiel es schwer. Wie den meisten Menschen des Ostens fehlte ihr die Leichtigkeit, um fröhlich in der Welt herumzuzigeunern, überall und nirgends zu Hause zu sein. Die Mutter mußte immer einen festen Punkt haben, an dem sie festhalten konnte.

Auf dem Hof liefen sie dem Bauern über den Weg. „Nun bist du ein richtiger Mann und brauchst nicht mehr in die Schule", sagte Kock aufgeräumt zu Kurt. „Was willst du denn werden?"

„Am liebsten möchte er in die Schreibstube", antwortete die Mutter.

Kock winkte verächtlich ab. „Nun werdet bloß nicht alle so klug! Das ist was für Lahme und Brustkranke. Wenn du keine Schreibstube findest, mußt du zum Bauern gehen. Das ist ein Beruf, wo alle satt werden."

Knecht in Kudenow erschien Kurt erträglicher als dieses unheimliche Westfalen, das er nur von Bildern her kannte. Nach seiner Vorstellung hämmerten da ständig die Preßluftbohrer, heulten die Fabriksirenen, dröhnten die Lastwagen.

„Man ist ja nicht ewig unter der Erde, Kurtchen", sagte Ella. „Wenn du Geld genug gespart hast, baust du dir ein Haus und suchst Arbeit an der Sonne."

Er hätte es sich denken können. So war Ella. Arbeiten! Geld zusammenraffen, um ein Haus zu bauen. Ella arbeitet alle in Grund und Boden. Die wird eines Tages groß herauskommen mit ihrer Tüchtigkeit.

Die Umsiedlung nach Westfalen schien beschlossene Sache zu sein, da kam plötzlich die Rettung. Nach dem Abendessen, als die Mutter genügend Zeit zum Nachdenken hatte, fiel ihr Bruno ein. Sie hatte dem Roten Kreuz ihre Kudenower Adresse geschickt, damit Bruno wußte, wohin er heimzukehren hatte. Aber wenn sie nach Westfalen zogen, wüßte Bruno wieder nicht, wohin er sich wenden sollte.

„Wir bleiben in Kudenow, bis unser Bruno aus Rußland zurück ist", entschied die Mutter. „Außerdem geht es bald nach Hause. Warum auf dem Weg nach Ostpreußen einen Umweg über Westfalen machen? Kallweit hat es auch gesagt, neunzehnhundertfünfzig kommen die Flüchtlinge nach Hause zurück. Wißt ihr noch, wie schön es zu Hause ist, Kinder?"

Nun ging das wieder los, den ganzen Abend.

„Sag ihr doch endlich, wie es zu Hause wirklich aussieht!" flüsterte Ella. „Du warst doch da, du hast die Trümmer gesehen und die Brennnesseln, die über das Fenster wachsen."

Kurt schüttelte den Kopf. Das konnte er seiner Mutter nicht antun. Ihre müden, grauen Augen begannen zu leuchten, als sie in Gedanken nach Hause zurückkehrte, geschäftig in den Garten eilte, um Kartoffeln und Suppenkraut zu holen, auf dem Rückweg ein paar Eierchen aus dem Kruglanker Hühnerstall mitbrachte und sich anschickte, ein schönes Mittagessen zu kochen, um damit ihren großen Sohn Bruno zu empfangen.

ANFANGS schliefen sie bis zum Mittagessen. „Es kommt alles nach", entschuldigte die Bäuerin die beiden Heimkehrer. Ina lief auf Zehenspitzen im Haus umher, um die Schläfer nicht zu stören. Knecht Stolten unterbrach sein Singen, wenn er an der Burg vorbeifuhr. Wer aus Rußland kommt, braucht Ruhe!

Nach dem Essen holten sie Ajax aus dem Zwinger und wanderten über die Felder. Langsam nur, wegen des kaputten Knies.

„Das sieht anders aus als das russische Kolchosland!" rief Gerhard stolz und zeigte auf Kocks Kartoffelacker. Ein Stück weiter stand er mit ausgebreiteten Armen vor dem Weißkleeteppich einer Wiese, auf der Kocks Kühe grasten. Toni warf Ajax Stöcke zu.

Am Kudenower See lagerten sie, weil Gerhards Bein schmerzte. Der Hund planschte im seichten Uferwasser, scheuchte Wildenten auf und einsame Reiher.

Sie sprachen über Rußland. Es ließ sie nicht los. Wie ein mächtiger Stein lag es ihnen auf der Brust.

Auf dem Heimweg stöberte der streunende Hund Kurt Marenke auf, der im Knick lag und zusah, wie die Brombeeren blühten.

„Wohnst du nicht auf unserem Hof?" fragte Gerhard.

Kurt nickte unsicher.

„Warum liegst du hier herum und stiehlst dem lieben Gott die Zeit? Arbeiten mußt du, irgend etwas Vernünftiges tun!"

Kurt wußte keine Antwort darauf.

„Komm mit, ich hab was für dich", sagte Gerhard. Er nahm den Hund an die Leine. Kurt folgte den Männern. „Wo kommst du her?" fragte Gerhard plötzlich.

„Aus Kruglanken in Ostpreußen."

Gerhard legte Kurt die Hand auf die Schulter. „Ostpreußen kannst du vergessen, mein Junge! Das ist für immer verloren. Was die Russen haben, das haben sie. Das kommt nicht wieder."

Kurt traf es nicht so sehr, aber er dachte an seine Mutter. Die durfte solche Sprüche gar nicht hören, weil sie die ganze Nacht weinen würde.

„Ich glaube, der Rest der Welt weiß gar nicht, was im Osten losgewesen ist", sprach Gerhard zu Toni. „Die Russen haben einen Teil Europas leergepustet – einfach so." Er nahm eine verblühte Butterblume und blies eine Wolke weißer Pusteln in den Himmel.

„An den vielen Flüchtlingen wird Deutschland zugrunde gehen", meinte Toni. „Das sind Millionen. Der ganze deutsche Osten, zusammengepreßt auf dem bißchen Erde, das übriggeblieben ist. Deutschland kann die vielen Menschen nicht ernähren."

Gerhard schüttelte den Kopf. „Das ist eben der Unterschied. In Rußland würden sie ein paar Millionen an Hunger sterben lassen, und das Gleichgewicht wäre wieder da. Aber wir schaffen es. Wir Deutschen kommen durch!"

Als sie den Hof erreichten, wollte Kurt sich aus dem Staube machen. Aber Gerhard nahm ihn mit, ging mit ihm auf sein Zimmer, riß die Schranktür auf, griff eines der Bücher, die auf dem Regal standen, und drückte es Kurt in die Hand. „Wenn du schon im Knick liegst, nimm wenigstens ein Buch mit! Von vorn bis hinten mußt du es durchlesen, damit du etwas kennenlernst von der Welt!" Als Kurt draußen war, sah er sich das Buch an. Es war *Brehms Tierleben*, ein schrecklich dicker Wälzer über alles, was auf dieser Erde herumkrabbelt.

Die Bäuerin hatte Gerhard das Versprechen abgenommen, vorerst keinen Handschlag zu tun. Ausruhen, gesund werden, gut essen, Kräfte sammeln. Das hinderte Gerhard nicht daran, auf seinen Spaziergängen Kocks zerrissene Weidezäune zu flicken, morsche Pfähle zu ersetzen und Unkraut auszureißen. Hinter der Scheune übte er Reiten. Kurt lag hinter den Johannisbeerbüschen und sah zu, wie Gerhard versuchte, mit dem steifen Knie auf Iwan den Schrecklichen zu klettern.

„Geh endlich zu Doktor Kruskoop", mahnte die Bäuerin, als sie sah, wie Gerhard sich mit dem steifen Knie beim Reiten abmühte.

„Das hilft nichts, Mutter. Was kaputt ist, ist kaputt."

Der Bäuerin zuliebe ging er eines Tages zum Doktor. Aber da war wirklich nichts zu machen. So ein Granatsplitter leistet gute Arbeit.

Fast täglich kamen Menschen auf den Hof, um nach Rußland zu fragen. Fremde aus den Nachbardörfern, sogar aus der Stadt. Sie wollten wissen, wie es in Krasnodar aussieht. Ob da noch viele Gefangene sind? Darf man Pakete hinschicken? Die Heimkehrer mußten Bilder anschauen, sich an fremde Namen erinnern, an aufgeriebene Einheiten und Gefangenentransporte.

Vor allem Toni Kirschwälder nahm sich der Frager an. Er hatte genug von den Spaziergängen in der Feldmark und saß am liebsten mit dem alten Petschelies auf der Bank vor der Altenteilerkate, um den Mädchen nachzupfeifen. Der drallen Ina zum Beispiel, wenn sie den Abfalleimer über den Hof trug. Oder Ella, wenn sie von der Bahn kam. Ella rannte stets mit gesenktem Kopf an der Bank vorbei.

„Der Österreicher verdreht unseren Deerns den Kopf", beschwerte sich Knecht Stolten beim Bauern.

„Laß ihn man drehen", brummte Kock. „Der haut bald ab. So einer hält sich nicht lange in Kudenow."

Die Mutter ging oft zur Altenteilerkate, um zuzuhören, was Toni von Krasnodar erzählte. Wie die Gefangenen abends in ihren Baracken Lieder gesungen hatten. Wie sie sich aus der Ferne Deutschland vorgestellt hatten, lieblich und freundlich... Und jetzt dieses zerstörte, überlaufene Land. Nicht wiederzuerkennen.

Die Gespräche wühlten Mutter immer schrecklich auf. Danach vergaß sie stundenlang das Abwaschgeschirr und dachte nur an Bruno. Gerade jetzt gab es für jeden Heimkehrer einhundertfünfzig Deutsche Mark Entlassungsgeld und zweihundertfünfzig Mark Übergangshilfe. Was könnte sie ihrem Bruno dafür alles kaufen!

„Irgendwann kommen alle wieder", tröstete Toni die Mutter. Aber der alte Petschelies fügte einschränkend hinzu: „Wenn sie noch leben! Wenn sie noch leben!"

Es WAR an dem Sonntag, als für Deutschland wieder einmal so viel auf dem Spiel stand. Mitten in der Erntezeit wählten sie. Diesmal ging es um die erste deutsche Regierung nach dem Krieg. Die Deutschen waren mündig geworden. Die Mutter saß mit Kallweit und Petschelies im Hühnerstall. Sie beratschlagten, wen sie wählen sollten. Als Flüchtlinge und als gute Deutsche. Kurt hockte in seiner Ecke und blätterte in *Brehms Tierleben*.

„Eigentlich brauchen wir eine Flüchtlingspartei", forderte Kallweit. „Aber das lassen die Engländer nicht zu."

„Nein, nein, es muß eine Partei sein, die für Deutschland ist!" rief Petschelies dazwischen. „Nicht für die Flüchtlinge oder die Einheimischen, sondern für das ganze Deutschland bis an die Memel!"

„Der alte Mann vom Rhein soll ja ein frommer Christ sein", bemerkte die Mutter. „Aber wie steht er zu Deutschland? Ist der in seinem langen Leben schon einmal in Ostpreußen gewesen?"

Kurt hörte von ferne, wie die Erwachsenen hin und her wählten. Die Blockade Berlins war zu Ende. Es sah nach Frieden aus. Über die Grenzen sickerten Heimkehrertransporte aus Rußland und hielten die Hoffnungen wach. Rechtzeitig vor der Wahl genehmigte das Zweimächte-Kontrollamt in Frankfurt eine Sonderzuteilung Fett. Zweitausend Gramm bekam der Normalverbraucher für September 49, davon dreihundertfünfundsiebzig Gramm reine Butter. Für Kleinkinder Extrarationen. Viehzählen, Abliefern und das Bestrafen von Schwarzschlachten wurden nicht mehr so streng gehandhabt. Einziges Ärgernis blieb die Demontage. Maschinen wurden in ihre Teile zerlegt, Fabrikschornsteine flogen in die Luft. Ein letzter Hauch Morgenthau wehte durch die deutsche Industrielandschaft. Wahlversammlungen im Ruhrgebiet uferten in Anti-Demontage-Kundgebungen aus. Kurt ließ den Daumen aus dem Buch gleiten und schlich zur Tür. Er bummelte zum Kudenower See, um in der drückenden Hitze Kühlung zu suchen. Er legte sich in den Schatten der Buchen und fiel in einen dösenden Halbschlaf.

Plötzlich tauchte Wiebke mit dem Fahrrad zwischen den Stämmen des Waldes auf, fuhr singend an ihm vorbei, ohne ihn zu bemerken, und steuerte auf das ausgedörrte Schilfufer zu. Dort versteckte sie ihr Fahrrad. Dann begann sie sich auszuziehen. Aber wie sie es tat! Als hätte sie lange vor dem Spiegel geübt. Mit rekelnden Armen und sehr viel Geduld. Die Fußspitzen standen schon im Wasser, als sie das Unterhemd über den Kopf streifte. Splitternackt stand Wiebke im Schilf. Sie war nicht schlank wie eine Tanne, weiß Gott nicht. Eher glich sie einer dörflichen Linde mit Speck auf den Rippen und kleinen Fettringen unterhalb der Brüste.

Wiebke war die erste völlig nackte Frau, die Kurt bei Tageslicht zu Gesicht bekam. Dabei war er schon fünfzehn Jahre alt. Selbst in den Lagern, in denen vieles drunter und drüber gegangen war, hatten sie darauf geachtet, das Geschlecht voreinander zu verbergen.

Wiebke steckte ihr Haar zusammen, bevor sie in den Kudenower See planschte. Er ließ sie weit hinausschwimmen. Erst als er nur noch ihr schwarzes Haar über der gekräuselten Wasseroberfläche erblickte, trat er ans Ufer, nahm Platz neben Wiebkes Kleidungsstücken und saß da wie ein treuer Hund, der auf die Sachen aufpaßt. Als sie sich immer weiter entfernte, begann er zu pfeifen. Da warf sie den Kopf herum und tauchte vor Schreck unter. Mit raschen Zügen kam sie zum Ufer.

Als sie den Uferschlamm unter den Füßen verspürte, blieb sie stehen; nur der Kopf ragte aus dem Wasser. Erst schimpfte sie, dann bettelte sie. Sie drohte, er dürfe nie wieder mit dem Fahrrad fahren. Kurt nahm ihren Rock, schwenkte ihn wie eine Piratenfahne und hängte das

Kleidungsstück in einen Baum. Dann ließ er einen ihrer Schuhe als Schiffchen vom Stapel laufen. Wiebke holte Moder vom Grund und wollte damit werfen, überlegte es sich jedoch, weil sie ihre eigenen Kleider beschmutzt hätte. Auf allen vieren kroch sie dem Ufer zu, ängstlich bedacht, den Körper unter Wasser zu halten.

„Ich friere furchtbar!" schrie sie.

Na gut, wenn du frierst, lass' ich dich raus, dachte Kurt. Er schlenderte zum Hochwald, um Tannenzapfen zu suchen, während Wiebke im Schilf untertauchte und sich ankleidete.

Als er zurückkehrte, lag Wiebke mit geschlossenen Augen in der Sonne. Sie hatte einen dunkelblauen Badeanzug übergezogen. Über die Oberschenkel lief eine Gänsehaut. Kurt setzte sich neben sie ins Gras.

„Du könntest mich ruhig etwas wärmen", sagte sie, als die Sonne für ein paar Minuten hinter einer Wolkenbank verschwunden war. Also gut, wärmen. Wie macht man das? Er warf sich über sie, riß an ihren Armen, drückte ihr das Knie in den Leib, schüttelte ihren Körper hin und her..., und während er das tat, sah er die Frau vor sich, die die fremden Soldaten damals aus der Baracke geholt hatten. Fast durch die Tür hatten sie die Frau geschleift, und unterwegs auf dem langen Weg des Korridors hatte sie geschrien.

„Bist du verrückt geworden!" rief Wiebke und stieß ihn zurück.

Wie betäubt lag er im Gras.

„Warum bist du so wild?" fragte sie nach einer Weile vorwurfsvoll. Was sollte Kurt darauf antworten? Er hatte geglaubt, das gehöre dazu: zerrissene Kleider, drohen, würgen, schlagen. Er schämte sich und lief zum Wasser, um das Gesicht zu kühlen. Die Sonne schien wieder, und Wiebke fror nicht mehr. Sie stand plötzlich hinter ihm und hielt die Hände vor sein Gesicht. Er warf sich zurück, wälzte sich mit ihr durch das wuchernde Gänsefingerkraut. Sie balgten sich wie junge Hunde. Wiebke wollte ihn ins Wasser rollen, aber er krallte sich fest in die Erde. Als sie ihn kitzelte, ließ er los und kam bedenklich nahe ans Wasser. Erschöpft ruhten sie aus.

„So macht man das", flüsterte sie und begann in seinem Haar zu spielen. Sie drehte lange Strähnen um die Finger, ließ ihre Hände über seine Stirn gleiten, streichelte ihm die Lippen, kraulte sein Ohrläppchen. Kurt erinnerte sich nicht, jemals so etwas gefühlt zu haben wie jetzt unter Wiebkes Händen. Sie fuhren seinen Arm abwärts, überquerten rasch die gefährliche Gegend unterhalb seiner Hüfte, verharrten auf den Knien, machten einen Luftsprung über den Bauch hinweg und landeten auf seiner Brust. Dort ruhten sie aus. Wiebke spitzte den Mund und pustete ihm einen kühlen Lufthauch ins Ohr. Plötzlich erschienen ihre nassen Lippen für einen flüchtigen Augenblick auf seiner Nase. Kurt wagte nicht, sich zu bewegen. Auf einmal ergriff Wiebke seine Hand und klatschte sie auf ihren Bauch. Da lag sie, die Hand, schwer wie ein Stück Eisen. Durch den Baumwollstoff des Badeanzugs spürte Kurt die Wärme ihres Körpers. Vorsichtig bewegte er die Finger, stellte sich vor, er streichle eines seiner kuscheligen Kaninchen. Bedächtig wanderte die Hand aufwärts. Nicht zu fassen, diese zierlichen kleinen Wiebke-Ohren. Dicke Lippen, noch etwas blau von der Kälte des Wassers.

„Siehst du, du kannst auch zärtlich sein", lobte ihn Wiebke. „Jeder kann zärtlich sein, wenn er nur will."

Seine Hand hatte das Tal zwischen ihren Brüsten erreicht. Dort lag sie wie angekettet, bis Wiebke sie nach links verlegte, wo ihr Herz schlug. Libellen kamen aus dem Schilf, gaukelten über ihren Köpfen. Über dem Wasser flimmerte die Hitze.

Es war der 14. August 1949. Deutschland erhielt ein neues Parlament. Ein Dutzend Parteien zog in die kleine Stadt am Rhein ein. Der fromme Christ hatte gewonnen. Aber was zählt schon Deutschland, wenn du Wiebkes Herzschlag hören kannst?

DER September brachte die wärmsten Spätsommertage seit Jahren. Tage zum Erholen. In den aufgeschwemmten Gliedern trocknete das Wasser. Nur der Husten, dieses kaukasische Bellen, das Gerhard seit den Wintern von Krasnodar heimsuchte, wollte nicht abklingen. „Und dabei haben wir die beste Luft Deutschlands", behauptete die Bäuerin.

Im Herbst fiel ihr ein, daß sie ein großes Fest geben wollte, ein Fest wie in dem Gleichnis vom verlorenen Sohn. Zwei Kälber mußten dran glauben. Kocks Räucherkammer wurde geplündert. Aus dem Keller kam das Eingemachte in Körben und Kartons an die Oberfläche. Bauer Kock holte reichlich Schnaps aus Lübeck. „Kann Ella in der Küche helfen?" ließ die Bäuerin fragen. Ja, Ella konnte. Vorher besuchte sie die Damenabteilung des Haarschneiders Schnelle. Sie kam mit gelockten Strähnen wieder, tuschte die Lippen an und benutzte sogar – das durfte die Mutter nicht wissen – Parfüm, das sie in der Stadt für diesen Tag gekauft hatte.

Ich werde auf sie aufpassen müssen, dachte Kurt, der noch keinen Menschen gefunden hatte, dem er seine Ella gönnte, schon gar nicht Toni Kirschwälder, diesem schwarzhaarigen Zigeuner. Es war ein windiger Tag. Anfangs Regen, abends klarte es auf. Schon wirbelten Blätter über den Hof, die vor der Zeit von den Linden gefallen waren. Als es dunkelte, rückte Kudenow 98 an. Nach den Musikanten kamen die Gäste. Wer etwas vorstellte im kleinen Kudenow, schritt unter dem Herzlich-willkommen–Schild in die festlich geschmückte Burg hinein, um die Heimkehr des jungen Bauern zu feiern. Helles Licht in der Burg. Die Zeit der Stromsperren war vorüber. Über dem Hof schwebte Musik, wurde von der düsteren Wand der Scheune zurückgeworfen und kam durch das Rohr des Kanonenofens in den Hühnerstall, wo die Mutter sich auf einen langen Abend eingerichtet hatte. Kurt umkreiste fröstelnd die Burg; er nahm sich vor, später, wenn es nicht mehr so auffiele, in die Küche zu gehen, um von Ella ein Stück Fleisch zu erbitten.

Aus den angelehnten Fenstern quoll Zigarrenrauch und Bierdunst. Dazwischen Gelächter, das die Musik übertönte. Bekannte und unbekannte Stimmen. Am lautesten war die röhrende Stimme des deutschen Bauern zu vernehmen, der danach fragte, wann es endlich wieder eine richtige Bauernhochzeit in Kudenow gebe.

„Du bist dran, Gerhard Kock!"

Seine Antwort ging im Gelächter unter.

Kurt kletterte in die tausendjährige Eiche. Von dort überblickte er die Festgesellschaft. Toni Kirschwälder fiel ihm auf, weil er einen schnurgeraden Scheitel gekämmt, sich eine Welle ins Haar gedrückt hatte und als einziger Zigaretten rauchte. Der sah aus wie ein Mann, der bei keiner Damenwahl sitzenbleibt. Ella tauchte auf und stellte eine Schale mit Gebäck auf die gedeckte Tafel. Als sie vorbeiging, klatschte ihr Tonis Hand aufs Hinterteil. Alle lachten, und Ella bekam rote Flecken im Gesicht.

Es ging schon auf Mitternacht zu, als Kurt wieder die Burg umkreiste. In der Küche sah er Ina und Ella das Geschirr bearbeiten. Toni Kirschwälder stand in ihrer Nähe mit einer Flasche Kosakenmokka in der Hand. Er wollte gerade eingießen, als Kurt die Küche betrat. Ella blickte ihn vorwurfsvoll an.

Kurt starrte seine Schwester an, die aussah wie eine aufgeblühte Rose. Ihre Augen glänzten, sprühten voller Lebendigkeit.

Ella wußte, was Kurt wollte. Ohne ein Wort zu sagen, holte sie ein Stück Kalbsbraten. Dazu zwei Frikadellen, die Kurt in die Hosentasche steckte.

„Bist du betrunken?" fragte er leise.

„Ach, du kleiner, dummer Junge!" meinte sie ausgelassen und strich ihm übers Haar.

Er blieb beharrlich stehen, bis sie ihm noch ein Stück Rosinenpuffer holte. „So, nun mußt du aber ins Bett!" rief sie ungeduldig.

Aber er bestand noch auf drei Rollmöpsen zum sofortigen Verzehr. Dann war es wirklich genug.

Frierend stand Kurt auf dem Hof. Vereinzelte Regentropfen trafen sein Gesicht. Es wehte heftiger. Er eilte zum Küchenfenster, um zu sehen, was Toni mit den Mädchen anstellte. Der schenkte gerade Kosakenmokka ein, weil er mit Ina und Ella Brüderschaft trinken wollte. Die rechte Hand hatte er Ella um die Hüfte geschlungen, und Ella rührte sich nicht. Kurt ließ keinen Blick von seiner Schwester. Toni hielt die beiden Mädchen im Arm und erklärte ihnen, daß zum Brüderschafttrinken auch ein Kuß gehöre. Ella sollte als erste geküßt werden, aber sie entzog sich Toni. Sie schämte sich, weil Ina zuschaute. Da ließ Toni sie laufen und griff sich Ina. Ella sah zu, wie die beiden mit überkreuzten Armen Brüderschaft tranken und sich küßten. Verwirrt eilte sie aus der Küche, tauchte im Lärm der guten Stube unter, entleerte Aschbecher und wischte Bierflecken vom Tisch. Kudenow 98 spielte ein Lied, zu dem die Männer mitsangen. Nur Gerhard Kock sang nicht mit. Er hatte einen Hustenanfall und lag mehr im Sessel, als er saß.

„Er ist das Trinken nicht gewohnt", entschuldigte ihn die Bäuerin. Die Gäste waren betrunken, wie man in Kudenow nur betrunken sein konnte. Ella brachte das Essen in Sicherheit, damit niemand hineinspuckte oder die Zigarre auf dem Bratenteller ausdrückte.

Als sie die Scherben einer zu Bruch gegangenen Karaffe in die Küche tragen wollte, wurde sie im dunklen Flur aufgehalten. Eine Hand packte sie an der Schulter. Da fielen die Scherben noch einmal auf die Steinfliesen und zerbrachen.

„Ich werd dir zeigen, wie Brüderschaft getrunken wird!" flüsterte Toni Kirschwälder. Er preßte sie an sich und drängte sie in die Ecke. Sein Körper stand wie eine Mauer vor ihr. Die Hände drückten wie Bleigewichte, glitten an Ellas Hüfte abwärts. So nahe war Ella noch nie ein Mann gewesen. Unter ihren Schuhen klirrte das Glas der zersprungenen Karaffe. Ihr Kopf glühte. Wenn du jetzt nicht stillhältst, bekommt Ina ihn, dachte sie nur. Sie schloß die Augen, bemerkte aber doch den Lichtschein, der plötzlich aus der Küche in den Flur fiel. Ein Windzug öffnete die angelehnte Tür. In der Küche stand eine weiße Gestalt. Aus einem langen Nachthemd schauten knöcherne Füße hervor, schmutzig vom Lauf über den Hof.

„Da feiert ihr große Feste", keuchte der alte Petschelies, „und draußen brennt die Scheune ab!" Er stürmte in den Flur und stieß die Tür zur guten Stube auf.

Die Musik verstummte. Ella stieß die Mauer fort, die sich vor ihr aufgebaut hatte. Sie riß sich die Schürze vom Leib und rannte am alten Petschelies vorbei hinaus in die Nacht. Die Burg wurde überstrahlt von dem rötlichen Schein des Feuers. Da hatte die Scheune unbeschadet die Zeit der Sirupkocher, der Bratkartoffelschmurgler und des glühenden Kanonenofens überstanden, und nun brannte sie einsam und verlassen ab! Zum erstenmal wieder mit Stroh gefüllt, wie es sich für eine Scheune gehörte, und schon ein Raub der Flammen.

Ajax heulte das Feuer an. Ella fielen die Tiere ein. Den Stall trennte nur eine Ziegelmauer von der Scheune.

„Komm zurück, Ella!" rief die Mutter, die mit erhobenen Händen vor dem Hühnerstall stand. „Das ist Männersache!"

Ja, natürlich, Männersache. Aber wenn die Männer betrunken sind? Ella riß die Stalltür auf. Die Kühe rissen brüllend an ihren Ketten. Sie rannte den Futtertisch entlang, um sie loszubinden. Mit einer Forke trieb sie die Tiere aus dem Stall auf den Hof hinaus.

Danach die Pferde. Sie steckten voller Unruhe, hörten das Unheil am Knistern jenseits der Ziegelmauer.

Auf der Stalltreppe entdeckte Ella einen Schatten. „Kurtchen, bist du das?"

Die Gestalt kam vom Stallboden, sprang vier Stufen auf einmal und hätte Ella fast umgelaufen. „Du mußt mir helfen, Kurtchen! Weck Stolten auf. Er soll die Pferde losbinden!"

Aber die Gestalt rannte an Ella vorbei, tauchte unter in Kocks Apfelgarten und verschwand hinter den Johannisbeersträuchern. Die Hitze drang durch Stallwände und Fenster. Die Kirchenglocken begannen zu läuten wie bei einer großen Feuersbrunst.

Es war unmöglich, die scheuen Pferde loszubinden. Wenn Ella zum Halfter greifen wollte, rissen sie die Köpfe hoch und drückten Ella gegen die Holzwand. Endlich kam Stolten. Er griff nach der Peitsche und schlug wahllos auf die Tiere ein. Danach standen die Pferde still mit zitternden Flanken und ließen Stolten an die Halfter heran. Iwan der Schreckliche jagte als erster auf den Hof.

Ella war schon unterwegs zum Schweinekoben, um die quiekenden Schweine herauszulassen. Auf halbem Weg kamen ihr Läufer und Ferkel entgegen. In der Mitte der alte Petschelies.

Endlich kam die Kudenower Feuerwehr. Ihr Einsatz hatte sich verzögert, weil die meisten Feuerwehrhauptleute betrunken in Bauer Kocks guter Stube lagen. Mühsam bahnte sie sich ihren Weg durch das Viehzeug.

„Rettet den Stall!" schrie Bauer Kock, der gleichzeitig mit der Feuerwehr den Hof betreten hatte. Hinter ihm Gerhard, der die Feuerwehr einwies, damit sie den Stall mit Wasser überschütten konnte, um wenigstens ihn zu retten. Aber die Scheune war verloren.

Das alles geschah gegen zwei Uhr nachts. Während die Feuerwehr das Stalldach mit Wasser zudeckte, zog Toni Kirschwälder mit Ina die Treppe hinauf in das Obergeschoß der Burg. Eine so günstige Gelegenheit galt es zu nutzen.

„Gott sei Dank, da bist du wieder!" sagte die Mutter. Sie goß Wasser in den Zuber und begann Ella zu säubern. Erst den Kopf. Ach, die schön frisierten Haare! Dann die Hände. Unter dem Daumennagel der rechten Hand quoll Blut hervor. Die Mutter wickelte eine Binde um den Daumen. „Hast du Kurtchen gesehen?" fragte sie.

„Ich hol ihn", sagte Ella. Sie zog sich um und betrat wieder den Hof, auf dem eine heillose Verwirrung herrschte. Tiere, Feuerwehrleute, herumfliegende Aschenfetzen, plätscherndes Löschwasser, die schrille Stimme der Bäuerin. Ella rief im Garten nach Kurt, erhielt aber keine Antwort. Sie kletterte über den Gartenzaun und suchte Kocks Hauskoppel ab. Hinter dem Strohberg lag er. Im wärmenden Stroh, aber zitternd vor Erregung. Er hatte die alte Joppe übergezogen, die ihm schon lange nicht mehr paßte.

„Ich wußte gar nicht, wie sehr du an der alten Joppe hängst", sagte Ella.

„Weil ich sie geklaut habe", antwortete er. „Ich habe sie einem ausgezogen, der schon tot war. Der war so alt wie ich und hatte fast die gleiche Größe. Ich habe nie einem Toten etwas weggenommen, nur die Joppe."

Ella befühlte die abgescheuerte Joppe. „Wenn das so eine Joppe ist, würde ich sie auch behalten", flüsterte sie sanft.

Kurt wunderte sich, daß sie ihn nicht auslachte. Auch wegen der Orden nicht, die er vor den Flammen in Sicherheit gebracht hatte und mit denen er als fünfzehnjähriger Junge immer noch spielte. „Hat er dir was getan?" fragte er nach einer Weile.

„Wer?"

„Der Österreicher."

„Aber Kurtchen, was sind das für dumme Gedanken!" Sie strich ihm zärtlich über das Gesicht. „Hast du deshalb die Scheune angesteckt?"

Er schüttelte heftig den Kopf. Nein, er hatte die Scheune nicht angesteckt. „Wenn das Feuer nicht ausgebrochen wäre, hätte er dir doch etwas getan", behauptete er.

„Ach, du dummer, dummer Junge!" Ella drückte ihn an sich.

„Manchmal denke ich, er war kein Fremder, sondern unser Vater", begann Kurt. „Ich meine den Mann, der mir die Tasche mit den Orden gegeben hat. Der sah genauso aus wie unser Vater."

„Vater ist schon lange tot, Kurtchen. Die Russen haben ihn erschossen."

„Nein, er ist damals an die Grenze gekommen, um mich rüberzubringen. Du kannst mir glauben, der Mann sah aus wie unser Vater!"
„Aber ich war dabei, als sie Vater beerdigten."
„Wo habt ihr ihn beerdigt?"
Ella mußte es beschreiben. Kein Friedhof und kein Pfarrer, nein, es war in einem Gemüsegarten gleich hinter einem fremden Haus. Nachmittags um halb vier.
„Und was habt ihr nach der Beerdigung gemacht?"
Sie mußten weiter. Ella und die Mutter. Zu Fuß natürlich, weil die Pferde fehlten. Über das Haff sind sie gelaufen und dann auf ein Schiff. Eigentlich sollte das Schiff nach Dänemark fahren, aber es strandete in der Eckernförder Bucht.
„Weiter, weiter!" flüsterte Kurt.
Eines Abends standen zwei Waggons voller Flüchtlinge ohne Lokomotive auf dem Kudenower Bahnhof. Wo sollen wir euch denn unterbringen? Das ganze Dorf ist schon voller Flüchtlinge. Für die erste Nacht müßt ihr in Bauer Kocks Scheune, und dann werden wir weitersehen... Es blieb dann bei Kocks Scheune.
Kurt wollte wissen, ob sie auch durch das brennende Bartenstein gekommen seien. Nein, das hatte Ella nicht gesehen. Er erzählte mit leuchtenden Augen von dem Feuer in Bartenstein, ein ganz anderes Feuer als diese häßliche alte Scheune in Kudenow.
Ella ergriff seine Hand. „Mein Gott, Kurtchen, du hast ja Fieber!" Sie richtete sich auf, sammelte die Orden ein und knöpfte die Joppe zu, so gut es ging. „Die Mutter wartet auf uns."
Kurt vergrub die Tasche mit den Orden tief im Strohberg. Dann folgte er ihr. Sie hielten sich bei den Händen wie kleine Kinder.
Auf dem Hof waren die Flammen erloschen. Die Scheune war hinüber. Das kleine Aufnahmelager von Kudenow gab es nicht mehr.

TONI KIRSCHWÄLDER verschwand eines Tages. Kudenow war zu klein für ihn geworden. Damit er nicht mit Ina zusammentraf, verließ er den Hof, als sie die Schweine fütterte. Ich werde dir schreiben, Gerhard Kock. Eine Karte aus dem kanadischen Busch oder von den Känguruhs oder aus Wanne-Eickel. Und irgendwann wird unser Haufen aus dem Lager Krasnodar ein Kameradschaftstreffen veranstalten.

„Gut, daß er weg ist", sagte die Bäuerin aufatmend. „Wir haben Fremde genug im Dorf. Er paßte nicht zu uns."

Der Herbst 49 brachte viele gute Nachrichten. Die Sieger strichen großzügig einige Werke von der Demontageliste; das Zertrümmern sollte aufhören. Im Ruhrgebiet schmückten die Arbeiter die Tore der geretteten Fabriken mit Girlanden. Schleswig-Holstein stellte einen Plan zum Bau von zwanzigtausend Flüchtlingswohnungen auf. Überall Aufbruch und neuer Anfang. Es erging ein Soforthilfegesetz für Flüchtlinge. Kallweit füllte für die Mutter und für jene Flüchtlinge, die sich nicht auskannten in den Formularen, Anträge auf Soforthilfeunterstützung aus und kassierte für jedes Formular fünfzig Pfennig. Mutter Marenkes Unterstützung wurde auf sechzig Mark im Monat erhöht. Es gab reichlich Kartoffeln. Auch frieren mußte niemand mehr. Kartoffeln genug, Kohlen genug.

Wir schaffen es, wir kommen durch. Wir wollen nie mehr hungern und frieren. Wir wollen arbeiten, bis das Blut unter den Fingernägeln hervorspritzt, aber einen Winter wie 47 soll es nicht mehr geben.

Arbeitslose fuhren von Kudenow nach Hamburg, um Trümmer zu räumen. Kurt wäre gerne mitgefahren, aber mit fünfzehn Jahren durfte er noch nicht in die Trümmer.

Wiebkes Mutter bekam von Jerry ein langes Kleid nach der neuen Mode, die die stoffsparende Kriegsmode abgelöst hatte. Wiebke wünschte sich etwas Ähnliches für ihren sechzehnten Geburtstag.

Es war eine große Zeit. Die Spar- und Darlehenskasse Kudenow eröffnete am 1. Dezember 1949 das tausendste Sparkonto nach der Währungsreform. Und in der Zeitung stand, daß Deutschland wieder Autos baue.

Vier Wochen nach dem Brand der Scheune zog Kurt wieder auf den Stallboden. Die alte Joppe und die Tasche mit den Orden zogen mit. Das Ausweichquartier im Strohberg war zu unwirtlich geworden. Hätte er ein Fahrrad gehabt, wäre er über die Dörfer gefahren, um sich die Zeit zu vertreiben. Wiebke hatte nur wenig Zeit für ihn, weil sie fleißig Englisch lernte.

Manchmal fuhr Kurt mit Stolten auf die Felder, um Rübenblätter für das Vieh zu holen. Dort arbeitete er sich in Schweiß und vergaß für ein paar Stunden die Langeweile des Novembers. Wenn Stolten ihn nicht brauchte, lag er auf dem Stallboden und starrte durch die Bretter-ritzen auf den leeren Hof. Von hier aus sah er Ina, die im Garten die Ro-sen mit Tannengrün abdeckte. Er sah den alten Petschelies, der mit seiner Ziege stritt, die zuweilen störrische Anwandlungen bekam. Er sah Ella, die zur Pumpe ging, um Wasser zu holen. Er sah Gerhard Kock, dessen Weg Ella kreuzte. Er hörte Gerhards Stimme.

„Na, wo ist es besser, in Ostpreußen oder in Holstein?"
Ella lachte. Sie fand die Unterschiede gar nicht so groß. Gerhard er-kundigte sich nach der Landwirtschaft in Ostpreußen, nach der Anzahl der Kühe auf dem Hof der Marenkes.

Noch vor Weihnachten erschienen Zimmerleute, um eine Scheune auf Kocks Hof zu errichten. Aus glattem Fichtenholz, ohne Löcher im Dach, ohne klappernde Bretter und ohne tropfenden Regen.

AM NEUJAHRSTAG kam Ella zu Kurt auf den Stallboden. Sie lag ne-ben ihm im Heu und starrte zu dem Licht, das in langen Streifen durch die Bretterritzen fiel und die Staubkörnchen in der Luft tanzen ließ. Kurt gab ihr eine Apfelsine. Sie aß in aller Ruhe, und als sie damit fertig war, sagte sie: „Ich glaub, ich krieg ein Kind."

„Du bist wohl nicht bei Trost!"
„Doch, doch, ich krieg ein Kind."
Kurts erster Gedanke war Toni Kirschwälder. Aber nein, der hatte damit nichts zu tun.

„Das Kind ist von Gerhard", sagte sie.
Wie war denn das zugegangen? dachte Kurt verwundert. Die beiden hatten doch nur über milchtreibendes Kraftfutter gesprochen und die Landwirtschaft in Ostpreußen. Wie kann bei so praktischen Gesprä-chen ein Kind herauskommen?

„Weiß die Mutter es schon?"
Nein, Kurt war der erste, dem sie es anvertraute.
„Wirst du jetzt Bauersfrau?" fragte er.
„Das läßt seine Mutter nicht zu. Ein Flüchtlingsmädchen, das nichts hat und nichts ist, darf nicht auf den zweitgrößten Hof im Dorf einhei-raten. Weißt du eigentlich, daß wir beide noch eine kleine Schwester hatten?" fragte Ella plötzlich. „Das war ein Russenmädchen. Es war von den vielen Vergewaltigungen übriggeblieben. Aber die Mutter

wollte das Kind nicht haben. Sie hat in kochendheißem Wasser gebadet, schwere Lasten getragen und ist sogar vom Küchentisch gesprungen, um das Kind loszuwerden. Als es dann viel zu früh auf die Welt kam, hat es nur einen halben Tag gelebt."

„Was hat Vater dazu gesagt?"

„Der lebte damals nicht mehr... Das war es doch, woran er gestorben ist. Er konnte es nicht mitansehen, wie sie die Mutter immer wieder holten. Da ist er aufgestanden und hat sich dazwischengestellt. Aber sie haben ihn nach draußen geschleppt und erschossen... Für nichts ist er gestorben, einfach für nichts."

„Warum für nichts?" fragte Kurt.

„Sein Tod hat nichts geändert. Sie haben die Mutter trotzdem geholt."

Kurt blickte auf den Hof, wo Gerhard mit Ajax spielte. Er dachte an seinen Vater. Kurt konnte nicht finden, daß er für nichts gestorben sei.

„Mutter schämte sich so wegen der Vergewaltigungen", fuhr Ella fort. „Das war der Grund, weshalb sie dir nie erzählt hat, wie Vater zu Tode gekommen ist." Mein Gott, Mutter! Mein Gott, Vater! Kurt verbarg sein Gesicht in den Händen.

Die ersten Kirchgänger kehrten heim. Ella eilte die Treppe hinunter, um den Kaninchenbraten aufzusetzen, aber Kurt kam nicht einmal zum Mittagessen ans Tageslicht.

Das Jahr 1950 fing so gut an..., aber dann das Unglück mit Ella.

„Er wird dich nicht heiraten", sagte die Mutter traurig, „denn du bist nur ein zugelaufenes Flüchtlingsmädchen. Und du wirst die schöne Stelle verlieren. Schwangere Frauen können die in der Nähstube nicht gebrauchen."

Ella schwieg zu allem, was die Mutter sagte. Sie arbeitete noch härter als früher. Nur einmal verlor sie die Beherrschung, als die Mutter unter Tränen ausrief: „Wenn du ein Kind mitbringst, findest du in Kruglanken niemals einen anständigen Mann!"

Da trat Ella ganz nahe vor die Mutter und schrie ihr ins Gesicht: „Ich bekomme ein Kind, und du heulst herum!"

„Wie sprichst du mit deiner Mutter? Ich will doch nur dein Bestes, Ella. Auch wenn Gerhard dich heiratet, wirst du bei denen nur die Scheuerfrau sein, die die Dreckarbeiten zu erledigen hat."

Kurt litt mit an dem Elend, das über die Marenkes hereingebrochen war. Wie sollte der Säugling im Hühnerstall untergebracht werden? Am liebsten wäre Kurt ganz auf den Stallboden gezogen und nur zu den Mahlzeiten heruntergekommen, um von dem Unglück der beiden Frauen nichts zu hören und zu sehen.

Ella und die gute Stube der Burg. Sie saß allein mit der Bäuerin und einer Kaffeekanne, die unter einer wärmenden Troddelmütze stand. Ina brachte einen gehäuften Teller mit Kuchen, stellte ihn schweigend auf den Tisch und ging wieder. Die Bäuerin schenkte Kaffee ein. Mit niedergeschlagenen Augen rührte Ella in der schwarzen Brühe. Das war Bohnenkaffee vom allerbesten.

„Wir Frauen wissen, was es heißt, Kinder zu kriegen", begann die Bäuerin. „Wir können offen miteinander sprechen. Heutzutage ist es keine Schande, wenn du ein Kind nicht haben willst, Ella."

Die Bäuerin sprach davon, wie wenig gefährlich es sei, Kinder wegzumachen. Die Ärzte verstehen sich darauf. Die haben viel gelernt im Krieg und in der Zeit danach. Doktor Kruskoop macht das nicht, aber in Hamburg und Lübeck gibt es genug Ärzte.

Ella aß Kuchen, um nicht sprechen zu müssen.

Die Bäuerin schenkte Kaffee nach. Sie meinte, Flüchtlinge und Einheimische paßten nicht zueinander, weil es anderes Blut sei. „Außerdem ist unser Junge krank vom Krieg", sagte sie. „Kranke Männer dürfen gar nicht heiraten. Das geht niemals gut. Du solltest hören, wie der nachts hustet. Was hat der arme Junge bloß alles durchgemacht? Ihm kannst du keine Schuld geben, nein, wirklich nicht. Dieser Krieg ist an allem schuld."

Friedrich Kock kam ins Zimmer, um seine *Bauernzeitung* zu holen.

„Nicht wahr, Vadder, du betoolst alles? Wir schicken die Deern zu einem Doktor nach Lübeck, das soll ihr Schade nicht sein."

„Macht das man so, wie ihr wollt", brummte Bauer Kock und schlug die Tür hinter sich zu.

Ella fühlte sich einsam, allein gelassen mit den Kuchenbergen und der Kaffeekanne mit Troddelmütze. Warum saß die Mutter nicht bei ihr?

„Mit deiner Mutter hab ich schon gesprochen", sagte die Bäuerin. „Sie findet das auch so am besten." Und sie dachte schon ein Stück weiter. Wohin mit Ella Marenke, wenn das Kind weg ist? Die durfte nicht auf dem Hof bleiben, sonst würde sie in einem halben Jahr wieder schwanger.

„Der Hühnerstall ist auch keine richtige Wohnung für euch", meinte die Bäuerin. Sie wolle mit Bürgermeister Petersen über eine bessere Unterkunft für die Marenkes sprechen. Da ließe sich schon einiges machen, wenn Ella nur vernünftig wäre.

Gerhard kam mit Kocks Gespannen von den Feldern. Vor der Haustür reinigte er die Gummistiefel, klopfte die Dreckklumpen ab und betrat die Burg.

Ina goß heißes Wasser in die Waschschüssel. Gerhard hängte Pullover und Unterhemd über die Stuhllehne und begann seinen Oberkörper einzuseifen. Hinter ihm wartete Ina mit einem Handtuch, so groß wie ein Bettlaken, um ihn abzurubbeln.

„Wo ist die Mutter?" fragte Gerhard plötzlich.

Ina zeigte zur Stubentür.

Mit nacktem Oberkörper ging er in die Stube. „Na, was habt ihr beiden zu bereden? Besprecht ihr die Hochzeit?"

„Mein Gott, Jung, du wirst dich erkälten!" rief die Bäuerin und schickte Ina in die Küche, um Gerhards Kleidung zu holen. „Wir haben gedacht, es ist am besten, wenn die Deern zu einem Doktor geht. Vadder fährt morgen nach Lübeck und regelt das alles."

„Da wird nichts draus, Mutter!" Gerhard Kock nahm mit offenem Hemd und herabhängenden Hosenträgern an Ellas Kuchentisch Platz. „Ich habe so viele sterben sehen. Ich will endlich mal sehen, wie etwas lebt!"

„Mien lewe, lewe Jung!" Die Bäuerin schlug entsetzt die Hände über dem Kopf zusammen.

Gerhard rückte näher zu Ella. Er schob ihr ein Stück Kuchen hin. Eigentlich war sie schon satt, aber ihm zuliebe nahm sie den Kuchen.

Nun betrat auch Bauer Kock den Raum. Sie standen herum wie vor den Schranken eines Gerichts.

„Nun sag doch was, Vadder!" rief die Bäuerin verzweifelt.

„Wenn der Junge das so haben will, soll er es haben", meinte Kock.

„Ostern soll Hochzeit sein", schlug Gerhard vor.

Nein, nur das nicht! Ostern ging auf keinen Fall, weil dann der

Bauch schon zu sehen wäre. Das Mädchen darf die Schande nicht sichtbar zum Altar tragen.

Plötzlich hatte die Bäuerin es eilig, das Gespräch zu beenden. Sie drängte Ella zur Tür. Ein andermal sprechen wir weiter. Als Ella gegangen war, fiel die Bäuerin ihrem Gerhard um den Hals. „Wie kannst du das deiner Mutter antun? Die Deern hat sich dir an den Hals geworfen. Sie wollte nur, daß du ihr ein Kind machst, weiter nichts. Die Flüchtlinge haben nichts und können nichts, aber auf unsere Höfe wollen sie sich einschleichen."

„Ich will sie haben, Mutter", sagte Gerhard.

„Was der Junge haben will, soll er haben!" schrie Bauer Kock und warf die Zeitung auf den Fußboden. „Unser Gerhard ist kein Kind mehr!"

Gerhard bekam einen Hustenanfall, riß das Fenster auf und spuckte braune Soße in den Winterabend. „Siehst du, wie krank er ist", antwortete die Bäuerin. „Wer so krank ist, darf überhaupt nicht heiraten."

Da ließ Kock die Faust auf den Tisch fallen, daß das Holz zitterte. Ina kam hereingelaufen, weil sie dachte, es wäre etwas umgefallen, das sie aufheben müßte.

„Raus!" schrie Kock. Er packte Ina mit der einen Hand und die Bäuerin mit der anderen, schob sie beide durch die Tür, schloß hinter ihnen ab und ging zum Fenster.

„Jetzt sind wir Männer unter uns", brummte Kock und berührte Gerhards Arm. „Ich will dir mal was sagen, mien Jung. Wenn ein Bauer in Kudenow heiratet, hat das nix mit Liebe und son Tüdelkram zu tun. Auf einem Bauernhof muß es auch mit der Arbeit passen, mit dem Viehzeug und mit den Kindern. Deshalb – sieh dir die Deern richtig an, ob alles an ihr paßt. Und wenn du sie wirklich haben willst, kriegst du sie. Und wir machen ein Fest, daß es nur so braust!"

Bauer Kock holte eine Flasche klaren Schnaps aus dem Schrank, goß ihn, da ihm gerade nichts anderes in die Finger geriet, in die leeren Kaffeetassen der Frauen und stieß mit Gerhard an.

PASTOR Thormählen hatte wieder einmal den besten Gedanken. Er hängte eine Bekanntmachung an die Kirchentür und verkündete es von der Kanzel: Die Kirchengemeinde Kudenow verkauft Bauland an

Flüchtlinge! Die Ringreitwiese sollte aufgesiedelt werden; Ringreiten können die Kudenower auch woanders. Fünfzig Pfennig kostete der Quadratmeter Kirchenland.

„Der Thormählen hat den Verstand verloren", sagten die Einheimischen. Wie kann er den Flüchtlingen Land geben? Wenn die bauen, werden wir sie überhaupt nicht mehr los. Hat Kudenow erst einmal eine Flüchtlingssiedlung, bekommt es auch eine Fabrik. Staub und Rauch werden über die unberührten Rübenfelder ziehen.

Am Sonntag Judika standen sie nach dem Gottesdienst im Kirchenbüro, um sich einzutragen in Thormählens Bauliste. Thormählen entfaltete einen Lageplan, auf dem er fünfundzwanzig Parzellen zu tausend Quadratmetern eingezeichnet hatte. Auch Wege waren schon vermerkt, eine Breslauer Straße, ein Königsberger Damm und ein Stettiner Weg. Ostlandsiedlung wollte Thormählen diesen Teil Kudenows nennen zur Erinnerung an die Himmelsrichtung, aus der die Flüchtlinge gekommen waren.

„Wir wollen kein Bauland, wir wollen nach Hause!" sagte Kallweit. Er wußte, was hier gespielt wurde. Die Flüchtlinge sollten sich an den Gedanken gewöhnen, daß es keine Rückkehr gäbe. Wer in Kudenow Land kaufte, war für den deutschen Osten verloren!

Aber Kallweit, wie lange soll ein Mensch auf seine Heimat warten? Fünf Jahre ist der Krieg schon aus. Du kannst nicht ein halbes Leben lang den Fremden zur Last fallen, ohne Eigenes zu besitzen.

„Ihr mögt die neue Heimat nur deshalb nicht, weil sie euch nicht gehört", meinte Pastor Thormählen. „Wenn ihr Land habt, werdet ihr Frieden schließen mit Kudenow. In zwanzig oder dreißig Jahren werdet ihr euren Osten besuchen und spüren, daß es nur schöne Erinnerungen waren, die euch festgehalten haben."

Auch Mutter Marenke drängte sich zu Thormählens Bauliste. Nein, sie selbst wollte nicht bauen. Nur sich vorsorglich eintragen, falls morgen ihr Bruno nach Hause käme. Thormählen blickte auf. „Was wollen Sie mit einem Bauplatz? Ihre Tochter heiratet den zweitgrößten Bauern. Da wird wohl ein Bauplatz für Sie abfallen." Die Mutter bekam einen roten Kopf. Wortlos verließ sie den Raum. Draußen an dem Holzkasten mit den Aufgeboten blieb sie stehen. Da hingen sie: Gerhard Kock und Ella Marenke. Die erste Hochzeit in Kudenow zwischen einem Einheimischen und einem Flüchtlingsmädchen. Wenn das nur gutgeht!

Die Bäuerin setzte die Hochzeit auf den letzten Tag im März fest, noch vor der Karwoche, in der nicht gefeiert werden durfte. Um Geld zu sparen, schlug Ella vor, ihr Hochzeitskleid selbst zu nähen. Aber das ging nicht. Wenn bei Kock in Kudenow Hochzeit gefeiert wird, muß es etwas Ordentliches sein. Noch nach Jahren soll das Dorf von dieser Hochzeit erzählen. Also fuhr die Bäuerin mit Ella nach Lübeck, um ein Brautkleid auszusuchen.

Wiebke war rein närrisch wegen der Hochzeit, obwohl es sie nichts anging und sie auch nicht eingeladen war. Tage vorher plapperte sie über Brautkleider, Gäste und Hochzeitsessen. Sie wußte auch mit Bestimmtheit, daß Musik kommen und zum Tanz aufspielen würde. Sie bestand darauf, Kurt das Tanzen beizubringen. Heimlich im Kuhstall sang sie *Maria aus Bahia* und tanzte mit ihm Samba. Kurt konnte sich zwar nicht vorstellen, daß auf Ellas Hochzeit Samba drankäme, aber er war gern in Wiebkes Nähe. Größere Sorgen machte er sich um sein Hochzeitsgeschenk.

Kurt besaß nur Kaninchen und die Orden auf dem Stallboden. Aber einer jungen Braut kannst du kein Eisernes Kreuz um den Hals hängen. Da war die Mutter besser dran. Über die Wirren des Krieges hatte sie eine Bernsteinbrosche, eingenäht in Unterwäsche, gerettet. Ein gutes Stück aus Palmnicken. Das war ein Geschenk aus Ostpreußen, das die Mutter zu ihrer Konfirmation erhalten hatte und an dem ein Leben hing.

Bei den Hochzeitsvorbereitungen half die Mutter mit. Sie rannte sich die Hacken ab, um ein Pfund Mohn aufzutreiben, denn in diesem Holstein wuchs kein bunter Mohn in den Rübenfeldern wie zu Hause. Aber etwas Ostpreußisches, den schönen, nassen Mohnkuchen, sollte es wenigstens zu Ellas Hochzeit geben.

Sechzig Personen waren eingeladen. Die Bauern aus Kudenow, Kocks Verwandte aus dem Nachbardorf und auch die Tochter aus Marne mit den Kindern.

Die Brautmutter durfte ebenfalls Gäste einladen. Aber wen sollte Mutter Marenke zur Hochzeitstafel bitten? Kallweit hätte sich wenigstens aufs Reden verstanden und einen gescheiten Eindruck gemacht.

Aber sie wagte es nicht, ihn einzuladen, weil Kallweit immer noch als einer der windigsten Flüchtlinge im Dorf galt. Der schlabberte beim Essen seine Suppe aufs Hemd. So waren die drei Marenkes unter den vielen Gästen die einzigen Flüchtlinge.

Zum letztenmal wachte Ella Marenke im Hühnerstall auf. Kurt stellte sich schlafend, um zuzusehen, wie die Braut sich ankleidete. Eine hübsche Braut. Auch der geschwollene Bauch nahm Ella nichts von ihrer Schönheit, obwohl sie ihm fremd erschien in dem viel zu hellen Weiß.

Die Mutter kam im langen schwarzen Kleid von Haarschneider Schnelle zurück. Zum erstenmal in ihrem Leben hatte sie unter einer Friseurhaube gesessen. Gegen zehn Uhr standen die drei Marenkes bereit, um zur Burg zu gehen. Das mächtige Gebäude sah freundlich aus. In seinen Scheiben spiegelte sich die Märzensonne. Knecht Stolten und Melker Kassebohm hängten gerade den Kranz vor die Eingangstür. *Herzlich willkommen.* Kurt und die Mutter nahmen die frierende Ella in die Mitte. So feierlich im dünnen weißen Kleid war noch niemand vom Hühnerstall zur Burg gegangen.

„Laßt uns erst einen trinken", sagte Bauer Kock, der sie in der girlandengeschmückten Eingangstür empfing.

„Aber der Deern darfst du nichts geben!" rief die Bäuerin aus dem Hintergrund. „Das schadet dem Kind."

Dafür bekam Kurt einen Schnaps, den ersten Achtunddreißigprozentigen, den er in der Öffentlichkeit trinken durfte.

Das Hochzeitspaar traf sich auf der Treppe. Gerhard küßte die Braut, und Ella errötete, als hätte sie etwas Verbotenes getan.

Die zweihundert Meter zur Kirche hätten die Brautleute bequem zu Fuß gehen können. Aber das hätte wie eine Arme-Leute-Hochzeit ausgesehen. Deshalb fuhr Knecht Stolten mit der frisch lackierten Kutsche vor. Stolten war nicht wiederzuerkennen. Er hatte sich einen Zylinder ausgeborgt, war dadurch um zehn Zentimeter gewachsen, war überhaupt der größte Kerl auf dieser Bauernhochzeit. Während die übrigen Gäste zu Fuß vorausgingen, wartete er mit der Kutsche auf das Hochzeitsgeläut. Mutter Marenke am Arm von Bauer Kock, so, wie sich das gehörte.

Im Flur warteten die Brautleute auf die Glocken. Ina und drei Frauen aus der Nachbarschaft, die die Bäuerin zur Aushilfe geholt hatte, rumorten in der Küche. Ella fror. Sie hätte gern einen Mantel übergezogen, aber das ging nicht, weil die weiße Pracht zur Schau gestellt werden mußte.

Gerhard wanderte schweigend auf und ab, steckte eine Zigarette an, drückte sie wieder aus, weil er einen Hustenanfall bekam. Endlich die Glocken. Die Brautleute traten vor die Tür. Da stand Ella, angestarrt von den Menschen auf der Straße. Die Kinder unter den Linden verstummten. Alte Frauen lehnten am Zaun und dachten vierzig Jahre zurück. Im Nachbarhaus bewegten sich die Gardinen. Wiebke stand staunend auf der Treppe des Altenteilerhauses.

Mit linkischen Bewegungen riß Stolten den Verschlag auf. Gerhard hob die Braut in die Kutsche. Andächtig standen die Küchenfrauen auf der Veranda. Die Räder knirschten im nassen Sand. Dann stuckerten sie über das Kopfsteinpflaster. Die Kutsche bog in den Sommerweg und hielt dann vor dem Portal der Kirche. Ein Spalier der Gäste. Feuerwehr und Schützengilde in alten Uniformen. Eine Menschenmenge zum Schwindeligwerden. Die beiden waren ein hübsches Paar.

Thormählen kam ihnen bis zur Eingangstür entgegen. Bedächtig voranschreitend, führte er das Paar zu den Stühlen vor dem Altar. Ella fror erbärmlich; aber es gab keine Heizung in der Kirche von Kudenow. Als sie vor dem Altar saß und die Orgel den Eingangschoral spielte, dachte Ella nur an das Kind. Du hast es geschafft, du kleines Lebewesen. Du wirst niemals hungern und frieren. Du wirst in keinem Hühnerstall leben. Du wirst nicht arm sein. Du wirst nicht auf die Flucht gehen. Du wirst nicht zusehen müssen, wie sie deinen Vater erschießen.

Was predigt man zu solchen Anlässen? Die Geschichte der Hochzeit zu Kana? Oder das Gleichnis vom himmlischen Bräutigam? Nichts von alledem. Thormählen predigte über Kudenow.

„Wenn es allein nach dem Verstand geht, werden Flüchtlinge und Einheimische niemals zusammenfinden", sagte er. „Deshalb muß die Natur etwas nachhelfen, so, wie das hier geschehen ist."

So ein verlorener Krieg ist ein Segen, behauptete Thormählen. Da wird alles durcheinandergewirbelt. Altes fällt und Neues kann wachsen. Es wird ein neues, starkes Geschlecht geben. Lasset die Kindlein

zu mir kommen! Auch die, die noch nicht geboren sind. Wir nehmen
alle. Bald gibt es keine Holsteiner mehr und keine Ostpreußen. Wir
sind alle bloß Menschen!

So nimm denn meine Hände.

Mächtig dröhnte die Orgel über ihren Köpfen. Sie erhoben sich dem
Brautpaar zu Ehren, das an ihnen vorbeischritt, Ella mit gesenktem
Kopf, Gerhard geradeaus blickend. Bauer Kock schnaubte verbissen
ins Taschentuch. Mutter Marenke weinte. Die Bäuerin weinte auch.

Erst im Hochzeitshaus löste sich die Spannung, als Kock die
Schnapsbuddel holte und die ersten Zigarren verteilte. Kurt drängelte
sich durch das Menschengewühl zu seinem Schwager Gerhard.

„Das ist mein Geschenk", sagte er und holte ein Ritterkreuz aus der
Hosentasche, das einzige Ritterkreuz seiner Sammlung, blank geputzt,
die höchste Auszeichnung, die Kurt zu vergeben hatte.

Gerhard Kock machte ein ernstes Gesicht. „Weißt du überhaupt,
was das ist?" fragte er. Er ließ das Metall aus einer Hand in die andere
gleiten, schien weit zurückzublicken bis zum Mittelabschnitt der Ostfront. Damals war ihm auch ein Kreuz versprochen worden. Aber die
Rote Armee kam seiner Dekoration zuvor. Und in der Gefangenschaft
gibt es keine Orden; da ist die höchste Auszeichnung das Überleben.

„Das war alles Lug und Trug", murmelte Gerhard und ging zur
Haustür. Im hohen Bogen warf er das Kreuz über die tausendjährige
Eiche hinweg in den Schmutz der Dorfstraße. „Da gehört so etwas
hin", sprach er und ließ Kurt stehen.

Betroffen lief Kurt dem Ritterkreuz nach, suchte zwischen den Pfla-
stersteinen, bis er es gefunden hatte. Liebevoll wischte er den Schmutz
von dem Metall, hauchte es an, wischte es blank und brachte es schließlich zurück in sein Versteck auf dem Stallboden.

Die Verweigerung des Ritterkreuzes war der erste und letzte unan-
genehme Zwischenfall auf der Bauernhochzeit. Von nun an ging es
nur noch heiter zu. Kurt stromerte durch die Burg, warf einen Blick
auf die gedeckte Tafel in der guten Stube, ließ eine Apfelsine mitgehen,
suchte Bonbons und fand sie auf einem Tischchen im Flur.

Beim Mittagessen schwang Fiete Kock sich zu einer Rede auf. Aber
was heißt hier Rede. Er behielt den Suppenlöffel in der Hand, schlug
damit den Takt zu seinen Worten und sagte nur, daß er seinem Ger-

hard den Hof überschreiben werde, wenn der kleine Kock auf der Welt sei. Er habe genug gearbeitet und freue sich, in die Altenteilerkate zu ziehen, dort dicke Zigarren zu rauchen und aus dem Fenster zu blikken.

Während Kock sprach, betrat der alte Petschelies die Küche. Er wollte auch ein Geschenk abgeben. Ina brachte es, in Zeitungspapier gewickelt, in die gute Stube. Die Bäuerin ließ es auf den Geschenktisch legen, aber Ella griff danach, um es auszuwickeln. Es war ein Pferdchen, aus Holz geschnitzt. Auf dem Leib des Tieres stand das Wort „Trakehnen".

„Ja, gute Pferde hatten die Ostpreußen", meinte Kocks Schwiegersohn aus Marne.

Die Bäuerin schickte Ina in die Küche, damit sie dem alten Petschelies einen Schnaps einschenke. Aber der drängte zur Tür und stand plötzlich, das gefüllte Schnapsglas in der erhobenen Hand, auf der Schwelle der guten Stube. Er wollte dem Brautpaar Glück und Segen wünschen. Dazu sagte er ostpreußische Reimchen auf und sang ein Lied, dessen Refrain so ging: *Ich kann mir nicht helfen, es fehlt mir 'ne Frau!*

Die Hochzeitsgesellschaft lachte über den alten Petschelies; nur Mutter Marenke schämte sich. Wie der aussah! Die langen, schmutzigen Fingernägel, die Schnapstropfen im Barthaar, die geflickte Hose – ein Bild zwischen Jammer und Heiterkeit.

Kurt genoß es, unbeaufsichtigt durch das große Haus zu streifen. Nach dem Zwischenfall mit dem Ritterkreuz mied er die Nähe des Brautpaares. Auch zu seiner Mutter ging er nicht. Er ertrug es nicht, wenn sie in den Gesprächen mit den Gästen aufzählte, was es in Ostpreußen schon alles gegeben hatte. Elektrisches Licht zum Beispiel, im Nachbarhaus sogar eine Kokszentralheizung, herrlich asphaltierte Straßen, auch Autos und Traktoren. Mutter, Mutter! Du brauchst dein Ostpreußen nicht zu rechtfertigen. Es macht doch nichts, daß die Kinder barfuß durch den masurischen Klackermatsch gelaufen sind, daß die Hühner auch mal in die Küche kamen und im Flur die Schwalben nisteten. Alles Schöne an Ostpreußen, an das Kurt sich erinnerte, hatte nichts mit elektrischem Licht, Asphaltstraßen oder Zentralheizungen zu tun.

Das Wichtigste an dieser Hochzeit war: Kurt konnte essen, was er wollte. Er durfte zwischen Torte und kaltem Bratenfleisch wählen, Puddingschüsseln auslecken und Suppen abschmecken. Wo immer er hinblickte, stand etwas Eßbares. Er wagte sich sogar an eine Flasche Bier.

„Du bist ein ganz Schlimmer", sagte Ina, als sie ihn mit der Bierflasche auf der Kellertreppe sitzen sah.

Der schon mächtig angeheiterte Stolten feierte mit Kassebohm und den Aushilfskräften in der Küche. Er tanzte den Frauen vor und fragte Ina schon zum fünften Male, ob sie seine Frau werden wolle.

„Du bist ja betrunken", antwortete sie sanft und schob ihn von sich.

Als es dunkelte, begann Kurt Vorräte anzulegen. Haltbare Dauerware wie Sandtorte, Kekse und geräucherten Schinken schaffte er in sein Versteck auf dem Stallboden. Unterwegs fiel ihm der alte Petschelies ein. Im Schutz der Dunkelheit brachte er ihm Kuchen, eine Flasche Bier und eine Tüte kalter Salzkartoffeln, außerdem eine Kaffeetasse, gefüllt mit Bratensoße. Zufrieden saß Kurt neben Petschelies und sah zu, wie der alte Mann zulangte.

„Deine Schwester hat es geschafft!" sagte Petschelies anerkennend. „Die ist kein Flüchtling mehr, die gehört jetzt zu denen da oben."

Draußen lauerte Wiebke. „Du könntest mir auch etwas bringen", sagte sie vorwurfsvoll.

Kurt trabte los und holte ihr das letzte Stück ostpreußischen Mohnkuchen, das auf dem Kuchenteller lag. Sie wollten den Kuchen auf der Bank vor der Altenteilerkate essen. Aber es war zu kühl. Deshalb nahm Kurt sie mit in den Hühnerstall. Während Wiebke aß, legte er Holzscheite in die Glut. Durch die geöffnete Ofentür strahlte flackernde Helligkeit in den Raum. Plötzlich fiel Kurts Blick auf Ellas Bett. Da erst begriff er, welch ein großartiges Hochzeitsgeschenk er erhalten hatte. Ellas Bett war frei geworden! Er durfte vom Fußboden zur Eisenpritsche aufsteigen, ein Höhenunterschied von nur vierzig Zentimetern, aber ein schwindelerregendes Hochgefühl. Kurt warf sich auf Ellas Bett, lachte laut und trommelte mit den Fäusten auf die Bettdecken, die jetzt ihm gehörten.

Ella fiel es schwer, „Mutter" zu sagen. Sie drückte sich um die Anrede, wann immer sie konnte. „Vater" zu sagen ging leichter. Die

Bäuerin sagte einfach „Deern" zu ihr, in guter Stimmung auch „mien Deern". Das Kleine in Ellas Bauch nannte sie „unsern Lütten".

In der Hochzeitsnacht, Schlag vierundzwanzig Uhr, war Ella Kock geborene Marenke in die Burg umgezogen. Frisches Bettzeug, weiße Gardinen, ein mächtiger Kachelofen mit Motiven der Bauernschlacht von Hemmingstedt. Dem Ofen gegenüber ein ovaler Spiegel aus Kaisers Zeiten.

Am Morgen nach der Hochzeit führte Gerhard seine Frau durch das Haus und zeigte ihr jeden Winkel vom Keller bis zum Dachboden. Es war ein wundervoller Spaziergang, die Stiege hinauf zum Boden, wo die Tauben gurrten und das Spinnengewebe in phantastischen Mustern zwischen den Balken hing.

„Das ist dein Haus!"

Gerhard trug Ella ein paar Stufen hinauf, hielt sie länger umschlungen, als es für die paar Stufen nötig gewesen wäre, und drückte sie gegen den mächtigen Schornstein, der milde Wärme ausstrahlte. Er war wie im Rausch an diesem Morgen. Und sie lächelte, wenn er lachte, flüsterte, wenn er laut sprach. Gerhard hob sie auf die Eichentruhe, die so schwer war, daß Stolten und Kassebohm zusammen sie nicht zu tragen vermochten. Sie saßen wie Kinder auf dem Truhendeckel und ließen die Beine baumeln. Er umfaßte sie und legte die Hand auf ihren Leib, um das Kind zu fühlen. „Es schläft noch", sagte Ella leise.

Hundert Jahre altes Eichenholz. Staub aus der Vorkriegszeit. Das alles gehört jetzt dir, Ella. Und doch fühlte sie sich wie ein Gast in der Burg, fremd und nur in Gnaden aufgenommen. Erst wenn das Kind lebte, wäre sie nicht mehr zu vertreiben, säße sie fest inmitten der Truhen und der alten Schränke.

Gegen die Unsicherheit wußte Ella nur ein Mittel: arbeiten! Zum Glück folgte auf die Hochzeit die Karwoche, in der es immer viel zu tun gibt. Die Burg war herzurichten für den Auferstehungstag. Da durfte Ella nicht die Hände in den Schoß legen. Sie stürzte sich auf jede Arbeit, die ihr unter die Augen kam. Sie schleppte den schweren Abfalleimer von der Küche zu den Schweinen, grub stundenlang im Gemüsegarten und schrubbte die Treppe und den Ziegelfußboden des Flurs. Sie achtete vor allem darauf, der Bäuerin jeden Gang abzunehmen. Bleib sitzen, Mutter! Ruh dich aus! Eine Schwiegertochter ist dazu da, dir zu helfen. Sie wollte der Bäuerin gefallen, vor allem der Bäuerin, weil die gegen die Heirat gewesen war. Eines Tages wird die Bäuerin in der guten Stube stehen und zu Kock sagen: „Unser Gerhard hat doch eine tüchtige Frau bekommen!" Von diesem Tag träumte Ella.

„Paß auf unsern Lütten auf, Deern!" mahnte die Bäuerin. „Für die schwere Arbeit haben wir Ina."

„Wenn die junge Frau weiter so schuftet, bin ich bald überflüssig", beschwerte sich Ina bei der Bäuerin.

„Bald ist das Kind da, dann hat sie keine Zeit mehr für die Hausarbeit", beruhigte die Bäuerin Ina.

Diese langen Abende. Der Mann kam vom Feld nach Hause und wollte es warm haben. Du mußt frisch aussehen und lächeln, denn es sind ja Flitterwochen. Früh mit ihm ins Bett gehen, wenn er will. Das gehört dazu. Nicht versagen. Alle Pflichten erfüllen, auch wenn du müde bist; denn es sind glückliche Tage. Ella konnte sich nicht erinnern, jemals zufriedener gewesen zu sein. Vielleicht als kleines Kind in Kruglanken.

Kurt war nun mit dem zweitgrößten Bauern von Kudenow verwandt. Das machte ihn über Nacht zu einem anderen Menschen.

„Bald werdet ihr eine anständige Wohnung bekommen", verkündete der alte Petschelies. „Der zweitgrößte Bauer im Dorf kann seine Verwandten nicht in einem Hühnerstall hausen lassen."

Für Kurt öffnete sich das Bauernhaus. Die heilige, uneinnehmbare Burg riß ihre Tore auf, um Kurt Marenke zu empfangen. Er durfte durch die Burg schwärmen, seine Schwester besuchen, in den Keller steigen und auf den Boden klettern. Auf seinen Streifzügen fand er oben unter den Dachplatten ein paar Zentner *Gartenlaube*, Lesestoff für trübe Regentage. Daneben einige Nummern des *Völkischen Beobachters*.

Einmal kam Bauer Kock auf den Boden.

„Hast du immer noch Lust, in der Schreibstube zu arbeiten?" fragte er und betrachtete kopfschüttelnd die ausgebreiteten Papiere. Er versprach, mit Bürgermeister Petersen zu reden. Vielleicht hatte der einen Platz für Kurt im Gemeindeamt frei. „Aber eigentlich bist du zu schade für so eine Arbeit", brummte er geringschätzig.

Am Ostermorgen ritten Gerhard und Kurt über die in der Sonne dampfenden Felder. In diesem Winter hatte es in Kudenow kein Eis gegeben. Die leeren Pfützen trockneten. In ein paar Wochen wird Kudenow grün sein. Gerhard saß auf Iwan dem Schrecklichen, Kurt zokkelte mit einem dickbäuchigen Belgier hinterher.

Eigentlich hatte Kurt den Ostersonntagvormittag auf dem Friedhof verbringen wollen. Der Kudenower Friedhof war ein gemütlicher Ort. Die hohen Lebensbäume hielten den Wind von den Gräbern fern. Es war mild und still. Du wirst angesteckt von der Ruhe, fängst an, die Grabinschriften zu lesen, und rechnest die Jahre aus, die die Toten leben durften.

Aber Gerhard hatte Kurt unterwegs aufgegriffen. „Ein junger Mensch wie du kann doch nicht über den Friedhof streunen und die Grabsteine anstarren!" hatte er ärgerlich gesagt.

Nun also ritten sie. Gerhard lehrte Kurt, die Hafersaat vom Grün des sprossenden Roggens zu unterscheiden. Er zeigte ihm die Felder, die für Kartoffeln und Rüben bestimmt waren, imitierte Vogelstimmen und erklärte den Zug der Wildgänse nach Skandinavien. Plötzlich zog er ein Büchlein aus der Tasche und reichte es Kurt.

„Das mußt du lesen. Daraus kannst du viel lernen."

Kurt hörte staunend zu, was Gerhard von Hasen, Wildenten und Menschen zu erzählen wußte, und preßte das Büchlein über die Vererbungsgesetze des Gregor Mendel ganz fest an seinen Körper.

Während sie über die Felder ritten, gingen die anderen in die Kirche. Die Bäuerin, Ella und Mutter Marenke in einer Reihe, Ella eingehakt in der Mitte. Bauer Kock fünf Schritte hinterher. Sie kamen wegen der Abkündigung von der Kanzel. Neben Beerdigungen und Kindtaufen verlas Pastor Thormählen an diesem strahlenden Ostertag die Trauung des Gerhard Kock mit dem Flüchtlingsmädchen Ella Marenke. Nach dem Gottesdienst blieb Kock vor der Kirchentür stehen und sprach mit den anderen Bauern über die aufgehende Saat. Die Frauen eilten der Burg zu. Als sie die Küche betraten, fanden sie Ina weinend am Herd sitzen.

„Ich werde mir eine neue Stellung suchen", schluchzte sie.

Was ist los mit dir, Ina? Zehn Jahre lebst du schon in der Burg, viel zu lange, um einfach fortzugehen.

„Ihr braucht mich nicht mehr!" jammerte Ina. Sie fühlte sich überflüssig, verdrängt von Ella, die auch in hochschwangerem Zustand
mit ihrer Arbeitswut keine Grenzen kannte. Und dann war da noch die
traurige Begebenheit mit Toni Kirschwälder. Ina schämte sich. Und
die Zeit heilte nichts. Noch immer errötete sie, wenn sie in die oberen
Räume der Burg kam, wo es geschehen war. Sie war von niemandem
gesehen worden, aber sie schämte sich vor sich selbst. Sie konnte Stolten nicht mehr in die Augen blicken und litt darunter, wie er immer
heftiger um sie warb. Nein, du kannst Ina nicht haben, Stolten. Ina ist
nicht mehr gut genug für einen Mann wie dich. In einem fernen Dorf,
wo niemand sie kannte, wollte Ina einen neuen Anfang finden.

„Du kannst uns doch nicht im Stich lassen", meinte die Bäuerin und
packte Ina an der Schulter. Sie dachte vor allem daran, daß Ella nun
bald in die Wochen käme und als Arbeitskraft ausfiele. Ina blickte auf
und sah verschwommen durch die Tränen die Frauen im strengen
Schwarz vor sich stehen. Nicht im Stich lassen, Pflichterfüllung,
Treue. So ging es ein ganzes Leben. Sie wischte sich die Tränen aus den
Augen, erhob sich und goß Wasser in den Kochtopf, denn es wurde
Zeit, das Mittagessen zuzubereiten.

„WARUM wünschst du dir nicht ein Fahrrad von deiner Schwester
zum Geburtstag?" fragte Wiebke verwundert. „Ella ist jetzt reich."

Ach, da kennst du Ella schlecht, Wiebke. Die schleppt keine Reich-
tümer aus der Burg. Wo kämen wir da hin? Die Flüchtlinge stehen sowieso in dem Ruf, einen Rattenschwanz von Familie hinter sich herzu-
ziehen, wenn sie einmal Fuß gefaßt haben. Ab und zu steckte Ella Kurt
ein Wurstbrot zu – mehr konnte sie für ihn nicht tun.

Aber Kurt brauchte ein Fahrrad. Wiebke schwärmte von Radtouren
durch Schleswig-Holstein. Sie wollte nach Lübeck radeln, um echtes
Marzipan zu kaufen. Manchmal dachte Kurt daran, ein Fahrrad zu
klauen. Vor der Post standen gelegentlich Fahrräder, auch vor der Ne-
benstelle des Arbeitsamtes, die wegen des großen Andrangs der Stem-
pelgeldempfänger im ehemaligen Büro der Deutschen Hilfsgemeinschaft eingerichtet worden war. Aber Klauen paßte nicht mehr zu
Kurt Marenke, der mit dem zweitgrößten Bauern von Kudenow verwandt war.

Kurts letzte Hoffnung war die Gemeindeschreibstube. Wenn es mit Bauer Kocks Fürsprache gelänge, dort Fuß zu fassen, stünde ihm ein Dienstrad zur Verfügung, denn ein Gemeindeschreiber muß viel umherfahren, hat Steuerbescheide zuzustellen und Bekanntmachungen auszutragen.

Doch auch diese Hoffnung zerrann. Eines Tages ließ Kock Kurt in die Burg rufen. „Petersen hat für dich keinen Platz in der Schreibstube", sagte er. Es hing mit den Lebensmittelmarken zusammen. Mehr als zehn Jahre hatten die bunten Farben der Lebensmittelmarken – der ganze Regenbogen war vertreten – den grauen Alltag verschönt. Zartes Rosa, kräftiges Gelb und schmutziges Blau. Das alles in wechselnder Papierqualität, wie es die Zeiten so mit sich brachten. Fünf Jahre Krieg, aber zehn Jahre Lebensmittelmarken. Am 1. Mai verschwanden sie endgültig. Damit wurden in den Ämtern ganze Abteilungen überflüssig, die mit Zählen, Austeilen und Registrieren der Marken beschäftigt gewesen waren. Ohne die Marken hatte Petersen zwei Mann zuviel in seiner Schreibstube. Wieder kein Platz für Kurt Marenke.

Traurig ging Kurt zu Wiebke, um ihr zu sagen, daß er sie nicht begleiten könne auf der Radfahrt nach Lübeck zum Marzipankaufen.

Kurt feierte seinen sechzehnten Geburtstag..., aber noch immer kein Fahrrad. Wiebke kam, beschwingt wie ein Falter, mit der Nachricht an den Geburtstagstisch: „Im Herbst ziehen wir nach Hamburg!"

Das war ein Geburtstagsgeschenk, so schwer wie eine Geröllhalde. Es verschüttete Kurt, erschlug ihn fast an diesem Geburtstagsnachmittag.

„Das haben wir meinem Vater zu verdanken", plapperte Wiebke lustig vor sich hin. „Der hat eine Wohnung für Ausgebombte besorgt." Während Kurt noch mit der Geröllhalde kämpfte, fing Wiebke an, von Hamburg zu schwärmen. Sie wird in ein Hochhaus ziehen. Von oben wird sie einen schönen Ausblick über die restlichen Trümmer und ein Straßenbahndepot haben. Gegenüber wird eine lange Straße mit unzähligen Schaufenstern liegen. Dazwischen Kinos...

„Hör auf!" schrie Kurt. Er rannte aus dem Hühnerstall und kehrte vor dem Abend nicht mehr zurück. Wiebke wird wegziehen, und er war immer noch nicht mit ihr durch Schleswig-Holstein gefahren.

Sechzehn Jahre alt und nicht einmal Geld genug, um ein altes Fahrrad zu kaufen. Keine Arbeit, kein Fahrrad. Nur die Tasche mit den alten Orden und siebenundzwanzig Kaninchen. Mehr gehörte ihm nicht. Am 5. Mai 1950 ging ein Aufschrei durch Deutschland. Die russische Nachrichtenagentur TASS verbreitete folgende Meldung:

> TASS ist ermächtigt mitzuteilen, daß soeben die letzte Gruppe von Kriegsgefangenen in einer Anzahl von 17538 Mann nach Deutschland repatriiert wurde. Somit ist die Repatriierung der deutschen Kriegsgefangenen aus der Sowjetunion nach Deutschland nunmehr restlos abgeschlossen.

Hört mal, ihr müßt euch verzählt haben! Ihr habt die Schweigelager vergessen, die Straflager am Eismeer, die Arbeitskolonnen jenseits des Urals. Es fehlen noch Millionen Menschen! Wo sind sie versickert in eurem großen Rußland?

In Bonn trat das Parlament zu einer Sondersitzung zusammen. Mutter Marenke bat die Bäuerin, die Radioübertragung in der Burg hören zu dürfen. Da saß sie regungslos vor Kocks Radioapparat, verstand nur die Hälfte, hätte am liebsten mitgeschrien. Nach der Übertragung wankte sie wie betäubt in den Hühnerstall. Versteinert saß sie hinter den quadratischen Scheiben und starrte auf den Hof, wo die Küken aufgeregt hinter einer Glucke herliefen. Ein Duftgemisch von frühem Flieder und Maiglöckchen strömte durch die angelehnte Tür in den Hühnerstall. Aber die Mutter nahm es nicht wahr. Sie dachte an die letzten siebzehntausendfünfhundertachtunddreißig Menschen. Wenn Bruno nicht zu ihnen gehörte, würde er nie mehr kommen. „Sie können doch nicht alle umgebracht haben!" rief die Mutter, als Kurt den Hühnerstall betrat. Aber nein, sie haben umbringen lassen. Hunger, Kälte, Krankheit, diese Mischung wirkt immer.

Pastor Thormählen setzte einen Fürbittegottesdienst für die deutschen Kriegsgefangenen an. Das machte Mut. Die Mutter brauchte dem Unglück nicht tatenlos zuzuschauen, sondern konnte wenigstens die Hände falten.

Eigentlich sollte Kurt mitkommen in die Kirche, weil es um seinen Bruder ging. Aber er stahl sich davon, um den Ausritt mit Gerhard nicht zu versäumen.

„Ob das Beten für die Gefangenen hilft?"
Gerhard schüttelte den Kopf. „Die Gefangenen haben nichts davon.
Nur denen zu Hause hilft es."

Sie kreuzten die Bahnstrecke und fielen in leichten Trab, um dem
Elfuhrzug auszuweichen, denn wenn der schnaubend und pfeifend
durch den Wald kroch und graue Rauchwolken in die Baumkronen
paffte, scheuten die Pferde. Am See machten sie Rast, um die Tiere zu
tränken.

„In zwei Monaten kommt unser Kind auf die Welt", bemerkte Gerhard, als in Kudenow die Glocken läuteten.

Kurt blickte zu ihm auf. Mein Gott, der freut sich richtig.

Dem planmäßigen Elfuhrzug waren sie ausgewichen, aber um halb
zwölf kam außer der Reihe ein Güterzug mit leeren Kunstdüngerwag-
gons an Kudenow vorbei. Wie ein Ungeheuer tauchte er vor ihnen im
Buchenwald auf. Gerhard sprang ab und griff den Pferden in die Zügel. „Runter!" schrie er.

Kurt ließ sich aus dem Sattel auf einen grünweißen Teppich blühen-
der Buschwindröschen fallen. Über sich auf dem Bahndamm hörte er
die leeren Waggons poltern, sah weißen Rauch durch die Haselnußsträucher quellen. Vor allem der Rauch war es, der die Tiere in Panik
versetzte. Iwan der Schreckliche bäumte sich auf, wollte mit Huf-
schlägen den heranwälzenden Rauch vertreiben. Gerhard riß am Zügel und zwang ihn zu Boden. Dabei traf ihn ein Hufschlag. Er traf jene
Stelle, an der die Rippen aufhören und die Weichteile anfangen. Gerhard sackte zusammen; die Zügel entglitten ihm. Die Pferde preschten
mit dem Güterzug um die Wette in Richtung Kudenow.

Der Rauch hatte sich im Geäst verflüchtigt, als Kurt aus den Anemonen gekrochen kam und sich über Gerhard beugte. Blut tropfte aus
Gerhards Gesicht auf den Waldboden. „Du blutest", sagte er.

„Mit gesunden Beinen wäre das nicht passiert", schimpfte Gerhard.
Kurt richtete ihn auf, doch da blutete Gerhard noch heftiger. Leg dich
lieber hin.

Kurt wollte zum Bahnhof laufen, um Hilfe zu holen. Er war noch
keine zweihundert Meter entfernt, als Knecht Stolten mit dem Fahrrad
auftauchte. Ihm waren die reiterlosen Pferde in den Stall gelaufen. Da
war er losgefahren, um nach dem Rechten zu sehen. Hinter ihm kam

Bauer Kock angekeucht. Er schimpfte pausenlos auf die Pferde und die Eisenbahn, als er mit Stoltens Hilfe Gerhard aus den Anemonen hob.

Die Frauen standen an der Hofeinfahrt, als Gerhard, mehr getragen als gegangen, nach Hause kam. Er sah schlimm aus. Blut in der Kleidung, Blut im Gesicht und im Haar. Ella und die Bäuerin nahmen Gerhard in die Mitte und schleppten ihn zum Kanapee. Ella holte eine Schüssel mit kaltem Wasser, um Gerhard zu säubern, aber die Bäuerin nahm ihr den Waschlappen aus der Hand. Ihren Jungen wollte sie selber reinwaschen.

In der guten Stube wurde der Sonntagsbraten kalt. Ina schlich verängstigt durch die Küche.

Kurt jagte mit Kocks Fahrrad zu Doktor Kruskoop. Da der Doktor nur ein Fahrrad mit Hilfsmotor besaß und auch nicht mehr der Jüngste war, dauerte es lange. Als er die Krankenstube betrat, blutete Gerhard nicht mehr.

Alle mußten hinaus, denn zur Untersuchung war Gerhard nackt bis auf die Strümpfe. Kruskoop fand eine starke Schwellung an der Stelle, an der Iwan der Schreckliche zugeschlagen hatte. Aber das erklärte nicht das Blut. War es nur ein heftiges Nasenbluten vom Sturz, oder kam das Blut aus der Tiefe? Weil Kruskoop es nicht genau ergründen konnte, mußte Gerhard ins Krankenhaus. Denn sicher ist sicher.

Mit dem Krankenwagen ging es in die Kreisstadt. Ella fuhr mit. Schweigend saß sie am Kopfende. Gerhard lächelte, aber Ella hielt sich krampfhaft den Leib. Während der ganzen Fahrt trampelte das Kind, und Ella dachte nur: Hoffentlich geht alles gut!

Am Tag nach dem Unglück fuhr Kurt in jene Stadt, in der Wiebke bald wohnen würde. Früh stand er auf, legte seiner Mutter einen Zettel auf den Tisch und saß schon im Sechsuhrzug, als auf Kocks Hof die Arbeit anfing. Im Vorort Billbrook verließ Kurt den Zug, weil er sich mitten in der Stadt wähnte. Den Rest des Weges besorgte er zu Fuß. Ein alter Mann riet ihm, nach Wandsbek zu gehen. Dort gebe es einen riesigen Marktplatz mit Buden und Geschäften. Es war Mittagszeit, als Kurt in Wandsbek eintraf. Ihn empfing eine beängstigende Geschäftigkeit, schlimmer als Frühjahrsmarkt in Kudenow. Holzbuden, Verkaufsstände.

An wen sollte er sich wenden? Es gab einen Juwelier, dessen Laden mit kleinen Kostbarkeiten vollgestopft war; aber das war nichts für Kurt Marenke. Gegenüber ein Geschäft mit der Aufschrift *Hausrat und Eisenwaren*. Das ginge schon eher. Doch entdeckte er im Schaufenster nur blanke Kochtöpfe und schwarze Bratpfannen.

Neben einem Bratwurststand entdeckte er eine An- und Verkauf-Bude, alte Schallplatten, Volksempfänger, Kopfhörer, Ledermützen für Motorradfahrer... Er betrat den Laden und hielt seine Ledertasche hinter dem Rücken versteckt, um in Ruhe den Mann zu beobachten, der an einem alten Waffeleisen herumbastelte. Der Mann sah blaß und ungesund aus: außerdem fehlte ihm der linke Arm.

Kurt legte die Tasche vor den Einarmigen und überließ es ihm, sie zu öffnen. Das Blech schepperte auf den Ladentisch. Da lag die ganze Herrlichkeit wie ein Haufen Schrott vor ihm. Der Einarmige ging zur Tür und knipste das Licht an. Eine nackte Birne baumelte über der größten Ansammlung von Orden und Ehrenzeichen, die er je zu Gesicht bekommen hatte.

„Da ist ja unser geliebtes Hakenkreuz!" sagte er erstaunt. „Auch einen Russen hast du dabei und einen dicken Amerikaner." Mit rascher Handbewegung verteilte er die Orden nach ihrer Nationalität. „Willst du den Plunder verkaufen?" fragte er vorsichtig.

Kurt starrte ihn mit großen Augen an.

„Weißt du nicht, daß es verboten ist, mit Kriegsauszeichnungen zu handeln? Da ist Blut dran, da sind Menschen für gestorben. Mit solchen Dingen macht man keine Geschäfte. Vor allem damit nicht." Er tippte auf ein blankes Hakenkreuz. „Dafür können sie dich einsperren, mein Junge!" Kurt spürte, daß er in die Klemme geraten war. Er raffte seine Orden zusammen, um rechtzeitig das Weite zu suchen. Aber der Einarmige hielt ihn zurück. Er schloß die Ladentür ab.

„Viel wert ist der Kram nicht", meinte er freundlich. „Du kommst zu früh damit, viel zu früh. Sieh dir mal die Trümmer draußen an. Das haben wir mit dem Blech angerichtet. Wenn es keine Trümmer mehr gibt, in dreißig Jahren vielleicht, werden deine Orden ein Vermögen wert sein. So lange mußt du noch warten."

Dreißig Jahre, dachte Kurt. Da ist Wiebke schon Großmutter und hat keine Lust mehr, mit dem Fahrrad durch Schleswig-Holstein zu radeln.

Der Einarmige begann, die Orden zu zählen. „Hast du sie geklaut?" fragte er beiläufig.

Da Kurt überzeugt war, niemand werde ihm die wahre Geschichte über die Herkunft der Orden glauben, hatte er sich eine annehmbare Erklärung ausgedacht. Er wollte gerade damit beginnen, als der Einarmige einen Zwanzigmarkschein aus der Jackentasche zog. Damit wedelte er freundlich vor Kurts Nase herum.

„Ich brauche Geld, um ein Fahrrad zu kaufen", sagte Kurt. Der Mann lachte. „Mensch, das sind über hundert Mark!" rief er und schob den Ordenssegen von sich. Kurt sammelte seine Schätze ein. Er hörte nicht, wie der Mann von den schlechten Zeiten sprach, wie er angestrengt rechnete und mit größter Mühe auf dreißig Deutsche Mark kam. Nein, es mußte ein Fahrrad sein!

„Dann bekommst du eben mein Fahrrad!" sagte er und war erleichtert, einen Ausweg gefunden zu haben.

Zwischen Abfalleimern und leeren Benzinkanistern entdeckte Kurt ein Fahrrad, vor dem Krieg gebaut, stabile Friedensware, mit neuer Bereifung. Ein brauchbares Herrenfahrrad mit Querstange, ordentlich aufgepumpt, fertig zum Losfahren, jetzt aber mit einer Kette an das Haus gebunden wegen der Diebe. Die Beleuchtung erschien ausreichend. Der einzige Mangel: Das vordere Schutzblech war vom Rost befallen. Aber Rost läßt sich abkratzen.

Der Einarmige reichte Kurt den Schlüssel. Zögernd schwang Kurt sich auf den Sattel und drehte ein paar Kurven auf dem mit Gerümpel übersäten Hinterhof.

Ja, er würde es nehmen, das alte Fahrrad. Der Handel war schon abgeschlossen, da fielen Kurt die Bratwürste ein. „Ich brauche noch Geld, um etwas zu essen", sagte er.

Auch das noch. Der Einarmige griff in die Jackentasche, brachte zwei Fünfzigpfennigstücke zum Vorschein und ließ sie als Draufgabe über den Ladentisch rollen.

In der einen Hand die Bratwurst, in der anderen sein Fahrrad, so stand Kurt auf dem Wandsbeker Marktplatz. Ein unerhörtes Glücksgefühl überkam ihn. Vom Westwind getrieben, radelte er stadtauswärts, überquerte die zahlreichen Hügel der Landstraße und kam durch Dörfer, von denen er noch nie gehört hatte. Während der Fahrt malte er sich aus, wie er mit Wiebke durch Schleswig-Holstein radeln würde. Und später in die Lüneburger Heide, in die Berge des Harzes. Ganz Deutschland wollte Kurt bereisen, mit Wiebke in Heuschobern schlafen und unterwegs von den Früchten des Feldes leben.

Noch vor Einbruch der Dunkelheit erreichte er Kudenow. Er traf mit Ella und der Bäuerin zusammen, die Gerhard Kock im Krankenhaus besucht hatten und von der Bahn heimkehrten. Vor der Burg wartete Bauer Kock mit erkalteter Zigarre im Mund. Er hatte beschlossen, Iwan den Schrecklichen eigenhändig umzubringen oder an einen Pferdeschlachter zu verkaufen.

„Nee, Vadder, das Pferd hat keine Schuld", sprach die Bäuerin. „Unser Junge leidet an der Schwindsucht... Von oben bis unten haben sie ihn untersucht. Da kam die Schwindsucht raus... Ich habe es ja immer gesagt. ‚Du mußt mehr essen, Gerhard', hab ich gesagt. Denn die Schwindsucht kommt vom Hunger... Das ist die kaukasische Schwindsucht. Die Russen haben unsern Jungen kaputtgemacht. Das Pferd hat keine Schuld, Vadder. Dem Pferd mußt du dankbar sein, denn ohne das Unglück wäre die Schwindsucht nicht herausgekommen. Aber noch ist nichts verloren. Die halbe Lunge ist noch dran..."

Ella ging ins Haus, um sich umzuziehen. Mit Gummistiefeln an den Füßen und einer schmutzigen Schürze vor dem prallen Leib kam sie auf den Hof, steuerte auf den Schweinestall zu und kam auch am Hühnerstall vorbei, wo Kurt im Dämmerlicht sein Fahrrad wienerte.

„Hast du schon mein neues Fahrrad gesehen?" rief er ihr nach.

Aber Ella hatte keine Zeit für Fahrräder.

Mutter Marenke lief hinter Ella her in den Schweinestall. „In deinem Zustand darfst du nicht bis spät in die Nacht hinein arbeiten, Kind!"

Ach, Mutter, das verstehst du nicht! Wenn du einen kranken Mann hast, bist du verpflichtet, die Stellung zu halten. Du mußt doppelt und dreifach arbeiten, bis er wiederkommt. Und wenn er nicht wiederkommt, mußt du an das Kind denken und für das Kind arbeiten. Für irgendeinen mußt du immer dasein. Es kam darauf an, jetzt nicht zu versagen.

Ella schlief nur sechs Stunden täglich; an Sonntagen sieben. In der Heuernte wollte sie mithelfen, aber Kock ließ es nicht zu. So jätete sie

Unkraut und ließ sich von Kurt Wasser in den Garten tragen, um die
Beete zu gießen. Als sie beim Rübenverziehen helfen wollte, was so
ungefähr die scheußlichste Arbeit ist, die ein Bauernhof zu vergeben
hat, schritt Doktor Kruskoop ein.

„Für ein paar Wochen müssen Sie nur an das Kind denken!" befahl
er.

Ja, das Denken! Es fiel ihr schwer. Denk mal pausenlos daran, daß
schon Millionen Menschen an der Schwindsucht gestorben sind. Und
dann fallen dir beim Denken die drei gesunden, pausbäckigen Kinder
der Schwägerin ein, die Kocks Hof erben werden, wenn die Schwindsucht es so will. Auch muß Ella denken, eines Tages überflüssig zu
sein, zurückzukehren in den Hühnerstall und unter die tiefhängenden
Lampen der Nähstube.

Zweimal in der Woche fuhr sie ins Krankenhaus. Es waren Tage, an
denen sie hübsch aussehen mußte, sich die Hände einzufetten hatte,
damit sie weich und schmiegsam wurden und die grobe Arbeit nicht
verrieten. Auf die Besuche freute sie sich. Nur die Fahrten waren eine
Tortur. Sie saß untätig im Zug und mußte denken. Denken an Gerhard, der nach dem Krankenhaus in die Lungenheilstätte in Mölln
kommen wird. Einen ganzen Sommer über wird er fehlen. Ella wird
das Kind bekommen, und Gerhard wird nicht da sein. Erntezeit ohne
Gerhard Kock. Frühestens Weihnachten kommt er nach Hause.

Wegen der Ansteckungsgefahr lag Gerhard allein. Das hatte den
Vorteil, daß er sie berühren, die Hand auf den Bauch legen und auf die
Trampelzeichen des Kindes warten durfte. Sie sprachen oft über das
Kind. Mehr als über den Hof. Das kommt davon, wenn man so allein
liegen muß wie Gerhard und Angst bekommt, ein Stück Leben zu ver-
säumen.

Aber die Reisen ins Krankenhaus veränderten auch das Leben auf
dem Hof. Ella verstand es, auf dem Umweg über das Krankenhaus
Dinge zu erreichen, die der alte Kock sonst niemals bewilligt hätte.
Wenn sie sagte, Gerhard möchte dieses oder jenes, wurde es getan. Der
Gartenzaun wurde neu gestrichen und eine elektrische Leitung in den
Schweinestall gelegt. Etwas länger dauerte es, bis Kock einwilligte,
den alten Lanz-Bulldog zu überholen, der seit Kriegsausbruch wegen
Treibstoffmangels und fehlender Ersatzteile im Schuppen verstaubte.

Ella holte Hannes, den Schmied, der das Ungetüm untersuchte und einen Kostenvoranschlag machte. Zweitausend Mark sollte es kosten, den Traktor wieder in Betrieb zu setzen. Eine horrende Summe... Aber Gerhard im Krankenhaus wollte es so. „Dafür sind die Betriebskosten niedrig", verteidigte Hannes den Bulldog, „denn die Regierung gibt Zuschüsse zum Dieselkraftstoff. Nur mit Maschinen kann die Landwirtschaft so viel leisten, daß es keine Hungersnot mehr gibt. Ein Trecker ersetzt vier Pferde."

Als Kock hörte, er solle die Pferde abschaffen, jagte er Hannes aus dem Haus. Ein Holsteiner Bauer muß Pferde haben, so gehörte sich das. Und wieder griff das Krankenhaus ein und ließ ausrichten, es sei pure Verschwendung, neben einem Traktor sechs Pferde zu halten. Man müsse anfangen, wirtschaftlich zu denken. Mit dem Geld für die Pferde könnten die zweitausend Mark Reparaturkosten bezahlt werden. Nur zwei Pferde sollten auf dem Hof bleiben für den Milchwagen und zum Ausreiten.

Als Kurt das Tuckern des Traktors im Geräteschuppen hörte, ahnte er, was Kocks Pferden bevorstand. Hannes kam mit ölverschmiertem Gesicht unter dem Ungeheuer hervorgekrochen und ließ den Motor wieder und wieder aufheulen.

„Du mußt Treckerfahren lernen", sagte er zu Stolten. Aber der lachte nur. Eher wollte er auswandern, als die Pferde mit einem Traktor zu vertauschen.

Abends saß Kurt oft im Stall und wartete auf die Heimkehr der Pferde. Vielleicht war es sein letzter Sommer mit den Pferden. Stolten sang längst nicht mehr so fröhlich, wenn er abends abschirrte oder wenn sie gemeinsam nach dem Tränken der Pferde auf die Hauskoppel ritten.

Es MUSSTE ein Sonntag sein. Und gutes Wetter, Verpflegung war mitzunehmen für den ganzen Tag. Aufbruch in aller Frühe. Noch lag Tau auf den Gräsern. Die Sonne hatte Mühe, das Laubdach der Buchen zu durchdringen. Über dem Kudenower See ein dünner Nebelstreifen. Dahinter Kühe, die in den Morgen brüllten. Kassebohm fuhr mit dem Einspänner, die klappernden Milchkannen obendrauf, an ihnen vorbei zum Melken. Wiebke fröstelte. Aber es würde ein schöner Tag

werden. Sie radelten nach Osten, vorbei an verblühten Rapsfeldern und lila leuchtendem Klee.

Vor Borstorf öffnete sich der Buchenwald, und die Sonne überflutete sie mit ihrer Wärme. Sie durchfuhren ein langgestrecktes Bauerndorf, in dem die Hähne krähten und die Schwalben auf den Telefondrähten zwitscherten. Wiebke übte freihändig fahren in einer sanften Hügellandschaft mit Wiesen zu beiden Seiten der Straße. Vor ihnen tauchte der Kirchturm von Breitenfelde auf. Drei mächtige Hügel zur Linken. So stellte Kurt sich Hünengräber vor.

Es wurde Zeit, die erste Pause einzulegen. Sie folgten einem sandigen Feldweg zum mittleren der Hügel, stellten ihre Räder in den Schatten eines Weißdornbuschs und ließen sich in der prallen Sonne nieder. Kurt zog sein Oberhemd aus. Wiebke, die sonst so wild war

aufs Bräunen aller möglichen Körperstellen, krempelte nur die Ärmel
der Bluse hoch und öffnete die beiden obersten Knöpfe.

Über ihnen kreiste ein Bussard. Kurt hätte gern mit Wiebkes herab-
hängendem Haar gespielt, aber er fühlte sich beobachtet von dem krei-
senden Raubvogel. Auch lenkte ihn der Gedanke ab, unter ihnen läge
ein dreitausend Jahre alter Germane.

Plötzlich fiel es Wiebke ein, Blumen zu pflücken. Den bunten
Strauß klemmte sie zwischen Fahrradlampe und Lenkstange.

„In einer Stunde sind die Blumen hin", bemerkte Kurt.

Und wenn schon. In einer Stunde wird Wiebke frische Blumen
pflücken, denn im Juni ist die Natur verschwenderisch mit ihren Blu-
mensträußen.

In Breitenfelde läuteten die Kirchenglocken. Es ging eine sanfte,

lange Steigung hinauf und erst wieder abwärts, als zur rechten Hand
die Windmühle von Alt-Mölln auftauchte.

„Wir haben das Badezeug vergessen!" rief Wiebke, als sie auf dem
Hügel standen, der den Blick freigab auf die Stadt Mölln. Es wird ein
warmer Tag werden, Seen in Hülle und Fülle – aber keine Badesachen
dabei.

In scharfem Tempo rasten sie über die Brücke des Elbe-Trave-Ka-
nals, kamen an den Kanalwiesen vorbei, auf denen die Möllner Schafe
grasten. Der Bahnhof. Geschlossene Schranken. Während sie auf den
Zug aus Ratzeburg warteten, holte Kurt für zwanzig Pfennig Eis. Es
war das erstemal, daß er Wiebke etwas schenkte, das Geld kostete.

Sie ruhten auf der Treppe aus, die zur Möllner Kirche führte, und
schleckten ihr Eis. „Gerhard Kock liegt jetzt in der Möllner Lungenheilstätte", sagte Kurt plötzlich.

Ach, wirklich? Wiebke war dagegen, Krankenhäuser, Sanatorien,
Heilstätten und so was alles zu besuchen. Aber Kurt wollte wenigstens
von draußen den Ort sehen, an dem Gerhard Kock seine Lungen heilen
ließ. Nachdem er den Weg erfragt hatte, schoben sie die Räder eine
steile Anhöhe hinauf, am Schützenheim vorbei in den Wald. Ein vier-
stöckiges Gebäude. Der Pförtner stellte sich ihnen in den Weg, weil
keine Besuchszeit war. Kurt blickte hinauf zu den Fenstern und versuchte herauszufinden, hinter welchen Scheiben die Löcher in Gerhards Lunge geflickt wurden.

Plötzlich hörte er Gerhards Stimme. „Was treibst du dich hier herum?" Gerhard stand hinter ihm; er kam gerade von einem Spaziergang
durch die Wälder zurück. Kurt staunte, wie gesund er aussah.

Sie setzten sich auf eine Bank. Gerhard erklärte Kurt das riesige Gebäude und zeigte ihm die Fenster, hinter denen sein Bett stand. Sehr
viel Wasser gab es in der Umgebung der Lungenheilstätte. Und lange
Spazierwege hinaus in die Seenlandschaft. Wer hier nicht gesund wird,
wird überhaupt nicht mehr gesund.

Während sie sprachen, drehte Wiebke ihre Runden auf dem Vorhof,
übte freihändig fahren und mied die Bank, auf der die ansteckende
Krankheit saß. Als es ihr zu langweilig wurde, klingelte sie heftig. Das
war das Signal zum Aufbruch. Grüß schön in Kudenow und komm
mal wieder!

Als sie schon auf den Rädern saßen, kam Gerhard ihnen nachgelaufen. „Vergiß nicht, dir Bücher aus meinem Zimmer zu holen!" rief er. Ja, Kurt würde daran denken. Aber nun hatte er keine Zeit mehr für Bücher. Er hatte Wiebke. Sie radelten um den Schmalsee. Als sich der Hunger meldete, krochen sie ins Ufergebüsch, um ihre Marmeladenbrote zu essen. Kurt lag im Schatten, Wiebke wegen des Bräunens in der stechenden Sonne. Auf alten Bildern sieht das immer so romantisch aus: im Wald liegen, mitgebrachte Brote essen, unten ein tiefschwarzer See und neben dir ein Mädchen. Aber die Wahrheit war, daß Fliegen und Bremsen wie Sturzkampfbomber auf das Marmeladenbrot hinabstießen und ihre verschwitzten Körper umschwirrten. Kurt pustete Kühlung über Wiebkes Gesicht, verscheuchte Fliegen von ihrem empfindlichen Körper und dachte daran, daß dieser Tag die letzte Gelegenheit wäre, mit Wiebke allein zu sein, sie ganz für sich zu haben. Nur keine Schatten auf Wiebke werfen! Denn die Sonne war ihr heilig; Wiebke konnte richtig böse werden, wenn jemand ihr die bräunende Sonne nahm.

Plötzlich verschwand Wiebke hinter einem Dornenstrauch, streifte die Kleider ab und sprang ins Wasser. Für einen Augenblick sah er ihren nackten Körper im Gegenlicht. Dann war nur noch der Kopf da, der aus dem Wasser ragte und ihn lachend aufforderte, in den See zu kommen.

Kurt lief ihr nach, bis ihm klar wurde, daß er nicht schwimmen konnte. Das Wasser war so durchsichtig, daß er Wiebkes Körper unter der Oberfläche sehen konnte. Als er nahe bei ihr war, plätscherte sie mit den Armen und zerstörte ihr Bild. Sie ließ sich nicht berühren. Lachend schwamm sie ins Tiefe, wenn er sie greifen wollte.

Im Juni ist das Wasser noch kühl. So schnell, wie Wiebke hineingelaufen war, kam sie heraus und kroch unter die mitgebrachte Decke. Sie zitterte, als Kurt kam, um sie zu wärmen. Mein Gott, Mädchen, was hast du für blaue Lippen! Er wollte sich neben sie legen, als sie plötzlich Stimmen über dem Wasser hörten. Am gegenüberliegenden Ufer tauchten Spaziergänger auf.

Anziehen und weiterfahren. „Radfahren wärmt am besten", sagte Wiebke. Wie betäubt folgte ihr Kurt, sah den langen roten Rock, der sich im Fahrtwind bauschte, das herabfallende schwarze Haar, die triumphierend erhobenen Arme, wenn es Wiebke gelungen war, drei Sekunden freihändig zu fahren.

Es wurde schwül, immer häufiger verschwand die Sonne hinter Wolkenbänken. Wiebke hatte sich in den Kopf gesetzt, bis Lübeck zu fahren. Vor allem des Marzipans wegen. Aber es war schon Vesperzeit, das Seeufer nahm kein Ende, und von den Türmen Lübecks war nichts zu erblicken. Von Südwesten kroch eine Gewitterwand auf die Elbe zu. Sie waren von Gewitterwolken umzingelt. Ade, Lübecker Marzipan! Sie bogen ab und fuhren der Gewitterfront entgegen, in Richtung Kudenow. Als Wiebke Durst bekam, hielten sie vor einem Dorfgasthof, um Limonade zu trinken.

Leicht haben es die Gewitter in Schleswig-Holstein nicht. Oft liegt das Unheil wie angekettet über dem Elbvorland und kommt nicht über den Strom. Stundenlang liegen die Gewitter fest, kriechen die Elbe aufwärts, um einen leichten Übergang zu finden. Es grummelte aus allen Himmelsrichtungen; es regnete nicht und stürmte nicht, aber es dunkelte früher. An gewöhnlichen Sommertagen wäre vor ihnen längst der Kirchturm von Kudenow aufgetaucht. Aber heute hatte ihn die fahle Düsternis verschlungen.

Endlich ein Wegweiser, der noch fünf Kilometer bis Kudenow anzeigte. Kurt war entschlossen, mit Wiebke in einen Heuschober zu kriechen, wenn jetzt der Regen käme. Eine Nacht im Heu liegen, während draußen das Gewitter tobte.

Aber es regnete nicht. Als Ersatz für den von Kurt herbeigesehnten Regen lief von Wiebkes Rad die Kette ab. Sie hielten an und spürten die Stille, durch die sie gefahren waren. Kein Vogellaut so kurz vor dem Gewitter. Nicht einmal das Laub raschelte.

Zum letztenmal ausruhen. In einem Kleefeld kurz vor dem ersten Schnitt. Erschöpft lagen sie nebeneinander und versuchten zu ergründen, wohin die Wolken zogen. Sie zählten die Blitze, die weit entfernt in Bäume und Lichtmasten schlugen.

Habt ihr denn keine Angst, Kinder? Die Luft ist voller Elektrizität. Da springen Funken über, auch von Mensch zu Mensch.

Du bist verrückt, Wiebke! Den ganzen Tag über hast du die Bluse in stechender Sonne zugeknöpft gehalten, obwohl du dich so gern bräunst. Aber jetzt am Abend, als es nichts mehr zu bräunen gab, als das Gelb des Himmels sich in dunkles Lila verwandelte, kein Mond aufgehen wollte, jetzt sprangen alle Knöpfe auf. Wiebke war kaum zu erkennen im Halbdunkel, nur zu erfühlen. Sie war so warm, wie ein Mensch nur sein konnte. Durften sie das überhaupt? Mit sechzehn Jahren in den Feldern liegen und den Klee plattwalzen?

Sie fürchteten die Gewitterwolken nicht, die Schleswig-Holstein langsam besetzten. Das Zucken der Blitze nahmen sie als willkommene Illumination, um sich zu erkennen. Und das ferne Donnergrollen? Nein, da schimpft niemand. Der, der die Welt mit ihren Gefühlen geschaffen hat, kann nicht böse sein, wenn zwei große Kinder unter dem Himmel liegen...

Kurz vor dem Dorf kamen sie doch noch in die Traufe. Wolkenbrüche kommen selten vor in Kudenow, aber an diesem Abend schüttete es mit einer solchen Heftigkeit, daß die Wege in kurzer Zeit unter Wasser standen. Sie warteten unter einer Linde, hielten sich umklammert wie die letzten Überlebenden in einer von der Sintflut bedrohten Welt. Trotz der Nässe war Wiebke immer noch voller Wärme. Das Wasser tropfte durch das Laubdach, leckte ins Haar, lief den Körper hinunter und sammelte sich in den Schuhen. Durchnäßt fuhren sie weiter, durchquerten Pfützen und Sturzbäche und spritzten schmutzige Wasserfontänen in den Straßengraben. Als sie die ersten Häuser erreichten, ging Wiebkes Lichtanlage kaputt. Keine Angst, bei diesem Wetter traut sich nicht einmal Dorfpolizist Willers auf die Straße.

Vor der Altenteilerkate stand Jerrys Jeep.

,,Bis Jerry weg ist, kannst du zu uns kommen'', schlug Kurt vor.

,,Mein Gott, Kinder, wie seht ihr aus!'' rief die Mutter und brachte Handtücher. Während Kurt sich über die erkalteten Bratkartoffeln hermachte, stand Wiebke ungeduldig am Fenster. Sie zitterte nun doch ein wenig. Als bei ihrer Mutter endlich das Licht aufflammte, rannte sie durch den Regen nach Hause.

INA ging wirklich fort. Zehn Jahre hatte sie auf Kocks Hof gearbeitet, aber der 30. Juni 1950 war ihr letzter Tag in Kudenow.

,,Hoffentlich tut es dir nicht leid'', sagte die Bäuerin.

Natürlich tat es ihr leid. Aber sie war überflüssig. Außerdem schämte sie sich immer noch.

Am Tag, als sie fortging, spielte Stolten im Pferdestall den wilden
Mann, schlug mit dem Forkenstiel auf die Tiere ein und ließ niemand
in seine Nähe. „Seitdem deine Schwester da ist, geht es bergab!" schrie
er und schubste Kurt aus dem Stall. „Deine Schwester treibt alle vom
Hof!"

Kurt hörte, wie Stolten dem Hafereimer einen Fußtritt gab und den
Deckel der Häckselkiste zuknallte. Nachdem er bis zur Abenddämmerung im Pferdestall herumgetobt hatte, faßte sich Stolten ein Herz und
ging in die Burg.

„Ich will auch gehen, Bauer", sagte er, verschwieg aber den wahren
Grund. Kein Wort davon, daß er Ina folgen wollte, daß er sie nehmen
wollte, wie sie war, mit allen Erinnerungen an Toni Kirschwälder.
Nein, Stolten sprach nur über die Pferde. „Wenn die Pferde abge-
schafft werden, hab ich hier nichts mehr zu suchen."

„Mensch, Stolten, so kurz vor der Ernte kannst du mich nicht im
Stich lassen!" rief Kock.

Betreten blickte Stolten zu Boden. Daran hatte er im Zorn nicht gedacht. Es gehörte sich nicht, in der Erntezeit die Stellung zu wechseln.
Im Spätherbst, wenn die letzten Rüben eingebracht sind, kannst du
ziehen, Stolten.

„Setz dich man erst mal hin", sagte Kock und holte die Schnapsbuddel. „Außerdem paßt es schlecht, weil mein Junge krank ist", fügte
Kock hinzu. „Soll ich denn allein die Ernte einbringen? Du mußt mir
helfen, Stolten, und nach der Ernte unterhalten wir uns noch einmal in
aller Ruhe."

Stolten kippte den Schnaps hinunter. Ja, die Ernte ging vor. Daß Ina
ihm weglief, zählte nicht. Daß sie in ein fremdes Dorf ging, vielleicht
einen anderen Mann kennenlernte, daran dachte niemand.

Abends suchte Kurt ihn in seiner Kammer auf, weil er es nicht ertra-
gen konnte, daß Stolten auf ihn böse war. Still nahm er auf dem Schemel Platz und sah zu, wie Stolten verbissen Tabak schnitt. Kurt versuchte, ein gutes Wort für Ella einzulegen, aber Stolten ließ ihn nicht
ausreden.

„Das liegt nur an deiner Schwester!" schimpfte er. „Die muß alles
selber machen, die will die paar Mark sparen, die ein Hausmädchen
kostet. Deine Schwester hat kein Herz, das ist es!"

Mensch, Stolten, das mußt du verstehen. Ella hat als kleines Flüchtlingsmädchen auf den großen Hof geheiratet. Die muß zeigen, was sie
kann, damit sie von denen aufgenommen wird.

„Nein, sie hat kein Herz!" Stolten schlug mit der Faust auf den
Tisch, daß die Tabakblätter zitterten.

Betreten schlich Kurt aus der Kammer. Mit Stolten war nicht zu reden. Kurt kam es so vor, als hätte Pjotr aus Nowgorod mit der Maschinenpistole ein großes Loch in ein Faß geschossen. Langsam lief es
leer. Im Herbst wird Ella vier Pferde verkaufen. Ina verließ Kudenow.
Stolten will ihr folgen. Wiebke wird nach Hamburg ziehen, und Gerhard Kock muß noch lange in der Lungenheilstätte ausruhen.

Endlich Geburtstag im Hause Kock. Nachts gegen drei Uhr. Kurt
raste mit dem Fahrrad zur Hebamme, anschließend zu Doktor Kruskoop. Eigentlich hatte der Doktor bei einer Geburt nichts zu suchen.
Aber sicher ist sicher, dachte die Bäuerin. Vielleicht braucht der Lütte
nach dem ersten Japser gleich gute Medizin.

Eine Sommernacht mit frühem Sonnenaufgang. Als das Kind den
Kopf herausstreckte, war es draußen schon so hell, daß die Bäuerin das
elektrische Licht ausschalten konnte. Es muß schön sein, an so einem
Sommermorgen in Kudenow geboren zu werden. Mit einer milden
Sonne im Laub, gurrenden Tauben und singenden Vögeln, sehnsüchtig erwartet, umsorgt von vielen Händen, mit Tränen begrüßt. Geboren werden ohne eine Ahnung vom vergangenen großen Krieg, weder
Flüchtlinge noch Einheimische zu kennen, ganz neu zu beginnen und
gleich zu Hause zu sein.

Als Kurt von Doktor Kruskoop zurückkehrte, ließen sie ihn nicht
mehr in die Burg. „Am besten ist, du gehst wieder ins Bett", sagte
Bauer Kock. Sehnsüchtig kreiste Kurt um das Haus, hielt sich im Garten versteckt und sah durchs Fenster, wie die Mutter in der Bauernküche eifrig hantierte.

Als Doktor Kruskoop endlich kam, lebte Henning Kock schon zehn
Minuten. Es war eine Geburt, so reibungslos wie bei den Naturvöl-
kern. Kocks heimliche Sorge, aus der Mischung von Flüchtlingen und
Einheimischen könne nichts Gutes herauskommen, wurde großartig
widerlegt. Das war ein richtiger Holsteiner Jung. „Sieht er nicht aus
wie sein Vater!" rief die Bäuerin entzückt.

Sechs Pfund wog der Bengel. Ein bißchen wenig für ein Bauernkind. Daran bist du schuld, Ella, weil du während der Schwangerschaft pausenlos gearbeitet hast. Na, wir werden dich schon hochpäppeln, lütt Henning!

Kurt durfte den kleinen Henning erst nach dem Frühstück besichtigen. Wie die Hühnerhabichte wachten die Großmütter über seinem Bettchen. Sie ließen Kurt nur auf drei Schritte herankommen und verboten ihm das laute Sprechen, damit er den Kleinen nicht erschrecke. Und faß das Kind nicht mit deinen Dreckshänden an!

Kurt blieb respektvoll in der Tür stehen. Nicht einmal ein Auge öffnete der kleine Henning für den Besucher.

Ella lag erschöpft in ihrem Bett. „Was sagst du dazu, Kurtchen?" fragte sie lächelnd. Was sollte er sagen? Endlich mal etwas Angenehmes auf diesem Hof, eine große, neue Hoffnung mehr.

„Jetzt bist du Onkel, Kurtchen! Wie sich das spaßig anhört: Onkel Kurt!" Sie lachten beide.

Ella war mächtig stolz auf die sechs Pfund Mensch in dem kleinen Körbchen neben ihrem Bett. Henning Kock hatte ihre Welt verändert. Das war ihr Anker in der holsteinischen Erde. Nun gehörte sie dazu. Niemand konnte sie in den Hühnerstall zurückschicken. Ella weinte. Sie empfand eine tiefe Rührung und eine große Zuneigung zu dem Vater ihres Kindes. Sie wünschte, daß er bald heimkehrte, gesund heimkehrte.

Als die Kudenower Post öffnete, stand die Bäuerin als erste am Schalter und gab ein Telegramm nach Mölln auf. Ja, ein Sohn ist dir geboren, Gerhard Kock. Es hat sich gelohnt, aus Krasnodar heimzukehren. Natürlich darfst du den Bengel nicht auf den Arm nehmen. Einen Tbc-Kranken lassen sie an keinen Säugling ran. Aber die Frauen werden dir von ihm erzählen. Du wirst hören, wie blond er ist und wie blau seine Augen sind und daß er ungewöhnlich lange Finger hat. Sie werden dir Bilder mitbringen und erzählen, auf welchem Daumen er lutscht, wie er zunimmt, wem er ähnlich sieht. Beiß die Zähne zusammen, und komm lebend aus deiner Heilstätte heraus, Gerhard Kock! Dann bekommst du ihn, deinen Jungen.

Rechtzeitig vor der Ernte kam Ella wieder auf die Beine. Während die Großmütter den kleinen Henning versorgten, arbeitete sie. Morgens um halb fünf begann ihr Tag, wenn sich das Kind meldete und die Brust verlangte. Danach fing das Hühnervolk an zu spektakeln. Die Ferkel quiekten, bis sie Futter in die Tröge bekamen. Für das Frühstück blieb nur wenig Zeit, weil schon die ersten Erntewagen auf die Scheune fuhren. Ella half beim Abladen. Sie kam den ganzen Tag über nicht aus den Gummistiefeln heraus. Das Stillen des kleinen Henning hielt so schrecklich auf. Vormittags in der besten Arbeitszeit wollte er seine Milch haben, nachmittags zur Vesperstunde noch einmal. Die Bäuerin wollte unbedingt ein neues Hausmädchen einstellen, aber Ella hielt das nicht für nötig. Wenn der Kleine größer ist, macht er nicht mehr so viel Arbeit. Außerdem kommt Gerhard bald nach Hause.

Ja, wenn er nur käme! Je länger es dauerte, desto unruhiger wurde Ella. Eine Woche lang war sie glücklich, weil sie das Kind geboren hatte, weil sie sich nach Gerhard sehnte. Dann fing es wieder an mit den Ängsten und Sorgen. Die Arbeit verschüttete die Gefühle. Manchmal schreckte sie nachts auf und dachte, Gerhard könnte überhaupt nicht wiederkommen. Sie stünde allein da mit dem Kind, hätte keine Rechte auf dem Hof, wäre wieder nur ein Gast. Die Schwägerin aus Marne würde kommen mit ihren gesunden Kindern und alles an sich nehmen.

Jeden Sonntag fuhr Ella nach Mölln und spazierte mit Gerhard durch die Wälder hinter der Lungenheilstätte. Sie warfen Eicheln in den klaren Spiegel des Sees, sprachen über den Hof, über die Ernte und den kleinen Henning. Fast nie über die Krankheit. Weil am Sonntagnachmittag die Spaziergänger das Seeufer bevölkerten, mußten sie weit wandern, um keinen Menschen anzutreffen. Dort krochen sie für ein halbes Stündchen ins dichte Unterholz, obwohl Ella sich davor fürchtete, wieder schwanger zu werden. Gerade jetzt, wo sie auf dem Hof gebraucht wurde, käme das ungelegen. Als sie die Mutter fragte, wie Schwangerschaft zu verhindern sei, schlug die die Hände über dem Kopf zusammen.

„Als verheiratete Frau darfst du an so etwas gar nicht denken, Kind!" Mutters einziger Rat: „Am sichersten ist die Enthaltsamkeit!" Mehr wußte sie nicht. Aber wie sollst du dich enthalten, wenn du einen kranken Mann hast, der weiter nichts zu tun hat, als auf seine Frau zu warten?

Gerhard sah gesund und wohlgenährt aus. Aber der Arzt meinte, die kritische Phase sei noch nicht vorüber. Noch immer fraß die kaukasische Schwindsucht an dem letzten Lungenflügel.

„Bring den Kleinen mal mit", bat Gerhard. Keine Angst, er wollte ihn nicht auf den Arm nehmen, nicht anhauchen mit seinem kranken Atem. Es hätte ihm schon genügt, den kleinen Henning durch die Maschen des Drahtzaunes oder durch die Fensterscheiben zu betrachten.

„Der ist noch zu klein für eine so weite Reise", meinte Ella und dachte an die beiden Großmütter, die das Kind unter keinen Umständen hergeben würden. In deren Vorstellung schwirrte die Luft in Mölln von Krankheitserregern. „Im Säuglingsalter kannst du mit dem Kind nicht viel anfangen", tröstete sie ihn. „Jetzt kennt er noch keinen, spricht nicht und schläft die meiste Zeit. Wenn du nach Hause kommst, kannst du alles nachholen."

„Wie ist das nun, Vater?" sagte Ella eines Abends. „Auf der Hochzeit hast du doch versprochen, Gerhard den Hof zu überschreiben."

„Ja, das habe ich, mien Deern. Wenn Gerhard gesund nach Hause kommt, fahren wir beiden Männer zum Notar. Dann bekommt er seinen Hof, und Mutter und ich gehen aufs Altenteil."

MUTTER Marenke lebte richtig auf, weil der kleine Henning sie von morgens bis abends beschäftigte. Mit der Bäuerin fuhr sie ihn im Kinderwagen zu Haarschneider Schnelle, der nicht nur einen großen Frisierspiegel besaß, sondern auch einen Fotoapparat und eine Lampe zum Anstrahlen. Schnelle lieferte die ersten Bilder des kleinen Henning, Bilder für die gute Stube, für den Hühnerstall, für die Verwandten in Marne, vor allem aber für Gerhard Kock in Mölln.

An schönen Tagen fuhr Mutter Marenke mit dem Kinderwagen die Dorfstraße hinunter, von der Burg zur Kirche und zurück immer unter den Linden. War das Wetter nicht so gut, fuhr sie den Kleinen nur hinter den Johannisbeerbüschen im Garten spazieren, denn einmal täglich mußte er an die frische Luft, egal, was das Wetter dazu sagte. Dann sang sie dem kleinen Henning ostpreußische Wiegenliedchen vor.

Einmal durfte auch Kurt den Kinderwagen schieben. „Aber sei vorsichtig, damit der Kleine nicht aufwacht."

Ja, ja, Mutter.

„Und bloß nicht so holpern, Kurtchen!"

Ist gut, ist gut, Mutter.

„Laß die Fliegen nicht auf sein Gesicht kriechen!"

Ja, ich werde die Fliegen verscheuchen, Mutter.

„Und nicht das Zudeck mit deinen Dreckshänden anfassen!"

Nach einer Runde durch den Garten nahm ihm die Mutter den Kinderwagen ab, weil sie Kurts ungestüme Fahrerei nicht mitansehen konnte. Da war er den kleinen Henning wieder los. Mißmutig schlenderte er in den Hühnerstall, warf sich auf sein Bett und starrte zur Dekke. Es war einsam geworden in Marenkes Hühnerstall. Ella war gegangen. Die Mutter kam nur noch, um die Mahlzeiten zuzubereiten und um zu schlafen; die übrige Zeit verbrachte sie mit dem kleinen Henning.

Der Sommer verging schneller als andere Sommer. Schon im August gingen die Kinder Laterne. Sie hatten sie bei Frau Peschka in der Schule gebastelt, sie mit schiefen Mondgesichtern, breitmäuligen Sonnen und langzackigen Sternen bemalt. Damit zogen sie in der Abenddämmerung singend durch das Dorf.

Als der Laternenzug an Kocks Hof vorbeikam, hörten die Kinder auf zu singen, denn aus den oberen Räumen der Altenteilerkate drang laute Musik auf die Straße. Wiebke feierte mit ihrer Mutter und Jerry Abschied vom Dorfleben. Kurt saß in einer Astgabel der tausendjährigen Eiche, lauschte dem Gelächter und sah dem Laternenzug nach, der wie ein Strom von Glühwürmchen vorbeizog. Wie kann Wiebke nur so fröhlich sein, weil sie von Kudenow in die unheimliche Großstadt zieht? dachte er.

„Die Städter sind andere Menschen", hatte die Mutter beim Abendessen gesagt. „Die brauchen den Trubel der Großstadt. Denen ist es hier draußen zu still. Deshalb paßt Wiebke nicht zu dir, Kurtchen."

Plötzlich kam Wiebke aus der Kate. Sie lief zum Hühnerstall, um Kurt zu holen. Als sie ihn dort nicht fand, stellte sie sich mitten auf den Hof und rief nach ihm.

Umständlich kletterte er aus dem Eichenbaum und ließ sich von Wiebke die Treppe hinaufführen. Oben sah es aus wie auf einem Bahnhof. Koffer, Kisten und Taschen standen herum, die Schränke waren leergeräumt, die Gardinen abgenommen. Kurt staunte über die vielen Dinge, die Wiebkes Mutter besaß und die sie mitzunehmen hatte in die große Stadt. Das alles hatte ihr Jerry geschenkt.

Sie waren schon angeheitert, als Kurt auftauchte. Das lag an der Apfelsinenbowle, für die Jerry eine Kiste Wein gestiftet hatte. Sie drückten Kurt ein Glas Bowle in die Hand; er trank es mit einem Zug aus, aber es bewirkte keine Heiterkeit in ihm.

Wiebke wollte tanzen, aber Kurt saß steif in den Sofakissen und sah dem Engländer zu, der ihnen zeigte, wie Boogie-Woogie getanzt wurde.

Plötzlich hing Wiebke an Kurts Hals und flüsterte: „Vielleicht heiratet Jerry meine Mutter. Dann ziehen wir nach England."

England, das große, herrliche Ziel, eine Station vor dem Traumland Amerika. Wenn Wiebke nach England zieht, siehst du sie nie wieder, dachte Kurt. Er trank ein Glas nach dem anderen, aber es machte ihn nur trauriger.

„Du mußt uns mal in Hamburg besuchen", sagte Wiebkes Mutter lachend und ergriff seine Hand, um sich zu verabschieden.

Kurt stand schon in der Tür, als sie ihn zurückrief. „Wollt ihr euch keinen Abschiedskuß geben?" rief sie und führte Kurt und Wiebke in der Mitte des Raumes zusammen. Aber Kurt riß sich los und rannte zur Tür. Am anderen Ende der Treppe riß er fast den alten Petschelies um, der in seinem langen Nachthemd auf dem Flur stand.

„Mein Gottke, mein Gottke, was ist das für ein Spektakel da oben", stammelte der alte Mann.

Draußen wartete Kurt, ob Wiebke ihm folgen würde, um mit ihm allein Abschied zu feiern. Aber Wiebke ging folgsam ins Bett. Verstört bummelte Kurt über den leeren Hof.

„Gerhard möchte schon jetzt den Hof überschrieben haben", sagte Ella, als sie wieder einmal aus Mölln zurückkehrte.

„Wenn der Junge es so will, müssen wir es tun, Vadder", meinte die Bäuerin.

„Ich kann den Hof nicht überschreiben, weil wir keine Altenteilerwohnung haben!" rief Kock und verschanzte sich hinter seiner Zeitung. „In unserem Altenteilerhaus sitzt der alte Petschelies. Solange der lebt, geht das nicht."

An den alten Petschelies hatte Ella überhaupt nicht mehr gedacht. Wie alt mochte er sein? Bestimmt schon siebzig Jahre. Lange machte er es nicht mehr mit. Wichtiger als der alte Petschelies war jedoch, daß das Wohnungsamt keine Flüchtlinge in die von Wiebke geräumte Altenteilerkate einwies. Um das zu erreichen, eilte Ella zum Gemeindeamt.

„Wir haben immer noch Wohnungsnot", meinte Schreiber Knaack und machte ein bedenkliches Gesicht. Aber er wollte mit Bürgermeister Petersen sprechen.

Und was machen wir mit dem alten Petschelies? Vielleicht könnte ihn die Gemeinde herausnehmen und ihm eine neue Unterkunft zuweisen.

„Das ist unmöglich", behauptete Knaack. „Wo sollen wir hin mit einem alleinstehenden alten Mann? Der muß da sitzen, bis er stirbt."

„Du kannst doch den Hof überschreiben und trotzdem im Bauernhaus wohnen bleiben, Vater", schlug Ella am Abend nach dem Besuch des Gemeindeamtes vor.

Aber da kannte sie Bauer Kock schlecht. Der schlug auf den Tisch, daß die Tassen klirrten. „Das ist halber Kram! Wenn ein Holsteiner Bauer seinen Hof abgibt, geht er ins Altenteilerhaus. Es muß alles seine Richtigkeit haben bei uns in Holstein." So war das also. Allein vom alten Petschelies hing es ab, wann Bauer Kock seinen Hof überschrieb. Aber der alte Petschelies wollte nicht sterben. Als der Herbstregen einsetzte, bekam er eine Erkältung, schleppte sich wochenlang mit einem Halswickel herum und hustete, daß es im Hühnerstall zu hören war – aber er wollte nicht sterben. Er kam wieder auf die Beine. Als die Pfeife wieder schmeckte, war das Gröbste überstanden. Bei gutem Wetter saß er wieder auf der Bank vor der Kate. Als er eines Tages draußen saß, kam Ella ihn besuchen. Sie lobte ihn, weil er sich so gut berappelt hatte.

„Unkraut vergeht nicht", meinte der alte Petschelies lachend.

„Aber so eine Krankheit kann wiederkommen", entgegnete Ella besorgt.

„Solange das Kurtchen Brot und Blutwurst holt und die Ziege versorgt, ist das nicht so schlimm."

„Aber besser wäre ein schönes Heim in der Stadt, Opa Petschelies.

Da gibt es einen Doktor, und jeden Tag werden die Stuben einge-
heizt."

„Ach, laß man, Margellchen! Das ist gut gemeint. Aber was soll ein
alter Mensch wie ich in der Stadt? Ich kann nicht noch einmal umziehen." Ja, wenn es nach Hause gegangen wäre, hätte er vielleicht alle
Kräfte zusammengerafft für die letzte große Reise. Aber wann wird
das sein? So lange konnte Ella nicht warten.

Ratlos stand sie vor dem alten Mann. Sollte sie ihm sagen, warum
sie es so eilig hatte! Es war die pure Angst, diesen Hof für sich und ihr
Kind zu verlieren. Wenn Gerhard nicht wiederkommt, wird die
Schwester aus Marne mit ihren Kindern den Hof erben. Deshalb
mußte der Hof vorher auf Gerhard Kock überschrieben werden. Aber
Bauer Kock geht nur zum Notar, wenn die Altenteilerkate frei ist.
Und deshalb mußt du ausziehen, Opa Petschelies!

Der alte Mann stopfte gemütlich die Pfeife. Nein, mit dem alten Petschelies war nicht zu reden. Der räumt nicht freiwillig. Der zieht in
seinem Leben nur noch zum Kudenower Friedhof um oder zurück in
das Land an der Memel.

Abends kam Bürgermeister Petersen in die Burg in amtlicher Ei-
genschaft. „Wenn wir die frei gewordene Wohnung in deinem Altenteilerhaus nicht belegen sollen, muß die Gemeinde eine Gegenleistung
haben", sagte er zu Bauer Kock. Die Gemeinde brauchte dringend eine
Koppel Bauland von Kock, um eine Flüchtlingssiedlung zu bauen.
Endlich hatten sie es begriffen. Die Flüchtlinge brauchten Erde, um
sich festzukrallen. Aber als die Parole vom großen Wohnungsbaupro-
gramm in Kudenow ankam, stellte Bürgermeister Petersen fest, daß
die Gemeinde keinen Quadratmeter Bauland besaß. Die besten Kop-
peln neben der Dorfstraße gehörten den Bauern.

„Land verkauft man nur im äußersten Notfall", brummte Kock.

„Aber du bekommst einen anständigen Preis."

„Was ist schon Geld?" polterte der Bauer los. „In meinem Leben
habe ich so viel Geld kommen und gehen sehen, da verlierst du das
Vertrauen zu den Scheinen. Land ist mit Geld nicht zu bezahlen!"
Während die beiden Männer verhandelten, betrat Ella den Raum. Sie
hatte den kleinen Henning auf dem Arm, stand an der Tür und hörte
zu. „Wenn die Bauplätze gut bezahlt werden, kannst du mit dem Geld

die dreifache Fläche Ackerland kaufen", mischte sie sich plötzlich in das Gespräch der Männer. Erstaunt blickte Petersen auf.

„Das hat schon seine Richtigkeit", entschuldigte Kock seine vorlaute Schwiegertochter. „Sie fährt morgen zu unserem Jungen nach Mölln. Deshalb muß sie wissen, was hier verhandelt wird."

„Deine Schwiegertochter hat völlig recht!" rief Petersen.

Kock begann zu rechnen. Wenn er vier Tonnen Bauland abgäbe und dafür zwölf Tonnen Ackerland bekäme, wäre er der größte Bauer von Kudenow. Vierundachtzig Hektar Land. So groß war dieser Hof noch nie gewesen.

Sie begannen um den Preis zu feilschen. Pastor Thormählen hatte den Flüchtlingen fünfzig Pfennig für den Quadratmeter Bauland abgenommen. Das war ein Vorzugspreis, weil das Land von der Kirche kam. So billig wie Thormählen wollte Kock seinen Acker nicht hergeben. Fünfundsiebzig Pfennig je Quadratmeter müßte die Gemeinde schon auf den Tisch legen.

„Im Nachbardorf nehmen sie schon eine Mark für Bauland", warf Ella wieder dazwischen.

„Aber das Land ist für die Flüchtlinge!" rief Petersen und blickte Ella an, als wollte er sagen: Du gehörst doch auch zu denen! Wie kannst du nur so hohe Preise fordern?

Aber was hieß hier Flüchtlinge? Ella mußte an ihr Kind denken und an den kranken Mann in Mölln. „Sie hat recht, die Deern!" rief Kock.

Petersen ging auf den Handel ein. Aber bevor die Männer einschlugen, erbat sich Kock einen Augenblick Bedenkzeit. Er ging mit raschen Schritten über den Hof, riß die Tür zum Hühnerstall auf und schrie: „Willst du immer noch in der Schreibstube arbeiten, Kurt?"

Als Kurt nickte, nahm Kock ihn mit, schob ihn vor sich her in die gute Stube der Burg und baute ihn dort wie einen Zinnsoldaten vor Bürgermeister Petersen auf. „Sieh dir mal den Bengel an. Das ist ein fixer Kerl. Der ist gut für deine Schreibstube."

„Mensch, Fiete, ich hab keinen Platz in der Schreibstube", sagte Petersen mißmutig. Aber Kock ließ nicht mit sich reden. Das war eine kleine Zugabe für das Bauland. Eine Mark für den Quadratmeter und für den Jungen einen Platz in der Schreibstube. Anders ging es nicht!

„Hat er denn eine akkurate Schrift?" meinte Petersen einlenkend.

„Ordentlich schreiben ist das Wichtigste." Er bestellte Kurt für die nächste Woche aufs Amt zum Vorschreiben. Und danach werden wir weitersehen.

Ella kam mit der Nachricht nach Hause, die Ärzte hätten vor, Gerhard zu operieren.

„Das lass' ich nicht zu!" schrie die Bäuerin. So lange sie denken konnte, wurde Tuberkulose mit Huflattichtee und gutem Essen geheilt. Den Körper ihres Jungen durften sie nicht aufschneiden.

„Wenn es gut ist für Gerhard, muß operiert werden", meinte Kock.

Um zu wissen, ob es wirklich gut sei, ließ die Bäuerin Doktor Kruskoop holen. Er kam an einem trüben Abend, setzte sich mit Ella und den Bauersleuten in die gute Stube und trank Punsch, während draußen die Regentropfen gegen die Scheiben trommelten.

„Es gibt so viele neumodische Sachen, Doktor. Warum erfinden sie nichts gegen die Tuberkulose?" wollte die Bäuerin wissen.

„Das Mittel ist schon erfunden", antwortete Kruskoop. „In drei Jahren wird der Schrecken der Tuberkulose für alle Zeiten überwunden sein. Die neue Medizin wirkt großartig... Nur bei den alten Fällen schlägt sie nicht mehr an. Wenn die Krankheit zu weit fortgeschritten ist, hilft nichts mehr."

Ella saß stumm am Fenster. „Aber sie können dem Jungen doch nicht ein Stück von der Lunge wegschneiden!" hörte sie die Stimme der Bäuerin.

„Solange etwas zum Schneiden da ist, können wir zufrieden sein", meinte Kruskoop. „Das verrottete Lungenstück wird abgeschnitten, mit dem gesunden Rest lebt der Mensch noch viele Jahre. Nur – es muß ein Rest dasein, verstehen Sie mich? Wenn alles verrottet ist, helfen auch Operationen nicht mehr."

Ella fröstelte. Ende November wird die Operation sein, dachte sie. Wenn alles gutgeht, darf Gerhard im neuen Jahr auf Urlaub nach Kudenow kommen. Im Frühling, wenn die gesunde Luft vom Meer über die Knicks weht, wenn die Wintersaat grünt, wird er endgültig gesund sein.

Oder auch nicht. Vielleicht gehörte er zu den alten Fällen, für die die neue Medizin zu spät kam.

Immer wenn Ella vom Möllner Bahnhof zur Heilstätte ging, kam

sie an dem Büro eines Advokaten vorbei. Doktor der Rechte und Notar. Einmal faßte sie sich ein Herz und betrat die Kanzlei. Eigentlich
gehen anständige Menschen nicht zu einem Advokaten. Aber Ella
mußte in dieses Advokatenbüro, weil sie keinen anderen Ausweg sah.
Nichts sei einfacher als das, meinte der Doktor der Rechte. Wenn ein
Bauer sein Altenteilerhaus für eigene Zwecke brauche, könne er auf
Räumung klagen. Im Mieterschutzgesetz gebe es dafür den Paragra-
phen Eigenbedarf.

Der Rechtsanwalt zählte eine Fülle guter Argumente auf, warum
der alte Petschelies die Altenteilerwohnung zu räumen hatte. Auf das
Kleinkind könne man hinweisen, das einen eigenen Raum zu bean-
spruchen hatte. Und auf die Krankheit des Mannes. Wenn Gerhard
Kock heimkehrt, bedarf er größter Pflege, damit Rückfälle vermieden
werden; außerdem steht auch ihm ein eigener Raum zu.

„Bringen Sie mir bitte noch eine Bescheinigung des Arztes", sagte
der Advokat. „Es muß drinstehen, daß Ihr Mann Ende des Jahres entlassen wird. Das macht den Fall dringlich."

Außerdem wäre es gut, wenn Ella sich um eine Ersatzwohnung für
den alten Petschelies bemühte. Das macht vor Gericht einen guten
Eindruck. Vielleicht gibt es in der Nähe ein Heim für alte Menschen.
Es genüge, mit der Heimleitung zu sprechen. Dann könne man dem
Gericht sagen, dort sei ein Platz frei für den alten Mann.

Nach der Unterredung mit dem Rechtsanwalt eilte Ella zurück in
die Heilstätte, um die Bescheinigung des Arztes zu holen.

„Ich verstehe Sie sehr gut", sagte der Mann im weißen Kittel. „Aber
ob Ihr Mann schon zum Jahresende entlassen wird, ist höchst unge-
wiß." Ach, auf ein paar Monate mehr oder weniger kam es Ella nicht
an; wenn sie nur die Bescheinigung bekäme.

„Haben Sie Kinder?" fragte der Arzt.

„Ja, wir haben einen Jungen, der ist drei Monate alt", antwortete
Ella leise.

„Na, wenigstens etwas", murmelte der Arzt, griff nach Papier und
Federhalter und schrieb, daß Gerhard Kock voraussichtlich zum Ende
des Jahres 1950 aus der Heilstätte entlassen werde. „Hoffentlich hilft es
Ihnen", sagte er zum Abschied.

Das schwerste Stück Arbeit stand Ella noch bevor. Sie brauchte

Bauer Kocks Unterschrift. Der mußte den Prozeß führen und dem Advokaten in Mölln eine Vollmacht ausstellen.

„Wenn das man gutgeht, Deern", brummte Kock düster. „Der alte Mann ist uns doch nicht im Wege. Laß ihn in seiner Stube sitzen, bis er stirbt!"

„Aber Gerhard will es so", behauptete Ella. Für sie war der Weg sonnenklar vorgezeichnet. Der alte Petschelies wird in ein Heim ziehen. Die Altenteilerkate wird frei. Der Hof kann auf Gerhard überschrieben werden... Danach ist alles, alles gut.

„Wenn der Junge das so haben will, mußt du unterschreiben, Vadder", mahnte die Bäuerin.

Und damit begann der Räumungsprozeß Kock gegen Petschelies.

Als der alte Petschelies im Holzschuppen seine Ziege fütterte, stahl sich Kurt in die Altenteilerkate und schlich die Treppe hinauf, um in dem Raum zu sein, in dem Wiebke gelebt hatte. Ihr Geruch war verflogen. Das Zimmer hatte jetzt Ähnlichkeit mit Kocks Häckselkammer. Auf den Fensterbänken stand Schwitzwasser von den Scheiben. Kurt nahm still in der Ecke Platz, in der Wiebke geschlafen hatte. Er begann, an Wiebke zu denken. Plötzlich rief die Mutter, und als er in den Hühnerstall trat, reichte sie ihm eine Postkarte.

„Sie hat geschrieben, deine Hamburgerin."

Eine Karte mit fünf Sätzen aus dem Hochhaus. Gleich am ersten Tag sei sie mit der Hochbahn gefahren. Tags darauf habe ihr Jerry den Michel gezeigt. Als Kurt die Karte gelesen hatte, schwang er sich auf sein Fahrrad und fuhr Richtung Hamburg. Er begann die Fahrt mit einer angenehmen Sehnsucht nach Wiebkes unbekümmerter Zärtlichkeit. Aber mit jedem Kilometer, den er sich der Stadt näherte, wuchs die Furcht vor der kühlen Überlegenheit der Hochhäuser.

Jedes der Hochhäuser war für sich ein Gebäude wie die Kudenower Kirche. Er umkreiste die Wohntürme, das Fahrrad neben sich führend, denn das Radfahren auf den Gehwegen zwischen den Hochhäusern war verboten. Kurt staunte über die langen Namenreihen an den Eingangstüren. Er hatte ein wenig Angst, auf einen der vielen Knöpfe zu drücken.

Er brachte einfach die Eingangstür des Hochhauses nicht hinter sich. Wenn Passanten kamen, wich er in die Büsche aus und wagte sich

erst wieder hervor, wenn die Luft rein war. Danach verharrte er unschlüssig zwischen Klingelknopf und Fahrstuhl. Schließlich redete er
sich ein, er dürfe dort oben im neunten Stock gar nicht stören, weil
Jerry gerade zu Besuch sei. Er setzte sich in das Fenster einer Ruine,
ließ die Beine baumeln und beobachtete die Zugänge des Hochhauses.
Wie ein treuer Wachhund wartete er auf seine Wiebke. Irgendwann
müßte sie aus der Schule kommen. Hunderte von Menschen stiegen
im Lauf der Stunden aus der Straßenbahn, aber niemand war dabei, der
wie Wiebke aussah. Es ging schon auf Abend zu, und er hatte Wiebke
noch nicht gesehen.

Als er sich entschloß, sein Fahrrad zu besteigen und Richtung Kudenow zu fahren, fühlte er sich erleichtert. Als dann die Stadt hinter ihm
lag und er es nur noch mit den Knicks zu beiden Seiten der Straße zu
tun hatte, kam ihm die Gewißheit, Wiebke endgültig verloren zu haben. Ihre Heiterkeit und ihre Wärme waren nicht für ihn allein bestimmt. Wiebke war für alle da. Jede Handbewegung geriet ihr zum
Streicheln, jeder Hauch wurde ein sanftes Pusten. Kurt hatte seinen
Teil davon abbekommen. Mehr durfte er nicht erwarten.

„Du mußt schrecklichen Hunger haben, Kurtchen“, sagte die Mutter, als er den Hühnerstall betrat.

Sie tischte ihm Brot, Margarine und durchwachsenen Speck auf.
Aber Kurt bekam keinen Bissen herunter.

„WIE ist das Kind bloß heiß“, jammerte die Bäuerin. Vierzig Grad
Fieber zeigte das Thermometer.

Ella saß neben der Wiege. Wenn der kleine Henning zu weinen begann, schaukelte sie ihn oder flößte ihm den dunkelroten Saft der Ho-
lunderbeeren ein, die Kurt im Herbst gepflückt hatte.

Eine lange Nacht mit dem kranken Kind. Kein Geräusch in der
Burg; nur Henning schrak ab und zu aus seinem Fieberschlaf und
weinte, bis Ella ihm seinen Daumen in den Mund schob. Sie machte
sich Vorwürfe. Der kleine Henning wird sich angesteckt haben. Über
sie ist die Krankheit aus Mölln nach Kudenow gekommen und hat den
Jungen befallen. Sie pustete Kühlung über das gerötete Gesicht. Du
darfst nicht sterben, dachte sie. Beten müßte man können. Die Mutter
verstand etwas davon. Ella hatte nie Zeit gehabt zum Betenlernen.

„Du mußt auch schlafen, Deern", sagte die Bäuerin und erbot sich, bei dem Kind zu wachen. Aber Ella blieb. Die Bäuerin saß auf der anderen Seite der Wiege, Bauer Kock wartete im Lehnstuhl der guten Stube und fing die Zeitung immer wieder von vorne an.

„Wir sollten doch den Doktor holen", schlug die Bäuerin um halb eins vor.

Ella warf sich den Mantel über die Schultern und kam in den Hühnerstall. „Kurtchen", flüsterte sie, „bist du bitte so gut und fährst zu Doktor Kruskoop? Unser Henning hat hohes Fieber."

Bis zum Eintreffen des Arztes versank Ella wieder in brütenden Halbschlaf, sah die kleine Ella auf dem Dorfanger von Kruglanken. Dort hatte sie Mutter und Kind gespielt; jetzt war sie Mutter, und neben ihr lag das kranke Kind. Kaum zwanzig Jahre alt, Ella Marenke, und schon das Lachen verlernt auf dieser langen Straße, auf der sich hinter jedem Hügel ein neuer Hügel erhebt.

Die Bäuerin brachte heißen Kaffee. Das wird dir guttun, Ella. Auch der Doktor bekam von dem guten Kostarika-Kaffee, nachdem er den Brustkorb des Kindes abgehorcht hatte.

„Hohes Fieber ist bei Kleinkindern nicht ungewöhnlich", sagte er. „Es wird eine schwere Erkältung sein."

Ach, nur eine schwere Erkältung. Keine Schwindsucht, keine Todesängste. Holunderbeersaft und Fieberzäpfchen genügen, um das Kind wieder gesund zu machen.

Als Doktor Kruskoop gegangen war, schlief Ella erschöpft neben der Wiege ein. Sie wachte erst am späten Morgen auf, als sie ein lautes Klappern auf dem Hof hörte.

Das war der alte Petschelies, der mit seinem Handwagen ins Moor fuhr. Der wußte noch nicht, daß er ausziehen mußte, fuhr im Oktober noch Berge von Torf zusammen, um für den kommenden Winter gerüstet zu sein.

Es war Freitag, der 24. November, genau ein Monat vor Weihnachten. Ein neblig-trüber Vormittag. Nur fünf Grad plus. Bald wird Winter sein.

Stolten hatte zwei Pferde vor den Gummiwagen gespannt und hielt mit dem Fuhrwerk vor der Altenteilerkate. Um neun Uhr kamen Dorfpolizist Willers und ein Fremder. Sie verlangten Bauer Kock zu sprechen. Aber der war nicht da. „Das ist deine Sache", hatte Kock am Frühstückstisch zu Ella gesagt und war auf die Felder gegangen.

Ella ging mit den beiden Männern zur Altenteilerkate. Die Tür stand auf. Der alte Petschelies saß fertig angezogen am Sperrholztisch. Vor ihm standen die Reste des Frühstücks. Der Fremde holte ein Stück Papier aus der Aktentasche und begann vorzulesen:

„Im Namen des Volkes!
Der Rentner Franz Petschelies wird verurteilt, seine im Altenteilerhaus des Bauern Friedrich Kock gelegene Wohnung zu räumen. Räumungstermin wird angesetzt auf Freitag, den 24. November 1950, 9 Uhr vormittags.
Das Urteil ist vollstreckbar."

„Da stimmt was nicht!" unterbrach ihn der alte Mann.

Ihn störte die Überschrift. Das Volk sollte man lieber aus dem Spiel lassen. Richtig müßte es heißen: Im Namen der Ella Kock geborene Marenke!

Ella bekam einen roten Kopf.

„Sie hätten Berufung einlegen müssen, bester Mann", erklärte der Gerichtsvollzieher. „Jetzt ist es zu spät."

„Es tut mir leid, daß es soweit kommen mußte", bemerkte Ella. „Aber ich habe es rechtzeitig gesagt. Wenn mein Mann nach Hause kommt, brauchen wir die Altenteilerkate. Im Altersheim lebt es sich auch viel angenehmer."

Sie sprach das wohlklingende Wort Altersheim aus, obwohl sie wußte, wohin die Reise des alten Petschelies ging. In ein Barackenlager am Rande der Stadt, ein Obdachlosenasyl für diejenigen, die fünf Jahre nach Kriegsende noch immer nicht zur Ruhe gekommen waren.

Petschelies schlurfte zum Fenster. „Was soll der Gummiwagen vor meiner Tür?"

„So sind die Vorschriften", erklärte der Gerichtsvollzieher. „Wer eine Wohnung räumen läßt, muß Transportmittel stellen."

„Ich brauche keinen Gummiwagen", sagte Petschelies. „Mit dem Handwagen bin ich in Kudenow angekommen, mit dem Handwagen werde ich wieder abziehen." Er ließ die drei in der Stube zurück und ging zum Schuppen, um seinen vierrädrigen Handwagen zu holen.

„Heißt das, Sie räumen freiwillig?" fragte der Gerichtsvollzieher, als Petschelies zurückkehrte.

„Ja, der alte Petschelies räumt freiwillig. So freiwillig, wie wir damals Tilsit geräumt haben."

„Das ist sehr vernünftig", sprach der Beamte. „Die Vollstreckungskosten sind bei freiwilliger Räumung bedeutend niedriger."

In einer halben Stunde war der alte Petschelies fertig. Er verabschiedete sich per Handschlag von dem Gerichtsvollzieher, der nur seine Pflicht getan hatte, und von Dorfpolizist Willers, der nur seine Pflicht getan hatte, und von Ella. Dann ging er in die Burg, traf aber nur die Bäuerin an.

„Fünf Jahre habe ich hier gelebt", sagte Petschelies, „und es hat mir recht gut gefallen. Kudenow war schon so etwas wie eine zweite Heimat. Aber nun reise ich weiter... Na, man nichts für ungut, liebe Frau Kock." In heiterer Stimmung ging er zu seinem beladenen Handwagen. Doch auf halbem Weg besann er sich und steuerte auf Marenkes Hühnerstall zu.

„Ach, liebe Frau Marenke", sagte er, „können Sie ab und zu nach dem Grab meiner Frau sehen, damit es nicht verkommt?"

Die Mutter versprach es. Damit war alles beschickt. Gemächlich klapperte der alte Petschelies mit dem Handwagen in Richtung Bahnhof, in den Nebel hinein, der vom Moor her auf das Dorf zu trieb.

Auf der Bahnhofstraße holte Kurt ihn mit dem Fahrrad ein. „Du hast die Ziege vergessen, Opa Petschelies."

„Ich schenk sie dir", sagte der alte Petschelies. „Mit einer Ziege kann ich doch nicht in der Stadt ankommen."

Während Kurt im Schrittempo neben dem Handwagen herfuhr, fiel ihm plötzlich ein, daß es jetzt keinen Fahrradstand mehr auf den Kudenower Festlichkeiten geben würde.

„Das kannst du allein machen", sagte der alte Petschelies. „Du bist doch ein großer, tüchtiger Junge."

Am Ende der Bahnhofstraße hielt der alte Petschelies an, um eine Pfeife zu rauchen. „Es war schon auszuhalten in Kudenow", murmelte er und blickte die Reihe der blätterlosen Linden entlang, bis sie am Wallensteiner Hof, wo die Straße einen Knick machte, im Nebel untertauchten. „Für mich ist das wie eine zweite Flucht, Kurtchen."

ALS die Rüben aus der Erde waren, verließen die Pferde, die unnützen Haferfresser, Kocks Hof, um in die Fleischfabrik zu wandern. Nur Iwan der Schreckliche und eine braune Stute blieben zurück für den Milchwagen, für Kocks Kutsche und für Ausritte in den Kudenower Wald – wenn Gerhard wieder nach Hause käme.

Nach den Pferden ging auch Stolten. Der 30. November war sein letzter Arbeitstag. Die Ernte war eingebracht, er konnte guten Gewissens den Hof verlassen.

„Schade, Stolten", sagte Kock. „Wir haben uns immer gut verstanden."

Als Stolten die Steuerkarte und die Versicherungskarte abholte, spendierte Kock einen Schnaps. „Zum Frühjahr muß ich mir einen neuen Mann suchen, einen, der Trecker fahren kann", sagte er.

„Na denn, auf Wiedersehen, Bauer. Und man schönen Gruß an Ihren Sohn, den Gerhard. Ich wünsch ihm, daß er heil rauskommt und den Hof übernehmen kann."

Im Lauenburgischen hatte Stolten das Dorf ausfindig gemacht, in dem seine Ina in Stellung war. Am liebsten wäre er auf den gleichen Bauernhof gezogen, auf dem Ina arbeitete; aber der Bauer brauchte keinen Knecht. So begnügte er sich damit, im gleichen Dorf zu leben und zu arbeiten. Aber eines Tages würde er seine Ina heiraten! Das stand so fest wie der Kirchturm von Kudenow.

Die Weihnachtsbotschaft aus Mölln lautete so: Gerhards Operation wird auf Ende Januar verschoben, weil er noch zu schwach ist. Na ja, auf einen Monat mehr oder weniger kam es auch nicht an.

Der Heiligabend traf auf einen Sonntag. Kurt wurde erst zur Kirchzeit von Stimmen geweckt, die vom Hof her in den Hühnerstall drangen. Bauer Kock und die Bäuerin begutachteten einen Gegenstand, den Dorfpolizist Willers auf den Hof gebracht hatte. War das nicht der Handwagen des alten Petschelies? Das Gepäck unberührt, vom Regen durchweicht, gefroren und nun mit einer Schneeschicht bezuckert. Spaziergänger hatten den Handwagen dort gefunden, wo alle Wege enden: im Kudenower Moor.

Kurt eilte hinaus.

„Weißt du, wo der alte Petschelies hingegangen ist?" fragte Willers. „Du warst doch immer mit ihm zusammen."

Kurt gab keine Antwort. Langsam begann er zu begreifen, daß er der letzte Mensch gewesen war, mit dem der alte Petschelies in diesem Leben gesprochen hatte. Kurt rannte zu seinem Fahrrad und raste an der Menschengruppe vorbei, die den herrenlosen Handwagen bestaunte. Die Spur, die die Räder des Handwagens in den Schnee gezeichnet hatten, führte am Bahnhof vorbei in den Wald, umging den Kudenower See und endete im Moor. Zum Moor hatte der alte Petschelies immer eine besondere Zuneigung empfunden. Es war voller Erinnerungen an zu Hause gewesen.

Kurt tastete sich auf dem leicht gefrorenen Boden in die Unwegsamkeit, umging die Pfützen und das tückische hohe Gras, unter dem der Sumpf lauerte. Er hangelte sich von Ast zu Ast und geriet immer tiefer in die Moorlandschaft, die unter dem Schnee seltsam verwandelt schien. Er erreichte die Stelle, an der sie im kalten Winter 47 den toten Russen gefunden hatten. Dort kletterte er auf eine Birke, um Ausschau zu halten. Noch nie war ihm das Kudenower Moor so still vorgekommen wie an diesem Heiligabend. Das mochte am frisch gefallenen Schnee liegen, an dem gefrorenen Licht, das jeden Laut erstickte, vielleicht auch an der weihnachtlichen Windstille über dem Moor. Er untersuchte jede Unebenheit auf dem Boden, jeden Hügel, der aus dem Schneidegras ragte. Aber der alte Petschelies war nicht zu finden. Er wird dort untergegangen sein, wo der russische Kriegsgefangene untergegangen ist, dachte Kurt.

War es denn erlaubt, sich so spurlos davonzuschleichen aus der menschlichen Gesellschaft? Nur einen Handwagen mit alten Lumpen zurückzulassen? In zwanzig Jahren, wenn sie das Kudenower Moor trockenlegen, um eine Straße zu bauen, werden sie sein Skelett finden. Dann wird niemand fragen, ob es ein Flüchtling war oder ein Einheimischer, der sich im Moor verirrt hatte. Und das Räumungsurteil des Amtsgerichts, das der alte Mann in der Joppentasche trug, als er im Kudenower Moor versank, wird bis dahin längst vermodert sein.

So sterben Familien aus. Drei Kinder in die Welt gesetzt. Die Tochter dem Typhus geopfert, die Söhne für Führer und Vaterland. Für die Frau ein Holzkreuz auf dem Kudenower Friedhof, für den alten Petschelies nur ein paar verkrüppelte Birken im Moor. Und nichts bleibt übrig.

Als die anderen am ersten Weihnachtstag mit der Kutsche nach Mölln fuhren, blieb Mutter Marenke mit dem kleinen Henning in der Burg. Wenn sie mit dem Kleinen allein war, sprach sie gern ostpreußisches Platt. Der verstand noch nichts von Platt und Hochdeutsch, aber es klang so weich und zärtlich, wenn sie ihm von Pustemanke erzählte, von Gänskes, Schwienkes und Perdkes.

Kurt saß vorn neben dem Bauern, Ella und die Bäuerin in Decken und Pelze gemummt in der zweiten Reihe. „Du wolltest doch den Hof überschreiben, wenn die Altenteilerkate leer ist", sagte Ella, als sie Mölln erreichten.

„Ja, das habe ich versprochen", brummte Kock.

„Das ist ein schönes Weihnachtsgeschenk für unseren Jungen", meinte die Bäuerin.

„Ja, ein schönes Weihnachtsgeschenk."

„Du kannst ja heute schon mit Gerhard den Termin für den Notar abmachen, Vater."

„Ja, das werden wir machen, mien Deern."

Eine Weile herrschte Schweigen. Dann fing die Bäuerin an: „Sagt bloß kein Wort davon, daß der alte Petschelies tot ist. Das regt den Jungen nur unnötig auf."

Während Kock mit den Frauen in der Heilstätte verschwand, mußte Kurt auf die Pferde aufpassen. Er kraulte ihnen den Hals, pustete in die langen Pferdeohren und flocht Zöpfe in Schwänze und Mähnen. Zum Zeitvertreib balancierte er auf der Deichsel und suchte unter der Schneedecke nach vertrocknetem Gras, um es den Pferden zum Fressen anzubieten.

Nach einer Stunde kehrten die drei Kocks zurück. Ella mit einem Gesicht wie grauer Granit, die Bäuerin mit Tränen in den Augen, Bauer Kock kaute an einer erkalteten Zigarre.

„Wir sollen das Geld für die Umschreibung sparen! Wir sollen ihn übergehen und den Hof gleich auf Henning schreiben. Das hat unser Junge gesagt." Die Bäuerin konnte es nicht fassen und schüttelte fortwährend den Kopf.

„Hör auf, vor allen Leuten zu heulen!" schimpfte Kock, als er ihr in den Wagen half.

„Gerhard will dich noch einmal sehen", sagte Ella zu Kurt.

Während die beiden Frauen sich unter Decken und Pelzen verkrochen, Bauer Kock um den Wagen wanderte und sich umständlich mit den Pferden abgab, zog Kurt los.

„Was machen die Pferde?" fragte Gerhard als erstes.

Kurt wollte ihm einen Gefallen tun und sagte ihm, daß er sich auf den Sommer freue und auf die gemeinsamen Ausritte durch den Kudenower Wald.

„Da wird nichts draus", winkte Gerhard ab.

„Ist die Operation schon wieder verschoben?"

„Es gibt keine Operation, weil nichts mehr zu operieren ist." Gerhard trat ans Fenster und blickte zu der Kutsche unten im Schnee. „Starr mich nicht so an, Kurt! So ist das nun mal im Leben. Irgendwann hört es auf. Ich hätte schon im Krieg draufgehen können wie Millionen andere." Er begann auf und ab zu gehen. „Um deine Schwester brauchst du dir keine Sorgen zu machen. Bei uns in Holstein fällt der Hof immer an den ältesten Sohn. Ist der älteste Sohn nicht mehr da, bekommt sein Sohn den Hof. Das ist unser Henning. Und seine Mutter hat das Recht, auf dem Hof zu bleiben bis ins hohe Alter. Daran kann niemand etwas ändern, auch mein Vater nicht, weil so die Gesetze sind."

Kurt blickte betreten zu Boden. Mein Gott, Ella! Wenn niemand dem kleinen Henning den Hof nehmen kann, was auch immer mit Gerhard geschieht; wenn Ella auf dem Hof bleiben darf und nicht in den Hühnerstall zurückmuß – wenn das alles so ist, hätte der alte Petschelies noch leben können.

„Deine Schwester hat Pech gehabt. Erst Krieg und Flucht. Mit zwanzig Jahren schon Witwe und allein gelassen mit einem kleinen Kind... Du mußt ihr ein bißchen helfen, Kurt. Das schafft sie nicht allein."

Kurt nickte, aber er war sich ziemlich sicher, daß Ella keine Hilfe brauchte. Die ist kein zartes, hilfsbedürftiges Geschöpf. Ella schafft alles. Sie sprachen nur noch über das Kind. Gerhard hätte den Kleinen gern einmal in Mölln gehabt. Natürlich würde er sich vorher die Hände waschen und ein Taschentuch vor den Mund binden. Vielleicht kannst du ihn bei deinem nächsten Besuch mitbringen. Kurt war nicht sicher, ob es sich machen ließe. Die Frauen würden den Jungen nicht hergeben. Aber er versprach es, weil er es Gerhard in diesem Augenblick nicht abschlagen konnte.

Bevor Kurt ging, holte Gerhard ein Buch unter seinem Kopfkissen hervor und drückte es ihm in die Hand.

„Das mußt du unbedingt lesen!"

Es war ein Buch über die Zukunft der Menschen, über die großartigen Erfindungen und Entdeckungen des nächsten halben Jahrhunderts. Ihr werdet auf den Grund des Ozeans tauchen und zum Mond reisen, in fünf Stunden werdet ihr von Hamburg nach Amerika fliegen, in euren Stuben werdet ihr sitzen und sehen, was auf der anderen Seite des Globus geschieht. Es wird keinen Hunger mehr geben, weil die Äcker die dreifache Ernte abwerfen werden. Die Tuberkulose wird besiegt werden. Es wird eine großartige Welt sein, an der Kurt Marenke und der kleine Henning Kock werden teilnehmen dürfen.

Mit offenem Mund blickte Kurt zu Gerhard auf. Was bist du für ein Mensch, Gerhard Kock? Hast nur ein halbes Jahr noch zu leben und träumst von der Zukunft!

Wie betäubt stand Kurt auf dem Flur. Seine feuchten Hände umklammerten das Buch der Zukunft. Er spürte, wie in ihm Mauern einstürzten und Dämme brachen... Mein Gott, gab es denn hier keinen Lokus? Er rannte den Flur entlang, schloß sich in der kleinen Kabine ein – und heulte. Was sich in fünf Jahren aufgestaut hatte, wurde hinweggeschwemmt, näßte Hände und Jackenärmel, beschmutzte das kostbare Buch. Der ganze Ballast seines jungen Lebens floß heraus. Bis jemand an der Türe rüttelte.

Kurt wischte sich die Tränen mit Papier ab; sein Taschentuch war längst ein nasser Lappen. Vorsichtig schlich er hinaus, suchte die Treppe, die ins Freie führte, und trat ruhig und erleichtert vor das Portal der Lungenheilstätte, wo die anderen warteten.

KURT tränkte und fütterte die Pferde. Als er zur Mutter in den Hühnerstall kam, begann die weihnachtliche Dämmerung.

„Soll ich die Kerzen anzünden?" fragte er.

„Ja, steck man an, Kurtchen! Das ist so schön gemütlich und erinnert an zu Hause."

Die Fichte hatte Kurt aus dem Moor mitgebracht. Er hatte den

Baum allein aufgestellt und geschmückt. Das ist das erste Weihnachtsfest ohne Ella, fiel ihm ein.

Die Mutter saß mit gefalteten Händen am Fenster. Sie ist schon wieder in Kruglanken, dachte Kurt. Da saß eine alte Frau, der nach und nach die Kinder verlorengingen. Ihr Anteil am Leben beschränkte sich auf den kleinen Henning, den kurzen Weg zur Kirche und den langen Weg nach Kruglanken. Sie war ihm fremd geworden, diese Frau, deren Haar grauer schimmerte, als es einem Menschen ihres Alters zukam. Jahrelang hatte Kurt nur den Gedanken gehabt, von dieser Frau gestreichelt, umarmt, auf den Schoß genommen zu werden. Jetzt saß er zwei Schritte von ihr entfernt und kam sich in ihrer Nähe überflüssig vor.

Plötzlich stand die Bäuerin in der Tür. „Kommt zu uns ins Haus", sagte sie. „Wir können ein bißchen zusammen sitzen und Weihnachten feiern."

Der Baum in der Burg war größer als Kurts Moorfichte. Fünfundzwanzig Kerzen im Geäst. Bauer Kock saß dem Baum gegenüber im Lehnstuhl und rauchte eine Zigarre.

„Unser Henning kann schon sitzen!" jubelte die Bäuerin. Sie hatten den Kleinen in die Sofaecke gesetzt, wo er von den Kissen gehalten wurde. Er lutschte am Daumen und starrte die fünfundzwanzig Kerzen an, während die beiden Großmütter aufpaßten, daß er nicht umfiel und kein Lametta in den Mund steckte.

Ella brachte Rotweinpunsch für die Frauen, Grog für den Bauern und für Kurt.

„Setz dich zu uns, Deern", sagte die Bäuerin.

Aber Ella hatte noch in der Küche zu tun. Kurt hörte sie mit dem Geschirr klappern. Zwischendurch kam sie in die Stube, um nachzuschenken.

Warum setzt du dich nicht endlich zu deinem Kind? dachte Kurt. Aber Ella ging in den Nebenraum, um das Bett für den Kleinen vorzubereiten. Die anderen saßen um den Tannenbaum. Die ersten Kerzen blakten aus. Es wurde dunkler in Kocks Stube. Der Bauer trat ans Fenster. Da lag wie eine ausgebrannte Ruine die verlassene Altenteilerkate. Über ihrer Tür hingen Eiszapfen, auf der Treppe war nicht einmal Schnee gefegt.

„Wenn ihr wollt, könnt ihr in unsere Kate ziehen", sagte Kock plötzlich. „Wir beide gehen noch lange nicht auf Altenteil."

Vor einem Jahr hätte Kurt Freudensprünge vollführt bei der Aussicht, in die Altenteilerkate umzuziehen. Heute ließ ihn der Gedanke gleichgültig. Immerhin könnte er in der gleichen Ecke schlafen, in der Wiebke von den Caprifischern und vom schönen Leben in England geträumt hatte.

Die letzten Lichter brannten aus. Die matte Helligkeit, die der Schnee draußen verbreitete, gewann in Kocks Stube die Oberhand. „Das ist Weihnachtsstimmung wie zu Hause", sagte die Mutter und blickte nach draußen.

Im Januar zogen sie um in die Altenteilerkate. Kurt schlief unter dem Fenster, unter dem Wiebke geschlafen hatte, aber ihr Bild wollte ihm nicht erscheinen. Sie war ihm so fern, als lebte sie schon in England.

Im Januar begann auch sein Dienst in der Gemeindeschreibstube. Still saß er in einer Ecke und trug Zahlenreihen in lange Listen ein.

Wenn Kurt allein war, blätterte er die Geburten- und Sterbebücher der Gemeinde Kudenow durch. Verschnörkelte Eintragungen, die bis ins vorige Jahrhundert zurückreichten. *Hinrich Poggendiek, geboren im Jahre des Herrn 1845* . . . dreißig Jahre später vom Pferd gefallen und den Hals gebrochen. Seit 1945 im Sterberegister die gestochene Schrift von Gemeindeschreiber Knaack. Jeder zweite ein Flüchtling aus Ragnit, Stolp, Oppeln, Budweis oder woher sie alle kamen.

Gelegentlich blieb Kurt länger in der Gemeindeschreibstube, als es nötig war. Dann blätterte er die verstaubten Gesetzbücher des Norddeutschen Bundes, des Kaiserreichs, der Weimarer Republik, der Hitlerjahre und der Besatzungszeit durch. Ihn faszinierten die dicken Wälzer. Eine neue Welt tat sich vor ihm auf – die Welt des Papiers und der Gedanken.

In Kocks *Bauernblatt* studierte er die Fruchtfolge auf den deutschen Feldern. Er kannte die Bestandteile des Thomasmehls, das Kock zur Düngung auf den Acker fuhr; Gerhard hatte gesagt, man müsse mehr über das Wachstum auf den Feldern lernen, dann gebe es bessere Ernten. Ein Zeitungsausschnitt erläuterte den Sternenhimmel im Monat Dezember; Gerhard hatte gesagt, die Sterne seien besonders wichtig.

Kurt prägte sich die Sternzeichen ein. Warum machst du das, Kurt Marenke? Um es zu wissen! Um den Kindern keine Antwort schuldig zu bleiben, wenn sie fragen, warum die Blumen blühen und warum aus einem winzigen Korn Brot wächst. Kurt Marenke wird es allen zeigen, den Kocks und den Marenkes, den Flüchtlingen und Einheimischen! Er wird lernen, lernen, lernen, so wie Gerhard es gesagt hat.

Gemeindeschreiber Knaack stellte Kurt dazu ab, dem Vermessungsbeamten die Stange zu halten, der Kocks Hauskoppel in Bauparzellen für Flüchtlinge aufteilte. Im März begannen die Bauarbeiten mit einer feierlichen Grundsteinlegung. Der Landrat kam und sprach von der neuen Heimat der Flüchtlinge. Am Eingang der Siedlung weihte er eine Windrose mit Wegweisern nach Königsberg, Stettin und Breslau ein. Auch Kallweit hielt eine Rede. Die Wegweiser der Windrose hätten eine tiefe Bedeutung. Dorthin gehörten die Flüchtlinge wirklich. Die Baugruben seien nur ein Provisorium wie das ganze Deutschland in seinem aufgesplitterten Zustand.

Die neuen Bauherren standen fröstelnd auf dem aufgewühlten Akker und versuchten ihre Erinnerungen in den Baugruben zu begraben. Es waren nicht nur die leeren Häuser, die am Ende der Windrosenwege auf sie warteten, sondern die Erinnerungen eines langen Lebens, die an den fernen Ruinen hingen. Auch gab es dort alte Friedhöfe mit deutschen Grabinschriften, die auf Blumen warteten. Als die Feier beendet war und die Menschen sich verliefen, kam Bauer Kock und nahm Kurt beiseite. Sie spazierten durch den Dreck bis zum Ende der Siedlung. „Weißt du, daß wir jetzt den größten Hof im Dorf haben?" sagte Kock.

Er hatte das Geld für die Bauplätze in zwei Wiesen und einem Waldstück angelegt und erklärte Kurt die Eigenschaften des neuen Landes. Die eine Wiese sei etwas sauer, das Waldstück müsse nach einem Windbruch wieder aufgeforstet werden. Der Roggen muß noch Düngung haben. Hier sollen Kartoffeln hin. Dort wächst Hafer. Dort wächst Gerste. Die Wiese hinter dem See muß unter den Pflug. Im nächsten Jahr werden wir Raps säen, der entzieht dem Boden das Salz.

Plötzlich blieb Kock stehen. „Seitdem du in der Schreibstube arbeitest, siehst du blaß aus", behauptete er. „Da herrscht ungesunde Luft zwischen den Papieren. Du solltest doch lieber Bauer werden." Kock machte eine Pause, griff eine Erdkruste und zerbröselte sie zwischen den Fingern. „Es ist nämlich so", fuhr er fort. „Bevor unser Henning den Hof übernehmen kann, vergehen zwanzig Jahre. So lange halt ich das nicht mehr durch. Deshalb muß einer her, der den Hof bewirtschaftet, bis unser Henning groß ist. Verstehst du das, mien Jung? Irgendwie muß doch alles im Leben weitergehen."

Kurt fühlte, wie ihm die Hitze in den Kopf stieg. Eine unbändige Begeisterung ergriff ihn. Bauer Kock brauchte Kurt Marenke! Das hatte es noch nie gegeben.

„Deine Schwester ist ja sehr tüchtig. Aber auf einen Bauernhof gehört ein Mann."

Während Kock erzählte, warum ein Bauernhof ohne Mann nicht auszukommen vermag, fielen Kurt die Bücher ein, die er noch zu lesen hatte, und die Chronik der Gemeinde Kudenow.

„So ein Hof besteht nicht nur aus Feldern und Wiesen", sprach Kock mehr zu sich als zu Kurt. „Ein Bauernhof ist wie ein Stück von einem Menschen. Man kann ihn nicht einfach weggeben. Der Hof muß zusammengehalten werden für unsern Henning. Fünf Generationen leben die Kocks schon auf diesem Hof... Du brauchst nicht auf der Stelle ja oder nein zu sagen, mien Jung. Ein paar Jahre schaff ich die Arbeit noch. Wenn du es gern willst, kannst du die Lehrzeit in der Schreibstube zu Ende bringen. Danach kommst du auf den Hof, denn es ist ja auch dein Hof; du gehörst mit zu unserer Familie."

Bei der Rückkehr nahm Kock Kurt mit in die gute Stube. Dort holte er die Schnapsbuddel aus dem Schrank und schenkte ein. „Wir beiden Männer werden das schon schaffen", sagte er. Prost!

An einem Freitag kam Kurt aus der Schreibstube und sah Kock im Hühnerstall arbeiten.

„Hier sollen wieder Hühner rein", erklärte der Bauer und schlug mit dem Vorschlaghammer ein Loch in die Wand als Auslauf für das Geflügel.

Kurt sah schweigend zu, wie der Hühnerstall seiner ursprünglichen Bestimmung zurückgegeben wurde.

Kock riß den Holzfußboden auf und warf die verschimmelten Bretter zum Verbrennen auf den Hof. Plötzlich hielt er inne. Unter den Dielen lag ein kleines Abzeichen: *Winterhilfswerk 1942.*

„Mensch, wo kommt das her?" rief Kock verwundert. Er hatte keine Erklärung dafür, wie dieses Stück Erinnerung an den kalten Kriegswinter 1942 in den Hühnerstall geraten sein konnte. Damals hatten hier Kriegsgefangene gelebt; aber Kriegsgefangene hatten keine Abzeichen des Winterhilfswerkes gekauft. Kurt hätte dem Bauern das Abzeichen am liebsten aus der Hand gerissen, weil es eine letzte Erinnerung an den Fremden von der Grenze war, an die erste Zeit des Kriegspielens mit Orden und Ehrenzeichen auf dem dunklen Fußboden des Hühnerstalls. „Kannst es behalten", sagte Kock und warf ihm das Abzeichen zu. Kurt fing es auf, vergrub es hastig in seiner Hosentasche und preßte es in seiner Hand.

Und noch einmal tauchte Kallweit auf, um der Mutter beim Lastenausgleich zu helfen. Es galt Formulare auszufüllen, sich daran zu erinnern, was die Marenkes gehabt und verloren hatten. Wie viele Kühe standen zuletzt im Kuhstall? Wie war die Qualität des Ackerbodens der Marenkes? Ruhten Hypotheken auf dem Grundstück? Die Flüchtlinge sollten Geld erhalten für das, was im Osten untergegangen war. Natürlich kann man eine Heimat nicht kaufen oder verkaufen; aber Geld ist besser als gar nichts. Kallweit füllte Anträge aus, das Stück zu fünfzig Pfennig, und er kam für Monate zu keiner anderen Arbeit als dem Lastenausgleich. Auch Pastor Thormählen hielt in seiner praktischen Art eine Predigt über den Lastenausgleich.

„Wenn die Deutschen das schaffen", sagte er, „ist es die größte Leistung unseres Jahrhunderts. Da kommen alle Kriege und Revolutionen nicht mit. Kaputtschlagen kann jeder. Aber das Übriggebliebene aufzuteilen, über zehn Millionen Flüchtlingen einen neuen Anfang zu geben, das ist eine Leistung, die sich vor der Geschichte sehen lassen kann."

HENNING KOCK war ein Jahr alt, da verschwand er eines Tages von der Bildfläche. Mein Gott, diese Aufregung! Dorfpolizist Willers ordnete die Durchsuchung von Gärten, Stallungen und Jauchegruben an. Ein milchiges Sonnenlicht, gelegentlich getrübt von vorbeisegelnden Wolken, erfüllte die Obstgärten; aber kein Henning saß im Schatten der Bäume und pflückte Weißkleeblüten. Ella lief zwischen den Baugruben der Flüchtlingssiedlung umher und suchte ihr Kind. Mutter

Marenke rief ihn in den Stallungen, die Bäuerin rannte alle Büsche und Sträucher im Garten ab. Bauer Kock hatte sich die Brennesselinseln auf der Kälberwiese vorgenommen.

Während sie in Kudenow suchten, lag Gerhard Kock im Gras hinter dem Birkenwäldchen der Möllner Heilstätte und sah dem kleinen Henning zu, der sich beharrlich Blumen in den Mund steckte. Kurt lag schweigend neben seinem Fahrrad und starrte in den weißen Himmel. Eigentlich dürfen sich Lungenkranke nicht der grellen Sonne aussetzen. Auch ist es für sie zu anstrengend, auf allen vieren hinter einem Kind herzukrabbeln.

Aber darauf kommt es nicht mehr an, wenn du nur noch drei, höchstens vier Monate zu leben hast. Was Kurt am meisten verwunderte, war die Selbstverständlichkeit, mit der Gerhard über das Sterben sprach. Sterben ist immer noch das Einfachste im Leben! Vielleicht lag es daran, daß diejenigen im Vorteil sind, die in Rußland schon ein paarmal vorausgestorben waren. Gerhard erzählte, wieviel besser es ihm gegangen war als den anderen. Verglichen mit ihnen war er ein König. Das Leben hatte ihm zwei Jahre draufgezahlt und ihm einen Sohn gegeben. War das etwa nichts? O ja, es hatte sich gelohnt, aus Krasnodar heimzukehren!

„Wie gefällt dir die Mischung aus Ostpreußen und Holstein?" fragte Kurt und zeigte auf den kleinen Henning.

„Der ist wie jedes andere Kind. In zwanzig Jahren wird kein Mensch mehr von Flüchtlingen oder Einheimischen sprechen. Nur an den Namen wirst du erkennen, wo die Menschen hergekommen sind."

„Eigentlich müßte einer aufschreiben, wie das alles gewesen ist", meinte Kurt. „Sonst glaubt es später keiner."

„Das wäre doch etwas für dich", meinte Gerhard lachend. „Du bist doch Gemeindeschreiber von Kudenow. Warum schreibst du nicht die Chronik über die Flüchtlingszeit?"

Kurt blickte nachdenklich zum Himmel. Eine Chronik von Kudenow. Ein dickes Buch, in dem die Menschen in hundert Jahren nachlesen können, wie die größte Menschenflut hereingebrochen war. Ein Buch, in dem auch seine Mutter vorkäme und seine tüchtige Schwester Ella. Sogar den alten Petschelies, der so spurlos vom Erdboden verschwunden war, könnte er wiederaufleben lassen...

Um die Mittagszeit war Kurt wieder in Kudenow. Der kleine Henning saß vorn auf dem Kindersitz, den Kurt eigens für diese Fahrt nach Mölln angeschafft hatte. Bei der Einfahrt ins Dorf fing das Kind an zu weinen. Vermutlich hatte es Hunger.

Dorfpolizist Willers stoppte das Fahrrad, riß das Kind aus dem Sitz und trug es triumphierend auf den Hof, als wäre er es gewesen, der den kleinen Henning vom Tod errettet hatte. Bauer Kock kam mit schweren Schritten auf Kurt zu, packte ihn an der Gurgel und schüttelte ihn heftig.

„Gerhard wollte den Kleinen vorher noch einmal sehen", stieß Kurt hervor.

Da ließ der Bauer von ihm ab. „Ist gut, mien Jung, ist gut." Er stampfte über den Hof und verschwand in Richtung Stallungen.

Die Frauen kümmerten sich um den kleinen Henning, während Kurt in Willers' Obhut kam. Der nahm ein furchterregendes Protokoll auf. Als es fertig war, sollte Kock unterschreiben. Aber der riß das Papier in Fetzen.

„Du brauchst nichts zu schreiben, Willers! Es hatte alles seine Richtigkeit."

In der Altenteilerkate fand Kurt die Mutter weinend auf dem Bett sitzen.

„Du kannst aufhören zu weinen, der Kleine ist wieder da", sagte er. Aber die Mutter zeigte auf einen Brief, der auf der Fensterbank lag. Es war ein Schreiben des Deutschen Roten Kreuzes an Anna Marenke geborene Podlich in Kudenow in Holstein.

> Bei der Heimkehrerbefragung im Lager Friedland wurde uns mitgeteilt, daß Ihr Sohn Bruno Marenke, geboren 1922, letzter Dienstgrad Obergefreiter, im Frühjahr 1946 im Lager Swerdlowsk in russischer Gefangenschaft gestorben sein soll.

Kurt wunderte sich gar nicht. Ihm war es, als wüßte er schon lange, daß Bruno Marenke tot war.

„Nun hab ich nur noch dich, Kurtchen", sagte die Mutter und umarmte ihn. Als ihre Hände ihn berührten, fühlte er wieder die Kerben und Furchen eines langen, schweren Lebens. Es war so wie im

Weihnachtsmonat 46, als Kurt Marenke zu seiner Mutter nach Kudenow gekommen war. Kurt schien es, als sei er jetzt erst heimgekehrt
von seiner einsamen Wanderung durch die Nachkriegszeit. Sein Bruder war tot – aber er, Kurt Marenke, war glücklich.

IM OKTOBER kam Ella vom letzten Krankenbesuch aus Mölln zurück. Sie rief nach Kurt. Als er sich nicht meldete, suchte sie ihn im Altenteilerhaus und in allen Räumen der Burg. In Gerhards Stube fand
sie ihn. Er saß unter dem Bücherregal und schrieb.

„Was schreibst du da?“ fragte Ella leise.

Kurt drehte sich um, sah sie in der Tür stehen, seine Schwester Ella.
Noch immer eine Schönheit, eine müde und abgearbeitete Schönheit.

„Gerhard hat gesagt, ich soll eine Chronik über die Flüchtlingszeit
schreiben.“

Sie trat näher und blickte ihm über die Schulter. „Gerhard hat mir
gesagt, du sollst alle seine Bücher bekommen“, flüsterte sie. „Du bist
der einzige, der damit etwas anfangen kann, hat er gesagt.“

Sie ging zur Tür. Er sah ihr nach, sah sie nicht mehr in dem grünge-
streiften Kleid, das sie trug, sondern in dem durchsichtigen Schwarz
der Trauer, das Ella nichts von ihrer Schönheit nahm.

Bevor Ella die Stube verließ, drehte sie sich noch einmal um. „Du
brauchst nicht zu warten, bis die Bücher dir gehören. Du sollst sie
gleich nehmen, hat Gerhard gesagt.“